»Ebenso erstaunlich fand ich die gewaltige Nachwirkung der Vermutungen über die babylonische Sprachverwirrung und Völkerzerstreuung während der europäischen Neuzeit bis ins 20. Jahrhundert. Reformatoren und Entdeckungsreisende, Sprachwissenschaftler und Völkerkundler zersprengten seit der Renaissance das statische Weltbild der lateinischen Christenheit und schufen dynamischere Kulte, den religiösen der Konfession, den politischen der Nation, den geistigen des Individuums, den sozialen des Fortschritts. Trotzdem blieben Behauptungen über die menschliche Urgeschichte auch in der Moderne geschichtsmächtig. Maler, Dichter und Denker lasen aus den alten Mythen vom verlorenen Ursprung noch immer Grundwidersprüche im menschlichen Selbstverständnis und Sozialverhalten.«

ARNO BORST

DER TURMBAU VON BABEL

Geschichte der Meinungen über Ursprung
und Vielfalt der Sprachen und Völker

Band III
Umbau
Teil 1

Deutscher Taschenbuch Verlag

Unveränderter Nachdruck der 1957 bis 1963 erschienenen Originalausgabe

November 1995
Deutscher Taschenbuch Verlag GmbH & Co. KG,
München
Lizenzausgabe mit freundlicher Genehmigung
des Anton Hiersemann Verlags, Stuttgart
Umschlaggestaltung: Dieter Brumshagen
unter Verwendung eines Gemäldes von Pieter Brueghel d. Ä.

Satz: Ensslin & Laiblin, Reutlingen
Druck und Bindung: C. H. Beck'sche Buchdruckerei,
Nördlingen
Printed in Germany · ISBN 3-423-59028-9

VORWORT

Wenn das neuzeitliche Denken so wirklichkeitsnah und wissenschaftlich wäre, wie es weithin glaubt, hätten Verweltlichung und Versachlichung dem religiösen Geschichtsdenken rasch und gründlich Abbruch getan; eine Geschichte der Meinungen über Ursprung und Vielfalt der Sprachen und Völker könnte dann die Neuzeit nur als Epilog zum mittelalterlichen Thema behandeln. So war es mit diesem Band III geplant. Aber bei der Neubearbeitung erwies sich die Voraussetzung als irrig. Nicht nur bei Frommen und Träumern, auf die ich mich zunächst beschränkt hatte, wirken die älteren Ideale lebendig nach; der „Abbruch“ der traditionellen Meinungen ist bis heute nicht beendet. Die großen Heroen modernen Geistes, auf die mich kritisch und anregend Prof. Kurt von Raumer verwies, führen zwar seit langem gegen überlebte Vorurteile ihren Kampf um zeitlose Wahrheit, und wo sie sich über Entstehung und Funktion der Sprachen und Völker auslassen, sind sie in der Tat viel origineller, differenzierter, für Sachwissen und Erfahrungen empfänglicher als frühere Autoren. Doch bescheidener oder unbeteiligter sind sie nicht; denn der Schatten des Turmbaus von Babel fällt auch auf sie. Auch sie stützen sich selten bloß auf die gesicherten Fragmente, meistens auf kühne Gesamtentwürfe, auf geschichtlich bedingte, persönlich gefärbte Weltbilder, auf Glaubensbekenntnisse und Offenbarungen, auf ein Geschichtsdenken, das die jeweilige Wirklichkeit nicht nur experimentell befragt, sondern auf allgemeine Ideen hin exegetisch deutet. Noch die modernsten dieser Äußerungen gehören also zu unserem Thema, obwohl die genialen ihren geschichtlichen Wurzelboden weit überragen und die revolutionären die überkommenen Probleme völlig verkehren. Sie alle vollziehen keinen Abbruch, sondern einen Umbau; denn sie bleiben Meinungen, so leidenschaftlich sie andere Meinungen bekämpfen.

Der Historiker nimmt diese unerweislichen Antworten auf unvermeidliche Fragen menschlich ernst, auch wenn sie sachlich falsch sind. Denn wie all die älteren wollen noch die neuesten Thesen im Detail das Ganze fassen, den Menschen in seiner Zeit ansprechen und ausdrücken; sie kreisen fast alle um eine Kernfrage der Neuzeit, um das Selbstverständnis des Menschen. Indem sie das ewige Menschenbild suchen, stellen sie das historische dar. Unser Vorhaben ist also von neuem fruchtbar und bedeutsam. So habe ich es ernst genommen, und darüber ist auch dieser Band auf zwei Teile angewachsen; der echt wissenschaftliche Verlag Hiersemann ließ mir wieder freie Hand. Die umfangreichen Gesamtregister werden in einem gesonderten, vierten Band dem Benutzer die Übersicht erleichtern. Für den Leser freilich bleibt das Buch eine Zumutung. Doch der vorliegende Band wird ihm vollends zeigen, daß es mit dieser Weltgeschichte einiger Details weder auf eine museale Enzyklopädie abseitiger Ideen noch auf eine positivistische Analyse sprachlicher und völkischer Realitäten abgesehen ist, sondern auf die sprechenden und sozialen Menschen selber, auf ihr und unser Selbstverständnis. Wer ihre Gedanken und Geschicke wirklich umfassen könnte, erführe die Wahrheit über den Menschen. Sie ist uns nicht gegeben; der Glaube bemächtigt sich ihrer leichter als das Wissen. Darum ist jeder Versuch, aus den Bekenntnissen der Menschen den Menschen zu erkennen, eine Zumutung.

Münster in Westfalen, März 1960

Arno Borst

INHALT

IV. Umbau 953

1. Autonomie und Kontinuität 958
2. Humanismus und Reformation 1048
3. Konfession und Skepsis 1150
4. Rationalismus und Orthodoxie 1262

IV. UMBAU

Verglichen mit den mittelalterlichen Meinungen über Ursprung und Vielfalt der Sprachen und Völker sind die Ansichten, die vom späten 14. bis ins 20. Jahrhundert zu unserem Thema vorgetragen wurden, etwas Neues und Ganzes, wenn auch nichts Einheitliches. Das Neue an ihnen ist vielmehr der Verzicht auf das Ganze, die Differenzierung, Spezialisierung und Individualisierung und die Abkehr von den brüchig gewordenen universalen Gefügen des Mittelalters. Das katholische Gottesvolk aus vielen Sprachen, die christlich-abendländische Völkergemeinschaft, die lateinische und geistliche Wissenschaft zerbrachen an ihrer zu handgreiflich gemeinten und zu eng gefaßten Allgemeinheit; immer weniger Denker glaubten noch an die göttliche Lenkung von Natur und täglicher Geschichte, an die überzeitliche Etymologie und Symbolik von Sprache und Zahl, an die Wirklichkeit und Wirksamkeit von bloßen Zeichen. Die mündigen, laikalen Menschen schufen sich mit ihren Kräften, Verständnis, Vernunft und Gefühl, und aus äußeren Eindrücken, Entdeckungen, Experimenten und Erfahrungen, eine neue, nicht vermittelte Realität, in der sie ungeduldig und eigenmächtig Ordnungen stifteten. Sie machten sich die Erde und die Kontinente der Barbaren dienstbar; sie fügten die europäischen Staaten und die christlichen Konfessionen gleichgewichtig zusammen; sie bändigten und durchschauten die physische Natur; sie deuteten souverän die Wirklichkeit und setzten als deren neue Wahrheit das menschliche Maß. Die neue Welt war breiter, aber weniger kompakt als die alte. Die älteren Glaubenssätze wurden entlarvt als unverbindliche Meinungen, als Phantome einer imaginären Zwischenwelt, die dem Menschen bisher den Zugang zur Wirklichkeit verstellt habe; die sachbezogenen Traditionen wurden zu literarischen Topoi degradiert. Natur und Geschichte sind nicht durch Gottes Wort gelenkt, sondern durch ihre eigenen Notwendigkeiten; die heiligen Schriften aller Religionen sind keine gültige Offenbarung, sondern literarische Dokumente, die durch Exegese kritisiert, wenn nicht gar verbessert werden; die Weltgeschichte ist kein mystisches Kontinuum, das der Gegenwart Erbe und Auftrag von den Ursprüngen her übermittelt, sondern das Vergangene, das man sich unterwirft oder von dem man wegstrebt und fortschreitet. Die Sprache ist kein sakramentales Zeichen der Dinge, keine einst gültig geprägte Form, sondern der schmiegsame Ausdruck genialer Empfindung oder der Speicher stets wachsender Erfahrungen; Völker und Staaten sind nicht zuerst Verordnungen Gottes, sondern Gehäuse, die der aktive Mensch selber baut und durch Kriege und Revolutionen ständig modelt. Oft und bald genug überwältigen diese Schöpfungen ihren Schöpfer, aber auch dann noch folgen Natur und Geschichte immanenten Gesetzen, die der Mensch erkennt. So entledigt er sich ihrer Tyrannei und hält sich die Zukunft frei. Auf die Ursprünge braucht er nicht zu achten, denn sie sind keine fortwirkende Norm; die Vielfalt stört ihn nicht, denn sie hat keine Grenze.

Aber was ist dann für den selbstherrlichen Menschen noch verbindlich? Diese eine, die wichtigste Frage bleibt offen, seitdem die mittelalterlichen Fesseln verpflichtender Traditionen gesprengt sind. Woran sonst sollte der Mensch sich binden und sich halten? Die geeinten Völker und erstarkten Staaten boten jeder Individualität Lebensraum genug; keine Nation war die geringste im Kreis ihrer Schwestern, jede war durch uralte, edle Abstammung und erprobte Kraft berufen zur Hegemonie und zur krönenden Zusammenfassung der Geschichte, zur Einung der Menschheit. Und doch ging im Kriege aller gegen alle die Humanität zugrunde, und die Wilden waren schließlich die besseren Menschen, wenn man nicht gänzlich an der gemeinsamen Herkunft und Zukunft des Menschengeschlechts zweifelte und verzweifelte. Die europäischen Volkssprachen wurden seit dem 15. Jahrhundert und durch den Buchdruck zu Literatursprachen, deren Struktur sich kaum mehr wandelte; in sicherndem Rahmen beherbergten sie lebendige Anschauung, geschichtliche Erfahrung und tiefe Empfindung. Aber, die Muttersprache mochte uralt und herrlich schön sein, zwang sie dem Menschen nicht ihr einseitiges Weltbild auf? Konnte sie die Weltliteratur ersetzen? Die christlichen Konfessionen stillten jegliches Bedürfnis der frommen Seele; trotzdem klang ihr Gezänk lauter als ihr Gebet, und die ökumenische Christenheit blieb ein Wunschtraum. Der Buchdruck beschleunigte die Kontroversen und verband die Geister über Zeit und Raum hinweg; doch die Überfülle des Gedruckten erstickte das Gespräch. Die Wissenschaften bewahrten, zunächst durch die lateinische Gelehrtensprache, dann bis heute durch Zitate und Fußnoten, einen internationalen Traditionszusammenhang; sie antworteten für den Augenblick exakt auf überschaubare Einzelfragen der Geographie und Ethnographie, der Historie und Linguistik; aber wer sollte künftig ihre Bausteine und Beiträge zusammenfügen? Die Sprache der Spezialisten ist nur für ihresgleichen verständlich. Philosophen und Dichter entwarfen noch umfassende Weltgebäude, oft im Widerspruch gegen alle Kollektive und öffentlichen Meinungen; so rebellisch sie mit dem Überkommenen umsprangen, sie retteten doch manches von dem, was im Mittelalter unbezweifelter Wissensbesitz gewesen war, wenigstens in ihre Träume; ihre persönliche Begeisterung mochte ansteckender wirken als die sachliche Treue der Pedanten. Aber die Wahrheit der Poeten war nicht mehr die faktische; die persönlich gestaltete Sprache selber machte sie zu Einzelgängern. Die gewollte Originalität und Individualität zerstörte die allgemeine Verbindlichkeit des Gedankens, und aus der Vielfalt wurde ein Chaos; denn die autonome Sprache hat kein Publikum. Die Autonomie des Geistes ließ sich durch die geschehende Geschichte nicht belehren, die Dämonie der Macht nicht durch Utopien zähmen; Ideologien komplizierten die Wahrheitsfrage durch neue sekundäre Zwischenwelten. Am ungelösten Problem der Sprache entdeckte dieses halbe Jahrtausend immer wieder seine eigene Problematik.

In dieser Sprachverwirrung stellte sich unweigerlich die Frage nach dem archimedischen Punkt des modernen Weltbildes. Er liegt nicht immanent in ihm selbst, ist weder durch rationale Konstruktion noch durch emotionales Pathos zu finden, weil er in diesem Weltbild nicht vorgesehen ist. Man mußte nach ihm, wie eh und je, durch ein Glaubensbekenntnis zielen. Da die moderne Religion vom Menschen als dem Maß der Dinge ausging, war ihr Bekenntnis öfter anthropologisch als historisch; was Sprache und Volk für den Menschen bedeuten, schien wichtiger als die Geschichte der Sprachen und Völker. Auch wer diesen überpersönlichen Faktoren eine bestimmende Macht einräumte, hielt sie lieber für Naturkräfte als für geschichtliche Größen. Aber der Mensch selbst ist ein geschichtliches Wesen; nicht nur daß er an sich das stete Schicksal der Geschichtlichkeit erfährt, Geburt und Tod fragen ihn unbarmherzig nach Ursprung und Ziel. Der Tod und der Jüngste Tag mögen im Fortschrittsglauben ihren eschatologischen Schrecken verlieren; die Zukunft, das, was auf uns zukommt, mag grenzenlos und verlockend sein. Aber was verheißen die Ursprünge? Gottesebenbildlichkeit oder Erbsünde, Aufstieg oder Abfall? Hier läßt das empirische Weltbild eine große Lücke; vielleicht lag im Ursprung, in der Schöpfung, der gesuchte Einklang zwischen Sachen und Wörtern, die Eintracht der Rassen und Muttersprachen, die Einheit des Menschen? So ungern man sich die Vielfalt des Natürlichen weiterhin aus Bibelkommentaren und Weltchroniken erläutern ließ, im Mysterium des Anfangs fanden die mittelalterlichen Traditionen sicheres Asyl. Sie gingen von einem festen archimedischen Punkt aus, von dem jenseitigen Willen, der den Kosmos plant und umgreift. Von hier aus trieben Theologen und Historiker die Schutzmauer um die sakrale Überlieferung noch einmal weit in das säkulare Geschichtsbild vor; seit dem Barock brachen Rationalisten und Empiristen einen Stein nach dem anderen heraus, aber man findet die Steine noch heute in ganz modernen Bauten wieder.

Trotzdem haben die alten Topoi und Formeln nicht mehr ihre mittelalterliche Kraft und Geschlossenheit; sie können nicht mehr im ganzen die grobsinnliche Wirklichkeit mit Gottes allgemeiner Wirksamkeit versöhnen. Sie dienen vielmehr als Fragmente und Details den Mächten des Tages zur Lebenshilfe; indem man sie in die Hand nimmt, werden sie zur Waffe und zum Spielzeug und verlieren an Nimbus, was sie an Nähe gewinnen. So verschleißt der moderne Mensch achtlos das mittelalterliche Erbe. Der nachdenkende Historiker wird die Fetzen des alten Prunkgewandes liebevoll, doch ohne Wehmut sammeln; er will jetzt nicht mehr wissen, wie sie einst zusammengehörten, sondern welche Blößen sie später bedecken sollten. Dann entdeckt er hinter der Geschichte einiger Formeln die Freude und die Not, an der er selbst noch teilhat. Denn die Lücke im modernen Weltbild ist geblieben; die Frage nach dem Wesen des Menschen, nach seinem Schöpfer, seinen Geschöpfen, seiner Geschichte ist nicht verstummt, weil der Mensch die Weltordnung schaffen (nicht mehr nur erfüllen) oder mit ihr (nicht mehr nur an ihr) scheitern muß. Der furchtbare Ernst, mit dem Hunderte moderner Autoren über Wesen und Funktion der Sprachen und Völker nachdachten, belehrt uns, daß wir es hier nicht mit einem bloßen Teilaspekt und Randproblem zu tun haben. Es geht noch immer um das Grundgesetz des Abendlandes, um die Einheit in der Mannigfaltigkeit, die vom Individualitäts- und Entwicklungsgedanken mehr ausgespart als entwertet und noch immer nicht verwirklicht worden ist.

1. Autonomie und Kontinuität

Mit dem Ausbruch des großen abendländischen Schismas traten die bisher halbverborgen wirkenden neuen Mächte offen zutage: die Nation und das Individuum. Im Für und Wider der Päpste, im Tagen und Versagen der Konzilien konsolidierten sich die handelnden Nationen als Individuen. Sie steckten ihre Grenzen gegeneinander ab und zogen die universalen und lokalen Kräfte in ihren Bann; sie bildeten Nationalcharaktere aus. Portugiesen und Spanier, Spanier und Franzosen, Franzosen und Engländer, Engländer und Deutsche, Dänen und Schweden, Polen und Tschechen befehdeten sich nun leidenschaftlicher und grundsätzlicher als früher. Über die Nation wölbte sich langsam die gemeinsame Sprache, in der die lokalen Dialekte mehr oder weniger aufgingen; Fremdsprachen wurden in England, Italien, Deutschland und Böhmen gemieden[1]). Der Reichtum der Gegenwart kam zugleich der Ausbildung menschlicher Individualität zugute; Künstler und Gelehrte gestalteten das menschliche Innenleben, seine Erlebnistiefe und seinen sprachlichen Ausdruck so vielseitig aus, daß es sich als traditionsloses, souveränes Eigentum empfinden

---

[1]) William Templeton WAUGH, A History of Europe from 1378 to 1494 (Methuen's History of Medieval and Modern Europe 4), 3. Aufl., London 1949, S. 6 f.

lernte. Die Wandlungen der Geschichte, der Sprachen und Völker versanken vor der Begeisterung für den Menschen. Allerdings überlebte sie die Jahrhundertmitte nicht ohne Einbußen. Nach dem Scheitern der Konzilien, nach der türkischen Eroberung Konstantinopels schwand das Vertrauen in die zeitlose Macht des Menschen, und er fand sich plötzlich unter die neuen Gesetze der absoluten Staatlichkeit und Fürstenhoheit gezwängt. Er hätte sich nun gerne wieder in die abgerissene universale Kontinuität gestellt, freilich ohne die eben errungene mannigfaltige Autonomie preisgeben zu wollen. Ob sich beides miteinander vereinen, ob sich die neubelebte oder neugeschaffene Tradition verpflichtend für Individuum und Nation auswirken könne, war bis zum Ausgang des 15. Jahrhunderts eine offene, bewegende Frage.

Die Begeisterung für den autonomen Menschen schlug die höchsten Wellen in dem politisch machtlosen Italien, das zwischen den Stadtmächten Neapel, Rom, Florenz, Mailand und Venedig zerrissen war. Hier sammelten sich die neuen Energien nicht um die Nation, sondern um die Sprache, um das Latein der Antike, vor allem um die italienische Volkssprache; hier, besonders in Florenz, begann auch „die Selbsterhebung des Menschen zum zentralen Wesen der Schöpfung", die das Sprach- und Geschichtsdenken verwandeln sollte[2]). Francesco Petrarca (1304–1374) wurde der Herold für beides. Ciceros Sprache hatte ihn bezaubert, er tat es ihr nach in der „gebärdenhaften Schönheit des Wortes", in der sich eine eigentümlich geprägte Seele ausspricht, nicht mit der Absicht, das Allgemeine abzubilden, „was uns übergreift, woran wir nur Anteil haben, wovon wir Glieder oder Werkzeuge oder bloße Zeichen sind", sondern um in der schönen Form sich selbst zu geben. Damit öffnete sich, ungeachtet aller Dichtung zuvor, eine neue Dimension der Sprache, mehr noch in Petrarcas italienischer Poesie als in seiner lateinischen Prosa; hier knüpfte sich ein neuer, subjektiver Zusammenhang zwischen Innen und Außen: Die Sprache ist Gradmesserin der Seele, die Seele Gestalterin der Sprache, auch wenn die lallende Zunge des Dichters sein überströmendes Gemüt oft nicht ausdrücken kann[3]). Die zeitlose Seele schuldet der Vergangenheit nichts. Adam hatte, wie

---

[2]) Leonardo OLSCHKI, Italien: Genius und Geschichte, Darmstadt 1958, S. 295 ff. (politische Lage); Paul LEHMANN, Mittelalter und Küchenlatein, in: P. L., Erforschung des Mittelalters, Ausgewählte Abhandlungen und Aufsätze, Neudruck Bd. 1, Stuttgart 1959, S. 46–62, hier S. 51; Richard NEWALD, Der Übergang vom Mittellatein zum Humanistenlatein, in: ALMA 16 (1942) 113–125, hier S. 121 ff.; STEINEN (o. S. 924 Anm. 184) S. 4 (Latein); KLEIN, Latein 47 ff. (Volkssprache); SRBIK, Geist Bd. 1, S. 49 (Selbsterhebung); August BUCK, Das Geschichtsdenken der Renaissance (Schriften und Vorträge des Petrarca-Instituts Köln 9), Krefeld 1957, S. 15 ff., 28 f. (Geschichtsdenken).

[3]) KLINGNER, Geisteswelt 616 f. (Schönheit, Allgemeines); GARIN, Humanismus 12 (Innen und Außen); Michael SEIDLMAYER, Petrarca, das Urbild des Humanisten, in: AKG 40 (1958) 141–193, hier S. 162 f. (Sprache und Seele). Zu P.s Sprachanschau-

Petrarca nach 1351 schrieb, kein besonderes Verdienst, auch nicht um die Sprache; man wisse von ihm nichts Historisches. In der Galerie berühmter Männer stand auch der riesige Jäger Nimrod; er brachte als Herr Babylons Krieg und Tyrannei auf die Erde; seither verdrängten Großreiche das idyllische Hirtenleben Adams und die bäuerliche Welt Noahs. Nimrod begann den Babelturm, der zum Himmel gediehen wäre, hätte nicht die göttliche Macht dem menschlichen Hochmut widerstanden[4]). Doch dem mächtigen Individuum gehörte Petrarcas geheime Sympathie; der Turm verschaffte dem Erbauer ewigen Ruhm, auch wenn er mit Sünde und Irrtum beladen war. Der Turm schied nicht die Völker, erst recht nicht die Sprachen, er ist mehr ein moralisches als ein historisches Monument; denn die menschliche Geschichte beginnt erst mit dem Assyrer Ninus und seinem Gegner *Zoroastro*, dem Erfinder der Zauberei, also mit den antiken Heroen.

Seelenkult und Vergötterung der Antike heben den Dichter über die Geschichte; noch heute vermag er selbst Afrikaner mit dunkler, seltsamer Sprache zu verstehen, weil sie Liebende sind wie er; ein Grieche freilich wird durch den klaren lateinischen Klang von Ciceros Sprache verwirrt. Für Petrarca ist sie *lingua nostra*. Es ist, als verstünde nur der antik Empfindende alle Welt, und ringsum wäre Babel. Im christlichen Kreuzheer gegen die Türken werden zwar zur Ehre des Evangeliums verschiedene Sprachen erklingen; doch das päpstliche Avignon ist nicht pfingstlich, sondern babylonisch, und seine Götzen werden vergehen wie *le torre superbe al ciel nemiche*: der Papstpalast ist der Babelturm der Verwirrung. Sein Bauherr, Papst Klemens VI., ist der *turrificus simul atque terrificus Nembroth*, der Widersacher des heiligen und ewigen Rom. Babylon, das älteste Weltreich, ist gefallen; nur Rom steht noch und ist doch uralt, denn es ist von Trojanern gegründet, und wer hat, wie Petrarca nach 1373 fragte, Troja begründet? *Nempe Italus fuit et Tuscus*. Malespinis Fabeln erklären die Wirklichkeit[5]). Das Antike trotzt der Vergänglichkeit; in seiner

---

ung auch Pieter Adrianus VERBURG, Taal en functionaliteit, Een historisch-critische studie over de opvattingen aangaande de functies der taal vanaf de prae-humanistische philologie van Orléans tot de rationalistische linguistiek van Bopp, Diss. phil. Amsterdam, Wageningen 1951, S. 103.

[4]) De viris illustribus, hg. Pierre DE NOLHAC, Le „De viris illustribus" de Pétrarque, in: Notices et extraits des manuscrits de la Bibliothèque Nationale, Bd. 34, Paris 1891, S. 61–148, hier S. 114 (Adam), 116 f. (Nimrod).

[5]) Rime, Trionfi e poesie latine, hg. Ferdinando NERI u. a. (LI 6), Mailand-Neapel 1951: Trionfi della fama II, 79 ff. S. 539 (Turmbau); II, 121 ff. S. 541 (Ninus, Zoroastro); Trionfi d'amore II, 7 ff. S. 487 (Afrikaner); II, 106 f. S. 491 (Grieche); Trionfi della fama III, 19 ff. S. 543 f. (lingua nostra); Rime 28, 41 S. 38 (Kreuzheer); 137, 1 ff. S. 202 (Avignon). Liber sine nomine, hg. Paul PIUR, Petrarcas ‚Buch ohne Namen' und die päpstliche Kurie (DVLG, Buchreihe 6), Halle 1925, S. 193, 197 ff. (Klemens VI.). Invectiva contra eum qui maledixit Italie, hg. Guido MARTELLOTTI u. a., Francesco Petrarca, Prose (LI 7), Mailand-Neapel 1955, S. 774 (Babylon), 804 (Troja und Rom).

Sprache klaffen nicht Leben und willkürliche *pacta humana* auseinander. Die Unbeständigkeit der Zeit wurde nicht am römischen Forum, sondern am Babelturm exemplifiziert, dessen Reste heute über die Erde zerstreut seien. So wenig Petrarca auf Abstammung und Herkunft geben mochte, dem Kaiser Karl IV. schrieb er doch stolz, daß aus Fiesole die Fundamente seines Vaterlandes kämen. Alles Nichtrömische ist barbarisch, und dieses Verdikt trifft die maßlosen Engländer, die Franzosen wie die Deutschen. Freilich, sogar im Barbarenland, in Köln, fand Petrarca 1333 erstaunliche Gesittung und reizende Frauen, deren fremdländische Murmellaute ihn über die Not der Sprachverschiedenheit seufzen ließen[6]). Er bewunderte auch Gedächtnisleistungen antiker Heroen wie des Königs Mithridates, der 22, 25 oder gar 50 Sprachen verstand; aber er selbst lernte nicht einmal Griechisch. Wenn er lateinisch und italienisch dichtete, glaubte er bereits das Wesen zweier Völker und Zeiten in sich zu vereinen; Sprachenvergleich interessierte ihn und seine Nachfolger viel weniger als Dante. Sein Sprach- und Geschichtsbewußtsein kannte nur die römisch-italienische Tradition, die sich ihm ganz mit dem Augenblick vermählte[7]).

Petrarcas jüngerer Landsmann und Freund Giovanni Boccaccio (1313–1375) war weniger empfindsam und weltoffener. Nicht nur, daß er Griechisch lernte; sein „Decamerone" fing im Pestjahr 1348 die pralle Lebensfülle der Gegenwart ein. Er verlachte den Adelshochmut: Die Florentiner Baronci seien in der Tat das älteste aller Geschlechter, denn Gott habe sie so häßlich nur erschaffen können, als er sein Handwerk noch nicht verstand. Hinter dem Spott regte sich der Zweifel am Ursprungsideal, an Gottes Schöpfermacht. Immerhin ist Fiesole eine uralte Stadt; aber im Getriebe des Daseins und der Liebe ist keine Kontinuität zu finden. Es wird uns nicht erklärt, woher die auf „Sprache" bezogenen Nationalcharaktere kommen, die Doppelzüngigkeit der Burgunder, die Treulosigkeit der Sizilianer und Deutschen, die Großsprecherei der Venezianer. Boccaccio haßte die, die nicht zu ihrem Wort stehen; wie er sein florentinisches *volgare* liebte, so verehrte er die gemütvolle Kraft jeder Muttersprache. Ein aus Armenien geraubtes Kind versteht noch fünfzehn Jahre später in Sizilien die

---

[6]) Le Familiari, hg. Vittorio Rossi (Edizione nazionale delle opere di Francesco Petrarca 10–13), 4 Bände, Florenz 1933–42: XVI, 14, 7 Bd. 3, S. 211 (pacta humana); XVII, 3, 44 S. 242 (Babelturm); XXI, 15, 23 Bd. 4, S. 99 (Herkunft); XVIII, 1, 41 Bd. 3, S. 273 (Fiesole); XXII, 14, 2 Bd. 4, S. 138 (Engländer); I, 5, 4 Bd. 1, S. 28 (Köln). Dazu Goetz, Italien Bd. 1, S. 114; Berges, Fürstenspiegel 288.

[7]) Rerum memorandarum libri, hg. Giuseppe Billanovich (Edizione nazionale delle opere di Francesco Petrarca 5, 1), Florenz 1943: II, 11 S. 47 (Mithridates); I, 19, 4 S. 19 (zwei Völker; dazu Klein, Latein 49). Dazu Giuliano Bonfante, Ideas on the Kinship of the European Languages from 1200 to 1800, in: Cahiers d'histoire mondiale 1 (1953/54) 679–699, hier S. 683 f. (Sprachenvergleich); Hanns Wilhelm Eppelsheimer, Petrarca, Bonn 1926, S. 82 ff.; Helbling, Saeculum 142 ff. (Geschichtsbewußtsein).

heimischen Klänge; die babylonische Sultanstochter in der Fremde, die kein Spanisch und vom Griechischen wenig oder nichts versteht, kann endlich mit einem Türkendiener reden, nachdem sie so lange wie eine Taubstumme lebte. Sprachenkenntnis verbindet die Völker und die Herzen; Kaufleute und kluge Weltleute lernen leicht die fremden Idiome. Italienische Händler dringen schnell in die Berbersprache ein und verständigen sich am Sultanshof in Alexandria; der babylonische Sultan Saladin spricht Italienisch *(latino)*. Nur die törichten Franzosen verstehen erschreckend wenig Italienisch. Mit perspektivischem Bewußtsein werden begrenzte Wirklichkeiten lebensvoll beschrieben; was sie alle vereint, ist keine symbolische Bedeutung, sondern der individuelle, sinnliche Lebenswille[8]).

Ihn spürte Boccaccio um 1373 auch in den Mythologien und Genealogien, selbst wenn er ihnen nicht glaubte. Die Briten wollten ihre Barbarei adeln und deshalb von dem Trojaner Brutus stammen; Vinzenz von Beauvais leitete die französischen Könige von dem Trojaner *Franco* her. Warum auch nicht? „Bei Gott ist kein Ding unmöglich" – ausgenommen biblische Ahnentafeln. Freilich, daß es Riesen gibt, wird von der antiken Literatur ebenso wie von der biblischen bestätigt, und so darf man an Nimrod glauben, *qui turrim in deum excogitavit*[9]). Doch aus dem Verbrecher vor Gott ist nun eine menschliche, tragische Gestalt geworden. Sein gewaltiger Turm, der die Wolken überragen und eine neue Sintflut überstehen sollte, war zwar töricht, aber welch eine herzerhebende Vermessenheit! Die Fundamente wurden so breit geplant, wie der Turm hoch werden sollte (also nicht himmelhoch), und als fast die ganze Menschheit das von Nimrod ausgedachte Werk begeistert aus der Tiefe der Fundamente in die Lüfte führte, da mußte sich der Baumeister als der glücklichste Mensch, ja als ein Gott auf Erden dünken. „Wer würde sich nicht auch in unserer Zeit für den mächtigsten und glorreichsten Menschen halten, der die Kraft hätte, ein ähnliches Bauwerk zu errichten?" Noch heute steht der Bau, nicht wie ein Turm, eher wie ein Berg, inmitten der Ebene bis zu den Wolken ragend, ein gewaltiger, wunderbarer und schauriger Anblick. Denn

---

[8]) Il Decameron, hg. Aldo Francesco MASSÈRA, G. Boccaccio, Opere, Bd. 7–8 (Scrittori d'Italia), 2 Bände, Bari 1927: VI, 6 Bd. 2, S. 17 (Baronci); VIII, 4 S. 119 (Fiesole); I, 1 Bd. 1, S. 28 (Burgunder); II, 6 S. 110 (Sizilianer); VIII, 1 Bd. 2, S. 104 (Deutsche); IV, 2 Bd. 1, S. 287 (Venezianer); IV, proemio S. 269 (volgare); V, 7 S. 387 (armenisches Kind); II, 7 S. 126, 130, 136 (Sultanstochter); V, 2 S. 356 f. (Berbersprache); II, 9 S. 166 (Alexandria); X, 9 Bd. 2, S. 293 (Saladin); I, 1 Bd. 1, S. 29 (Franzosen). Dazu Erich AUERBACH, Mimesis, Dargestellte Wirklichkeit in der abendländischen Literatur, 2. Aufl. (Sammlung Dalp 90), Bern 1959, S. 195 ff. (Wirklichkeit); VERBURG, Taal 104 (Sprachauffassung).

[9]) Genealogie deorum gentilium libri, hg. Vincenzo ROMANO, G. Boccaccio, Opere, Bd. 10–11 (Scrittori d'Italia), 2 Bände, Bari 1951: VI, 57 Bd. 1, S. 329 f. (Brutus); VI, 24 S. 306 f. (Franco; dazu LHOTSKY, Apis Colonna 204); IV, 68 S. 225 (Nimrod). Dazu Attilio HORTIS, Studj sulle opere latine del Boccaccio, Triest 1879, S. 214 ff.

variante fortuna vices drehte sich das Glücksrad; plötzlich, „sei es durch den Ansturm der Winde, sei es durch den Stoß der Hand Gottes", stürzte die Spitze des Gebäudes herab und erschlug viele. Doch was den Weisen zur Vorsicht gemahnt hätte, wurde dem genialen Toren zum Ansporn: nun wollte er den Turm ganz bis zum Himmel emporführen. Da geschah das Wunder; die Bauarbeiter, die bisher alle eine Sprache gebrauchten, redeten „wie auf Verabredung" in verschiedenen Zungen, wahrscheinlich, weil sie sich ihrem König entfremdet hatten und dabei schließlich auch ihre Sprache änderten; „ob es aus eigenem Antrieb, ob auf göttliche Eingebung geschah, weiß ich nicht". Die Menge hörte auf zu bauen, trennte sich nach ihren Sprachen, wählte sich neue Führer und zog von dannen. Nimrod aber, eben noch ein gewaltiger König, saß einsam vor dem halbfertigen Werk. Vielleicht starb er vor Kummer und Schreck; vielleicht entfloh er seinem Bau nach Persien und wurde Götzenpriester, ein Beispiel menschlicher Hybris und Erniedrigung, ein Opfer der *fortuna*. Anstatt die Sprachenteilung zu beklagen, bemitleidete der Dichter ihren Urheber. Ist seine Torheit Sünde? Ist sein Unglück nicht nur Zufall, Folge einer atmosphärischen Störung? Hat Gott die Menschen getrennt, oder entzogen sie sich selbst dem starrköpfigen Monarchen? Fragen blieben offen, die man fünfzig Jahre früher nicht zu stellen gewagt hätte[10]). Nichts Menschliches war dem Dichter fremd, nur die alte Frömmigkeit.

Sie leuchtet noch einmal aus dem Pfingstbild, mit dem 1366 der Florentiner Andrea Bonaiuti die dominikanische Kirche Santa Maria Novella ausmalte. Auf einem kastellartigen Haus thronen wie eine Ratsversammlung Maria und die Apostel; draußen stehen, ihnen zugewandt, 18 Gestalten mit mannigfacher Kleidung, Hautfarbe, Haartracht, darunter Neger und Asiaten, und einer öffnet die Haustüre. Die Völker sind schon auf dem Weg in den Abendmahlsaal[11]). Aber war das nicht eine fromme Illusion? Hatte die biblische Verheißung noch eine Zukunft, ja, hatte sie auch nur die Vergangenheit für sich? Wenn die biblische Geschichte ein allegorischer Trost, allenfalls ein Exempel der Lebensklugheit war, konnte sie schwerlich noch Sachwissen liefern. Auch der patriotische Eifer wirkt veraltet, mit dem um 1380 der Florentiner Politiker Marchionne di Coppo Stefani (1336–ca. 1385) Villani folgte. Er begann seine florentinische Chronik mit Adam und Noah, mit dem Übermut des Tyrannen Nimrod, an dessen Babelturm man 107 Jahre lang baute, und mit den 72 Sprachen; aber dann kam er zu *nostra materia*: Die Nachfahren Gomers siedelten sich in Fiesole an; der Japhetit *Attalante* heiratete die Enkelin des hamitischen

---

[10]) De casibus virorum illustrium I, 3, o. O. u. J., f. 5r (Abschrift von Frl. Dr. Antonia Ruth WEISS-Münster; die benutzte Ausgabe, vielleicht aus Straßburg um 1475, ist beschrieben bei HORTIS [o. Anm. 9] S. 764 f.).

[11]) SEELIGER, Pfingsten 19 f. und Abb. 18.

Gottes Jupiter; aus dieser Ehe entsprossen die Italiener und Trojaner. Damit waren ohne Villanis störendes Beiwerk Bibel und Antike zum Ruhm der Vaterstadt verbunden[12]). Doch nicht nur dieser Synkretismus, auch der Historismus störte die Humanisten. Der Staatskanzler von Florenz, Coluccio Salutati (1331 bis 1406), nannte 1381 als Beispiele irdischer Vergänglichkeit Ninus, der das Reich der Assyrer gründete und zuerst seine Waffen in Nachbarländer trug, und die Trojaner; mit Nero seien die Nachfahren von Priamus und Aeneas ausgestorben. Salutati setzte zwar die herkömmliche Bibelauslegung noch wortgläubig fort, aber was lehrte sie den Historiker? 1405 schrieb er dem Genuesen Giorgio Stella, vielleicht sei Genua von einem Japhetsohn Janus begründet worden; vielleicht habe ein Noahenkel Janus Griechenland beherrscht, derselbe, den die Bibel Javan nenne. Vielleicht seien Janus und Javan eine Person; aber *potest et aliter forsan esse*. Durch Kriege, Völkerwanderungen und die verschiedenen Sprachen der Völker sei das Altertum unkenntlich geworden; Stella möge sich aussuchen, was der Wahrheit und der Würde Genuas am besten entspreche[13]). Der sicherste Standpunkt war doch die Würde der Gegenwart.

Auch Salutatis Schützling und späterer Nachfolger Leonardo Bruni (1369 bis 1444) schrieb seinem Lehrer, es lohne sich nicht, der Etymologie eines Eigennamens nachzugehen, wenn er erst nachträglich von den Dichtern erfunden worden sei und nur eine Meinung, nicht die Sache wiedergebe. Namen setzen ist eine Fähigkeit des Menschen, aber sie führt nicht zu den Fakten und ihrer Geschichte. Wenn Bruni brieflich nach dem Namen Mailands fragte, wollte er nichts von der Stadtgeschichte hören: Man weiß ja, daß die Stadt von Galliern gegründet wurde, und ob das früher oder später geschah, *non magna temporis varietas est*. Im Grunde war es früher wie heute: *ut nunc est*, *etiam sic tunc*; schon im alten Rom waren wie im modernen Italien gelehrtes Idiom und Volkssprache verschieden. Auch die nationalen Eigenheiten haben eine natürliche, keine geschichtliche Ursache; die Menschen ziehen gleichsam aus ihrer Heimaterde ihre Eigenart, Spanier und Italiener „schmecken" ebenso verschieden wie Weine verschiedenen Wachstums. Das Edle wächst durch Auslese, nicht durch Alter; Brunis Geschichte von Florenz beginnt mit den römischen Legionen und würdigt Villanis Fabeln keines Blickes. Die Historie mag Ursprung und

---

[12]) Cronaca fiorentina I, 1, RISS NE Bd. 30, 1 S. 2 ff. Dazu COGNASSO (o. S. 562 Anm. 45) S. 808.

[13]) De seculo et religione, hg. Berthold Louis ULLMAN (Nuova collezione di testi umanistici inediti o rari 12), Florenz 1957: I, 27, 19 S. 63 (Ninus); I, 27, 13 S. 61 (Trojaner); II, Prolog, 21 S. 93 (Wortglaube). Epistolario XIV, 13, FSTI Bd. 18, S. 92–98 (Genua). Dazu Alfred von MARTIN, Coluccio Salutati und das humanistische Lebensideal, Ein Kapitel aus der Genesis der Renaissance (Beiträge zur Kulturgeschichte des Mittelalters und der Renaissance 23), Leipzig-Berlin 1916, S. 36 ff.

Fortschritt *(progressus)* des eigenen Volkes lehren, fruchtbar wird die Kenntnis der Fakten erst durch die rhetorische Kunst der jetzigen Zeiten; das Wort siegt über die Sache, die Form über den Inhalt[14]).

Kunstvoll formte nach Brunis Auftrag Lorenzo Ghiberti (1378–1455) zwischen 1416 und 1419 das Pfingstwunder für die Tür zum Baptisterium des Florentiner Domes. Groß und muskulös stehen dort acht martialische Gestalten, zum Teil mit fremdländischen Kopfbedeckungen und Waffen; sie verkörpern die hiesige Welt, während sich droben, weit entfernt und klein, das Zungenwunder vollzieht. Man zweifelt, ob es die Krieger vergeistigen wird; sie haben keine Tür geöffnet. Obgleich Ghiberti selbst Architekt war und gerne monumentale Architektur mit dramatisch bewegter Handlung verband, fehlen auf seinen Bronzetüren Babelturm und Völkerteilung[15]). Der Wunder größtes ist der Mensch. Der enzyklopädische Künstler Leon Battista Alberti (1404–1472) schilderte 1435 die Vielfalt als gottnahe Qualität des Menschen, der alles könne, was er mit Umsicht wolle. Die *varietà* soll die Bauformen beherrschen; man soll nicht die mittelalterliche Turmbaukrankheit nachahmen. Welche Wälder von Kirch- und Geschlechtertürmen! Wer einen Turm baut, nehme sich den von Herodot beschriebenen babylonischen Tempelturm zum Muster, der in Stufen gegliedert emporsteigt und darum stabil ist, nicht höher als das Vier- bis Sechsfache der Basisbreite. Der heidnische Bau ist schöner als gotische Kirchtürme. Um der *varietà* willen schätzte Alberti das Italienische neben dem Latein; wie hätte er den Turm verdammen sollen, an dem die schöne Vielfalt entstand![16]) Eine Florentiner Bilderchronik, vielleicht zu Unrecht dem Goldschmied Maso Finiguerra (1426–1464) zugesprochen, wandte um 1460 Albertis Prinzipien praktisch auf die Heilsgeschichte an. Nachdem als Gegenspieler des unschuldigen Heber König Nimrod geißelschwingend, mit furchterregendem Drachenhelm und reichgeziertem Panzer vorgeführt ist, sehen wir den *turris Nebrot* vor

---

[14]) Epistolarum libri, hg. Johann Albert FABRICIUS, Hamburg 1724: I, 6 f. S. 14–19 (Namen); VII, 5 S. 261 f. (Mailand); VI, 8 S. 221–231 (Sprache im alten Rom); VII, 7 S. 268 f. (Spanier und Italiener). Historiarum Florentini populi libri, RISS NE Bd. 19, 3 S. 5 (Geschichte von Florenz; dazu Hans BARON, Das Erwachen des historischen Denkens im Humanismus des Quattrocento, in: HZ 147 [1933] 5–20, hier S. 11 ff.). De studiis et litteris liber, hg. Hans BARON, Leonardo Bruni Aretino, Humanistisch-philosophische Schriften (Quellen zur Geistesgeschichte des Mittelalters und der Renaissance 1), Leipzig-Berlin 1928, S. 13 (Historie), 18 f. (Fakten und Rhetorik; dazu Louis KUKENHEIM, Contributions à l'histoire de la grammaire italienne, espagnole et française à l'époque de la Renaissance, Diss. phil. Amsterdam 1932, S. 172; VERBURG, Taal 104 ff.).

[15]) Richard KRAUTHEIMER, Lorenzo Ghiberti (Princeton Monographs in Art and Archaeology 31), Princeton 1956, Tafel 54.

[16]) L'architettura, übers. Cosimo BARTOLI, Venedig 1565: VIII, 5 S. 282 f. Dazu Martin GOSEBRUCH, ‚Varietà' bei Leon Battista Alberti und der wissenschaftliche Renaissancebegriff, in: Zeitschrift für Kunstgeschichte 20 (1957) 229–238, hier S. 234.

uns. Getreu Albertis Empfehlung steigt er in formschönen Stockwerken empor; jedes endet mit reichen Gesimsen, das nächstfolgende läßt Raum für Umgänge mit Putten und Balustraden. Nur auf das oberste Stockwerk ist ohne Verjüngung weitergebaut worden: und dort sieht man Risse und Trümmer, obgleich die Turmhöhe kaum das Doppelte der Basisbreite erreicht hat. Der Turmbau scheiterte also, weil Nimrod die Theorie Albertis nicht beherzigte[17]). Im Detail steckt die Gottlosigkeit.

Die Gesinnung der Florentiner nahm der humanistische Staatsmann Giannozzo Manetti (1396–1459) in die Verbannung mit. Auch wenn er von Schöpfung und Genesis sprach, erschien ihm der Mensch voller göttlicher Hoheit und Würde; dem Menschen gehöre, hieß es 1452, alles von Menschen Bewirkte, alle Erfindungen, alle Arten der verschiedenen Sprachen und Schriften. Darum lernte Manetti gründlich Hebräisch und Griechisch und ließ seinen Sohn in den „drei Sprachen" unterrichten, nicht um die Bibel demütig zu verstehen. Er griff die Legende von den 72 Übersetzern der Septuaginta an und predigte, man müsse die mittelalterlichen Autoren kritisieren, den antiken aber glauben. War die Bibel ein antikes Buch? Jedenfalls begann Manetti 1446 die Geschichte Pistoias nicht mit Adam und Nimrod, sondern bei den kleinasiatischen Lydern, Tyrrhenern und Etruskern und zitierte anstelle von Moses Vergil und Plinius[18]). Die klassische Musterzeit, der Vergänglichkeit enthoben, gab dem florentinischen Selbstbewußtsein eine scheingeschichtliche Tiefe; während es zwischen bürgerlicher Freiheit und tyrannischer Einheit qualvoll schwankte, fand es Sicherheit im Ewigmenschlichen.

Nördlich der Toskana hielt man mit dem stürmischen Tempo der Florentiner nicht Schritt; hier blühten noch die spätmittelalterlichen Stammbäume, mit apokryphen biblischen und antiken Wurzeln; hier ruhte die Selbstsicherheit noch auf Traditionsbedürfnis. Der Genueser Notar Giorgio Stella (gest. 1420) befolgte allerdings gründlich Salutatis Rat und bezweifelte 1409, ob ein Janus Genua gegründet habe; das sei eine jener Fabeln, die man zu Zeiten Jakobs von Varazze geglaubt habe, gleich dem Märchen, einsam aufwachsende Kinder erlernten von selbst die hebräische Sprache Adams. Wahrscheinlich habe ein aus Ägypten gekommener *Genuinus* die Stadt gestiftet. Wenn er aus dem hamitischen Babylon, der ältesten Weltstadt nach der Sintflut, stammte, war er ein

---

[17]) A Florentine Picture-Chronicle by Maso Finiguerra, hg. Sidney Colvin, London 1898, Tafel 6 f.

[18]) De dignitate et excellentia hominis, zitiert nach Ernst Cassirer, Individuum und Kosmos in der Philosophie der Renaissance (Studien der Bibliothek Warburg 10), Leipzig-Berlin 1927, S. 88 (Menschenwürde). Historia Pistoriensis, RISS Bd. 19, Sp. 993 f. (Pistoia). Dazu Burckhardt, Renaissance 142; Garin, Humanismus 62. Zur florentinischen Staatskrise Hans Baron, Humanistic and Political Literature in Florence and Venice At the Beginning of the Quattrocento, Studies in Criticism and Chronology, Cambridge-Mass. 1955, S. 3 ff.

genuiner, aber kein biblischer Heros[19]). Doch eben darum lenkte 1410 der Kleriker Niccolò della Porta wieder in mittelalterliche Bahnen zurück. Genuas Urgeschichte begann mit dem 100 Ellen langen Riesen Nimrod, bei dessen Turm die 72 Sprachen entstanden. Aus Babel kam der Gründer Genuas, Janus, ein Urenkel Noahs, den Galvaneus Flamma aus der Taufe gehoben hatte; ein zweiter Janus trojanischen Geblüts zog hinterdrein. Man mochte den antiken Hintergrund nicht missen, aber vor allem war Genua, das die Gebeine Johannes des Täufers empfing, das Haus Christi und gehörte zu den Frommen, die mit den Aposteln die Wunder Gottes in verschiedenen Sprachen künden[20]). Auch in Brescia knüpfte um 1412 der Mediziner Giacomo Malveggio an Galvaneus Flamma an. „Nach einigen Historikern" kam Noah selber nach Italien; die Heidengötter, Dardanus, die Italiener und Trojaner waren seine Nachkommen, auch Herkules, der Brescia und seine Türme baute[21]). Noch um 1450 verteilte der Dichter Antonio Astesano (ca. 1412–ca. 1468) seine Gunst gerecht: *Nonnulli* aus Japhets Stamm hätten das fromme Asti gegründet; dem geliebten Genua, dessen Mädchen selbst einen Priamus entflammen könnten, gab er keinen biblischen Janus, sondern den ägyptischen *Genuus* zum Vater[22]). Aber dieser Lokalpatriotismus, der sich aus Bibel und Antike seine Lorbeerblätter zusammenlas, konnte keine einzige verläßliche Quelle zitieren; er war nicht philologisch, nicht humanistisch.

Die päpstliche Kurie selbst, der berufene Hort der Tradition, stand seit der Rückkehr aus Avignon den Florentinern näher als den Genuesen. Im Vatikan berief man sich auf das antike Rom wie Petrarca und Bruni, doch weniger rhetorisch-pädagogisch als antiquarisch-philologisch. Der apostolische Sekretär Flavio Biondo (1392–1463) bestand 1435 im Gegensatz zu Bruni darauf, daß die alte Römersprache von Gelehrten und Ungelehrten gleich ausgesprochen wurde; alle Römer stammten von demselben *Latius* ab. Erst die barbarischen Langobarden verderbten das Latein zur romanischen Vulgärsprache. Gegen mittelalterliche Variationen bleibt dennoch die Beharrungskraft antiken Geistes siegreich. Göttliche Eingriffe und japhetitische Wanderungen würden das Bild nur stören; Venedig ist nicht in der Völkerwanderung, sondern von dem Trojaner Antenor begründet worden[23]). Biondo gab 1453 zu, daß sich viele

---

19) Annales Genuenses I, 1, RISS Bd. 17, Sp. 955–961.

20) Historia translationis reliquiarum beati Johannis Baptistae ad civitatem Januae, RHC Bd. 5, S. 237 f.

21) Chronicon Brixianum I, 1, RISS Bd. 14, Sp. 783 f.

22) Carmen de eius vita et varietate fortunae II, 1147 ff., RISS NE Bd. 14, 1 S. 36 (Asti); I, 417 f. S. 16 (Priamus); I, 262 ff. S. 10 ff. (Genuus).

23) Scritti inediti e rari, hg. Bartolomeo Nogara (Studi e Testi 48), Città del Vaticano 1927: De verbis Romanae locutionis c. 9 S. 121 (Latius); c. 25 S. 129 (Barbaren; dazu Klein, Latein 56 f.); Populi Veneti historiae I, 1 S. 79 (Antenor; dazu vgl. Gorra, Storia 79 ff., 83).

Namen italienischer Provinzen und Städte wandelten, doch spürte er darin nicht Gottes Verfügung. Den genuesischen Patron Janus, an dem Salutati noch laboriert hatte, wies Biondo als fabulös zurück; Livius sei der früheste Gewährsmann. Auch die mailändischen, florentinischen und ravennatischen Uraltertümer zerfielen zu Staub: Mailand ist eine gallische, Florenz eine römische, Ravenna eine sabinische Gründung. Nur antike Autoren, besonders Vergil, berieten den Antiquar; ihren Ursprungssagen vertraute er: Saturn floh vor Jupiter nach Latium, der Trojaner Antenor stiftete als älteste Stadt Italiens Padua. Im Lob des ewigen lateinischen Rom erst trafen sich 1459 humanistisches und katholisches Pathos. Rom wurde durch Gottes Gnade zum Mittelpunkt der Weltgeschichte; „die Völker, die durch so viele Meere und Buchten, durch so viele Berge und Flüsse und durch die große Verschiedenheit der Sprachen voneinander getrennt waren, wurden vermittels der lateinischen Sprache, die sich bei allen verbreitete, . . . zu einer einzigen großen Stadt"[24]). So wäre die Sprachenvielfalt nicht minder natürlich als Fluß und Berg, und erst die lateinische Kultur hätte die Völker zur Höhe des Humanen erhoben. Wo blieben Adam, Nimrod und der Heilige Geist?

Die Antwort gab der spätere apostolische Sekretär Lorenzo Valla (1407 bis 1457), Brunis Schüler. Die menschliche Stimme, meinte er 1439, sei zwar eine Naturgabe, doch die Bedeutung der Worte sei von Menschen, zuerst von Adam, gesetzt und werde durch Lehre tradiert. Die Macht über die Sprache läßt den Menschen zu einem zweiten Schöpfer und die Philologie zur Religion werden; ihr hat sich auch das Bibelwort zu unterwerfen. Valla stürzte 1440/42 alle Anschauungen vom Pfingstwunder um durch die Beobachtung, die Übersetzung der Vulgata *variis linguis* für *ἑτέραις* in Act. 2, 4 sei irrig. Gemeint seien nicht verschiedene und verständliche, sondern wie in Mark. 16, 17 andere und neue, ekstatische Sprachen. Pfingsten war kein Fest der Polyglotten; die geheiligte Vulgata war nicht inspiriert; die Bibel wurde vom Philologen geprüft, ihr göttlicher Inhalt verworfen, wenn das Wort es befahl. Valla verwunderte sich auch über die von der Vulgata angegebene Zahl der 72 Jünger Christi, die grundlos *vel temeritate vel errore* eingeführt worden sei; nach den griechischen Texten, die durch Ex. 15, 27 mit gestützt würden, seien es 70 gewesen. Der Bezug auf die je sechs Bibelübersetzer aus jedem Stamme Sems sei vielleicht vom lateinischen Text angestrebt worden, er sei aber eine *stultissima ratio*, weil auch die zwölf Apostel nicht jeder aus einem anderen Stamme Israels kamen. Die christliche Religion ist also von allen völkischen und sprachlichen

---

24) Italia illustrata, Rom 1474: I, 6 f. 22 r (Genua); VII, 15 f. 104 v (Mailand); II, 7 f. 29v (Florenz); VI, 5 f. 78 v (Ravenna); III, 1 f. 40v (Saturn); IX, 10 f. 123 r (Padua). Roma triumphans, Prolog, zitiert nach Giuseppe Toffanin, Geschichte des Humanismus, o. O. 1941, S. 221 (lateinisches Rom).

Rücksichten frei, sie schwebt geistlich über den Nationen und Idiomen, verkörpert sich in ihnen nicht.

Doch galt Vallas Spiritualismus eben nur der Bibel, deren poetische Mängel er spürte; das Heilige verwirklichte sich, ihr zum Trotz, im klassischen Latein und in der Machtgeschichte Roms. Wie bei Biondo mündete 1444 die „Religion der Philologie" in die Trennung von Religion und Geschichte, in die Verherrlichung der Antike. Das Lateinische ist ein heiliges Überbleibsel von Roms Größe. Mit der römischen Macht breitete sich ihre Sprache aus, sie erhob die Völker aus der Barbarei und gab ihren einheimischen Idiomen Glanz, ohne sie zu verdrängen. Über den vielen Völkern stand wie ein zusammenfassendes Gesetz die römische Königin der Sprachen. Sie sammelte die Welt, während sich das Griechische in Stadtrepubliken zerstreute. Wenn das Latein blühte, war es Gottes Wille; wenn es verfiel, war es Schuld der Barbaren und nicht, wie noch bei Dante, göttliche Heilsplanung. Von seiner Zeit erhoffte Valla einen neuen Aufstieg der lateinischen Sprache[25]). In der Tat wurde sie, prunkvoll und volltönend, zum literarischen Symbol der päpstlichen Würde, freilich einer weltlichen Würde, die sich der Vulgata schämte. Seit Valla weiß man, daß die Sprache nicht bloß Gedanken spiegelt, sondern Weltreiche schafft und den Menschen zu seiner wahren Größe und Schönheit erweckt. Fast ist sie die Göttin der Geschichte.

Auch der spätere Papst Enea Silvio Piccolomini (1405–1464) betrachtete sie anfangs so. Als er 1439 das Baseler Konzil und die Stadt Basel zum Zentrum der Christenheit erklären wollte, erschien ihm die deutsche Sprache, durch Sachsen-Invasion und Fürstenmacht verbreitet, fast als providentielle Klammer um die *Christianitas* von Österreich bis Schottland. Der Kardinal rühmte später zwar nicht mehr die barbarische deutsche Vatersprache *(sermo patrum)*, wohl aber die Ausdehnung des gesegneten Germanenvolkes, das seinen Namen von seiner Fruchtbarkeit *(a germinando)*, nicht von der Bruderschaft mit den artfremden Galliern herleite. Doch schon betrübte 1454 den Kirchenfürsten dieser Streit der Völker, der Engländer und Franzosen, der Genuesen und Aragonesen, der Deutschen und Böhmen. Wer wird die Christenheit noch gegen die Türken einen, *quis intelliget varias linguas?* Auch das Latein wird die Völker nicht verbrüdern; die geistliche Idee verwirklicht sich nicht mehr[25a]). Gerade

[25]) Opera, Basel 1543: Disputationes dialecticae I, 14 S. 676 (Sprache, Adam); In Novum Testamentum ex diversorum utriusque linguae codicum collatione annotationes S. 847 (Pfingsten; dazu ADLER, Pfingstfest 9), 834 (70 Jünger); De linguae latinae elegantia, praefatio S. 3 ff. (Latein). Dazu TOFFANIN, Humanismus 216 ff.; KLEIN, Latein 53 ff.; VERBURG, Taal 108 ff.; Franco GAETA, Lorenzo Valla, Filologia e storia nell' umanesimo italiano (Istituto italiano per gli studi storici 8), Neapel 1955, S. 79 ff.

[25a]) Enea Silvio Piccolomini, Papst Pius II, Ausgewählte Texte aus seinen Schrif-

darum aber beschreibt klassische Nüchternheit zuverlässiger als biblische Hoffnung die geschichtliche Struktur dieser widerspenstigen Welt. Enea gab 1457 in seiner Kosmographie kein christliches, sondern ein antikes Welt- und Sprachbild. Die Galater werden als *Gallici* bezeichnet, Gomers Name fällt nicht. Die Insel Rhodos wird erwähnt, Dodanim nicht. Wenn von der Sprachenzahl die Rede ist, erscheint als Gewährsmann Strabo mit 300 Sprachen, nicht die biblische Tradition mit ihren 72. Für die Herkunft der Skythen, die Enea mit den Türken gleichsetzt, wird Diodor zitiert, nicht der mosaische Magog; nur daß die Arche Noah in Armenien landete, wird nach der *sacra historia* berichtet. Antiken Fabeln gegenüber war Enea nicht so streng. Er konnte es zwar nicht dulden, daß der osmanische Eroberer von Konstantinopel, Sultan Mehmed II., sich vielleicht von seinen italienischen Lehrern einreden ließ, die Türken seien die *Teucri* und Trojaner; im Abendland kursierte ein angeblicher Brief des Sultans, der die Eroberung von Byzanz als Rache für Troja hinstellte. Enea bestritt den Türken energisch die trojanische Herkunft, aber nur, weil sie ihm ehrwürdig schien. Den Franken gestand er sie zu, und selbst die sächsischen Ambitionen auf eine makedonische Urgeschichte wurden liebevoll verzeichnet[26]). Aus antiken Quellen rief Enea als erster die Ahnen der Bayern, die keltischen Bojer, herbei; sie kamen nicht von Noahs armenischem Landeplatz. Hingegen beschimpfte der Kardinal einen ungenannten Chronisten – wir werden von Stainreuter noch hören –, der Österreichs Geschichte mit der *perfida gens* der Juden begann, als einen zweibeinigen Esel.

Enea ließ keinen Zweifel, daß er nicht nur Abraham, sondern auch Noah ungern in europäischen Ahnentafeln sah. Wenige Wochen vor seiner Papstwahl überschüttete er die Tschechen mit Hohn: Die Deutschen begnügten sich mit römischer, die Römer, Franzosen und Engländer mit trojanischer Herkunft; nur die barbarischen Tschechen – Pulkawa und Dalimil – wollten um jeden Preis noch älter, sie wollten beim Turmbau von Babel selbst dabeigewesen sein und ihre slavische Sprache davon herleiten. „Noch nie habe ich einen vertrauenswürdigen Autor gelesen, der den Ursprung seines Volkes so hoch ansetzte", ausgenommen die Hebräer, die ersten der Menschen. Ob nicht auch die Tschechen gleich weiter zurückgehen wollten bis zum Beginn *ab utero Evae, unde omnes egressi*? All diese pseudobiblischen *anilia deliramenta* konnten doch nur

ten, hg. Berthe WIDMER, Basel-Stuttgart 1960, S. 348 ff. (Basel, deutsche Sprache), 374 (barbarisches Deutsch), 370 ff. (Germanenvolk), 456 (Streit der Völker).

[26]) Pii II papae opera geographica et historica, Helmstedt 1699: Cosmographia, Historia de Asia S. 111 (Galater), 180 (Rhodos), 46 (Sprachenzahl), 53 (Skythen), 77 (Armenien), 212 ff. (Türken); Historia de Europa S. 299 (Franken), 284 (Sachsen). Zu dem Brief Mehmeds II. Hans PFEFFERMANN, Die Zusammenarbeit der Renaissancepäpste mit den Türken, Winterthur 1946, S. 78; BABINGER (o. S. 351 Anm. 77) S. 224 f.; Terence SPENCER, Turks and Trojans in the Renaissance, in: The Modern Language Review 47 (1952) 330–333.

die Gleichheit aller Menschen erweisen, und darauf kam es dem Humanisten an, der gegen den Geburtsadel wetterte: Alter sei kein Ruhmestitel, *veram nobilitatem sola atque unica virtus gignit*. Diese virtù war offenbar weniger im Besitz der Noachiden als der Trojaner. Indem Enea auf die antiken Mythen, auch auf die aristotelische Adelskritik zurückgriff, zerstörte er das mittelalterliche Bild von der Genealogie; indem er an die Stelle der mittelalterlichen „Christenheit" den kulturellen „Europa"-Begriff setzte, sprengte er die mittelalterliche Kosmographie[27]). Der päpstliche Abbreviator und nachmalige vatikanische Bibliothekar Bartolomeo Sacchi (Platina, 1421–1481) sagte 1461 nichts Neues mehr, als er wie Manetti die Geschichte Mantuas bei den lydischen Etruskern begann und 1474 bei der Geschichte Christi und der Päpste die Ahnenreihe Jesu nicht aus dem Alten Testament deduzierte; die Evangelisten hatten es noch getan. Dem Humanisten ist die Welt vielgestaltig; nur die Wissenschaft überspringt die Grenzen; „einzig der Gelehrte ist nie fremd auf fremdem Boden". Bildung vereint alles, was Menschenantlitz trägt; für diese Eintracht sorgen Babel und Pfingsten, Geschichte und Religion nicht[28]).

Mag man immer den Zusammenhang des Humanismus mit dem Mittelalter hervorheben, in unserem Themenkreis waren die Humanisten des Quattrocento die Gegner der Traditionen, und die mittelalterlichen Bastionen wurden nicht von den kurialen Skriptoren verteidigt, sondern von toskanischen Bettelmönchen. Sie verstanden es, dem Volk das Neue nahezubringen, ohne ihm das Alte zu verleiden. Am eindrucksvollsten gelang dies dem größten Volksprediger der Zeit, dem heiligen Franziskaner Bernhardin von Siena (1380–1444). Er war mit Humanisten befreundet und gestand gerne zu, daß die Menschen die Sprachbedeutungen untereinander in einem *pactum signorum* ausgemacht hätten. Das Eigenrecht der Dialekte und Sprachen fließe nicht nur aus der natürlichen Veranlagung, sondern auch aus dieser Übereinkunft der Völker. Aber die menschliche Gewalt über die Sprache hat von Gott gesetzte moralische, unsichtbare Schranken. Die einmal verabredeten Bedeutungen binden nun jedermann; der Lügner verletzt die heiligsten Verträge der Menschheit. Der Gotteslästerer schließt sich selbst aus der menschlichen Gemeinschaft aus, denn

---

[27]) Historia Friderici III imperatoris, hg. Adam Franz KOLLÁR, Analecta monumentorum omnis aevi Vindobonensia, Bd. 2, Wien 1762, S. 15–18 (Österreich). Historia Bohemica seu de Bohemorum origine ac gestis historicis, Helmstedt 1699: c. 2 S. 10 f. (Tschechen). Dazu Werner FRITZEMEYER, Christenheit und Europa, Zur Geschichte des europäischen Gemeinschaftsgefühls von Dante bis Leibniz (Beiheft 23 der HZ), München-Berlin 1931, S. 18 ff.; Heinz GOLLWITZER, Europabild und Europagedanke, Beiträge zur deutschen Geistesgeschichte des 18. und 19. Jahrhunderts, München 1951, S. 46.

[28]) Historia urbis Mantuae, RISS Bd. 20, Sp. 641 (Mantua); Liber de vita Christi ac omnium pontificum, RISS NE Bd. 3, 1 S. 5 (Ahnenreihe). Dazu GARIN, Humanismus 49 f. (hier das Zitat).

er spricht seine besondere Sprache. Wer sich von Gott entfernt, von Christus zum Laster abfällt, der geht den Irrweg vom Osten nach Sinear zum babylonischen Turm, zum *locus scandali*. Wie einst Nimrod auf teuflischen Wink als Rebell gegen Gott diesen Turm errichtete, so bauen ihn heute die Weiber mit ihrem üppigen, glänzenden Aufputz.

Daß das Babelwunder moralisch umgedeutet wird, hat seinen guten Grund darin, daß Bernhardin die faktische Aufgliederung der Welt nicht für sündhafte Konfusion hält. Apoc. 5, 9 gibt ihm die Begriffe, mit denen er die Ordnung erläutert: Von den drei *(tribus)* Söhnen Noahs kommen alle Stämme *(tribus)* der Erde. Ihre Gemeinschaft ist in Babel in 72 Sprachen zertrennt worden; jede Sprache hat mehrere *populi*, jedes Volk mehrere *nationes*. Die Sprachgemeinschaften sind viel weiträumiger als die Lebensgemeinschaften; das leuchtete im 15. Jahrhundert jedem Italiener ein. Doch Bernhardin strebte eine andere Folgerung an: Die noachischen *tribus* sind heute in allen Sprachen und Nationen verteilt; kein Stamm und kein Stand ist von der Gnade Christi ausgeschlossen. Damit sind die ethnischen und linguistischen Grenzen zugleich göttlich legitimiert und christlich aufgehoben. Auch die politischen Herrschaften sind rechtens, denn die Teilung der Machtsphären wurde entweder vom Patriarchen Noah vollzogen oder von seinen Kindern vereinbart. Die Welt ist vom Politischen bis hinauf ins Geistliche voller Ordnung, und Gott will sie. Er zieht niemanden vor: Die drei Sprachen an Christi Kreuz sind nicht heilig, nur weitverbreitet; sie besagen, daß Christus König der Theologie, der Philosophie und der Praxis ist. Wie bei Augustin ist jeder Hauptsprache ein Wissenszweig zugeordnet; der Vorrang gebührt aber weder der hebräischen Gelahrtheit noch der lateinischen Klugheit, sondern der griechischen Weisheit. Denn Paulus schrieb den Hebräern und den Römern je einen Brief, den Griechen aber zwölf. Das klingt ganz humanistisch, wendet sich jedoch gegen die These Vallas; das Lateinische ist nicht der Weisheit letzter Schluß, auch im Himmel nicht. Dort wird man keine Sprachen mehr lernen, aber alle beherrschen. 1 Kor. 13, 8 soll nicht bedeuten, daß die Heiligen sprachlos singen; laut jubelnd werden sie Gott loben. Fast vergaß Bernhardin die Unvollkommenheit menschlichen Wissens und Redens; weil er seine Predigttätigkeit für heilige Verkündigung von Gottes Wort hielt, ehrte er auch die Weisheit und die Sprachen[29]). Das ist christlicher Humanismus.

---

[29]) Opera omnia, hg. Patres collegii S. Bonaventurae, 5 Bände, Quaracchi 1950–56: Quadragesimale de christiana religione, Sermo 31, 2, 5 und 7 Bd. 1, S. 384 ff. (Sprache und Vereinbarung); 41, 3, 1 Bd. 2, S. 14 (Lästerer); 13, 2, 4 Bd. 1, S. 149 (Christus = Osten); 16, disputatio S. 193 f. (locus scandali, Teufelswink); 47, 3, 1 Bd. 2, S. 94 (Weiber); 55, 3, 3, 3 S. 292 (tribus, populi, nationes); Quadragesimale de evangelio aeterno, Sermo 32, 1, 3 Bd. 4, S. 123 f. (Noahs Teilung); Quadragesimale de christiana religione, Sermo 49, introductio Bd. 2, S. 111; 55, 2, 1, 1 S. 236 (drei Spra-

Wir finden ihn mehrfach wieder. Der Dominikaner Fra Angelico von Fiesole (ca. 1387–1455) stellte um 1445 in einem Tafelbild vor das Haus, in dem das Pfingstwunder stattfindet, zwei bärtige Männer; wie bei Bonaiuti, anders als bei Ghiberti öffnen sie die Haustüre: die Menschen wollen teilnehmen[30]). Warum sollte ihnen die Pfingstgnade nicht auch heute noch zuteil werden? Der Dominikaner und spätere Bischof Pietro Ranzano (1428–1492) wußte 1455 von seinem heiligen Ordensbruder Vinzenz Ferrier zu melden, er habe die Sprachengnade besessen wie die alten Apostel. Obgleich er stets nur im heimischen Dialekt von Valencia gepredigt habe, hätten ihn alle verstanden: Griechen, Deutsche, Sarden, Ungarn und andere, sogar die Bretonen, die eine besondere, vom Französischen abweichende und nur ihnen selbst bekannte Sprache hätten[31]). Der Mensch ist nicht allein mit seiner Sprache. Als Taddeo Crivelli zwischen 1455 und 1462 dem Herzog von Ferrara eine Prunkbibel malte, stellte er auf dem Titelblatt dar, wie Gott dem ersten Menschen die vor ihm kauernden Tiere zeigt, daß er sie benenne[32]).

Ähnlich dachte sich um 1440/50 auch der heilige Dominikaner-Erzbischof Antonin von Florenz (1389–1459) die Sprachgeschichte. Der allweise Adam lauschte der Natur die rechten Namen ab, die, wie Thomas von Aquin forderte, der Natur der Dinge entsprachen, und bannte sie ins hebräische Wort. Den hamitischen Riesen Nimrod trieb die Herrschsucht zum gottlosen Bau seiner Stadt und ihrer Türme; Gottes Engel stiegen hernieder und vernichteten die Gewalt des Herrschers, indem sie die 72 Sprachen und Völker sonderten. In jeden der drei Erdteile wanderte ein Noachide. Wie Japhet sich fortpflanzte, plagte die Neugier des Prälaten nicht; er ließ den Berg Fiesole, auf dem er als Mönch gelebt hatte, in Ruhe und glaubte nicht an die Trojanerherkunft der Franzosen. Lokaler Dünkel sollte nicht gelten. Der bienenfleißige Gelehrte entnahm aus Augustin, Isidor, Vinzenz von Beauvais und Thomas von Aquin noch einmal ein mittelalterliches Geschichtsbild. Es sprach die Menschheit von Schuld frei und stellte sie in den Schutz der göttlichen Ordnungen; es war optimistisch, doch nicht humanistisch. Antonin war nicht bloß in der Politik ein Feind der Medici[33]).

---

chen); Quadragesimale de evangelio aeterno, Sermo 2, 3, 1 Bd. 3, S. 40 f. (Sprachen im Jenseits). Dazu Karl HEFELE, Der hl. Bernhardin von Siena und die franziskanische Wanderpredigt in Italien während des XV. Jahrhunderts, Freiburg i. Br. 1912, S. 170 ff.

30) John POPE-HENNESSY, Fra Angelico, London 1952, S. 194 Abb. XXXII.

31) Vita sancti Vincentii Ferrerii II, 3, 14, AASS April Bd. 1, S. 495. Zu Ferriers wirklichen Sprachkenntnissen Sigismund BRETTLE OFMConv, San Vicente Ferrer und sein literarischer Nachlaß (Vorreformationsgeschichtliche Forschungen 10), Münster 1924, S. 69.

32) EHRENSTEIN, Bild 21 Abb. 65.

33) Historiae seu Chronicae, Bd. 1, Lyon 1512, f. 1va (Adam), 6vb (Babel). Dazu

Aber wenn die Bibel reale Geschichte erzählte, warum nicht auch präsente Geschichte? Gott wußte doch alles vorher. In diesem Geist schrieb 1483 der Augustiner Giacomo Filippo Foresti (1434–1520) vertrauensselig seine lateinische, bald übersetzte und in halb Europa beliebte Chronik. Als hätte er Boccaccio gelesen, schilderte der Bergamaske, wie Nimrod die Massen überredete, sie sollten nicht Gott, sondern ihrer *propria virtus* vertrauen; er baute mit ihnen seinen achteckigen Turm wie ein Renaissance-Baumeister. Aus der wunderbaren, im Anlaß unverständlichen Trennung gingen 70 Stämme und Sprachen hervor. Hat Foresti die Bibel aufgeschlagen, hat ihn Vallas Kritik mißtrauisch gemacht? Er scheint gezweifelt zu haben, ob die drei Noahkinder mitzuzählen seien und ob die Noachiden wirklich nicht mehr Kinder hätten. *Humanum genus omne videtur LXXIII gentibus contineri*; die Symbolzahl überzeugt nicht mehr. Das Präsens verrät allerdings, daß der Chronist in der Teilung die pure Gegenwart sah, und so las er auch die wichtigsten modernen Völker in die mosaische Liste hinein. Franzosen und Spanier erschienen wie herkömmlich; Aschkenaz wurde den Sarmaten und Tataren, den heutigen Russen zugewiesen, Riphat den Trojanern, in denen Foresti wohl gleich die Ahnen der Italiener fand. Die Russen, Erben von Byzanz, eben zur Großmacht aufsteigend, wurden sogleich zur Primogenitur Japhets zugelassen; die Bibel war immer aktuell[34]). Nur konnte sie nicht gleichzeitig traditionell bleiben.

Dann durften auch die frommen Lokalhistoriker erleichtert ihre Ahnentafeln pflegen; ein Strahl des neuen mosaischen Glanzes fiel selbst auf das umbrische Gubbio. Sein Chronist, der Notar Guerriero Silvestri (gest. 1480/81), meldete nach 1472 von *certi popoli toscani*, die von einem Sohne Japhets stammten. Wie er hieß, wagte der Autor nicht mitzuteilen[35]). Aber daß die Italiener Japhetiten waren, wußten auch die Bologneser Chroniken des 15. Jahrhunderts aus mittelalterlichen Quellen. Ravenna war von Hamiten, auf der Flucht vor Nimrod, gegründet worden; Comacchio hatte einen leibhaftigen Sohn Noahs, *Cromacius*, aufzuweisen, und in Rom hatte Noah persönlich Station gemacht. Nur Bologna selber war nicht alt[36]). Der Bologneser Dominikaner Girolamo Borselli (1432 bis 1497) hätte am Lebensende auch seiner Vaterstadt gar zu gerne einen Patriarchen verschafft, aber er fand nur einen starken Mann *Ferus*, der auftauchte, „bevor irgendein Mensch nach der Sintflut diese Gegend bewohnte". Woher

James Bernard Walker OP, The „Chronicles" of Saint Antoninus, A Study in Historiography, Diss. phil. Catholic University, Washington 1933, S. 53 ff., 103 ff.

[34]) Supplementum supplementi chronicarum, Venedig 1513, f. 7v–10r. Dazu Ulrich Paul, Studien zur Geschichte des deutschen Nationalbewußtseins im Zeitalter des Humanismus und der Renaissance (Historische Studien 298), Berlin 1936, S. 68 f.

[35]) Cronaca, RISS NE Bd. 21, 4 S. 5.

[36]) Cronaca Rampona, RISS NE Bd. 18, 1 S. 13 (Italiener), 26 f. (Ravenna, Comacchio), 31 f., 35 (Rom).

der primitive Wilde kam, das wußte die Legende nicht[37]). Viel zuversichtlicher eröffnete der venezianische Patrizier Andrea Navagiero 1498 die Chronik seiner Heimatstadt mit den Fabeln Malveggios. Trojaner bauten Venedig, Padua und Verona; sie waren Nachkommen des *Dardano, che fù figliuolo di Noè*. Recht abrupt wurde der Trojaner zum Noachiden befördert; aber was Comacchio recht war, war Venedig billig[38]). In Mailand folgte 1492 der Notar Donato Bossi (1436–ca. 1500) eifrig den bewährten Bahnen des Landsmanns Cermenate: 72 Sprachen, Völker und Jünger entsprachen einander; Noah verteilte die Kontinente und kam zur See nach Italien. (Im gleichen Jahr segelte Kolumbus nach Amerika.) Bei Rom baute Noah eine Stadt; sein Enkel Tubal war ein Italiener und der Ahnherr von Ravenna; sein Kind *Subres* begründete Mailand, das also viel älter als das trojanische Rom war; mochten Bruni und Biondo schreiben, was sie wollten. Bossi mußte es wissen, denn er stammte nach seiner Versicherung vom Ägypterkönig Osiris ab. Der vornehme, den Sforza nahestehende Bernardino Corio (1459–1519) pflichtete vor 1503 Bossis Lehren bei[39]).

Die Gebildeten unter den Patrioten litten freilich schwer darunter, daß diese gewaltigen Ahnen jungen Datums und durch keine verläßliche Quelle bezeugt waren. Ließ sich denn die göttliche Leitung der Gegenwart nicht aktenkundig belegen? Auf wahrhaft geniale Weise wurde die Lücke 1498 von einer der erfolgreichsten und folgenschwersten Fälschungen der Weltliteratur geschlossen. Man schreibt sie dem Dominikaner Giovanni Nanni (Annius, ca. 1432–1502) aus Viterbo zu. Der bei mehreren Päpsten hoch angesehene römische Kuriale schrieb einen Genesiskommentar und legte 1480 die Apokalypse so aus, daß sie den Christen baldigen Sieg über die Türken versprach. Er verstand also die Einheit und Aktualität der Heils- und Weltgeschichte wohl zu verteidigen. Zudem war er in der Orientalistik recht bewandert. Nach seiner Angabe erschienen 1471 bei ihm zwei armenische Dominikaner und überbrachten ihm die bisher verlorengeglaubte babylonische Urgeschichte des Berossos aus dem vierten vorchristlichen Jahrhundert. Die Wahrheit über die Fälschung wird man wohl nie erfahren; die angebliche babylonische Sibylle bei Moses von Chorene und die Gedanken Wardans des Großen legen die Möglichkeit nahe, daß der Text des angeblichen Berossos in Armenien, nicht in Rom, aus älteren Chronikmärlein komponiert wurde, daß also Nanni der Betrogene und nicht der Fälscher war. Wie auch immer, er nutzte die einzigartige Chance und kommen-

[37]) Cronica gestorum ac factorum memorabilium civitatis Bononie, RISS NE Bd. 23, 2 S. 4 f.

[38]) Storia della repubblica Veneziana, RISS Bd. 23, Sp. 923 ff. Zur Verfasserfrage vgl. Eduard FUETER, Geschichte der neueren Historiographie, 3. Aufl., München 1936, S. 35.

[39]) Chronica Bossiana, Mailand 1492, unpaginiert, 7.–11. Seite. Zu Corio, dessen Werk mir unzugänglich ist, FUETER, Historiographie 45 ff.

tierte seinen Text reichlich. Er wies nach, daß die Bibel mit ihrer Auffassung von der menschlichen Urgeschichte doch recht hatte. Kurz vorher, 1470, war in Venedig Tacitus' Germania zum ersten Mal gedruckt worden; kein Humanist konnte ihre Autorität bezweifeln. Der falsche Berossus berichtete, ein Sohn Noahs habe *Tuyscon* geheißen. Nun wimmelte es seit Isidor und der „Schatzhöhle" in West und Ost von illegitimen Noachiden; aber Tacitus nannte den Ahnherrn der Germanen *Tuisto*. Der Schluß schien zwingend: *Tuyscon tam Beroso quam Cornelio Tacito testibus fuit author Germaniae.* Nanni war kein spezieller Freund der Deutschen; den „Germanen" schenkte er auch ganz Osteuropa vom Balkan bis nach Rußland und Preußen. Tuyscon sollte nur eine Bresche in das humanistische Mißtrauen schlagen; hinter ihm zogen noch mindestens achtzehn neue titanische Söhne Noahs einher. Nun ließen sich alle Sagen „verifizieren". Die Kittim waren in der Tat die späteren Italiener, wie man seit Hippolyt vermutet hatte. Noah selbst war von Armenien nach Italien gekommen; er selbst und nicht sein Enkel oder Sohn ist identisch mit dem römischen Gott des Anfangs, Janus. Antike Mythologie und biblische Geschichte verliehen also Italien den höchsten Rang. Aus Italien wanderte Noahs Enkel *Comerus Gallus* nach Frankreich; sein Sohn *Samothes* wurde der erste gallische König. Die Franzosen, die eben unter Karl VIII. nach Italien kamen, waren undankbare Kolonisten. Aber nach außen hielt Europa zusammen: Asiens und Griechenlands Kultur ist nur ein Ableger der italisch-gallischen; Byzantiner und Türken müssen verstummen. Japhet beherrschte die Welt, *toti orbi praefuit.* Gerade war Kolumbus von seiner zweiten Fahrt zurückgekehrt, da stellte Nanni die „Inder" zu den Hamiten, die nach Gen. 9, 27 Japhet untertan sind und keinen Erdteil beanspruchen dürfen. Noah selbst hat die Erde weise aufgeteilt; wer dürfte ihm widersprechen?

Nur ein Monument stand dieser Deutung im Wege: der Turm von Babel. Mit zwei eleganten Griffen wurde er beiseitegeräumt. Nimrod war identisch mit Saturn, wie man in Ost und West, bei Kedrenos und Martin von Troppau lesen konnte; und Saturn war eine lateinische, keine universale Figur. Außerdem hatte Noah die Erde im Jahre 100 nach der Sintflut aufgeteilt, Nimrod und seine Kolonisten kamen aber erst im Jahre 131 nach Sinear und bauten dort die erste Stadt der Welt und *maximam turrim*; Noah und Japhet saßen derweilen längst in Europa. Erst viel später sandte auch Nimrod seine Konquistadoren, darunter Magog, in die Welt. Warum sich die Sprachen schieden, sagte Nanni nicht; es kann nur die natürliche Folge der Erdteilung gewesen sein. Beim Turmbau mochten sich die Sprachen der Babylonier verwirrt haben; die Japhetiten waren unschuldig. Die Kapitel 10 und 11, 1–9 der Genesis erzählen die Geschichte in der richtigen Reihenfolge; die Völkerteilung Noahs steht historisch und kausal vor dem Turmbau Nimrods. Einer der wichtigsten exegetischen Grundsätze für die mittelalterliche Sprachtheologie war damit umgestoßen; Gen. 10 war nicht „vorweggenommen". Freilich, wenn Noah mehr als zwanzig Söhne hatte, war auch Gen. 10 unvollständig, und dann gab es viel mehr als 72 Völker. Moses wollte nicht alle Noachiden aufzählen; *solum tot ponere voluit, quot linguarum genera septuaginta duo discreverant*. Die 72 Sprachen mochten hingehen, die 72 Völker waren ein Irrtum. Der Ordensbruder Nikolaus von Lyra zählte fälschlich nur 70 Namen, in Wahrheit sind es (Foresti hatte es geahnt) 74, denn Noah und seine Söhne sind mitzurechnen. Jektan und seine zwölf Kinder kamen allerdings erst nach der Zerstörung des Babelturmes zur Welt, scheiden also streng genommen aus; jedenfalls wollte Moses aus literarischer Absicht nicht so viele Völker nennen wie Berossus. So fiel die Zahl 72 der humanistischen Kritik zum Opfer, die sich von keiner Symbolzahl an der philologischen Prüfung des Textes hindern ließ und auf literarische Intentionen achtete. Der Heide Berossus korrigierte Moses.

Und doch war nur Nannis Methode humanistisch. Während er die buchstäbliche Exegese des Lyranus verwarf, glaubte er den Märlein Martins von Troppau; indem er die auf der Bibel gründenden Vorstellungen von der Sprachen- und Völkervielfalt ablehnte, „bewies" er die biblische Herkunft der europäischen Völker; dadurch, daß er den biblisch-mittelalterlichen Universalismus in Mißkredit brachte, förderte er den modernen Patriotismus und rettete so die Autorität der Bibel. Gottes Segen über souveränen Völkern! Die Gleichsetzung von biblischen Patriarchen mit antiken Göttern beflügelte den christlichen Humanismus; das hohe Alter und die Wahrheit der biblischen Tradition begeisterte die Apologeten; die Anwälte nationaler Sonderung jenseits der Alpen fanden Vorfahren, die vor den römischen Göttern gelebt hatten. Darum überspannt die Nachwirkung des Pseudo-Berossus zwei Jahrhunderte; Annius leitete eine neue Epoche der Sprachen- und Völkertheologie ein[40]).

Die historische Verteidigung des Christentums und die geschichtlichen Ereignisse scheinen den Florentiner Humanisten der zweiten Jahrhunderthälfte Eindruck gemacht zu haben; Geschichte und Religion wurden interessierter als zuvor betrachtet. Als der Schüler des Fra Angelico, Benozzo Gozzoli (1420

---

[40]) Berosi sacerdotis chaldaici Antiquitatum libri quinque cum commentariis Joannis Annii Viterbensis, Wittenberg 1612, f. 10r (Tuyscon), 24r–v (Noah in Italien), 12v (Noah-Janus), 14r–18v (Völkerteilung, Sprachenzahl), 27v–29r (Babel, Noachiden). Dazu Friedrich Gotthelf, Das deutsche Altertum in den Anschauungen des sechzehnten und siebzehnten Jahrhunderts (Forschungen zur neueren Literaturgeschichte 13), Berlin 1900, S. 5 ff.; Victor Tourneur, Esquisse d'une histoire des études celtiques (Bibliothèque de la Faculté de Philosophie et Lettres de l'Université de Liège 15), Lüttich 1905, S. 189 f.; Grau, Herkunft 54 ff.; Paul, Nationalbewußtsein 121 ff.; Daube, Muttersprache 14; Don Cameron Allen, The Legend of Noah, Renaissance Rationalism in Art, Science, and Letters (Illinois Studies in Language and Literature 33, 3–4), Urbana 1949, S. 114 ff.

bis 1497), den Camposanto in Pisa auszuschmücken hatte, stellte er 1470/71 unter den 24 alttestamentlichen Fresken auch den Turmbau von Babel dar. Es ist unter allen mir bekannten Babelbildern das ikonographisch gewagteste. Von Baugerüsten eingerahmt, erhebt sich der Turm, noch nicht sehr hoch, mitten in einer Großstadt; die Dürftigkeit seiner simplen Architektur sticht hart ab gegen den Glanz seiner Umgebung. Denn die Bauten ringsherum sind die großen Monumente von Rom und Florenz: die Cestius-Pyramide, der gotische Turm der Badia, der Palazzo Medici, also Bauten aus dem heidnischen Altertum, dem kirchlichen Mittelalter und der fürstlichen neuesten Zeit. Neben selbstbewußten Handwerkern sieht man zahlreiche Patrizier, so porträtähnlich, daß man meint, sie beim Namen rufen zu können; groß steht im Vordergrund der Signore Nimrod. Seitlich von oben kommt im kleinen geschlossenen Kreis bereits Gott mit seinen Engeln herab[41]). Was soll das alles heißen? War Gozzoli seiner Gegenwart feind und hielt er sie für Babel? Liebte er die Fülle seiner Zeit und nahm er Babel nicht tragisch? Ich muß die Antwort offenlassen.

Im gleichen Zwielicht zwischen Lebensfreude und Religiosität erscheinen die großen Humanisten des Medici-Kreises. Noch nicht Cristoforo Landino (1424–1492), der sich, ohne fromm zu werden, 1468 am rhetorischen Klang und an der Überzeugungskraft der paulinischen Sprache freute, der hebräische und griechische Etymologien zitierte, ohne an heilige Sprachen und urtümliche Wortmagie zu glauben; denn in der Urzeit waren die Menschen roh und ungeschliffen und lernten erst allmählich, durch Weise wie Cicero, Kultur und Sprachbildung[42]). Vielleicht, daß sich in dieser Entwicklung ein göttlicher Wille verbarg. Auch Lorenzo de' Medici (1449–1492) selbst witterte vielleicht ein tieferes Gesetz, als er die Ordnung der drei heiligen Sprachen umkehrte: Reicher als das Hebräische sei das Griechische, reicher als dies das Lateinische, und jetzt stelle sich das Florentinische an ihre Seite, eine ehrwürdige *materna lingua*, bedeutsam mehr durch die in ihr dargestellten Inhalte als durch Klang und Form[43]). Noch immer ist es der Mensch und sein Fortschritt zur Bildung allein, der die Sprache heiligt.

Doch was befähigt ihn zu seiner Schöpferkraft? Der platonische Theologe Marsilio Ficino (1433–1499) gab 1474 dem Mediceerkreis die Antwort, daß der Mensch mit seinen Erfindungen Gott nachahme; er mache Statuen, die sprechen könnten; er sei der Herrscher über die Tiere, der Stellvertreter Gottes, ja

---

[41]) Marcelle LAGAISSE, Benozzo Gozzoli, Les traditions trecentistes et les tendances nouvelles chez un peintre florentin du Quattrocento, Paris 1934, S. 121 und Abb. 66 bei S. 192.

[42]) Camaldolensische Gespräche, übers. Eugen WOLF (Das Zeitalter der Renaissance II, 7), Jena 1927, S. 36 (Paulus), 20 ff. (Etymologien), 49 (Urzeit).

[43]) Comento sopra alcuni de' suoi sonetti, hg. Attilio SIMIONI, Lorenzo de' Medici, Opere, Bd. 1, 2. Aufl. (Scrittori d'Italia), Bari 1939, S. 18 ff.; dazu KLEIN, Latein 64 ff.

in gewisser Weise selbst ein Gott. Denn der Mensch versteht den göttlichen Bauplan der Welt, und sein Geist wird dabei unterstützt durch den Dolmetscher *sermo*. Die Gabe der Sprache, die wir vor den Tieren voraushaben, beweist, daß in uns *divina quaedam mens* ist. Zwar bleibt der menschliche Geist hinter der Schöpfung zurück, doch er hat die Kraft, sie einzuholen: Er überwindet die natürlichen Unterschiede der Gegenden und Zeiten; Mithridates verstand seine 22 Völker ohne Interpreten. Nicht nur die Kraft des Gedächtnisses, auch die Magie der Sprache selbst ist dem Menschen behilflich. Nicht umsonst glaubten die alten Hebräer, Gott habe den Patriarchen die Wissenschaft von den Namen, besonders vom heiligen Gottesnamen, gegeben; er soll, wie Origenes lehrt, im Hebräischen besondere Kraft haben. Auch die Heiden, Pythagoras, Zarathustra und zuvörderst Platon, kannten die Macht der Worte. Sie liegt in allen Idiomen, denn gewiß ist es göttliche Eingebung, daß alle Völker den Gottesnamen mit vier Buchstaben schreiben, den vier philosophischen Elementen entsprechend. Unsere Alltagssprache ist allerdings nur für die physikalischen Bewegungen, nicht für die metaphysischen Zustände gültig; bisweilen täuschen die Namen über die Dinge. Dennoch entstammt die Sprache ursprünglich keiner beliebigen Setzung. Die rechte Benennung wird nur vom *artifex*, vom genialen Menschen gefunden; auf ihn trifft bestimmt die alte Meinung zu, daß Gott den Menschen das Wesen der Dinge und ihre Namen lehrte. Denn der Mensch ist göttlich. Die Verschiedenheiten der irdischen Welt versinken vor der Idee; die Wahrheit ist bei Heiden und Christen die gleiche. Die Apostel schrieben in verschiedenen Sprachen, aber sie berichteten dasselbe. Indem der Mensch sich zum Stellvertreter Gottes aufschwingt, wird er Herr der Geschichte und der Sprache; in allen Zeiten und Räumen, in der christlichen Offenbarung wie in der natürlichen Vernunft findet er die eine Wahrheit, und in seiner Sprache weht der Atem Gottes[44]).

In der Rede über die Menschenwürde führte 1486 Giovanni Pico della Mirandola (1463–1494) diese Gedanken weiter aus: Der Mensch ist frei, zu werden, was er will, Tier oder Gott. Er lernt die *ars sermocinalis*, um bis zur Gotteserkenntnis aufsteigen zu können. (Pico selbst lernte Hebräisch, Griechisch und Arabisch; man sagte ihm die Kenntnis von 5 oder sogar von 22 Sprachen nach.) So wird die Seele zum Haus Gottes, *multiplici scientiarum circumamicta varietate*. Überrascht stehen wir vor dem 44. Psalm: Die Wissenschaften und Sprachen schmücken die Braut Gottes, und das ist nicht mehr die verfaßte Kirche, sondern die einzelne grenzenlose Seele. Der Wissende scheut das Heidnische nicht

[44]) Opera omnia, 2 Bände, Paris 1641: Theologia Platonica XIII, 3 Bd. 1, S. 289 ff. (Göttlichkeit des Menschen); In Cratylum Epitome Bd. 2, S. 272–277 (Kraft der Namen, Ursprung der Sprache); De christiana religione c. 23 Bd. 1, S. 26 (Apostel). Dazu CASSIRER, Individuum 74 ff.; Paul Oskar KRISTELLER, Il pensiero filosofico di Marsilio Ficino (Biblioteca storica del Rinascimento NS 3), Florenz 1953, S. 116 ff.

und ist nicht lateinisch beschränkt; er sucht statt schwankender Worte dauernde Weisheit und findet sie in vielen Sprachen, Arabisch oder Ägyptisch. Selbst Zarathustra war ein Philosoph und kein Zauberer; denn „Magier" bedeutet im Persischen „Dolmetscher des Göttlichen". Auch aus der Kabbala, die von den 70 Weisen des Sanhedrin in 70 Bücher gefaßt wurde, erkennt der Weise die Geheimnisse der Welt. Sie sind bisweilen in Zahlen verschlüsselt; Pico selbst will einem Weltkongreß u. a. 72 Fragen über Physik und Metaphysik vorlegen. Gottes Mysterien sind durch alle Religionen und Sprachen der Erde verstreut, nicht nur in der hebräischen Bibel, aber auch in ihr. Alle Sprache wird zum Zeichen einer höheren Realität, die jenseits der Sinneswelt liegt; doch sie ist dem Menschen zugänglich und verleiht dem Weisen eine kosmische Souveränität, von der Petrarca nichts ahnte[45]).

Der gottgleiche Weise, der durch die Magie der Sprache die Sinnenwelt zur Idee verwandelt: ist das der Philosoph oder ist es nicht eher der Dichter? Der frühere Freund des Medici, der Gegner Ficinos Luigi Pulci (1432–1484) wagte diesen Gedanken kaum auszudenken und verbarg ihn seit 1481 hinter Ironie und Parodie. In seinem tragikomischen Heldengedicht wälzt der Teufel theologische Probleme; ungeschlachte Riesen treten auf, so groß, daß der stolze Nimrod sich seinen Turm zum Himmel hätte sparen können; sie lärmen, „als fiele schon der Turm von Babel ein"; sie besuchen viele Länder, auch das, in dem Nimrods Turm stand. Einer, der nie Wort hält, hat mehr Sprachen als Babel; die vorgebliche Quelle des Gedichtes, in persischer Sprache erfunden, ins Arabische, Chaldäische, Syrische, Griechische, Hebräische, Lateinische und Florentinische übersetzt, *cercò la torre di Nembrotto*. Hinter dem Schleier des Spottes spürt man den tiefen Ernst, der in den Riesen sich Symbole der Menschenwürde schafft und mit den biblischen Wundern nur spielt im Dienste einer humanistischen Frömmigkeit[46]).

Freilich schlägt die Selbstherrlichkeit des Künstlers leicht um in das distanzierte Spiel mit Traditionen, die sich einer unwirklichen Märchenwelt als Requisiten, als Topoi unverbindlich einfügen. Das geschah seit 1472 im „Verliebten Roland" des Grafen Matteo Maria Boiardo (ca. 1440–1494), im Kreis der Este von Ferrara. Der heidnische Held Rodamonte, selber ein Riese, der an

---

[45]) De hominis dignitate, hg. Bruno Cicognani (Biblioteca della Rinascita 1), Florenz 1942, S. 12 (Tier und Gott), 22 (ars), 28 (Psalm 44), 38, 74 (Zarathustra), 72 (Magier), 86 (Kabbala), 68 (72 Fragen). Dazu Cassirer, Individuum 88 ff.; Toffanin, Humanismus 311 ff.; Verburg, Taal 187.

[46]) Morgante, hg. Franca Ageno (LI 17), Mailand-Neapel 1955: XXIV, 76 S. 803 (Riesen wie Nimrod); XXVII, 46 S. 989 (Lärm); XXV, 128 S. 870 (viele Länder); XXVI, 26 S. 941 (mehr Sprachen als Babel); XIX, 154 S. 593 (vorgebliche Quelle). Dazu Ernst Walser, Lebens- und Glaubensprobleme aus dem Zeitalter der Renaissance, Die Religion des Luigi Pulci, ihre Quellen und ihre Bedeutung (Die Neueren Sprachen, Beiheft 10), Marburg 1926, S. 55 ff.

keinen Gott und nur an sein Schwert glaubt, ist ein Nachfahre des trotzigen Giganten Nimrod, der in Thessalien (wie die homerischen Giganten) Gott aus Neid zum Streit forderte und sich erfrechte, seinen Turm als Himmelsleiter zu bauen. Rodamonte trägt noch Nimrods Helm und Schwert, während das Schwert Hektors von Troja jetzt dem Recken Roland gehört. Denn die guten Gegenspieler des wilden Heiden stammen aus der antiken Welt: Der ritterliche Roger, der Ahnherr der Este, ist ein Trojaner, verwandt mit Konstantin dem Großen und Karl dem Großen; Afrika wird beherrscht von Nachkommen Alexanders des Großen, die über 32 Unterkönige und über schwarze, vielzüngige Völker gebieten. Die Symbolzahlen gewinnen hier, weniger ernst als bei Pico, doch neue Realität: In China erobert ein König 72 Reiche; weit über 70 Ritter sind bei einer Zauberin gefangen; Hektor von Troja bestand 70 Könige; über 70000 Helden zählt das Frankenheer Karls des Großen und auch die Schar, die in der Schlacht Rinaldo untersteht[47]). Die Geschichte des Ruhms und der ritterlichen Helden wird durch die phantasievolle Dichtung reiner als durch die Historie aufbewahrt; doch was ist an diesem Spiele noch verpflichtend, das Zeiten, Räume und Sprachen durcheinanderwirbelt, anstatt sie zusammenzufassen?

Die Sprache und Gestaltungskraft des Poeten kann keine Norm setzen, wenn sie sich von den faktischen Mächten der Natur und Geschichte löst. Ihnen unterwarf sich die lateinische Dichtung des neapolitanischen Staatsmanns Giovanni Pontano (1426–1503). Er griff nicht so hoch wie die Philosophen und Epiker; nach 1458 schrieb er, die Namen der Dinge kämen nicht vom Himmel herab. Die Menschen seien von der Natur sprachfähig geschaffen und formten sich ihre Sprache ebenso wie ihre Kleider, Werkzeuge und Waffen nach ihren Bedürfnissen, nicht nach einer jenseitigen Weisheit. Darum unterscheiden sich die Idiome bei Griechen, Lateinern, Syrern und Deutschen bis in die Aussprache des gleichen Wortes hinein. Ursprünglich bildeten wohl ländliche und rohe Menschen unsere Sprache; sie nahmen die Bezeichnungen ungeformt von den Dingen. Erst spätere Erfindungen und Erfahrungen erweiterten das Sprachfeld. Sprache und Geschichte sind so eng miteinander verbunden, daß auch Poesie und Historie zusammengehören. Die Sprache ist also nicht autonom. Die Geschichte, die sie determiniert, mochte noch immer als Werk des freien

---

[47]) Orlando innamorato, hg. Angelandrea ZOTTOLI, Tutte le opere di Matteo M. Boiardo, 2 Bände, Verona 1944: II, 1, 56 Bd. 1, S. 672; II, 3, 22 S. 702 (Rodamonte); II, 14, 32 f. Bd. 2, S. 56 f.; II, 15, 5 S. 67 (Rodamonte und Nimrod); III, 2, 27 S. 364 (Hektors Schwert); III, 5, 18–33 S. 407 ff. (Roger); II, 1, 11 ff. Bd. 1, S. 661 ff. (Afrika); II, 22, 3 ff. Bd. 2, S. 178 ff. (Unterkönige); II, 22, 28 S. 185 (vielzüngige Völker); II, 5, 56 Bd. 1, S. 750 (China); II, 8, 35 S. 795 (Zauberin); III, 1, 26 Bd. 2, S. 347 (Hektor); II, 15, 13 S. 69 (Karl der Große); II, 30, 8 S. 311 (Rinaldo). Dazu GORRA, Storia 90.

Menschen erscheinen; aber in seinen letzten Lebensjahren wurde Pontano selbst von der Geschichte überrollt, als die Franzosen nach Neapel kamen und seine politische Aktivität zu Ende war. Jetzt rückte er die Sprache aus dem Kreis der Geschichte mehr in die Sphäre der Allmutter Natur. Er besang 1502 die wunderbare Verbindung der *ratio* mit ihrer Dienerin, der *oratio*, durch welche die Natur die Menschen zur Geselligkeit beruft. Auch die Vielfalt der Sprachen ist ein Naturgeschenk; in ihr und in der Vielgestalt der Völker spiegelt sich die unerschöpfliche Fruchtbarkeit der Natur, die auch die Farben, Gestalten, Gesichter und Sitten der Menschen unendlich erfindungsreich variiert[48]).

Was blieb vom souveränen Menschen in den letzten Jahren des Jahrhunderts, als Italien fremden Heeren anheimfiel? Was half in dieser apokalyptischen Endzeit die humanistische Illusion? Der gewaltige Dominikaner Girolamo Savonarola (1452–1498) rief in Florenz zum Sturm auf die Renaissance, im Geist alttestamentlicher Prophetie. Wie klein ist der Mensch, wie willkürlich und veränderlich seine Sprache! *La natura* gab uns Sprachvermögen und Sprechweisen *(la loquela ed el parlare)* nur, damit wir den Nachbarn unsere Gedanken anvertrauen, wie wir es müssen. Unsere Rede ist nicht vollkommen wie die Sprache der Engel, die sich spirituell, ohne Stimme, verständigen. (Bernhardin wird berichtigt.) Verschieden sprechen Gott und Menschen, Menschen und Tiere, Engel und Menschen miteinander; verschiedene Naturen und Bedingungen erfordern gesonderte Sprachen. Ihre Intensität richtet sich nach der Schwäche der Kreatur. Selbst Adam, der den Tieren die rechten Namen gab, erfand sie nicht aus sich; Gott verlieh ihm die Gnade der Weisheit. Die Sprachen sind nicht eigenwüchsig; sie sind uns gegeben, als Trost und als Aufgabe. Zwar kennt unsere Religion drei vollkommene Sprachen, Latein, Griechisch, Hebräisch, aber Gott gab uns auch das Arabische und Chaldäische, damit der christliche Glaube sich ausbreite bis zu den Ungläubigen. Und umgekehrt, wenn dem Prediger auch mancher folgt, der Hebräisch, Griechisch und Latein versteht, er muß einfach und volkstümlich sprechen, damit er die Seelen durch sein Wort verwandelt. Wer zur Buße aufruft, der redet nach Mark. 16, 17 mit ganz neuen Sprachen; und wie du durch das Licht der Vernunft erkennst, was Deutsch, Französisch, Italienisch ist, so zeigt dir das göttliche Licht im Wort die Schädlinge und die Schwachen. Die innere Umkehr drängt; schon gleicht unsere

---

[48]) Opera quae soluta oratione composuit omnia, Bd. 2, Basel 1538: De aspiratione S. 12 f. (Schöpfung der Sprache); Actius dialogus S. 245–248, 257 (ländlicher Anfang, Poesie und Historie). De sermone libri sex, hg. Sergio Lupi – Antonio Risicato (Thesaurus Mundi), Lugano 1954: I, 1 S. 3 f. (ratio, oratio); I, 4 S. 5 f. (Sprachenvielfalt). Urania IV, 980 ff., hg. Benedetto Soldati, Pontani Carmina, Bd. 2, Florenz 1902, S. 144 ff. (Gestalten, Gesichter). Dazu Giuseppe Saitta, Il pensiero italiano nell' umanesimo e nel rinascimento, Bd. 1, Bologna 1949, S. 633 ff.

Lage der Sintflut, die Kirche der Arche Noah. Hüten wir uns vor dem Stolz, sonst wird Florenz ein neues Babylon, das heißt Verwirrung. Florenz mag der Nabel Italiens sein, es ist doch nur ein Linsenkörnchen im Vergleich zur Erde; der wirkliche Mittelpunkt der Erde ist die Hölle. Wozu unser Stolz? Wir alle sind Kinder Adams und haben die gleiche *nobiltà di natura*. Das sollte uns nicht selbstbewußt, sondern liebevoll stimmen. Auf dieser Erde ist unseres Bleibens nicht, wir sind nur Fremdlinge und Pilger, und unsere Geschichte neigt dem Ende zu. Im Paradies aber werden wir alle, Franzosen, Italiener, Ungarn und Deutsche, mit allen Völkern vereint sein. Nach diesem Ziele müssen wir streben[49]). Die Sprache Gottes durch die Geschichte ist deutlich und betrifft uns; wenn sie uns nur träfe!

Glanz und Elend des modernen Nachdenkens über Sprache und Geschichte sind in dem italienischen Jahrhundert zwischen Petrarca und Savonarola schon ausgekostet worden. Auf die Frage, wie der Mensch in seiner Gegenwart stehe, hörten wir viele Antworten; die erlebten und die gelehrten, die gläubigen und die kritischen, die altmodischen und die rebellischen gingen vom zeitlosen Menschen aus oder führten zu ihm hin. Geschichte betrifft ihn kaum anders als Natur, stetig in ihrer Vielgestalt, nicht eigentlich verwandelnd und erziehend; auch Fortschritt ist menschliche Leistung, Bildung ist in der menschlichen Natur angelegt. Wer den Menschen jetzt kennt, weiß seinen Ursprung; das religiöse Geschichtsdenken hat ausgespielt. Die bergenden und verbergenden Nebel fallen, und der Mensch findet sich allein mit sich und seiner Sprache; allein muß er seine Geschichte machen oder ertragen. Und doch braucht er ein Gegenüber, das ihn hört und ihm hilft. Statt dessen will Gott, daß man ihn sprechen läßt und ihm dient. Wer kann das noch dulden?

*

Den anderen romanischen Völkern blieben die Höhen und Tiefen solcher Erfahrungen vorerst erspart; sie lebten in politisch handlungsfähigen Nationen, die sich festigten und sich ausbreiteten. Die nationale Sprache setzte sich im Gefolge der Macht allgemein durch, und wenn das nationale Prestige nicht durch kontinuierliche große Vergangenheiten gestützt werden konnte, dann proji-

---

[49]) Prediche italiane ai Fiorentini, hg. Francesco COGNASSO – Roberto PALMAROCCHI (Documenti di storia italiana I, 1–4), 4 Bände, Perugia-Florenz 1930–35: Bd. 1, S. 182 f. (Sprachvermögen), 9 (Engelsprache); Bd. 3, S. 15 f. (verschiedene Naturen), 44 (Adam), 543 (vollkommene Sprachen, Mission); Bd. 2, S. 202 (neue Sprachen, Licht der Vernunft); Bd. 1, S. 122 (Sintflut), 149 ff. (Arche Noah), 292, 322; Bd. 3, S. 298, 519 (Florenz und Babylon); Bd. 1, S. 145; Bd. 2, S. 37 (Nabel Italiens); Bd. 1, S. 2 (Hölle), 70 (Kinder Adams); Bd. 3, S. 103 (Paradies). Dazu Joseph SCHNITZLER, Savonarola, Ein Kulturbild aus der Zeit der Renaissance, Bd. 2, München 1924, S. 762 ff.

zierte man in den Ursprung selbst die erträumte oder erreichte Glorie zurück. Auch die Nationen wurden zu Individuen; daß eine jede mit sich und ihrer Sprache allein blieb, störte die Menschen nicht, die sich in der nationalen Gemeinschaft geborgen fühlten.

Am wenigsten problematisch war wohl das Verhältnis der Portugiesen zu ihrer Sprache und Geschichte. König Johann I. verdrängte zu Beginn des 15. Jahrhunderts das Latein aus der Justiz und ermutigte die portugiesische Literatur. Diese brachte bedeutende Geschichtswerke hervor, die jedoch nur die Gegenwart beschrieben und sich um die Ursprünge nicht kümmerten. Unter dem Königssohn, Heinrich dem Seefahrer, wagten sich die Portugiesen auf den Atlantik hinaus; mit den Afrikanern, die sie fanden, verständigten sie sich durch Dolmetscher und Gesten und fragten nicht nach Sprache und Herkunft. Auf ihre Wappenpfeiler, die die Entdeckung des Kongo-Gebietes dokumentieren sollten, setzten sie noch 1482 nur lateinische und portugiesische Inschriften; das war genug, um aller Welt verständlich zu sein[50]).

Schwerer beladen mit den Schätzen der Tradition, fand auch Spanien den Weg zur inneren Einigung und zur afrikanischen Expansion. Der Blick riß sich nur ungern von der eigenen und universalen Vergangenheit los; über die letzten wirren Jahrzehnte hinweg schweifte er zu den ältesten Ursprüngen, an denen der spanische Stolz sich labte. In der Mitte des 14. Jahrhunderts übertrug ein unbekannter Spanier „Leomarte" die Trojanersage ins Spanische; weil die Spanier aber keine Trojaner waren, machte er eine Weltchronik daraus. Aus der „General Estoria" Alfons des Weisen kamen die Nachrichten: Noah teilte die Welt und besuchte Italien; der weise Riese *Menbrot* baute seinen Turm 1633 Schritt hoch; die Sprachen teilten sich wunderbar in 72 Idiome. Dennoch konnte Nimrods Enkel *Ninon* die erste Weltherrschaft begründen und zum Ahnherrn Saturns, Jupiters und der Trojaner und Römer werden; auch Herkules, der in Spanien Wundertaten verrichtete, und der Engländer *Bruto* waren von der Familie. Aber in Spanien herrschten zur Zeit des Odysseus die Griechen, die Todfeinde der Trojaner; die Blutsbrüderschaft zwischen Javan und Tubal stand so fest, daß Leomarte nicht von ihr sprach. Spanien ist älter und heiliger als Troja und Rom[51]). Auch spanische Weltreisende schienen zunächst nur biblische Altertümer zu bemerken. Der Gesandte Heinrichs III. von Kastilien, Ruy González de Clavijo (gest. 1412), reiste 1403 zum Hofe Timurs nach Samarkand; er fand unterwegs den Berg, auf dem die Arche Noah landete, und die erste Stadt, die nach der Sintflut von den Noachiden erbaut wurde;

---

50) HENNIG, Terrae incognitae Bd. 4, S. 5 ff. hat die Berichte gesammelt; hier S. 362, 380 zweisprachige Inschriften.

51) Sumas de historia troyana, hg. Agapito REY (Revista de filología española, Anejo 15), Madrid 1932, S. 65 ff. (Anfänge), 136 ff. (Herkules), 338 f. (Bruto), 180, 223 (Griechen in Spanien).

aber über die Sprache und Herkunft der Mongolen und Türken verbreitete er sich nicht[52]).

Wenn dies Weltgewandten und Weitgereisten widerfuhr, war von gelehrten Prälaten nichts anderes zu erwarten. Der Bischof von Burgos, Alfons von Cartagena (1386–1456), war der Sohn eines konvertierten Juden, universal gebildet und politisch agil; aber seine lateinischen Schriften beschränkten sich auf Spaniens Lob. Vielleicht war das Land schon vor der Sintflut besiedelt; fast schien Alfons zu bedauern, daß diese Urbewohner ertranken. Dann kam der biblische Tubal, aber nicht allein; die beiden ältesten Japhetiten zogen mit. Seit Roderich von Toledo wußte man, daß Magog der Stammvater der skythisch-skandinavischen Goten, Wandalen, Sueven und Alanen war, die sich in Spanien niederließen; Alfons gab nun auch dem vielgewanderten Gomer Asyl. Wenn ihm nach Isidor die Galater und *Galli* gehörten, so waren damit die Gallegos von Galicien gemeint. Die scheinbar harmlosen antiquarischen Experimente lieferten politischen Sprengstoff, seitdem die Gemeinschaft der japhetitischen Christenheit zerbrochen war. Im Streit um die Rang- und Sitzordnung der Gesandten auf dem Baseler Konzil brachte Alfons 1436 vor, seine Könige stammten von den berühmten Goten und hätten sich durch ihre Wanderzüge und Heldentaten einen größeren Namen als die Gotenkönige des Nordens gemacht. Wer fand außerdem in seiner Heimat drei Japhetiten vor? Man begreift auch, daß der Dichter Juan de Lucena 1463 diesem streitbaren Bischof eine Verteidigung des Spanischen als moderner Gelehrtensprache in den Mund legte[53]).

Freilich waren die Spanier zu altgläubig, um chauvinistisch zu werden; manchem schlug auch das kritische Gewissen des Philologen und Exegeten. Der bedeutendste unter ihnen ist heute vergessen, allenfalls wegen unnützer Gelehrsamkeit und ermüdender Geschwätzigkeit verrufen, und galt zu seiner Zeit doch als Weltwunder der Wissenschaft: der kastilische Bischof Alfons Tostatus von Avila (ca. 1400–1455). In den 27 Foliobänden seiner Werke stehen Beobachtungen, die einem Valla Ehre machen würden; wie alle großen Philologen führte ihn die Ehrfurcht vor dem Wort zur Einsicht in die Geschichte. Tostat bezweifelte als einer der ersten, ob Moses den ganzen Pentateuch geschrieben habe. Er hielt wie alle Welt das Hebräische für die Ursprache der Menschheit,

---

[52]) Hennig, Terrae incognitae Bd. 3, S. 415.

[53]) Regum Hispaniae Anacephalaeosis, hg. Schott, Hispania Bd. 1, S. 249 ff. (Urgeschichte; dazu Sánchez-Alonso, Historia Bd. 1, S. 317 ff.). Die Rede auf dem Baseler Konzil vom 28. 7. 1436 in: Concilium Basiliense, Studien und Dokumente zur Geschichte des Concils von Basel, hg. Johannes Haller u. a., Bd. 4, Basel 1926, S. 227; dazu Wallach, Gemeinschaftsbewußtsein 34; Johan Nordström, Goter och Spanjorer, Till den spanska goticismens historia I, in: Lychnos 1944–45, S. 257–280, hier S. 270 ff. Zu Lucena Werner Bahner, Beitrag zum Sprachbewußtsein in der spanischen Literatur des 16. und 17. Jahrhunderts (Neue Beiträge zur Literaturwissenschaft 5), Berlin 1956, S. 22.

stellte allerdings sogleich die Frage, warum die Idiome sich nicht von Anfang an geteilt hätten; das wäre der natürliche Verlauf gewesen. Tostat ging nicht ganz so weit wie Filastrius und Dante, an deren Kühnheit er gemahnt. Gott habe die Menschen lehren wollen, einander zu verstehen und zu lieben; darum habe er durch einen Gnadenakt die Entfaltung der Idiome gehemmt. Was geschah dann in Babel? Mit sanfter Hartnäckigkeit meinte der Exeget, es sei nicht sicher, ob der Turmbau sündhaft gewesen sei; denn Noah habe noch gelebt und hätte als Fürst der Welt gewiß nichts Böses zugelassen. Vielleicht war nur ein harmloser Markierungspunkt geplant, ein Zweck, zu dem man heute auch noch Türme baut. Wenn das zutraf, war die Sprachentrennung keine Sündenstrafe und kein Wunder, sondern der von Gott zugelassene Gang natürlicher Entwicklung. In Babel entstanden 72 Sprachen, daran ist kein Zweifel; aber diese Ordnung wurde sofort den geschichtlichen Kräften überlassen und von ihnen verwandelt. Sind unsere modernen Muttersprachen noch babylonisch? „Ob aber eine von den dort gegebenen Sprachen unterging, weil ihr Volk im Krieg erlag, das weiß man nicht. Und ob alle heutigen Sprachen dort gegeben wurden oder ob menschlicher Wille und Fleiß *(industria)* manche von ihnen schuf, das ist ungewiß."

Blieben denn wenigstens die Völker von der Geschichte und der menschlichen Willkür unberührt in ihrer Schöpfungsordnung? Tostat prüfte die Tradition der 72 in Babel versammelten Familienhäupter nach, nahm Augustin zur Hand und fand dessen Ratio nach der Septuaginta ausreichend begründet; nach dem Grundsatz *Tot linguae quot familiae* gab es 27 semitische, 30 hamitische und 15 japhetitische Gruppen, wie schon Isidor sie gezählt hatte. Doch damit war nicht viel gewonnen, denn die Völkertafel nannte offenbar das eine Volk nach einem Vater, das andere nach einem Sohn; Moses bot demnach, wie schon Hugo von St. Victor vermutete, keine vollständige Stammtafel. Der Stamm des Ältesten trug vielleicht den Vatersnamen weiter und wurde nicht eigens erwähnt wie die Völker der nachgeborenen Söhne. Noah hatte also mehr als 72 Nachfahren. Jedenfalls hat die seitherige Geschichte die anfangs vielleicht durchgeführte Zahlenordnung zerstört; von den Völkern Babels sind nur wenige noch zu identifizieren, der Rest ging wohl zugrunde. Und die Spanier? Tostat rührte gelassen an den Nerv des nationalen Stolzes. Von Magog kämen die Skythen, von diesen die Goten, die einst auch Spanien beherrscht hätten, *et vocantur nunc istae gentes vulgariter Turcae*. Während in Basel der Bischof von Burgos die Spanier als Goten feierte, verwies zu Hause der Bischof von Avila die Goten zu den asiatischen und antichristlichen Türken. Gomer war kein Galicier, sondern ein Gallier wie Brennus. Tubal zog wohl nach Spanien, ob er es indes als einziger besiedelte? Der Amtsbruder in Burgos erwies die spanische Polygenese stolz aus der Völkertafel; Tostat erschloß sie schlicht aus der linguistischen Erfahrung: Tubal besaß nur eine Sprache; Spanien aber muß von Anfang an mehrsprachig gewesen sein. Die Urgeschichte läßt sich nicht auf wenige biblische Heroen konzentrieren; sie war bereits so reich gegliedert wie unsere Zeit. Auch in der Bibel steht nicht alles, und wenn die Juden die Römer zu Kittim erklären, irren sie sich; die Römer sind Trojaner[54]). Die Weltgeschichte ist kein spanisches Renommierstück.

Das konnte der ehemalige Generalvikar Alfons' von Burgos, der Bischof von Palencia um 1469 nicht begreifen. Rodrigo Sánchez de Arévalo (Santius, 1404 bis 1471) diente der kastilischen Krone ebenso unbeirrt wie dem Papst; König Heinrich IV., das geliebte Kastilien und Spanien waren die Musterkinder der Geschichte, man durfte doch stolz auf sie sein. Wenn die Römer sich Trojaner nennen, dann sind die Spanier immer noch älter, weil sie vom biblischen Tubal stammen[55]). Aber niemand wußte, wer außer Tubal und den Ahnen der Trojaner noch aus Noahs Arche schlüpfte, und so steckte der aragonesische Diplomat und spätere Kardinal, Bischof Johann von Gerona (ca. 1421–1484), vorsichtig zurück. Die ersten Bewohner Spaniens kämen, *ut quidam dixerunt*, von Tubal her; etwas Authentisches über sie sei nicht auf uns gekommen – ausgenommen vielleicht ihr Name *Cetubales*. Mit dieser gewagten Etymologie suchte Johann den biblischen Tubal und die Keltiberer zusammenzuketten; der biblische Ursprung war nur zu retten, wenn man ihn aus der späteren Landesgeschichte stützen konnte[56]). Aber noch ergaben im Spanien des 15. Jahrhunderts Geschichte und Gegenwart, Nationalgefühl und Individualität, Politik und Philologie keinen Einklang, weil Spanien jetzt erst zur Einheit wurde.

Frankreich war hingegen schon im späten 14. Jahrhundert im Schisma und später im Kampf gegen England eine recht geschlossene und höchst selbstbewußte Nation geworden, beseelt von empfindlichem Stolz auf die eigene Sprache, unbekümmert um historische Kontinuitäten, lieblos gegen biblische, respektvoll gegen antike Genealogien, nur um die eigene Glorie besorgt. Der mittelalterliche, internationale Rationalismus der französischen Gelehrten unterwarf sich schnell dem neuen Nationalismus. Der Normanne Nikolaus von Oresme (ca. 1320–1382) war es 1370 seiner scholastischen Gelehrsamkeit und

[54]) Commentaria in Genesim, in: Opera omnia, Bd. 1, Venedig 1728, S. 154–164. Dazu Johann Georg Rosenmüller, Historia interpretationis librorum sacrorum in Ecclesia Christiana, 5 Bände, Hildburghausen-Leipzig 1795–1814, hier Bd. 5, S. 347; Ludwig Diestel, Geschichte des Alten Testamentes in der christlichen Kirche, Jena 1869, S. 202 f.; Allen, Noah 75 ff. Eine moderne Würdigung wäre dringend nötig.

[55]) Historia Hispanica, hg. Schott, Hispania Bd. 1, S. 130 ff. Dazu Sánchez-Alonso, Historia Bd. 1, S. 321 f.; Nordström (o. Anm. 53) S. 276 ff.; Richard H. Trame SJ, Rodrigo Sánchez de Arévalo (1404–1470), Spanish Diplomat and Champion of the Papacy (The Catholic University of America Studies in Mediaeval History NS 15), Washington 1958, S. 191 f.

[56]) Paralipomenon Hispaniae, hg. Schott, Hispania Bd. 1, S. 15. Dazu Sánchez-Alonso, Historia Bd. 1, S. 361 ff.

seiner bischöflichen Zukunft schuldig, daß er wie Isidor unter allen Sprachen Latein für die genaueste Wiedergabe von Gedanken empfahl; es sei im Augenblick *(a present)* vollkommener und reichhaltiger als das Französische. Allerdings hatte die Zukunft des Französischen bereits begonnen; Nikolaus schloß die bei Heinrich von Crissey noch unvollendete Kette. Das Griechische war für das Lateinische dasselbe, was das Lateinische für das Französische ist, Vorbild und Bildungssprache. Im Rang steht das edle Französisch *(langage noble)* als *langage maternel* schon heute neben den klassischen Idiomen; so rechtfertigte sich die Übersetzung des Aristoteles ins Französische, die Nikolaus auf Befehl Karls V. unternahm. Wachstum und Blüte der Sprachen hatten für den Naturwissenschaftler eher biologische als historische Wurzeln; die *diversité des langaiges* selbst ist natürlich, sie geht zurück auf die Verschiedenheit menschlicher Neigungen und Gebräuche, zuletzt auf die menschliche Freiheit. Die Geschichte kann nicht die Sünde und Verwirrung der Menschheit lehren, sondern nur die Überlegenheit des Edlen; die Franzosen sind Enkel der Trojaner Priamus und Hektor[57]).

Die ritterliche Auslese der Besten fesselte auch den hennegauischen Kleriker Jean Froissart (1337–ca. 1410), als er die Chronik des Hundertjährigen Krieges schrieb. Ritterliche *proèce* war schon immer ein seltenes Gut, seit die Noachiden die Erde bevölkerten; doch sie war älter, als Christian von Troyes gemeint hatte. Nicht gerade Nimrod, aber Ninus und Semiramis eröffneten die Reihe der Ritter, die über David, die Trojaner (nicht über ihre griechischen Gegner) und über Caesar nach Frankreich führte. Froissart sagte nicht, daß dies auch die leiblichen Ahnen der Franzosen seien; doch im höchsten Grade ergrimmte ihn die unritterliche Behauptung des Engländers John Ball, alle Menschen stammten von einem Vater und einer Mutter, von Adam und Eva. Nur der Gemeine macht sich gemein; Frankreich ist edel. Die französischen Ritter stehen auch über den Volkssprachen; dem Ritterideal getreu sind sie polyglott. Manch einer von ihnen spricht Schottisch, dieser oder jener auch Deutsch; aber die schönste Sprache ist doch Französisch. Wie unritterlich benehmen sich die Engländer, die so schlecht Französisch verstehen, vor allem, wenn es nicht zu ihrem Vorteil gereicht; ihr Unverständnis und Mißtrauen beschwor den Hundertjährigen Krieg mit herauf. Jenseits des Kanals behaupten sie, die Schotten hätten die gleiche Sprache wie sie selbst; auch das ist nur Bosheit, weil sie den schottischen Verbündeten Frankreichs die Unabhängigkeit nicht gönnen. Ihre Dreistigkeit wird nur von ihren flämischen Bundesgenossen übertroffen, von dem Tölpel Philipp von Artevelde, der 1382 prahlte, er wolle

---

[57]) Le livre de Ethiques d'Aristote, hg. Albert Douglas MENUT, New York 1940: Prologue S. 100 f. (Französisch und Latein; dazu KOLL, Langue 115 f.); X, 10 S. 513 (Sprachenverschiedenheit); VII, 1 S. 364 (Trojaner).

den französischen König nach Gent führen, um ihn Flämisch zu lehren[58]). Wenn alle Welt Französisch lernte, sie wäre rasch befriedet und gesittet.

Zum wahren Adel gehörte neben der Zivilisation auch die uralte Freiheit; aber hatte nicht die Trojanersage die Franken für „wild" und für Freigelassene erklärt? Heftig protestierte dagegen der südfranzösische Benediktiner Honoré Bonet (ca. 1340– nach 1405). Er glaubte 1387, der König von Frankreich könne das Papstschisma beenden; er sei souverän und niemals einem Kaiser unterworfen gewesen. Die Trojaner, von denen er stamme, hätten dem Kaiser Valentinian aus freien Stücken geholfen, und darum hießen sie Franken, das heißt „Freie"; sie waren keine bärbeißigen Wilden, wie Johann von Paris wollte, sondern höfische Ritter. Ihre Hauptstadt Paris wurde 499 v. Chr. von „Sarazenen" gegründet, von ritterlichen Heiden; auch die Römer sind von Troja her ihre Brüder. Die Widersacher alles Adligen aber sind die Kaiser der Großreiche, an ihrer Spitze der erste Unterdrücker der Menschen, Nimrod, der den großen Turm von Babylon baute[59]). Mit Hilfe der antikischen Ahnen wurde der gefährliche Vorwurf der Bettelmönche seit Nikolaus von Gorran entkräftet: der Adel ist nicht Nimrods Anhang, er war schon immer sein Gegner. Bonet suchte so die Adligen für die königliche Politik zu erwärmen, denn fürs erste griff der Anspruch noch weiter, als die Mittel reichten.

Darum packte den größten Dichter des französischen 14. Jahrhunderts, den königlichen Juristen Eustache Deschamps (ca. 1346– ca. 1406), immer wieder der Weltschmerz. Die Erde war den Noachiden schön zugeteilt, da kam Nimrod und mit ihm der Krieg; es entstand der Babelturm und mit ihm die Verwirrung. Seither hat die Welt nicht Glück noch Ruhe mehr; alles Vergängliche ist dem Tode geweiht. Deschamps möchte dieses ewige Thema lieber lateinisch besingen als in der niedrigen Volkssprache; denn dem Edlen sind mehrere Idiome geläufig. Die Apostel verstanden die drei heiligen Sprachen, die sie sich mit Mühe und Arbeit angeeignet hatten (als hätte das Pfingstwunder nicht stattgefunden oder nicht angehalten); Karl der Große war des Lateinischen, Griechischen und anderer Zungen mächtig, und auch Mohammed war in drei Sprachen bewandert, Jüdisch, „Christlich" und Sarazenisch. Trotz aller Bildung kommt der Reisende in Gegenden, deren Sprache er nicht versteht; am besten bleibt er in der Heimat, denn Frankreich liegt in der Mitte der

---

[58]) Chroniques, hg. Siméon Luce – Gaston Raynaud (Société de l'histoire de France 48), 11 Bände, Paris 1869–99: Prologue Bd. 1, 2 S. 5 f. (Translation der proèce); II, 212 Bd. 10, S. 96 (John Ball); II, 407 Bd. 11, S. 166 (Schottisch); I, 460 Bd. 5, S. 205 f. (Deutsch); I, 45 Bd. 1, 2 S. 306 f. (englisches Mißtrauen); I, 50 S. 318 (schottische Abhängigkeit); II, 333 Bd. 11, S. 40 (Gent). Dazu Koll, Langue 116 f.

[59]) L'arbre des batailles, hg. Ernest Nys, Brüssel-Leipzig 1883: IV, 83 S. 185 ff. (Trojaner); II, 2 S. 35 ff. (Römer); II, 19 S. 68 (Nimrod). Dazu George William Coopland, The Tree of Battles of Honoré Bonet, Liverpool 1949, S. 61 ff.

Welt, seine Bewohner sind trojanischen Adels, und Paris ist viel schöner als seine Mutterstadt Troja und als Babylon[60]). Da ließ sich's melancholisch zwar, doch recht gemächlich leben; es blieben auch die Tröstungen der Kirche.

Zwar war diese Kirche schismatisch zerrüttet; doch ihre französischen Theologen, die Leuchten der Pariser Universität, fanden doppelten Trost in der konziliaren Politik und in der mystischen Sublimierung des Nominalismus; der Fortschritt zurück zum Unvergänglichen lockte. Der ehrgeizige Professor und Kardinal Pierre d'Ailly (1350–1420) verglich das Gebäude der Kirche, das fromme Jerusalem, mit der antichristlichen, götzendienerischen Stadt Babylon, ohne deren Turm zu zitieren; er lag zu weit im geschichtlichen Feld, und die Heilsnormen standen jenseits alles Geschehenen fest. Wer auf sie zurückgriff, konnte die verfallende Kirche leicht restaurieren; 1416 forderte Ailly auf dem Konstanzer Konzil, aus allen Kirchenprovinzen müßten Kardinäle gewählt werden, entsprechend den 72 Ältesten Israels[61]). So würde sich die Gottesgemeinde der geschichtlichen Unstäte entziehen. Aillys größerer Schüler, der Universitätskanzler Jean Gerson (1363–1429), hielt 1417 in Konstanz gleichfalls die aus allen Stämmen gewählten 72 mosaischen Ältesten für vorbildlich, freilich ohne sie im Kardinalskolleg konkretisiert zu sehen. Noch weniger als Ailly holte sich Gerson in der Heilsgeschichte konkreten und aktuellen Rat, weil er Geschichte und Glauben unterschied. Daß Cham die Knechtschaft in die Welt brachte, beleuchtete die Folge der schmutzigen Sünde, aber nicht die irdische Sozialordnung; jeder Fromme ist edel, sagte Gerson, der Bauernsohn. Umgekehrt braucht der Franzose die natürliche und politische Ordnung nicht durch biblische Ereignisse zu stützen; auch ohne sie sind die Nationen der Welt so verschieden, daß es keine Weltmonarchie geben kann und soll. Die Kirche lebt jenseits dieses urtümlichen, halb fabelhaften Altertums; wie bei der Gründung des babylonischen Turmes durch die Giganten die eine Sprache in mehrere zerfiel, so empfingen an Pfingsten, als der Turm der heiligen Kirche grundgelegt wurde, die Apostel und ihre Gläubigen die Gnade, in allen Sprachen Gottes Wort zu verkünden. Noch heute steht die geistliche

---

[60]) Oeuvres complètes, hg. Auguste DE QUEUX DE SAINT-HILAIRE – Gaston RAYNAUD (SATF), 11 Bände, Paris 1878–1903: Balades 961, 11 ff. Bd. 5, S. 188 f.; 1269, 1 ff. Bd. 7, S. 8; 1381, 5 ff. S. 230 f. (Babelturm); Double lay de la fragilité humaine v. 425 ff. Bd. 2, S. 285 (Lateinisch und Französisch); Chançons royaulx 369, 7 Bd. 3, S. 116 (Apostel); 356, 30 S. 88 (Karl der Große); Balades 1128, 14 f. Bd. 6, S. 48 (Mohammed); 1311, 7 Bd. 7, S. 69 (Reisende); 1331, 25 f. S. 94 (trojanische Franzosen); Balades de moralitez 170, 11 ff. Bd. 1, S. 303 (Paris, Troja, Babylon). Dazu KOLL, Langue 77, 117 ff.; AUERBACH, Mimesis 244 ff.

[61]) Recommendatio sacrae scripturae, in: Gersonii opera (u. Anm. 62) Bd. 1, Sp. 608 (Jerusalem, Babylon); De ecclesiae...et cardinalium auctoritate Bd. 2, Sp. 946 (Kardinäle; dazu Ernest Fraser JACOB, Essays in the Conciliar Epoch, 2. Aufl., Manchester 1953, S. 15).

Schar über den Unzulänglichkeiten der historischen Sprache. Die Scholastiker freilich leben in diesen Niederungen; ihre grammatische Begriffsbildung bleibt willkürlich und unverbindlich, weit unterhalb jener metaphysischen Begriffswelt, die, von der Natur angeregt und auf die Dinge gegründet, im reinen Intellekt wurzelt. Weil die Schulwissenschaft auf jenem oberflächlichen System beruht, darum schwankt sie in der Zeit; manche gelehrten Schwätzer erhöhen noch durch schwerverständliche Terminologien die *Babylonica linguarum confusio in aedificatione turris scientiae*. Der Turm der Wissenschaft, die Anhäufung der Bausteine und Beiträge, wurde von Gerson wie von Augustin und Bernhard verworfen. Der Christ soll lieber schweigen als schwätzen, und für seine Seele sorgen[62]).

Wenn die kirchliche Seelsorge die lateinische Scholastik überwand, stellte sich allerdings das Problem der Volkssprache, das der Politik und der Mystik gleich nahe stand. Gerson predigte gern französisch; aber manche Pfarrei war von italienischen Pfründenjägern besetzt, die wenig Französisch verstanden. Es ist kaum zu unterscheiden, ob die allgemeine Empörung darüber vom frommen Bedürfnis oder vom Sprachenstolz diktiert war. Der letzte französische Papst, Gregor XI. (1329–1378), schränkte 1373 von Avignon aus die Internationalität der Kirche in diesem (allerdings bereits für Innocenz III. selbstverständlichen) Punkte ein: Kein Ausländer solle eine Pfründe erhalten, kein Pfarrer eingesetzt werden, der die Ortssprache seiner Pfründe nicht gut verstehe und verständlich spreche; im 15. Jahrhundert wurde die Regel wiederholt und variiert eingeschärft[63]). Die Franzosen machten sich diesen Gedanken gern zunutze, als sie die Konzilsidee und die gallikanischen Freiheiten vertraten; 1406 ließ man den gegen das Papsttum gerichteten Parlamentsprozeß in französischer Sprache führen, „weil der Gegenstand wichtig, schwierig und bedeutsam und es nützlich ist, daß jedermann ihn höre und verstehe“[64]). Die Pragmatische Sanktion von Bourges, die 1438 die gallikanischen Freiheiten bekräftigte, klagte noch einmal über Unwürdige und Ausländer, die bisweilen die Sprache ihrer Gemeinde nicht verstünden, und machte die Französischkennt-

[62]) Opera omnia, hg. Louis Ellies DU PIN, 5 Bände, Antwerpen 1706: De potestate ecclesiastica Bd. 2, Sp. 237 (Älteste; dazu DEMPF, Imperium 553); Opusculum primum de nobilitate Bd. 3, Sp. 210 (Cham); Sermo de Spiritu sancto Sp. 1252 (Babel und Pfingsten); De modis significandi propositiones quinquaginta Bd. 4, Sp. 816–820 (scholastische Sprache, hier Sp. 819 confusio). Dazu KIRN, Nationalgefühl 58.

[63]) Emil von OTTENTHAL, Regulae cancellariae Apostolicae, Die päpstlichen Kanzleiregeln von Johannes XXII. bis Nikolaus V., Innsbruck 1888: Nr. 71 S. 40. Spätere Fassungen bei Alexander V. Nr. 24 S. 168; bei Eugen IV. Nr. 32 S. 243. Weitere Beispiele bei Friedrich Wilhelm OEDIGER, Über die Bildung der Geistlichen im späten Mittelalter (Studien und Texte zur Geistesgeschichte des Mittelalters 2), Leiden-Köln 1953, S. 117, der aber den Ursprung nicht kennt.

[64]) HALLER (o. S. 890 Anm. 122) S. 275.

nis zur Vorbedingung für die Anstellung von Geistlichen[65]). Französisch wurde auch in der Kirche wichtiger als Latein, weil es die Sprache der Nationalkirche war.

Nur wer als französischer Kleriker in Rom wohnte, konnte wie der Verfasser des „Breviarium historiale" nach 1428 die lateinische Sprachgeschichte wichtiger nehmen als die französische. Immerhin verriet auch er sein Interesse für die Entstehung des Romanischen, denn er trug die von seiner Vorlage, Johann von Colonna, ausgelassene spätrömische und barbarische Phase des Lateinischen aus Isidor nach. Doch standen ihm die lateinischen und die geistlichen Zusammenhänge weit über der zeitgenössischen Wirklichkeit; Gott spricht nicht eigentlich, im Jenseits werden die Sprachen aufhören, und trotz 1 Kor. 13, 1 haben die Engel keine sinnliche Sprache. Auf Erden kann es mit den drei *linguae sacrae* kein Idiom aufnehmen[66]). Aber so schrieb man bloß in Rom.

Die Retterin Frankreichs, Jeanne d'Arc (ca. 1412–1431), verstand weder Hebräisch noch Lateinisch und sprach doch mit den Engeln und Heiligen. Sie unterschied zwischen Menschenzungen und Engelssprache, hielt aber daran fest, daß die körperlosen Engel des Himmels in klingender Sprache mit ihr redeten. Als ein Theologe mit ausgeprägt limousinischem Dialekt sie fragte, in welcher Sprache ihr die Heiligen ihr Befreiungswerk vorschrieben, entgegnete sie witzig: „In einer besseren als die Eurige!" Also sprachen die Engel reines Französisch. Die Inquisition beschuldigte Johanna 1431 sogar der Meinung, „die Engel und Erzengel sprächen das französische und nicht das englische Idiom, weil sie nicht zu den Engländern hielten, sondern zu den Franzosen". Umfaßt das Gottesvolk denn nicht mehr alle Zungen? Zumindest ergreift der Himmel selbst Partei, die Muttersprache wird zur Offenbarung[67]). Gebildetere Geister dachten vielleicht toleranter, aber in der gleichen Richtung. Johannas Parteigänger, der Herzog Charles d' Orléans (1391–1465), bemühte sich in englischer Gefangenschaft um die Sprache der Feinde und verliebte sich in die Dame, die sie ihn lehrte; er trennte auch schärfer als Johanna zwischen wortlosem Gedanken und mitteilendem Gespräch. Trotzdem dichtete auch er, der Dolmetscher seines Denkens, der viele Sprachen spreche, habe ihm etwas Selt-

---

[65]) Ordonnances des rois de France de la troisième race, hg. Louis Guillaume DE VILEVAULT – Louis-Georges DE BRÉQUIGNY, Bd. 13, Paris 1782, S. 269. Dazu Johannes HALLER, Die Pragmatische Sanktion von Bourges, in: J. H., Abhandlungen zur Geschichte des Mittelalters, Stuttgart 1944, S. 393–438, hier S. 425 ff.

[66]) Breviarium historiale, Handschrift Biblioteca Apostolica Vaticana, Cod. lat. 3757, f. 2vb–3vb (Mikrofilm benutzt).

[67]) Benno HILLIGER, Jeanne d'Arc, Das Geheimnis ihrer Sendung, Eine Seelenstudie, 4. Aufl., Freiburg i. Br. 1949, S. 201, 218 (Bildung), 141 ff., 165, 231 (Engelsstimmen), 214 (Limousinisch). Jeanne d'Arc, Die Akten der Verurteilung, übers. Josef BÜTLER (Menschen der Kirche in Zeugnis und Urkunde 4), Einsiedeln-Köln 1943, S. 180, 201 (Inquisition).

sames und Ungewohntes berichtet und es sogleich ins Französische übersetzt[68]. Mag der Geist universal sein, er erscheint doch im französischen Sprachleib.

Die gültige Mitte zwischen Geist und Leben, zwischen dem Lateinischen und den Dialekten hält das Französische. Der geniale Leichtfuß François Villon (1431– nach 1463) wunderte sich schon, wenn französische Geistliche wirklich Latein sprachen, und entschuldigte sich, wenn er, ein Pariser Kind, ein wenig poitevinisch spreche: zwei Damen hätten es ihn (wohl auf die Weise Ovids) gelehrt. Auch die Gaunersprache, die Villon unbedenklich in seine Gedichte mischt, sprengt die französische Weltfülle des Kreatürlichen nicht. Über die Frauen von Paris geht keine Ägypterin, keine Preußin, keine Engländerin – Villon verstünde sie auch nicht[69]. Selbst die Sinnenfreude, bei den ritterlichen Trobadors noch polyglott, gab sich bürgerlich puristisch. Vielsprachig ist um 1464 nur der Schwindeladvokat Pierre Pathelin in der köstlichsten Komödie der Zeit: Im vorgetäuschte Delirium schwätzt er limousinisch, picardisch, normannisch, bretonisch, niederländisch und lateinisch. Doch man darf das Kauderwelsch nicht zu genau betrachten; Pathelin redet nicht wie ein Christ und nicht in irgendeiner verständlichen Sprache[70]. Selbst die lateinischen Wendungen und die französischen Dialekte sind eine unchristliche Barbarei und nur von komischer Wirkung.

Auf dieselbe hochnäsige Weise belehrt uns um die Jahrhundertmitte ein farbenprächtiges geistliches Drama, vielleicht auf eine Historienbibel gestützt, wie es in Babel zuging, wie sich Nimrod, Kusch und Kanaan gegen Semiten und Japhetiten verschworen und gegen eine neue Sintflut ihren Turm bauten. Amüsant und plastisch, im zeitgenössischen Alltag verkörpert, ereignet sich das Wunder, als sich plötzlich die Maurer mißverstehen, zunächst nur semantisch; Arbeiter und Bauherren wollen sich erneut verständigen und reden nun unsinnige Laute, keine neuen Sprachen. Gott sagt in dem Stück kein hebräisches oder lateinisches Wort, er spricht ein feierliches, mit Latinismen durchsetztes Französisch:

En soixante et douze façons
Parleront, et nul n'entendra
Ce que son compaignon vouldra.

---

[68] Rondeau 211, hg. Pierre CHAMPION, Charles d'Orléans, Poésies (Les classiques français du moyen âge), Bd. 2, Paris 1924, S. 40 f.; dazu KOLL, Langue 127 f.

[69] Oeuvres, hg. Louis THUASNE, Bd. 1, Paris 1923: Le lais v. 219 Bd. 1, S. 169 (Latein); Le testament v. 1059 ff. S. 222 (poitevinisch); v. 1515 ff. S. 243 f. (Frauen von Paris). Dazu AUERBACH, Mimesis 246 f.

[70] Maistre Pierre Pathelin, hg. Richard Thayer HOLBROOK (Les classiques français du moyen âge), 2. Aufl., Paris 1956: v. 834 ff. S. 45 ff.; v. 921 ff. S. 49 ff.; dazu Franz RAUHUT, Fragen und Ergebnisse der „Pathelin"-Forschung, in: Germanisch-Romanische Monatsschrift 19 (1931) 394–407, hier S. 403; KOLL, Langue 128.

Ob daraus 72mal eine geordnete Sprache oder ein 72fach zerhackter Nonsens wurde, galt gleichviel; Gott spricht Französisch[71]). Daß die Franzosen sich durch Babel nicht betroffen fühlten, zeigte 1459 der Hofmaler des Königs, Jean Fouquet (ca. 1420–ca. 1480), als er Boccaccios Schicksale berühmter Männer illustrierte. Der weißbärtige Nimrod ist ein orientalischer Sultan in phantastischen Gewändern, der seine Arbeiter antreibt, kaum daß die Wasser der Sintflut sich verlaufen haben. Das alles war einmal; die Sprachverwirrung betraf nur Orientalen[72]).

War schon dabei die Moral, die Warnung vor Stolz, wichtiger als das Ereignis, so begriff der wahrscheinlich französische Franziskaner Johann Michaelis um 1490 den Bericht der Genesis überhaupt nur noch moralisch. Cham sind die *peccatores*, Japhet die *terreni*, Sem die *iusti*. Bei der Einzeldeutung der Völkertafel verkörpern die Japhetiten nur die Laster der weltlichen Großen, die zum fürstlichen Absolutismus gehören: Japhet ist die *opulentia*, Gomer die *eminentia*, Magog die *poculentia*, Madai die *pertinacia*. Der Turmbau von Babel ist nichts weiter als der *recessus avaritie*, und die Sprachverwirrung bedeutet das *iudicium electionis et reprobationis*. Die ganze Bibel lehrte nur noch, daß die Lasterhaften verworfen, die Tugendsamen erhöht werden; der von der mehrschichtigen mittelalterlichen Exegese stets gewahrte Zusammenhang zwischen historischem Ereignis und zeitloser Lehre zerbrach[73]). Die wirkliche Geschichte vollzog sich auf den Schlachtfeldern Ludwigs XI.

Philippe de Commines (ca. 1447–1511) beschrieb sie 1489 durchaus mit lehrhafter Tendenz. Die Geschichte soll uns helfen, beim nächsten Mal klüger zu sein; Gott spricht nicht zum Menschen, aber er gibt ihm durch die Geschichte verständliche Zeichen. Diese Zeichen kommen nicht aus der Bibel und dem Uraltertum; die französische Königsreihe beginnt mit *Pharamond*. Auch Zahlen können Zeichen sein: In Venedig gibt es „wohl 72 Pfarreien", in Gent 72 Zünfte, ein Mensch wird 72 Jahre alt. Aber die Zahl umfaßt keine Völker, nur Gemeinden und Einzelne. Das Pathos ritterlicher Universalität wird von bürgerlicher Liebe zum Kleinen durchkreuzt; Commines' sprachlicher Umkreis war nur scheinbar erstaunlich weit. Er meinte, Italienischkenntnisse nützten den Gelehrten, doch er selber radebrechte diese Sprache nur; „vor Mönchen lateinisch reden" heißt, etwas Überflüssiges tun. Karl der Kühne von

---

[71]) Le mistére du Viel Testament, hg. James de Rothschild (SATF), Bd. 1, Paris 1878: v. 6584 ff. S. 257 ff., besonders v. 6791 ff. S. 267. Dazu Koll, Langue 64, 131; Auerbach, Mimesis 155 f.

[72]) Paul Durrieu, Le Boccace de Munich, Reproduction des 91 miniatures, étude historique et critique, München 1909, S. 59 und Tafel IV; auch bei Klaus Günther Perls, Jean Fouquet, London-Paris 1940, S. 129 Nr. 107.

[73]) In Genesim, Handschrift Biblioteca Apostolica Vaticana, Cod. lat. 1312, f. 41r–v (Mikrofilm benutzt). Dazu Stegmüller, Repertorium Bd. 3, S. 382 f. Nr. 4783.

Burgund spricht Englisch, aber wozu? Selbst englische Könige lassen sich in ziemlich gutem Französisch vernehmen. Die französisch sprechenden Länder müssen zusammenhalten und sollten unter französischer Herrschaft leben; die Gemeinsamkeit der Sprache sollte höher stehen als politische Zweckbündnisse; Verschiedensprachige sollten sich möglichst nicht miteinander verbünden. Alles dies waren Spitzen gegen das englische Bündnis Burgunds. Commines redete nicht mehr wie Froissart der Hegemonie Frankreichs und seiner Sprache das Wort; Frankreich liegt zwar am günstigsten in der Welt, in der klimatischen Mittelzone, aber es will die Welt nicht erobern, nur das Seine zusammenfassen, und nicht größer ist die ihm gewiesene Aufgabe; denn die Geschichte will unabhängige Staaten, die einander in Schach halten[74]). Darum sind die Sprachen verschieden, daß zusammenfinde, was zusammengehört. Ob dieses Schicksal in der Urzeit noch nicht und in der Endzeit nicht mehr verhängt ist, ist heute und hier belanglos. Recht hat, wer sich behauptet, nicht der Fromme und nicht der Adlige. Frankreich hat den Weg aus dem Herbst des Mittelalters, aus den ritterlichen und trojanischen Prahlereien zum modernen Individualismus der Nationen gefunden.

Aus Burgund, dem alten Land der Mitte, kamen andere Töne, auch wenn es seit langem dem französischen Sprach- und Kulturkreis zuneigte und unter Philipp dem Kühnen allmählich zusammenwuchs. Die zahlreichen Landschaften des burgundischen Raumes, nach Sprachen und Schicksalen völlig verschieden, konnten nur miteinander verschmelzen, wenn man in ihnen einen Extrakt der Welt- und Heilsgeschichte sah, wenn man ihre Vielfalt auf die höchste Eintracht bezog. Die Herzöge selbst waren Franzosen; nur wer Französisch sprach, kam in die Hofhaltung. Das *Thiois*, die niederdeutsche Mundart der meisten Untertanen, galt als bäurisch. Trotzdem lernten wenigstens die Herzöge selbst Flämisch und griffen über die Sprachgrenzen hinweg; sie stellten ihre Urkunden in der am Ort gebräuchlichsten Sprache aus. Sie verstanden die bunt zusammengewürfelte Ländermasse als universales Konglomerat von 17 Ländern; die unbestimmte Vielzahl 17, die man gelegentlich auch für alle europäischen Nationen und Reiche gelten ließ, erinnerte von fern an die 17 Japhetkinder, die der Ungar Simon von Keza gezählt hatte. So konnte der Herzog sagen, er habe einen Herold, der bei allen christlichen Königen ver-

---

[74]) Memoiren, übers. Fritz Ernst u. a., Stuttgart 1952: II, 6 S. 66 f. (Zweck der Geschichte); V, 18 S. 225 (Zeichen Gottes); VIII, 27 S. 408 (Pharamond); VII, 18 S. 326 (Venedig); II, 4 S. 61 (Gent); VIII, 12 S. 360; VIII, 17 S. 378 (72 Jahre); VI, 7 S. 262 (Gelehrte); VIII, 16 S. 376 (eigene Kenntnisse); III, 4 S. 100 (lateinisch); IV, 8 S. 156 (Karl der Kühne; dazu Koll, Langue 130); IV, 10 S. 162 (englische Könige); VII, 8 S. 265 (französisch sprechende Länder); II, 8 S. 70 f., 73 (Gleichsprachigkeit); IV, 6 S. 149 (Frankreichs Lage). Dazu Fritzemeyer, Christenheit 29 ff.; Fritz Ernst, Zeugniswert und Ziel der Memoiren von Philipp von Commynes, in: Die Welt als Geschichte 9 (1943) 195–214, hier S. 204 ff.

kehre und die 17 Sprachen spreche[75]). Weiter reichten die ordnenden Ambitionen des Hofes zunächst nicht.

Die Traditionen der christlichen Weltchronistik wurden zuerst außerhalb des herzoglichen Kreises wieder aufgegriffen, in den Bischofsstädten und Klöstern. Der bischöfliche Notar Jan des Preis (d'Outremeuse, 1338– ca. 1400) in Lüttich begann zu Ende des 14. Jahrhunderts seinen Geschichtsspiegel entschiedener als Maerlant mit Noahs Weltteilung und ließ neben den frommen Semiten Asiens die edlen Japhetiten, die Christen Europas, kräftig hervortreten. Japhet zog nach Rom, sein Enkel war der römische Janus; doch von Japhet stammen unterschiedslos alle Europäer von den Spaniern bis zu den Slaven. Währenddessen suchte der Hamit Nimrod die Welt zu beherrschen und baute Stadt und Turm zu Babel mit seinen 72 Baumeistern; deren jedem gab Gott eine eigene Sprache, sie gingen auseinander und zeugten die hamitischen Insulaner, afrikanische Riesen und Knechte. Europa war von der babylonischen Kollektivschuld nicht betroffen; es war als Ganzes gesegnet, nicht nur in einer seiner Nationen. Verträgliches Zusammenleben kennzeichnet sie im Gegensatz zur hamitischen Universaltyrannei[76]).

Unbeholfener, doch im gleichen Geist schrieb um 1385 der Prior des Prämonstratenserklosters Floreffe bei Namur, Peter von Herentals (gest. 1390), seine Chronik. Er stand noch im Banne der Weltreichs-Traditionen Comestors und glaubte, daß das vierte Imperium den japhetitischen Römern zustehe. Der semitische Tyrann und Feueranbeter Nimrod usurpierte die ihm nicht zugedachte Weltherrschaft und baute, um sie zu behaupten, gegen Gott mit Hilfe der Hamiten den Turm, vier Meilen hoch, wie Hieronymus angab. Die hebräische Ursprache zerfiel in 72 Zungen, und die bisher versklavten 72 Völker zogen in die Welt, „die immer in Bewegung ist, rund wie ein Ball und einem Ei gleicht". Unter Japhets Kindern nennt Peter, wenig enzyklopädisch, Franzosen, Deutsche, Griechen und Spanier; Italiener, Slaven und Engländer sind vergessen. Der Prior mochte den alten Traum vom Reich weiterträumen und Herrschaft höher als gegliederte Vielfalt schätzen; auch für ihn wurde Babel zum Gegenpol

---

[75]) Max Hildebert BOEHM, Geheimnisvolles Burgund, Werden und Vergehen eines europäischen Schicksalslandes, München 1944, S. 176, 198; Johan HUIZINGA, Burgund, Eine Krise des romanisch-germanischen Verhältnisses, Neudruck Tübingen o. J., S. 17 f., 25, 53; DERS., Aus der Vorgeschichte des niederländischen Nationalbewußtseins, in: J. H., Im Bann der Geschichte, Betrachtungen und Gestaltungen, Zürich-Basel 1942, S. 213–302, hier S. 216, 277 ff., 294 (Sprache), 259, 273 ff. (17 Länder, Herold); Paul RENOZ, La chancellerie de Brabant sous Philippe le Bon (Académie Royale de Belgique, Commission Royale d'Histoire), Brüssel 1955, S. 135 ff. (Urkundensprache).

[76]) Ly myreur des histors, hg. Adolphe BORGNET (Collection des chroniques belges inédites 11), Bd. 1, Brüssel 1864, S. 5–9. Dazu LORENZ, Geschichtsquellen Bd. 2, S. 37 f.

Europas[77]). Nicht anders verfuhr um 1414 der Zisterzienserabt Johann Brando (gest. 1428) im flandrischen Dunes; mit Isidors Hilfe stellte er Flanderns Geschicke in den Fluß der Weltgeschichte und ließ den Babelturm am Rande stehen: *Turris Babel edificatur fitque divisio linguarum in LXXII linguas*[78]).

Was an dieser Sprachenteilung wirklich Ordnung war, fand sich in der Christenheit versammelt; die Handschrift der spanischen Sprachenliste, die nach 1455 zahlreiche exotische Namen verunstaltete, aber Sizilianer, Slaven, Engländer, Iren und Deutsche hinzufügte, stammt vielleicht aus Flandern. Sie stellte außerdem einer lateinischen Übersetzung von Mandevilles Reisebuch noch die *nomina regum christianitatis* voran; neben den beiden Kaiserreichen in Ost und West enthielt sie 23 Namen (so viele, wie Bedas Chronik Japhetiten zählte). Darunter sind orientalische wie Jerusalem, Armenien, Zypern und Länder, die inzwischen in größeren Verbänden aufgegangen waren, wie León und Norwegen. Die Christenheit soll als vielgliedriges Gemeinwesen erscheinen[79]). Sie will nicht für babylonisch gelten. Zur selben Zeit sangen die Benediktiner der flandrischen Abtei Marchiennes bei Douai:

Linguas pravae nationis
Circa turrem Babylonis
Confudit superbia.

Während die orientalische, vielleicht jüdische Nation sich hochmütig separiert und der Plural ihrer Sprachen chaotisch wuchert, hören in der christlichen Gemeinde die *communes linguae* auf, und alle Zungen klingen zusammen[80]). Der zeitlose Pfingstglaube ist hier von der Hoffnung auf politische Ordnung der Gegenwart schwer zu trennen.

Dennoch behielt im vielsprachigen Burgund der Babelturm seine Anziehungskraft; er wirkte als Schreckgespenst. Als Burgund mit England gegen Frankreich zog, malte ein französischer Anonymus um 1423 dem englischen Regenten in Frankreich, Herzog John von Bedford, den Babelturm ins Stundenbuch. Es ist ein eleganter, komplizierter Stufenturm mit Außengalerien, aus Stein, nicht aus Ziegeln. Die Engel Gottes fahren mit Schwert und Axt hernieder und stürzen die Arbeiter vom Bau; drunten streiten sich andere; Nimrod, im königlichen Hermelin, steht ratlos und von seinen Räten unverstanden. Am Rand ist vermerkt: *Le languege fust mue en LXXII langueges* ... Soll

[77]) Compendium chronicorum, Handschrift Gießen, Universitätsbibliothek, Hs. 160 fol., f. 36r–v (Original benutzt). Dazu LORENZ, Geschichtsquellen Bd. 2, S. 41 f.

[78]) Chronodromon, Handschrift Brüssel, Bibliothèque Royale, Cod. 18179, f. 15r (Abschrift von Frl. Dr. Anna-Dorothee von den BRINCKEN-Münster). Dazu LORENZ, Geschichtsquellen Bd. 2, S. 23 f.

[79]) Handschrift Gießen, Universitätsbibliothek, Hs. 160 fol., f. 1r. Edition und Erläuterung o. S. 948 ff.

[80]) Sententiae ineditae Nr. 34, Str. 6a, AH Bd. 10, S. 33; auch bei DREVES-BLUME, Hymnendichtung Bd. 2, S. 164.

dieser Nimrod der französische König sein, den Bedfords Truppen schlugen und verwirrten? Auch ohne diese vielleicht allzu konkrete Deutung hat das Bild eine beklemmende Zeitnähe[81]). Sie kehrt verwandelt wieder in dem Babelbild, das ein Schüler Huberts van Eyck (ca. 1370–1426) in der ersten Jahrhunderthälfte entwarf. Das aus der Nähe betrachtete, lebendige Detail kennzeichnet die neue niederländische Malerei, macht aber das mythische Thema doppelt provozierend. Der Turm, viereckig, aus groben Steinquadern (wieder nicht aus Ziegeln), ist noch nicht hoch gediehen; die Anordnung der romanischen Fenster zeigt, daß die Treppe innen emporführen wird; die Abmessungen lassen auf geplante Kirchturmhöhe schließen. Nicht allzuviele, bärtige Arbeiter und einige Ritter in fremdartigen Rüstungen beleben die Szenerie; Kamele erinnern an den Orient, aber Nimrod erscheint nicht. Die Stimmung ist eher behaglich, nicht gehetzt. Die Werkzeuge sehen modern und zivilisiert aus; das Land ringsum ist nicht die Ebene Sinear, sondern eine niederländische Landschaft mit hügeliger Küste, vor der Segelschiffe kreuzen. Der Künstler hat die präzisen Angaben der Genesis über Baumaterial und Landschaft außer acht gelassen, um aktuell zu wirken. Er will aber offenbar niemanden mehr beleidigen, niemanden mehr belehren; dies macht das Bild zu einer offengelassenen Frage wie das von Gozzoli. Der Niederländer deutet nicht von einem punktuellen Zeitausschnitt her die Geschichte, weder die vergangene noch die gegenwärtige; er beschreibt die Struktur menschlicher Unfertigkeit, aus der es kein Entrinnen gibt[82]).

Man gewinnt den Eindruck, daß die letzten beiden burgundischen Herzöge vor einer solchen Drohung in die Geschichte flüchteten. Philipp der Gute, der den Orden vom Goldenen Vlies gegründet hatte, suchte sich die trojanische Epoche als Halt; 1464 ließ er von seinem Kaplan Raoul Lefèvre und anderen die Trojanersagen, beginnend mit Saturn, sammeln[83]). Und der größte burgundische Historiker, Georges Chastellain (1405–1475), klammerte sich gegen Lebensende, als Karl der Kühne vermessen alles wagte und verlor, daran, daß Burgund trotzdem kein Babel sei. Der gebürtige Flame, der auch flämisch sprach, wollte nicht Engländer, nicht Spanier, nicht Italiener sein, nur Franzose, *léal François*. Die glorreichen Herrscher Burgunds und Frankreichs stiften

---

[81]) Abbildungen bei ANDRAE-FRITZ, Turm 7; BRANDT, Arbeit Bd. 1, S. 246; HEIMANN-SCHRÖDER, Bibel Abb. 31. Datierung nach Ernst TRENKLER, Livre d'Heures, Handschrift 1855 der Österreichischen Nationalbibliothek (Wolfrumbücher 15), Wien 1948, S. 7 ff.

[82]) HEIMANN-SCHRÖDER, Bibel Abb. 33.

[83]) Alphonse BAYOT, La légende de Troie à la cour de Bourgogne (Société d'émulation de Bruges, Mélanges 1), Brügge 1908, S. 30 ff., 34 ff.; Jean SEZNEC, La survivance des dieux antiques, Essai sur le rôle de la tradition mythologique dans l'humanisme et dans l'art de la Renaissance (Studies of the Warburg Institute 11), London 1940, S. 27 f.

legale Ordnungen und bringen nur ihre Feinde in *confusion*; sie sind himmelweit entfernt von der schrecklichen Tyrannei Nimrods, *qui premier usurpant nom de roy inféra la première calamité au peuple*. Solche Tyrannei blüht heute höchstens in England, im Wirrwarr der Rosenkriege[84]). Das Ende Burgunds ließ sich freilich durch solche historischen Wunschbilder nicht aufhalten.

Wer der Wirklichkeit nicht auswich, der erkannte die menschliche Unfertigkeit an, verschmähte die gewaltigen Ordnungspläne, beschied sich mit dem Kleinen und ließ Gottes Willen geschehen. In den nördlichen Niederlanden wiesen die Mystik Hadewijchs und Ruijsbroecks und die „Devotio moderna" diesen Weg. Dionys der Kartäuser (1402–1471), in Roermond tätig, kam mit dem burgundischen Hof gelegentlich in Fühlung, ließ sich aber in seiner mystischen Haltung nicht beirren. Er überblickte die gesamte Gelehrsamkeit der Zeit und die ganze Weltgeschichte, jedoch als Unbeteiligter, zum Jenseits Strebender. Die hebräische Ursprache wurde nicht vom Menschen erfunden; dies vollkommene Idiom ist *primis parentibus inditum*, ein Geschenk Gottes. Adam reichte es nur weiter; er benannte die Tiere „zur Belehrung seiner Nachkommen". Doch diese glaubten dem Worte Gottes nicht; sie verließen Christus, den wahren Orient, und begaben sich in die Niederungen von Fleischeslust, Stolz und Eigensucht. Dort verfielen sie dem Teufel, dem Seelenfänger Nimrod, und mißtrauten nun Gottes Versprechen, er werde keine neue Sintflut kommen lassen. Sie bauten unter Nimrods Knute ihren Fluchtturm. Gott strafte sie nicht dramatisch; er schuf, wie Alkuin lehrte, nichts Neues; der Wandel vollzog sich in den Seelen. Denn Sprache ist persönliche Kundgabe, nicht nur sachliche Darstellung. Doch sie ist auch dies; Gott beließ den Menschen objektive Ordnungen in den 72 Sprachen und Völkern. Aber die Toren verwirrten sie; was aus diesen Sprachen und Völkern wurde, weiß man nicht. Lyranus mochte zu Recht Franzosen und Spanier in der Völkertafel finden; dem Mystiker nutzten die Namen wenig, sie gaben für eine geistliche Auslegung nichts her, weil sie nur historisch-dynastisch bedeutsam waren.

Immer wieder lichtet Gott die irdische Wirrnis; er setzte die drei Hauptsprachen als Idiome der Religion, der Weisheit und der Macht und hob sie aus den barbarischen und subjektiven Menschensprachen heraus. Christus selbst besaß die Sprachengabe; er hätte alle Zungen reden können, doch er sprach nur Hebräisch. Bloß ein kleiner Ausschnitt des Irdischen bleibt gesegnet, und dieses göttliche Hebräisch ist kaum mehr irdisch, denn die Juden verstehen es nicht, weil sie in Ägypten wohnen, das heißt, weil sie das Evangelium nicht anneh-

[84]) Chronique, hg. Joseph Kervijn de Lettenhove, Oeuvres de Georges Chastellain, 8 Bände, Brüssel 1863–66: Prologue Bd. 1, S. 11 f. (Franzose), 9 (Burgund und Frankreich), 4 (Nimrod); VI, proesme Bd. 4, S. 21 (Engländer). Dazu Klippel, Trojanersage 41 f.; Huizinga, Nationalbewußtsein 236 f.

men. Die Fülle des Lichtes liegt über der Urkirche; der Heilige Geist schuf wunderbar alle in Babel verwirrten Sprachen neu und schenkte sie den Aposteln, damit sie das Gottesreich ausbreiteten. Sie sandten die 72 Jünger zu den 72 Völkern; alle Getauften hatten die Sprachengnade und konnten überall predigen. Seither ist es wieder dunkel geworden. Erst im Jenseits werden alle Schranken fallen; auch ohne Sprachengnade werden sich alle in allen Sprachen verstehen, und zugleich wird, wie im Ursprung, eine auserwählte Sprache herrschen. Wie Bernhardin von Siena, der in manchem nahe Verwandte, konnte sich der rastlos tätige Kartäuser keinen stummen Himmel vorstellen und widersprach dem Hochscholastiker Wilhelm von Auvergne und seinem Spiritualismus. Zwar sei uns die Sprache geschenkt, um anderen unsere Vorstellungen mitzuteilen, und das brauchten die Heiligen nicht mehr; aber sie müßten reden und rufen aus dem Übermaß ihrer Freude. Denn die Sprache spiegelt, auch wenn sie nicht zu einem Gegenüber spricht, die Seele; *sermo loquentis imago est mentis*. Die Sprache ist nicht nur Appell, sie ist auch Ausdruck, leider nicht nur im Himmel; denn die geschwätzige Zunge und das eilfertige Wort verraten die Sünde und Schwäche des Menschen auf Erden[85]).

Kann die menschliche Sprache überhaupt die sachliche Wahrheit wiedergeben, ist sie nicht lediglich vergebliche Kundgabe des Unzureichenden? Das glaubte wie Ruijsbroeck der Augustiner Thomas von Kempen (1380–1471). Die Wahrheit besteht nicht aus vergänglichen *figure et voces*; weise ist, wer das Wesen, nicht wer den Namen der Dinge kennt. Man höre nicht auf die draußen dahinfliegenden Worte, sondern auf die innere Wahrheit, die sich ohne *strepitus verborum*, ohne *confusio opinionum* kundgibt; man höre auf das eine ewige *verbum*, von dem alle Dinge sprechen. Gott redet zu uns auf verschiedene Weise, und wir, alle Völker, Stämme und Sprachen, sollen ihn auf unsere Weise loben;

---

[85]) Opera omnia in unum corpus digesta, hg. Mönche des Kartäuserordens, 42 Bände, Montreuil-Tournai 1896–1913: Enarratio in Genesim Bd. 1, S. 80 (Adam), 196 ff., 202 ff. (Sprachverwirrung; ähnlich Enarratio in epistolam I ad Corinthios Bd. 13, S. 192), 193 ff. (Völkertafel; ähnlich Enarratio in I Paralipomenon Bd. 4, S. 107 ff.); Enarratio in evangelium Johannis Bd. 12, S. 593; Expositio missae 9 Bd. 35, S. 340 (drei Hauptsprachen); Commentarium in psalmos Bd. 6, S. 517 f. (barbarische Sprachen), 4 f. (Christi Sprachengabe), 288, 291 (Juden und Evangelium); Enarratio in Sapientiam Bd. 7, S. 457; Enarratio in Acta Apostolorum Bd. 14, S. 94; Expositio hymni Jam Christus astra ascenderat Bd. 35, S. 61 (Babel und Pfingsten; dazu Adler, Pfingstfest 8 f.); Enarratio in epistolam I ad Corinthios Bd. 13, S. 125 (Sprachengnade der Urkirche), 189; Enarrationes in librum de consolatione philosophiae 3 Bd. 26, S. 22 (Sprache im Himmel); Register s. v. lingua Bd. 14 bis, S. 435 ff. (Schwäche der menschlichen Sprache). Dazu Eugen Ewig, Die Anschauungen des Kartäusers Dionysius von Roermond über den christlichen Ordo in Staat und Kirche, Diss. phil. Bonn 1936, S. 6 ff., 15 ff., 77 f. – Die von Dionys bekämpfte Meinung, daß die natürliche und heilige Sprache innerlich und geistlich sei, bei Wilhelm von Auvergne, De universo II, 2, 122 und II, 2, 152, in: Opera omnia, Bd. 1, Paris 1674, S. 973, 1002.

aber unsere Sprache ist menschliche Gelehrsamkeit, nicht göttliche Inspiration, sie führt uns nicht hinauf. Hohe Worte machen niemanden heilig, die vielen Worte machen die Seele nicht satt. Die Sprache soll uns befähigen, einander zu trösten; aber so gerne wir miteinander reden, wir tun es selten, ohne unser Gewissen zu verletzen. Laß alles Nutzlose, schweig, *relinque curiosa*! Du rühmst dich hoher Abkunft, aber die Gnade hält davon nichts; sie führt alles zurück auf Gott, von dem alles ausgeht. Wer sich frei macht von der Welt, ist das wahre Kind Gottes und der wahre Hebräer. Der Fromme baut sein Nest nicht in den Himmel hinauf, er begibt sich unter die Fittiche Gottes[86]).

Johannes Pupper von Goch (ca. 1400–1475) stimmte 1473 zu: Alles Wirksame kommt von Gott. Er gab dem ersten Menschen irrtumslose Kenntnis der Dinge; beim Sündenfall ging sie verloren. Strafe für menschlichen Hochmut war die Sprachverwirrung, die vor der Völkerteilung stattfand; die irdische Vielfalt ist Schuld und Ohnmacht. Als die Apostel an Pfingsten in verschiedenen Sprachen redeten, war das nicht ihre Leistung, sondern der Heilige Geist sprach aus ihnen. Äußere Ordnungen klären nichts; ohne die Gnade Gottes vermag auch der innere Mensch nichts[87]). Puppers Freund Johann Wessel Gansfort (ca. 1419–1489) aus Groningen wies vorwurfsvoll darauf hin, daß die behäbige lateinische Kirchlichkeit längst nicht genügt: Jenseits der Nilquellen, hinter dem Indus und Ganges gedeihen viele christliche Sprachen, die durch die lateinischen Dekrete der Weltkirche nicht angesprochen werden[88]). Gansfort lernte darum Hebräisch und Griechisch und befreundete sich mit Bessarion; der missionarische Humanismus sollte alle Grenzen sprengen.

Aber wozu in die Ferne schweifen? Die Aufgabe lag näher; ein niederländischer Humanist forderte 1485, man solle nicht nur aus gelehrten Idiomen und in sie übersetzen; es gebe vielerlei Arten des *idioma laycum*: Französisch, Italienisch, Spanisch, Englisch, Schottisch, Gotisch und Deutsch, das sich in Ober-, Mittel-

---

[86]) De imitatione Christi, hg. L. M. J. Delaissé, Le manuscrit autographe de Thomas a Kempis et „L'imitation de Jésus-Christ“ (Les Publications de Scriptorium 2), Paris-Antwerpen 1956: I, 3, 1 S. 183 (figure et voces); II, 1, 35 S. 226 (Weisheit); IV, 1, 4 S. 297; IV, 28, 3 S. 345; IV, 46, 2 f. S. 370 (Worte und Wahrheit); IV, 43, 12 S. 366 (strepitus, confusio); I, 3, 7 f. S. 184 (ewiges verbum); I, 5, 8 S. 187 (Gott redet); III, 17, 11 S. 289 (alle Völker); IV, 31, 14 f. S. 350 (Gelehrsamkeit und Inspiration); I, 1,8 S. 181 (nicht heilig); I, 2, 9 S. 182 (nicht satt); I, 10, 5 S. 190 (Tröstung); I, 10, 4 S. 190 (Verletzung des Gewissens); I, 20, 2 ff. S. 204 (Schweigen); IV, 54, 15-17 S. 390 f. (Abkunft und Gnade); IV, 38, 1 S. 360 (wahrer Hebräer); IV, 7, 9 S. 310 (Nest und Fittiche).

[87]) De libertate christiana, hg. Samuel Cramer – Fredrik Pijper, Bibliotheca Reformatoria Neerlandica, 10 Bände, 's Gravenhage 1903–14: II, 7 Bd. 6, S. 104 (Adam); I, 3 S. 48 (Sprachverwirrung); II, 23 S. 129 (Pfingsten).

[88]) Rudolf Stadelmann, Vom Geist des ausgehenden Mittelalters, Studien zur Geschichte der Weltanschauung von Nicolaus Cusanus bis Sebastian Franck (DVLG, Buchreihe 15), Halle 1929, S. 240 f.

und Niederdeutsch scheide[89]). Dem nächsten Nachbarn mußte geholfen werden. Eine mittelniederländische Historienbibel der Zeit nahm schon ganz naiv an, der heilige Hieronymus habe die Bibel aus dem Hebräischen ins Niederländische übersetzt, damit die Laien die Heilige Schrift in der Volkssprache lesen könnten. Daß die Taten des sagenhaften, zehn Ellen hohen Riesen Nimrod, seines Sohnes Belus und der Semiramis, der Turm von Babel und seine 72 Bauleute mit den aktuellen Sprachschwierigkeiten der frommen Laien zusammenhingen, bemerkte der brave Autor nicht mehr[90]).

Denn auch die geschichtliche Literatur der nördlichen Niederlande achtete kaum mehr auf ferne Urzeiten; sogar Weltchroniken setzten meist mit Christi Geburt ein. Und wenn vor 1467 die Hauschronik der Herren von Arkel sich um den trojanischen Ahnennachweis des Geschlechtes bemühte, dann offenbar nur, weil es urkundlich erst seit zweihundert Jahren bezeugt war und ihm anders nicht zu Ruhm verholfen werden konnte[91]). Nur wer sich so eigensinnig wie die Friesen vom niederländischen Leben fernhielt, brauchte noch eine eigene Weltgeschichte. Im Kloster Klaarkamp begann man 1474 die friesische Geschichte bei Adam. Zu den gewöhnlichen Noachiden zählten aber die Friesen nicht; aus dem vom Apostel Thomas bekehrten Indien kamen drei Brüder, *Saxo*, *Bruno* und *Friso*, und besetzten Sachsen, Westfalen und Friesland[92]). Das räumliche und zeitliche Universum hatte nur das Nächstgelegene zu beleuchten.

Zwischen bürgerlicher Selbstbeschränkung und mystischem Höhenflug blieb in den Niederlanden ein Widerspruch offen, weil die nationale Sammlung noch nicht alle individuellen Kräfte an sich zog wie in Frankreich; doch die Einsicht in die Beschränktheit des Irdischen, das nur im umgrenzten Raum zu bewältigen ist, war hier wie dort die gleiche. Sie hat Burgund überlebt.

*

Sie eroberte zunächst auch die britischen Inseln. So mühsam sich politisch die Einigung vollzog, so deutlich ist die Einmütigkeit, mit der sich anfangs die Geister von antiquarischen und zeitlosen Interessen distanzierten und ihre eng-

---

[89]) Exercitium puerorum grammaticale per dietas distributum, hg. Johannes Müller, Quellenschriften und Geschichte des deutschsprachlichen Unterrichtes bis zur Mitte des 16. Jahrhunderts, Gotha 1882, S. 18; zur Verfasserfrage S. 244 ff.

[90]) Adriaan Jacob Barnouw, Unorthodox Genesis Stories, in: The Germanic Review 30 (1955) 14–26, hier S. 14 f. (Hieronymus), 25 (Nimrod).

[91]) Jan Romein, Geschiedenis van de Noord-Nederlandsche geschiedschrijving in de middeleeuwen, Bijdrage tot de beschavingsgeschiedenis, Haarlem 1932, S. 114 ff., 126 ff., 134, 219 ff. (Weltchroniken), 215 ff. (Arkel).

[92]) Die olde Freesche Cronike v. 7 ff., in: Oude Friesche Kronijken, hg. Friesch Genootschap van Geschied-, Oudheid- en Taalkunde, Leeuwarden 1853, S. 211. Ähnlich Gesta Frisiorum (2. Hälfte des 15. Jahrhunderts), ebenda S. 284, und die

lische Gegenwart ernstnahmen und bejahten. Der Oxforder Theologieprofessor John Wyclif (ca. 1320–1384) wurde durch seinen Kampf gegen die universale Kirche und ihr Geschichts- und Sprachdenken bahnbrechend. Wenn er nach 1370 Englands Unabhängigkeit von päpstlicher und kaiserlicher Einmischung darlegen wollte, mußte er die Geschichte der sündigen, weltlichen Herrschaft bloßlegen. Sie erwuchs aus der Herrschsucht, der erste Städtebauer Kain erfand sie; der hamitische Riese Nimrod erweiterte sie zur Tyrannei, als er den Turm von Babel bauen ließ. Auch in Ägypten knechteten die Hamiten die Juden, und die Reihe der Großreiche, die ihr Recht auf Eroberung stützen, gipfelte bei den Römern. Mit wachsender Kultur verfällt in solchen Imperien die Sittenreinheit; die Gemeinschaften halten nur künstlich und juristisch zusammen, wie man am Babelturm sah. Die wahre Herrschaft hat andere Gründe: den Willen Gottes, der den Begnadeten beruft, und die Gleichheit der Menschen, die sich aus dem hohen Adel unseres Vaters Adam ergibt. Alle natürlichen und historischen Begründungen fallen dahin; vom Schöpfer und vom Ursprung her ist die Freiheit Englands gesichert[93]).

Die Kirche darf sich dann auch nicht an eine historische Sprache klammern; Wyclif, der die englische Bibelübersetzung anregte, nahm sich Christus und die Apostel zum Vorbild, die ihre Lehren in verschiedenen Sprachen niedergeschrieben hätten. Jetzt mußte den Engländern das Evangelium in ihrer *modyr tonge* verkündet werden. Wyclifs Anhänger, die Lollarden, parierten 1407 auch den Einwand, daß damit die babylonische Verwirrung erneuert werde. Gott teilte zwar wegen der Sünden der Menschen in Babel die Sprachen, gab aber den ungelehrten Aposteln doch die Kenntnis der Zungen und besonders des Alten Testaments. (Sie hätten also erst nach Pfingsten die hebräische Bibel verstanden!) Seit Hieronymus übertrugen viele die Heilige Schrift in ihre *moder tonge*[94]). Wieder wurde die englische Eigenständigkeit weniger mit historischen Argumenten als mit dem Walten Gottes motiviert; dazu bedurfte es keiner sprachlichen oder geschichtlichen Kontinuität.

Der weitgereiste Dichter Geoffrey Chaucer (ca. 1340–1400), der zusammen mit Wyclif das Englische als Schriftsprache durchsetzen half, kannte zwar den

---

friesische Bearbeitung (um 1500) Gesta Fresonum, ebenda S. 119 ff. Dazu ROMEIN (o. Anm. 91) S. 146 ff. Vgl. auch Hermann LÜBBING, Friesische Sagen von Texel bis Sylt, Jena 1928, S. 11 ff.

[93]) De civili dominio, hg. Reginald Lane POOLE – Johann LOSERTH, 4 Bände, London 1885–1904: I, 21 Bd. 1, S. 152; III, 20 Bd. 4, S. 412, 422 (Kain, Nimrod); I, 32 Bd. 1, S. 229 (Ägypten); I, 35 S. 256 f. (Babelturm); I, 33 S. 233 f. (Adams Adel). Dazu Kenneth Bruce MCFARLANE, John Wycliffe and the Beginnings of English Nonconformity, London 1952, S. 37 ff.

[94]) A compendious olde treatyse shewynge howe that we ought to have ye Scripture in Englysshe, hg. Curt Ferdinand BÜHLER, A Lollard Tract: On Translating the Bible into English, in: Medium Aevum 7 (1938) 167–183, hier S. 172 f.

alten Bildungsstoff recht gut und wußte viele Völker und Sprachen mit biblischen und antiken Namen zu benennen, aber das war nur rhetorischer Schmuck. Er schob 1384 in die Übersetzung des Boethius nicht mehr wie Alfred der Große eine Betrachtung über Sprachenvielfalt und Völkerstammbaum ein, denn er liebte und schilderte wie Boccaccio seine Gegenwart so, wie sie war. Er nannte den englischen König *lord of this language* und unterstrich dadurch, daß sich die Sprache nach der politischen Herrschaft richte, also auch räumlich umgrenzt sein müsse. Darum respektierte Chaucer in den „Canterbury Tales" seit 1387 keine Fremdsprache; er mokierte sich über den Kirchenbüttel, der betrunken nur Lateinisch spricht, und über die vornehme Priorin, die gebildet Französisch parliert, jedoch den Pariser Akzent nicht trifft. Wenn jeder bei seiner Muttersprache bleibt, kann keine babylonische Verwirrung aufkommen; wenn jeder einfach und naturgemäß lebt, ist das ursprüngliche Goldene Zeitalter wiedergekehrt, das keine Geschmäcklerei und keine Tyrannei kannte:

Yit was not Jupiter the likerous,
That first was fader of delicacye,
Come in this world; ne Nembrot, desirous
To reynen, had not maad his toures hye.

Wie bei Wyclif ist der Babelturm Symbol der Verfremdung und Denaturierung; die Muttersprache ist das Echte[95]). Daß die Muttersprache vom Babelturm kommt, daß das Autonome seine Geschichte hat, ist nicht mehr recht zu begreifen.

Zaghafter und resignierter betrachtete Chaucers Freund John Gower (ca. 1330–1408) die Welt. Der gealterte Dichter beklagte 1390 als Wurzel alles Übels die Trennung; immer ist nur ein Teil des Irdischen gut. Selbst als Noah und seine Familie aus der großen Sintflut errettet waren, brachte die Sünde Nimrods neue schmerzliche Spaltung: Weil er den Turm so hoch plante, daß er die Macht Gottes bekämpfen könne, darum versteht nun niemand mehr, was der andere meint, und die Noachiden mußten die Erde teilen und in 72 Nationen *(naciouns)* besiedeln. Seit den schönen Anfängen ist alles Gute zerfallen; die alternde Welt lebt im Schisma[96]). Der Greis, der bald erblindete, schaute nach dem Uralten aus; er wußte doch zugleich, daß in der Gegenwart des abendländischen Schismas keine universale Ordnung mehr möglich war. Was blieb dann übrig, als im

[95]) The Complete Works, hg. Walter William Skeat, 7 Bände, Oxford 1894–97: Boethius II Prose 7 Bd. 2, S. 46 (Boethius); Astrolabe, Prologue Bd. 3, S. 176 (lord); The Canterbury Tales, Prologue v. 637 f. Bd. 4, S. 19 (Kirchenbüttel; dazu Muriel Bowden, A Commentary on the General Prologue to the Canterbury Tales, New York 1949, S. 264 f.); v. 124 S. 4 (Priorin; dazu Bowden S. 101 f.); The Former Age v. 57 ff. Bd. 1, S. 382 (Nimrod). Zu Ch.s Kenntnissen Francis Peabody Magoun, Chaucer's Ancient and Biblical World, in: Mediaeval Studies 15 (1953) 107–136.

[96]) Confessio amantis, Prologus v. 1017 ff., EETS Extra Series Bd. 81, S. 32 f. (Babel); VIII, 83 ff., EETS Extra Series Bd. 82, S. 388 (naciouns).

eigenen Volk und in der eigenen Sprache die Reste des zersplitterten Guten und Schönen zu suchen?

England ist ein Kosmos für sich; das erklärten die englischen Vertreter am 31. März 1417 vor dem Konstanzer Konzil. Der Sieg von Azincourt machte sie kühn; England beanspruche mit mindestens gleichem Recht eine Konzilsnation für sich wie Frankreich. Denn nach göttlichem und menschlichem Recht sei eine *natio* am eindeutigsten gekennzeichnet durch die *diversitas linguarum*, und während die Franzosen nur eine Sprache sprächen, habe England deren fünf. Es waren keineswegs die von Beda genannten, sondern Englisch, das Engländer und Schotten gemeinsam sprächen, Walisisch, Irisch, *Vasconica* (was soll Baskisch in England?) und die Sprache von Cornwall (Cornisch). Man kann leicht behaupten, daß dieser „Nations"-Begriff nicht das geringste mit der modernen Nation zu tun habe, ebensowenig wie die Definition Bernhardins von Siena, für den umgekehrt unter einer *lingua* viele *nationes* standen. In beiden Fällen wurde aber der Begriff nicht mehr wie bei Isidor aus einer Etymologie, sondern aus der jeweiligen politischen Realität und ihrem Verhältnis zur linguistischen gewonnen; und wem die schon von Froissart gerügte Einbeziehung des Schottischen ins Englische noch nicht die Augen öffnet (auf dem Konzil gehörten die Schotten zur „deutschen" Nation), der bemerkt den handfesten politischen Nationalismus, der hier gepredigt wurde, wenn die Engländer fortfuhren: Wenn es auf das Alter ankomme, könne England gleichfalls konkurrieren, denn das englische Königshaus bestehe „seit dem zweiten Weltalter", also seit der Epoche zwischen Noah und Abraham[97]). Auch hier noch war nicht die historische Bewährung, sondern die urzeitliche Einsetzung wichtig; wie der erste englische König hieß, war zweitrangig.

Es war aber auch strittig, woher er stammte. In den unruhigen Zeiten Richards II. hatte sich 1388 der Kanoniker Robert Manning von Brunne des historischen Standorts vergewissern wollen, zugleich als volkstümlicher Lehrer für alle die, „die nicht Lateinisch und Französisch können". Aus Galfred von Monmouth, Wace und Langtoft zog er vielerlei Nachrichten über Noahs Erdteilung und die 15 Länder der Japhetiten zwischen Apulien und Skandinavien, Thrakien und Irland; aber er fand keine lückenlose Ahnenreihe der Engländer vor. Er machte sie selber: Über Japhet, den Griechen Javan und die Kittim geht der Weg zu den antiken Göttern und zu dem Italiener Dardanus; sein Nachfahre Aeneas hat zum Enkel den Brutus, „der dieses Land zuerst gewann". Sein Widersacher Gogmagog kam nicht mehr von Japhets Adel; in Brutus

[97]) Anglicae nationis in Constantiensi concilio existentis vindicatio sui iuris quoad propriam nationem in concilio, hg. Hermann von der Hardt, Magnum oecumenicum Constantiense concilium, Bd. 5, Frankfurt/Main-Leipzig 1699, S. 88, 92 f.; dazu Wallach, Gemeinschaftsbewußtsein 38 f.; Hugelmann, Stämme 290; Kohn, Idee 809 f.

selbst rollte das edelste Blut der Japhetkinder, das bereits die griechische, trojanische und römische Geschichte beherrschte[98]). Der erste Engländer ist hier nicht mehr, wie bei den mittelalterlichen Chronisten, einer von vielen; er ist der beste von allen.

Der Umweg über die Antike erschien einigen Antiquaren unter dem ersten Lancaster Heinrich IV. bereits zu fremdländisch; sie kramten noch einmal die westsächsische Stammtafel hervor, die nur Germanen aufwies, an ihrer Spitze *Strepheus*, den wir seit Wilhelm von Malmesbury kennen. Sein Vater hieß nun kurzerhand Japhet. Die Engländer mochten sichtlich keine Semiten mehr sein, nicht einmal mehr Griechen, sondern originale Noachiden aus dem europäischen Hause Japhet[99]). Das meinten wohl 1417 die englischen Gesandten in Konstanz, als sie auf das zweite Weltalter verwiesen.

Die Meinungen schwankten zwar zwischen dem Stolz auf die Gegenwart und der Berufung auf das Uraltertum; aber die Spanne zwischen dem Ursprung und der eigenen Zeit, der historische Ablauf, wurde für fast alle uninteressant. Der fruchtbarste Dichter des englischen 15. Jahrhunderts, John Lydgate (ca. 1375– ca. 1450) erzählte 1412 von den beiden Nachfahren der Trojaner, Brutus, der England, und Francus, der Frankreich den Namen gab; doch ihre Vorfahren und Nachfahren ließ er beiseite. Der Benediktiner schrieb 1431 nach dem Muster Boccaccios die Geschichte der großen unglücklichen Herrscher, während dem minderjährigen König Heinrich VI. alle französischen Erfolge zerrannen; aber er wollte seinen Zeitgenossen nur moralische, nicht politische Lehren erteilen. Nimrod, der erste König nach der Flut, war groß, stark und kühn, von Mensch und Tier gefürchtet; auch als er gegen Gott den hohen Turm bis zum Himmel emporführte, folgte ihm sein Volk ehrfürchtig. Gott zerbrach mit Donner und Blitz einen Teil des Gebäudes; da plante Nimrod einen neuen, zweiten Turm. An ihm wurde die Einheit der Sprache zunichte, und Brüder wurden zu Feinden; das Volk verließ den alternden Herrscher. Im Zentrum des Dramas steht, anders als bei Boccaccio, das Volk; aber wieder fehlt die Parallele zur Gegenwart. Die sieben japhetitischen *naciouns* sind Gallier, Galater, Goten, Italiener, Tyrier, Skythen und Thraker. Obwohl alle Völker von den Noachiden kommen sollen, sind die Engländer nicht genannt; ob ihre Sprache babylonisch ist, wird nicht gefragt. Lydgate forderte die Bescheidung angesichts menschlicher Vergänglichkeit, den Frieden im Kleinen und im Augenblick[100]).

---

[98]) The Story of England, RBSS Bd. 87,1: v. 8 S. 1 (Lateinisch und Französisch); v. 213 ff. S. 7 ff. (Noahs Kinder); v. 261–430 S. 9–15 (Ahnen des Brutus); v. 1762 ff. S. 63 ff. (Gogmagog). Dazu unzureichend MATTER, Gründungssagen 111.

[99]) HACKENBERG, Stammtafeln 81 ff.

[100]) Troy Book I, 832 ff., EETS Extra Series Bd. 97, S. 36 (Trojaner). Fall of Princes, hg. Henry BERGEN, 4 Bände, Washington 1923–27: I, 1002–1281 Bd. 1,

Wozu dann aber noch die Beschäftigung mit Ahnentafeln und Trojanersagen? Der vom italienischen Humanismus berührte Benediktinerabt John Whethamstede (gest. 1465) von St. Albans legte um 1440 die Inkonsequenz von Lydgate und Konsorten bloß: Die Erzählung vom trojanischen Ursprung der Briten sei eine poetische Fiktion, kein historisches Faktum; sie diene nur der Eitelkeit. In Wahrheit könne allein die *virtus* ein Volk adeln[101]). Die Wahrheit der Dichter ist eine andere als die faktische; der Traum von der Vergangenheit kann die jetzt nötige Kraftanstrengung nicht ersetzen. Die Nation ist mit sich selbst allein.

Auf die Bibel läßt sich erst recht kein nationaler Ehrgeiz gründen; das zu versichern, wurde der Augustiner John Capgrave (1393–1464) nicht müde. Denn alle Menschen sind, wie er um 1450 schrieb, gleichermaßen Kinder von *our fader Noe* und seinen Söhnen. Keine moderne Sprache darf sich eines göttlichen Vorrangs rühmen, denn jedes Idiom außer den drei *principall tongis* der Bibel ist barbarisch. Dadurch soll niemand zurückgesetzt werden; der verehrte Ordensgründer Augustin selbst wurde im barbarischen Afrika geboren. In jede Sprache kann der Heilige Geist einkehren; der heilige Bischof Teliaus von Llandaff konnte 518 als Pilger in Jerusalem plötzlich allen Umstehenden verständlich predigen, und seinen Freunden widerfuhr in Gallien die gleiche Gnade. Capgrave, der auch einen ungedruckten Genesiskommentar schrieb, widmete gegen Lebensende Eduard IV. eine Weltchronik, die als Denkmal der Sprache von Norfolk beträchtlichen Wert besitzt; aber auch sie bekämpfte jeden genealogischen und sprachlichen Dünkel durch einfachen Rückgriff auf mittelalterliche Autoritäten und Traditionen. Der gesegnete Adam gab den Tieren ihre Namen, *that same name that thei have in the Hebrew tonge*; sie tragen ihn heute noch. Auf die Zahl der Sprachen und Völker legte Capgrave keinen Wert; auch die Genealogie des zehn Ellen großen Nimrod verrät wenig Andacht vor dem Detail, denn Capgrave machte ihn (entgegen Comestors Votum und wie Herentals) zum Semiten, der anstelle der vorbestimmten Hamiten Weltherrscher werden wollte. Doch wurde eindringlich dargelegt, daß *al mankynde in this world* in der Völkertafel zu finden sei. Gomer? *Of him cam the Frensch puple*. Magog? *The Gothis*. Tubal? *The Spanyardis*. In dieser aktualisierten Völkertafel fehlen indes die Engländer; wenn Capgrave ihnen noch einmal den trojanischen *Brute*, *that was of Eneas* zum Ahnherrn gab, war das eine Demütigung[102]). England hatte keinen biblischen, also auch keinen dauernden Rang.

S. 28–35 (Nimrod); VI, 2005 f. Bd. 3, S. 728; VIII, 2108 ff. S. 882 (Japhetiten). Dazu Walter Franz SCHIRMER, John Lydgate, Ein Kulturbild aus dem 15. Jahrhundert (Anglia, Buchreihe 1), Tübingen 1952, S. 179 ff.

[101]) Granarium de viris illustribus, zitiert nach KEELER (o. S. 908 Anm. 154) S. 33 ff. Dazu Roberto WEISS, Humanism in England During the Fifteenth Century, 2. Aufl., Oxford 1957, S. 30 ff.

[102]) Life of St. Augustine c. 1, EETS Bd. 140, S. 3 f. (Kinder Noahs, Augustin;

Freilich waren, als Capgrave dies schrieb, bereits die furchtbaren Rosenkriege ausgebrochen, die das Land an den Rand des Abgrunds brachten. Nun wurden die Ahnentafeln zur Waffe im Adelskrieg. Während Eduard IV. die Lancasters nach Schottland vertrieb, griff der York-Chronist John Hardyng (1378 bis 1465) die Trojanertradition auf, um zu zeigen, daß Brutus das Reich besetzt und geteilt habe, daß also die Schotten lehensabhängig seien[103]). Ein Freund der Lancasters wiederum nahm sich die westsächsische Ahnentafel vor, um eine Genealogie von Adam bis zu Eduard IV. zu konstruieren; zwischen Noah und Strephius schob er die hamitische Reihe Cham–Kanaan–Aradius ein und schwärzte den York-König als Hamiten an.

Als 1485 die Tudors den Frieden wiederherstellten und die streitenden Häuser vereinten, hielten allerdings auch sie eine vornehme Ahnentafel für eine gute Stütze der noch ungesicherten Legitimität und führten ihr Geschlecht wieder auf *Brute* zurück. Die von Heinrich VII. geförderten Stadtbürger taten es ihm nach; in der Londoner Guildhall stellte man eine Holzfigur des Riesen Gogmagog auf, bei dem die Londoner Kutscher noch später gerne fluchten[104]). Und der Londoner Sheriff Robert Fabyan (gest. 1513) berechnete 1493, daß Brute im Jahre 1136 v. Chr. England betreten habe. So kam der Ruhm von London, *that auncyent cytie*, gebührend zur Geltung[105]). Die im frühen 15. Jahrhundert schon weit gediehene Entwicklung zur traditionsfreien, souveränen Nation wurde durch die Rosenkriege aufgehalten; denn nur geschlossene, in ihren Grenzen gesicherte, selbstsichere und aktionsfähige Völker konnten auf die Anlehnung bei den alten Traditionen verzichten.

Aus demselben Grund wurde der Freiheitskampf der Schotten gegen die Engländer zugleich ein Streit mit historischen, biblischen Argumenten. Der schottische Nationaldichter John Barbour (1316–1395) verglich nach 1370 die Schotten mit den Makkabäern, den Streitern Gottes; der Nationalheros im Kampf gegen England, Robert Bruce, wurde den größten Helden zur Seite gestellt, den Trojanern, König Artus und Alexander dem Großen, *that conqueryt Babilonys tour*. Babel lag in England. Aber der Erzdiakon von Aberdeen war

---

dazu Rudolph ARBESMANN OSA, Jordanus of Saxony's Vita S. Augustini, the Source for John Capgrave's Life of St. Augustine, in: Traditio 1 [1943] 341–353, hier S. 351). Vita anonymi de S. Teliao episcopo Landavensi c. 2, 8, AASS Februar Bd. 2, S. 309 (Teliaus). The Chronicle of England, RBSS Bd. 1, S. 6 (Adam), 17–20 (Völker, Babel), 37 (Brute). Untauglich Fritz-Joachim STARKE, Populäre englische Chroniken des 15. Jahrhunderts, Eine Untersuchung über ihre literarische Form (Neue deutsche Forschungen 51), Berlin 1935, S. 30 ff.

103) The Chronicle, hg. Henry ELLIS, London 1812, S. 1 ff., 42; dazu MATTER, Gründungssagen 482 ff.

104) HACKENBERG, Stammtafeln 81 ff. (Freund der Lancasters); MATTER, Gründungssagen 484 f. (Tudors), 116 ff. (Guildhall).

105) The New Chronicles of England and France, hg. Henry ELLIS, London 1811, S. 7 (Brute), 4 (London).

nicht wählerisch; er wies vermutlich den mit den Bruce verwandten Stuarts die Abkunft von dem Trojaner Dardanus und dessen Vater Ninus nach und begab sich damit in bedenkliche Nähe Babels[106]). Davor scheute auch der Priester Johann von Fordun (gest. ca. 1386) aus Aberdeen nicht zurück. Er wollte vor 1385 den Schotten den alttestamentlichen Gedanken zu Gemüte führen, daß Gott ihnen helfe, wenn sie auf seinen Wegen wandelten, und breitete vor ihnen die Heilsgeschichte aus. Comestors Weltreichschema wurde unparteiisch korrigiert, so daß die Byzantiner keine Semiten und die Mohammedaner keine Hamiten mehr waren: Von Sem stammen Juden und Sarazenen, von Cham die verfluchten Kanaanäer, von Japhet die Heiden und Christen. Von Noahs Fluch abgesehen, konnten sich alle Völker frei entfalten. Fordun verlor dieses Gleichgewicht, sobald er von seiner Heimat sprach. Die Schotten gingen zurück auf den Griechen (bei Ranulphus Higden war er noch Gäle gewesen) *Gaythelos* und auf die ägyptische Pharaonentochter *Scota*; „nach anderen" war Gaythelos sogar ein Sohn Nimrods. Im Mittelalter hatte man ihn stets zu den Japhetiten gerechnet; nun bekam er einen mächtigeren, freilich auch anrüchigen Vater; denn man brauchte jetzt keinen frommen, sondern einen tollkühnen Heros. Gaythelos war für Fordun der erste schottische Freiheitskämpfer; er war frei, weil er von weit her kam[107]).

Diesen Gedanken hielt zwischen 1390 und 1406 auch der Kanoniker Andreas von Wintown (ca. 1350– ca. 1425) fest, obgleich ihm die handfeste Tendenz Forduns nicht zusagte. Denn schließlich mußten auch die Schotten sich dem Rahmen der universalen Heilsgeschichte einfügen und standen nicht in deren Zentrum. Statt der ethnischen Noachidengliederung Forduns nahm Wintown die ständische des Honorius von Autun auf: Von Sem-Melchisedech kamen die Priester, von Cham die Knechte, von Japhet die Ritter, *knychtys dignite*. Die heidnischen Götter wurden diesen Gruppen zugewiesen: Wodan wurde zum Semiten, als wär's Melchisedech; Saturn war vielleicht mit dem Hamiten Nimrod identisch, dessen Babelturm die Einheit der hebräischen Ursprache zerschlug. Nimrod war kein Schotte; auch woher Gaedel und Scota kamen, ob aus Skythien oder Ägypten oder woher sonst, wußte Andreas nicht zu sagen. Nur Knechte waren sie nicht. Jedenfalls wanderten sie über Spanien und Irland ein und bezeugten so die schottische Autonomie. Sie ist auch sprachlich aus Beda zu belegen (ein geschickter Schachzug gegen die englische Sprachenpolitik der

---

106) The Bruce I, 465 ff., EETS Extra Series Bd. 11, S. 19 (Makkabäer); I, 521 ff. S. 21 (Trojaner); I, 529 f. S. 21; X, 706 f. S. 252 (Alexander und Babylon). Dazu Matter, Gründungssagen 505; Friedrich Brie, Die nationale Literatur Schottlands von den Anfängen bis zur Renaissance, Halle 1937, S. 60 ff., 72 ff.

107) Chronica gentis Scotorum, hg. William Forbes Skene (The Historians of Scotland 1), Bd. 1, Edinburgh 1871: I, 4 S. 6 (Weltreiche); I, 8 S. 9 (Schotten). Dazu Brie, Schottland 14 ff.

Zeit): Auf den britischen Inseln gibt es fünf Sprachen, nämlich Britisch, Englisch, Piktisch, Schottisch und Lateinisch; nur das Piktische ist inzwischen ausgestorben, wie Heinrich von Huntingdon schon feststellte. Schottisch aber ist noch lebendig, es ist selbständig und alt. Je näher Andreas seiner Zeit kam, desto hitziger wurde sein Patriotismus; ihn in der Urzeit bestätigt zu finden, hinderte ihn sein altmodisches Geschichtsdenken[108]).

Der Abt Walter Bower (1385–1449) kannte 1440–47 solche Skrupel nicht, als er Forduns Werk bearbeitete. Der erste Schottenahn war der Tyrann Nimrod. Sein Sohn *Neolus* (in der Vita Kaddroes trat er als Nelus auf) herrschte über Griechenland. Dessen Kind *Gaithelos* war ebenso herrschbegierig wie der Großvater, jedoch von der Herrschaft ausgeschlossen; darum floh er nach Ägypten. Da er sich als besonders sprachenkundig erwies, gab ihm der Pharao seine Tochter Scota zur Frau. Über Afrika und Spanien kamen beide nach Irland und Schottland und erfanden das Irisch-Gälische, eine Komposition aus allen Sprachen[109]). Die irischen Sagen des 10. und 11. Jahrhunderts kamen dem Schotten des 15. Jahrhunderts gerade recht, um die genealogische und sprachliche Souveränität und Überlegenheit des königlichen Schottland zu manifestieren. Die Vorlagen hatten, wie soeben Wintown noch, die ganze Breite der Heilsgeschichte mit im Blick behalten; das war Bowers Sorge nicht.

Aber während England durch die Rosenkriege gefesselt war, konnte das schottische Königtum langsam Boden gewinnen, und König Jakob IV. (1473 bis 1513) stand endlich über dem Gezänk. Man erzählte später von ihm, er habe siamesische Zwillinge in vielen Sprachen unterrichten lassen: Lateinisch, Französisch, Italienisch, Spanisch, *Dutch*, Dänisch und Irisch habe das Naturwunder sprechen können. Die Kenntnis fast ebensovieler Sprachen hat man dem König selbst zuschreiben wollen; seine linguistischen Neigungen entsprangen aber weniger dem polyglotten Herrscherideal als antiquarischen, gelehrten Interessen, die ihm wohl auch höher als das Lob der Muttersprache standen. Darum ließ Jakob das Experiment des Psammetich noch einmal wiederholen und setzte zwei Kinder auf einer Hebrideninsel aus; taubstumme Wärter mußten sie versorgen. Die Kinder gaben unartikulierte Laute von sich, aber der König deutete sie nicht als Irisch-Gälisch, sondern als Hebräisch[110]). Die Erzählung ist

---

108) The Orygynale Cronykil of Scotland, hg. David LAING (The Historians of Scotland 2), Bd. 1, Edinburgh 1872: I, 475 ff. S. 25 f. (Völkerteilung); I, 1683 ff. S. 64 f. (Wodan); I, 1441 ff. S. 56 ff. (Nimrod); II, 633 ff. S. 93 ff. (Schotten); I, 1373 ff. S. 54 (englische Sprachen). Dazu BRIE, Schottland 123 ff.

109) Joannis de Fordun Scotichronicon cum supplementis et continuatione Walteri Boweri, hg. Walter GOODALL, Bd. 1, Edinburgh 1759, S. 10–18. Dazu BRIE, Schottland 176 ff.

110) Robert LINDSAY of Pittscottie, The Historie and Cronicles of Scotland XX, 7, hg. Aeneas James George MACKAY (Scottish Text Society 42), Bd. 1, Edinburgh-London 1899, S. 233 (siamesische Zwillinge). Giulio PANCONCELLI-CALZIA, Das

meines Wissens nicht zeitgenössisch belegt; sie erscheint mir trotzdem glaubwürdig. Die Rückkehr zur mittelalterlichen Tradition war der überzeugende Schlußpunkt der cholerischen Versuche, Schottlands Freiheit aus der Bibel nachzuweisen. Die Wiederaufnahme der pseudobiblischen Sagen in Schottland, der pseudoantiken Sagen in England zeigt, daß die Kämpfe auf den britischen Inseln die Ausbildung moderner Nationalitäten mehr hinderten als förderten.

Dieselbe Unsicherheit bemerken wir im Skandinavien der Kalmarer Union. Die wachsende Rivalität zwischen der nordischen Vormacht Dänemark und den Schweden fand ihren Ausdruck in dem gleichen Wettlauf nach der Urgeschichte, den Engländer und Schotten miteinander austrugen. Die Dänen hatten längst ihre biblische Vergangenheit gesichert; der Mönch Thomas Gheysmer wiederholte sie in Odense 1432, gerade als sein Land von der Hanse und Holstein geschlagen wurde. Die „Annales Ryenses" aus dem soeben verlorenen Schleswig gaben das Stichwort: Dänen und Goten kamen von Japhets Sohn *Gog* und hießen nach ihrem König *Dan*[111]). Die fatale Erinnerung an den antichristlichen Gog erzwang eine kleine Korrektur, die der Zisterzienser Niels von Soröe (oder einer der Autoren, die er kompilierte) vor 1478 vornahm. Sie war schon durch Wilhelm von Jumièges und Adam von Bremen vorbereitet: Die Dänen waren (wie die spanischen Goten Isidors) Kinder des Japhetiten Magog[112]).

Ebenso konservativ und noch uneigennütziger verfuhr die schwedische Historienbibel, die in Birgittas Kloster Vadstena um 1430–50 geschrieben wurde, aber auf Vorlagen des 14. Jahrhunderts zurückgeht. Sie spricht getreu nach Comestor von den 72 noachidischen Geschlechtern und von dem vierten Noachiden *Jonitus*, der die Abfolge der Weltreiche prophezeite; es waren nur noch drei, für jeden Noachiden eines; das hamitische Babylon Nimrods, das semitische Griechenland Alexanders des Großen und das japhetitische Rom. In der wunderbaren imperialen und kontinentalen Symmetrie war für schwedische Ambitionen keine Lücke gelassen[113]). Vielleicht gaben sich trotz aller Bauernaufstände das Volk und die Mönche damit zufrieden; die hohe Geistlichkeit war moderner.

Motiv vom „wilden Knaben", Zur Sprache verwilderter Kinder, in: Sprachforum 1 (1955) 272–277, hier S. 272 f. (Versuch Psammetichs. In zeitgenössischen Chroniken, noch bei Vergilio, Holinshed und Buchanan, fand ich die Anekdote nicht).

[111]) Compendium historiae Danicae, SSRD Bd. 2, S. 289. Dazu Dietrich Schäfer, Dänische Annalen und Chroniken von der Mitte des 13. bis zum Ende des 15. Jahrhunderts, Hannover 1872, S. 81 f.

[112]) Den Danske Riimkrönike v. 23 ff., hg. Christian Mohlbech, Kopenhagen 1825, S. 2 f. (neuere Ausgabe nicht zugänglich). Dazu Helge Toldberg, Den danske rimkrönike og folkeviserne, in: Danske Studier 53 (1958) 5–45, hier S. 5, 36.

[113]) Svenska medeltidens bibel-arbeten, hg. Gustaf Edvard Klemming, Bd. 1, Stockholm 1848, S. 174 f. Datierung nach Gustaf Lindblad, Relativ satsfogning i vårt äldsta bibelarbete, Ett bidrag till rekonstruktionen av Fornsvenska Pentateukparafrasens arketyp, in: Arkiv för nordisk filologi 71 (1956) 46–65, hier S. 64 f.

Auf dem Konzil von Basel erklärte am 12. November 1434 der Vertreter des skandinavischen Unionskönigs Erich, Bischof Niels Ragvaldsson (Nicolaus Ragvaldi, gest. 1448) von Vexiö, die weltberühmten Goten stammten aus Schweden: Goten und Gauten sind das nämliche Volk. Sie stießen einst in weiten Wanderzügen vom Nordland aus bis Afrika und Asien vor, wo Amazonen und Massageten von ihnen abstammen. Ein Gotenkönig, Sohn des Herkules, verschwägerte sich mit Priamus von Troja; sein Sohn erlebte den Trojanischen Krieg mit und focht gegen die Griechen. Andere Goten hielten dem persischen Großreich stand, und endlich nahm Philipp von Makedonien, der Vater des großen Alexander, eine Gotin zur Gattin. In Ost und West besaßen die Goten gewaltige Reiche, die auch den Römern nie unterstanden; Spanien und England hallen von ihren Taten noch wider, und immer noch sitzen gotische Könige in ihrem Ursprungsland. Die Folgerung des nachmaligen Erzbischofs von Uppsala lautete, das schwedische Reich sei älter, stärker und edler als alle übrigen; dem schwedischen König gebühre unter allen Herrschern der erste Platz[114]). Verblüffend ist die Zielsicherheit, mit der Ragvaldsson den biblischen Magog der Dänen umging; in der Bibel waren keine patriotischen Lorbeeren zu ernten. Auch bei Homer und Vergil sucht man die Namen von Ragvaldssons trojanischen Goten vergebens; die antike, trojanische Genealogie blieb bloß ein Seitenzweig. Das Hauptgewicht lag auf Schweden selbst; seine Bewohner sind nicht aus Babel eingewandert, sondern autochthon. Solche Töne waren im Abendland bislang unerhört; Ragvaldssons Rede wirkte in Basel so frappierend, daß der spanische Gesandte Alfons von Cartagena am Ruhm der Gotenkinder auch spanische Ansprüche anknüpfte, freilich mit den vertrauten Schnörkeln aus der Völkertafel. Im Abendland sollte die Lehre vom autochthonen Volk, in Skandinavien der Pangermanismus bald viele Gläubige finden; im 15. Jahrhundert blieb Ragvaldsson ein einsamer Vorläufer.

Denn unter dem harten Regiment des schwedischen Sonderkönigs Karl Knutsson sehnte sich der schwedische Hochklerus nach der Union zurück und mochte auch von heidnischem Ruhm der Schweden nichts mehr hören. Der Domkapitular und nachmalige Theologieprofessor in Uppsala, Erik Olsson (Ericus Olai, ca. 1422–1486), verurteilte in seiner Chronik vor 1470 den König als Kirchenfeind und mit ihm gleich die ganze heidnische Vorgeschichte Schwedens. Denn sie gehörte in das Zeitalter des Götzendienstes, den der Belus-Sohn Ninus und der baktrianische Zauberer Zoroaster einführten. Gott teilte allerdings die Erde gemäß Deut. 32, 8 nach der Zahl der Kinder Israels, sei es, daß

---

114) Oratio habita in concilio Basileensi, hg. Erik Benzelius Jr., Monumenta historica vetera ecclesiae Sveogothicae, Uppsala 1709, S. 101–106; vgl. auch Concilium Basiliense (o. Anm. 53) Bd. 5, S. 108. Dazu Nordström (o. Anm. 53) S. 274 f.; Andersson, Geschichte 115; Karl Wührer, Zur Gotenfrage, in: ZDA 87 (1956/7) 241–244.

Noah seinen Söhnen ihre Länder anwies, sei es, daß sie sich miteinander absprachen: Nicht den Menschen, sondern Gott kommt die Herrschaft zu. Damals wanderten Nachfahren Japhets aus Skythien nach Schweden (dahinter steht die nicht ausgesprochene dänische Magog-These, denn Magog ist Skythe); sie nannten ihr neues Land wie das alte, *Scythia*; daraus wurde im Lauf der Geschichte *Suecia*. Die skythischen Völker hießen anfangs *Getae*; daraus entstand allmählich der Name *Gothi*, und das sind die heutigen Schweden. Wie ihre Namen und ihre Sprache, so kristallisierte sich auch ihre Verfassung nur langsam heraus. Sie wurden zuerst von Riesen regiert, die Nimrod ähnlich waren; seit der Zeit Sarugs (die auch die dänischen „Annales Ryenses" angaben) lassen sich schwedische Könige nachweisen. Indes waren sie noch Heiden; die eigentliche Geschichte Schwedens begann erst mit Christus[115]). Olsson, der Vater der schwedischen Geschichtsschreibung, rechnete mit vielen Zwischenstufen und Übergängen und scheute die einfachen diachronischen Gleichungen Ragvaldssons, weil er sich mit dieser königlichen Vorzeit nicht solidarisch fühlte; sein Standpunkt war der kirchliche.

Eine autonome nationale oder individuelle Gegenwart zu setzen, versuchten diese skandinavischen Autoren kaum; sie fragten noch beinahe mittelalterlich nach der Herkunft des Volkes, nicht nach der Eigenart der Sprache. Aber sie nahmen den mittelalterlichen Traditionszusammenhang nicht mehr im ganzen gläubig an, sondern wählten recht bewußt aus, was davon ihrer persönlichen und nationalen, zeitgenössischen Wirklichkeit entsprach; auch sie nahmen nun die Weltgeschichte in den Dienst des Augenblicks. Die große Entscheidung, die radikale Absage an die übergreifenden Traditionen, konnte freilich erst reifen, wenn die Kalmarer Union zerfallen war.

*

In ähnlicher Lage wie der Nordwesten und der Norden befand sich die Mitte Europas im Zeitraum zwischen Wenzel und Maximilian I. Niedergedrückt von der Last der Traditionen, zerrissen von territorialen Ambitionen, suchte sich Deutschland durch Konzilspläne und Reichsreformen einen Weg eher zurück zum Alten. Doch man ergriff es nicht mehr, es entzog sich der kleinräumigen und intensiven Gegenwart, zu deren Bejahung sich die Deutschen mehr gezwungen als gedrungen fühlten. Allenthalben verkehrte sich die beengte Fülle mittelalterlichen Glaubens in den Stolz oder die Resignation des nicht minder

---

[115]) Chronica regni Gothorum, hg. Erik Mikael FANT u. a., Scriptores rerum Svecicarum medii aevi, Bd. 2, 1, Uppsala 1828, S. 5–16. Dazu ANDERSSON, Geschichte 130 f.; Ella NYRIN-HEUMAN, Källkritiska, textkritiska och språkliga studier till Ericus Olai: Chronica Gothorum, Lund 1944, S. 3 ff.

beengten eigenen Standpunkts; die lokalen Realitäten zogen auf sich die Handgreiflichkeit und Wörtlichkeit, die den universalen Überlieferungen abhanden kam. Mystik und Spätscholastik hatten schon vorgearbeitet; sie unterhöhlten die Position, die sie behaupten wollten. Es war ein Frankfurter Deutschordensritter, der zu Ende des 14. oder zu Anfang des 15. Jahrhunderts in deutscher Sprache die Nichtigkeit aller irdischen Formen predigte. Sein Lehrer, Meister Eckehart, hatte wenigstens noch Gott als das Wort gefaßt und Adams Namengebung ordnende Macht zugestanden; jetzt lesen wir, daß das Vollkommene und Wesentliche ganz unaussprechlich, daß alle Rede und jedes Wort nichtig und eine Torheit sei. Das Natürliche ist des Teufels, auch Adam mit seinen Nachfolgern ist teuflisch. Nur die formlose Innerlichkeit des einzelnen Menschen verspricht Rettung[116]). Sinnvoll bleibt lediglich ein eng begrenzter Ausschnitt aus dem irdischen Ganzen.

Das war auch die These des größten deutschen Gelehrten im ausgehenden 14. Jahrhundert, Heinrich von Langenstein (1324–1397), wenngleich der Spätscholastiker den sinnvollen Ausschnitt eher im fortschreitend gliedernden Verstand als in der formlosen Seele fand. Gott half dem Menschen bei der geistigen Ordnung seiner Welt, er schenkte Adam die *arcium inventio*, auch die Sprache; doch seitdem müssen die Menschen durch Grammatik, Rhetorik und Logik diese Gabe ständig verfeinern, damit sie ihrem für die Menschheit nötigen Zweck, *convenienter* die *mentis conceptus* auszudrücken, gewachsen bleibt. Sie ist Ausdruck, auch Anruf, aber zur exakten Darstellung nicht geeignet, weil sie die Dinge nicht wiedergibt. Mit Etymologien läßt sich der Kosmos nicht erklären, auch nicht hebräisch. In seinem nur bis zum dritten Kapitel gediehenen riesigen Genesiskommentar beklagte der Hesse in Wien 1385/96 zwar den Mangel an hebräischen Kenntnissen, dem er durch die erste hebräische Grammatik eines deutschen Nichtjuden abzuhelfen suchte; aber er hielt es doch wie einst Philipp von Harvengt aufatmend für providentielle Fügung, daß die Bibel den Christen nicht in dem geheimnisvollen, dunklen Hebräisch, sondern in dem klaren, durchsichtigen Latein vorliege[117]). Er empfand also die Eingrenzung des Weltbildes auf Nominalismus und intellektuelle Klarheit als Fortschritt. Ob er noch an die hebräische Himmelssprache als Quintessenz der Weisheit glaubte? Ein alemannisches Beichtbuch des 14. Jahrhunderts leug-

---

116) Der Franckforter, Eyn Deutsch Theologia, hg. Willo Uhl (Kleine Texte für Vorlesungen und Übungen 96), 2. Aufl., Bonn 1926: c. 1 S. 7; c. 15 S. 20; c. 21 S. 25 (Vollkommenes ist unaussprechlich); c. 26 S. 29 (Torheit); c. 43 S. 51 (Natur teuflisch); c. 51 S. 56, 58 (Adam teuflisch). Zur umstrittenen Datierung Wentzlaff-Eggebert, Mystik 160 ff.

117) Sermo de sancta Katharina virgine, hg. Albert Lang, Die Katharinenpredigt Heinrichs von Langenstein, in: Divus Thomas 26 (1948) 123–159, hier S. 151 (Adam, conceptus). In Genesim, Handschrift München, Staatsbibliothek, Cod. lat. 18145, f. 150ra, 274vb, 296ra (Hebräisch), zitiert nach Oediger (o. Anm. 63) S. 35 f., 38.

nete sie naiv: Man singe die Messe in viererlei Sprachen, lateinisch den größten Teil der Liturgie, griechisch das Kyrie eleison, hebräisch das Amen; *dv vierdv ist himelschiv sprache, das ist alleluia.* Daß „Alleluja" ebenso wie „Amen" ein hebräisches Wort ist, hätte der Geistliche leicht bei Isidor nachschlagen können, wenn ihn die Bedeutung von Unverständlichem noch interessiert hätte[118]).

Gebildeter war der österreichische Augustiner-Eremit Leopold Stainreuter (gest. ca. 1400). Er wußte 1384 von der Ausdrucksfähigkeit der drei heiligen Sprachen, die am Kreuze Christi für die Gläubigen, die Weisen und die Mächtigen standen und in der Messe verwendet werden. Hier sei das Hebräische nur mit dem Alleluja und dem Hosianna vertreten, weil die Juden Christus gekreuzigt hätten; als liturgische Hauptsprache rückte an die Stelle des Hebräischen inzwischen die weitverbreitete *windische*, slavische. Auch Stainreuter schob das Uralte beiseite; doch hinderte ihn der Hochmut des esoterisch Gebildeten, seine barbarische Alltagssprache mit gleichem Respekt wie das Slavische zu behandeln. Deutsch ist unter den Sprachen *von alter her die mynniste und gegen latein di wildiste die wier wizzen, davon haizzet si barbara.* Aber war das nicht bloß eine Sache der geduldigen Pflege? Der Ärger über die ungehobelte Muttersprache ist dem, der sie wie Stainreuter durch Übersetzungen zu glätten sucht, schwerlich zur Last zu legen.

Wenn er es war, der um 1394 die „Chronik der 95 Herrschaften" schrieb, dann bemühte Stainreuter sich redlich, seine österreichische Gegenwart mit dem ganzen Flitter mittelalterlicher Bildung auszuschmücken. Aus Jansen Enikel und den „Flores temporum" besorgte er sich die Statisten: den herrschsüchtigen Hamiten Nimrod, der, von den frommen Semiten verschmäht, auch nach der Verwirrung nicht vom Bauen ließ, und die *zwen und sibenczig hauptman* bei seinem Turmbau, derentwegen Gott die 72 Sprachen und Geschlechter schied. Auf Japhet träfen davon *wol fümfzehenerlay sprache* und 23 Länder (ein Nachklang von Arnobius' Berechnung, aber Sprache ist in Österreich nicht gleich Land), außerdem die Ritter. Dem Knechte Cham, der als *Zowastes* (Zoroaster) die freien Künste erfand, fiel wie bei Marignola *daz heilig lant* zu; der fromme Sem-Melchisedech verwaltete *Echatai* (China) und Indien. Die antike Mythologie wurde in den Winkel verwiesen: Der Noachide *Jonicus* ist zwar der römische Janus, doch führt die römisch-trojanisch-griechische Genealogie zu dem Hamiten Nimrod zurück. Das alles klang gelehrt und brav, war aber nur das Vorspiel. Der Edelmann Japhet herrschte über Europa, auch über *Österreich, Steyr, Kernden.* Der herzogliche Hofhistoriograph Stainreuter mußte seinen Herren nun aber ein neues „Privilegium maius" verschaffen und Karls IV. hamitische Walhalla übertrumpfen. Die Herzöge waren nicht nur edel, sie

---

[118]) Bihtebuoch, dabey die Bezeichenunge der heil. Messe, hg. Jeremias Jacob OBERLIN, Straßburg 1784, S. 77 f.; dazu GÜNTERT, Göttersprache 87.

waren auch fromm. 810 Jahre nach der Sintflut kam ihr Ahnherr nach Österreich, der Ritter Abraham, also ein Semit; sein Gegner war Graf *Sattan* von *Aligemorum*, der teuflische Herr „der Fremden" (nicht etwa der Gomeriden). Wie Abraham zum japhetitischen Ritter wurde, erfahren wir nicht; er vereinte jedenfalls alle Segnungen von Gen. 9, 26 f. auf sich und dem Haus Österreich. Das einzige Zugeständnis an die biblische Völkertafel war, daß man ihrem Verfall einige Jahrhunderte konzedierte; im ganzen sollte die durch Abraham eingeleitete Fabelfürstenreihe nur dem Herzogshaus und keinem Fremden dienen[119]). Auch wenn der fürstliche Chronist mehr auf die vornehme Genealogie als auf die Umgangssprache zu achten hatte, er fälschte die Vergangenheit im Dienst des aktuellen Bedürfnisses.

Wozu sollten aber die bürgerlichen Laien, die weniger auf die Ahnenprobe gaben, noch die Last der Weltgeschichte durch ihre Stadtchroniken schleppen? Die Stadtchronisten hielten jeder seine Heimatstadt für den Mittelpunkt des verbindlichen, sinnenhaft erfahrenen Raumes; „die Welt zieht sich über, in der eigenen Stadt zusammen". Auch die Zeit beginnt mit der Stadtgründung und ist seither dauernd gegenwärtig, kaum von Katastrophen unterbrochen; die Gegenwart faltet sich in die Vergangenheit aus und setzt ihr die Norm[120]). Die asiatische Ferne wirkte unheimlich und ungesichert, und so begann die bis 1372 reichende Magdeburger Schöppenchronik lieber bei Caesar als bei Babel. Woher die Sachsen kamen, von den Makedonen, Dänen oder Engländern, wußte niemand; vielleicht hatten alle Überlieferungen zugleich recht, denn die Sachsen zogen *unrowig van lande to lande*. Erst hinter den Stadtmauern begann das geregelte Leben[121]). Auch den redlichen Geistlichen, der nach 1383 in der Sprache der *ainfeltigen leut* die Konstanzer Weltchronik kompilierte, überkam der Verdruß an weitschweifenden Berichten, mitten in den getreulichen Exzerpten aus den „Flores temporum" und anderen lateinischen Quellen, die auch die 72 Sprachen nicht vergaßen. *Wie das ertrich in vil landt getailt sey, der yeglichs seinenn namen hab, ... da von wil ich nit schreiben, wan es wurd czw lang, dar czw ist es*

[119]) Prolog zur Übersetzung des ‚Rationale divinorum officiorum' des Wilhelm Duranti, hg. Konrad Josef Heilig, Leopold Stainreuter von Wien, der Verfasser der sogenannten Österreichischen Chronik von den 95 Herrschaften, in: MIÖG 47 (1933) 225–289, hier S. 273 f. (drei Sprachen, Deutsch). Österreichische Chronik von den 95 Herrschaften I, 15–20, MGH Deutsche Chroniken Bd. 6, S. 8–12 (Ursprünge); I, 41 ff. S. 25 ff. (Fabelfürstenreihe; dazu Heilig S. 236 ff., hier S. 242 f. wohl verfehlt die Deutung von *Aligemorum*).

[120]) Heinrich Schmidt, Die deutschen Städtechroniken als Spiegel des bürgerlichen Selbstverständnisses im Spätmittelalter (Schriftenreihe der Historischen Kommission bei der Bayerischen Akademie der Wissenschaften 3), Göttingen 1958, S. 101 ff., 111 ff., 123 ff., hier S. 105 das Zitat. Vgl. auch Elfriede Lemke, Tradition und humanistische Einflüsse in der deutschen Geschichtschreibung des Spätmittelalters, Diss. phil. (Masch.-Schr.) Göttingen 1953, S. 18 ff.

[121]) Die Magdeburger Schöppenchronik, CDS Bd. 7, S. 7–11.

vil leutten nit notdurfftig czw weissen, wan es nichcz nücz wer, solten sy die lant alle erfaren[122]). Wenn die Gelehrsamkeit nicht mehr den auch für das einzelne verpflichtenden objektiven Weltzusammenhang feststellt, wird die Wissenschaft zur Lebenshilfe und muß sich nach ihrer Nützlichkeit von Fall zu Fall befragen lassen. Und das Nützlichste ist das Nächstliegende; interessant ist, was uns interessiert.

Den Straßburger Weltpriester Jakob Twinger von Königshofen (1346–1420) interessierte seine Heimatstadt und seine Muttersprache, als er seit 1382 für die „klugen Laien" die erste hochdeutsche Prosa-Weltgeschichte schrieb. Wer nicht allzu genau hinsah, konnte die Welt für rundum geordnet halten; von Beda wußte man, daß 72 Sprachen und Völker entstanden, und wie Christus seine *zwelf botten* zu den Stämmen Israels sandte, so auch die 72 Jünger *in die 72 sprochen durch alle welt*. Länder und Sprachen müssen sich decken, und so gibt es nach Bedas Chronik 23 japhetitische Länder und ebensoviele *geslehte oder sprochen* in dem *lant Europa*. Doch diese Ordnung besteht nur geographisch, nicht heilsgeschichtlich; denn nach der Historienbibel sind von den 72 Sprachen kaum zwölf christlich, die anderen heidnisch, *sunder das hie und do ein wenig Juden ist*. Dann ist aber auch in Europa, *do inne ist nu die cristenheit*, nur die Hälfte der Sprachen christlich. Wie die gute Ordnung nur einen Ausschnitt zusammenhält, so wirkt auch die böse Verwirrung nur partiell. Wieder mag Beda Königshofen zu einem Gedanken angeregt haben, der an Tostat erinnert: Der Turm von Babel, nach Isidors Meinung wohl fünf welsche Meilen hoch, sei anfangs ein Bauwerk der Frömmsten, nicht der Verruchten gewesen und erst später den Hoffärtigen anheimgefallen, deren Sprache Gott verwirrte. Die Sprachenteilung ist dann nicht nur eine Strafe, sondern zugleich eine Gabe Gottes. Jakob legte seiner weltfrohen und nüchternen Geschichtsauffassung nicht mehr die Schöpfungsgeschichte zugrunde; er übertrug umgekehrt in die geheiligten Bezirke der Genesis seine diesseitige Auffassung, in diesem Fall, weil er seine deutsche Muttersprache liebte und ihr keinen babylonischen Makel, wohl aber das babylonische Alter lassen wollte. Die Chronik aus dem nahen Ebersheimmünster half ihm dabei weiter: König Trebeta, Sohn des Königs Ninus und Stiefsohn der Japhetitin Semiramis, besiedelte von Babel aus zu Abrahams Zeiten Deutschland; obwohl seine Begleiter aus vielen Sprachen kamen, benutzte Trebeta nur die deutsche, *wan er sü aller liebest hette*. Die emotionale Wendung, die der Vorlage ganz fern gelegen hatte, verband die Urzeit mit der Gegenwart; auch Kaiser Karl IV. habe unter den sechs Sprachen,

[122]) Theodor von KERN, Eine Konstanzer Weltchronik aus dem Ende des 14. Jahrhunderts, in: Zeitschrift der Gesellschaft zur Beförderung der Geschichts-, Alterthums- und Volkskunde von Freiburg, dem Breisgau und den angrenzenden Landschaften 1 (1869) 179–235, hier S. 198 ff. Dazu LORENZ, Geschichtsquellen Bd. 1, S. 92 f.

die er beherrschte, am liebsten Deutsch gesprochen. Dadurch, daß Straßburg eine Tochtergründung von Trebetas Trier ist, bekommt die Muttersprache Heimrecht im umhegten Stadtbezirk und hat endlich die Fährnisse Babels überstanden[123]).

Für den Kolmarer Geistlichen, der zu Beginn des 15. Jahrhunderts eine kurze Chronik schrieb, schrumpften gleichfalls die Dimensionen der Heilsgeschichte; auch sein deutscher Stolz erbaute sich an der Stadt Trier, die 1300 Jahre vor Rom gegründet wurde. Die übrige Weltgeschichte könne er beiseite lassen, denn es tue not zu wissen, was vor hundert Jahren geschah, und nicht, was uralt sei. Warum will er trotzdem den Deutschen das Kaisertum zusprechen? Weil es heute *kein größer zunge noch spruch jn der cristenheit* gebe[124]). Mit dem Mut zur Lücke vergewaltigte das aktuelle Interesse die Vergangenheit. Es tarnte sich gerne mit universalen Phrasen; der elsässische Landsmann der beiden Chronisten, Meister Altswert, kleidete um 1380 den tiefsten Liebeskummer pathetisch in den Vers:

Der zwo und sibenzic zungen
wust ich zu reden keyn.

Doch wer glaubt dem Verliebten, daß er ernüchtert mehr als eine spräche?[125]) Noch drastischer fragte ein bayrisches Rätselgedicht des 15. Jahrhunderts nach einem Liebesboten, *der die zwu und sibezig sprach kunt*, und gab als Lösung: *ein stum, der kan eben einer sprach als vil als der andern*[126]). Hier machte man sich offen über die mittelalterliche Tradition lustig.

Die Zahl 72 blieb im religiösen Bereich trotzdem beliebt. Im 14. Jahrhundert rief die „Sankt-Johanns-Minne" die 72 Gottesnamen an, die im 15. Jahrhundert eine Kolmarer Sündenklage dem Tannhäuser in den Mund legte; unter den „Fünfzehn Zeichen des Jüngsten Gerichts" stehen an zehnter Stelle 72 Winde, die alle Gebäude umstürzen werden[127]). Aber nur noch von ferne verwiesen diese Formeln auf Babel und auf die Sprache. Bisweilen wurde der Zahl

---

[123]) Chronik, CDS Bd. 8, S. 501 (72 Jünger), 244 f. (Babel), 698 ff. (Trebeta, Trier, Straßburg), 485 (Karl IV.). Dazu ZATSCHEK, Volksbewußtsein 52 ff., 92, 97; DAUBE, Muttersprache 9; Anne KNÖPPLER, Die deutsche Chronik des Jakob Twinger von Königshofen, Diss. phil. (Masch.-Schr.) Münster 1954, S. 44 ff.

[124]) Kurze Colmarer Chronik, hg. Julien SEE, in: Alsatia, Neue Beiträge zur elsässischen Landes-, Rechts- und Sittengeschichte, Sage, Sprache und Literatur 1873/74, hg. August STÖBER, Kolmar 1875, S. 223–238, hier S. 223, 236 (Ausgabe von August BERNOULLI, Kolmar 1888 in Westdeutschland nicht nachweisbar). Dazu Joachim WAGNER, Nationale Strömungen in Deutschland am Ausgange des Mittelalters, Diss. phil. Leipzig 1929, S. 59 ff.; DAUBE, Muttersprache 22.

[125]) Meister Altswert, hg. Wilhelm HOLLAND – Adelbert KELLER (BLV 21), Stuttgart 1850: v. 17 f. S. 159.

[126]) Reinhold KÖHLER, 42 alte Rätsel und Fragen, in: Kleinere Schriften von R. K., Bd. 3, Berlin 1900, S. 499–538, hier S. 509 f.

[127]) Sankt Johanns Minne, hg. Ludwig UHLAND, Althoch- und niederdeutsche Volkslieder, 3. Aufl., Bd. 2, Stuttgart-Berlin o. J., S. 159, 162 (Gottesnamen; dazu

auch das Unheil noch zugeordnet: Der Königstochter leuchten 72 Kerzelein zu Brautgemach und Mord; eine papstfeindliche Parodie will, daß König David 72 Frauen hatte, *und was doch ein heilig man*[128]). Am liebsten aber gebrauchte man die Zahl jetzt, um eine Ordnung im Kleinen, einen städtischen Kosmos zu kennzeichnen, so, wie Commines es tat: Am Oberhof Köln gingen angeblich 72 Schöffenstühle zu Haupte; die Hanse sollte 1454 und noch 1553 ein geschlossener Städtebund mit 72 eingetragenen Mitgliederstädten sein[129]). Und der Mainzer Kaufmann Eberhard Windecke (1382– nach 1443) meinte, an den Reichstagen von Nürnberg 1422 und Frankfurt 1423 hätten sich *wol zwoundsübenzig richstete* beteiligt[129a]).

An diese aus den germanischen Volksrechten stammende „kleine Universalität" der Zahl 72 dachte wohl auch der Nordostschweizer Advokat Heinrich Wittenwiler, als er um 1400/09 in seinem satirischen Epos die Fehde zwischen den Dörfern Lappenhausen und Nissingen realistisch beschrieb. Der Lappenhäuser Rat wandte sich da brieflich an die 72 berühmtesten Städte Europas, als müßte das städtische Universum von der Bauernrauferei erschüttert werden. Trotz aller Komik dokumentierten die aufgezählten Namen zugleich den europäischen Bürgerstolz, der von Münster bis Palermo, von Sevilla bis Krakau blickte. Von „draußen" stand nur die glanzvollste Stadt der Zeit, Konstantinopel, auf der Liste, nicht einmal das heilige Jerusalem. Doch war es schon eine Ausnahme, daß einer so nachdrücklich an die Einheit Europas erinnerte. Allerdings war auch sie nur zahlensymbolisch, nicht historisch und sozial gegliedert. Die Bauern von Lappenhausen wollten Krieg führen wie die vornehmen Fürsten, weil ja alle Menschen Kinder Adams seien. Ein Greis erinnerte sie an die alte Ordnung: Nicht alle Menschen seien gleich, denn Cham habe Noah verspottet und sei darum *ein aigen man* geworden. Doch die Bauern kümmerten sich nicht darum; zu Chams Sippschaft gehörten andere, nicht sie[130]).

Weigand, Languages 257). Ignaz Vinzenz Zingerle, Zur Tannhäuserliteratur, in: Germania 5 (1860) 361–365, hier S. 363 (Tannhäuser). Moriz Haupt, Die Zeichen des jüngsten Tages, in: ZDA 1 (1841) 117–126, hier v. 214 f. S. 123 (Winde).

[128]) Es müssen ihrer sieben drum sterben, hg. Karl Simrock, Die deutschen Volkslieder, Bd. 8, Frankfurt/Main 1851, S. 27 Nr. 11 (Kerzelein). Von des babst gebot zu den meiden und wiben, hg. Wilhelm Grimm, in: Brüder Grimm, Altdeutsche Wälder, Bd. 3, Frankfurt/Main 1816, S. 166 (David).

[129]) Franz Petri, Beharrung und Wechsel in den historischen Räumen Nordwesteuropas, in: Westfälische Forschungen 6 (1943–52) 7–28, hier S. 15 (Köln). Luise von Winterfeld, Das westfälische Hansequartier, in: Der Raum Westfalen, Bd. 2, 1, Münster 1955, S. 255–352, hier S. 313, 328 (Hanse).

[129a]) Denkwürdigkeiten zur Geschichte des Zeitalters Kaiser Sigmunds, hg. Wilhelm Altmann, Berlin 1893: c. 184 f. S. 156, 158.

[130]) Ring, hg. Edmund Wiessner (Deutsche Literatur, Realistik des Spätmittelalters 3), Leipzig 1931: v. 7608 ff. S. 264 ff. (Städtekatalog; dazu Edmund Wiessner, Kommentar zu Heinrich Wittenwilers Ring, Leipzig 1936, S. 259 ff.); v. 7220 ff. S. 252 f. (Cham; dazu Wiessners Kommentarband S. 250 f.).

Nahebei, in Konstanz, versammelten sich 1414 die geistlichen und gelehrten Spitzen der Christenheit, um die im Schisma zerbrochene Einheit wieder herzustellen. Die Nationen Europas begegneten sich auf dem Konzil, nicht ohne sich zu reiben. Als Vermittler in solchen Zänkereien fungierte der Schirmherr des Konzils, König Sigmund, der geläufig Lateinisch, Ungarisch, Tschechisch, Polnisch, Französisch und Italienisch sprach. Die Prälaten wollten allerdings keine Vielsprachigkeit anerkennen; wenn in Konstanz Männer *ex omni natione, quae sub coelo est* (Act. 2, 5) zusammenkamen, war die rechte Pfingstsprache das Kirchenlatein. Sigmund mußte sich wegen seiner königlichen Ungezwungenheit in Fragen der lateinischen Deklination manche Kritik der kurialen Humanisten gefallen lassen. Selbst die Lateinkundigen konnten sich indes nicht immer mühelos verständigen, weil die Aussprache der Nord- und Südländer verschieden war; vollends peinlich trat die unpfingstliche Realität zutage, wenn ein polnischer Bischof dem Volke predigen sollte und *böss tütsch* konnte[131]).

Ein Laie wie der Konstanzer Bürger Ulrich von Richental freute sich allerdings gerade an dem Sprachengewirr des Konzils; es spiegelte die Spannweite der einen Weltkirche. Richental zählte in einer etwas wirren Liste an die dreißig Sprachen in Konstanz, unter den asiatischen Arabisch und Indisch, bei den „afrikanischen" Griechisch und Türkisch. Dafür gewährte er großzügig dem Hebräischen europäisches Heimatrecht; im christlichen Europa wimmelt es von Idiomen. Man muß das Ungarische vom Slavischen, das südslavische Dalmatinisch und Bosnisch vom westslavischen Tschechisch und Böhmisch genau unterscheiden, und vollends die beiden baltischen Sprachen *Curiwaltz* und *Littow* weichen erheblich vom Slavischen ab. Dennoch umfaßt die lateinische Sprache, *que est communis*, hierarchisch die Christenheit. Auch für die Nöte der Laien ist gesorgt; an den Konstanzer Beichtstühlen zeigen Schilder dem Beichtkind die Muttersprache des Beichtvaters an[132]).

Aber sind die Unterschiede der Idiome und Nationen so sekundär, daß die Kirche sie nur bei der Seelsorge, bei Predigt und Beichte, zu beachten braucht? Soll sich in der Kirche denn nicht die ganze Welt verkörpern? Ein deutscher Anonymus zog 1417 in einer Denkschrift zur konziliaren Kirchenreform die Konsequenz Aillys, freilich weniger rationalistisch und geschichtsnäher als der Franzose. Wie es 72 Jünger Christi und 72 Sprachen auf Erden gebe, so müßten die Nachfolger der Jünger, die Kardinäle, *ad minus* jeder eine Weltsprache ver-

---

[131]) Heinrich Finke, Bilder vom Konstanzer Konzil (Neujahrsblätter der Badischen Historischen Kommission NF 6), Heidelberg 1903, S. 91 ff. (nationale Bosheiten), 87 (Sigmund). Paul Arendt, Die Predigten des Konstanzer Konzils, Ein Beitrag zur Predigt- und Kirchengeschichte des ausgehenden Mittelalters, Freiburg i. Br. 1933, S. 21 f. (polnischer Bischof).

[132]) Chronik des Constanzer Concils, hg. Richard Michael Buck, Neudruck Meersburg-Leipzig 1936, S. 185 (Sprachenliste), 61 f. (Beichtstühle).

treten, wenn der Missionsbefehl Christi befolgt werden und erfolgreich sein sollte. Davon aber, sagt eine Randbemerkung des Traktats, ist man weit entfernt. Nur das Zwölftel des Apostels Petrus gehorcht dem Papst; die Teile der übrigen Apostel gingen an Schismatiker und Häretiker, an Griechen, Syrer, Armenier, Inder usw. verloren. Die Rechnung Wolframs von Eschenbach und Königshofens war noch viel zu optimistisch: *LXXII sunt lingue seu ydeomata tocius orbis, ex quibus tantum sex vel quasi videntur obedire ecclesie catholice.* Der Autor mußte so gut wie Richental wissen, daß in Konstanz mehr als sechs Sprachen erklangen; vielleicht orientierte er sich an den vier, später fünf Konzils-Nationen (obwohl wenigstens die „deutsche" gemischtsprachig war) und zählte das Latein hinzu. Es ging ihm zuerst nicht um statistische, sondern um politische Ordnung; neben die 30 fast ausschließlich romanischen Kardinäle seiner Zeit sollten einheimische Würdenträger treten. Er hat das hochgesteckte Ziel der 72 Kardinäle nicht erreicht; erst das nachtridentinische Kirchenrecht nahm von 1586 bis 1958 die Zahl von 70 Kardinälen an, eher Num. 11, 16 und den Pseudo-Isidorischen Dekretalen als dem deutschen Konziliarismus folgend[133]).

Selbst die Deutschen an der Kurie dachten während der Konzilszeit lieber an ihr engeres Vaterland als an die Mission der Weltkirche. Einer der bedeutendsten Vorkämpfer für Einigung und Reform der Kirche, der Westfale Dietrich von Nieheim (ca. 1340–1418), wurde „der erste deutsche mittelalterliche Historiker, der im großen Zusammenhang Geschichte im bewußt patriotischen Sinn geschrieben hat". Dabei traten Karl der Große, die Germanen, der Kaiser Augustus hervor; die Sachsen und Schwaben wurden als Überlebende aus dem Heer Alexanders des Großen gedeutet; die dänische Urgeschichte wurde auf Saxos Weise erörtert; erwähnt wurde der Trierer Stadtgründer Trebeta, Sohn der Semiramis, den eben noch Königshofen vom Babelturm hatte kommen lassen. Doch Dietrich sah die Geschichte in den Grenzen seiner deutschen Gegenwart; der päpstliche Kuriale band das deutsche Geschichtsbild nirgends an die Bibel und griff über den Patriotismus nicht mehr hinaus zur universalen Heilsgeschichte[134]).

Ein gewissenhafter Kompilator wie der Landsmann Dietrichs, Gobelinus Person (1358–1421), päpstlicher Kuriale und später Dekan in Bielefeld, ging zwischen 1390 und 1418 in seiner Weltchronik nicht ganz so achtlos an den

---

[133]) Traktat eines Deutschen zur Cedula ad Laudem, hg. Heinrich FINKE u. a., Acta Concilii Constanciensis, Bd. 3, Münster 1926, S. 638 (Kardinäle), 628 (Randnotiz; Hinweis von Doz. Reinhard ELZE-Bonn). Zur Zahl der Kardinäle Hans Erich FEINE, Kirchliche Rechtsgeschichte, Bd. 1, 3. Aufl., Weimar 1955, S. 463.

[134]) Viridarium imperatorum et regum Romanorum, MGH Staatsschriften Bd. 5, 1 S. 102 (Sachsen und Schwaben; dazu GRAU, Herkunft 40 f.). Zu allem übrigen Hermann HEIMPEL, Dietrich von Niem (c. 1340–1418) (Westfälische Biographien 2), Münster 1932, S. 217 f. (Zitat), 254 f. (Trier, Dänemark) u. ö.

biblischen Traditionen vorbei; doch sie besagten dem Paderborner Bürgerkind nichts mehr. Adam gab den Tieren hebräische Namen, gewiß; aber diese Sprache Adams existiert heute nicht mehr, nur die hebräische Schrift erhielt sich. Die babylonischen Ereignisse waren sicher epochal; jedoch die Entstehung der Völker und die Dreiteilung der Erde fand vor der Sprachenteilung statt, und am Turmbau trug Nimrod allein die Schuld, nicht das moderne Europa. Es mochte 72 Völker und Sprachen geben, *LXXIII secundum quosdam, vel secundum alios LXXII*; Augustin hatte sich vergebens bemüht, dieses *vel* aus der Welt zu schaffen, und auf das Nachzählen ließ sich Person nicht ein. Er fand Franzosen, Spanier und eventuell auch Italiener (die „kurialen" Nationen) in der Völkertafel, nicht die Deutschen, nur die Skytho-Goten Magogs. „Jetzt" seien die Grenzen der europäischen Völker von ihren Sprachen bestimmt; „Kleindeutschland" *(Alemannia et Teutonia)* habe nur eine Sprache. Doch daß diese Übereinstimmung von Volk und Sprache am Babelturm entstand, glaubte Person nicht; sie galt nicht durchaus: „Großdeutschland" *(Germania major)* umfaßt auch Länder mit *lingua Gothica vel Slavonica*, anscheinend die „deutsche" Konzils-Nation. Kurzum, die Gegenwart hat andere Maßstäbe als die biblischen[135]).

Wer in engeren Horizonten, zumal in kleinräumigen oder beharrenden Landschaften lebte, empfand allerdings diese Diskrepanz weniger stark. Warum sollte das geschichtliche Leben nicht von Adam bis zur Gegenwart kontinuierlich abgelaufen und vom Ursprung her überschaubar sein? Der Vater der thüringischen Landesgeschichtsschreibung, der Eisenacher Stadtschreiber und Domscholaster Johann Rothe (ca. 1360–1434), dachte sich um 1415 ganz unbefangen und unpolemisch Nimrod als Stifter des Rittertums; schwerlich wußte er von Gorrans Adelskritik. Nimrod wählte die Stärksten und Kühnsten als Ritter aus, legte die Kampfordnung fest und erfand Heerfahnen und Wappenkunst lange vor dem Trojanischen Krieg. Und 1421, in Rothes Thüringischer Geschichte, trat wiederum der Riese Nimrod, der erste Tyrann und Heerführer, imponierend auf, *zwelf ellen langk*. Sein Turm gegen die Sintflut war 5084 Ellen hoch (5174 Schritt hatte Isidor angegeben), er kommandierte 72 *houptleute*. Ihnen wurden 72 Sprachen zugeteilt; sie sind auch heute noch *zustrawit alsso weit alsso die werlt ist* und hängen mit den 72 Ländern und den 72 Jüngern Christi zusammen. Unter diesen Sprachen befand sich – wie bei Königshofen – die deutsche; Herr *Treberta*, Nimrods Enkel, brachte sie im 784. Jahre nach der Sintflut aus Babel nach Trier. Nachfahren Nimrods waren

---

[135]) Cosmidromius, hg. Heinrich Meibom, Scriptores rerum Germanicarum, Bd. 1, Helmstedt 1688: I, 7 S. 73 (Adam); I, 4 S. 64 (Erdteilung); II, 2 S, 76 (Nimrod, Völker); I, 5 S. 67 (Deutschlands Sprache). Meiboms Editionsvorlage entdeckte Gero Kirchner, Eine neue Handschrift des Cosmidromius Gobelini Person, in: DA 11 (1954/5) 227–232; zum Werk Lorenz, Geschichtsquellen Bd. 2, S. 327.

auch die vornehmsten antiken Helden, darunter die Trojaner; der jüngere Priamus gewann (nach Alexander von Roes) Trier, heiratete die aus Trebertas Geblüt stammende Riesin *Theotonica* und zeugte mit ihr Siegfried und andere Giganten. Nimrod war also der eigentliche Ahnherr der Deutschen, auch der Thüringer; was der anonyme Eisenacher Dominikaner hundert Jahre früher behauptet hatte, galt in Rothes Augen auch jetzt noch[136]).

Ähnlich arglos tradierte nach 1422 der Einbecker Dietrich Engelhus (ca. 1362 bis 1434) die Angaben Comestors. Der Erfurter Magister glaubte fest an die noachische Teilung der 72 Völker und an die davon säuberlich getrennte Entstehung der 72 Sprachen. Der greise Noah fuhr mit seinem Sohne *Jonicus*, dem Vater Nimrods, auf einem Floß nach Italien; der Noachide Janus baute einen Palast auf dem Janiculus in Rom. Engelhus kannte Persons Werk; aber die Zeitgeschichte war nicht sein Feld. Er führte die Genealogie der Deutschen nicht bis Babel zurück[137]). In der gleichen antiquarischen Gesinnung verteilte 1431/2 ein Anonymus, vielleicht in Thüringen, die Welt, indem er dem Cham die Kanaanäer und den Tyrannen Nimrod, dem Sem die Juden und dem Japhet die *Romani et Franci* zusprach, als wären die Franken eben erst auf dem Welttheater erschienen[138]). Der Spiegel dieser Frühzeit konnte leicht den Zeitgenossen vorgehalten werden, und dann wurde wie bei Rothe das Uralte die Norm der Stunde. Der namenlose Autor der „Reformatio Sigismundi" gedachte auf diese Weise seine Zeit zu reformieren; er rief um 1439 die Ritter auf, dem Kaiser zu helfen: Einst habe der erste Kaiser Ninus sie eingesetzt. An die Stelle, wo bei Rothe Nimrod stand, war Ninus getreten (bei Rothe Nimrods Enkel); doch unverändert blieb der Glaube, daß die uralte Ordnung die Krankheit der Gegenwart heilen könne[139]).

Im selben frommen Glauben zog der erste holsteinische Landeshistoriker, ein belesener, aber naiver Priester, 1448 gleich Rothe die Linie von der mächti-

---

[136]) Der Ritterspiegel, hg. Hans NEUMANN (Altdeutsche Textbibliothek 38), Halle 1936: v. 733 ff. S. 20 f. (Rittertum; dazu Julius PETERSEN, Das Rittertum in der Darstellung des Johannes Rothe [Quellen und Forschungen zur Sprach- und Culturgeschichte der germanischen Völker 106], Straßburg 1909, S. 72 f., 102). Düringische Chronik, hg. Rochus von LILIENCRON (Thüringische Geschichtsquellen 3), Jena 1859: c. 21 f. S. 26 f. (Nimrod, Sprachen); c. 28 S. 31 (deutsche Sprache); c. 37 f. S. 37 f. (trierische und thüringische Trojaner; dazu GRAU, Herkunft 38).

[137]) Chronicon, hg. LEIBNIZ, Scriptores Bd. 2, S. 980. Dazu LORENZ, Geschichtsquellen Bd. 2, S. 151 ff.

[138]) Excerptum historiarum biblie, Handschrift Wolfenbüttel, Landesbibliothek, Cod. Aug. fol. 75, 3, f. 188r (Original benutzt). Zur Handschrift Otto von HEINEMANN, Die Handschriften der herzoglichen Bibliothek zu Wolfenbüttel, Bd. 2, 3, Wolfenbüttel 1898, S. 383 ff. Nr. 2715.

[139]) Die Reformation Kaiser Sigmunds, hg. Karl BEER (Deutsche Reichstagsakten, Beiheft), Stuttgart 1933, S. 108 f., 122. Dazu Heinrich KOLLER, Untersuchungen zur Reformatio Sigismundi, in: DA 13 (1957) 482–524; 14 (1958) 418–468, hier S. 436 (Datierung), 491 f., 452 f. (zur Stelle).

gen Urzeit bis zur beschränkten Gegenwart durch. Er glaubte, nicht so modern wie die Hochscholastik, an die göttliche Inspiration der hebräischen *prima lingua, ab inicio cum homine a Deo data.* Er fand am Turm von Babel die 72 Noachiden, *et ab hiis septuaginta duobus universus mundus in linguis suis est divisus*; die Welt hat heute noch 72 Sprachen. Er schätzte die geistliche Ahnenreihe höher als die leibliche: Von Sem stammen Christus, die Geistlichen und Himmelsbürger; daß Japhet Europa und auch Deutschland *(Almania et Germania)* besetzte, erfuhr man nebenbei. Die Sachsen sind keine urtümlichen Japhetiten; sie saßen still in Armenien, wo die Arche Noah sich niedergelassen hatte, und erst Alexander der Große mobilisierte sie[140]). Bis in die verwirrenden Geschehnisse der jüngsten Vergangenheit leuchtete das Licht der ursprünglichen, statischen Ordnung.

Unter den Schriften dieser Konservativen ragt ein großer Genesiskommentar hervor, der in der Erfurter Kartause zwischen 1439 und 1453 verfaßt wurde. Der Autor nennt sich nicht; es wird wohl der Prior der Kartause, Johann von Hagen (1415–1475), sein, der nach seinen Angaben einen Genesiskommentar und zwei Weltchroniken schrieb; auch unser Kommentar verweist auf eine Universalhistorie des Verfassers. Genesisdeutung und Weltgeschichte sind hier miteinander verwoben zu lebendiger Anschauung von der normativen Urzeit. Adam empfing die Kraft der Namengebung vielleicht durch Vermittlung von Engeln *per divinam revelationem*, vielleicht auch *ex subtilitate ingenii sui a Deo accepti.* Mit göttlicher Macht benannte er die Dinge nach ihrer Natur, so etwa *porcus* nach *spurcus*, *homo* nach *de humo factus*; *caballus* heißt so, *quia cavat terram pedibus suis.* Die Beispiele stammen aus Isidor, der sie allerdings nicht mit Adams Genie in Verbindung brachte; auch der Kommentator will nicht Latein zur Ursprache machen, sondern nur den Vorgang erläutern. *Hec tamen nomina in Hebrea lingua putatur imposuisse.* Nicht alle Namen sind Adams Erfindung; vielleicht gab es zu seiner Zeit noch keine Fische (Beda geht vor Gen. 1, 26); *postea homines nomina eis posuerunt.* Die Fähigkeit zu verbindlicher Sprachschöpfung erlosch nicht mit dem Sündenfall. Auch die gottgewollte Sprachenteilung bestimmt noch immer das Antlitz der Erde und ihrer *LXXII generaciones et lingue, . . . a quibus totus mundus habitabilis est possessus.* Die geographische Gliederung der Welt ist weniger stabil als die linguistische; Japhet bekam nicht genau abgegrenzt den europäischen Kontinent. Die Länder änderten mehrfach ihre Namen, wie Isidor lehrt: Italien hieß zuerst *Grecia magna*, dann versteckte sich *(latitavit)* dort Saturn, und *Latium* wieder wurde nach dem Sikulerkönig *Ytalus* umbenannt. Diese Wandlungen führten viele Interpreten der Völkertafel in die Irre; *certitudo raro in hiis inveniri potest.* Auch die 15 Japhetiten soll man

---

[140]) Chronicon Holtzatiae c. 2 f., MGH SS Bd. 21, S. 253 f. (Ursprünge); c. 8 S. 257 (Sachsen). Dazu LORENZ, Geschichtsquellen Bd. 2, S. 181 ff.

lieber nicht auf der Landkarte suchen; sie bedeuten die 15 Stufen der heiligen Kirche. Cham und seine 30 Kinder bezeichnen das üppige Wachstum des jüdischen Unkrauts, der *generatio pessima*, und Sem *significat populum christianum lingua greca utentem*. Soeben noch hatte der Autor die *Greci* als Nachfahren des Japhetiten Javan bezeichnet; er hielt die Byzantiner nicht für ihre Nachkommen, sondern suchte sie wie einst Comestor bei den Semiten.

Aber warum deutete er die Noachiden kirchlich und nicht imperial? Papst Eugen IV. habe in Florenz die beiden frommen Brüder zusammengeführt: *Greci et Latini in una fide sancta katholica convenerunt et hodie adhuc manent*. Byzanz war noch nicht gefallen; das Unionskonzil von 1439 erfüllte die Eintracht im Glauben, die Verheißung des Pfingstwunders, das in der Einheit der Ursprache schon vorweggenommen war. Einig ist die vielsprachige Kirche, solange nicht die Ketzer ihren Turmbau neu errichten. Im Jenseits wird die eine hebräische Ursprache dann auch leibhaftig wiederkehren, *et putant aliqui quod post resurrectionem manebit in celo, in sanctis, hec loquela et etiam in malis, in inferno*. Dieser strenge Einklang, der auch die Hölle mit erfassen wird, ist schon jetzt vorgebildet in dem System der 72 Sprachen. Man möchte meinen, es gebe viel mehr Idiome, doch der Schein trügt: *Saxones*, *Hassones*, *Westfali et multi alii sunt in una lingua*. Am Ort von Luthers frühem Wirken kannte man schon vorher die Einheit der deutschen Sprache und empfand sie als Geschenk der Vorsehung, ohne sie wie Person mit geographischen Grenzen und dem schwammigen Begriff der Konzils-Nation zu verbinden[141]). Wenn in der mosaischen Genesis das Konzil von 1439 und die deutsche Sprache schon festgelegt sind, ist die Gegenwart völlig determiniert. So mittelalterlich uns diese mittel- und norddeutschen Autoren zwischen dem Eisenacher Rothe und dem Erfurter Hagen anmuten, so modern wählten sie sich einen fixen Standpunkt, auch wenn es nicht die Gegenwart, sondern die Urzeit war. Konservatismus ist etwas anderes als Traditionstreue; zwischen ihnen liegt der Kontinuitätsbruch.

Der Bruch, den die türkische Eroberung von Konstantinopel allen schreckhaft deutlich machte, wurde schon zuvor schmerzlich empfunden von dem ritterbürtigen Münchener Hans Schiltberger (1380– nach 1438). Er war 1396 als Kreuzfahrer gläubig in die Ferne gezogen, von den Türken bei Nikopolis und 1402 von Timurs Mongolen bei Ankara gefangengenommen worden und erlebte bestürzt eine Welt, die den abendländischen Traditionen nicht im ge-

---

[141]) Expositio super Genesim, Handschrift Köln, Stadtarchiv, Cod. W fol. 256, f. 120rb (Hinweis auf die Chronik; zu H.s Chroniken Karl Herrmann, Bibliotheca Erfurtina, Erfurt in seinen Geschichts- und Bildwerken, Erfurt 1863, S. 499), 27rb-va (Adam und die Fische), 110rb-113va (Völkertafel), 119rb-121rb (Sprachen). Den Hinweis auf die Handschrift, die ich im Original benutzte, verdanke ich R. P. Ludger Meier OFM-Marienweiher; Stegmüller, Repertorium Bd. 3, S. 354 Nr. 4601 nennt eine andere Handschrift, die am Anfang vollständiger zu sein scheint.

ringsten entsprach. Sein nach 1427 niedergeschriebener, bald weitverbreiteter Bericht zeigt, daß der Heimkehrer nicht eigentlich heimgefunden hat. Armenier gaben ihm vielleicht einen angeblichen Brief des ägyptischen Sultans, in dem er sich stolz auf die 72 Marmortürme seiner Residenz berief, auf die 72 Sprachen des Kaukasus, deren Herr er sei, und auf den Titel: *ein anheber der vesten stat Babilony, do die zwoe und sibentzig sprach inn gemacht sein.* Im Kaukasus allein wären also ebenso viele Sprachen lebendig wie auf der ganzen Erde? Das konnte man nur noch in der Kartause glauben; Schiltberger zählte allein im griechisch-orthodoxen Bereich weitere elf Sprachen. Wie sollte hier die kirchliche Union mit den Lateinern vonstatten gehen? Eine gemeinsame Grundlage blieb immerhin, das Gebet des Herrn. Schiltberger kam als erster auf den Gedanken, das Vaterunser als Sprachprobe zu notieren; er teilte es tatarisch und armenisch mit. An solchen Texten aber wurden die pfingstlichen Träume der Lateiner zuschanden[142]).

Der unbehauste Einzelne mochte das Chaos als Wirbel des Lebens genießen, wie es der Tiroler Adlige Oswald von Wolkenstein (1377–1445) tat. Er bereiste im Dienste Kaiser Sigmunds Europa und Asien von Persien bis Portugal, von Italien bis Schweden und zählte die dreißig Länder und *die sechzen künigreich* her, die er kannte. In übermütigen Strophen mischte er die Sprachen und freute sich des Trubels:

Franzoisch, mörisch, katlonisch und kastilian,
teutsch, latein, windisch, lampertisch, reuschisch und roman,
*die zehen sprach hab ich geprauch*t...

Doch er fand selbst keine göttliche oder menschliche Ordnung in seinen Erfahrungen; triebhaft verbrauchte er alle Formen des sprachlichen Ausdrucks, um die Weltfülle sinnlich zu erfassen und sein Ich zu bekunden[143]). Für den Lebenshunger des Sinnenmenschen gab es freilich keine Sprachschranke; aber die Geistlichen und Gelehrten stolperten über die nächste Dialektgrenze. Wolkensteins Oberhirte, der Salzburger Erzbischof Johann von Reisberg (gest. 1441), ließ 1439 eine Notiz für die Universität Wien nicht mit abschreiben, „weil sie deutsch ist, und zwar rheinisches Deutsch, das wir nicht restlos verstehen"[144]).

[142]) Reisebuch, hg. Valentin LANGMANTEL (BLV 172), Tübingen 1885: c. 39 S. 66 f. (Sultansbrief); c. 60 S. 97 (orthodoxe Sprachen); c. 27 S. 38 (tatarisches Vaterunser); nach c. 67 S. 147 (armenisches Vaterunser). Dazu Rose GRÄSSEL, Hans Schiltbergers Reise in die Heidenschaft, Hamburg (1947), S. 11 ff.; HENNIG, Terrae incognitae Bd. 3, S. 410 ff.

[143]) Die Gedichte, hg. Joseph SCHATZ, 2. Aufl., Göttingen 1904: 107, 1 ff. S. 244 (Länder); 65, 1 ff. S. 164 (Königreiche); 27, 1 ff. S. 96 ff.; 77, 1 ff. S. 181 f. (mehrsprachige Gedichte); 64, 21 ff. S. 160 f. (zehn Sprachen). Dazu Fritz MARTINI, Dichtung und Wirklichkeit bei Oswald von Wolkenstein, in: Dichtung und Volkstum (Euphorion) 39 (1938) 390–411, hier S. 393 f.

[144]) Brief vom 6. 12. 1439, hg. Helmut WEIGEL, Deutsche Reichstagsakten, Bd. 14, 2. Aufl., Göttingen 1957, S. 429; dazu KIRN, Nationalgefühl 69.

Nur einer bewältigte das Chaos und schloß den Zwiespalt zwischen Mystik und Scholastik, zwischen Schöpfung und Gegenwart, zwischen lateinischer Kirche und heidnischer Welt: der Sohn des Moselschiffers und Kardinal von Brixen. Nikolaus von Kues (1401–1464) stellte sich 1440 auf den höchsten Standpunkt des Jahrhunderts und betrachtete die Sprachen- und Völkerwelt unter dem Aspekt des Einklangs der Gegensätze. Man braucht nicht in der Geschichte oder in der Bibel nach Ruhmestiteln für das eigene Volk und die Muttersprache zu suchen, denn Gott hat die Welt so eingerichtet, daß jeder mit dem Seinen zufrieden sein kann. Die Verschiedenheit der Völker nach Rasse, Denkweise und Religion ergab sich nicht aus der Trennung der drei Noachiden, sondern aus den drei Klimazonen *a septentrione ad meridiem*. Auch die sprachlichen Unterschiede sind umweltbedingt; einem Deutschen in Italien unterlaufen im ersten Jahr mehr Germanismen *(alemannizat)* als im zweiten. Wenn einer Römisch spricht, erfaßt der Ausländer mit dem Gehör nur den Klang *(vox)*, der Einheimische im Klang auch den Sinn *(mens)*; das macht die Sprachenvielfalt lästig, aber sie ist unvermeidlich, weil in der Sprache Klang und Sinn, natürliche Fähigkeit und rationale Überlegung gekoppelt sind. Jedes Idiom erscheint als Setzung der *ars*; dennoch ist es für den einen *naturalior* als für den andern. Die irrationale, emotionale und natürliche Seite der Sprache tritt hervor, ohne daß die geistige vernachlässigt würde. Hier wie in allem entfaltet sich Gott in scheinbar gegensätzliche Gestaltungen; sie fließen in der Natur und in der Geschichte immer wieder ineinander.

Der Kusaner begriff auch die Geschichte der Sprachen nicht nach dem herkömmlichen Schema der plötzlichen Eingriffe Gottes und der menschlichen Katastrophen, sondern als ein kreatürliches Kontinuum, das allerdings nur insgesamt von Gott gehalten wird. Adams Sprache war vollkommen, doch sie wurde nicht in Babel ruckartig abgeschafft, blieb auch nicht im Hebräischen separiert erhalten, sondern sie ging in den späteren Sprachen auf, die aus ihr erwuchsen und durch sie geweiht sind. *Linguae omnes postea divisae in ipsa continebantur. Omnes enim linguae humanae sunt ex prima illa parentis nostri Adae, scilicet hominis, lingua.* Die kühne Lehre Gregors von Nyssa wurde wiederbelebt; die Ursprache findet sich, verstreut und vereinzelt, in allen heutigen Sprachen. Adam würde sie alle verstehen; er besaß die Sprachengnade *dono Dei*[145]). Wie

---

[145]) De coniecturis, hg. Alfred Petzelt, Nicolaus von Cues, Texte seiner philosophischen Schriften, Bd. 1, Stuttgart 1949: II, 15 S. 188 f. (Klima; dazu Michael Seidlmayer, Una religio in rituum varietate, Zur Religionsauffassung des Nikolaus von Cues, in: AKG 36 [1954] 145–207, hier S. 151); II, 8 S. 173 (Deutscher in Italien); II, 16 S. 192 (Klang und Sinn); II, 12 S. 180 f. (ars, naturalior). Compendium c. 3, in: Opera, 2 Bände, Paris 1514, hier Bd. 1, f. 169v (Ursprache; dazu Maurice de Gandillac, Nikolaus von Cues, Studien zu seiner Philosophie und philosophischen Weltanschauung, Düsseldorf 1953, S. 406).

bei Dante verlor bei Cusanus der Turmbau von Babel den Charakter der Epochenscheide; er tauchte 1447 in Nikolaus' Genesiskommentar nicht auf.

Aber das meinte keine humanistische Hochschätzung des Geschöpflichen, keine Heiligsprechung der Sprache. Sie ist wie alles Kreatürliche zwar ein Teil Gottes, kann aber eben darum das Ganze nicht umfassen. Selbst Moses konnte die Schöpfung des Vielfältigen durch den einen Gott nur auf menschliche Weise berichten und kann nicht beim Wort genommen werden; die ganze Wahrheit ist uns unbegreiflich. Nur im Gleichnis mag die menschliche Sprache die Schöpfung verstehen und selbst als Gleichnis für das Verständnis dienen: Das Wort eines Lehrers wird von den Tieren nur sinnlich als Klang *(vox)* wahrgenommen; erst der verständige Mensch erfaßt es als Rede *(sermo)*, und nur der Eingeweihte begreift seinen Sinn *(mens)*. So gleicht die geschaffene Welt einem Buch, dessen Sinn der Fremde nicht versteht, so wie wenn ein Deutscher ein griechisches Werk Platons lesen wollte. Die Differenzierung und Unvollkommenheit der Sprache hält den Menschen auf der ersten, höchstens der zweiten Stufe zur Erkenntnis fest, und selbst der Eingeweihte kann nur wie Adam nach seiner Einsicht Namen geben; dem Grad der Einsicht nach sind auch sie noch unterschiedlich. Da sich die Einsicht zur Wahrheit stets wie das Vieleck zum Kreis verhält, ist die Aufgabe, durch Wortsprache das Wesen darzustellen, eine Quadratur des Zirkels. Die Geburt Christi aus dem Heiligen Geist ist im Gleichnis von Denken und Sprechen, im Weg vom *mentale verbum* zur *vox*, nur unzulänglich beschrieben. Leichter ist der Zugang zum Göttlichen mit Hilfe der unveränderlichen mathematisch-geometrischen Symbole (darum gebraucht Nikolaus das Gleichnis von Vieleck und Kreis); sie könnten eine Universalsprache sein. Denn im Menschen liegt durchaus das Vermögen, die Urbilder der Dinge begrifflich zu fassen, doch es bleibt *mens* und wird niemals ganz Sprache. Das Wort ist als *impositio* der Willkür des menschlichen Verstandes anheimgegeben und daher stets nur eine Annäherung an die Sache. Die natürliche Grundlage der Sprache kann sich teilweise durchsetzen; in der einen Sprache sind die Vokabeln *propria*, in der anderen *magis barbara et remotiora*. Aber Natur und Geist zusammen erreichen nie die Präzision des unsagbaren *verbum*, das der genaue Name aller Dinge ist. Denn Gottes Worte sind die Dinge der Schöpfung, unsere Wörter sind willkürlich. Sie sind durch Vergleich und verständiges Urteil gesetzt und bleiben gegensätzlich wie alles Irdisch-Konkrete. Ein Kirchenbau ist im geistigen Wort des Baumeisters ungeteilt und einfach enthalten, aber in seiner Entfaltung fällt er in das Gebiet der Vielheit, der Scheidung und der Zeitlichkeit[146]).

---

[146]) De genesi, hg. PETZELT (o. Anm. 145) S. 253 ff. (Schöpfung), 260 f. (menschlicher Bericht), 263 f. (vox, sermo, mens), 266 (Deutscher und Platon, Adam). De docta ignorantia, hg. Ernst HOFFMANN – Raymond KLIBANSKY, Nicolai de Cusa

Doch auch vor dem mystischen Extrem hütete sich Nikolaus; das Unzulängliche ist Ereignis, Gott hat es geschaffen. Er hat den verschiedenen Nationen verschiedene Propheten und Lehrer geschickt (eine fast mohammedanische Vorstellung), und nun nennen sie ihn mit vielfältigen Namen. Sein wahres Sein ist allen verborgen und unaussprechlich, nur in seiner Trinität sind Wort und Wirklichkeit dasselbe; alle unsere Gottesnamen sind geschöpfliches Gleichnis. Das trennt die Menschen von Gott, aber es verbindet die Religionen; die Menschheit braucht die Verkörperung des Heiligen in der Vielfalt der Zeichen. Wenn die Weisen aller Nationen und Sprachen in den Himmel der Vernunft entboten werden, sind unter den 17 Männern nur 6 Europäer (die Zahl des Anonymus vom Konstanzer Konzil: Italiener, Franzosen, Spanier, Deutsche, Böhmen und Engländer); auch Türken, Tataren, Juden, Inder und Mohammedaner stehen vor Gottes Thron in ihrer Sprache. Zwar ist in der Sinneswelt nichts von Dauer, die Zeit wandelt die Sprachen; aber im Himmel wachen Engel über sie, die der König des Weltalls von Anfang an über die einzelnen Provinzen und *sectae* der Welt eingesetzt hat; sie stehen als Gesandte des höchsten Weltkaisers den Nationen und Sprachen vor. Um die Kluft zwischen dem einen Gott und der vielfältigen Welt zu schließen, griff Nikolaus die Lehre des Origenes von den Völkerengeln wieder auf und dachte sie konsequent zu Ende: Im Himmel spricht man nicht Hebräisch. Wie die Vielfalt der Riten sinnlich wahrnehmbares Zeichen für die Wahrheit des Glaubens ist, so verweist auch die irdische Sprachenvielfalt nach oben: *Cur tot sunt linguae nisi ut melius innominabile nominetur?* Der in der Natur verborgene und explizierte Gott, geistlich durch die Einheit der Kirche repräsentiert, wird nur durch die Definition aller Sprachen, durch die verschiedenen Blickrichtungen aller Geister halbwegs erfaßbar. *In varietate linguarum idem pronuntiatur. Et haec varietas pro hominum salute a Deo facta et praecepta exstitit.* Mit diesem Lobpreis der Sprachenvielfalt schließt sich der Kreis des cusanischen Denkens. In der vielgestaltigen Welt das Eine, von Gott tausendfach Verteilte ohne Vereinfachung zu erkennen, ist das höchste Glück des Menschen, weil es ihn zum Heile führt. Er fühlt sich in dieser Vielfalt nicht ganz heimisch, denn sie selbst verstellt ihm den Zugang zur ganzen Wahrheit und erlaubt ihm nur vage Annäherungen. Aber er ahnt in den Gegensätzen den Ursprung, in der Vielfalt die Einheit, in der Unwissenheit die Wahrheit[147]).

---

opera omnia, Bd. 1, Leipzig 1932: I, 2 f. S. 8 f. (Vieleck und Kreis); III, 5 S. 133 f. (Denken und Sprechen); I, 11 S. 24 (mathematische Symbolsprache). Idiota de mente, hg. Ludwig BAUER, Nicolai de Cusa opera omnia, Bd. 5, Leipzig 1937, S. 49 f. (menschliches Wort), 54 (unsagbares verbum). „Dies Sanctificatus" vom Jahre 1439, hg. Ernst HOFFMANN – Raymond KLIBANSKY, Cusanus-Texte I. Predigten 1 (Sitzungsberichte der Heidelberger Akad. d. Wiss., Philos.-Hist. Kl., Jg. 1928/9, Nr. 3), Heidelberg 1929, S. 16 ff. (Vergleich und Urteil), 26 (Kirchenbau).

[147]) De pace fidei, hg. Raymond KLIBANSKY – Hildebrand BASCOUR OSB (Mediaeval and Renaissance Studies, Supplement 3), London 1956: c. 1 S. 5 (Propheten und

Nikolaus von Kues stand zwischen den Zeiten, oder besser: er stand über der Zeit. Nur scheinbar stellte er die mittelalterliche Verbindung von Einheit und Vielfalt wieder her; nur scheinbar modern predigte er naturwissenschaftliche Erfahrung und menschliche Individualität. Er bestritt die mittelalterliche Handgreiflichkeit und den Glauben an die Heilsgeschichte, er zerstörte das traditionelle Gewebe aus Etymologien, Genealogien und Zahlensymbolik. Völker und Sprachen sind von Anfang an, nicht erst seit Babel, getrennt; ihre Mängel sind ein natürlicher Zustand und keine erworbene Schuld. Doch über die Grenze des Geschöpflichen kommt auch die moderne Gegenwart nicht hinweg; sie wird das Vereinzelte nicht fortschreitend zusammenfassen. Was bleibt, ist nicht, wie die Italiener hofften, der zeitlose Mensch, allein mit seiner Sprache und ohne Gegenüber, sondern der ewige Gott und seine natürliche Schöpfung. So wird der innerste Gehalt der christlichen Verkündigung bloßgelegt; aber sie bleibt geschichtslos. Die Geschichte, ob Cusanus sie nun biblisch oder humanistisch begreift, ändert nichts Wesentliches an der Geschichtlichkeit des Irdischen; nur auf Kosten der Geschichte konnte der größte Denker des Jahrhunderts die Extreme noch einmal zusammenzwingen. Nicht bloß, weil sie ihn nicht begriffen, folgten ihm seine Zeitgenossen nicht, sondern weil sie im geschichtlichen Denken befangen und von ihrer Zeit fasziniert waren.

Dabei aber verloren sie jeden verpflichtenden Maßstab und schwankten, ob sie ihrer deutschen Gegenwart, einer urdeutschen Vergangenheit, der römisch-trojanischen oder einer biblischen Ahnenreihe oder der weltumspannenden Urzeit normative Kraft zuerkennen sollten. Vereinzelt blieb die moderne Haltung des fränkischen Reichsjuristen Gregor von Heimburg (ca. 1400–1472), der als Gegner des Nikolaus von Kues die deutschen Rechte gegen kuriale Ansprüche verteidigte. Er vertrat eine deutsch-patriotische Unabhängigkeit, völkisch wie sprachlich; dem damaligen Nürnberger Ratsschreiber Niklas von Wyle sagte er 1447, die deutsche Sprache gebe der lateinischen nichts nach. Während er die sprachliche Eigenständigkeit nur auf sein ästhetisches Urteil gründen konnte, leitete er den Rang des deutschen Volkes 1459 vor Papst Pius II. aus historischen Argumenten ab: Die Sachsen, Väter der Deutschen und ihrer Sprache, stammten von den Goten, die Schwaben von den Galliern, die Franken von den Sigambrern,

Lehrer); c. 7 S. 20 (vielfältige Gottesnamen); c. 10 S. 29 (Trinität); c. 4 S. 11; c. 16 S. 50 ff. (Vielfalt); c. 3 S. 9 f. (wandelbare Sprachen, Engel); c. 1 S. 4 (Provinzen und Sekten). Excitationes V, in: Opera, Bd. 2, Paris 1514, f. 90v (tot sunt linguae; dazu Stadelmann, Geist 268 f.). De concordantia catholica I, 3, hg. Gerhard Kallen, Nicolai de Cusa opera omnia, Bd. 14, Leipzig 1939, S. 40 (in varietate linguarum; dazu Stadelmann, Geist 175). Zu N.s Sprachdenken Ernst Cassirer, Die Bedeutung des Sprachproblems für die Entstehung der neueren Philosophie, in: Festschrift Meinhof, Sprachwissenschaftliche und andere Studien, Hamburg 1927, S. 507–514, hier S. 511 ff.; Karl Otto Apel, Die Idee der Sprache bei Nicolaus von Cues, in: Archiv für Begriffsgeschichte 1 (1955) 200–221, hier S. 204 ff.

also von den Trojanern. Aller römisch-lateinische Einfluß wurde bestritten, wenn auch noch nicht durch einen Pangermanismus ersetzt[148]). Heimburg selbst mußte schon die Historie zu Hilfe rufen und zu beweisen suchen, daß es immer so war, wie es jetzt werden sollte. Die Mehrzahl seiner Zeitgenossen hatte weniger revolutionäre Absichten; sie war zufrieden, wenn man wie die Stainreuter, Königshofen und Hagen dem eigenen Stamm und seinem Fürsten eine glorreiche Vergangenheit schenken konnte; allzu große Verpflichtungen sollten der Gegenwart daraus nicht erwachsen.

In Bayern und Österreich besaß man für dieses Spiel die besten Vorbilder. Der Augustiner-Chorherr Andreas von Regensburg (gest. bald nach 1438) war allerdings noch zu sehr in seine Gegenwart vertieft, als er 1425 seinem Herzog die erste Geschichte Bayerns schrieb; er ließ die Wittelsbacher nur von den Karolingern stammen. Die zweite Fassung trug dann 1428 die Urgeschichte nach, wie die Altmanns-Vita sie bot: Die Bayern kamen aus Armenien, ihr Land hieß nach dem Führer *Bavarus*; später dominierte *Norix*, der Sohn des Herkules. Er soll Regensburg erbaut haben, aber vielleicht geschah das erst unter dem römischen Kaiser Tiberius, und möglicherweise kamen die Bayern erst zu Caesars Zeit aus Armenien. Neidlos blickte Andreas auf die trojanischen Franken; so alt wollten die Bayern gar nicht sein[149]). Mit dem römischen Einfluß war es genug. Die bayrische Landesgeschichte begann moderner als die thüringische und holsteinische.

Als der bedeutendste österreichische Historiker der Zeit, der grundgelehrte Wiener Professor Thomas Ebendorfer (1388–1464), auf einen Wink König Friedrichs III. um 1450 eine Geschichte Österreichs schrieb, umging auch er noch kritisch Stainreuters Fabeln, obwohl sein König sie schätzte und Ebendorfer sie ins Lateinische übersetzte. Er griff auf mittelalterlichere Quellen zurück: Aus Alexander von Roes holte er sich die trojanische Herkunft der Deutschen und den Riesen *Theot*, aus der „Passio Quirini" den athenischen Herkulessohn *Noricus* und die armenischen Bayern; den Alemannen gönnte er, daß sie den übrigen deutschen Stämmen die Sprache gegeben hätten, obwohl die Vorlage diesen Ruhm den Norikern reserviert hatte. Die Noriker, die Vorfahren der Österreicher, wurden zwar als *Gallogreci*, aber nicht als Kinder Gomers tituliert. Ebendorfers Hauptthese, durch Ragvaldssons Rede in Basel angeregt,

---

148) Paul JOACHIMSOHN, Gregor Heimburg (Historische Abhandlungen aus dem Münchener Seminar 1), Bamberg 1891, S. 101 f. (Deutsch und Latein), 105, 155 f., 267 (deutsche Stämme). ROSENSTOCK-HUESSY, Frankreich-Deutschland 70 ff. (Sachsen).

149) Chronica de principibus terrae Bavarorum, hg. Georg LEIDINGER, Andreas von Regensburg, Sämtliche Werke (Quellen und Erörterungen zur bayerischen und deutschen Geschichte NF 1), München 1903, S. 507 (Bayern; auch in der Übersetzung: Chronik von den Fürsten zu Bayern S. 592 f.), 511, 531 (Franken; vgl. Chronica Husitarum c. 74 S. 441).

hieß vielmehr, daß die Österreicher von den Goten stammten. Das habsburgische Herrscherhaus brauchte freilich edlere Ahnen; die römischen Colonna standen dafür bereit. Auf seiner Italienreise nahm Ebendorfer 1451 alle Herkunftssagen vom paduanischen Antenor über den neapolitanischen Aeneas bis zum römischen Janus begierig auf und wurde von Enea Silvio dafür verspottet; immerhin schweifte der Österreicher bereits weiter aus als Andreas von Regensburg[150]).

Der Zug zum Ursprung schien unwiderstehlich. Der niederbayrische Ritter Hans Ebran von Wildenberg (ca. 1430–1501/3) umkreiste vor 1480 bereits den Turm von Babel und die *zweiundsibenzick geschlächt*. Er zählte sie ungenau, 28 Semiten und 26 Japhetiten, als wollte er den frommen Brüdern die Mehrheit geben. Doch die jüdischen Österreicher Stainreuters schienen ihm *ertICHT* und *unnütz*; er brauchte nur einen breiten Rahmen für seine armenischen Bayern und machte sie nicht einmal zu Japhetiten. Die Römer und Franzosen durften Trojaner sein; Nimrod hatte Babel, sein Urenkel Trebeta Trier gegründet. Bayern war souverän, aber bescheiden[151]). Mit *Bavarius* und *Norix* beschied sich wie Wildenberg 1481 auch sein Freund, der Landshuter Maler Ulrich Füetrer (gest. ca. 1493); doch zog er den Knoten nochmals enger, als er vom Babelturm erzählte, *do sich die sprach tailten*. Einer der babylonischen Hauptleute war nämlich *Cres*, der Ahnherr Saturns, der Trojaner und Franzosen. Man hatte diese Linie bisher stets für hamitisch gehalten; Füetrer wies Cres zum semitischen Haus Phaleg. Noch standen die Bayern nicht mit in der Deszendenz, aber der Sog von Stainreuters Fabelfürstenreihe wurde jetzt spürbar[152]).

Der wichtigste bayrische Chronist der Zeit, der niederbayrische Geistliche Veit Arnpeck (ca. 1435–1495), stand ziemlich ratlos vor den verlockendsten Ahnentafeln. Er schloß sich 1493 an die Geschichtsquellen von Kremsmünster an, denen zufolge die Bayern bald nach der Sprachverwirrung aus Armenien kamen; er glaubte auch an den Herakliden Norix, in dessen armenischer Heimat man heute noch (wie im 11. Jahrhundert das Annolied versichert hatte) *bavarizantes* finde. Aber der Namengeber *Bavarus* schien ihm verdächtig; er

---

[150]) Chronicon Austriae, hg. Hieronymus Pez, Scriptores rerum Austriacarum, Bd. 2, Leipzig 1725, S. 690 (Ragvaldsson). Zu allem übrigen Alphons Lhotsky, Studien zur Ausgabe der Österreichischen Chronik des Thomas Ebendorfer, in: DA 6 (1943) 188–245, hier S. 231 ff.; ders., Apis Colonna 187 ff.; ders., Thomas Ebendorfer, Ein österreichischer Geschichtschreiber, Theologe und Diplomat des 15. Jahrhunderts (Schriften der MGH 15), Stuttgart 1957, S. 28, 46 f., 98 ff., 102 f., 129.

[151]) Chronik von den Fürsten aus Bayern, hg. Friedrich Roth (Quellen und Erörterungen zur bayerischen und deutschen Geschichte NF 2, 1), München 1905, S. 6 f. (Babel), 26 ff. (Österreicher), 33 f. (Bayern), 10 ff. (Römer), 21 ff. (Franzosen), 8 f. (Trier).

[152]) Bayerische Chronik, hg. Reinhold Spiller (Quellen und Erörterungen zur bayerischen und deutschen Geschichte NF 2, 2), München 1909, S. 6 ff. (Bayern), 22 ff. (Babel, Trojaner, Franzosen).

leitete den Bayernnamen lieber, einer Anregung des Enea Silvio folgend, von den keltischen Bojern her, und diese Hypothese war jedenfalls plausibler als die alte; sie blieb denn auch drei Jahrhunderte lang am Leben, denn die Bojer fand man in antiken Quellen, den Bavarus nicht. Arnpeck selbst nahm seine Entdeckung nicht sehr wichtig; in der gleichzeitigen deutschen Fassung seiner bayrischen Chronik folgte er wieder Füetrers Angaben; Bavarus war ja doch älter als die Bojer. In Arnpecks Österreichischer Chronik brachen dann 1494/5 alle Dämme der Kritik; wie bei Stainreuter trat 810 Jahre nach der Sintflut der *paganus militaris* Abraham auf; Enea Silvios Einspruch verhallte ungehört[153]). Freilich verzichteten die Bayern immer noch auf Japhetitenehren; der Prior Vitus von Ebersberg begann 1504 seine bayrische Chronik wieder mit dem Herzog *Bavarus*, wußte aber nicht zu sagen, woher er kam[154]). Über die Behauptungen der mittelalterlichen Chronisten wagten sich die Historiker des 15. Jahrhunderts nicht hinaus; die Teilungen und dynastischen Fehden im bayrischen Herzoghaus ermutigten nicht zu grandiosen Exkursen.

Selbstbewußter traten die schwäbischen Städte auf, die von den italienischen Handelspartnern zu anspruchsvollen Genealogien angeregt wurden. Ein Augsburger Geistlicher namens Küchlin benutzte dazu um 1440 die von Alexander von Roes gebotene Trojanersage: Die Trojaner, von denen Adel und Ritterschaft stammten, gründeten das deutsche Reich früher als Rom; auch die Schwaben sind ihre Enkel[155]). Doch damit ragten sie noch nicht über zahlreiche andere Trojanerkinder in Ost und West hinaus; darum lehnte 1456 der junge Augsburger Benediktiner Sigmund Meisterlin (gest. nach 1489) Küchlins Trojanerthese rundweg ab. Mögen die Franken von diesen feigen Flüchtlingen herkommen, nicht alle Völker und alle 72 Sprachen sind einander gleich. Die Temperamente unterscheiden sich: Afrikaner sind hinterlistig, Hebräer *weiß*, Griechen leichtfertig, Franzosen trotzig, Bayern unsauber und Schwaben *grob*. Grob war Meisterlins Konsequenz aus der Völkervielfalt: Nach *des turns zuo Babilon pauwung* zog Japhet, der *besunder vatter der, die in Europa wanent*, in seinen Kontinent; von ihm stammen die *scharpfen* Schwaben, die Augsburg lange vor der Gründung Roms erbauten. Meisterlin benutzte als erster die „Germania“

---

[153]) Sämtliche Chroniken, hg. Georg Leidinger (Quellen und Erörterungen zur bayerischen und deutschen Geschichte NF 3), München 1915: Chronica Baioariorum I, 4 ff. S. 21 ff. (Bayern); Bayerische Chronik S. 447 ff. (nach Füetrer; zur Verfasserfrage Georg Leidinger, Veit Arnpecks „Chronik der Bayern“ [Sitzungsberichte der Bayer. Akad. d. Wiss., Philos.-Hist. Kl., Jg. 1936, Nr. 5], München 1936, S. 10 ff.); Chronicon austriacum S. 709 (Abraham).

[154]) Chronica Bavarorum I, 1, hg. Andreas Felix Oefele, Rerum Boicarum Scriptores, Bd. 2, Augsburg 1763, S. 707.

[155]) Herkomen der stat zuo Augspurg v. 58 ff., CDS Bd. 4, S. 344–348; dazu Paul Joachimsohn, Die humanistische Geschichtschreibung in Deutschland, Heft 1: Die Anfänge. Sigismund Meisterlin, Bonn 1895, S. 12 ff.

des Tacitus, aber für Augsburgs Ruhm war sie nicht alt genug. In seiner Geschichte Nürnbergs gab sich Meisterlin 1488 antikischer und setzte den Kaiser Tiberius an den Anfang; hier folgte er auch Heimburgs Thesen und meinte, spätestens seit Rudolf von Habsburg könne es das Deutsche an Reichtum mit der *latein und römischen zungen* wohl aufnehmen und sie als Literatursprache ersetzen[156]). Doch deutlich behielt auch für den Nachahmer Enea Silvios das Älteste den höchsten Rang.

Daß man mit der biblischen Anknüpfung die Aufforderung zu weltweiter Toleranz übernahm, leuchtete Meisterlin, aber auch dem theologisch versierten schwäbischen Meistersinger und Söldner Michael Behaim (1416– ca. 1474) nicht ein. Der unstete Wanderer dichtete zwar, ähnlich wie Heinrich von Mügeln zuvor, *von zwain und sibenczig namen der kunigin Marie*, die nun schon an Christi Stelle getreten war; aber sämtliche Namen waren griechisch oder lateinisch und repräsentierten nicht das Weltganze. Und Wittenwilers demokratische Bauern mußten zurechtgewiesen werden; die Menschen erfreuten sich nicht alle gleichen Rangs. Behaim spitzte 1464 die Ständegenealogie des Honorius von Autun hämisch auf die Bauern zu: *Kam, her Noe sun, da di pauren sein kumen fun*[157]). Im Land der Reichsritter hatten die Bauern zu schweigen; die Fürsten freilich bedurften doppelter Erhöhung. So bescheinigte 1470 der Schweizer Adlige Niklas von Wyle (ca. 1410–1478) seinem Herrn, dem Grafen Eberhard von Württemberg, die Ahnenreihe seines Vaters reiche *bis uf Romulum oder Eneam*, und seine Mutter komme *von dem stammen Abrahe*. Der von Enea Silvio beeinflußte Humanist kam hier Stainreuters Fabeln bedenklich nahe, ja überbot sie noch; der Graf war Trojaner und Semit in einem. Wer so im Altertum wurzelte, konnte als Übersetzer seiner modernen Muttersprache nicht mehr Achtung als Stainreuter entgegenbringen[158]).

Noch großzügiger löste der aus Zürich gebürtige Ulmer Dominikaner Felix Schmid (Fabri, 1441/2–1502) die Probleme von biblischem Alter und antikem Adel, von Sprachenvielfalt und Muttersprache zum Ruhm der Deutschen und insbesondere der Schwaben. Die Deutschen haben ihren Namen von *Theucer*,

---

[156]) Chronographia Augustensium I, 10 und II, 2, hg. JOACHIMSOHN (o. Anm. 155) S. 288 ff. (Japhetiten und Augsburg; dazu ebenda S. 26 ff.; GRAU, Herkunft 43 f.). Chronik der Reichsstadt Nürnberg I, 2 f., CDS Bd. 3, S. 44 ff. (Gründung Nürnbergs); II, 11 S. 108 (Deutsch und Latein); dazu JOACHIMSOHN S. 227 ff.

[157]) Johannes BOLTE, Zehn Meisterlieder Michael Beheims, in: Untersuchungen und Quellen zur germanischen und romanischen Philologie, Johann von Kelle dargebracht (Prager deutsche Studien 8), Bd. 1, Prag 1908, S. 401–421, hier S. 419 ff. (Mariengedicht). Das Buch von den Wienern v. 1821 f., hg. Felix BOBERTAG, Erzählende Dichtungen des späteren Mittelalters (BDNL 10), Berlin-Stuttgart 1886, S. 341 (Bauern).

[158]) Translationen, hg. Adelbert von KELLER (BLV 57), Stuttgart 1861, S. 283 f. Zu N.s Sprachauffassung Paul HANKAMER, Die Sprache, Ihr Begriff und ihre Deutung im sechzehnten und siebzehnten Jahrhundert, Bonn 1927, S. 19 ff.

einem der griechischen Sieger über die Trojaner; darum sind sie vornehmer als die fränkischen Nachfahren der unterlegenen und geflüchteten Trojaner. War damit in der Art Meisterlins der deutsche Vorrang vor den Romanen begründet, so mußten die Schwaben unter den Deutschen noch eigens hervorgehoben werden; sie waren nach Meisterlins Beweis Japhetiten. Und in Schwaben wiederum ist Fabris zweite Heimatstadt Ulm die vornehmste; von dem edlen Semiten Hul begründet, wurde sie nach Gen. 9, 27 von Japhets Bürgeradel aus Griechenstamm besetzt. Symbol ihres Bürgerstolzes ist das Ulmer Münster; sein hoher Turm steht da, als wolle er in den Himmel wachsen. Nicht er, nur die Raubritterburg Elchingen gleicht Nimrods Babelturm ...

Von seiner Palästinareise brachte Fabri 1484 den gleichen babylonischen Hochmut mit. Er erzählte mit Wohlbehagen, der Hund der deutschen Herberge in Venedig habe nur Deutschsprachige freudig wedelnd begrüßt, aber Italiener, Lombarden, Gallier, Franzosen, Slaven, Griechen und andere wütend angefallen; daraus ersehe man, daß *illa inimicitia sit in natura radicata.* Und diese Bestialität galt Pilgern... *Valde poenale est convivere hominibus, cum quibus locutione conversari non potest,* als bestünde die Babelstrafe im Zusammenleben mit Fremdsprachigen und nicht im Unverständnis. Doch Fabri konnte das Problem der Sprachenvielfalt gar nicht bemerken, weil er nur Deutsch beherrschte und darauf stolz war. Sogar sein Latein vergaß er in dem entwaffnend naiven Satz: *Lingua Teutonica sive Alemannica mihi sola connata et ad integrum nota, lingua iudicio meo nobilissima, clarissima et humanissima.* Die berechtigte Liebe zur angeborenen Muttersprache verkehrte sich in Verachtung der unbekannten Außenwelt, und der Mönch brachte sogar Beweise für seine These bei. Das Deutsche ist so schwer, weil es so reich ist; kein erwachsener Franzose, Italiener, Slave, Grieche kann richtig Deutsch lernen; wenn er es spricht, klingt es immer kindisch. Man erwartet nun die Weisheit Ibn Chalduns, daß jedermann im Leben nur eine Sprache ganz erlernt; aber nein, das Deutsche ist beinahe schon die alles umfassende Ursprache, denn die Deutschen eignen sich Fremdsprachen leicht an. Fabri hat es bei einem Sarazenen erprobt: Er sagte ihm deutsche Worte vor, doch der Orientale konnte sie nicht nachsprechen; Fabri indes artikulierte das semitische Idiom *sine difficultate.* Höflicher Orient! Der Turm von Babel, bei dem die Sprachen sich verwirrten, interessierte lediglich den Touristen; Giganten hatten ihn gebaut, der erste Tschechenkönig *Boemus* soll auch dabei gewesen sein. (Was konnte von den Hussiten schon Gutes kommen?) Befremdet vernahmen's die Ulmer Patrizier[159]).

[159]) Historia Suevorum, hg. Melchior GOLDAST, Rerum Suevicarum scriptores, 2. Aufl., Ulm 1727, S. 16 ff. (Theucer; dazu GRAU, Herkunft 44 f.). Tractatus de civitate Ulmensi, hg. Gustav VEESENMEYER (BLV 186), Tübingen 1889, S. 216 (Japhetiten), 11 f. (Hul), 116 (Griechen), 38 (Münster), 157 ff. (Elchingen). Evagatorium in Terrae Sanctae, Arabiae et Egypti peregrinationem, hg. Konrad Dieterich HASSLER

Aber im deutschen 15. Jahrhundert hatte alles seine Grenzen, sogar der Unverstand. Die Heimat war gewiß ein Paradies, doch Gott sorgte für alle, auch für die Verworfenen (bei Nikolaus von Kues noch Geachteten):

Gott ist keyn Böhem oder Datt (Tatar),
Ir sprochen er doch wol verstat.

So pries 1494 der Straßburger Humanist Sebastian Brant (1458–1521) den Schöpfer; er traute auch seiner Muttersprache keine eigene Gestaltungskraft zu und dachte lateinisch, obwohl er deutsch dichtete. Tschechen und Tataren sollten nicht als Nationen verurteilt, sondern als Ketzer und Heiden gebrandmarkt werden; die mitleidige Überlegenheit, mit der Brant auf Nimrod herabsieht, ist nicht die eines Renaissance-Architekten, sondern die eines Christen, der die Macht Gottes kennt. Nimrod baute in einem närrischen Plan seinen Turm *für wassers klüfft* und bedachte nicht das Ende. Das warnende Beispiel des törichten Baumeisters hatte freilich keine universalhistorischen Folgen für Sprachen und Völker, so wenig wie Chams Schandtaten für die Stände; reichischer Nationalismus und mittelalterliche Geschichtstheologie blieben bei Brant seltsam verhalten, als wagte er sie nicht mit der zeitlosen und alltäglichen Kraft Gottes zu konfrontieren[160]).

Süddeutsche und rheinische Jerusalempilger machten auch frömmere Erfahrungen als der Ulmer Predigermönch; sie sammelten Proben orientalischer Sprachen und suchten das Dickicht der Dialekte zur größeren Ehre Gottes zu lichten. In Reiseführern für Pilger tauchten Tabellen der 72 Sprachen auf; der Nürnberger Jerusalempilger Gabriel Muffel besaß um 1465 eine solche Liste. In Handschriften anderen Inhalts trug man sie ebenfalls ein: in Donauwörth zwischen Krönungsordines und Bierrechnungen, in Bern zwischen Chroniken und kanonistischen Notizen, in einem vielleicht süddeutschen Kloster nach biblischen, liturgischen und moraltheologischen Traktaten. Die letztere Handschrift stellte daneben mahnend Jansen Enikels Liste der 12 christlichen Sprachen und rechnete dazu immer noch das Armenische, wie denn überhaupt die 72 Sprachen allenthalben nach der armenischen Liste des 12. Jahrhunderts wiedergegeben wurden[161]). Allerdings gingen die Rechnungen der Frommen

---

(BLV 2–4), 3 Bände, Stuttgart 1843–49, hier Bd. 1, S. 84 (Hund und Fremde); Bd. 3, S. 449 f. (Deutsch und Sarazenen); Bd. 2, S. 472 (Babel); Bd. 3, S. 358 (Boemus). Dazu Max Häussler, Felix Fabri aus Ulm und seine Stellung zum geistigen Leben seiner Zeit, Diss. phil. Tübingen 1914, S. 33 ff., 42 ff., 58 f.

[160]) Narrenschiff, hg. Friedrich Zarncke, Leipzig 1854 (neuere Ausgabe nicht zur Hand): c. 14, 19 f. S. 17 (Gott ist keyn Böhem); c. 15, 1 ff. S. 17 (Nimrod); c. 9, 27 f. S. 12; c. 90, 19 f. S. 87 (Cham). Dazu Hankamer, Sprache 29 ff. (Sprachauffassung); William Gilbert, Sebastian Brant: Conservative Humanist, in: Archiv für Reformationsgeschichte 46 (1955) 145–167, hier S. 154 f. (Weltbild).

[161]) Martin Sommerfeld, Die Reisebeschreibungen der deutschen Jerusalempilger im ausgehenden Mittelalter, in: DVLG 2 (1924) 816–851, hier S. 849 (Sprachproben). Handschrift London, British Museum, Cod. Egerton 1900, f. 155r-v (Muffel; Edition

nirgends mehr auf; die universalen Traditionen schienen nur das unwiederbringlich Verlorene vor Augen zu führen. In Limburg trug Johann Gensbein (1444– nach 1504) nach 1479 fleißig zusammen, was sich ihm bot: Ein Gedicht über Karl den Großen zählte *aller wernlde ryche* auf, in Wahrheit 31 europäische Gebiete und dabei manche *wilde landes spraich*; an derzeitigen christlichen Staaten summierte Gensbein nur noch zwei Kaiserreiche und 20 Königreiche, und selbst diese Liste war überholt und reichlich optimistisch[162]). Die Welt schrumpfte, und Europa mit ihr.

Wenn nicht einmal das christliche Europa der Gegenwart zu überschauen war, welchen Trost spendete dann seine Geschichte noch? Der intelligente Kölner Kleriker, der zwischen 1494 und 1499 die sogenannte Koelhoffsche Chronik schrieb, verließ Forestis Notizen, als er die vergangene Ordnung der Welt pries: Noah habe *als ein geweldiger keiser der gantzer werlt* seinen Söhnen und den *72 gesleht* die Erde zugewiesen. Aber der Kölner fand, wieder anders als Foresti, die Gegenwart im Alten Testament nicht gespiegelt und resignierte wie der Konstanzer Weltchronist: *Wat geslecht und wie vil van der* (Familien) *iglicher komen sint, wil ich laissen vallen: want dat groiste deil der lande inwoner sint uns in diesen winkel der werlt unkundich.* Unser Wissen ist beschränkter, als nützlich wäre; und aus dieser Not darf man keine patriotische Tugend machen und nicht, wie manche Historienschreiber *umb lof und ere irs geslechts und ire lande*, neue Noachiden zu Ahnen küren. Es ist nicht wahr, daß Köln als Tochterstadt Triers schon lange vor Christi Geburt bestand; der Trojaner *Colonus* ist eine Schimäre. Die Gründer von Köln waren die Truppen des Weltkaisers Augu-

---

o. S. 939 ff.). Handschrift Harburg, Oettingen-Wallersteinsche Bibliothek, Ms. II, 1 fol. 38, f. 103r-v (Donauwörth; Edition o. S. 939 ff.). Handschrift Bern, Stadt- und Universitätsbibliothek, Cod. 452, f. 171v–172r (Bern; Edition o. S. 939 ff.). Handschrift München, Staatsbibliothek, Cod. lat. 26749, f. 218v (süddeutsche Liste, Jansen Enikels Aufstellung; Teiledition o. S. 939 ff.). – Die Handschrift Danzig, Stadtbibliothek, Cod. 2025, f. 306r-v enthielt *Nomina LXXII ydeomatum*, anscheinend gleichfalls nach der armenischen Liste; ich kenne sie nur aus Otto GÜNTHER, Katalog der Danziger Stadtbibliothek, Bd. 3, 3, Danzig 1909, S. 157. Prof. Bernhard BISCHOFF-München fand in einem geographischen Handbüchlein eines Jerusalempilgers eine weitere Liste der 72 Sprachen, im Antiquariatskatalog von Ludwig Rosenthal in München Nr. 100 als Nr. 1218 aufgeführt; nicht einmal des Kataloges konnte ich habhaft werden.

[162]) Arthur WYSS, Ein Gedicht über Karl den Großen, in: ZDA 30 (1886) 63–71, hier S. 64 f. (Karls Reiche; zur Forschungslage STAMMLER, Verfasserlexikon Bd. 2, Sp. 759 f.); DERS., Eine Limburger Handschrift, in: NA 7 (1882) 569–584, hier S. 580 (Kaiser- und Königreiche). Die Aufzählung von 20 christlichen Königreichen, nach dem Provinciale der Kurie, findet sich auch in einer römischen Aufzeichnung des frühen 16. Jahrhunderts; hier gehören sie zur lateinischen Nation, der ersten unter den zehn christlichen: *Divisiones X nationum totius christianitatis*, Handschrift Rom, San Isidoro, Cod. 1/76, f. 1r–4v (Abschrift von Doz. Reinhard ELZE-Bonn). Zur verwandten Liste *Nomina regum christianitatis* in der Handschrift Gießen, Universitätsbibliothek, Hs. 160 fol., f. 1r, s. o. S. 997.

stus unter Agrippa; Köln wurde zur selben Zeit wie die Gottesmutter geboren. Dieses römisch-katholische Geschichtsbild achtete wie die Vorzeit so auch die Muttersprache nicht. In Köln wurde zuerst Römisch gesprochen; in der fränkischen Zeit *is do gewest franzoische spraech*, und dann erst kam das Deutsche. Lieber gab man den Franzosen als den Trierern recht. Auch ohne Japhetiten, Trebeta und Trojaner ist der römisch-katholische Vorrang Kölns *durch die gantze werlt kundich*; dieses Wissen bleibt nicht auf einen Winkel der Welt beschränkt[163]).

Wer aber wirklich im Winkel wohnte, war auf historischen Ruhm angewiesen, wenn er nicht vergessen werden wollte. Der erste Geschichtsschreiber Oldenburgs, der Augustiner-Eremit Johann Schiphower (1463– nach 1506), ließ 1504 an der Wiege seines Herzogshauses, das auch die dänische Krone trug, als ältesten Sohn Japhets Magog auftreten, den Herrn der Goten, Amazonen und Massageten und Herrscher über ganz Nordeuropa. Für das Herrscherhaus selbst hielt der Osnabrücker, eben von seiner italienischen Reise zurückgekehrt, eine exquisitere Ahnentafel parat: die Oldenburger waren Römersprößlinge. Zwischen den skandinavischen Flunkereien und den habsburgischen Stammtafeln, zwischen der Bibel und der Antike blieb eine Lücke offen; von der universalen Urgeschichte zur autonomen Landesgeschichte führte kein übersichtlicher Weg, auch wenn Schiphower vom Turmbau erzählte[164]).

Viel weniger vom Humanismus angekränkelt war der westfälische Bauernsohn und Kartäusermönch Werner Rolevinck (1425–1502); er wußte 1474, was der Volksseele frommte. Man unterschätze die Urzeit nicht: Der Hamit Nimrod, zehn Ellen groß, war der erste Tyrann der Weltgeschichte, ein Vorläufer Neros; und ebenso konkret sind die Traditionen von Babel zu nehmen: Hier entstanden (entgegen Persons Zweifeln) *verissime* 72 Völker, 27 semitische, 30 hamitische und 15 japhetitische, die „geheimnisvoll“ auf die 72 Jünger Christi vorausdeuten; und dieser Zahl entsprachen die 72 Idiome, die aus dem einen Hebräisch hervorgingen. Das Perfekt von Rolevincks Aussage und seine Völkertafel mit Galatern, Skythen, Phrygern, Goten, Medern, Iberern zeigen allerdings, daß der Kartäuser die Verbindung zwischen Bibel und Gegenwart nicht von der Urzeit und ihren moralischen Exempla her suchte. Es mag damit zusammenhängen, daß Rolevinck neben der Zeitrechnung seit Erschaffung der Welt die bequemere Datierung „vor Christi Geburt“ verwendete und allgemein durchsetzte. Dennoch brauchte der in Köln lebende Westfale, anders als der

---

[163]) Die cronica van der hilliger stat van Coellen, CDS Bd. 13, S. 262 f. (Babel), 275–288 (Kölns Herkunft, Sprache und Vorrang). Dazu Schmidt (o. Anm. 120) S. 104, 124.

[164]) Chronicon archicomitum Oldenburgensium, hg. Meibom (o. Anm. 135) Bd. 2, S. 127 ff.

Autor der Koelhoffschen Chronik, noch jenseits der Geburt Christi ein patriotisches Ruhmesmal; er fand es im gleichen Jahr 1474 in seiner Westfalenschrift. Zwischen den 72 Babelvölkern tritt Japhet heraus, der den Hafen Jaffa baute, und sein Sohn Magog, der Stammvater der robusten skythischen Goten. Hieronymus wurde als Kronzeuge geladen, obwohl er gerade das, was zu beweisen war, bestritten hatte. Welch mächtiges Volk waren die Goten! Wieder taucht der Schatten des Schweden Ragvaldsson auf. Zu Magogs Reich gehört halb Osteuropa, zu seinen Nachkommen zählen Ungarn, Dänen, Polen, Böhmen, Preußen und die deutschen Stämme Thüringer, Hessen, Schwaben und Franken. Das ganze Aufgebot an Völkernamen sollte freilich nur die krönende These glaubhaft machen, daß die Sachsen und Westfalen gleichfalls Kinder Magogs seien. Vorsichtshalber versicherte sich wie Schiphower auch Rolevinck der antiken Mythen: Nach Widukind kamen die Sachsen vom Heer des großen Alexander. Ob der Makedone auch von Magog stammte, durfte füglich offen bleiben; es ging ja nicht um Universalgeschichte, sondern um Landeskunde. Wenn die Westfalen nur alt und edel waren, kam es auf den rechten Glauben nicht so genau an[165]).

Wie Rolevinck dachte auch der Braunschweiger Konrad Bothe (gest. nach 1501), vielleicht Goldschmied von Beruf. Er stützte sich 1489 etwas linkisch auf Eikes Sächsische Weltchronik: Die 72 *slechte* bauten nach der Sintflut gegen ein neues Strafgericht Gottes den Ziegelturm, angeblich 5000 Schritt hoch und 170 Schritt breit. (Die 5174 Schritt bei Isidor sind falsch verstanden.) Aber nicht die irrsinnige Proportion des Turmes, sondern Gottes Wunder machte dem Planen ein Ende und spaltete die Sprache in 71 Zungen. Wer nicht bei Eike selber nachschlug, konnte sich die Differenz zwischen der Zahl der Geschlechter und der der Sprachen erklären, wie er mochte. Knurrig brach der Niedersachse ab, als er zur Völkertafel kam: *We dat vorder wetten wille, de gha dar hen dar de boke syn.* Als er erzählte, daß die Sachsen weder von den Britanniern noch von den Dänen, sondern von Alexander dem Großen abstammten, war er gar nicht so barsch[166]). Den Zusammenhang zwischen Babel und Sachsen aufzufinden, bemühte sich Bothe weniger als Rolevinck. Vielleicht gab es ihn gar nicht?

[165]) Fasciculus temporum omnes antiquorum chronicas complectens, hg. Pistorius-Struve, Scriptores Bd. 2, S. 403–407 (allgemeine Urzeit; die Edition druckt, sicher irrig, als Sprachenzahl *LXX*. Zu R.s Zeitrechnung Adalbert Klempt, Die Säkularisierung der universalhistorischen Auffassung, Zum Wandel des Geschichtsdenkens im 16. und 17. Jahrhundert [Göttinger Bausteine zur Geschichtswissenschaft 31], Göttingen 1960, S. 86 f.). De laude antiquae Saxoniae nunc Westphaliae dictae, hg. Hermann Bücker, Münster 1953: I, 2 S. 18 ff. (Magog); I, 4 S. 30 (Alexander); dazu Hermann Bücker, Werner Rolevinck, Leben und Persönlichkeit im Spiegel des Westfalenbuches, Münster 1953, S. 45, 53 ff.

[166]) Croneken der Sassen, hg. Leibniz, Scriptores Bd. 3, S. 278 f. Dazu Carl Schaer, Conrad Bothes niedersächsische Bilderchronik, Ihre Quellen und ihr historischer Wert, Hannover 1880, S. 8, 20; Lorenz, Geschichtsquellen Bd. 2, S. 155.

Ein unbekannter Franziskaner tradierte in dem ersten zu Lübeck 1475 gedruckten Buch, dem „Rudimentum noviciorum", noch einmal treu die alte Mär vom *perversus gigans* Nimrod; er erwähnte den Turmbau und stellte ihn sogar im Holzschnitt vor; zu den 72 Völkern schickte Christus seine 72 Jünger. Da durchfuhr den Biederen der Zweifel. Vom Babelturm steht heute gar nichts mehr, nur wilde Tiere durchstreifen dort die Wüste. Die Symbolzahl stimmte schon, *modo tamen plures sunt linguae quam septuaginta duo.* Hätte Christus seine Jünger gar nicht zu allen Sprachen geschickt? Man konnte die 72 Sprachen nach Arnobius, aber auch nach Alkuin berechnen; auch die Autoritäten waren sich nicht einig. Und die Völkertafel mit ihren Franzosen, Goten, Spaniern und Griechen konnte dem Deutschen, der sich nicht darin fand, wenig sagen[167]).

Aber heilig waren diese Traditionen, wenn sie der Gegenwart auch nichts nützten. In den Reichsstädten bewahrte man sie liebevoll. Der Ulmer humanistische Arzt Heinrich Steinhöwel (1412–1482/3) stellte sie 1473 in der ersten deutschsprachig gedruckten Chronik pietätvoll dar, zumal er auch als Übersetzer in allen Sprachen das gleiche Weltbild fand. Was Comestors Gruselgeschichte von Cham, dem nachmaligen baktrischen Zauberer *Zorastes*, mit der Entstehung der Völker und Sprachen und der deutschen Geschichte zu tun hat, wird dem Leser allerdings vorenthalten[168]). Er greift zu der Weltchronik, die der Nürnberger Stadtphysikus Hartmann Schedel (1440–1514) um des irdischen Nachruhms willen 1493 zusammentrug, und findet auch hier noch einmal die alten Geschichten beisammen; nun sind sie aber in Zwielicht getaucht. Hebräisch war die Ursprache; sie hat indes den Namen vielleicht von Abraham, *auß umbstendiger bedeudtnus die die gelerten versteen.* Hinter der Floskel blieb das Problem der chaldäischen Ursprache sorgsam versteckt. Im Holzschnitt von Michael Wolgemut (1434–1519) füllt der babylonische Turm ein ganzes Folioblatt, er ist stufenförmig klar gegliedert und trägt auf der Spitze einen modernen Hebekran; doch der Text belehrt uns, daß das (diesmal 1174 Schritt hohe) Bauwerk heute nur noch *ein grosser stainhauff* sei – Boccaccios Beschreibung blieb haften. Wir sehen im Bilde auch den Anstifter Nimrod, mit Königskrone und Szepter geschmückt; aber im Text beredet der Riese ganz unköniglich die Menschen, die Gottesfurcht mit der *stoltzmütigkeit* zu vertauschen. Wirkte hier Foresti ein, so spendete Rolevinck die glatten Symbolzahlen: 72 Völker, 72 Sprachen, 72 Jünger und auch 72 Bibelübersetzer, die in 72 Tagen ihr Werk taten und im Holzschnitt mit der Pfingst-

---

[167]) Rudimentum noviciorum, Epitome sive systema historiae, Lübeck 1475, f. 43vb–46rb. Zur Abbildung Rolf Fritz, Die Darstellungen des Turmbaues zu Babel in der bildenden Kunst, in: Mitteilungen der Deutschen Orientgesellschaft zu Berlin 71 (1932) 15–22, hier S. 18.

[168]) Beschreibunge einer Chronic von Anfang der Welt biß auf Keyser Friderich den dritten, Erweiterter Neudruck, hg. Jakob Röbel, Frankfurt/Main 1531, f. 4v. Zu St.s Sprachauffassung Hankamer, Sprache 24 ff.

taube zusammen abgebildet sind, als wären sie Apostel; auch das Pfingstwunder mit *mancherlay zungen* wurde nicht vergessen. Die große Frage war nur, ob diese heilige Kette bis in die Gegenwart reicht oder ob nicht die humanistische Kritik das schöne Bild zerstört. Die Völkertafel wird uns wieder im Bild prächtig eingeprägt; von dem Neger Dadan abgesehen sehen die bärtigen Patriarchen beinahe wie Nürnberger Patrizier aus. Der Chroniktext verwischte die Gesichter wieder. Gomers Galatien wurde zwischen Spanien und Deutschland lokalisiert, soll also Frankreich bedeuten; die Spanier gehen auf den biblischen Tubal zurück; von Magog kommen die geschichtsmächtigen Völker im Osten Deutschlands, Skythen, Hunnen und Ungarn, Goten, Dänen und Türken. Die Tschechen berufen sich auf *windische lewte*, die in Babel mitbauten, und auf den „Kroaten" *Cechius*. Die Deutschen fehlen hier; sie gehören dem römisch-trojanischen Kreis an, obgleich er heidnische, ja hamitische Gründer hat. Die Linie der *welschen* Könige beginnt mit Saturn, und er ist ein Nachfahre Nimrods. Aus Saturns Geschlecht kommt die berühmte Schar, der erste Engländer *Brutus*, der Trojaner *Franco*, an den *der namen der frantzosen* anknüpfte, und sein Vetter *Turcus*, der trotz Enea Silvios Protest noch immer wie im französischen Mittelalter ein türkischer Trojaner war. Auch die Deutschen und ihre herrlichen Städte rühmen sich antiken Ursprungs, die drei Erzstühle voran. Trebeta gründete Trier, der Trojaner *Maguncius* Mainz, der Trojaner *Colonius* Köln, wie es bei Galvaneus Flamma zu lesen stand. Nur Augsburg, nach Meisterlin eine japhetitische Gründung, fiel aus dem Rahmen; die Reichsstadt Nürnberg selbst ging, wiederum nach Meisterlin, auf die Römer zurück, und Schedel sah darin keine Zurücksetzung seiner Vaterstadt. Denn ohne Zweifel respektierte er die antiken Ahnen mehr als die biblischen[169]).

Die städtischen Historiker beschrieben die Geschichte als vielschichtig und verwickelt, weil sie ihre Gegenwart nicht einfacher vorfanden und sie nicht ändern wollten oder konnten; die Historie gab ihnen keine Lehren, nur Erklärungen. Einfachen Geistern in ländlichen Zuständen widerstrebte diese exklusive und verspielte Gelehrsamkeit, die der Zeitnot nicht abhalf. Die Bauern brauchten – wie bei Wittenwiler – keine historische Belehrung, sondern ein revolutionäres Vorbild; fand man es nicht jenseits aller Geschichte, im Paradies? In Franken erteilte gegen Jahrhundertende ein unbekannter Dichter dem Schwaben Behaim und seinesgleichen eine kräftige Abfuhr; er benutzte ein

---

[169]) Buoch der Cronicken, Faksimiledruck Leipzig 1933, f. 12v–18r (Babel, Sprachen, Völker), 105r (72 Jünger), 77r (Bibelübersetzer), 102r (Pfingsten), 24r (Spanier, Tschechen), 35r–46r (Saturn und Trojaner), 90v (Köln), 91v (Augsburg), 100v (Nürnberg); gesonderte Abbildung des Babelturmes bei Theodor EHRENSTEIN, Das Alte Testament in der Graphik, Wien 1936, S. 57. Dazu Joseph SPRENGLER, Hartmann Schedels Weltchronik, Diss. phil. Würzburg 1905, S. 16ff.; Willy ANDREAS, Deutschland vor der Reformation, 5. Aufl., Stuttgart 1948, S. 559.

Argument der mittelalterlichen Bettelmönche, um die mittelalterliche Feudalordnung zu untergraben. In seinem Bauernlob, das 1493 in Bamberg und 1497 in Erfurt gedruckt wurde, stellte er den Bauern neben Adam und Eva und fragte höhnisch wie seit John Ball so viele, wo denn da der Edelmann gewesen sei. Erst die spätere Geschichte produzierte ihn, *der erst Edelman* war Nimrod. *Treg und auch faul* saß der Tyrann auf seinem Schloß und ließ andere für sich arbeiten, wie es die Adligen noch heute halten[170]). Mit der revolutionären Forderung, von den babylonischen zu den paradiesischen Zuständen zurückzukehren, kündigte sich bereits der deutsche Bauernkrieg an. Die Zeit des unschlüssigen Harrens ging zu Ende.

Wir beschließen den Rundgang durch das deutsche 15. Jahrhundert kaum weniger verwirrt, als seine Autoren waren. Die Freude an der eigenen Gegenwart und der städtischen Geborgenheit hatte nach dem großen Schisma nicht lange angehalten; nachdem die Begeisterung für die Konzilien abgeflaut war, suchte man allenthalben wieder nach einer Vergangenheit. Doch nach dem Bruch der Kontinuität konnte die Geschichte, die biblische wie die antike, nur noch Ruhm, nicht mehr Norm und Schutz verheißen; man huldigte Traditionen, die zu nichts verpflichteten. Das Paradies war verschlossen. In der landschaftlichen oder städtischen Gegenwart fand sich die gesuchte Welt auch nicht; über sie hinaus blieb der Weg zum autonomen Individuum und zur souveränen Nation den meisten versperrt, weil sie sich nicht vom Geschichtsdenken lösen mochten. Die mittelalterliche Sicherheit war schon verloren, die neuzeitliche Freiheit noch nicht gewonnen.

*

Die Schwäche Mitteleuropas begünstigte die Stärke der ostmitteleuropäischen Nationen, die zugleich in der Abwehr der Türken eine katholische und europäische Aufgabe fanden. Das ungarische Selbstbewußtsein bedurfte nicht mehr der biblischen Stütze; die lateinische Umgangs- und Literatursprache verwies den Humanistenkönig Matthias Corvinus (1440–1490) auf höhere Ansprüche; er fühlte sich als Nachfahre der alten Römer[171]).

Noch mächtiger stand das jagellonische Polen-Litauen da; sein Einfluß strahlte weithin aus, und die antideutschen Affekte des 13. Jahrhunderts schienen vergessen. Die Chronisten feierten urzeitliche Völkerverbrüderungen. So-

---

170) Der Bauern Lob v. 11 ff., hg. Wilhelm Frhr. von TETTAU, Über einige bis jetzt unbekannte Erfurter Drucke aus dem 15. Jahrhundert, in: Jahrbücher der Königlichen Akademie gemeinnütziger Wissenschaften zu Erfurt NF 6 (1870) 171–328, hier S. 320.

171) Emerich SCHAFFRAN, Ungarn im 15. Jahrhundert und die italienische Frührenaissance, in: AKG 35 (1953) 52–84, hier S. 59.

lange die schlesischen Städte noch nach Krakau blickten, klammerten sich auch die schlesischen Historiker an die polnische Urgeschichte und verehrten im frühen 14. Jahrhundert den Stifter *Graccus*, als wären sie Polen. Noch nach der schlesischen Wendung zu Böhmen suchte ein schlesischer Zisterzienser 1386 die versöhnende Formel Baszkos und Ottokars von Böhmen wieder hervor: Polen und Tschechen seien miteinander verwandt und nach der Sprachverwirrung von den beiden Brüdern *Czech* und *Lech* ausgegangen[172]).

Solche milden Töne stimmten die Polen sanft, zumal ihnen die Heiratspolitik Kasimirs IV. die Wege nach Böhmen und Ungarn öffnete und auch der Kampf gegen den Deutschen Orden kein nationales Ringen war. Der größte Geist in Polens Blütezeit, der weitgereiste Krakauer Domherr Jan Długosz (1415–1480), erzog nicht nur Kasimirs Söhne, sondern auch sein Volk zu großmütiger Toleranz. Seine seit 1455 verfaßte Polengeschichte pries das Ideal der ungeteilten Urzeit, in der alle Menschen Hebräisch sprachen und Gott dienten. Als der Riese Nimrod seinen Turm baute, um Gott gleich zu sein, schickte Gott anstatt einer verwüstenden Sintflut die 72 Sprachen. Damit begann alle *diversitas varietasque*; aber sie war noch friedlich gefügt. Aus Simon von Keza übernahm Długosz die Zahl der 22 semitischen, 33 hamitischen und 17 japhetitischen Sprachen. Heute seien die Nachkommen Noahs schärfer voneinander distanziert, jedoch mehr durch ihren Haß als durch sprachliche Verschiedenheit; nationale Gegensätze sind grundsätzlicher als sprachliche. Długosz gab selbst ein Beispiel dafür: Er freute sich über die sprachliche Solidarität der Slaven und das gemeinsame *nobile linguagium Slavonicum* und liebte trotzdem die slavischen Nachbarvölker nicht. Darum achtete auch seine Völkertafel mehr auf die großen europäischen als auf die engeren slavischen Traditionen. Von Gomers Kindern kamen die Stämme Süd- und Mittelitaliens, von Magog die Skythen, Geten, Goten und Deutschen, von Tubal die spanischen *Cetubales*, die Keltiberer; die ganze Aufzählung schließt sich an die spanischen Chroniken an. Wie bei diesen wurde auch bei Długosz den Deutschen und Engländern trojanische Abkunft zugestanden, den Franzosen nicht. Die polnischen Ahnen waren keinesfalls Trojaner, denn das hätte das hamitische Odium nach sich ziehen können, und Długosz berichtete gekränkt, neidische Fremde hätten die Polen als Hamiten verdächtigt. (Vielleicht dachte er an Baszkos slavischen Nimrod, vielleicht auch an die polenfeindliche Propaganda des Deutschen Ordens.) Die Polen seien vielmehr reine Japhetiten. Der Zusatz des „Miersua" zu Kadłubeks Chronik wies den Weg; noch einmal kam die germanische Stammtafel der

---

[172]) Chronicon Polono-Silesiacum, MGH SS Bd. 19, S. 556 (Graccus; dazu Zeissberg [o. S. 768 Anm. 82] S. 128 f.; David, Sources 85). Chronica principum Poloniae c. 2, MPH Bd. 3, S. 430 (Czech und Lech; dazu Zeissberg S. 129 ff.; David, Sources 85 f.).

„Historia Brittonum" zu Ehren. Unter ihren japhetitischen Namen fanden sich die Wandalen, *qui nunc Poloni dicuntur*. Die Wendung nach dem Westen, dem großzügig der zeitliche Vortritt gelassen wurde, hatte allerdings bei Długosz auch eine unfreundliche Kehrseite. Nur mißtrauisch bot er die slavische Genealogie Baszkos an, nach der der polnische *Lech* und der tschechische *Czech* Brüder und Nachkommen des Japhetenkels *Janus* wären; sehr zögernd nahm Długosz die Russen hinzu. Der Panslavismus Baszkos war veraltet; wenn Polen sich zur slavischen Vormacht erheben wollte, war eine germanische Verwandtschaft förderlicher als eine slavische. Unter allen Slaven kamen allein den Polen die Segnungen zu, die Noah in Gen. 9, 27 Japhet prophezeit hatte; Długosz fand sie bereits zur Zeit des ersten Polenkönigs Boleslav Chrobry verwirklicht[173]). Der polnische Nationalismus berief sich nicht mehr, wie in der Zeit des deutschen Einflusses, auf die Muttersprache, sondern auf den Adel des gesegneten Volkes; Długosz achtete weniger als Swinka auf das Polnische, das noch kaum literaturfähig war und nur zaghaft, in Predigten, Hymnen und Psalterien, niedergeschrieben wurde; vorerst blieb wie Ungarn auch Polen beim Latein.

Mitten in die Fieberzone eines modernen, sprachlichen und religiösen Nationalismus geraten wir bei den Tschechen, die Karl IV. zum letzten Mal besänftigt hatte. Unter dem täppischen Wenzel brach die Revolution gegen alles Deutsche, zugleich gegen alle universalen Traditionen offen aus. Der Landedelmann Thomas Štitný (1331–1401), der seine religiös-philosophischen Schriften tschechisch schrieb und so zum Begründer der tschechischen Schriftsprache wurde, rief bereits aus: „Der Herr liebt das Tschechische nicht weniger als das Lateinische"[174]). Der frühere, bisweilen schmähsüchtige Haß gegen das überlegene Deutsch hatte sich auf den Turm von Babel berufen; das neue Selbstbewußtsein verwies auf Pfingsten, auch bei dem Reformator der Tschechen. Jan Hus (ca. 1370–1415) predigte und schrieb in der Prager Mundart und begründete diese Haltung 1413 in seinem lateinischen Hauptwerk. Die Mutter Kirche ist *in omni gente et lingwa* zerstreut; bei allem Respekt vor einem gelehrten Sprachenkenner wie dem heiligen Hieronymus muß gefordert werden, daß die Seelsorge zum Volke dringt – so wie es gleichzeitig die gallikanischen Franzosen verlangten. Ein Pfründeninhaber, der das zuständige *ydioma populi* nicht be-

---

[173]) Historiae Polonicae libri XII, hg. Ignaz Zegota Pauli. Bd. 1, Krakau 1873, S. 2–8, 28 f. (Ursprünge), 223 (Boleslav). Dazu David, Sources 244 ff.; Alexander Bruce Boswell, Cultural and Social Conditions in the Middle Ages, in: The Cambridge History of Poland, Bd. 1, Cambridge 1950, S. 163 ff.; Halecki, Europa 107. Zur politischen Lage Oskar Halecki, Grenzraum des Abendlandes, Eine Geschichte Ostmitteleuropas, Salzburg (1956), S. 153 ff.

[174]) Perroy (o. S. 920 Anm. 177) S. 412. Dazu und zum folgenden Reginald Robert Betts, Correnti religiose nazionali ed ereticali dalla fine del secolo XIV alla metà del XV, in: CISS Bd. 3, S. 485–513, hier S. 493 ff., 510 ff.; Lemberg, Nationalismus 136 ff.

herrscht, ist fehl am Platze. Nur dank dem historischen Zufall richtet sich diese Maxime gegen die *inimici teuthunici*; ein deutscher Pfarrer, der seine tschechische Gemeinde nicht versteht, ist (nach Jes. 56, 10) ein Hund, der nicht mehr bellen kann, ungeeignet für die Reform der Kirche Gottes[175]).

Schärfer klingt die Stimme von Hussens Gesinnungsgenossen Hieronymus von Prag (ca. 1365–1416), der zwar noch auf dem Scheiterhaufen in Konstanz deutsch zum Volk zu sprechen versuchte, der aber vier Tage vor dem Feuertod dem Konzil seine Abneigung gegen die deutsche Sprache unverhohlen bekannte. Er erklärte sie sogleich genealogisch: Die Deutschen arbeiteten *in destructionem linguae Bohemicalis*, weil die Böhmen von den Griechen stammten, und Griechen und Deutsche seien einander schon immer verhaßt gewesen[176]). Hieronymus, der dem Geist der Ostkirche nahestand, mochte an die Slavenapostel Kyrill und Method und ihren Streit mit den Deutschen denken, weniger an die homerische Feindschaft zwischen Griechen und Trojanern. Denn auch in den nun folgenden Hussitenkriegen beriefen sich die Tschechen nicht auf ihr antikes Alter, sondern auf ihre biblische Erwählung; in der tschechischen Sprache und Nation manifestierte sich das heilige, auserwählte Gottesvolk. Es bedurfte keiner genealogischen Legitimierung, auch keiner alttestamentlichen.

Jedoch das wahre christliche Gottesvolk verkörpert sich überhaupt nicht wie das jüdische sprachlich und national; das predigte nach dem Abflauen der Hussitenkriege um 1440 eindringlich Hussens Schüler, der Landedelmann Peter Chelčický (ca. 1390–1460). Er redete aus seiner ländlichen Zurückgezogenheit den böhmischen Brüdern ernstlich ins Gewissen. Keine Nation außer den Juden ist besonders auserwählt und ausgesondert; wie Gott Vater König über die Juden war, so ist Christus König über die Kirche der Frommen aus allen Völkern; denn seit Pfingsten wurde die Stimme der Apostel von jeder Nation und Sprache vernommen und beherzigt. Den Tschechen muß man tschechisch predigen und nicht lateinisch, wie die Apostel des Antichrists tun, die das Volk nicht versteht; damit hat aber die tschechische Sprache noch nichts vor jeder anderen voraus. Auch einen Adel der Herkunft kann der Christ nicht billigen; die Herrschenden selbst stammen aus der Sünde Adams, und nur von Adam können sie ihr Geschlecht herleiten. Und wohin geraten sie, wenn sie beweisen wollen, daß sie besser geboren seien als der unschuldige Bauer Abel? Sie treten Kains Erbschaft an; auch der städtische Stolz der lauen Kalixtiner kann sich

---

[175]) Tractatus de ecclesia, hg. Samuel Harrison THOMSON, Cambridge 1956: c. 7 S. 48 (in omni); c. 9 S. 68 (Hieronymus); c. 21 S. 198 f. (Pfründeninhaber, deutsche Feinde). Dazu ZATSCHEK, Volksbewußtsein 29 ff.

[176]) Congregatio generalis, hg. HARDT (o. Anm. 97) Bd. 4, S. 757 f.; dazu Ferdinand SEIBT, Johannes Hus und der Abzug der deutschen Studenten aus Prag 1409, n: AKG 39 (1957) 63–80, hier S. 72.

nur auf Kain berufen, denn er baute, wie Wyclif sagte, die erste Stadt und Burg und steckte die Grenzen ab; daher kamen Krieg, Mord und Brand[177]). Wenn das ländliche Leben gelobt werden sollte, mußte von Adams, nicht von Noahs Kindern gesprochen werden; auch hier verschwand der Turm von Babel aus dem Gesichtskreis, je mehr sich die Böhmischen Brüder allen historischen Äußerlichkeiten entzogen. Ihr Organisator, Magister Lukas von Prag (1460 bis 1528), nahm ihnen den letzten Rest sprachlicher, nationaler oder ständischer Sicherung im Irdischen; die Kirche sammle sich aus allen Frommen, „in welchem Teil auch immer sie sich befunden haben oder befinden oder versammelt sein werden, in jedem Stand, Ordnung, Volk, Sprache, Alter, Beschaffenheit"[178]).

Die Stimmung der Hussitenkriege war freilich auch durch Sanftmut nicht mehr auszurotten. Sie klingt uns noch zu Ende des Jahrhunderts aus dem Wanderbüchlein des Mainfranken Johann Butzbach entgegen. Er berichtet, sichtlich nach Cosmas von Prag, die Tschechen hielten ihre Sprache für eines der 72 in Babel geborenen Idiome; ein Mann namens *Böhme* habe sie in ihr Land gebracht. So mittelalterlich die Quelle, so modern ist die Folgerung: Nach der Meinung der Tschechen sei deshalb Tschechisch unter allen slavischen Sprachen, Polnisch, Litauisch, Wendisch, die erste und ursprünglichste. Das war die Antwort an Długosz. Štitnýs Ruf hallte nach: Man spreche in der Tschechei auch als Lateinkundiger tschechisch. Und damit Prag keiner Großstadt etwas nachgebe, wurde versichert, die tschechische Hauptstadt sei wie Trier kurz nach Abrahams Zeit errichtet worden[179]). Hier war man wieder, wie überall in der zweiten Jahrhunderthälfte, auf der Suche nach einer glorreichen Vergangenheit, über den Kontinuitätsbruch hinweg. Vielleicht das erschütterndste Zeugnis für den Wandel der Zeiten ist ein böhmischer Pfingsthymnus aus dem 15. Jahrhundert in lateinischer Sprache.

Ex linguis multifariis
Hebraeus teritur,
Confusus tot linguagiis
Quis phalanx loquitur
Apostolorum candida
Amore flammea.

---

[177]) Das Netz des Glaubens, übers. Carl VOGL, Dachau 1924: I, 27 S. 69 (Juden); I, 6 S. 16 (seit Pfingsten); II, 25 S. 253 (Tschechisch und Latein); II, 1 f. S. 177 ff.; II, 4 S. 183 (Adel und Abel); II, 6 S. 194 (Kain).

[178]) Antwortschreiben auf das, was die Brüder in der an den Barfüßermönch gerichteten Schrift betrifft, übers. Erhard PESCHKE, Die Theologie der Böhmischen Brüder in ihrer Frühzeit, Bd. 1, 2 (Forschungen zur Kirchen- und Geistesgeschichte 20), Stuttgart 1940, S. 249.

[179]) Wanderbüchlein, Chronika eines fahrenden Schülers, übers. Josef BECKER, Leipzig 1912: II, 6 f. S. 48 f. (Hinweis von Prof. Bernhard BISCHOFF-München). Zu Butzbach u. S. 1050.

Im flammenden Zeichen der Liebe verwirrten und schreckten die vielsprachigen Apostel die Juden, anstatt sie anzusprechen, wie man es im Prag des 12. Jahrhunderts noch besungen hatte. Die Sprachengnade, die Sprache überhaupt, ist zur Waffe gegen die Fremden geworden. Und dieser Hymnus fand auch im Trierischen Beifall[180]).

Überhaupt ist die Physiognomie der Epoche in ganz Europa wiederzuerkennen; die Individualität und Beweglichkeit, durch die sie sich dem Vergleich zu entziehen scheint, ist gerade ihr Grundzug. Die mittelalterlichen Ordnungen waren zerrüttet durch Schisma und Türkensieg, aber auch durch Einsicht und Leidenschaft; Mensch und Nation forderten von der Stunde ihr Recht, wie es sich in der Vielfalt der Sprachen und Völker, im Gewimmel der natürlichen Kräfte auszudrücken schien. Die lateinische Last der gemeinsamen Vergangenheit wurde abgeschüttelt, am entschiedensten in den romanischen Ländern. Von der geschichtlichen Kontinuität sagte sich im machtlosen Italien der autonome Mensch, im mächtigen Frankreich die souveräne Nation los; hier erspürte man das Wesen der Sprache und der Nation, die intensive Macht der Muttersprache und des Einzelvolkes. Im übrigen Europa, wo innere Kämpfe die statischen Strukturen zerwühlten, ohne sie zu zerstören, blieb die extensive Frage nach Herkunft und Ursprung aktueller; die Fäden zum Mittelalter rissen nicht ganz ab. Die zweite Hälfte des 15. Jahrhunderts suchte sie überall neu zu knüpfen, im ganzen vergeblich. Denn nun konnten die Traditionen nur noch als einzelne Stücke zur Lebenshilfe oder zum Spielzeug dienen, nicht mehr als geschlossenes Gefüge die Welt verbindlich ordnen; nun erst, als ihr religiöser Nimbus und ihre psychologische Überzeugungskraft fraglich wurden, sah man, wie chaotisch und wie apokryph sie immer gewesen waren. Es gab keinen Weg zurück; je konkreter das Leben war, um so abstrakter wurden die Überzeugungen. Menschliches und nationales Dasein, traditionelle Geschichte und christliche Religion wurden jetzt, in ihrer Vereinzelung, erst recht als wichtige Bereiche des geistigen Lebens empfunden, aber sie schienen immer weniger miteinander vereinbar; niemand, auch kein Nikolaus von Kues, hatte sie versöhnen können. Es ist in der an Paradoxien reichen Geschichte unseres Gegenstandes vielleicht die überraschendste Wendung, daß die alten Kräfte doch noch zu neuen Synthesen zusammentraten, daß die Autonomie selbst zur geschichtlichen Kontinuität und zur verpflichtenden Tradition wurde. Das geschah im frühen 16. Jahrhundert.

---

[180]) Cantiones variae (aus Eberhardsklausen) Nr. 49, Str. 1, AH Bd. 45 b, S. 43.

2. Humanismus und Reformation

Im frühen 16. Jahrhundert begannen die bislang in ihren Grenzen herangewachsenen politischen und geistigen Kräfte sich auszubreiten und durchzusetzen; sie wollten die ungeordnete Vielfalt der Welt einer neuen Einheit unterwerfen, die die Zukunft gestalten und das Veraltete beugen oder brechen würde. Über die ganze Erde hin griff diese europäische Expansion und unterdrückte alte Kulturen; die Portugiesen sammelten ihr indisches, die Spanier eroberten ihr amerikanisches Weltreich. Europa selbst wurde erschüttert von dem Kampf zwischen Frankreich und Habsburg, der um das alte Kaiserland Italien entbrannte und die europäische Hegemonie einer Nation begründen sollte. Luther führte jetzt die seit dem Schisma drängende Kirchenreform radikal durch und zerstörte die mittelalterliche Kirche; die deutsche Reformation verwandelte das ganze abendländische Glaubensleben, auch die römische Kirche selbst. Der in Italien entstandene Humanismus wurde nun eine europäische Bewegung, die, in Erasmus verkörpert, die lateinische Scholastik niederrang und den befreiten Menschen in die Zucht eines hohen Ideals nahm. Diese aktiven und autonomen Kräfte bezogen ihre Sicherheit nicht aus der Tradition, sondern aus einer verbindlichen Entscheidung, die sie von jedermann forderten. Das wehrlose Alte wurde leicht überwältigt; doch wie vertrugen sich die neuen ausschließlichen Ansprüche miteinander? Es waren Überreste der alten Traditionen, die den Ausgleich stiften mußten.

Die weltweiten Aspekte und Wirkungen der neuen Bewegungen veränderten auch die Meinungen über Geschichte und Natur, Ursprung und Entfaltung der Sprachen und Völker tiefgreifend; zahlreiche mittelalterliche Überlieferungen versanken für immer. Die Entdeckungsfahrten machten eine Unzahl neuer Sprachen und Völker bekannt, die vorerst gar nicht zu überblicken waren; der hegemoniale Anspruch verherrlichte allenthalben die eigene Nation und Muttersprache; die Humanisten achteten mehr auf das klassische Latein und auf die konstante physische Natur als auf die Veränderungen der Sprachen und Völker; die Reformatoren sahen den jenseitigen Gott im Gespräch mit der einzelnen Seele und bedurften höchstens der urkirchlichen Norm, jedoch keiner historischen Vermittlung. Aber was verband die neuen Tendenzen noch miteinander? Offenbar eine neue Form des Geschichtsdenkens. An vielen Stellen nämlich gab man der befreiten Gegenwart als Norm und Richtpunkt eine einzelne Modellepoche der Vergangenheit bei, die immer jenseits des Mittelalters, meist diesseits der grauen Vorzeit lag; dieser klassische Gipfel war die Zeit Noahs oder aber Ciceros, Augustus' und Christi und bestimmte fortan auch die Zeitrechnung. Der absolute Anspruch wurde motiviert, doch zugleich schon relativiert durch den historischen Vergleich. Nach dem Kontinuitätsbruch setzte nicht mehr der ganze weltgeschichtliche Ablauf, wohl aber ein frei gewählter Gipfelpunkt der Geschichte den modernen Ambitionen gewisse Normen. Indem nun die Autonomie selbst Kontinuität und Tradition erstrebte, ließ sie auch einzelne Teile der alten Überlieferungen wieder zu[1]). Sie hatten jetzt meist dienende, ergänzende, ausgleichende Funktionen, entsprachen aber damit einem drängenden Bedürfnis der Zeit, die außer dem Verbindlichen auch das Verbindende brauchte. Vor allem in Deutschland sind die Traditionen in diesem neuen Amt noch fast die alten.

Im Zeitalter Maximilians I. und Karls V., im Zeichen des Kampfes gegen Frankreich schlossen sich die Deutschen zur Nation zusammen. Ihre Humanisten gaben ihnen eine der romanischen ebenbürtige, ruhmwürdige Vergangenheit; Luther schenkte ihnen die gemeinsame Sprache und den gereinigten Glauben. Der nationale Stolz suchte sich in universale Weite zu heben und um der Zukunft willen den alten Überlieferungen möglichst treu zu bleiben. Dennoch kam es zu keinem überzeugenden Bund zwischen Nationalgedanken und geistlicher Erneuerung, weil nicht die gegenwärtige Realität das Ziel der geistigen Bewegungen war.

Gleich zu Beginn der Epoche sahen manche von einer höheren Warte aus beinahe unbeteiligt zu; sie pflegten die Gelehrsamkeit um der ewigen Wahrheit willen und fanden sie im Ursprung, jenseits der Geschichte. Johann Reuchlin (1455–1522), mit Pico della Mirandola befreundet, belebte bei den Deutschen die hebräischen Studien neu, um Gottes ursprüngliches Wort zu begreifen. Er übersetzte das Alte Testament aus dem Urtext und beteuerte seit 1494, die hebräische Ursprache sei die Stimme Gottes. „Wenn ich Hebräisch lese, glaube ich Gott selbst sprechen zu hören"; Gott gab diese Sprache den Stammeltern, in ihr benannten sie die Dinge dem Wesen gemäß. Rein und heilig überstand das Hebräische alle Sprachenteilungen, denn es ist die Sprache, in der Gott mit den Menschen, der Mensch mit den Engeln ohne Dolmetscher spricht. Kabbalistische Zahlengeheimnisse umwittern sie; dabei übertrumpfte die christliche 72 die jüdische 70. Hieronymus hätte über die 72 Übersetzer der Septuaginta nicht spotten sollen. 72 Engel auf der Jakobsleiter stellen den vielgliedrigen Gottesnamen dar, der nach einigen aus 72 Namen besteht; aus einem hebräischen Exodus-Vers ergibt sich der 72buchstabige Name Gottes. Im Hebräischen stellt sich aus den 50 Toren der Erkenntnis und den 22 Buchstaben des Alphabets die Zahl der 72 Engel dar, die den heiligen Gottesnamen zusammen-

---

[1]) Einzelbeispiele bei Myron Piper GILMORE, The World of Humanism 1453–1517 (The Rise of Modern Europe 1), New York 1952, S. 204 ff.; Louis KUKENHEIM, Contribution à l'histoire de la grammaire grecque, latine et hébraïque à l'époque de la Renaissance, Leiden 1951, S. 1 ff.

setzen. In der Tat führte Reuchlin nun 72 Gottesnamen auf, und nach der Zahl der 72 Engelfürsten hat Gott gemäß Deut. 32, 8 (LXX) die Erde geteilt. Reuchlin trat mutig der lateinischen Tradition entgegen und verteidigte die Sprache der unchristlichen Juden; doch die Weisheit, die sie ihm schenkte, bezog sich nicht auf seine deutsche Gegenwart. Alles, was der Hebraist für seine Muttersprache tun konnte, war, 1506 auf ein paar Parallelen zwischen dem Hebräischen und dem Deutschen hinzuweisen[2]). Aber sie fanden sich in allen Zungen. Turmhoch stand über ihnen allen die Ursprache Gottes.

Auch der Prior von Maria Laach, Johann Butzbach (1478–1526), blieb in der gelehrten Klausur. Zwar hatte er in seiner Jugend den tschechischen Sprachstolz kritisiert und ermahnte seinen Bruder, den heimischen, fränkischen Dialekt bei den Westfalen nicht zu vergessen; aber er schrieb doch lieber lateinisch. Noch höher bewunderte er den, der die drei *principales linguae* beherrschte. Es gibt zwar 72 Idiome, aber nur diese drei lassen sich in grammatische Regeln fassen. Einige Landsleute wie Karl der Große und Otfrid von Weißenburg bemühten sich um die Reinigung der deutschen Sprache, doch vorerst vergebens; der hebräische Rang ist unerreichbar. Denn Hebräisch ist die älteste aller Sprachen: sie stand am Beginn der Schöpfung. Sie ist die dauerhafteste: sie wird in Ewigkeit bleiben, auch wenn alle anderen nach 1 Kor. 13, 8 aufgehört haben. Sie ist die natürlichste: ohne Lehrer wird ein Kind *perfectissime* Hebräisch lernen, freilich ein Hebräerkind am leichtesten. Sie ist die wertvollste und edelste: sie wird nach dem Ende der Welt alle Himmlischen vereinen, wenn die verwirrende Vielheit des babylonischen Turmes vergangen sein wird[3]). Das Deutsche ist vergänglich, die Geschichte brüchig, nur das Ewige gültig.

Die absolute Verneinung der Aktualität ist nicht weniger unmittelalterlich

---

[2]) De verbo mirifico, Neudruck Lyon 1552: II, 6 S. 124 f.; II, 8 S. 136; II, 19 S. 196 f. (Hebräisch; dazu HANKAMER, Sprache 11 f.; DAUBE, Muttersprache 41 f.; WEISGERBER, Muttersprache 85 f.; Werner SCHWARZ, Principles and Problems of Biblical Translation, Some Reformation Controversies and their Background, Cambridge 1955, S. 61 ff., besonders S. 83 f.); II, 7 S. 128 (Septuaginta); II, 19 S. 198 (Engel); II, 14 S. 158 (Gottesnamen). Illustrium virorum epistolae hebraicae, graecae et latinae ad Joannem Reuchlin, Hagenau 1519, f. C Iv–IIr (Exodus-Vers; dazu Ludwig GEIGER, Johannes Reuchlins Briefwechsel [BLV 126], Tübingen 1875, S. 245). De arte cabbalistica libri tres, Hagenau 1517, f. 55v (Tore der Erkenntnis), 58v, 59v (72 Gottesnamen); dazu Hans RUPPRICH, Johannes Reuchlin und seine Bedeutung im europäischen Humanismus, in: Johannes Reuchlin, Festgabe seiner Vaterstadt Pforzheim, Pforzheim 1955, S. 10–34, hier S. 30 ff. De rudimentis hebraicis, Pforzheim 1506, S. 181, 536 (deutsche Parallelen; dazu MÜLLER, Quellenschriften 305).

[3]) Wanderbüchlein (o. S. 1046 Anm. 179) S. 7 (bei den Westfalen; dazu Hans FERTIG, Neues aus dem literarischen Nachlasse des Humanisten Johannes Butzbach, Gymnasial-Programm, Würzburg 1907, S. 26). Macrostroma, Handschrift Bonn, Universitätsbibliothek, Hs. S. 357, f. 86v, 126v–127r (principales), 109v–110r (Karl, Hebräisch); dazu Otto HERDING, Probleme des frühen Humanismus in Deutschland, in: AKG 38 (1956) 344–389, hier S. 367 f.

als ihre absolute Bejahung; die Extreme berühren sich bei dem unbekannten „Oberrheinischen Revolutionär", der sein Werk zwischen 1498 und 1510 im Oberelsaß oder im Breisgau schrieb. Das Urtümliche und Ewige war eben das Deutsche. *Adam ist ein tusch man gewesen*; die Alemannen waren, wie ihr Name sagt, die ganze Menschheit, ihr Deutsch war die allgemeine Ursprache *(alman sproch)*. Das etymologische Argument des tschechischen 14. Jahrhunderts ist umgedreht und beweist den Uradel des Deutschen; unser Anonymus steht an der Spitze einer langen Reihe von Patrioten, die ihre Muttersprache für die älteste aller Sprachen halten. Was Hildegards Nonnen im 12. Jahrhundert nur aphoristisch behauptet hatten, wurde nun historisch begründet. Alle anderen Idiome, auch Hebräisch und Französisch, entstanden erst in Babel. Denn *Hebreisch kumpt von Heber*; wieder definiert die Namensetymologie sogleich das Alter des Volkes. In Babel waren unter Nimrods Leitung die 73 Turmbaumeister beschäftigt, die Hebräer, die leibeigenen Romanen und die hamitischen Slaven; dort bildeten sich aus dem Deutschen die 73 oder 72 Sprachen. An der Symbolzahl lag nichts. Ein vertriebener Trojaner namens *Latinus* erfand lange nach Babel das Lateinische mit seinen romanischen Ablegern, eine künstliche und wertlose Sprache. Der urtümliche Alemanne stand weit über aller Geschichte der Sprachen und Völker; er war in Babel schon nicht mehr dabei. Denn am Rhein saß der Deutsche Japhet schon 400 oder 500 Jahre vor dem Turmbau; dort baute er Augst an der Stelle des heutigen Basel, bei Lörrach liegt er begraben. Auch das Trier des Trebeta ist eine japhetitische Gründung; man brauchte sich nicht erst von den römischen Legionen die städtische Kultur bringen zu lassen. Das welsche Wesen wird vorübergehen, und die *heilige dudesche sproch* wird am Ende der Welt wie an ihrem Beginn allein herrschen[4]). Hinter dieser Weltanschauung stand nun freilich keine noch so apokryphe Autorität mehr; die urige Wut über das Fremde verwüstete die Heilsgeschichte.

Sie blieb pietätvoll erhalten in dem „scholastischen Humanismus" des Tübinger Universitätskanzlers Johann Nauclerus (Verge, 1425–1510). Seine 1498 bis 1504 entstandene Weltchronik beließ es bei der hebräischen Ursprache und ihrer durch Nimrod verschuldeten babylonischen *mutatio de poena*, bei den (halb nach Arnobius verdrehten) 22 semitischen, 35 hamitischen, 15 japhetitischen Sprachen und den 27 semitischen, 32 hamitischen, 15 japhetitischen Völkern.

---

[4]) Herman Haupt, Ein Oberrheinischer Revolutionär aus dem Zeitalter Kaiser Maximilians I., Mitteilungen aus einer kirchlich-politischen Reformschrift des ersten Decenniums des 16. Jahrhunderts, in: Westdeutsche Zeitschrift für Geschichte und Kunst, Ergänzungsheft 8, Trier 1893, S. 77–228, hier S. 141 ff. (Adam, Alemannen, Japhet), 149 (Latein), 157 (deutsche Endsprache); ergänzende Zitate aus der Handschrift bei Daube, Muttersprache 25 ff. Dazu Otto Eckstein, Die Reformschrift des sog. Oberrheinischen Revolutionärs, Versuch einer geschichtlichen und politischen Würdigung, Diss. phil. Leipzig 1939, S. 29 f., 66 f.

Das waren 74 Völker, aber 72 Sprachen; nur in Europa deckten sich Volk und Sprache. Die ständische Trennung der Noachiden in Priester, Ritter und Sklaven wies wiederum den Europäern Japhets einen Ehrenplatz zu; auf eine Verhimmelung der Deutschen war es aber nicht abgesehen. Wie bei Schedel wurde Magog an die Goten und Skythen verwiesen, sein Sohn Aschkenaz an die Sarmaten, Polen, Goten, Russen, Preußen und andere Osteuropäer, wie es Foresti und die rabbinischen Exegeten, etwa Abraham ibn Zachut, taten. Osteuropa war allerdings zugleich die „germanische" Region, für die soeben Annius den Deutschenvater Tuisco vorgesehen hatte, und Naucler nahm auch ihn gastlich auf, ohne die Folgen zu ahnen. Wohl rühmte er die Deutschen schon beinahe als ein auserwähltes Volk, aber das Deutschtum überwölbte nicht die Weltgeschichte[5]).

Nicht weniger altfränkisch muten die Anschauungen des Kaisers Maximilian I. (1459–1519) an, der Nauclers Arbeit anregte. Er träumte noch beinahe mittelalterlich von einer prunkvollen Ahnentafel des Hauses Habsburg; sie sollte sein eigenes Leben mit stilisieren und niemanden kränken. Nur daß die Habsburger bloß aus Italien kamen, mißfiel ihm; seit 1491 propagierte er die trojanische Abkunft seines Hauses, die ihn mit Karl dem Großen, aber auch mit ganz Europa verband und ebenbürtig neben die Franzosen stellte. Die 1518 abgeschlossene, von Hans Burgkmair d. Ä. in Holz geschnittene Genealogie begann mit Hektor von Troja; die dunklen Plätze zwischen Priamus und *Pharamundus* ließ man durch den Abt Trithemius auffüllen. Seit 1503, energischer seit 1518 strebten die kaiserlichen Genealogen weiter ins Alte Testament zurück; aber Maximilian mochte nicht wie Karl IV. mit Nimrod verwandt sein. Da für einen rechten Trojaner die hamitische Deszendenz unvermeidlich war, sollte es wenigstens der (wohl aus spanischen Chroniken bekannte) ägyptische Zweig mit Osiris und Herkules sein, nicht die kuschitische Linie, zu der auch die antiken Götter gehörten[6]). Der Habsburger Ahnennachweis war christlicher als der Luxemburger. Freilich mußte sich der Kaiser auch so noch von seinem Koch sagen lassen, in der Arche Noah seien doch alle miteinander verwandt gewesen; aber mehr als einen Ehrenvorrang erstrebte Maximilian gar nicht.

[5]) Memorabilium omnis aetatis et omnium gentium chronici commentarii, Tübingen 1516, f. 6v–8v. Dazu Franz Xaver von Wegele, Geschichte der deutschen Historiographie seit dem Auftreten des Humanismus, München-Leipzig 1885, S. 65 (Quellen); Paul Joachimsen, Geschichtsauffassung und Geschichtschreibung in Deutschland unter dem Einfluß des Humanismus, Bd. 1 (Beiträge zur Kulturgeschichte des Mittelalters und der Renaissance 6), Leipzig-Berlin 1910, S. 37 („scholastischer Humanismus"), 91 ff.

[6]) Simon Laschitzer, Die Genealogie des Kaisers Maximilian I., in: Jahrbuch der kunsthistorischen Sammlungen des allerhöchsten Kaiserhauses 7 (1888) 1–200, hier S. 39 und Abb. 1 ff. Dazu Joachimsen, Geschichtsauffassung 196 ff.; Lhotsky, Apis Colonna 200, 206 ff., 219 ff.; Hauck, Geblütsheiligkeit 214 ff.; Folz, Charlemagne 539 ff.

Auch seine Stellung zu den Sprachen blieb tolerant und souverän. Zwar verteidigte er in den Grenzgebieten, Schweiz und Niederlanden, den Gebrauch der deutschen Zunge, doch intime Dokumente schrieb er lateinisch und französisch, und mit seinen Hauptleuten konnte er in sieben Sprachen reden. Unter den deutschen Kurfürsten war er damit eine Ausnahme; sie hielten sich längst nicht mehr an die Bestimmung der „Goldenen Bulle". Latein verstanden wohl die meisten, auch wenn sie es nicht sprachen; mancher konnte etwas Französisch, der eine oder andere ein wenig Italienisch, dann war es zu Ende. Wie der volkstümliche Sprachenkanon aussah, erfährt man aus einer Flugschrift von 1519: sie malt sich den wiederkehrenden Kaiser Friedrich II. als weise und wohlberedt aus, in fünf Sprachen gewandt, Griechisch, Sarazenisch, Lateinisch, Deutsch und Welsch. An die Stelle des Hebräischen war also das Arabische getreten; doch die Anforderungen betrafen immer noch mehr die gelehrten als die modernen Idiome[7]).

Und hierin stimmten die christlichen Humanisten zu. In Leipzig erklärte der Erasmianer Peter Schade (Mosellanus, 1493–1524) 1518 in der Antrittsvorlesung für die Griechische Professur, die drei Sprachen seien durch Christi Blut geweiht; ohne sie sei unverständlich, was Propheten und Apostel lehrten. Er sang das Lob des Sprachenkenners, offenbar nicht ohne aktuellen Anlaß. Wer am meisten Sprachen beherrscht, der steht Gott am nächsten und dem Tier am fernsten; denn Gott und seine Engel und Heiligen verstehen alle Zungen. Die Strafe der babylonischen Sprachenverwirrung ist in Segen verwandelt, seitdem der Heilige Geist die Apostel viele Sprachen lehrte. Sprachenkenntnis ist ein Gottesgeschenk und ein Teil der himmlischen Glückseligkeit[8]). So schroff die lateinische Scholastik abgelehnt wurde, damit schloß sich nur der Kreis um Reuchlin und den Kaiser, um jene, deren Gelehrsamkeit zuvörderst fromm blieb.

In die nächste Nähe des Kaisers drängten sich aber auch die patriotischen Humanisten, die die Bibel links liegen ließen und aus den antiken Quellen den Ruhm der deutschen Vorzeit schöpften; sie verbanden in raschen Kombinationen das Einst mit dem Jetzt, aber anders als der Oberrheinische Revolutionär, von ihrer Gegenwart her. Ihr Patriarch, der fränkische Erzhumanist Konrad Celtis (1459–1508), trug in Wien nach 1497 wohl als erster an einer deut-

---

[7]) Paul Kirn, Friedrich der Weise und die Kirche, Seine Kirchenpolitik vor und nach Luthers Hervortreten im Jahre 1517 (Beiträge zur Kulturgeschichte des Mittelalters und der Renaissance 30), Leipzig-Berlin 1926, S. 8 f. (Sprachkenntnisse). Karl Wehrhan, Die deutschen Sagen des Mittelalters, Bd. 1 (Deutsches Sagenbuch 3, 1), München 1919, S. 173 (Flugschrift).

[8]) Oratio de variarum linguarum cognitione paranda, Leipzig 1518, zitiert nach Cramer-Pijper, Bibliotheca Bd. 3, S. 13–19. Dazu Daube, Muttersprache 45 ff.; Weisgerber, Muttersprache 89.

schen Hochschule die Weltgeschichte vor, angefangen beim Beginn der Götterverehrung und dem Bau der Tempel, beim Ursprung des Königtums und des Staatswesens, bis zu Kaiser Maximilian I.; aber er nennt uns als Symbol des Anfangs nicht Nimrod und Babel, sondern den antiken Ninus. Erst das Getrennte verdiente Beachtung, die gemeinsame Wurzel der Völker wurde nicht bloßgelegt. Die Deutschen sind, wie Tacitus bezeugt, eingeborene Germanen seit Tuiscos Zeiten und bis auf Maximilian I., an dessen genealogischen Plänen Celtis mitarbeitete. Auch die deutsche Kultur begann nicht am Babelturm, sondern kam von den Druiden, die in Gallien auf griechische Weise und in griechischer Sprache lehrten. (Caesar berichtete freilich nur, daß sie griechische Buchstaben benutzten.) Zur Zeit des Kaisers Tiberius (auf ihn hatte Meisterlin verwiesen) kamen diese Druiden nach Deutschland. So erklärt sich die Verwandtschaft des Deutschen mit dem Griechischen, die Celtis zu erweisen suchte. Die Deutschen sollten, wie Heimburg wollte, von der lateinischen, römischen Welt möglichst frei gewesen sein. Wohl nannte Celtis einmal die drei alten Sprachen und die hebräische als *veterrima*; er rühmte sich, ihr Studium in Deutschland wieder eingeführt zu haben, aber er schätzte die Juden nicht und schuf sich lieber in der antiken Klassik seine deutsche Enklave[9]).

Aber so hätten die Gallier die Germanen belehrt? Das durfte nicht sein. Gegen die französischen Ansprüche verteidigte 1505 in Straßburg der Schlettstädter Jakob Wimpfeling (1450–1528) in der ersten deutschen Geschichte die ruhmreiche Vergangenheit dieses ersten Volkes auf Erden. Doch der theologisch Gebildete bemühte nicht wie der „Oberrheinische Revolutionär" die Bibel; er stellte sich wie Celtis in der antiken Achsenzeit auf, bei den vielleicht deutschen Kimbern und bei dem ersten König der Germanen, Ariovist. Nur aus elsässischen Ortsnamen, nicht aus gewagten Etymologien erschloß er, daß

[9]) Epigrammata III, 112, hg. Karl HARTFELDER, Fünf Bücher Epigramme von Konrad Celtis, Berlin 1881, S. 72 (Vorlesung; dazu Emil Clemens SCHERER, Geschichte und Kirchengeschichte an den deutschen Universitäten, Ihre Anfänge im Zeitalter des Humanismus und ihre Ausbildung zu selbständigen Disziplinen, Freiburg i. Br. 1927, S. 18 f.). De origine, situ, moribus et institutis Norimbergae c. 3, hg. Albert WERMINGHOFF, Conrad Celtis und sein Buch über Nürnberg, Freiburg i. Br. 1921, S. 122 ff. (Druiden). Odae III, 28, 13 f., hg. Felicitas PINDTER, Conradus Celtis, Libri odarum quattuor (Bibliotheca scriptorum medii recentisque aevorum), Leipzig 1937, S. 92 (Hebräisch; dazu Ludwig SPONAGEL, Konrad Celtis und das deutsche Nationalbewußtsein [Bausteine zur Volkskunde und Religionswissenschaft 18], Bühl 1939, S. 57 ff.). Dazu Johann Georg ECCARDUS, Historia studii etymologici linguae Germanicae, Hannover 1711, S. 22 ff.; Wolfgang KAYSER, Die Klangmalerei bei Harsdörffer, Ein Beitrag zur Geschichte der Literatur, Poetik und Sprachtheorie der Barockzeit (Palaestra 179), Leipzig 1932, S. 160 ff.; BONFANTE, Ideas 688 f. (deutsch-griechische Sprachverwandtschaft); JOACHIMSEN, Geschichtsauffassung 110 ff., 161 ff.; PAUL, Nationalbewußtsein 74 ff.; Lewis William SPITZ, Conrad Celtis, The German Arch-Humanist, Cambridge-Mass. 1957, S. 99 ff. (Geschichtsanschauung).

im Elsaß das Deutsche älter als das Französische sei. Auch er wandte sich gegen das lateinische Rom: Die Römer haben die Deutschen nicht bezwungen, und Trier ist 1250 Jahre älter als Rom. (Daß diese Berechnung sich auf die Trebetasage stützte, verschwieg der Humanist.) Und die Goten herrschten einst über Spanien und Italien. Doch die germanischen Sprachen spiegelten keinen vollkommenen Ursprung; an der gotischen rügte Wimpfeling schaudernd die *verborum barbaries*. Die Sprache muß gepflegt und zur Kunstsprache emporgebildet werden, auch heute noch; der Kaiser kann, wie einst Karl der Große, auch jetzt neuen Dingen und Erscheinungen neue deutsche Namen verleihen. Maximilian ist der Herr der deutschen Sprache. Doch hier war das meiste noch zu tun; Wimpfeling schrieb lateinisch. Noch nicht mit der deutschen Sprache, nur mit dem Alter des deutschen Volkes war Ehre einzulegen[10]).

Der mit Celtis befreundete Augsburger Stadtschreiber Konrad Peutinger (1465–1547), genealogischer Berater des Kaisers, hob Quellen des deutschen Mittelalters ans Licht und entdeckte 1505 in der Geschichte überall germanische Spuren statt gallischer, sogar bei dem Ortsnamen Bergamo. Wieder kam es weniger auf die Sprache an, denn unter den germanischen Einflüssen lag ein aramäisches und griechisches Substrat; wichtiger waren die ethnischen Zusammenhänge. Möglicherweise war der Gallier Brennus selbst ein Germane. Eine altgermanische Ökumene fast im Stile Ragvaldssons tat sich auf, wenn die Franken Trojaner, die Goten mit den Geten identisch und ursprünglich Skythen waren[11]).

Aber begab man sich damit nicht in allzu barbarische Gefilde? Die alten Deutschen waren zwar keine Gallier und Lateiner, aber klassische Ahnen hatten sie doch. Der Würzburger Schottenabt Johann Trithemius (1462–1516) behauptete jedenfalls 1508 wie sein Lehrer Celtis die *consonantia* des Deutschen mit dem Griechischen; die alten Deutschen hätten griechisch geschrieben. War das nicht auch die Sprache der Trojaner? Trithem leitete 1514 die Franken und die Sachsen von den Trojanern her, wobei er sorgsam Vergil und die Romanen, aber auch die Germanen umging. Unter *Anthenor* siedelten die Trojaner an der Donaumündung, wo sie 339 v. Chr. von den skandinavischen Goten angegrif-

---

[10]) Epithoma rerum Germanicarum, Straßburg 1505: c. 2 f. 3r (Kimbern); c. 3 f. 4r (Ariovist); epistola f. 1v (Elsaß); c. 70 f. 41r (Trier und Rom); c. 8 f. 6r (Goten). Dazu Walter FRIEDENSBURG, Jakob Wimpfeling als Verfasser der ältesten deutschen Geschichte, in: Elsaß-Lothringisches Jahrbuch 5 (1926) 51–68, hier S. 61 ff.; FRITZEMEYER, Christenheit 39 ff.; ZATSCHEK, Volksbewußtsein 54 ff.; HERDING (o. Anm. 3) S. 366 f.

[11]) Briefwechsel, hg. Erich KÖNIG (Veröffentlichungen der Kommission für Erforschung der Geschichte der Reformation und Gegenreformation, Humanisten-Briefe 1), München 1923: Nr. 29 S. 51–54 (Bergamo, Brennus); Nr. 156 S. 256 (Goten). Dazu Rudolf von RAUMER, Geschichte der Germanischen Philologie, vorzugsweise in Deutschland (Geschichte der Wissenschaften in Deutschland 9), München 1870, S. 17 ff.

fen wurden. In ihrer Bedrängnis baten sie die sächsischen Stammesbrüder um Hilfe und fanden in Deutschland eine neue Heimat. Sie hießen damals noch Skythen; erst später gab König *Franc* seinen Namen dem Stamm, aus dem auch die Habsburger kommen. So blieben die gotischen Barbaren von den antiken Skythen und Trojanern geschieden; die Deutschen verwalteten ein vorrömisches und dennoch klassisches Erbe[12]).

Diese Ehrfurcht vor der Antike ging 1514 dem Nürnberger Stadtrat Willibald Pirckheimer (1470–1530) zu weit. Die Deutschen sollten ihre eigene glanzvolle Vorzeit endlich anerkennen und nicht immer nach Italien schielen. Die Skythen waren Germanen und sogar in Ägypten bezeugt; auch Frankreich und Italien wurden von Germanen besetzt. Der Kern der germanischen Ökumene war aber Deutschland selbst. Die Gelehrten bestreiten den Deutschen diesen Ruhm und nehmen, um ihn zu verkleinern, weltweite Völkerwanderungen an; man hält heute die Goten lieber für Geten als für Germanen und läßt die Franken, die Gallien eroberten, eher aus dem fernen Troja als aus dem nahen Frankenland kommen. Nicht die sprachlichen, sondern die ethnischen Fakten zählen, nicht das klassische Erbe, sondern die deutsche Volkskraft. Ganz zu Unrecht rühmen sich die Italiener ihrer feinen Kultur; obwohl sie nur Überbleibsel der Goten und Langobarden sind, rümpfen sie die Nase über die deutschen Barbaren, die einst die Welt beherrschten und immer in ihrem Lande saßen[13]). So wären denn, anders als Peutinger und Trithemius meinten, die Skythen aus Deutschland gekommen und nicht umgekehrt? Wer hatte recht: Tacitus mit der Lehre von den eingeborenen Germanen, oder die Bibel, die alle Völker im Orient entstehen ließ?

Der Streit war schon geschlichtet, denn Annius hatte bereits verkündet, daß die Bibel und Tacitus zusammen recht hätten. Der Tübinger Professor der Beredsamkeit Heinrich Bebel (1472–1518) erklärte 1501 in einer Rede vor dem Kaiser, Berossus und Tacitus seien Zeugen, *Germanos a Tuyscone filio Noae, quem alienigenae Janum vocitant, ortos et plantatos*. Der Schwabe betonte besonders, daß die Alemannen ihren Namen von Tuyscos Sohn *Mannus* trügen, zog aber auch gleich die politische Folgerung für den Streit Habsburg-Valois: *Scimus enim plerosque Gallos esse ortos a Germanis*. Wenn der römische Gott des Anfangs in der Nähe der deutschen Ursprünge stand, taugte die Trojanerfabel nicht mehr für sie; die Germanen waren seit jeher eingesessen und schrieben schon in

[12]) Polygraphia, o. O. 1518, f. q 1a, zitiert nach Müller, Quellenschriften 302 (Deutsch-Griechisch; dazu Daube, Muttersprache 9 f.). Annales Hirsaugenses, Bd. 2, St. Gallen 1690, S. 21 ff. (Trojaner; dazu Joachimsen, Geschichtsauffassung 50 ff.; Paul, Nationalbewußtsein 87 ff., 99).

[13]) Briefwechsel, hg. Emil Reicke (Veröffentlichungen der Kommission für Erforschung der Geschichte der Reformation und Gegenreformation, Humanisten-Briefe 5), Bd. 2, München 1956: Nr. 341 bis S. 489.

ältesten Zeiten mit griechischen Lettern. In seinem Schwankbuch erzählte Bebel 1508/12 behaglich die Anekdote von dem Fürsten, der mit seinem trojanisch-römischen Blut prahlte; ein Doktor habe sich dagegen als einen Sohn Nürnbergs bezeichnet, und was für Leute das seien, wisse man. Wer aber die Trojaner gewesen seien, wisse niemand; Aeneas jedenfalls war ein Verräter und Romulus ein Räuber. Natürlich richtete sich der Witz gegen Maximilian, ebenso wie der des frechen Betrügers, der den Kaiser als seinen Bruder ansprach, weil alle Menschen von Adam her Brüder seien[14]). Der pseudobiblische und -berossische Tuysco war nur eine Hilfskonstruktion; im Ernst mochte man die fernen Urzeiten gar nicht aufrühren. Wichtig war, daß die Deutschen schon immer, das heißt seit der klassischen Zeit, im Lande saßen.

Nicht anders dachte der weitgereiste und weltläufige Rostocker Universitätskanzler Albert Krantz (1448–1517) in seinen seit 1502 entstandenen Werken. Er wies die alten Sachsensagen und ihre Makedonen, Britannier und Dänen ab, ebenso eine neuere These, die wie Trithemius auf die Skythen Bezug nahm; leicht glitt er auch über die Lehre „anderer" hinweg, die *Sassones* stammten ihres Namens wegen von Gomers Sohn *Assenez*. Naucler mag die Anregung dazu gegeben haben; wenn man die Sachsen mit den Goten und Skythen verknüpfte, war der Schritt nicht weit. Er sollte bald und für lange Zeit berühmt werden; Krantz machte sich noch nichts daraus. Den einen erscheine die Abkunft aus Noahs Arche heilig, den anderen lächerlich. Auch der *vetustissimorum temporum scriptor* Berossus gab mit seinem biblischen Tuisco bloß Hilfestellung zu der stolzen These: *Saxones indigenam esse gentem credo*. Nur wenn es zu beweisen galt, daß die Wenden, die „Wandalen", zwar eine slavische Sprache sprächen, aber ihrer Herkunft nach nicht Skythen, sondern Germanen seien, rief Krantz den Vater Germaniens Tuisco zu Hilfe, der vom Rhein bis zum Don, also auch über die Slaven herrschte. Von diesem pangermanischen Standpunkt aus kritisierte Krantz alle autonomen Herkunftstheorien der Ausländer, die slavische Urgeschichte mit *Zethus*, *Leches* und *Crocus*, die tschechischen Anfänge in Babel und die französische Trojanersage; denn auch die Franken sind eingesessen und nicht eingewandert[15]).

[14]) De laude Germaniae oratio, hg. Simon SCHARDIUS, Historicum opus, Bd. 1, Basel 1574, S. 231 f. (Germanen und Tuysco; dazu DAUBE, Muttersprache 14 f.); Demonstratio quod Germani sunt indigenae S. 238 ff. (Trojanerfabel; dazu PAUL, Nationalbewußtsein 55). Facetien, Drei Bücher, hg. Gustav BEBERMEYER (BLV 276), Leipzig 1931: III, 46 S. 123 (Anekdote); II, 140 S. 96 f. (Brüder von Adam her).

[15]) Saxonia, De Saxonicae gentis vetusta origine, longinquis expeditionibus susceptis et bellis domi pro libertate diu fortiterque gestis, Neudruck Frankfurt/Main 1575: Praefatio S. 1–4 (Sachsen, Berossus; dazu Heinrich REINCKE, Albert Krantz als Geschichtsforscher und Geschichtsschreiber, in: Festschrift der Hamburgischen Universität für Werner von Melle, Hamburg 1933, S. 111–147, hier S. 139 ff.; GRAU, Herkunft 47). Wandalia, De Wandalorum vera origine, variis gentibus, crebris e patria migrationibus, regnis item, quorum vel autores vel eversores fuerunt, Hanau 1619:

Der begeisterungsfähige, unkritische Franz Friedlieb (Irenicus, 1495–ca. 1559) aus Ettlingen nahm es nicht so genau. Er raffte 1518 eilig alles zusammen, was dem Ruhm der Deutschen dienen konnte, und rief frohlockend aus: *Tuisco Germanorum pater et Sarmatum ... Nulla ergo totius Europae regio Germania antiquior, non Greci, non Asiani nec Latini.* Tuisco ließ sich am Rhein bei *Thutz* (Deutz) nieder. Für eingesessen mochte Irenicus die Deutschen trotzdem nicht halten, weil das ihren weltweiten Beziehungen widersprach: Die Germanen hießen einst Sarmaten und Skythen; Goten und Geten sind dasselbe Volk. Alles Trojanische wurde verachtet, doch die klassischen Einflüsse fanden sich wenigstens in der deutschen Sprache. Auch hier warf Irenicus die Hypothese von den eingeborenen und die von den weitgewanderten Deutschen durcheinander. Die deutschen Wörter seien fast alle einsilbig, also uralt. Das Deutsche sei aus dem Griechischen und Lateinischen zusammengesetzt und stehe besonders dem Griechischen sehr nahe; es sei also nicht so barbarisch, wie die Italiener meinten, nicht so barbarisch wie das Italienische[16]).

Auch der Erzieher der bayrischen Herzogskinder, Johann Turmair (Aventinus, 1477–1534), verfocht 1517 wie sein Lehrer Celtis die Verwandtschaft zwischen deutscher und griechischer Sprache und Schrift. Seine 1519 aus dem Lateinischen ins Deutsche übersetzte Bayerische Chronik wiederholte, daß das Deutsche weniger mit dem Lateinischen als mit dem Griechischen gemein habe; zum Hebräischen bestünden ebenfalls Beziehungen. Aventin nahm sie nicht sehr wichtig; er vermerkte zur Ursprache kühl: *soll die jüdisch sein.* Im Grunde seines Herzens war er wohl der Sprachvergleichung überdrüssig; was half es auch, wenn man im Deutschen fremde Wurzeln fand? Jede Sprache habe ihre besondere Eigenart, auch die deutsche. Aventins deutscher Sprachstolz beruhte aber weniger auf der Liebe zur Muttersprache als auf der Völkertafel des falschen Berossus. Denn unter Noahs Kindern befand sich *der großmechtig ris und reck Tuitsch, ... der Teutschen erster vatter und künig.* Er herrschte über Großgermanien zwischen Rhein und Don und liegt in Deutz begraben. Seine Brüder und Untertanen repräsentieren ganz Europa: Der Franzose *Dis*, den man aus Caesar kennt und der die gleiche Sprache wie der Deutsche hatte, der Spanier Tubal, der Italiener Gomer, die beiden Russen *Reiph* (Riphat) und *Moska*, der

---

Praefatio S. 1 ff.; II, 4 S. 28 (Wandalen); II, 2 S. 27 (slavische Sprache); I, 16 f. S. 13 (slavische Urgeschichten); I, 4 S. 6 (tschechische Anfänge in Babel); II, 3 S. 27 f. (französische Trojanersage); dazu Viljo Adolf NORDMAN, Die Wandalia des Albert Krantz, Eine Untersuchung (Annales academiae scientiarum Fennicae B 29, 3), Helsinki 1934, S. 52 ff., 246 ff.

[16]) Germaniae exegeseos volumina duodecim, Hagenau 1518: II, 1 f. 26r–v (Tuisco); I, 28 f. 15v (Goten-Geten); II, 30 f. f. 38v (Deutsch und Griechisch; dazu KAYSER, Klangmalerei 155; DAUBE, Muttersprache 12). Dazu JOACHIMSEN, Geschichtsauffassung 169 ff.; Gerald STRAUSS, Sixteenth-Century Germany, Its Topography and Topographers, Madison 1959, S. 34 ff.

Grieche *Jon* (Javan), von dessen deutscher Sprache allerdings nichts verlautet, der Däne *Dan*, der Türke *Tyras* (Tiras) und der Brite *Albion*. Nachdem Aventin zahlreiche Namen der mosaischen Völkertafel aufgenommen hatte, wollte er wohl auch den Deutschen neben dem berossisch-taciteischen Tuisco einen genuin alttestamentlichen Ahnherrn geben und wählte dafür, vielleicht an Naucler, vielleicht an Rabbiner anknüpfend, *Ascanius*-Aschkenaz, Gomers Sohn. Aventin ist also der Vater dieser bald allgemein anerkannten Genealogie. Bei ihm war Aschkenaz der jüngere Verwandte des Tuisco, „Großdeutsch" und „Kleindeutsch" blieben getrennt. Ob diese Scheidung zulässig sei, hat die nächsten Jahrhunderte beschäftigt. Aventin selbst verließ sich nicht auf seine Entdeckung, sondern stellte zur Wahl den taciteischen *Man* vor, also einen einheimischen Heros. Dessen Sohn, der Trierer Stadtgründer *Treiber* (Trebeta), brauchte ebenfalls nicht erst aus dem Orient zu kommen, desgleichen der erste Bayernkönig *Baier*, der mit Norix kontaminierte Sohn des Herkules. Alle Urgeschichte Europas spielte sich in Germanien ab; die wichtigsten Völker sind Germanen, auch die Kelten. Wie bei Arnpeck sind die Bayern Bojer, doch die Frage nach ihrer Herkunft und Sprache ist müßig; selbst die Briefpartner des heiligen Paulus, die Galater, waren Deutsche, und die französische Sprache ist deutsch, nur lateinisch durchwachsen.

Doch klingt Aventins Ansicht von der Sprachengeschichte weniger überzeugt als seine Völkertafel. Man sollte meinen, Tuitsch und seine Helden hätten alle Deutsch gesprochen, denn gerade als Europa in Tuitschs Hand kam, zerfiel in Babel beim Stadt- und Turmbau die Einheit der Sprache. Aber Aventin schreckte vor der Folgerung des Oberrheinischen Revolutionärs zurück und meinte, beim Turm habe nach der Sprachverwirrung der eine Bruder deutsch, der andere *windisch*, der dritte *wälsch*, der Vater – immerhin – jüdisch, der Sohn spanisch geredet. Ob Tuitsch und seine dreißig Helden mit einer Sprache oder mit verschiedenen verwirrten Idiomen aus Armenien nach Europa kamen, das mußte Aventin offenlassen, um nicht durch die biblische Sprachtheologie die pangermanische Völkertafel des Annius und seinen Glauben an die Verbreitung der deutschen Sprache zu gefährden. Man versteht, daß er noch 1530, nun schon der Reformation zuneigend, der Lehre von den 72 Sprachen auswich: *Wie vil zungen aber aus diser einigen erwachsen, kan man nicht leichtlich sagen, dann man alle ding nit so genau forschen noch wissen sol*. Die meisten gäben nach der Zahl der Fürsten in Babel 72 Sprachen an, aber *die fleissigen machen 74*. (Das traf wohl Naucler.) Nach etlichen wäre der Riese Tuisco Herr über zwei Sprachen, die deutsche und die *windische*; denn sie gehörten eng zusammen, wie Kaiser Karl IV. befohlen habe. Sollten die übrigen europäischen Sprachen alle deutsch sein? Aventin antwortete nicht[17]). Trotz aller Übersetzungen achteten die meisten

[17]) Rudimenta grammaticae, Augsburg 1517, f. s 3, zitiert nach MÜLLER, Quellen-

Humanisten ihre Muttersprache, vollends in ihren Dialektformen, gering; sie latinisierten ihre deutschen Familiennamen und hielten „Sprache“ gewöhnlich für eine Sache der Gelehrten[18]). Wir vermissen selbständige Gedanken über Wesen und Grenzen der Sprache; alle Geschäftigkeit konzentrierte sich auf die gloriose Vergangenheit des souveränen Volkes, ohne daß man das historische Gespräch der Völker miteinander recht gewürdigt hätte.

Diese scheinbar engherzige und matte Haltung erklärt sich leicht als Ausweichen vor zwei noch überlegenen Mächten, der lateinischen Antike und der katholischen Kirche, also vor dem Römischen. Die Vertreter der alten Kirche sprachen nicht immer klassisches Latein, doch die Bettelmönche waren volkstümlich, und ihre Schriften traten dem humanistischen Patriotismus recht massiv entgegen. In dem Schwankbüchlein des elsässischen Franziskaners Johann Pauli (nach 1450– vor 1533) wurde 1522 die alte Sprachenordnung wirkungsvoll verteidigt; nicht nach seiner Nation, sondern nach seinem Stande soll ein jeder reden. Ein deutscher Edelmann, der vor dem Papst nicht lateinisch und italienisch sprechen kann (das widerfuhr dem Kurfürsten Ernst von Sachsen 1480 tatsächlich vor Sixtus IV.), mag noch so ansehnlich sein, er ist ein rechtes Vieh. Den verweltlichten Prälaten bekommt es freilich gut, wenn ihnen an Stelle lateinischer Doctores ein armer Dorfpfaff auf gut Deutsch die Meinung sagt. Aber ein Handwerker, der im Stadtrat sitzt, soll sich nicht aufblähen und Schwäbisch reden, wenn er noch nicht vors Tor gekommen ist[19]). Je größer die Pflichten, desto universaler müssen die Kenntnisse sein. Und umgekehrt, Sprache berechtigt nicht, sie verpflichtet.

Zum Nationalstolz gibt die Sprache gar keinen Anlaß. Der welterfahrene Straßburger Franziskaner Thomas Murner (1475–1537) wandte sich schon 1502 gegen Wimpfeling; Karl der Große sei *propria loquendi varietate* eher ein Franzose als ein Deutscher gewesen. Viel wichtiger als Idiomatik und Rhetorik war ihm wie Bernhardin von Siena 1512 der moralische Inhalt des Gesprochenen. Schon

---

schriften 303 (Deutsch und Griechisch). Sämtliche Werke, hg. Matthias LEXER u. a., 6 Bände, München 1881–1906: Bayerische Chronik Bd. 4, S. 14 f. (Deutsch, Griechisch und Hebräisch), 63 (Ursprache, Sprachenteilung), 5 f. (besondere Eigenart), 52 f., 86 (Tuitsch), 65 ff. (seine Untertanen), 89 (Man), 96 (Treiber), 143 (Baier), 33 (Bojer), 205 u. ö. (Galater), 98, 209 (Französisch); Deutsche Chronik Bd. 1, S. 329 f. (72 Sprachen usw.). Dazu GOTTHELF, Altertum 9 ff.; Maud ÜBELEIN, Aventins Geschichtsbewußtsein, Diss. phil. (Masch.-Schr.) Erlangen 1946, S. 57 ff., 106 ff.

[18]) Wolfgang STAMMLER, Zur Sprachgeschichte des XV. und XVI. Jahrhunderts, in: Vom Werden des deutschen Geistes, Festgabe Gustav Ehrismann, Berlin-Leipzig 1925, S. 171–189, hier S. 172 ff. (Übersetzungen); Karl SCHULTE-KEMMINGHAUSEN, Humanismus und Volkssprache, Ein Beitrag zur Geschichte der hochdeutschen Schriftsprache in Norddeutschland, in: Westfalen 17 (1932) 77–90, hier S. 85 ff. (Dialekte). Zur Sprachauffassung vgl. jedoch HERDING (o. Anm. 3) S. 348 ff.

[19]) Schimpf und Ernst, hg. Hermann OESTERLEY (BLV 85), Stuttgart 1866: Nr. 95 S. 72 f. (Edelmann); Nr. 454 S. 270 f. (Dorfpfaff); Nr. 484 S. 283 (Schwäbisch).

Adam ist durch *eyn zung* zu Fall gekommen. *Die selben oden falschen zungen Von babilonia sindt entsprungen* und heute überall im Schwang – als hätten sich am Babelturm nur die Lästerzungen und nicht die Idiome vervielfacht. Gewiß, ein Geistlicher muß im Lateinischen firm sein, und Murner machte sich weidlich lustig über die geistlichen Esel, die nach dreißig Jahren Schulbildung nur das Eselswort *ita* gelernt haben[20]). Aber wiederum sollen die Kenntnisse nur der Pflicht des Tages dienen.

Diese römische Moral brachte die Humanisten in Harnisch; welche salbungsvolle Ignoranz! Die „Briefe der Dunkelmänner" stellten sie 1515–17 erbarmungslos bloß. Die Kölner Dominikaner, die Reuchlin verfolgten, sind gelehrte Idioten; wenn sie Schnitzer im Lateinischen machen, berufen sie sich auf Horaz, der Mensch könne neue Vokabeln bilden; sie kümmern sich als Theologen nicht um die Grammatik. Diese Esel verstehen weder Latein noch Deutsch, geschweige denn Griechisch, denn das sei, sagen sie, für die Heilige Schrift nicht wesentlich. Wenn ihnen einer Unverständliches schreiben will, kann er es auf italienisch, böhmisch, ungarisch oder auf griechisch tun. Der lateinische Homer ist ihnen lieber als der griechische; vollends die Bibel halten sie für hinreichend übersetzt, die Pflege des Griechischen und nun gar des Hebräischen für sinnlos. So aber kennen sie die Heilige Schrift und die ursprüngliche und wahre Theologie überhaupt nicht[21]). Die drei gelehrten Sprachen dienen der Wahrheit; nur aus den reinen Quellen kann dann auch die rechte Moral fließen.

Einer der Autoren dieser Dunkelmännerbriefe, der Reichsritter Ulrich von Hutten (1488–1523), war schon jung der Klosterschule entlaufen. Als er 1517 den gottlosen schwäbischen Tyrannen, Herzog Ulrich von Württemberg, anprangerte, vergaß er unter seinen zahlreichen Vorläufern Nimrod. Denn er glaubte an die Kraft des Wortes und hielt seine deutsche Rede bereits für die befreiende Tat. Die Deutschen waren von Babel nicht geknickt. Den Kaiser Maximilian und die deutschen Fürsten erinnerte Hutten 1517 und danach an die altgermanischen Heldenahnen, Tuisco und Mannus an der Spitze. Mächtig und frei standen die Deutschen da, wenn sie nur wollten; der Held Arminius, der

[20]) Germania nova, hg. Emil von BORRIES, Wimpfeling und Murner im Kampf um die ältere Geschichte des Elsasses, Ein Beitrag zur Charakteristik des deutschen Frühhumanismus, Heidelberg 1926, S. 202 (Karl der Große). Die Schelmenzunft, hg. Meier SPANIER (Kritische Gesamtausgaben Elsässischer Schriftsteller des Mittelalters und der Reformationszeit 3), Berlin-Leipzig 1925: Prolog v. 53 f. S. 41 (babylonische Zungen). Narrenbeschwörung, hg. Meier SPANIER (Kritische Gesamtausgaben . . . 2), Berlin-Leipzig 1926: Nr. 72 S. 367 ff. (Esel).

[21]) Epistolae obscurorum virorum, hg. Aloys BÖMER (Stachelschriften, Ältere Reihe I), Bd. 2, Heidelberg 1924: I, 1 S. 9 (Horaz); II, 28 S. 138 (Theologie und Grammatik); I, 35 S. 62 (Esel); II, 10 S. 110 (Griechisch und Heilige Schrift); I, 48 S. 85 (Italienisch usw.); II, 44 S. 164 (Homer); II, 33 S. 149 (Bibelübersetzung); II, 3 S. 95 (Hebräisch); II, 50 S. 173 (wahre Theologie).

Befreier Germaniens, überwand die römische Hinterlist. Der Humanist mochte, auch wenn er seine Dialoge selbst ins Deutsche übertrug, nicht an der Vormacht des Lateinischen rütteln; er gönnte es nur den Italienern nicht. Denn in Italien gibt es keine alten Römer mehr. Überall versteht *yederman* Latein; nur in Rom, wo man alle Nichtitaliener für Barbaren hält, schwätzen die Kurialen ein barbarisches Latein. Die Barbarei ist begründet in der katholischen, internationalen Vielfalt, denn drei Dinge trifft man in Rom: Leute aus allen Ländern, Münzen aller Sorten und *gemeynschafft (commercium)* aller Sprachen. Sie verdirbt die Sitten[22]). Rom ist das wahre Babel; nur die autonomen Nationen bewahren die Wahrheit.

Der Kernfrage nach dem Wahrheitsgehalt der katholischen, lateinischen Religion waren die Humanisten bisher ausgewichen. Ihr Schweigen war wohl beredt gewesen; aber jetzt erhob sich der große Protest. Die Zionswächter schliefen nicht; der humanistische Sekretär am sächsischen Hof, Hieronymus Emser (1478–1527), rief 1519 in der Leipziger Disputation, neuerdings würden die hussitischen Irrlehren aus dem böhmischen Land der Verwirrung wiederbelebt: *Tu ipse turrim David impugnas, dum veterem illam Babylonicam tam solicite reedificas*[23]). Auch der friedfertigere bayrische Franziskaner Kaspar Schatzgeyer (ca. 1463–1527) sah 1522 den Babelturm der menschlichen Eitelkeit in seiner Gegenwart wieder aufsteigen[24]). Der neue Babeltürmer hieß Luther.

Martin Luther (1483–1546) gab den Vorwurf zurück. Schon 1513/16 hatte er gelehrt, die babylonische Sprachverwirrung meine *mystice* die *glossas dissonas a textu, quia divise sunt lingue eorum a vera lingua legis*; und dabei blieb er zeitlebens: Das Abweichen vom Wort Gottes, die Verdrehung des göttlichen Gesetzes, die eigenmächtige Deutung, das ist Babel heute und immer. Die menschliche Rede kann nichts erschaffen; in seiner Genesispredigt meinte Luther 1523 gleichmütig: *Wy mans nent, alßo ists genent*. Die Sprache ist wohl ein Vorrecht des Menschen, aber jedes Menschen, denn Adam heißt auf deutsch „Mensch". Wir alle sind *ein kuch mit Adam*; keiner von uns ist adliger als er, aber er war auch nicht

---

[22]) Opera quae reperiri potuerunt omnia, hg. Eduard Böcking, 7 Bände, Leipzig 1859–70: Phalarismus 2 ff. Bd. 4, S. 5 ff.; 29 S. 23 ff. (Tyrannen); Ad Caesarem Maximilianum epigrammata 10 Bd. 3, S. 210; In exceptionem Moguntinam Alberti panegyricus v. 327 S. 364; v. 706 ff. S. 375 (Tuisco usw.); Arminius 43 Bd. 4, S. 416 (Arminius); Inspicientes 2 S. 273 (alte Römer); 32 S. 284 (yederman); 29 S. 282 (Barbaren); Vadiscus 38 S. 168 (Kuriale); 208 S. 240 f. (drei Dinge). Dazu Hankamer, Sprache 74 ff.; Hajo Holborn, Ulrich von Hutten, Leipzig 1929, S. 84 ff., 101 ff.

[23]) De disputatione Lipsicensi, hg. Franz Xaver Thurnhofer, Corpus Catholicorum, Bd. 4, Münster 1921, S. 29; A venatione Luteriana Aegocerotis assertio, ebenda S. 61. Dazu Joseph Lortz, Die Reformation in Deutschland, 3. Aufl., 2 Bände, Freiburg i. Br. 1949, hier Bd. 1, S. 222 f.; Bd. 2, S. 160.

[24]) Scrutinium divinae scripturae pro conciliatione dissidentium dogmatum, hg. Ulrich Schmidt OFM, Corpus Catholicorum, Bd. 5, Münster 1922, S. 74. Dazu Lortz (o. Anm. 23) Bd. 2, S. 163 ff.

weiser als wir. Weil wir Toren uns dem göttlichen Wort nicht fügen, darum ist die Sprachverwirrung *exemplum mundi*. Der abtrünnige Nimrod lebt in den macht- und landgierigen Fürsten heute noch fort. Er war in allem Irdischen ein erfolgreicher und beliebter Herr; hätten wir nur heute solche Fürsten wie Nimrod, es wären goldene Zeiten! Aber das ist nicht die Weise der Gotteskinder; Gott hat die Herrschaft zu unserer Züchtigung zugelassen. Wie im Politischen, so ist im Geistlichen Babel unter uns; am Turm bauen alle, die sich etwas Besonderes dünken, die Franziskaner, Kartäuser, Benediktiner mit ihrem Mönchsgezänk. Wo Christus und das Wort Gottes herrschen, da ist Eintracht ohne Gewalt. Die Bibel lehrt uns, wie wir zu leben haben.

Allerdings erzählt sie uns auch, wie es gewesen ist; aber auch hier müssen wir den reinen Text hören und uns vor eigenmächtiger Handgreiflichkeit hüten. Wie viele Sprachen es gibt, sagt die Bibel nicht. Viele haben von 72 geschrieben und geredet, aber wie viele es waren, weiß niemand. Etwa die Hamiten gebrauchten doch gewiß die gleiche Sprache, wenn auch dialektisch verschieden, *ut hodie inter Germanos*; auch Hebräisch und Chaldäisch sind dasselbe Idiom. Luthers Kritik war vom Humanismus vorbereitet; sie gründete sich nicht auf historische Erwägungen, sondern allein auf den Text. Aber so wirkte sie viel durchschlagender als Tostats Überlegungen; was nicht im Bibeltext steht, gilt nicht. Luther konnte die Formel der 72 Sprachen nicht ganz ausrotten; geächtet war sie von nun an. Aber stand in der Bibel nichts von 72 oder 70 Völkern? Gott wies doch selbst jedem Volk sein Land zu und behielt sich nach Deut. 32, 8 ein Erbteil vor. Luther gestand, wohl unter dem Eindruck des deutschen Humanismus, tatsächlich den Völkern größere Gottnähe zu als den Sprachen. Freilich lohnte die Zuteilung der Länder keineswegs das sittliche Verdienst der Noachiden; der böse Cham sicherte sich die *schmaltzgruben der gantzen weld*, Japhet kam in den kalten, dunklen Norden *gegen mitternacht*. Aber das deutsche Volk gehört dennoch zu den geistlich gesegneten; Luther bemerkt zu Japhet knapp und klar: *Et nos de hoc filio prognati sumus*. Bei den *nos* erwähnte er allerdings Polen und Moskowiter mit. Aber auch ihn wie Aventin drängte es, dem deutschen Volk einen eigenen Japhetiten zum Ahnherrn zu geben und, deutlicher als Aventin, die Sprache an diesem Segen teilhaben zu lassen. *Assanas germanicam linguam docuit*. Auch diese Deutung Luthers war von den Humanisten, von Aventin vorweggenommen; auch sie hat erst durch Luthers religiöses Pathos wirklich Fuß gefaßt: Aschkenaz war unser[25]).

---

[25]) Werke, Gesamtausgabe, 58 Bände, Weimar 1883–1948 (im folgenden abgekürzt WA): Dictata super Psalterium Bd. 3, S. 308 (Glossen); Predigten über das erste Buch Mose Bd. 14, S. 125 f. (Adam), 208–217 (Babel, Aschkenaz); Deuteronomion Mosi cum annotationibus S. 734 (Deut. 32, 8). Die Aschkenaz-Deutung Luthers ist GOTTHELF, Altertum 20, 28 und Heinrich DANNENBAUER, Germanisches Altertum

In den Genesispredigten von 1527 haben sich die Anschauungen des Reformators kaum geändert; nur ist die moralisch-aktuelle Auslegung konkreter, die wörtlich-historische vorsichtiger geworden. Das geistliche und politische Babel der Gegenwart verkörperte sich in bestimmten Institutionen, im Papsttum und in den Orden. Dafür wies Luther noch energischer als zuvor *alles lügenteding* um den alten Babelturm zurück: daß der Turm gegen eine neue Sintflut gebaut worden sei, daß die Bauarbeiter schon die Engel im Himmel hätten singen hören, daß noch Reste des Turmes stünden. Davon weiß die Bibel nichts. *Das rede ich darümb, das man bey dem Text bleibe und die schrifft reyn lasse, nicht alle mal eine glose gebe, gleich als müsten es gerad zwey und siebenzig sprachen sein, weil man soviel kinder von Noah zelet. Das wissen wir, das yhr viel sind: wie viel yhr aber ist, künnen wir nicht sagen.* In Babel war jedem Volk eine Sprache *zurteylet* worden; nach Gottes Willen gehören also Volk und Sprache eng zusammen. Aber heute, nach so vielen Jahrhunderten, diese Sprachen, ja auch diese Völker benennen zu wollen, wäre vermessen. Behutsamer als früher meinte Luther: *Ascenas helt man fur unsern der Deudschen vater*; auch ob die Türken wirklich, wie Luther *gerne wölt*, die Gog und Magog seien, war ihm fraglich geworden. Er mochte nicht mehr glauben, daß Sem Melchisedech war, und seine Nachkommen? *Da wissen wir wenig von, hat mich offt bekümmert, wo doch das volck hin komen und blieben sey.* Bei den frommen Semiten, die Hebräisch sprechen, müßte man wohl Christen finden; Juden und Araber sind eher hamitisch. Doch wir können die Welt nicht überblicken, kennen kaum die eine Hälfte. Ob Luther die Semiten in der Neuen Welt suchen wollte? Jedenfalls überwand er den politisch-geographischen Begriff der abendländischen „Christenheit". Und hier schloß sich wieder der Ring der Auslegung. Das in der Bibel Mitgeteilte ist nicht allein wörtlich zu nehmen. Gott hat auch in Babel nicht nur äußerlich die Sprachen verwirrt, sondern die Gewissen erschreckt und die Herzen gerührt; nun konnten die Menschen nicht mehr freundlich beieinander bleiben. Auch die heutige Uneinigkeit der Frommen ist noch die Folge von Babel; Eintracht und Liebe werden erst einkehren, wenn das Gotteswort ohne alle irdischen Zusätze gilt und Christus allein der *bawherr* ist.

Luthers große Genesisvorlesung von 1535–45 ist uns nur in Bearbeitungen anderer erhalten, die manches gelehrte Faktum hinzutaten; dennoch ist Luthers Ansicht deutlich erkennbar die alte geblieben. Die faktischen Details treten nun freilich noch kantiger hervor; der Papst und nun auch die Türken bauen noch immer am Babelturm. Doch reicher wird jetzt auch der historische Dekor. Nimrod, der erste Kaiser der Welt, war vielleicht der Bauherr des Turms, *etsi certi, quod dicam, nihil habeam.* Lyranus und andere haben zwar übertrieben; man

und deutsche Geschichtswissenschaft (Philosophie und Geschichte 52), Tübingen 1935, S. 24 unbekannt geblieben.

kann nicht sagen, daß der Turm 9 Meilen hoch war und heute noch 3 Meilen hoch ist. Da die Bibel hier zum ersten Mal Backsteine erwähnt, mag es immerhin sein, daß die Babeltürmer sie erfunden haben. Und der Bau hatte höchst konkrete Folgen; er zerstörte die glückliche Eintracht und die Einheit der *prima et vera lingua*, des Hebräischen; seitdem trat Selbstvertrauen an die Stelle des Gottvertrauens, und das ist ein *peccatum politicum*. Auf den Turmbau geht tatsächlich alles politische, wirtschaftliche und vor allem kirchliche Elend der Welt zurück, auch der Haß zwischen den Völkern, zum Beispiel zwischen Deutschen und Franzosen, Deutschen und Italienern, und der Verfall des rechten Glaubens; Babel ist *origo et seminarium omnium malorum*. Davon hebt sich nun aber reinlich die landeskirchliche Teilung der Erde ab: Noah selbst wies seinen Nachfahren die Länder zu und befahl ihnen, *ibi respublicas et Ecclesias instituere*. Die weltliche und kirchliche Ordnung schien gefestigt; doch mußte Noah noch erleben, wie die ruchlosen Hamiten sie zerstörten. Cham brach den Frieden der frommen Nachbarn; der Verfluchte wurde der Mächtigste, vergleichbar den Türken und den Päpsten; der Menschenjäger Nimrod riß die Welt- und Kirchenherrschaft an sich wie heute der Papst; Kanaan eroberte den Ort des Paradieses.

Japhets Teil war unwirtlich und unfruchtbar; aber ist es nicht das geistlich gelobte Land? Wie Babylon, so wird Rom an der Sprachverwirrung zugrunde gehen; das Schicksal der Babeltürmer wird auch den Papst und seine türkischen Freunde ereilen. Und dann wird die wahre Kirche triumphieren, die in Deutschland das Evangelium wieder aufgerichtet hat. Denn wir Deutsche sind doch Japhets Erstgeborene, *descendimus igitur nos Germani per totam lineam a Primogenitis Japheth*; Gomers ältester Sohn Aschkenaz ist *noster singularis Heros*. Er war tatkräftig und fromm; das ist eine Prophezeiung: Dem Erstgeborenen gebührt die Kaiserherrschaft und die Hut des Gotteswortes; Gott gefiel es, die deutsche Nation besonders zu ehren. Mit diesen Sätzen faßte Luther den Traum seiner deutschen Zeitgenossen genial zusammen und schenkte ihnen eine Theologie der Nation, wie sie kein anderes Volk besaß. Er brauchte dafür Annius nicht, berief sich nur auf die Rabbiner; dennoch ist der Einfluß des Berossus spürbar, wenn Javan den Griechen abgesprochen und mit dem Italiener Janus gleichgesetzt, wenn Japhet mit Japetus verglichen wurde; auch daß außer Deutschen und Italienern nur östliche Stämme als Japhetiten benannt wurden, lag in Annius' Richtung. Gomer wurde den Galatern (erst recht den Franzosen) entzogen und zu den Kimmeriern versetzt, eine Lokalisierung, die durch die Keilschriftfunde des 19. Jahrhunderts bestätigt wurde; Magog wurde an die Skythen, Tataren und Türken verwiesen, Mosoch den Moskowitern belassen, Tubal den Spaniern aberkannt und wie Togarma zu den Tataren verpflanzt. Aus Südrußland schien das Haus Japhet zu stammen.

Dem voreiligen Nationalstolz schob Luther indes gleich wieder einen Riegel vor: Im ganzen ist die Völkertafel ein Spiegel für den Zustand des gefallenen Menschen; sie enthüllt das Elend der Geschichte. Von einer glanzvollen Vergangenheit ist uns nichts geblieben als ein paar Namen und die unselige Sprachentrennung, die bis ans Ende der Welt nicht vergehen wird. Die *ratio* (und die Sprache) ist eine herrliche Gottesgabe, doch die Sünde hat sie verdunkelt; ohne Moses wüßten wir vom Ursprung des Menschen, ja von der Schöpfungsgeschichte überhaupt nichts[26]). In seiner knappen universalhistorischen Tabelle gab Luther 1541 nicht dem Deutschen Aschkenaz, nur dem Turmbau einen Platz, den er wie Annius auf etwa 100 Jahre nach der Sintflut datierte; erschüttert über die hamitische Ruchlosigkeit gegen Gott und den noch lebenden Erzvater Noah sprach Luther dem falschen Berossus auch die Gleichung Nimrod-Saturn nach: überschäumende Bosheit der Gottlosigkeit. Auch die Herkunft von Aschkenaz schützt nicht vor Sünde. 1528 bekannte Luther, daß alle Menschen *von einem menschen Adam komen sind*; sie haben seine Sünde geerbt. Den Juden gegenüber trumpfte Luther 1543 einmal auf: Der Geburt im Fleisch dürfe sich niemand rühmen, aber als Christ habe er den gleichen Geburtsadel wie die Juden, denn Noah, der älteste Herrscher, Priester und Vater der ganzen Welt, sei sein richtiger, natürlicher Großvater; und Luthers Ahnherr Japhet stehe als Erstgeborener an irdischem Rang über dem jüngeren Sem. Doch sogleich beugte sich Luther dem Ratschluß Gottes, der nicht nach der Ahnentafel, sondern nach seinem Heilsplan den jüngeren Sem auserwählte[27]). Im Grunde bleibt auch den Deutschen nichts in den Händen als eine Erinnerung und eine Verheißung – und ihre Sprache.

Ich danck Gott, das ich yn deutscher zungen meynen gott alßo höre und finde, als ich und sie mit myr alher nit funden haben, widder in lateynischer, krichscher noch hebreischer zungen. So jubelte Luther 1518, als er die „Theologia Deutsch" entdeckte. Er

[26]) In Genesin declamationes, WA Bd. 24, S. 219–236 (Predigten von 1527); Vorlesungen über 1. Mose Kap. 10 f., WA Bd. 42, S. 394–423 (Genesisvorlesung; ganz ähnlich Tischrede Nr. 6108, WA Tischreden Bd. 5, S. 492). Dazu Peter MEINHOLD, Die Genesisvorlesung Luthers und ihre Herausgeber (Forschungen zur Kirchen- und Geistesgeschichte 8), Stuttgart 1936, S. 118 ff., 423 ff. Zu L.s Exegese Karl HOLL, Luthers Bedeutung für den Fortschritt der Auslegungskunst, in: K. H., Gesammelte Aufsätze zur Kirchengeschichte, Bd. 1, 6. Aufl., Tübingen 1932, S. 544–582, hier S. 552 ff., 569 f.; Heinrich BORNKAMM, Luther und das Alte Testament, Tübingen 1948, S. 74 ff.; Hans-Joachim KRAUS, Geschichte der historisch-kritischen Erforschung des Alten Testaments von der Reformation bis zur Gegenwart, Neukirchen 1956, S. 5 ff., 8 ff., 15 ff.

[27]) Supputatio annorum mundi, WA Bd. 53, S. 49 f. (universalhistorische Tabelle; dazu Peter MEINHOLD, Die Verarbeitung von Luthers „Supputatio annorum mundi" in der von Veit Dietrich herausgegebenen Genesisvorlesung, in: ZKG 51 [1932] 138–168, hier S. 138 ff.; GOEZ, Translatio 257 f.); Bekenntnis, WA Bd. 26, S. 502 (von einem menschen Adam); Von den Juden und ihren Lügen, WA Bd. 53, S. 422–426 (Großvater Noah).

liebte seine Muttersprache wie keiner unter den Humanisten, nicht weil sie älter oder heiliger als die drei klassischen Sprachen gewesen wäre, sondern weil sie den deutschen Beter näher zu seinem Gott führt als alle Fremdsprachen. Darum übersetzte Luther seit 1521 die Bibel ins Deutsche, und seine religiöse Leidenschaft machte diese Übersetzung gültig und brach einer gemeindeutschen Hochsprache Bahn. Aber Gott hat sich nicht in deutscher Sprache geoffenbart, sondern hebräisch und griechisch. Darum wandte sich Luther 1524 gegen die nur deutsche Messe und Bibel. Wie Gott sollen wir auch Hebräisch und Griechisch *heylig* halten und *fur allen andern* ehren; nur durch diese Sprachen wird Gottes Wort des Alten und Neuen Bundes verständlich. Selbst das Lateinische wird gehütet: In ihm wurde mit Gottes und der Römer Hilfe das Evangelium ausgebreitet. Auch die Türken durften Griechenland erobern, weil Gott die griechische Sprache ins Abendland bringen wollte. Um des Evangeliums willen erweckte Gott die humanistische Pflege der alten Sprachen. Die Sprachenkenntnis ist seit dem Pfingstwunder eine *edle feyne gabe Gottis* und *nütz und not... ynn der Christenheyt*; denn die Sprachen sind die Scheide, in der das Messer des Geistes steckt. Luther wiederholte es 1526: *Ich halte es gar nichts mit denen, die nur auff eyne sprache sich so gar geben und alle andere verachten.* An Pfingsten predigten die Apostel ja auch mit *allerley zungen* und warteten nicht, bis alle Hebräisch gelernt hätten. Neben den drei alten Sprachen, die Luther in der Messe gern beibehalten hätte, sollte eben darum auch das Deutsche stehen, als die Sprache der Gläubigen, nicht als die heilige Sprache Gottes. Denn die Muttersprache bekam bei Luther niemals einen absoluten Wert; sie stand im Dienste des Glaubens. Wie Christus (nach Psalm 18, 4) alle Sprachen, nicht nur Latein, beherrschte, so sollen wir (nach Psalm 150, 6) Gott in allen Sprachen, auch in der deutschen, loben[28]).

Wenn Luther in seinen Tischreden näher auf die einzelnen Sprachen einging, hob er immer wieder die hebräische hervor, die *simplicissima*, die *allerbeste* und reichste, *majestätisch und herrlich* und rein. Seit der Babylonischen Gefangenschaft ist freilich auch sie wie alle verfallen und vermischt; das Chaldäische drang ein. Für den heutigen Juden ist das Hebräische, was für den Italiener das Latein. Benachbarte Sprachen borgen einander ihre Vokabeln; so ist das Böhmische zum guten Teil *Scythica*, und Luther sagt auch vom Deutschen, daß Kaiser Maximilian und Kurfürst Friedrich der Weise alle deutschen Mundarten zur sächsischen Kanzleisprache *in einander gezogen* hätten. Dieser Austausch ist begrüßenswert, denn gerade im Deutschen stört die Vielfalt der Dialekte: der

[28]) Vorrede zu der vollständigen Ausgabe der „deutschen Theologie", WA Bd. 1, S. 379 (Ich danck Gott). Zur Bibelübersetzung Melzer, Sprache 327 ff. An die Ratherren aller Städte deutsches Lands, WA Bd. 15, S. 36–39 (Sprachen und Sprachenkenntnis). Deutsche Messe und Ordnung Gottesdiensts, WA Bd. 19, S. 74 (Ich halte es . . ., Pfingsten). Tischrede Nr. 2388, WA Tischreden Bd. 2, S. 443 (Psalm).

Schwabe begreift den „Cherusker“ nicht, und den groben Bayern verstehen kaum seine eigenen Stammesgenossen. Trotz aller Mischungen hat jede Sprache ihre besondere Würde und *ir eigen art*; Luther bemühte sich, sie zu erfassen. Das Lateinische klingt ihm dünn und schwach; Griechisch ist schöner. Und obgleich das Deutsche viel vom Griechischen geborgt hat (*multum graecisat*, die These des Celtis), ist es wenigstens unter den neueren Sprachen durch Einfachheit und Wahrheitsliebe die beste: *Germanica autem lingua omnium est perfectissima*. Luther schämte sich nicht seiner Liebe zur Muttersprache – er hat das Wort *Muttersprache* 1523 ins Hochdeutsche eingeführt –, doch er übertrug sie nicht in die Welt der Taten Gottes; wir sind ja nicht einmal Herren unserer Geschichte. Hätte Hannibal gesiegt, wir hätten heute als internationale Verkehrssprache das Punische und Chaldäische an Stelle des Lateinischen. Die Zeit vertut das ursprüngliche Wissen; die Hebräer schöpften aus den Quellen, die Griechen noch aus Rinnsalen, die Lateiner nur aus den Lachen. In dieser geschichtlichen Zone blieben die vielfältigen Idiome allesamt befangen[29]).

Und das Pfingstwunder? Luther hob daran nach 1531 nicht die Verleihung der Sprachengnade, erst recht nicht die Heiligung der Sprache oder gar einzelner Volkssprachen hervor, sondern die Mahnung an die Gegenwart, das Gotteswort überallhin auszubreiten. Bloß um der Mission willen schenkte der Heilige Geist den Aposteln, die zuvor *nur jhr Mutter sprach* verstanden, *allerley sprach*. Allerdings geschah an Pfingsten nicht nur ein geistliches Mirakel oder ein Hörwunder, Luther beantwortete 1543 die *schwere quaestio* eindeutig im Sinn der mittelalterlichen Exegese; er nahm den Text auch hier wörtlich, wenn auch nicht im Sinne Vallas. Das Sprachenwunder wurde dadurch bezeugt, daß der Galiläer Petrus seinen Brief griechisch schrieb. Das Wunder sollte indes allein das Evangelium fundieren und den Glauben ausbreiten, nicht etwa die babylonische Verwirrung aufheben oder die Weltzustände bessern. Luther gab 1538 wohl zu, daß Sprachkenntnisse für Soldaten und Kaufleute auch weltlichen Nutzen hätten, da sie *nit allain der Deuschen bruder bleiben*; aber über der Welt hängt für immer der babylonische Fluch, der die Beziehungen zwischen Deutschen, Italienern, Franzosen und Spaniern, ja zwischen Meißnern, Böhmen, Polen und Schlesiern trübt[30]).

---

[29]) Neue Tischreden Nr. 7167, WA Bd. 48, S. 700 (simplicissima); Tischrede Nr. 1040, WA Tischreden Bd. 1, S. 524 f.; Nr. 3271 Bd. 3, S. 243 f. (allerbeste, Verfall); Nr. 2758 Bd. 2, S. 639 f. (Vermischung, ineinander gezogen); Nr. 4018 Bd. 4, S. 78 f. (Dialekte, Latein, Griechisch, vollkommenes Deutsch); Nr. 5521 Bd. 5, S. 212 (eigen art); Nr. 3766 Bd. 3, S. 597 (Hannibal); Nr. 6207 Bd. 5, S. 540 (lateinische Verkehrssprache); Nr. 3271 Bd. 3, S. 243 (Quellen usw.). Dazu Ludwig MEYER, Luthers Stellung zur Sprache, Diss. phil. Hamburg 1930, S. 50 ff.

[30]) Hauspostille von 1544, Die erste Predigt am heyligen Pfingstag, WA Bd. 52, S. 315 (allerley sprach); Tischrede Nr. 5581, WA Tischreden Bd. 5, S. 261 (quaestio); Nr. 4317 Bd. 4, S. 216 f. (Soldaten usw.); Nr. 6108 Bd. 5, S. 492 (Fluch).

Im ganzen ist Luthers Sprachdenken rein religiös und nicht national gerichtet. Die einzelne Sprache, auch die Muttersprache, hat keine metaphysische Mission, die Gesamtheit aller Idiome keinen theologischen Aussagewert. Von der Sprache im Paradies, von der Sprache im Himmel redete Luther nicht. Sprache ist lediglich ein irdisches Mittel. Sie hat eine tiefe Kraft, den Geist Gottes lebendig zu machen, doch diese Kraft kommt von jenseits. Nur als Bibelsprache ist sie der Subjektivität und mystischen Innerlichkeit enthoben und erfaßt die ganze Wirklichkeit; dann ist sie aber Anrede an den Menschen, nicht Ausdruck seines Wesens. Ähnlich betrachtete Luther die Geschichte. In ihr offenbart sich unsere Schwäche, die Korruption des Irdischen, der Lauf der Welt, Glaube und Unglaube; wir bleiben dem Wechsel verfallen. Aber in die Geschichte brechen als Anruf an den Sünder die Wunderwerke Gottes ein; die Völker werden, von Gott geleitet, zu Werkzeugen, mit denen der Herr Geschichte wirkt. So ist im geliebten deutschen Volk das Evangelium wieder aufgestanden; so kann plötzlich die Erdenspur des Aschkenaz aufleuchten und den Deutschen den Weg weisen. Aber ohne Gott vermögen sie nichts; die Geschichte der Sprachen und Völker kann sie nicht läutern. Von den 72 Sprachen und Völkern, von dem theologischen Sinn geschichtlicher Mannigfaltigkeit, vom verborgenen Segen irdischer Vielfalt blieb wenig übrig[31]).

Aber zu intensiv hatten die deutschen Humanisten nach der Autonomie der deutschen Nation gefragt, als daß sich das humanistische Mißverständnis der Lehre Luthers nicht bemächtigt hätte. Der Kampf gegen Rom, die Abwehr des lateinischen Universalismus, die Abblendung der Universalgeschichte, das alles schien Luther mit den Humanisten zu verbinden; warum nicht auch der Glaube, daß sich Gott in der deutschen Nation ein auserwähltes Volk berufen habe, daß in ihr die Geschichte gipfele? Schon Luthers bedeutendster Mitarbeiter, Philipp Melanchthon (1497–1560), lenkte leise in die humanistischen Bahnen zurück, zumal in späteren Jahren. Freilich war ihm 1523 die Geschichte des Alten Bundes zuerst die Geschichte des gegenwärtigen Gotteswortes, das den Menschen wunderbar anredet. Sprache kommt von Gott; wenn der Mensch Namen gibt, ergreift er nicht Besitz, sondern legt ein Glaubensbekenntnis *(testimonium fidei)* ab. Seit der Schöpfung verbindet sich in der Kirche das fleischgewordene Wort mit dem Menschen; und die Genealogie dieser Kirche ist rein geistlich, sie knüpft an Sem-Melchisedech, nicht an Japhet an. Das wörtliche, leibliche Ver-

---

[31]) Zu L.s Sprachdenken HANKAMER, Sprache 38 ff.; MEYER (o. Anm. 29) S. 7 ff., 34 ff.; DAUBE, Muttersprache 32 ff.; WEISGERBER, Muttersprache 81 ff.; BENZ, Sprachtheologie 204 ff.; Peter MEINHOLD, Luthers Sprachphilosophie, Berlin 1958, S. 17 ff., 28 ff. Zu L.s Geschichtsdenken Heinrich BORNKAMM, Luthers geistige Welt, 2. Aufl., Gütersloh 1953, S. 218 ff., 242 ff.; Hans Walter KRUMWIEDE, Glaube und Geschichte in der Theologie Luthers, Zur Entstehung des geschichtlichen Denkens in Deutschland, Göttingen 1952, S. 39 ff.

ständnis ist nur ungefähr, die *consuetudo loquendi* trifft die *ratio* nicht immer; das ganze Alte Testament mit seiner Historizität ist nur ein hindeutendes Zeichen *(signum)* für das Neue[32]). Die menschliche Sprache und die Geschichte sind entwertet; dennoch bleibt ein schmaler Streifen irdischen Daseins vom göttlichen Licht erhellt. In ihm liegen die historischen Monumente, die uns pädagogisch an unsere Pflicht erinnern, und in ihm liegt die Kontinuität des Deutschen.

Melanchthon überarbeitete 1532 und noch einmal 1558 die knappe Chronik des behäbigen, trinkfreudigen brandenburgischen Hofastronomen Johann Carion (1499–1537) und setzte ihr die theologischen Lichter auf. Luther hatte Nimrod nur als Weltkind, die Herrschaft als Züchtigung gelten lassen; für die Chronik begann am Babelturm die gottgewollte Hegemonie. Es war freilich menschliche Bosheit, die schon 100 Jahre nach der Sintflut und noch zu Lebzeiten Noahs den babylonischen Turm errichtete; auch begründete der gewalttätige Jäger Nimrod sein Weltreich mit der Waffe. Aber daraus entstand nach Gottes Ratschluß eine starke Herrschaft, die durch Rechtsspruch und Waffenmacht die göttliche Ordnung über den Völkern sichert, besonders seitdem Nimrods hamitisches Imperium an die semitischen Assyrer überging. Wie das deutsche Kaisertum, so ist auch das deutsche Volk von Gott durch die Geschichte gesegnet. Es stammt vom Sohn des Kimmeriers und Kimbern Gomer, von Aschkenaz, während die übrigen Japhetiten – außer dem spanischen Tubal – im Osten Europas siedelten. Zu Luthers Erklärungen kam eine neue Namensdeutung: Der Aramide Geter bezeichnet die Geten und Goten, die Deutsch sprachen und Germanen waren. Somit genoß das Deutsche auch den semitischen Segen. Melanchthon fügte allerdings hinzu, die Wandlungen zwischen Aschkenaz und der deutschen Gegenwart lehrten die Vergänglichkeit des Irdischen und verwiesen auf das himmlische Vaterland; doch stärker als Luther spürte er in diesem Schicksal die führende Hand Gottes. Der Humanist fand 1538 die Bestätigung in Tacitus' Germania; er wies zwar die Fabeleien des Annius weit von sich (bei ihm war ja der Deutsche Aschkenaz nicht zu finden), glaubte aber die Verbindung zwischen der Genesis und Tacitus durch die Etymologie allein sichern zu können, zumal wenn Aschkenaz (nach Luther) Deutsch sprach: Aus der Bezeichnung *Die Ascanes* sei lautgesetzlich der Name *Tuiscones* geworden. Der taciteische Gott wäre dann, so darf man wohl folgern, nur eine nachträgliche Personifikation des biblischen Volksnamens gewesen.

Dennoch hielt der „Praeceptor Germaniae" vom geschichtlichen Erbe we-

[32]) In obscuriora aliquot capita Geneseos annotationes, CR Bd. 13, Sp. 766 f. (Gottes Wort), 781 (Namengebung); dazu Hansjörg Sick, Melanchthon als Ausleger des Alten Testaments (Beiträge zur Geschichte der biblischen Hermeneutik 2), Tübingen 1959, S. 7 ff., 87 ff. De ecclesia et de autoritate verbi Dei, CR Bd. 23, Sp. 597 (Sem-Melchisedech); Loci communes, CR Bd. 21, Sp. 192 (consuetudo), 208 ff. (signum).

niger als vom Willen und den guten Werken, und darum begründete er 1539 brieflich die landeskirchliche Stände-Trias Prediger–Fürst–Kirchenvolk lieber durch einen neuen Geschichtsmythus als durch die mittelalterliche Ständegenealogie. Diese hatte seit der Angelsächsischen Genesis zunehmend enger das Priestertum mit den asiatischen Semiten, den Adel mit dem japhetitischen Europa, die Dienstbarkeit mit Cham und Afrika verknüpft; zuletzt hatten die Bauern sich gegen diese Determinierung ihres Standes gewehrt, Melanchthon mochte wohl auch den Adel nicht mehr feudal bevorzugen. So erzählte er (um die lutherische Kinderlehre zu rechtfertigen), Gott habe einst die Kinder Adams den Katechismus abgefragt; ihr Können und Gottes Zensur habe ihr künftiges Schicksal entschieden. Abel sei der Ahnherr der Priester, Seth der erste König, der böse Kain der erste Knecht geworden. Wenn diese Erzählung auch nicht historisch sei, so sage sie doch die Wahrheit. Der Platz des Menschen in der Gesellschaft bemißt sich also nicht nach den historischen Umständen oder einer „ständischen Erbsünde", sondern nach der Kirchlichkeit des einzelnen. In ihr hat die weltliche Obrigkeit einen angesehenen Platz (noch Wyclif hatte Kain als ersten Herrscher bezeichnet!). Diese Ordnung, ja die Wahrheit selbst bedarf der historischen Beglaubigung nicht; die pädagogische Moral wird in die Urzeit versetzt, um die Gegenwart unmittelbar anzusprechen. Damit schränkte Melanchthon den eben gesicherten historischen Rang des Kaisertums und der deutschen Nation wieder ein; als Reformator wie als Humanist überwand er das alte Geschichtsdenken nicht ganz, doch zum guten Teil[33]).

Standes- und nationalbewußte Deutsche suchten aber gerade die von den Reformatoren nur nebenbei erörterte historische Legitimierung. Der betrügerische Genealoge Georg Rüxner, dessen dunkle Lebensumstände in die Pfalz weisen, wollte 1530 nur den turnierfähigen deutschen Adel rühmen und ließ darum die Adligen von Sem und Japhet, die Deutschen zusätzlich von dem Noachiden Tuiscon des Annius abstammen. Die Bauern seien Hamiten. Woher kamen dann aber die deutschen Bauern, von Cham oder Tuiscon? Und wie war der edle Japhet mit dem deutschen Tuiscon verwandt? Das ließ Herrn Rüxner kalt[34]). Wer weniger in der alten Adelswelt wurzelte, nahm lieber den reforma-

[33]) Chronicon Carionis, CR Bd. 12, Sp. 729–740 (Nimrod, Weltreiche, Deutsche; dazu Gotthard Münch, Das Chronicon Carionis Philippicum, Ein Beitrag zur Würdigung Melanchthons als Historiker, in: Sachsen und Anhalt 1 [1925] 199–283, hier S. 218 f., 233 f., 242; Goez, Translatio 258 ff.); Vocabula regionum et gentium, quae recensentur in hoc libello Taciti, CR Bd. 17, Sp. 622 (Die Ascanes; dazu Paul, Nationalbewußtsein 92 f.); Epistola VII, 1785, CR Bd. 3, Sp. 655–659 (Kinder Adams). Zu M.s Geschichtsdenken Georg Ellinger, Philipp Melanchthon, Ein Lebensbild, Berlin 1902, S. 479 ff.; Emil Menke-Glückert, Die Geschichtschreibung der Reformation und Gegenreformation, Leipzig 1912, S. 36 ff.; Scherer, Universitäten 29 ff.; Klempt, Säkularisierung 17 ff.

[34]) Anfang, ursprung unnd herkommen des Thurniers in Teutscher Nation, Simmern 1530, f. 3r–v (Adel), 5v (Tuiscon).

torischen Ansatz auf; der Frankfurter Drucker Christian Egenolff (1502–1555) meinte 1533, das ganze Deutschland solle es sein, und schrieb der Chronik Carions nicht nur den Japhet-Japetus *(unser vater)* nach, sondern auch den Gomeriden Aschkenaz, von dem *Tuiscones, das ist die Teütschen* kommen[35]). Nun war aber dem Problem nicht länger auszuweichen, wie der Noahsohn Tuisco des Annius mit Noahs Urenkel Aschkenaz und seinen *Tuiscones* zu vereinen war und ob sich überhaupt die humanistische mit der reformatorischen Genealogie der Deutschen vertrug. Luther und Melanchthon, die beide den Berossus kannten, hatten die Frage verneint.

Der erste, der sie bejahte, war der junge schwäbische Arzt Achilles Gasser (Gassarus, 1505–1577), der an der Erforschung des germanischen Altertums ebenso regen Anteil nahm wie an der Reformation. Der Freund des Flacius Illyricus verteilte 1532 die übrigen Namen der biblischen Völkertafel recht willkürlich, so daß auf Arphaxad die Araber, auf Mosoch neben den Moskowitern die Amazonen trafen. Aus Berossus entnahm er den Italiener Gomer und Nimrod-Saturn. Und dann fügte er die Glieder zusammen: *Ascenas qui et Thuysco, a quo Germani et Gotti*. Die Gleichung war schief; wenn Tuisco auch Aschkenaz hieß, war Noahs Sohn zugleich Noahs Urenkel, und „Großdeutsch" war „Kleindeutsch". Doch eben das berauschte die Patrioten; der erste Herrscher Europas zwischen Rhein und Don stiftete gleich das Reformationsvolk[36]).

Der lutherische Stadtpfarrer von Ansbach, Andreas Althamer (ca. 1500 bis ca. 1539), hatte sich schon 1529 an Berossus gehalten und Tuisco als *rex Germanorum ac Sarmatarum* gefeiert; seine Spuren fanden sich an der ungarischen Theiß ebenso wie im rheinischen Deutz. Auch die Verwandtschaft zwischen Deutsch und Griechisch ließ sich dadurch besser erklären als durch die *nugacissimae nugae* der Trojanerfabel. Althamer stellte sich 1536 auf den neuen Mythus um; der Vater der Germanen, Sarmaten und Skythen Tuisco ist die gleiche Person wie Aschkenaz, der nach der Sintflut mit zwanzig Herzögen aus Armenien kam[37]). Auf Althamer fußend, dichtete der ehemalige Franziskaner Burkhard Waldis (1495–1557) als lutherischer Pastor im Hessischen 1543:

Ascenas, den man nennet Tuiscon,
Derselbig war des Gomers son.

Sogar im Bilde sah man diesen ersten großen Deutschen, und der Dichter Waldis vergaß auch Tuiscos deutsche Sprache nicht. Sie sei bei ihm und seinem Geschlecht geblieben, als Nimrod im eroberten Babel sein *gebew* aufführte. Wie

---

35) Chronic von an und abgang aller welt wesenn, Frankfurt/Main 1533, f. 4r–v.

36) Historiarum et chronicarum mundi epitome, Basel 1532, unpaginiert. Dazu Konrad BURDACH, Die nationale Aneignung der Bibel und die Anfänge der germanischen Philologie, Halle 1924, S. 51 f.

37) Scholia in Cornelium Tacitum, Nürnberg 1529, f. 5r–v, auch bei SCHARDIUS, Opus Bd. 1, S. 6 f. (Tuisco). Commentaria Germaniae in P. Cornelii Taciti . . .

bei Aventin bleibt die Chronologie unscharf; wollte Waldis etwa andeuten, daß das Deutsche vorbabylonisch sei? Doch wichtiger als die Vorzeit war ihm die Folgezeit; sie bestätigte den deutschen Ruhm[38]).

Dieser patriotische Eifer verstieß gegen die beiden Mächte, die er so eilfertig zu verbinden strebte, gegen das reformatorische Prinzip, das sich nicht an die Geschichte der Nation ketten ließ, und gegen die humanistische Kritik, die auch den frömmsten Enthusiasmus nach seinen Beweisen fragte. Unbestechlich gegen alle Fabeln, ob aus der Bibel, aus Berossus oder aus der Antike, erklärte der Schlettstädter Humanist Beatus Rhenanus (1485–1547) schon 1531 den Berossus für einen Betrüger. Denn was kann ein Chaldäer über Spanien, Frankreich und Deutschland wissen? Tuisco und seine deutsche Ökumene sind Hirngespinste. Wohl benutzten die Franken, Burgunder und Langobarden die deutsche Sprache, und sie enthält einsilbige, also urtümliche Elemente *(voces primigeniae)*; Sprachen ändern sich überhaupt recht langsam. Aber so einfach lassen sie sich nicht mit der Völkergeschichte verbinden. Die alten Gallier sprachen nicht germanisch, das alte Germanien ist nicht das heutige Deutschland; die Goten waren keine Geten, die Franken keine Trojaner. Die Vergangenheit des Kontinents war höchst vielschichtig. Mythen durchschauen sie nicht; *gentium origenes plerumque sunt fabulosae*, wie man am Beispiel der Franzosen, Schotten und Tschechen sieht[39]). Man sah es nicht nur bei den Lutheranern, sondern auch bei dem biederen Regensburger Benediktiner Christoph Hofmann (gest. 1534); seine Böhmengeschichte erzählte treu und verwirrt vom Ahnherrn Lech, der später Tschech geheißen, am Babelturm mitgebaut und dort die *windische* Sprache empfangen habe[40]). Nicht allein diese mittelalterliche Universalität des Mythischen, auch der patriotische Humanismus war überholt; der Würzburger Geheimschreiber Lorenz Fries (1491–1550) wollte 1546 seinen fränkischen Stamm nicht mehr trojanisch nennen. Trithemius habe das zwar gesagt; „mir scheint diese Behauptung mehr Dichtung als Wahrheit zu seyn und wahrscheinlich daher zu rühren, daß man die Abstammung dieses Volkes mit dem geschichtlichen Glanze weltberühmter Hohheit des Trojanervolkes zu umgeben suchte“[41]).

libellum de situ, moribus et populis Germanorum, Nürnberg 1536, S. 50–53 (Aschkenaz). Dazu GOTTHELF, Altertum 20 ff.; JOACHIMSEN, Geschichtsauffassung 146 ff.

[38]) Ursprung und Herkummen der zwölff ersten alten König und Fürsten deutscher Nation, Nürnberg 1543, v. 1 f., 9 f. Dazu GOTTHELF, Altertum 23 ff.

[39]) Rerum Germanicarum libri III, Basel 1531, S. 192 (Berossus), 106 ff. (Franken), 109 ff. (Langobarden), 112 (Sprache), 31 f. (Germanen), 68 (origines fabulosae). Dazu JOACHIMSEN, Geschichtsauffassung 125 ff.; DANNENBAUER, Altertum 8 f.; GRAU, Herkunft 45; STRAUSS, Germany 42 ff.

[40]) Chronic der Behemen, hg. PEZ, Scriptores Bd. 2, S. 1046.

[41]) Geschichte, Namen, Geschlecht, Leben, Thaten und Absterben der Bischöfe von Würzburg und Herzoge zu Franken, Vorrede, Neudruck Bd. 1, Würzburg 1924, S. XIX.

Den nicht von der Reformation mitgerissenen Gelehrten fiel die Skepsis freilich leicht, solange ihr Glaube nicht erschüttert wurde. Den Lutheranern stand das Reformationsvolk näher am Kern der Religion; trotzdem widersagten ihre großen Führer dem patriotischen Pathos. Der friedfertige Mitbegründer der Straßburger Reformation, Kaspar Hedio (1494–1552) glaubte zwar 1539 noch an die deutschen Trojaner, aber mehr aus Respekt als aus Religion. Wenn er die Abfolge der Weltreiche bei Noahs Söhnen und dem Riesen Nimrod beginnen ließ, betrachtete er das gewaltige Ringen zwischen Glauben und Unglauben, also größere Begebenheiten als die deutschen, und hielt Tuisco und Aschkenaz fern[42]). An der historischen Kontinuität des deutschen Kaisertums seit Babel lag auch dem großen Geschichtsschreiber der deutschen Protestanten, Johann Sleidan (1506–1556), wenig; in den vierziger Jahren begann er in Straßburg seine Darstellung der vier Weltreiche wie Hedio nicht mit den deutschen Heroen, sondern mit Noahs Erdverlosung, dem Bau von Stadt und Turm zu Babel und mit der Sprachverwirrung. Der erste König Nimrod habe nach einigen Autoren auch Saturn geheißen und Magog und andere zur Kolonisation der Erde ausgesandt. Dieser Widerschein von Annius' Lehren sollte freilich nicht Macht und Nationen glorifizieren, eher die räumliche und zeitliche Reichweite des Bösen in der Geschichte exemplifizieren, das bis zum Jüngsten Tage währt und uns die seligen Ursprünge der Menschheit verdunkelt. Schwermütig blickte Sleidan auf die verlorene Ursprache zurück, und sie war nicht deutsch[43]). Nach ihr sehnte sich 1542 auch der sanfte Lutheraner Paul Fagius (1504–1549) in Isny; Elias Levita hatte ihn im Hebräischen ausgebildet, bald war er als Lehrer der „Heiligen Sprache" berühmt. Wie friedlich war die goldene Urzeit, in der alle Menschen Hebräisch sprachen, und zwar alle auf die gleiche Art, in Wortschatz, Satzbau und Stil! Heute sprechen leider die Gelehrten anders und *ornatius* als die Ungebildeten; beinahe wird also die Kluft zwischen Volks- und Bildungssprache als babylonisch verurteilt. Fagius wollte sie nicht durch Deutschreden beseitigen, sondern um des Evangeliums willen die heilige Sprache in der Kirche Christi fördern[44]).

So gelehrt und exklusiv war der Nürnberger Schuhmacher und Poet Hans

---

[42]) Ein außerleßne Chronick von Anfang der Welt bis MDXXXIX, Straßburg 1539, f. 164r (Trojaner), 2r (Noah). Goez, Translatio erwähnt H. nicht.

[43]) De quattuor summis imperiis, Straßburg 1556, f. 2r–3r. Dazu Walter Friedensburg, Johannes Sleidanus, der Geschichtsschreiber und die Schicksalsmächte der Reformationszeit (Schriften des Vereins für Reformationsgeschichte 157), Leipzig 1935, S. 69 ff.; Klempt, Säkularisierung 145 f.

[44]) Exegesis sive expositio dictionum Hebraicarum literalis et simplex in quatuor capita Geneseos, Isny 1542, S. 68; ähnlich in: Critici sacri sive doctissimorum virorum in SS. Biblia annotationes et tractatus, hg. John Pearson, Bd. 1, London 1660, S. 170. Dazu Richard Raubenheimer, Paul Fagius aus Rheinzabern, Sein Leben und Wirken als Reformator und Gelehrter (Veröffentlichungen des Vereins für pfälzische Kirchengeschichte 6), Grünstadt 1957, S. 23 ff., 123 f.

Sachs (1494–1576) nicht; immerhin lernte der Junge Griechisch und Latein, und sein zeitgenössischer Lobredner Georg Willer entschuldigte die deutschen Verse damit, daß man jetzt in allen Sprachen die Werke Gottes preisen höre. Die höchste Gnade besaß das Hebräische, die erste und heiligste Sprache, in welcher Gott selbst geredet hat und *derer Buchstaben auch bedeutlich sind*; nach dem Griechischen und Lateinischen fand aber auch das Deutsche seinen Platz. Sachs selber schrieb Deutsch, weil der Schuster bei seinem Leisten bleiben wollte; er lachte 1546 über jenen Schwaben, der in einem Vierteljahr Böhmisch gelernt hat und damit prahlt wie mancher Deutsche mit dem Französischen. Dem Bewunderer der Wittenbergischen Nachtigall kam seine Sprache nicht uralt und heilig vor; sie sollte Moral und Frömmigkeit verbreiten. Aus der Bibel beider Testamente las Hans Sachs 1540 noch einmal 72 Namen Christi, *wiewol ihr sunst on zal mehr send*; die gestufte Gliederung des Irdischen überzeugte ihn nicht mehr. Nach 1539 sagt in einem seiner Fastnachtsspiele ein Bauer, Adam sei unser aller Vater gewesen; ein Edelmann entgegnet, die Bauern stammten von Cham, der Adel von Japhet und die *purgerschaft* von Sem. Doch mit dem Bauern schloß der fromme Bürger Sachs, der wahre Adel komme von der Tugend. Darum griff er immer wieder seit 1547 Melanchthons neue Ständegenealogie auf, die jeden Rang nach geistlichem Verdienst besetzte; bei der dramatischen Behandlung des Stoffes begegnet 1553 unter den ungeratenen Kindern Evas auch der Tyrann Nimrod, der in der Welt herrschen, Krieg führen und nur das glauben will, was er selbst sieht. Wie sich hier die historischen Perioden um einer kräftigen Moral willen ineinanderschieben, so auch bei der Deutung des Turmbaus, den Sachs 1528, 1548 und 1558 als Gleichnis seiner Gegenwart schilderte. Die christliche Gemeinde spricht nur eine Sprache, aber manche sondern sich ab, bauen aus spitzfindigen Meinungen einen Turm, verachten in ihren Rotten und Sekten alle christlichen Lehren und verstehen einander selbst nicht. Als Beispiel sind wie bei Luther die Mönche genannt, Karmeliter und Bernhardiner, Kartäuser und Augustiner. Gott hat die katholischen Scholastiker zerstreut; einig bleibt die Gemeinde Christi[45]).

---

[45]) Sehr herzliche schöne und warhaffte Gedicht, Bd. 1, Nürnberg 1555, Vorwort S. 2 f. (Willer). Der pehemisch Schwab, hg. Edmund Goetze – Carl Drescher, Sämtliche Fabeln und Schwänke von Hans Sachs, Bd. 4 (Neudrucke deutscher Literaturwerke 193–199), Halle 1903, S. 113 f. (Schwabe). Die zwen und sibentzig namen Christi, hg. Adelbert von Keller, Hans Sachs, Bd. 1 (BLV 102), Tübingen 1870, S. 326 ff. (72 Namen). Ein fasnacht spil (Das Krapfenholen) Nr. 15, v. 80 ff., hg. Edmund Goetze, Sämtliche Fastnachtsspiele von Hans Sachs, Bd. 2 (Neudrucke deutscher Literaturwerke 31–32), Halle 1881, S. 29 (Bauer und Edelmann). Die ungleichen Kinder Eve, Fassung von 1547 bei Goetze, Fabeln Bd. 4, S. 243 f.; Fassung von 1558 bei Goetze, Fabeln Bd. 1 (Neudrucke 110–117), Halle 1893, S. 565 ff.; dramatische Fassung bei Keller Bd. 1, S. 77 f., 80 (Nimrod). Figur: Der thuren zu Babel, hg. Adelbert von Keller, Hans Sachs, Bd. 6 (BLV 110), Tübingen 1872, S. 196–199 (Turmbau).

Aber wie kann diese Gemeinde einig und christlich sein, wenn sie sich ans irdische Wort und Zeichen fesselt, wenn sie sich landeskirchlich verfaßt und den Waffen Nimrods vertraut? Der schlesische Adlige Kaspar Schwenckfeld von Ossig (1489–1561) wehrte sich mit aller Kraft gegen diese Einschnürung des Geistes; für ihn war 1534 der große Jäger, der starke Nimrod kein Friedensfürst, sondern der Teufel selbst. Die wahre Gemeinde Christi lebt aus dem Geist Gottes und bleibt ein Fremdkörper in dieser staatlichen Welt; sie ist dem Martyrium ausgesetzt und kann sich, wie Schwenckfeld 1537 an Ickelsamer schrieb, in ihrer Not mit dem Exempel des Babelturms getrösten: Gott macht schon alles recht und zertrennt *die menschlichen räht wider Got und seine glaubigen*[46]). Der Geist Gottes verkörpert sich gerade für den Spiritualisten allein im Wort der Sprache. Schwenckfelds Freund Valentin Ickelsamer (ca. 1500– ca. 1537) schrieb 1534 die erste deutsche Grammatik, beseeltm vo Glauben an die Sprache, *ain herrliche gab Gottes*. Gottes Atem weht in den Bibelsprachen, in der *ersten anfengklichen sprach der Juden*, im Griechischen und Lateinischen. In diesen letzten Zeiten der Welt ist durch Luthers Tat auch das Deutsche erweckt worden; es ist mit dem Griechischen verwandt und kann ebenso poliert und reguliert werden wie die klassischen Sprachen, im Dienste Christi, nach dem wir Christen heißen, *wie die teütschen nach dem Kaiser Tuiscon genandt werden*. Nicht dieser Kaiser soll der Patron der deutschen Sprache sein[47]). Auch Ickelsamers bayrischer Schüler Ortholph Fuchßperger (geb. ca. 1490) wies 1542 nur nach oben: Der *himlisch Schulmaister* möge die Ungebildeten und Einfältigen lehren, wie er an Pfingsten die Apostel in *manigerlai* Zungen reden hieß[48]). Die humanistische Gelehrsamkeit wurde mitsamt der nationalen Geborgenheit verworfen, alles Partikulare, Geschichtliche gemieden.

Die Täufer freilich suchten den Geist Gottes handgreiflich zu verwirklichen, und der Zwickauer Tuchmacher Nikolaus Storch (gest. 1525) stellte 1524 die 72 Jünger Christi wieder auf, um seine Konventikel als urchristlich auszuweisen[49]).

---

[46]) Betrachtung und Außlegung deß XXXV. Psalms, hg. Chester David Hartranft, Corpus Schwenckfeldianorum, Bd. 5, Leipzig 1916, S. 88 (Nimrod); Trostung ainß der under dem Creutz Christi steet, ebenda S. 817 f. (Babelgleichnis). Dazu Karl Ecke, Kaspar Schwenckfeld, Ungelöste Geistesfragen der Reformationszeit (Alte und neue Wege zur lebendigen Gemeinde 1), Gütersloh 1952, S. 60 f.

[47]) Teutsche Grammatica, hg. Dr. Kohler, 3. Aufl., Freiburg i. Br. – München 1881, S. 5 (Gabe Gottes), 10 (Judensprache), 9 (Deutsch und Griechisch), 15 (Regulierung), 33 (Tuiscon). Dazu Hankamer, Sprache 62 ff.; Heinrich Noll, Der Typus des religiösen Grammatikers im 16. Jahrhundert, Dargestellt an Valentin Ickelsamer, Diss. phil. Marburg 1935, S. 46 ff.; Daube, Muttersprache 56 ff.

[48]) Leeßkonst, Passau 1542, S. 168 ff., zitiert nach Müller, Quellenschriften 166. Dazu ebenda S. 410 ff.; Hankamer, Sprache 61 f., 65 f.

[49]) Weigand, Languages 250. Harold Stauffer Bender, Die Zwickauer Propheten, Thomas Müntzer und die Täufer, in: Theologische Zeitschrift 8 (1952) 262–278, hier S. 267 zweifelt an der Faktizität der zeitgenössischen Notiz.

Auch der Donauwörther Sebastian Franck (1499–1542) fand 1531 auf seinem einsamen Weg an Luther, den Täufern und Schwenckfeld vorbei Trost in den gesicherten Geschichtswundern Gottes, die ihm Schedels Weltchronik anbot: die hebräische Ursprache, *der sich alle welt von anbeginn brauchet*, das vergebliche babylonische *gepew* gegen eine Sintflut, die Sprachentrennung als *straff der sünd*, die Völkerteilung als Ereignis *voller geheymnus*, symbolisiert in 72 Sprachen und Völkern. Diese „Andacht vor der Geschichte und Gottes Wunderwerken" lockte ihn 1538 sogar zu Berossus und zu dem Glauben, daß die Deutschen nicht *als ein Unflat auß andern lendern außgetriben herkommen*, *sonder von Tuiscone, Noe sun*. Doch der Vertriebene fand keine Ruhe bei den veräußerlichten Fakten und den verworrenen Worten; die Geschichte war zugleich „das unendliche Golgatha des Geistes", ein bitteres Fastnachtsspiel. Der Geist blieb schließlich doch unsichtbar. Dies war wohl auch das Geheimnis der Völkerteilung: Vor Gottes Wort scheiden sich im Grunde nur zwei Völker. Die fleischgeborenen Kinder Adams, der Sünde verfallen, verstehen das innere Wort Gottes nicht; das Volk *auß dem andren Adam*, aus dem Geist geboren, lebt in diesem inneren Wort, von dem das äußere nur ein Schatten und Bild ist[50]).

Auch Francks Freund, der alemannische Arzt und Philosoph Theophrastus Paracelsus von Hohenheim (1494–1541), war auf der Suche nach der innersten Kraft der Schöpfung, die er allerdings weniger von der Sprache als von der physischen Natur her zu ergründen oder nur zu beschwören suchte. Darum drängte es den Alchimisten zu den gewaltigen Ursprüngen, wo das Leben unzerdacht und unzerteilt aus der Hand des Schöpfers kam. Paracelsus sagte 1529, Adam habe seine Sprache *wunderbarlich* von Gott gelernt, und fügte 1537 hinzu, diese natürlichste und älteste Sprache, die nicht aus Adams Willkür, sondern aus einer prädestinierten *kunst signata* entsprang, sei das Hebräische, aus dem *die rechten namen herfließen und erfunden werden*. Diese Allsprache ist der Natur kongruent. Eine in ihrer Echtheit nicht ganz gesicherte paracelsische Schrift lehrte sogar, daß im Menschen jede Art von Sprache, auch die *vogelsprach*, liege; aber die Begabung müsse hervorgelockt, geschult werden und teile sich dabei. So spreche der Mensch Deutsch, Niederländisch, Französisch oder Englisch, aber nicht alle

[50]) Chronica, Zeytbuoch und Geschychtbibel, Straßburg 1531, f. 10r (Babel); dazu KAEGI, Chronica 45 ff. (hier „Andacht . . ."); Kuno RÄBER, Studien zur Geschichtsbibel Sebastian Francks (Basler Beiträge zur Geschichtswissenschaft 41), Basel 1952, S. 29 ff. Germanicae chronicon, von des gantzen Teutschlands, aller teutschen Völcker Herkommen, Namen, Händeln usw., Augsburg 1538, Vorrede und f. 1r-v (Tuisco; dazu GOTTHELF, Altertum 16 ff.; DANNENBAUER, Altertum 21). Paradoxa ducenta octoginta, 2. Aufl., o. O. 1542: Nr. 55/56 f. 31r (zwei Völker); Nr. 124/125 f. 70v–71r (äußeres und inneres Wort; dazu HANKAMER, Sprache 47 ff.). Dazu STADELMANN, Geist 246 ff. (hier „Golgatha . . ."); Kurt von RAUMER, Ewiger Friede, Friedensrufe und Friedenspläne seit der Renaissance (Orbis Academicus), Freiburg i. Br. – München 1953, S. 23 ff.; STRAUSS, Germany 112 ff.

Sprachen zusammen. Nur das Natürliche ist ungeschieden, alle höhere Vernunft ist spezialisiert.

Der Turm von Babel liegt am Wege zu dieser Verwandlung; daß Gott ihn *wunderbarlich* zerstört und die Sprachen zerteilt habe, litt für Paracelsus 1536 keinen Zweifel; er prophezeite, in naher Zukunft werde sich *von oben herab* ein ganz ähnliches Geschick ereignen. Das Zerteilte, geschichtlich Gewordene und Gegenwärtige besitzt von sich aus keine Kraft, das korrupte Dasein zu heilen. Unter den Spuria findet sich allerdings eine Andeutung, daß man von der Sprachenteilung zur Zeit Nimrods *große geheimnus* wisse; ein dunkler Vergleich erwähnt die Zerteilung der Zähne im Mund. So wäre auch die Sprachentrennung ein Vorgang natürlicher Differenzierung? Paracelsus scheint wirklich nun auch dem Getrennten tiefere Kraft zugesprochen zu haben; er ließ sich 1538 sogar herbei, Tuisco als der Deutschen Vater zu ehren, und stufte ihn als Sohn Japhets ein. Von Japhet kamen freilich auch die *Sclavonen*; der Patriotismus war kein Lebenselixier. Viel wichtiger ist eine andere These zur Genealogie der Menschheit. Paracelsus hatte früher stets Adam als unser aller Vater bezeichnet und nur die Monstra, Riesen und Zwerge ausgenommen. 1537 schrieb er, die Menschen auf den verborgenen, neu aufgefundenen Inseln stammten *von einem anderen Adam* und seien nicht unseres Blutes. Zum ersten Mal seit dem Ausgang des Altertums bezweifelte ein abendländischer Gelehrter, daß die gesamte Menschheit von dem einen Adam der mosaischen Genesis abstamme; die Entdeckung Amerikas begann das biblische Menschenbild an seiner Wurzel zu bedrohen. Man denkt sogleich an die zwei Völker und die zwei Adam bei Franck; was dort geistlich gemeint war, wurde hier biologisch verstanden, und dann waren die Indianer keine Monstra mehr, sondern Kinder einer anderen Schöpfung Gottes. Wir werden bis zu Giordano Bruno und Marlowe warten müssen, ehe wir diesen genialen Geistesblitz zünden sehen. Gottes Wunderwelt wird durch ihn nicht zertrümmert; Makrokosmos und Mikrokosmos bezeugen sie[51]).

Den Schlüssel zu ihr glaubte, auf Reuchlins Spuren, der wetterwendische

---

[51]) Sämtliche Werke, 1. Abteilung, hg. Karl SUDHOFF, 14 Bände, München-Berlin 1922–33: Spital-Buch Bd. 7, S. 370 (Adams Sprache); De natura rerum IX, 6 Bd. 11, S. 397 f. (hebräische Natursprache; dazu KAYSER, Klangmalerei 144 f.; DAUBE, Muttersprache 43 ff.); De fundamento scientiarum sapientiaeque III Bd. 13, S. 320 (Vogelsprache); Prognostication vom August 1536 Bd. 10, S. 618 f. (Babelturm); Liber Azoth Bd. 14, S. 595 (geheimnus, Zähne); Chronik des Landes Kärnten Bd. 11, S. 7 (Tuisco); Astronomia magna I, 2 Bd. 12, S. 35; I, 5 S. 114; Entwürfe S. 469 (anderer Adam; dazu Adolf BASTIAN, Die Vorgeschichte der Ethnologie, Berlin 1881, S. 8; Nils von HOFSTEN, Zur älteren Geschichte des Diskontinuitätsproblems in der Biogeographie, in: Zoologische Annalen 7 [1919] 198–353, hier S. 219, 284 f.; ALLEN, Noah 132 f.). Dazu Robert-Henri BLASER, Paracelse et sa conception de la nature (Travaux d'Humanisme et Renaissance 3), Genf-Lille 1950, S. 31 f.; Alexandre KOYRÉ, Mystiques, Spirituels, Alchimistes, Schwenckfeld, Séb. Franck, Weigel, Paracelse (Cahiers des Annales 10), Paris 1955, S. 46 ff.; VERBURG, Taal 187 f.

Kölner Kabbalist und Wunderdoktor Cornelius Agrippa von Nettesheim (1486 bis 1535) gefunden zu haben. Er war sich nicht sicher; als ihn der Tod des Gönners 1526 in müde Skepsis warf, verbrannte er, was er angebetet hatte, schrieb allen Idiomen die gleiche Kraft zu und bezeichnete das Hebräische als Erfindung des Moses. Selbst einige Juden glaubten, daß Adam nicht ihre Sprache, sondern das Aramäische gesprochen habe. Jedenfalls wurde diese Ursprache später ebenso verdorben wie das Altdeutsche und das Altspanische durch die Römer. Keine Sprache ist heute noch, was sie einst war – und darin sollte Gott zu erkennen sein? Wie kann in der Völkerwelt die Vorsehung sichtbar wirken, wenn wir uns streiten, ob die Alanen Skythen oder Alemannen, die Goten Geten, die Dänen Daker oder Walachen oder Germanen sind? Doch Agrippa war schwerlich ein überzeugter Skeptiker; er mißtraute mehr dem gegenwärtigen Verfall und unserer Blindheit als dem Urstand des Menschen und seiner göttlichen Klarheit. Das lange Angestaute brach 1531 wieder hervor; alle Überlieferungen schossen zusammen, um die herrliche Harmonie der vielfältigen Schöpfung zu preisen. Die Zahl 72 verband die widerstrebendsten Bereiche: Sprachen, mosaische Älteste, Bibelübersetzer, Jünger Christi, Engel, Gottesnamen, Himmelsdekane; und da der Mensch *minor mundus* ist, mußten nicht die Zähne allein, sondern alle 72 Körperglieder die Kongruenz von Mensch und All bezeugen. In der ältesten, vom Himmel geflossenen hebräischen Sprache, die bis heute unverändert ist, sammelt sich die stärkste magische Kraft; aus dem hebräischen Exodus-Text ergeben sich die 72 Gottesnamen; Hebräisch ist die Sprache der Seligen und der Engel und Dämonen[52]).

Die Spiritualisten flohen aus ihrer Gegenwart in den reinen Geist und in die ferne Urzeit; das verlorene Universale wurde durch das Exzentrische ersetzt, die Realität ins Übersinnliche verschoben. Wer in dem deutschen Streit der Konfessionen und Fürsten noch die alte, mittelalterliche Einheit des Weltbildes verkörpern wollte, der mußte wohl wahnsinnig sein wie jener Schneider aus Langensalza, der sich im Februar 1546, als Luther starb, in den Trümmern des Kyffhäusers herumtrieb und als den wiederkehrenden Kaiser Friedrich II. ausgab. „Gott habe 72 Sprachen gegeben, man solle ihn eine davon fragen, da werde

[52]) De incertitudine et vanitate scientiarum, 2. Aufl., (Köln) 1536, unpaginiert; Die Eitelkeit und Unsicherheit der Wissenschaften, übers. Fritz MAUTHNER, Bd. 1 (Bibliothek der Philosophen 5), München 1913: c. 47 S. 172 (Kraft der Sprachen); c. 2 S. 24 ff. (Hebräisch); c. 5 S. 45 (Völkergenealogie). De occulta philosophia sive de magia, 2 Bände, Lyon 1531: II, 15 Bd. 1, S. 164; III, 34 Bd. 2, S. 81 f. (Zahl 72); III, 11 S. 26; III, 25 S. 63 (Gottesnamen); II, 27 Bd. 1, S. 190 (minor mundus); III, 23 Bd. 2, S. 58 (hebräische Engelsprache). Dazu STADELMANN, Geist 79 ff. („Skeptiker"); RAUMER, Friede 38; ich folge aber Erwin METZKE, Die „Skepsis" des Agrippa von Nettesheim, Eine Studie zur Geschichte des deutschen Geistes im ausgehenden Mittelalter, in: DVLG 13 (1935) 407–420, hier S. 410 ff.; Hiram HAYDN, The Counter-Renaissance, New York 1950, S. 145 ff.; Charles Garfield NAUERT, Jr., Magic and Skepticism in Agrippa's Thought, in: JHI 18 (1957) 161–182.

man wohl hören, ob er's könne oder nicht." Man scheint ihn nur nach den drei alten Sprachen gefragt zu haben[53]).

Wer dieses deutsche Halbjahrhundert überhaupt zusammenfassend charakterisieren will, wird wohl eine zunehmende Spiritualisierung konstatieren müssen. Während der christliche Humanismus noch in den herkömmlichen Bahnen fromm und selbstlos das Uralte verehrte, suchten heimatstolze Humanisten der deutschen Nation zwar eine eigenständige, klassische Vergangenheit zu geben; sie wurden aber nur zögernd unterstützt durch den biblischen Patriotismus der deutschen Reformation, die eine Säkularisierung der Historie nicht etwa aufhielt, sondern sich aus der Geschichte und den Händeln der Welt möglichst heraushielt. Eher suchten die Spiritualisten in Natur und Geschichte nach dem zusammenfassenden Sinn, sie konnten ihn freilich nur utopisch verwirklichen. In der Achtung vor dem ursprünglichen und zwingenden Wort trafen sich die meisten Zeitgenossen, aber sie meinten das göttliche oder das gelehrte Wort, nicht ihre Alltagssprache, selten ihre Muttersprache. Den Gesamtverlauf der Geschichte und ihre Details betrachteten nur wenige mit Andacht; die meisten stellten sich über sie und wählten einzelne Punkte aus, die die zeitgenössische Realität Deutschlands weniger erklären als verändern sollten[54]). In welcher Richtung aber diese einander vielfach widerstreitenden Tendenzen die deutsche Wirklichkeit verändern würden, war um 1550 noch durchaus unklar. So ernst und zielsicher man sich zu der neuen Freiheit bekannte, die Einheit der deutschen Nation wurde durch sie viel mehr gefährdet als gefördert. Wie im 15. Jahrhundert Italien, so mußte im frühen 16. Jahrhundert Deutschland seine geistig führende Stellung teuer bezahlen; stellvertretend für alle durchlitt es die Folgen der verbindlichen Entscheidung für die Freiheit.

*

Leichter entschied sich das südwestliche Grenzland der deutschen Mitte, das sich politisch und geistig seine Sonderstellung schuf. Die Schweizer hatten sich vom Reich gelöst und ihren Staatenbund gefestigt, auch in einer aktiven Außenpolitik, die das Gemeinschaftsbewußtsein stärkte. Reformation und Gegenreformation zerrissen zwar das Land konfessionell, unterstützten aber auf die

---

[53]) Georg Voigt, Die deutsche Kaisersage, in: HZ 26 (1871) 131–187, hier S. 173 f.; Franz Guntram Schultheiss, Die deutsche Volkssage vom Fortleben und der Wiederkehr Kaiser Friedrichs II. (Historische Studien 94), Berlin 1911, S. 96 f.

[54]) Paul Joachimsen, Der Humanismus und die Entwicklung des deutschen Geistes, in: DVLG 8 (1930) 419–480, hier S. 443, 459 f. (Humanismus); Joachimsen, Volk 29 ff. (Reformation); Richard Fester, Die Säkularisation der Historie, in: Historische Vierteljahrsschrift 11 (1908) 441–459, hier S. 449 f. (Säkularisierung und Reformation, m. E. unzutreffend); Weisgerber, Muttersprache 81 ff. (Muttersprache, m. E. überspitzt).

Dauer das Streben nach nationaler Befriedung; ebenso erzwang die Dreisprachigkeit der Kantone schließlich sprachliche Paritäten.

Der Reformator Huldrych Zwingli (1484–1531) fand sich damit nur schwer ab; sein Ideal war 1525 die eine Kirche der Urzeit: *Ecce homines unius linguae, unius gentis, populus unus.* Nicht daß der urtümliche Mensch über alle Dinge geherrscht hätte; Gen. 2, 19 besagt nur, daß Adam unter den Tieren nicht seinesgleichen fand. Aber erst die exzentrische Überheblichkeit dieses einzigartigen Geschöpfs, die Frechheit und Torheit des Unglaubens verschuldete unsere Misere. Neben den hamitischen Giganten trägt der riesige Gottesverächter und Räuber Nimrod daran die Hauptschuld. Er lebt noch heute fort in Päpsten und Fürsten, die sich der Ausbreitung des Evangeliums widersetzen – wieder ist die weltliche Herrschaft nicht sanktioniert –; auch unsere Laster bauen immer noch einen Babelturm gegen den Eckstein Christus. Der Erdenrest in uns ist Babel. Zwingli nahm auch das historische Ereignis ganz ernst. Die Erde war wüst und leer und mußte bebaut werden; so war die Scheidung der Völker unvermeidlich, Großreiche sind zu extensiv. Unnötig war jedoch die Sprachenteilung, und sie ist eine furchtbare Strafe, eine zweite Sintflut; sie schafft noch immer Zwietracht, Verwirrung und *magna incommoditas.* Denn Dolmetscher sind oft Betrüger, Sprachenkenner stolze Wichte. Hier gab es keine zahlensymbolische Ordnung. Zwingli deutete zwar wie Origenes Ex. 15, 27 auf die 12 Apostel und die 70 Jünger, doch zur Zahl der Septuaginta-Übersetzer meinte er, es könnten 70, aber auch 7000 gewesen sein; jede Übersetzung ist unzulänglich. Die sonst von Zwingli gern verwendete mystische und typologische Exegese versagte; Zwingli brachte es nicht über sich, wie Origenes durch den Hinweis auf die Völkerengel oder auf Pfingsten den babylonischen Jammer zu entschärfen. Er ist harte Wirklichkeit, ein „literales Mysterium", das uns täglich bedrückt. Man kann ihn zum Nutzen der Erudition und der *reipublicae Christianae utilitas* höchstens ein wenig abschwächen.

Wie sich Zwingli, ein guter Kenner des Hebräischen, das praktisch dachte, zeigt seine Anregung, täglich solle öffentlicher Unterricht in der Heiligen Schrift abgehalten werden, eine Stunde lang in hebräischer, eine in griechischer und eine in lateinischer Sprache. Als Prediger nahm er wohl das volkstümliche Schwyzerdütsch gegen Griechisch und Lateinisch in Schutz, grenzte es, auch durch die Förderung der Schweizerbibel von 1529, gegen das Hochdeutsche und Luthers Sprache ab und meinte, die Schweizer dürfe man nicht zu den Deutschen zählen. Aber man liest doch 1529 weniger den Stolz auf die Muttersprache als die tiefe Bekümmernis um die Sprachenvielfalt aus Zwinglis Briefen an den Landgrafen Philipp von Hessen; er habe ihm zunächst lateinisch geschrieben aus Sorge, *so wir zemen komen, wurde man üinser sprach nit verston.* Auch bei der Betrachtung der Völkertafel rührte ihn kein patriotischer Stolz; er bevorzugte in der Erklärung nicht den Europäer Japhet, sondern Sem, denn aus seinem Samen kam Christus. Was außerhalb des Gottesvolkes liegt, ist unbedeutend; *qui de hac re plura cupit, Josephum legat et Hieronymum*. Die strenge Züricher Theokratie konnte die irdische Vielfalt entbehren[55]).

Die mildere Luft Basels meint man zu spüren, wenn man den Holzschnitt betrachtet, den Hans Holbein der Jüngere (1497–1543) 1526 dem Babelturm gewidmet hat. Es ist ein schlichter Rundturm mit Handwerkern und einer halb europäischen, halb orientalischen Stadt in der Nähe, ein Bauvorhaben, weiter nichts. In anderen Holzschnitten der Serie ließ Holbein die unbelebte, schicksallose geometrische Welt mit dem aus Schicksalen geballten Menschenleben zusammenprallen; welches Thema hätte eine solche Behandlung eher herausgefordert als der Babelturm! Holbein nahm den Turm jedoch als schlichtes Menschenwerk, ohne göttlich-dämonisches Fluidum. Er empfand vielleicht nicht weniger fromm, aber ungeistlicher als Zwingli[56]). Im Basel Ökolampads freute sich indessen 1529 der Lehrer Johann Kolroß (gest. 1558), der wahrscheinlich später Geistlicher wurde, ganz unzwinglianisch an der Sprachenvielfalt. Durch Gottes Gnade sei die Bibel *in diser letsten zyt* in vielen Zungen verbreitet worden, *dem einfaltigen layen zuo heyl unnd trost ouch in verständiger vätterlicher sprach*, nicht nur in den gelehrten *ursprünglichen sprachen heyliger biblischer schrifft, als Hebreisch und Kriechisch oder auch Latinisch*. Im zögernden *auch* verrät sich die Sehnsucht nach Lösung aus dem Joch der alten Kirchensprache; wenngleich Kolroß seine Muttersprache unter die drei Bibelsprachen stellte, den Stolz auf sie mochte der „deutsch Lehrmeister zu Basel" nicht verbergen[57]). Und man ließ in Basel großzügig auch fremde Muttersprachen glänzen. Der grundgelehrte tschechische Korrektor des Verlages Froben, Sigmund Gelenius (1497–1554), stellte 1537 ein Lexikon von vier Sprachen zusammen, um zu zeigen, daß die voneinander geschiedenen Idiome in ihren Wurzeln wunderbar verwandt sind. Aber die mosaische Genesis wird nicht erwähnt; das Wunder ist zeitlos, undrama-

---

[55]) Farrago annotationum in Genesim, CR Bd. 100, S. 21 (Adam), 62–65 (Völkerstammbaum, Babel), 370 (Ex. 15, 27), 5 (Septuaginta); Brief Nr. 839, CR Bd. 97, S. 118; Nr. 875 S. 206 (an den Landgrafen). Dazu Edwin KÜNZLI, Quellenproblem und mystischer Schriftsinn in Zwinglis Genesis- und Exoduskommentar, in: Zwingliana 9 (1949–53) 185–207, 253–307, hier S. 280 f. (Exegese, literales Mysterium); Walther KÖHLER, Huldrych Zwingli, 2. Aufl., Leipzig 1952, S. 105 (Unterricht in der Heiligen Schrift); Oskar FARNER, Huldrych Zwingli und seine Sprache, in: Zwingliana 10 (1954) 70–97, hier S. 74 ff. (Prediger); Gottfried Wilhelm LOCHER, Das Geschichtsbild Huldrych Zwinglis, in: Theologische Zeitschrift 9 (1953) 275–302, hier S. 299 ff. (Schweizer).

[56]) Abbildungen bei EHRENSTEIN, Graphik 57 Abb. 5; BRANDT, Arbeit Bd. 1, S. 252. Zu dem Zyklus Wilhelm PINDER, Holbein der Jüngere und das Ende der altdeutschen Kunst (Vom Wesen und Werden deutscher Formen 4), Köln 1951, S. 54.

[57]) Enchiridion, das ist Handbüchlin tütscher Ortographi, Basel 1530, zitiert nach MÜLLER, Quellenschriften 65; dazu ebenda S. 414 ff.

tisch, anspruchslos. In diesem etymologischen Wörterbuch standen gleichberechtigt neben den gelehrten Idiomen, Griechisch und Lateinisch, die „barbarischen" Sprachen, Deutsch und zum ersten Male Slavisch. Die hebräische Grundsprache, für die Gelenius durchaus zuständig war, fehlte[58]).

Dabei unterstrich der ehemalige Franziskaner Konrad Pellicanus (1478 bis 1556) aus dem Elsaß, der schon 1501 eine hebräische Grammatik geschrieben und sich 1526 der Reformation angeschlossen hatte, 1533 die große Ähnlichkeit des Deutschen mit dem Hebräischen. Der hervorragende Hebraist war freilich vorsichtig genug, sie auf die große Zahl von Juden in Deutschland zurückzuführen, und wand sich um die Ursprache verlegen herum: *non satis constat, de Hebraea probabiliter dicitur.* Die Zahl der 72 Noachiden wurde nur noch nebenher erwähnt, der ganze Noachidenstammbaum nicht mehr ausgebreitet, obgleich Pellikan beteuerte, wir seien alle Brüder, weil Noah unser Vater sei. Nur eine moderne rabbinische Auslegung (die mittlerweile Luther publik gemacht hatte) verzeichnete der Exeget mit wachem Interesse: daß Magog oder auch Aschkenaz der Vater der *Germani* sei. Seine deutsche Muttersprache pries er als edelste und reichste von allen[59]). Weit deutlicher spürt man die patriotische Unterströmung bei Pellikans Freund und Schüler, dem ehemaligen Franziskaner Sebastian Münster (1489–1552). Der Baseler Lehrer des Hebräischen vergaß in seiner Genesisauslegung ebenfalls die jüdische These nicht, Aschkenaz sei der Vater der Deutschen, Togarma der Türken. Münster gab sich skeptisch, freilich nicht so resigniert wie im Fall Tubals und der Kittim, von denen niemand wisse, wo sie zu suchen seien. In der babylonischen Sprachverwirrung sah er wie Luther und Zwingli nur Unheil, aber ein unvermeidliches, beinahe natürliches Übel. *Sic itaque inter Gallum et Germanum est quasi naturalis occasio irae et inimicitiae, quod neuter alterum intelligit.* Münster versuchte nicht, sich in den deutsch-französischen Streit einzumischen, ob die Gallier germanisch oder die Germanen gallisch gesprochen hätten; er konstatierte wie Felix Fabri die „Erbfeindschaft". Aber wenn sie babylonisch war, war sie von Dauer; auf die Brüderlichkeit der Noachiden durfte man dann nicht hoffen. In der nach Flavio Biondo angelegten ersten großen deutschen Landeskunde erwähnte Münster 1530 nur den Deutschen Tuisco und vergaß den Vater Noah mit allem

[58]) Lexicon symphonum, quo quatuor linguarum Europae familiarium, Graecae scilicet, Latinae, Germanicae ac Sclavinicae, concordia consonantiaque indicatur, Basel 1537, f. a 1v. Dazu Müller, Quellenschriften 305; Bonfante, Ideas 688 f.; Alois Schmaus, Sigismundus Gelenius und sein Lexicon symphonum (1537), in: Festschrift für Max Vasmer zum 70. Geburtstag, hg. Margarete Woltner – Herbert Bräuer (Veröffentlichungen der Abteilung für slavische Sprachen und Literaturen des Osteuropainstituts an der Freien Universität Berlin 9), Wiesbaden 1956, S. 434–443, hier S. 435 f.

[59]) Commentaria bibliorum, Bd. 1, Zürich 1533, f. 13v–15r. Dazu Kraus, Geschichte 23, 78 f.; Kayser, Klangmalerei 161 f.

biblischen Beiwerk. Münsters volkstümliche Kosmographie brachte 1544 Noah-Janus zum Vorschein, aber vorwiegend als den Auftraggeber der zwei Hauptfelden: In Babylon setzte er Nimrod als König ein, und dieser baute den Turm zum Zeichen, daß die Babylonier das erste Volk auf Erden seien; nach Europa schickte Noah seinen Sohn Tuisco, von dem die Deutschen stammen und den Namen tragen[60]).

Auf den „glaubwürdigen Autor" Berossus und auf Naucler gestützt, hob 1539 auch der Baseler Professor für Logik und Moral Huldrych Mutius (1496 bis 1571) den Noachiden Tuisco auf den Schild, den riesigen Vater der Deutschen, der zu uns kam, als der Babelturm errichtet wurde. Da die Alemannen nach seinem Sohne Mannus heißen, dürfen sich die Schweizer logisch und moralisch als eingeborene Noachiden fühlen[61]). Die deutschen Patrioten hatten inzwischen Aschkenaz zum Schutzpatron erkoren; als der Freund Zwinglis, der reformierte Pfarrer Johann Stumpf (1500– ca. 1578), 1548 die erste Schweizergeschichte zusammenstellte, konnte er den Rivalen Münster genealogisch ausstechen. *Tuisco Tuitsch, von Mose Ascenas genennet*, war der erste Deutschenkönig, und einer seiner Nachfahren, *Suevus*, gründete die Stadt Zürich, in der Stumpf lebte[62]).

Wenn im Alten Testament die moderne Schweiz bereits urbildlich vertreten war, mußten auch Zwinglis Ansichten von den Sprachen revidiert werden. Fast alles, was er beiseitegeworfen hatte, sammelte 1548 sein Züricher Nachfolger als Professor für das Alte Testament wieder auf. Theodor Buchmann (Bibliander, ca. 1504–1564), als Schüler Pellikans ein glänzender Semitist, war sicher, in der gegenwärtigen Sprachenwelt unbeschadet der babylonischen Katastrophe eine grandiose Ordnung aufzufinden. Eingerahmt wurde sie von der zeitlosen hebräischen Sprache; Gott selbst hat sie gelehrt, sie war den Dingen völlig angemessen, sie wird auch die Endsprache sein. Aus ihr gingen alle anderen Sprachen hervor. Mit ihr erschienen auch Griechisch und Latein als alt, *principes et veluti parentes*. Bei der Sprachenzahl, *quae LXXVII vulgo numerari*

[60]) In Genesim, hg. PEARSON (o. Anm. 44) S. 163, 168 f. (Genesisauslegung; dazu DIESTEL, Geschichte 271). Germaniae descriptio, hg. SCHARDIUS, Opus Bd. 1, S. 471 f. (Tuiscon). Cosmographey oder Beschreibung aller Länder, 15. Aufl., Basel 1572: I, 29 S. 40 ff. (Babel); III, 6 S. 371 f. (Tuisco). Dazu Viktor HANTZSCH, Sebastian Münster, Leben, Werk, wissenschaftliche Bedeutung (Abhandlungen der Kgl. Sächs. Gesellsch. d. Wiss., Philol.-Hist. Kl., Jg. 18, Nr. 3), Leipzig 1898, S. 37 f., 50 ff., 130 ff.; JOACHIMSEN, Geschichtsauffassung 188 ff.; STRAUSS, Germany 120 ff.

[61]) De Germanorum ritibus . . . chronicon, hg. PISTORIUS-STRUVE, Scriptores Bd. 2, S. 609 f. Dazu GOTTHELF, Altertum 18 ff.

[62]) Schweytzer Chronick, das ist Beschreybunge Gemeiner loblicher Eydgnoschafft Stetten, Landen, Völcker und dero Chronickwirdigen Thaaten, 3. Aufl., Zürich 1606, f. 54r–v. Dazu Hans MÜLLER, Der Geschichtschreiber Johann Stumpf, Eine Untersuchung über sein Weltbild (Schweizer Studien zur Geschichtswissenschaft 8), Zürich 1945, S. 28 ff.; STRAUSS, Germany 104 ff.

solent, vergriff sich Bibliander vielleicht nur versehentlich, denn er zählte noch 72 Noachiden; doch gehörte die Symbolzahl nicht in sein Ordnungssystem. Denn seit dem Ereignis von Babel ist die Gesamtzahl der Sprachen nicht mehr zu überschauen; Bibliander polemisierte giftig gegen das *fabulosum* der arroganten Juden, die ihren Sanhedrin-Mitgliedern die Kenntnis von 70 Sprachen zutrauten. Das ist schon deshalb undenkbar, weil sich seither die Sprachen von Jahrhundert zu Jahrhundert ändern, durch Vermischung von Rassen, durch politische Bewegungen, durch Lehre und Studium, durch flüchtige Aussprache. Es gehört zum Wesen der neueren Sprachen, daß sie dem Einfluß der Geschichte und des sprechenden Menschen ausgesetzt sind, denn sie wurden in Babel willkürlich eingesetzt. Diese Gedanken waren seit Dante geläufig; in Dantes Bahnen bewegten sie sich weiter. Seit Babel sind selbst die drei alten Sprachen dem historischen Wandel preisgegeben, sie haben den Babelsprachen nicht mehr viel voraus; letztere als barbarisch herabzusetzen, widerspricht ihrer Würde, denn auch sie sind grammatischer Systematik zugänglich.

Das Lob der Muttersprachen gipfelt wie bei Dante in ihrer Klassifizierung; das vermeintliche Chaos ist ein Kosmos. Die Sprachen der Japhetiten mögen weiter degeneriert sein als die der Semiten – hier begegnet uns zum ersten Mal der Begriff japhetitischer und semitischer Sprachgruppen –; dennoch lassen sich einige Grundsprachen herausschälen, *quae a divisione facta in Babel ullo tempore* (also nicht alle von Babel an) *fuerunt*. Bibliander zählte deren zwölf und nannte ihrer siebzehn; wie Dante entnahm er sie seiner linguistischen Erfahrung. Aus dem Vorderen Orient kommen Hebräisch, Chaldäisch, Kanaanäisch, Arabisch, Äthiopisch, ferner Armenisch und Persisch; an europäischen Idiomen finden wir Griechisch, Lateinisch, Germanisch und Gotisch, Slavisch, „Ruthenisch", Litauisch, Ungarisch und Etruskisch; von den asiatischen Sprachen wird nur die „tartarische" notiert, von den afrikanischen und amerikanischen keine. Das Verzeichnis erscheint uns roh und lückenhaft; alles Keltische fehlt. Auch die Verwandtschaften zwischen einzelnen der genannten Sprachen treten (selbst gegenüber Gelenius) zurück. Immerhin beobachtete diese analytische Methode richtig die Eigenständigkeit der drei zuletzt erwähnten Idiome Europas. Wie weit die Aufzählung sprachwissenschaftlich zutrifft, geht uns allerdings weniger an als ihre epochale Wirkung auf die Zeitgenossen. Zum ersten Mal seit Roderich von Toledo und Dante, weit über deren abendländischen Gesichtskreis hinaus wurde aus der Vielzahl der Idiome eine Gruppe von Grundsprachen ausgelesen, von denen andere abgeleitet werden konnten. Die Brücke vom theologischen Symbolismus zur gelehrten Abstraktion wurde geschlagen durch das Ordnungsprinzip. Weder die drei heiligen noch die 72 traditionellen Sprachen setzten den Maßstab, aber er schien doch in den Sprachen selbst zu liegen; wie die zahlreichen folgenden Klassifikationen war schon diese erste vom Glauben an die natürliche Harmonie der Schöpfung getragen. Diese Harmonie verbindet die gegenwärtigen Idiome noch mit der heiligen Geschichte; nicht umsonst griff Bibliander auch Schiltbergers Gedanken auf und sammelte das Vaterunser in 14 Sprachen. In der Vielfalt aller Zungen wird doch überall dasselbe ausgesagt, weil alle Kreatur Gott lobt. Zwingli hatte zu schwarz gesehen[63]).

Biblianders gelehriger Kollege, der vielseitige Physikprofessor Konrad Gesner (1516–1565), konnte 1555 das Vaterunser schon in 22 Sprachen vorlegen, der gleichen Zahl, die einst König Mithridates beherrscht hatte. Er freute sich, daß die Reformation *invito Antichristo* das Wort Gottes und das Gebet des Herrn den Nationen in ihrer Muttersprache gebracht habe. Auch Gesner sah vom gegenwärtigen Gipfel die erhabenen Ursprünge herüberleuchten, vor allem die hebräische Ursprache, die allein unvermischt und unversehrt geblieben sei. Überhaupt glaubte der Naturwissenschaftler leichter als Bibliander an die Konstanz der reinen Elemente. Die drei am Kreuz geweihten Sprachen, durch deren Studium das Evangelium reformatorisch erneuert wurde, könnten noch heute die Menschen aller Völker wiedervereinigen; denn das Hebräische („oder vielmehr das Arabische“) sei über fast zwei Drittel der Erde, über Asien und Afrika, verbreitet, Europa verständige sich griechisch und lateinisch. Trotz Biblianders Protest wurden die übrigen Sprachen als barbarisch gescholten, auch wenn sie alle 72 aus dem einen Hebräisch hervorgingen. Denn mittlerweile haben sie sich vermengt und sind unrein geworden: Die Goten verdarben das Lateinische in der Spätantike, Französisch ist eine Mischung aus Lateinisch und Keltisch, im Deutschen sieht man griechische Spuren, und das Englische ist die heterogenste und verderbteste von allen Sprachen. Einfacher ordnete sich die Genealogie der Völker, in der Kette der Generationen blieb der Impetus des Ursprungs leichter erhalten; Gesner glaubte wie Annius an Noah-Janus und den *Gomer Gallus Italorum rex*; Osteuropa samt den Deutschen war eine Völkergemeinschaft. Hier schloß sich die weitschichtige Gegenwart nahtlos der biblischen Urgeschichte an. Während noch der Konfessionskrieg tobte, schien die Zukunft schon gesichert, nicht weil die Geschichte fortschreiten, sondern weil sich die enzyklopädische Naturordnung wieder durchsetzen würde[64]). Auch in der Schweiz ging wie in Deutschland der Blick über die Pro-

---

[63]) De ratione communi omnium linguarum et litterarum commentarius, Zürich 1548, S. 37 f. (Hebräisch), 2 (Sprachenzahl, Sanhedrin), 52 (Noachiden), 21 (alte und barbarische Sprachen), 4 ff. (heutige Sprachen). Dazu Diestel, Geschichte 273 f.; Kayser, Klangmalerei 151 ff., 157 f.; Verburg, Taal 166 ff.; Arens, Sprachwissenschaft 55 f.

[64]) Mithridates, De differentiis linguarum tum veterum tum quae hodie apud diversas nationes in toto orbe terrarum in usu sunt, Zürich 1555, f. 4v ff. (Vaterunser), unpaginierte Vorrede (Reformation), f. 2v, 47v (Ursprache), 1r, 3v, 58r (heilige Sprachen), 1r, 9v (Arabisch), 1v (Sprachenzahl), 2v–3r (Sprachenmischung), 11r–v, 32v (Annius). Dazu Henry M. Hoenigswald, Linguistics in the Sixteenth

bleme des Tages hinaus oder hinweg; doch fand er in der reformatorischen Theokratie und in der humanistischen Enzyklopädie Ruhepunkte, die dem deutschen Spiritualismus fehlten und die zwar voneinander verschieden, aber miteinander durch den Ordnungsgedanken verbunden waren.

Man möchte in diesem Streben nach ausgleichender Ordnung den Einfluß des größten aller Humanisten vermuten, der lange in der Schweiz wohnte; aber Erasmus von Rotterdam (ca. 1466–1536) war eine Nation für sich, weit mächtiger als seine Wahlheimat und als sein Mutterland. Religiöse Erneuerung und humanistische Erziehung klingen bei ihm völlig zusammen, doch so geschlossen er diese von vielen gesuchte Synthese verkörpert, so allein steht er, auch mit seiner Anschauung von den Sprachen und Völkern. Erasmus lebte und wirkte in der Sprache; er schrieb ihr fast göttliche Ehren zu und verglich sie wie Anselm von Canterbury, zuversichtlicher als Nikolaus von Kues mit der göttlichen Dreifaltigkeit. Der *mens*, das Wort und der Geist wirken auch in der Sprache zusammen; sie macht den Menschen zum Ebenbilde Gottes. Sie trennt ihn vom Tier; der Mensch ist das Wesen, welches spricht und das Wort Gottes versteht. Zwischen Schöpfung und Schöpfer steht der Mensch, zwischen Begabung und Aufgabe. Sprache ist dem Menschen geschenkt, aber damit er die Wahrheit sage. Sie vermittelt ihm Sachwissen, und sie erzieht ihn zu seiner Klarheit und Schönheit. Erasmus verdammte die These von der Naturkraft der Sprache nicht geradezu, doch er trennte die Sprache von den Dingen. Sie ist keine reine Objektivation, sondern in ihren Formen willkürlich, vom freien Willen des autonomen Menschen gesetzt; wäre sie es nicht, dann sprächen alle Menschen gleich. Im goldenen Zeitalter verstanden alle einander noch und brauchten keine Sprachwissenschaft; doch diese Zeit ist vorbei, und Erasmus sehnte sich nicht nach ihr zurück. Schon 1499 lehnte er es ab, *priscum illum Mosen* zu kommentieren, parodierte aber die Genesis im vertrauten Kreis der Freunde. Er wartete auch nicht auf die paradiesische Zukunft; seine Paraphrase des Neuen Testaments hat als einziges Buch die Apokalypse ausgelassen. Erasmus brachte nach Vallas Vorstoß die philologische Literalexegese der Bibel wieder zu Ehren, weil er der Sprache vertraute; doch ihre Souveränität sollte sich keinem Geschichtsdenken unterwerfen. Er entzog sich auch der Sphäre des Handelns; nicht was geschieht, sondern was sein soll, war seine Norm. Darum interpretierte er biblische Ereignisse gern allegorisch, weil er die Freiheit des frommen Geistes suchte; darum bedeutete ihm anders als Luther und Zwingli der Turm von Babel kein geschichtliches Schicksal, sondern zuerst ein Gleichnis[65]).

Century, in: The Library Chronicle 20 (1954) 1–4; ARENS, Sprachwissenschaft 56 f.; Jan AGRELL, Studier i den äldre språkjämförelsens allmänna och svenska historia fram till 1827 (Uppsala Universitets Årsskrift, Jg. 1955, Nr. 13), Uppsala-Wiesbaden 1955, S. 8 f.

[65]) Opera omnia, hg. Jean LECLERC, 10 Bände, Leiden 1703–06: Ecclesiastes sive

Wenn Erasmus den Wirtshaustrubel plastisch schildern wollte, schrieb er: „Das Durcheinander der Sprachen und Menschen ist nicht geringer als einst beim Turmbau von Babel.“ Diese verkehrte Welt reichte weit, doch es gab dazwischen Inseln der Harmonie. Der Philologe, der die Genesis las, konnte trotzdem nicht übersehen, daß der Wortlaut sich auf die konkrete Sprachenteilung bezieht. Also fragte Erasmus 1528: *Unde, quaeso, nobis tot linguarum myriades?* Schon die Frage enthielt eine Antwort: Es sind keine zwölf oder zweiundzwanzig oder zweiundsiebzig, es sind Zehntausende. Das ist auch kein akuter Schaden, sondern ein altes Übel. Nach der Sintflut fürchteten die Menschen deren Wiederkehr und bauten eine Stadt, in ihr einen Turm. Schon hatte der Bau die Wolken erreicht, da geschah das Unglück. *E longinquo* einander zurufend, verstanden sich die Bauarbeiter nicht mehr; sie erzürnten und zogen auseinander. Das war mehr, als Boccaccio gewagt hatte; nicht in technischen Äußerlichkeiten eines Bauvorhabens liegt die Sprachverwirrung begründet, sondern in der begrenzten akustischen Reichweite der menschlichen Stimme selbst; die Turmhöhe überschritt die Schallgrenze. Gott kommt nicht vor, wozu auch! Es liegt in der Natur der Sprache, daß sie als Ansprache zielgerichtet und damit begrenzt ist; die Verschiedenheit der Sprachen ist kein theologisches Problem, sondern ein natürliches Faktum, mit dem wir leben müssen und mit dem sich leben läßt.

Denn aus dem barbarischen Gewimmel heben sich einige allgemeine, klassische Sprachen heraus, die allein der Menschenwürde voll entsprechen. Das Hebräische gehört nur halb dazu, man kann es den Juden und Theologen überlassen; es ist nicht weit verbreitet und hat, für sich allein genommen, keinen heiligen Rang. Es zählt freilich mit zu den reinen, von der Geschichte nicht verfälschten Literatursprachen, und sie setzen die Norm dessen, was sein soll. Man soll Hebräisch, Griechisch und Lateinisch lernen, denn Christus hat sie am Kreuz als einzige Sprachen geweiht und den Gläubigen empfohlen; heute weiß die Geistlichkeit fast nichts mehr von ihnen, doch werden sie jetzt in Löwen und anderswo wieder gelehrt. Sie allein sind nicht barbarisch, sie sind die „heiligen

---

de ratione concionandi Bd. 5, Sp. 772 (Dreifaltigkeit); De recta latini graecique sermonis pronunciatione Bd. 1, Sp. 930; Lingua Bd. 4, Sp. 659 (Mensch und Tier); Pseudochei et Philetymi Bd. 1, Sp. 710 (Sprache und Wahrheit); De . . . pronunciatione Sp. 958 f. (Naturkraft und Willkür; dazu Kayser, Klangmalerei 150 f.); Encomion moriae Bd. 4, Sp. 433 f. (goldenes Zeitalter). Epistola 108, hg. Percy Stafford Allen, Opus epistolarum Des. Erasmi Roterodami, Bd. 1, Oxford 1906, S. 248 (Genesis; dazu Johan Huizinga, Erasmus, Basel 1936, S. 41 f.). Dazu Verburg, Taal 124 ff. (Sprachdenken); Huizinga S. 128 ff. (Philologie); Hermann Schlingensiepen, Erasmus als Exeget, Auf Grund seiner Schriften zu Matthäus, in: ZKG 48 (1929) 16–57, hier S. 21 ff., 56 f. (Literalexegese); Rudolf Pfeiffer, Humanitas Erasmiana (Studien der Bibliothek Warburg 22), London 1931, S. 8 ff. (Geschichtsdenken); Raumer, Friede 3, 21 (was sein soll); Rudolf Pfeiffer, Die Einheit im geistigen Werk des Erasmus, in: DVLG 15 (1937) 473–487, hier S. 478 (Freiheit).

Sprachen" des Hieronymus und des vergötterten Reuchlin; in ihnen lebt Gott. Er hat die Gabe der Zungen, die er einst den Aposteln zur Verkündigung des Evangeliums vom Himmel sandte, durch seinen auserwählten Diener Johann Reuchlin der Welt erneuert. Denn auch die Apostel redeten damals nicht unterschiedslos in allen Volkssprachen, sondern vielleicht in einer Hochsprache, die von allen Hörern wunderbar verstanden wurde. Wenn sie wirklich polyglott wurden, dann nur von Fall zu Fall, jeweils begnadet, nicht für dauernd begabt. Die Apostel sprachen (wie schon Ambrosius gesagt hatte) *diversis linguis*, und die Gabe kam ihnen nicht *ex hominum colloquiis*, sondern *coelesti doctrina* zu. Dies waren Hoch- und Literatursprachen, keine Dialekte; Christus sprach noch am Kreuz reines Hebräisch, nicht Chaldäisch. Wie das Geschichtsdenken des Erasmus in der Zeitenwende, der Begegnung zwischen Christentum und klassischer Kultur gipfelte, so sein Sprachdenken im Pfingstwunder der drei Literatursprachen. Es bleibt ihm etwas Verwirrendes, Unbegreifliches eigen; die Heutigen können diesen über aller rationalen Klarheit stehenden Höhepunkt nicht ganz erreichen. Im „Lob der Torheit" wagte Erasmus 1509 die jüdische Beschuldigung von Act. 2, 13 halb ernst zu nehmen, die Apostel seien an Pfingsten voll des süßen Weines und nicht ganz bei Sinnen gewesen; ihr Glaube widersprach scheinbar dem gesunden Menschenverstand, weil er in Wahrheit alle Fesseln des Geistes zerbrach. So wurde Pfingsten zugleich das Fest der harmonierenden Herzen und Seelen. Aber es verkörperte sich nicht (wie bei Valla) im ekstatischen Gestammel, sondern in der klassischen sprachlichen Form. Sie umfaßt nicht alle Idiome, obwohl sie die universale Mission befördert; sie wendet sich an die Gebildeten. Darum kann Erasmus auch das Pfingstwunder nicht mehr genau mit dem Babelwunder vergleichen: Christi Lehre soll sich ausbreiten, verwirren mögen sich die Zungen der Lügenapostel, die sich verschworen haben, den gottlosen babylonischen Turm zu bauen, die Gottes Glorie verdunkeln, ihre eigene erheben wollen. Babel ist wieder nicht wörtlich, nicht sprachlich genommen, weil wahre Sprache stets erlesen ist[66]).

---

[66]) Diversoria, hg. LECLERC (o. Anm. 65) Bd. 1, Sp. 716 (Turmbau); De ... pronunciatione Sp. 923 f. (Sprachverwirrung, Hebräisch); Evangelium secundum Lucam XXIII, 38 Bd. 6, Sp. 325 (Kreuzessprachen); Peregrinatio religionis Bd. 1, Sp. 780 (Geistlichkeit); Epithalamium Petri Aegidii Sp. 747 (Löwen); Convivium religiosum Sp. 673 (anderswo); Ars notoria Sp. 849 (barbarische Sprachen); Apotheosis Reuchlini Capnionis Sp. 691 f. (Hieronymus, Reuchlin, Pfingsten); Acta Apostolorum X, 38 Bd. 6, Sp. 476 (Apostel redeten in einer Sprache); Paraphrasis in Acta Apostolorum II, 4 Bd. 7, Sp. 667 (diversis linguis; dazu ADLER, Pfingstfest 10); Evangelium secundum Matthaeum XXVII, 46 Bd. 6, Sp. 144 (Christus am Kreuz); Encomion moriae Bd. 4, Sp. 500 (Act. 2, 13; dazu HUIZINGA [o. Anm. 65] S. 91). Ratio seu methodus compendio perveniendi ad veram theologiam, hg. Hajo HOLBORN, Desiderius Erasmus Roterodamus, Ausgewählte Werke (Veröffentlichungen der Kommission zur Erforschung der Geschichte der Reformation und Gegen-

Heutzutage hat die Sprachengnade des Pfingstwunders aufgehört, weil die Lehre Christi ausgebreitet ist und weil den Christen der wundertuende Glaube fehlt. Wir können auf diesen Geist nicht warten, wir müssen uns bescheiden; heute tut uns Bildung not. Wir lernen auch Fremdsprachen, durch Reden und Reisen, wenn wir dem angeborenen Drang des Menschen zum Fremden folgen; mit Gesprächen eignen wir uns in erstaunlich kurzer Zeit neue Idiome an. Doch Sprachenlernen allein fördert uns wenig; die Bibel kann man auch in der Muttersprache lesen. Aber wieder dämpfte Erasmus die Begeisterung. Zwar sah er 1516 und 1522 nicht ein, warum die Türken und Sarazenen, die Schotten und Iren, überhaupt die Ungebildeten vom Evangelium ausgeschlossen bleiben sollten; auch Hieronymus habe sich nicht gescheut, die Bibel ins Dalmatinische zu übertragen. Nur tat Erasmus nichts für die Übersetzung der Bibel in die Volkssprachen; das Gestammel dieser erbärmlichen Halbsprachen *(semilinguae)* widerte ihn an. Obwohl er längere Zeit in Italien und England verweilt hatte, behauptete er, er könne das einsilbige, bellende Englisch und das Italienische weder lesen noch sprechen. Erasmus übersetzte die Bibel auch, aber vom Griechischen ins Lateinische, von einer Literatursprache in die andere, wichtigere. So glaubte er für die Ausbreitung des Evangeliums das Nötigste getan, der christlichen Bildungswelt gedient zu haben. Was außerhalb dieser Welt liegt, ist „von Barbaren bewohnt, die sich nicht viel von wilden Tieren unterscheiden, oder von Schismatikern und Häretikern, oder von beiden". Sie anzusprechen fühlte sich Erasmus nicht bemüßigt[67]).

Denn die Völkerwelt kreist außerhalb der literarischen, geistigen Zone; sie kennt keine christliche Liebe, keine humane Gesittung, nur nationale Eitelkeit und Zank. Die Italiener glauben, alle fremden Nationen seien barbarisch, und sind doch selber ein barbarischer Mischmasch, vor allem von den rohen Goten. Die Deutschen (die dergleichen von den Italienern auch behaupteten) sind blind vor Adelsdünkel; ihre Gelehrten wollen aus Galliern Germanen machen und vertiefen damit nur den Haß zwischen den Völkern. Der gebildete Christ kennt keine verschiedenen Götter und Heiligen der einzelnen Nationen, nicht Unterschied noch Feindschaft noch Eitelkeit zwischen Italienern und Deutschen,

---

reformation), München 1933, S. 249 (harmonierende Herzen). Apotheosis Reuchlini, hg. Leclerc Bd. 1, Sp. 692 (Lügenapostel).

[67]) Ichthyophagia, hg. Leclerc (o. Anm. 65) Bd. 1, Sp. 800 (Aufhören der Pfingstgnade); Redux Sp. 634 f. (Sprachenlernen); Colloquium senile Sp. 736 (Drang zum Fremden); Abbatis et eruditae Sp. 745 (Gespräche); Ars notoria Sp. 850 (in kurzer Zeit); Ichthyophagia Sp. 789 (Bibel in der Muttersprache). Paraclesis ad lectorem pium, hg. Holborn (o. Anm. 66) S. 142 (Türken, Iren). Exhortatio ad studium evangelicae lectionis, hg. Leclerc Bd. 7, im unpaginierten Widmungsbrief (Hieronymus und Dalmatinisch). Ratio seu methodus . . ., hg. Holborn S. 181; Methodus S. 151 (Halbsprachen). Apophthegmata VIII, hg. Leclerc Bd. 4, Sp. 363 (Italienisch); Ichthyophagia Bd. 1, Sp. 792 (von Barbaren bewohnt).

Franzosen und Engländern, Engländern und Schotten, Juden und Griechen. Er verlacht die dünkelhaften Adligen, die ihr Geschlecht auf Aeneas oder Brutus gründen, und die gelehrten Toren, die ihr Geschwätz im grauen Altertum mit dem babylonischen Drachen Bel anheben und Ahnentafeln schmieden. Wir Christen dürften uns um derlei Nichtigkeiten nicht kümmern, denn der gemeinsame Name Christi müßte uns miteinander verbinden. Nur wenn er die Vielzahl der Bettelorden und Nationen kritisierte, machte sich Erasmus in ätzendem Spott zum Anwalt der Mannigfaltigkeit unter den Völkern[68]). Wer wird bei ihm eine Interpretation der mosaischen Völkertafel suchen?

Dieses Gedankengehäuse steht auf hohem Gipfel; darum ist es so klein. Nichts von dem Gotteswort, das die Realität sprengt, nichts von der Urkraft der Muttersprache; nichts von der Vorsehung über den Völkern, nichts von der Verwurzelung im Vaterland. Statt dessen Philosophie Christi und lateinische Humanität. Weit drunten in den Niederungen geht die Geschichte weiter.

In der niederländischen Heimat des Erasmus hatten die Habsburger die Burgunder abgelöst; die große Idee eines übernationalen Zwischenreiches war zerbrochen. Während die Dynastie noch eine war, wuchsen von unten her die nationalen Kräfte und trennten allmählich die Landschaften, das burgundische Kernland und die nördlichen Niederlande, und auch die Ambitionen, das Erbe der großen Gesten und die neue provinzielle Intimität. Aber noch lagen beide Landschaften und beide Tendenzen dicht beieinander[69]). Der Freund und Lehrer des Erasmus, der Augustiner Cornelis Gerard (Aurelius, ca. 1460 bis nach 1523) aus Gouda, schrieb 1517 eine fast noch mittelalterliche Holländische Chronik; sie stellte an den Beginn großartig den Vater aller Menschen Adam, ließ aber dann die Holländer bescheiden von den germanischen Hermunduren, nicht von Patriarchen oder antiken Heroen abstammen[70]).

Den universalen Rahmen und die Bescheidung mit dem Eigenen, beides hatte die Lehre des Erasmus nicht aufzuweisen, wenn sie sich auf das Klassische

---

[68]) Julius exclusus e coelis 743 ff., hg. Wallace Klippert FERGUSON, Erasmi opuscula, 's Gravenhage 1933, S. 104; Responsio ad P. Cursii defensionem, hg. LECLERC Bd. 10, Sp. 1751 f. (Italiener; dazu und zum folgenden Johan HUIZINGA, Erasmus über Vaterland und Nationen, in: Gedenkschrift zum 400. Todestage des Erasmus von Rotterdam, hg. Historische und Antiquarische Gesellschaft, Basel 1936, S. 34–49); Querela pacis Bd. 4, Sp. 638 (Deutsche). Enchiridion militis christiani, hg. HOLBORN (o. Anm. 66) S. 66 (Götter und Heilige), 100 f. (Feindschaften). Encomion moriae, hg. LECLERC Bd. 4, Sp. 422, 448 (nationale Eitelkeiten, Aeneas; dazu Hans TREINEN, Studien zur Idee der Gemeinschaft bei Erasmus von Rotterdam und zu ihrer Stellung in der Entwicklung des humanistischen Universalismus, Diss. phil. Saarbrücken, Saarlouis 1955, S. 44 ff.), 475 (Bel); Institutio principis christiani c. 11 Sp. 610 (Christen); Franciscani Bd. 1, Sp. 743 f.; Philodoxus Sp. 861 (Vielzahl der Orden und Nationen).

[69]) HUIZINGA, Nationalbewußtsein 296 ff.

[70]) D'oude Cronijcke ende Historien van Holland, van Zeeland ende van Utrecht, hg. Wouter van GOUTHOEVEN, Bd. 1, Dordrecht 1620, S. 1–3. Dazu ROMEIN (o. S. 1002 Anm. 91) S. 208 ff.

konzentrierte. Das fühlte der tüchtigste unter den Löwener Theologen, der Inquisitor Jakob Latomus (1475–1544), und ritt 1519 eine scharfe Attacke gegen die Gründung des „Collegium trilingue" in Löwen und gegen die Reden des Erasmianers Peter Schade. Latomus schlug den Mantel und meinte den Herzog; Erasmus fühlte sich mit Recht persönlich angegriffen. Latomus gab nicht zu, daß man die drei gelehrten und heiligen Sprachen lernen solle. Warum gerade sie? Als frommer Mensch brauche man gar keine Sprachkenntnisse – hier meldet sich die von Erasmus vernachlässigte Muttersprache und die Mystik zu Wort –; wer aber Sprachen lernen wolle, der dürfe sich als Christ nicht mit dreien begnügen, denn Christus habe alle an sich ziehen wollen (Joh. 12, 32) und durch seinen Tod alle Sprachen geheiligt: *Si fieri posset, non tres modo sicut Hieronymus novit, vel quinque ut Picus, aut vigintiduas ut Mithridates, sed septuaginta duas*. Es ist kein Zufall, daß die Formel der 72 Sprachen hier auftaucht; sie beglaubigt wie im Mittelalter die göttliche Ordnung der ganzen Sprachenwelt gegen den autonomen Humanismus, und wieder steht das Recht der Muttersprachen gegen Erasmus. Die Forderung war freilich utopisch; sie verlangte das Unmögliche, um das Mögliche zu verhindern. Zuerst wollte Latomus wie Murner die Moral retten und sagte, nicht die linguistischen Unkenntnisse, sondern die Laster der Christen behinderten die Kirche[71]). Damit wurde wie bei Thomas von Kempen die Beschränkung auf das Seelenleben empfohlen; zur geistigen Beschränktheit der „Dunkelmänner" war der Weg allerdings kurz. Ein Löwener Fakultätsgenosse des Latomus, der Franziskaner Amandus von Zieriksee (ca. 1450–1534), ließ in einer Weltchronik die Helden der *arbor Berosiana* auftreten, mit realistischer Handgreiflichkeit gezeichnet: Noah-Janus, der im Rausch durch die magischen Beschwörungen des teuflischen Cham sterilisiert wurde (so erzählten die Rabbiner); Nimrod-Saturn, der den Befehl des Erzvaters, Babylon nur mit Holztürmen zu befestigen, rebellisch übertrat; König Gomer, der Herr der italienischen *Janigeni*; und vor allem Noahs Lieblingssohn *Tuyschon gygas*, der *non mediocris Germanorum gloria* war[72]). Wo Annius triumphierte, hatte Erasmus alles Recht verloren.

Große Weltbegebenheiten detailliert zu beobachten, reizte auch die künstlerische Phantasie der Niederländer; die neuen Babelbilder blieben nicht im kleinen Rahmen der Eyckschen Schule. Ein Flame malte 1511–14, vielleicht für die Generalstatthalterin Margarete, ein Brevier aus, in dem er die kirchlichen Mißstände scharf geißelte. Aber der Babelturm läßt diese Kritik nicht erkennen.

---

[71]) De trium linguarum ratione, hg. CRAMER-PIJPER, Bibliotheca Bd. 3, S. 49 (Christus), 61 (72 Sprachen). Dazu Johannes LINDEBOOM, Het bijbelsch humanisme in Nederland, Leiden 1913, S. 211 ff. Die Reaktion des Erasmus: Dialogus bilinguium ac trilinguium, hg. FERGUSON (o. Anm. 68) S. 220 ff.; Epistolae 934 und 948, hg. ALLEN (o. Anm. 65) Bd. 3, S. 519 f., 542.

[72]) Chronica compendiosissima, Antwerpen 1534, f. 3v–9r.

Er ist gewaltig groß, an ihm führt neben der Außentreppe für Fußgänger eine eigene Auffahrt für Wagen empor. Im Vordergrund steht der Bauherr Nimrod, getreu der LXX-Übersetzung riesenhaft. Wie auf dem Bild der Eyckschen Schule erkennt man im Hintergrund das Meer, eingerahmt von Steilküsten und einer Hafenstadt mit Schiffen. Die technischen Zurüstungen sind liebevoll beobachtet, das Treiben wirkt höchst geschäftig; der Atem der Weltgeschichte liegt über dem Bild, aber nicht der Atem Gottes. Nur ein paar dunkle Wolken in der linken oberen Bildecke lassen Schlimmes ahnen[73]). Noch überwiegt die Freude an der Welt und den Werken des Menschengeistes; man wird auch die Teilung der Sprachen und Völker überleben und sich getrost ins immer noch Gegebene fügen.

Im Land der zwei Sprachen fanden ausländische Besucher die Sprachkenntnis der Bewohner immer wieder erstaunlich; aber vielleicht spiegelt sich etwas von der wachsenden Unruhe der Zeit in der Radierung des Amsterdamers Cornelis Anthonisz (ca. 1500– ca. 1554) von 1547. Sie zeigt nicht mehr das stolze Gebäude im Bau; der kolosseum-ähnliche Turm bricht auseinander, die Bauleute stehen entsetzt. Wind und Sturm kommen über das Werk der Menschenhände, und einige Posaunenengel erinnern an den Herrn aller Geschichte[74]).

Als die spanischen Zentralisierungstendenzen sich auswirkten, malte Pieter Brueghel der Ältere (ca. 1520–1569) in Brüssel sein erstes Babelbild, vielleicht um 1555. Da steht der Turm steif, altertümlich, regelmäßig, über die Wolken ragend, aber unfertig und menschenleer. Es ist, als hätten ihn die Scharen schon verlassen. Auch ohne Gottes dramatischen Zugriff offenbart sich die Vergeblichkeit titanischer Entwürfe. Sie ist wie bei Sebastian Brant zur Torheit degradiert in Brueghels berühmtem Kolossalgemälde von 1563. Hier ist wieder der Turm im Bau dargestellt, aber anders als im „Breviarium Grimani". Wir sehen eine verkehrte Welt vor uns. Der Riesenturm ersteht ganz planlos und unregelmäßig; die Fundamente sind noch nicht fertig, und schon sticht die Spitze in die Wolken. Ameisengleich wimmeln die Arbeiter; die Sklaven zittern vor dem bärtigen König Nimrod, doch seine Befehle scheinen das Chaos nur zu stei-

---

[73]) Breviarium Grimani, Illuminierte Handschrift von San Marco in Venedig aus dem Anfang des 16. Jahrhunderts, hg. Scato DE VRIES – Salomone MORPURGO, 12 Bände, Leiden-Leipzig 1904–10, hier f. 206r; auch bei BRANDT, Arbeit Bd. 1, S. 249 ff.; HEIMANN-SCHRÖDER, Bibel Abb. 34. Zu dem Werk Maria LANCKOROŃSKA, Die christlich-humanistische Symbolsprache und deren Bedeutung in zwei Gebetbüchern des frühen 16. Jahrhunderts, Gebetbuch Kaiser Maximilians und Breviarium Grimani (Studien zur deutschen Kunstgeschichte 319), Baden-Baden/Straßburg 1958, S. 89 ff., 99 ff.

[74]) ANDRAE-FRITZ, Turm 9 Abb. 9. Zur Mehrsprachigkeit Philip DE VRIES, Cultuur der Nederlanden omstreeks 1560, in: Algemene geschiedenis der Nederlanden, hg. J. A. van HOUTTE u. a., Bd. 4, Utrecht 1952, S. 369 ff.

gern. Dieses Unternehmen wird nie gelingen können, auch wenn Gott nicht Einhalt gebietet; die grellen Farben und die Gewitterschwüle über der weiten, flachen Stadt am Meer machen die Atmosphäre heiß und flimmernd[75]). Wird Gott wenigstens die Seinen retten?

Die Reformierten Antwerpens, von den Ketzergerichten blutig verfolgt, glaubten sich in der Eintracht der Gleichgesinnten von Gott geschützt, mitten im Martyrium; sie schrieben zwischen 1555 und 1560 *een liedeken van LXXII vrienden*, die in diesen Jahren um ihres Glaubens willen starben[76]). Der Turmbau war draußen, wo sich die Pharisäer der Gegenwart, Römische, Lutherische, Waldensische, um die Kindertaufe stritten; so deutete 1564 der Genosse Menno Simons', der Täufer Dirk Philipsz (ca. 1504–1568), die Babelszene[77]). Die Dinge trieben in den Niederlanden auf eine Katastrophe zu, seitdem die spanische Herrschaft das Wachstum der nationalen Gruppen störte, seitdem die Reformation die Sicherheit des Stillebens zerbrach. Hier wie in Deutschland konnte die vergangene Geschichte keine Ratschläge mehr geben; ob sich die reformatorische Innerlichkeit mit der humanistischen Weltlichkeit, die nationale Einheit mit der universalen Toleranz vertragen würde, mußte die kommende Geschichte lehren.

Im England der ersten Tudors kam der gleiche Konflikt zum Austrag, doch auch schon zum Abschluß; von Frankreich und Habsburg umworben, im Innern erstarkt, von der römischen Kirche gelöst, fand das königliche England seine Form des christlichen Humanismus, der lateinische und englische, reformatorische und katholische, nationale und tolerante Impulse miteinander verband und nüchtern an der insularen Wirklichkeit kontrollierte[78]).

Die Trojanermode der Jahrhundertwende wurde durch Quellenkritik und biblische Tradition ersetzt von dem italienischen Humanisten Polidoro Vergilio (ca. 1470–1555), der vom Papst zur Eintreibung des Peterspfennigs nach England geschickt wurde. Schon zuvor, 1499, hatte er fromm daran geglaubt, daß Gott dem ersten Menschen bei der Schöpfung die Sprache als *animi interpres* geschenkt habe. Doch scheute er alle Handgreiflichkeiten: Daß Adam hebräisch sprach, erwähnte er nicht; noch weniger glaubte er dem Experiment des Psammetich. Es war ihm problematisch, ob Ägypter oder Phryger, Äthiopier oder Skythen die ältesten Menschen seien, ob überhaupt die antike Über-

---

[75]) Max Dvořák, Die Gemälde Pieter Bruegels des Älteren, Wien 1941, Abb. 6 (erstes Bild), 29–32 (zweites Bild; dieses auch bei Heimann-Schröder, Bibel Abb. 35). Dazu Gustav Glück, bei Dvořák S. 42 f., 50 f. Nachahmungen von Brueghels Babelbild, von Lukas und Martin van Valckenborch, bei Ehrenstein, Bild 130 Abb. 15.

[76]) Een Lietboecxken, tracterende van den Offer des Heeren Nr. 16, hg. Cramer-Pijper, Bibliotheca Bd. 2, S. 563–568.

[77]) Enchiridion, hg. Cramer-Pijper, Bibliotheca Bd. 10, S. 83.

[78]) Paul Meissner, England im Zeitalter von Humanismus, Renaissance und Reformation, Heidelberg 1952, S. 78 ff.

lieferung genug universalen Überblick vermittle; der göttlichen Offenbarung vertrauend, suchte er den ersten Menschen unter den Juden. Die Sprachverschiedenheit erklärte er nach Foresti: Nimrod wollte die Menschen von der Gottesfurcht befreien und ihrer eigenen *virtus* überantworten; da teilte Gott ihre Sprache. Die Zahl der Idiome nahm er indes Foresti nicht ab. Vorsichtige Gläubigkeit kennzeichnet auch seine Völkertafel, die als Japhetiten nur die Goten des Aschkenaz nennt; wahrscheinlich stammten von Japhet auch noch andere Völker. Ihre Namen wurden nicht angegeben. Die Bibel unterrichtet uns besser als die antike Tradition, aber nicht über unsere eigenen Probleme.

Als Vergilio um 1506 im Auftrag Heinrichs VII. die erste Nationalgeschichte Englands begann, schrieb er sie in klassischem Latein, übersetzte sogar englische Eigennamen und ließ seine Englischkenntnisse kaum merken. Wer zuerst Britannien betreten habe, wisse man nicht genau; wahrscheinlich seien nach der Sintflut Nachfahren Noahs gekommen. Danach sei wohl der Aeneide *Brutus* oder *Brito* eingetroffen; Vergilio verhehlte seine Zweifel an dieser Sage nicht, wollte aber der verbreiteten Volksmeinung entgegenkommen. Jedenfalls griffen in der erst 1534 publizierten Historie Bibel und Antike gestuft ineinander, ohne daß der falsche Berossus Verbrüderungen und Kurzschlüsse stiftete[79]). Ein Anonymus ärgerte sich freilich darüber, daß die englischen Anfänge ungewiß bleiben sollten und daß andere Länder Europas ältere Ahnen besaßen: die Spanier den *Hesperus*, die Italiener den Aeneas, die Sachsen den *Woden*, die Franzosen die trojanischen *Thracians*, die Deutschen den *Gwistor* (Tuisto). Und so wartete er noch einmal mit der angelsächsischen Königsgenealogie auf, die über Sem bis Adam zurückführte. Auch hier sollte die Bibel alle antiken Traditionen übertrumpfen, aber noch einmal zum exklusiven Ruhm der eigenen Nation. Doch konnten solche volkstümlichen Rebellionen gegen den Geist des Humanismus wenig ausrichten[80]).

Ein christlicher Humanist war der Freund des Erasmus, Thomas More (Morus, 1478–1535). Der spätere Märtyrer erstrebte den Frieden unter den christlichen Fürsten und die religiöse Eintracht der von Irrtümern und Häresien bedrängten Kirche Christi; der Humanist forderte von den Theologen die Kenntnis der drei Bibelsprachen, damit sie Gottes Wort verstünden und den Weg zum Himmel finden und weisen könnten. Der Staatsmann aber fand die

---

[79]) De rerum inventoribus libri octo, Neudruck Basel 1550: I, 3 S. 9–14 (Ursprung der Sprache). Anglicae historiae libri XXVI, Basel 1534, S. 15–18 (englische Urgeschichte; dazu MATTER, Gründungssagen 552 ff.; Douglas BUSH, Mythology and the Renaissance Tradition in English Poetry, New York 1957, S. 39 ff.). Dazu MEISSNER, England 114 ff.; Denys HAY, Polydore Vergil, Renaissance Historian and Man of Letters, Oxford 1952, S. 54, 61, 109 f., 129 ff.

[80]) Black-Letter History, hg. HACKENBERG, Stammtafeln 85 f.

Wirklichkeit anders als das Ideal, vielschichtig, verworren und vielsprachig. Seine rätselhafte, 1505 geschriebene und 1516 veröffentlichte „Utopia" zeigte das Ideal exzentrisch isoliert und distanziert. In diesem Niemandsland herrscht eine überall gleiche, reiche und wohlklingende Sprache; Schrift- und Sprachproben der utopischen *lingua vernacula* werden, scheinbar konkret, gleich auf der Rückseite des Titelblattes mitgeteilt. Dieses Idiom sei über große Striche jenes *orbis* verbreitet, überall etwas verderbt, bald in dieser, bald in jener Abwandlung, aber doch mit sich selbst identisch. Dialekte tun der hochsprachlichen Einheit keinen Abbruch; daß More diese Einsprachigkeit als Vorzug empfand, wird niemand bezweifeln. Freilich ist vorausgesetzt, daß sie nur in den Grenzen eines erdichteten Erdteils vorkommt; sie kann nie das Glück unseres Globus werden. Selbst die utopische Sprache ist geschichtlich gewachsen: Früher, vielleicht bevor der Namengeber *Utopus* die Insel eroberte, hätten die Utopier anders gesprochen; sie vermochten also, was den Noachiden nicht gelang (und wahrscheinlich in der Realität niemandem gelingen kann), im Wandel die Einheit zu bewahren oder gar erst zu finden. Doch war bereits jene Ursprache Utopiens eine Synthese aus Hebräisch, Griechisch und Persisch; in dem *sermo fere Persicus* klang manches Griechische mit. Wie denn die Utopier begierig Griechisch lernten und das Lateinische vernachlässigten. Der lateinisch schreibende More ersetzte die dritte der „heiligen Sprachen" durch das exotische Persisch, um den Abstand von der abendländischen Realität zu vergrößern. An die indogermanische Verwandtschaft des Iranischen mit dem Griechischen dachte er schwerlich; sie wurde erst neunzig Jahre später entdeckt. Aber daß eine ideale Sprache nicht aus künstlicher Konstruktion noch aus nationaler Isolation, sondern im Austausch der Gedanken und Idiome entsteht, mag der Engländer geglaubt haben; er sah es an seiner Muttersprache.

Mehr als die Sprachgeschichte ließ More die Volksgeschichte Utopiens im Dunkeln. Woher Utopus kam, welches Substrat er vorfand, wird nicht erwähnt, nur, daß die Utopier glaubten, älter als alle anderen Staaten zu sein. Die Jagd nach den ältesten Ahnen ist also im christlichen Europa nicht sehr sinnvoll. Die Reinheit der Ursprache ist weniger wichtig als ihre Einheit im Gebrauch; die staatliche Gemeinschaft muß sich praktisch bewähren und braucht sich nicht historisch zu begründen. Die „Utopia" steht in ihrem geschichtlichen Denken Machiavelli nahe, auch in der Abweisung von allem, was das Mittelalter an Sprachtraditionen und Völkergenealogien geboten hatte; Gottes Hand über den Völkern leitet die Utopier nicht sichtbar. Unsere irdische Geschichte wird zwar von Gott gelenkt, aber auch der Mensch sollte es tun; unsere Zustände können das Ewig-Gültige nicht erreichen, und doch müssen wir mit ihnen leben; die Welt ist nichtig, indes sie muß verbessert werden. Die erdnahen Kräfte der patriotischen Tradition und der Muttersprache können dabei nicht behilflich sein, weil sie das Ganze nicht überschauen und durchschauen[81]).

Aber wirkt denn nicht gerade in ihnen der gesuchte Geist Gottes leibhaftig? Der von Luther beeinflußte erbitterte Gegner Mores, William Tyndale (1483 bis 1536), wurde der bedeutendste englische Bibelübersetzer, weil er an die göttliche Macht seiner Muttersprache glaubte. Wie einst die Lollarden, suchte Tyndale 1527 die Weihe der Volkssprachen vom Pfingstwunder her zu erweisen: Die Apostel hätten in der Muttersprache gepredigt; auch Hieronymus habe die Bibel in seine Muttersprache übertragen. Der Einwand, das Englische sei eine rohe Sprache, ist falsch. Zwar unterscheiden sich die klassischen Sprachen, Hebräisch, Griechisch und Latein, ebenso sehr voneinander wie die modernen Idiome, Englisch, Walisisch und Holländisch *(Dutch)*; aber zwischen den klassischen und den modernen Sprachen sind die (von Tyndale wohl genetisch gemeinten) Ähnlichkeiten verblüffend. Das Griechische etwa steht dem Englischen näher als dem Lateinischen; erst recht stimmt das Hebräische tausendmal schlechter zum Lateinischen als zum Englischen. Man kann aus dem Hebräischen oft einfach Wort für Wort ins Englische übersetzen; beide Sprachen denken ganz verwandt. So wird, wie bei More, das Lateinische aus dem Verband der „heiligen Sprachen" gedrängt, und an seine Stelle tritt nun das Englische. Wer diese neue reformatorische, metahistorische Verständigung im Wort Gottes verhindern will, wer wie die katholischen Prälaten Tyndales Bibelübersetzung bekämpft, der gehört 1530 zu den *stubborn Nimrods*, die gegen Gott fechten und seinem Heiligen Geist widerstreben. Sie sind es zugleich, die die Bibel in antiquarischer Ferne halten; in Wahrheit betrifft jede Silbe der Bibel, auch der babylonische Stolz, *thine own self*. Das Alte Testament enthält kein geschichtliches Erbe, sondern spricht von der zeitlosen, über uns hereinbrechenden Existenz Gottes. Nur die Muttersprache, nicht die nationale Vergangenheit bringt uns auch auf eine zweite, historische Weise dem göttlichen Ursprung näher[82]).

---

[81]) Utopia, hg. Victor MICHELS – Theobald ZIEGLER (Lateinische Literaturdenkmäler des XV. und XVI. Jahrhunderts 11), Berlin 1895, S. 44 (gemeinsame Sprache, Utopus), 68 (Dialekte), 49 (ältere und jüngere Sprache), 79 f. (Herkunft der Sprache, Griechisch, Latein), 41 (Alter der Utopier). Dazu Raymond Wilson CHAMBERS, Thomas More, Ein Staatsmann Heinrichs des Achten, München-Kempten 1946, S. 288, 441 (Frieden, Eintracht); kritisch RAUMER, Friede 90; Paul HUBER, Traditionsfestigkeit und Traditionskritik bei Thomas Morus (Basler Beiträge zur Geschichtswissenschaft 47), Basel 1953, S. 115 ff., 148 ff.

[82]) Doctrinal Treatises and Introductions to Different Portions of the Holy Scriptures, hg. Henry WALTER (The Parker Society 32), Cambridge 1848: Table Expounding Certain Words in Genesis S. 406 (Unterschiede zwischen Hebräisch, Griechisch, Latein); The Obedience of a Christian Man, Preface S. 148 f. (Englisch und Hebräisch; dazu KOHN, Idee 844 f.); Preface to the Five Books of Moses S. 396 (Nimrod); Prologue to the Book of Genesis S. 400 f. (own self). Dazu MEISSNER, England 347 ff., 430 ff.; Richard Foster JONES, The Triumph of the English Language,

Ähnlich strukturiert ist die ganz andere Ansicht des Arztes und Diplomaten Sir Thomas Elyot (ca. 1490–1546), der 1531 Heinrich VIII. seinen Spiegel des wahren Gentleman widmete. Auch er hielt die Kontinuität der Sprache für wichtiger als die völkische Tradition; freilich vertraute der Humanist lieber dem Griechischen und Lateinischen. Diese Sprachen sind natürlicher und vollkommener als die englische, der noch manche Feinheiten fehlen. Immerhin soll der junge Gentleman zuerst Englisch, dann erst die klassischen Idiome lernen, und er soll sich um seine Muttersprache bemühen, wie auch Elyot seinen Traktat *in our vulgare tunge* schrieb. Wo sie ihm noch nicht genügt, will Elyot statt italienischer oder französischer Ausdrücke lieber lateinische entlehnen, *untyll some other more propre englysshe worde maye be founden and brought in costume.* Mehr als die zeitgenössische Umwelt und deren Vorzeit kann die fremde, vorbildliche Vergangenheit den Menschen lehren; auch sein historisches Wissen ist klassisch-antik und umgreift ägyptische und indische Beispiele, aber keine englische und keine biblische Urgeschichte: Elyots Geschichte der Jagd erwähnt Nimrod nicht; Brito kommt nicht vor. Auch für Elyot hat die Geschichte zuerst pädagogische Funktion. Sie erzieht den Gentleman zur hohen Form, in der er frei ist; sie übergibt ihm kein Erbe, an das er gebunden ist. Mit beherrschter Freiheit wird er dereinst auch die englische Sprache zu ihrer natürlichen Vollkommenheit entwickeln und zum Schmucke Englands, der edelsten Insel der Welt, beitragen[83]). In dieser klassischen Haltung, nicht in der Würde des Altertums liegt das Geheimnis geschichtlicher Wirkung.

Dann werden freilich die historischen Exempla vertauschbar, wenn sie nicht mehr einmalige, nachwirkende Marksteine setzen. Für König Heinrich VIII. wurde 1539 die „Great Bible" mit Holzschnitten gedruckt; diese schlossen sich an Holbeins Bilder an. Das Turmbaubild wurde aber noch ein zweites Mal verwendet und stellte nun dar, wie Nehemia die Mauern von Jerusalem wieder aufbaut. Wenn Bauwerk gleich Bauwerk ist, wird Babel zu Jerusalem[84]). Es hat vorläufig den Anschein, als löste sich England aus allen Bindungen der Tradition und schüfe sich nach frei gewählten Leitbildern seine Zukunft neu; daß die Traditionskritik auf die Dauer die Traditionsfestigkeit nicht erschüttern konnte, lehrte allmählich erst die Folgezeit.

A Survey of Opinions Concerning the Vernacular from the Introduction of Printing to the Restoration, Oxford-London 1953, S. 53 ff.

[83]) The Boke named the Governour, hg. Foster WATSON (Everyman's Library 227), London 1907: I, 10 S. 35; I, 25 S. 107 (Griechisch und Latein); I, 13 S. 54 (natürliche Sprachen); Prolog S. XXXI (vulgare tunge); I, 22 S. 97 f.; III, 24 S. 277 (Fremdwörter im Englischen); III, 7 S. 221 (Ägypter); I, 20 S. 89 (Inder); I, 18 S. 79 ff. (Geschichte der Jagd); I, 2 S. 14 (edelste Insel). Dazu MEISSNER, England 95 ff.; JONES, Triumph 78 ff.

[84]) James STRACHAN, Early Bible Illustrations, A Short Study Based on Some Fifteenth and Early Sixteenth Century Printed Texts, Cambridge 1957, S. 81, 150.

In ihr sollte sich Schottland den Engländern beugen müssen; schon nach der schottischen Niederlage bei Flodden (1513) regte sich hier und da der Wunsch nach Ausgleich und Frieden. Der Theologe John Mair (Major, ca. 1470 – ca. 1550) von der Universität Glasgow beschwichtigte 1521 die vergangenen Gegensätze und verfolgte sie nicht bis in die antike Mittelmeerwelt zurück. Die sprachlichen Unterschiede zwischen *Britones*, Iren und Engländern wurden nicht bagatellisiert; mit dem Stolz des Johann von Trevisa versicherte Mair in barbarischem Latein, die *Britones* sprächen noch heute ihre walisische *primitiva lingua*. Dennoch sind alle in Britannien Geborenen, Schotten wie Engländer, „Briten"; sie sind keine urzeitlichen Feinde. Die englische Trojanersage um Brutus ist erdichtet; auch die griechisch-ägyptische Herkunftsmythe der Schotten wurde nur dazu erfunden, um die trojanische Legende der Engländer zu übertrumpfen: Die Schotten wollten sich auf die griechischen *domitores* der Trojaner berufen. Sie sind in der Tat eigenständig, aber nur aus Spanien eingewandert; ihre Sprache bezeugt sie als Iren und ist noch mit der spanischen verwandt. Die Bretonen, die ersten Bewohner Britanniens, kamen nach Ausweis der gemeinsamen gallischen Sprache aus der Armorica, wie schon Beda lehrte; die Engländer sind Germanen[85]). Auf der Insel trafen sich verschiedene Stämme und Sprachen Europas (die keltische Gemeinschaft wird nicht betont); warum sollten sie in der Gegenwart nicht trotzdem zueinanderfinden?

Sie sollten es nicht, weil die Schotten souverän waren und bleiben wollten; das erwiderte sechs Jahre später der Rektor der Universität Aberdeen, Hector Boece (Boethius, ca. 1465–1536). Der Enkel oder Urenkel des Aeneas, Brutus, war tatsächlich *Britannorum progenitor*, aber die Schotten waren eher da als die Briten, geschweige denn die Engländer: 384 Jahre vor Brutus landete der Grieche *Gathelus*, Sohn des urtümlichen Kekrops und Erfinder der gälischen Sprache, mit seiner Gemahlin, der Pharaonentochter *Scota*. Sie flohen zu Moses' Zeit vor den ägyptischen Plagen, über Portugal (das möglicherweise *Porta Gatheli* heißt) und Irland (das sie einem Sohn überließen) nach Schottland. Boece, der sich seine Quellen zum Teil selbst erfand, deckte seine Karten ungeniert auf: *Caeterarum orbis gentium more Scoti originem sui vetustam ostendere cupientes* ... Nur hatte der falsche Berossus sowohl die Engländer wie die Schotten vergessen, und so mußten sie wie im 15. Jahrhundert ihre Souveränität auf mittelalterliche Fabeln gründen, wenn sie überhaupt historisch argumentieren wollten[86]). Der Verwandte des Herrscherhauses, William Stewart, übertrug 1531 auf Veranlassung des Königs Jakob V. das Werk von Boece in

---

[85]) Historia maioris Britanniae tam Angliae quam Scotiae, hg. Robert FREEBAIRN, Edinburgh 1740: I, 4 S. 12 f. (Sprachen); I, 9 S. 35 ff. (Herkunftssagen). Dazu MATTER, Gründungssagen 590 ff.; besser BRIE, Schottland 317 ff.

[86]) Historiae Scotorum a primo gentis origine libri XIX, Paris 1574, Vorrede f. 1v, Text f. 1r–2r. Dazu MATTER, Gründungssagen 594 ff.; BRIE, Schottland 329 ff.

schottische Reime[87]); aber Jakobs englandfeindliche Politik konnte auf die Dauer nicht mehr die mittelalterliche Freiheit Schottlands wahren, war doch die Berufung auf die Historie selbst anachronistisch geworden. Das Ende von Jakobs Tochter, Maria Stuart, gab John Mair recht.

Auch in Skandinavien konnten die Historiker die Geschichte nicht aufhalten, die hier zur Trennung, nicht zur Einung drängte. Ein dänischer Ordensgeistlicher nannte 1527 unter den zwölf Vorzügen der Dänen als ersten die Herkunft von den *Gothi qui et Dani* des Japhetiten Magog[88]). Der Minorit Peder Olsen (Olai, gest. ca. 1570) in Roskilde verfaßte vielleicht dieses Werk. In seiner sonst von Gheysmer abhängigen Chronik erläuterte er genauer, daß von Magog die Skythen, Geten, Goten und Dänen abstammten, die allesamt nach Ursprung und Sprache ein einziges Volk seien; sie betraten, von den Mäotischen Sümpfen kommend, das Land *Gothia* im Jahre 1849 der Welt. Olsen zog aus dieser alten Herkunft den gleichen Schluß wie der Schwede Ragvaldsson auf dem Baseler Konzil und forderte für die Dänen das *mundiale imperium*[89]). Aber als er so schrieb, war Dänemarks Vormachtstellung zerbrochen, die Kalmarer Union zerstört, Schweden völlig befreit.

Und aus Schweden klingt uns sogleich der neue Ton der Zeit entgegen. Der Kanzler Gustav Wasas und Reformator Schwedens, Olaus Petri (1493–1552), schilderte in einer Chronik die Vergangenheit als Strafgericht Gottes über alle Sünde und förderte durch Bibelübersetzung und Kirchenlied die schwedische Sprache; er rief 1531: „Wir Schweden gehören auch dem Herren zu, so gut wie anderes Volk, und welche Sprache uns gegeben ward, die hat uns der Herr gegeben“[90]). Sie ist keine Strafe für Babel und sündige Vergangenheit, sie ist so gegenwärtig wie das Gotteswort. Die Traditionen wurden vertrieben; der letzte katholische Erzbischof des Landes, Johann Magnus (1488–1544), mußte Schweden 1526 verlassen. In Rom fand er Exil, und hier umgab er die verlorene Heimat mit der Gloriole biblischer Urzeit und vollendete die von seinem Amtsvorgänger Ragvaldsson begonnene Skizze mit Hilfe des falschen Berossus. Noah-Janus residierte in Skythien und verteilte die Erde an seine Söhne, Europa an Japhet-Atlas, Babylon an Nimrod-Saturn. Danach erst wanderte Noah gen Rom, wo er starb; Skythien war vor Rom bewohnt. Japhets Sohn Magog wurde der Schöpfer des skythischen Volkes, das auch getisch und später gotisch hieß. Unter seinen (von Magnus erdichteten) Söhnen wurde *Suenno* zum Ahnherrn der Schweden, *Gethar-Gogus* zum Vorstand der Geten, und *Ubbo*

87) The Buik of the Chroniclis of Scotland, RBSS Bd. 6, 1 S. 186 ff. Dazu Brie, Schottland 352 f.

88) Duodecim excellentiae regni Daciae, SSRD Bd. 8, S. 494 f.

89) Chronicon regum Danorum, SSRD Bd. 1, S. 70–75. Dazu Schäfer (o. S. 1011 Anm. 111) S. 121 ff.

90) Andersson, Geschichte 167.

gründete vor Abrahams Zeit Uppsala. Die Skytho-Goten besiedelten Skandinavien; von ihnen stammen auch die bei Saxo genannten ersten Dänen Dan und Angul. Dann zogen die Goten in die Weiten Asiens; eigentlich gehörte ihnen die ganze Welt[91]). Ihrem Erzbischof gehörte nicht einmal mehr Uppsala.

Im germanischen Teil Europas, von dem die Reformation ausging und wo sie herrschend blieb, hatte das mittelalterliche Geschichtsdenken scheinbar ausgedient; es galt der gegenwärtige und künftige Bund zwischen Religion, Muttersprache und Einzelvolk, hier enger, dort lockerer gefaßt, von reformatorischen und humanistischen Idealen hier gestört und dort gestärkt, aber allenthalben ohne tragende Mitwirkung der Traditionen. Sie blieben vorerst im Exil, und als der Schwede nach Rom kam, war er selbst dort ein Überlebender von vorgestern, kein rückwärtsgewandter Prophet.

*

Italien war von französischen und spanischen Heeren überschwemmt und sozial zerrissen; die frommen Historiker hatten das nicht vorausgesehen, und der Prophet Savonarola war verbrannt. Von dem vertrauensvollen biblischen Humanismus des Jahrhundertendes finden wir wenige Reste; der Symbolglaube war dahin. Der Franziskaner Luca Pacioli (ca. 1445– ca. 1514), einer der berühmtesten Mathematiker der Zeit, suchte sich festeren Halt. Gott ändere sich niemals, darum sei alles in der Welt Entfaltete (nach Sap. 11, 21) zwangsläufig der Zahl, dem Gewicht und dem Maß unterworfen; Zahlen und Proportionen sind beinahe die Sprache Gottes. Doch als Pacioli 1494 die kosmographischen, dogmatischen, sakramentalen und mystischen Zahlenbedeutungen sammelte, hielt er sich bei der Zahl 72 nicht mehr auf; in der Historie der Sprachen und Völker war das Maß nicht zu finden[92]).

Aber sind die Naturgesetze nur der Zahl und der abstrahierenden Berechnung zugänglich, nicht eher der Anschauung und intuitiven Erfahrung? Das größte Universalgenie der Renaissance, Paciolis Freund Leonardo da Vinci (1452–1519), nannte sich selbst „Schüler der wahren Lehrerin, der Erfahrung“ und lernte das Staunen über ihre Wunderwerke und die göttliche Proportion nicht rechnend, sondern schauend, etwa bei der Betrachtung der Muskeln, die die Zunge bewegen. „Bedenke recht, wie durch die Bewegung der Zunge, mit

[91]) Historia de omnibus Gothorum Sveonumque regibus, Rom 1554: I, 2–6 S. 19–23 (gotische Urgeschichte); I, 8 S. 26; II, 2 f. S. 65 f. (Dänen); I, 25 ff. S. 49 ff. (Ausdehnung der Goten). Dazu Johan NORDSTRÖM, De yverbornes ö, Sextonhundratalsstudier, Stockholm 1934, S. 63 ff., 95 ff.; ANDERSSON, Geschichte 183.

[92]) Summa de Arithmetica, Geometria, Proportioni et Proportionalita, Venedig 1494 wurde durchgesehen. Dazu GARIN, Humanismus 233.

Hilfe der Lippen und der Zähne, die Aussprache aller Namen der uns bekannten Dinge und die einfachen und zusammengesetzten Wörter einer Sprache *(linguaggio)* an unser Ohr vermittels dieses Werkzeuges gelangen; und diese (Wörter) würden sich, wenn alle Erscheinungen der Natur einen Namen hätten, ins Unendliche erstrecken, zusammen mit den unendlich vielen Dingen, die in der Wirklichkeit und in der Möglichkeit der Natur liegen; und (der Mensch) würde sie nicht nur in einer einzigen Sprache ausdrücken, sondern in *moltissimi*, die wiederum sich ins Unendliche erstrecken, weil sie sich fortwährend von Jahrhundert zu Jahrhundert verwandeln, und von Land zu Land, wegen der Vermischung der Völker, die infolge von Kriegen und anderen Ereignissen sich fortwährend vermischen; und diese Sprachen sind der Vergessenheit unterworfen und sind sterblich wie die anderen geschaffenen Dinge; und wenn wir unserer Welt Ewigkeit zugestehen, so werden wir auch zugeben, daß solche Sprachen von unendlicher Mannigfaltigkeit gewesen sind und weiterhin sein müssen, wegen der unendlichen Jahrhunderte, die in der unendlichen Zeit enthalten sind, usw." Die Unendlichkeit der menschlichen Sprache – vor Leonardo hat sie keiner gesehen, nur Gott war unendlich gewesen. Jetzt wurde es die Natur, die von der Sprache nicht annähernd katalogisiert werden kann; jedoch nur die Beschränktheit des Menschen verursacht die begrenzte Sprachenzahl.

Der Mensch ist zwar „das größte Werkzeug der Natur", aber ein unvollkommenes: Während die Naturdinge ewig sind, wandeln sich alle Menschendinge ständig. Diesen Veränderungen sind auch die Sprachen ausgesetzt, ihr Zeugnis klingt nicht weit; Kriege, Brände, Fluten, Veränderungen der Idiome und Gesetze vernichten ihre Urkunden. Stumme geologische Überreste sprechen länger zu uns. Das Wort ist der Erfahrung und Anschauung unterlegen und gibt die Welt schlechter als die Malerei wieder; trotzdem ist auch die Sprache ein unentbehrliches Mittel, die Welt zu kennen. Die Welt ist ein Ozean von Dingen; weil die Sprachen aus diesem Meer schöpfen, haben sie selbst nichts Festes. Leonardo gebrauchte seine *lingua materna*, ohne orthographische und grammatische Regeln zu beachten; er beklagte ihre Armut nicht, sondern fand in ihr alle Wörter, die er brauchte, um die Begriffe seines Geistes auszudrücken; er seufzte eher darüber, daß er die Dinge nicht richtig begriff. Die Sprachen sind unendlicher als der menschliche Geist; sie sind nicht das Geschöpf des Menschen. Sie spiegeln die Dinge, sie machen das Buch der Welt lesbar; aber sie sind auch keine Naturkraft. Kein metaphysischer Geist hat sie geschaffen, denn Sprache ist etwas Körperliches; der Geist hat keine artikulierte Stimme. Was also ist die Sprache? Leonardo gibt keine Antwort; wir werden uns hüten, sie an seiner Stelle zu geben, und begnügen uns mit Leonardos Worten, ohne seine Anschauung ganz zu ergründen. Denn in der Tat konnte Leonardo die Welt besser anschauen, malen und berechnen als besprechen; seine Sprach- und Geschichtstheorie blieb wie so vieles ein geniales Fragment. Nur eines können wir festhalten: Die Sprache ist für Leonardo eine weltimmanente Größe, potentiell unendlich, menschlicher Verfügung teilweise überhoben, vielleicht keine Zwischenwelt, aber eine Form der Wechselbeziehung zwischen Natur und Mensch. Gott und die Geschichte ändern daran nichts; alles entfaltet sich stetig in unendlicher Breite, nichts führt in einmalig-geschichtliche Tiefe[93]).

Aber kann die Sprache die Welt nicht neu gestalten, malen und veranschaulichen? Im Dienste der Este in Ferrara bescheiden dahinlebend, schuf sich Lodovico Ariosto (1474–1533) seit 1506 in einem Rausch von Poesie und Wohlklang eine Märchenwelt voll sinnlicher Eindrücke. Seinem beschwörenden Wort gelang es sogar, entschwindende Traditionen, spielerisch verzaubert, festzuhalten, die Geschichte selbst, als zeitloses Bild gerahmt, zum Kunstwerk zu formen. Der „Rasende Roland" sollte die Herkunft der Este preisen, und wie Boiardo griff Ariost zur trojanischen Ahnentafel; Roger ist der Nachfahre Hektors, Antenor begründete Padua, trojanisch sind Este, das alte *frigio Ateste*, und Ferrara; auch Faramund, *Fieramonte*, der mit den Franken zuerst den Rhein überschritt, fehlte nicht im feierlichen Zuge. Der große Gegenspieler der abendländischen Helden ist wie bei Boiardo der riesige *Rodomonte*, Nachfahre Nimrods. Er trägt den Drachenpanzer wie

Quello avol suo ch'edificò Babelle,
E si pensò cacciar dell'aureo albergo,
E tòrre a Dio il governo de le stelle.

In seinem Kreise stehen der erste Zauberer *Zoroastro* und der erste Kaiser *Nino*; zu seinem Gefolge zählen die Mohammedaner, und die barbarischen Feinde der Christenheit verschmelzen miteinander zu wirrer, babylonischer Eintracht, Sarazenen, Tataren, Skythen und Heiden. So führt der christliche Kreuzfahrer Roland in seinem Wappen das Bild des Babelturmes, der vom Blitz getroffen wird.

Schärfer als bei Boiardo gliedern sich die Religionen und die Sprachen. Die Helden des Epos bewegen und verständigen sich zwar scheinbar schwerelos zwischen Schottland und China, doch nur dank ihrer ritterlichen Sprachengabe. Roland beherrscht außer Französisch auch „Afrikanisch" so vollendet, daß man ihn für einen Tripolitanier halten könnte; er versteht es so gut wie

[93]) Philosophische Tagebücher, hg. Giuseppe ZAMBONI (Rowohlts Klassiker der Literatur und der Wissenschaft 25), Hamburg 1958, S. 12 f., 28 f. (Schüler der Erfahrung), 20 ff. (Sprache, das Zitat), 60 f. (Veränderung der Sprachen), 12 f. (Muttersprache), 18 ff. (Sprache, Geist, Körper). Dazu Cesare LUPORINI, La mente di Leonardo (Biblioteca storica del Rinascimento NS 2), Florenz 1953, S. 55 f.; VERBURG, Taal 224.

Latein und besser als die zahlreichen Idiome, die er außerdem noch kann. Auch sonst hört man verschiedene Sprachen, die vor allem Mohammedaner und Christen unterscheiden. Nicht als ob Ariost von einer abendländischen Sprachunion träumte. Er wünscht seinem Gönner, man möge ihn in allen Sprachen besingen, und meint damit doch nur die literaturfähigen; er scheidet gelegentlich die Griechen und die Lateiner von den Barbaren, aber er erwähnt auch, daß Seeländer und Friesen verschieden sprechen; er liebt vor allem *'l puro e dolce idioma nostro*, sein Italienisch, und sein Vaterland, das wie die Sprache durch Hunnen, Langobarden und Goten verheert worden war und sich jetzt wieder erhebt. Auch in der Märchenwelt geschieht gliedernde Entscheidung und verpflichtende Geschichte, wenngleich Ariost seine Muttersprache schwerlich auf Nimrods Babelturm zurückführte. Denn nur der Orient ist urtümlich; die für das Abendland grundlegende Epoche war die römisch-antike; die Leidensgeschichte Italiens begann erst mit der Völkerwanderung[94]).

Hierin waren die kritischen Historiker ganz Ariostos Meinung. Der Helfer des Cesare Borgia, Pandolfo Collennuccio (1444–1504), schrieb, bevor Giovanni Sforza ihn erdrosseln ließ, eine Geschichte Neapels. Stolz wies er auf die Städte hin, die Griechen und Trojaner in Italien bauten. Doch die Barbaren kamen nicht aus Babel, sondern von jenseits der Alpen; Collennuccio verdammte die *molte cose favolose*, die die Franzosen erzählten, *che da Priamo re troiano discendessino*. Sie waren Deutsche und nichts weiter. Pandulf wollte von anderen halbantiken Stammbäumen der Völkerwanderer ebensowenig wissen; die Geten-Goten hätten mit den asiatischen Skythen und Türken nichts gemein, sie seien Skandinavier. Auch die Normannen, ursprünglich Goten, kamen nicht von weit her[95]). Horden bornierter Barbaren überfielen die alte Weltkultur; was sollte da die japhetitische Verbrüderung bei Annius?

Der venezianische Bibliothekar Marco Antonio Coccio (Sabellico, ca. 1436 bis 1506) erklärte den Annius für einen unverschämten Lügner. Er hatte 1487 die

[94]) Orlando furioso, hg. Lanfranco Caretti (LI 19), Mailand-Neapel 1954: III, 17 S. 48; XXVI, 99 S. 680; XXXVI, 70 S. 947 (trojanische Este; dazu Gorra, Storia 90); XLI, 63 ff. S. 1064 f. (Padua, Ateste; dazu Gorra, Storia 84); XLIII, 32 S. 1110 (Ferrara); XXXII, 83 S. 844; XXXIII, 8 S. 854 (Fieramonte); XIV, 118 S. 320 (Rodomonte und Nimrod, die zitierten Verse; sonst XXVI, 121 S. 686; XXVII, 69 S. 708; XLVI, 119 S. 1238); XXXI, 5 S. 797 (Zoroastro); VII, 20 S. 133; XXV, 36 S. 640 (Nino); XIV, 71 S. 308 (Babel und Mohammedaner); XXIII, 91 f. S. 589 f. (Sarazenen = Tataren); XXX, 56 S. 786 (Skythen = Tataren); XLI, 30 S. 1056 (Rolands Wappen); IX, 5 S. 173; XXIII, 110 S. 594 (Rolands Sprachkenntnisse); XXIII, 107 S. 593; XXXVIII, 58 S. 997; XXXIX, 80 S. 1026 (Fremdsprachen); III, 56 S. 58 (an den Gönner); XLVI, 75 S. 1227 (Griechen, Lateiner, Barbaren); IX, 82 S. 192 (Seeländer und Friesen); XLVI, 15 S. 1212 (idioma nostro); XVII, 2 S. 375 (Hunnen, Langobarden, Goten).

[95]) Opere, hg. Alfredo Saviotti (Scrittori d'Italia), Bd. 1, Bari 1929: Compendio de le istorie del regno di Napoli S. 13 (trojanische Städte), 27 (Franzosen), 17 f. (Goten), 31 (skythische Türken), 25 (Normannen).

Geschichte Venedigs mit der Völkerwanderung begonnen; sein Hinweis aus paphlagonische Vorfahren der Veneter klang viel diskreter als Navagierof Trojanersage. In der einzigen Weltgeschichte, die der italienische Humanismus zustande brachte, meinte Sabellico 1498 nur kurz und bissig, einige noachische Kolonien hätten ihre alten Namen behalten; nichts mehr von den biblischen Heroen, deren einen eben Navagiero neu gefunden hatte. Wenn Sabellico vom *primus sermo* redete, zitierte er bloß Herodot und Psammetich. Er mochte das Ereignis von Babel nicht ganz verschweigen, nahm aber Nimrod in Schutz: Er habe gewiß nicht den Himmel erstürmen, sondern die Menschheit nur gegen eine neue Flut sichern wollen – menschliche, verständige Erwägung. Was darauf folgte, wurde unendlich vornehm als *linguarum conversio* bezeichnet: Kreislauf, Umwandlung, Bekehrung – wer wird da an Sünde denken! Das Rad der Fortuna dreht sich; wer es weiß, ist gefeit[96]).

Der florentinische Staatssekretär außer Dienst Niccolò Machiavelli (1469 bis 1527) fand 1513 die Macht, die das Rad dreht: die *virtù* und *fortuna* der handelnden Männer. Immerhin hat sie natürliche Voraussetzungen, die es empirisch, beinahe physikalisch zu studieren gilt. So muß der Staatsmann wissen, daß im Verein mit Abweichungen der Sitten und Gesetze auch die *disformità di lingua* den Zusammenhalt eines Staates gefährden kann; aber auf die Einheit der Sprache allein läßt sich auch kein erfolgreicher Staat gründen, wie sich in Frankreich zeigt. Alle diese *variazioni* sind Werkzeuge in der Hand des Klugen; ihre Historie ist weniger bedeutsam. Machiavelli schätzte Moses, mit dem Gott gesprochen habe, wohl als weisen Fürsten, aber nicht als Historiker; die Menschen sind viel stärker von der Gegenwart als von der Vergangenheit beeindruckt. Die Geschichte sorgt selbst für die Relativierung der Historie. Von der Urzeit hat man wenig verläßliche Nachrichten, weil die Menschen (nicht der Himmel) die Sekten und Sprachen verändern. Insbesondere wenn sich neue Religionsgemeinschaften neue Sprachen schaffen, geht das Vergangene verloren; hätte das Christentum nicht gezwungenermaßen das Lateinische übernommen, so wäre uns heute das heidnische Altertum stumm. Ahnentafeln spiegeln mehr einen Wunsch als die Wirklichkeit; die Fürsten niedriger Herkunft machen sich am schnellsten zu Söhnen Jupiters oder eines anderen Gottes. Man muß diese Absichten durchschauen, nicht jenen vorgeblichen Realien trauen.

Trotzdem können sich aus den *variazioni* des Schicksals neue geschichtliche Mächte entwickeln, auch ohne planenden Willen. Machiavelli begann 1520 seine italienisch geschriebene Geschichte von Florenz mit der Völkerwanderung und mit der Fruchtbarkeit der germanischen Stämme, die sie zu Wanderungen und

---

[96]) Le historie vinitiane, Übersetzung, Venedig 1554, S. 3 (Paphlagonier; dazu Gorra, Storia 84). Rapsodiae historiarum Enneadum, Paris 1527, f. 3r–v (Völker, Babel), 17r (Ursprache). Dazu schief Fueter, Historiographie 30 ff.

Teilungen zwang. Diese biologische Potenz bedurfte der göttlichen Lenkung und der biblischen Anführer im Stile Villanis nicht. Durch die Mischung der altrömischen Sprache mit den barbarischen Idiomen entstanden in Frankreich, Spanien und Italien die romanischen Sprachen, keine Petrefakte von Babel, sondern Zeugen geschichtlicher Prozesse und selbst politische Energien. Gerade diese Lebenskraft verhindert es, daß sich in der Geschichte etwas rein und unvermischt erhält, am wenigsten die Sprache. Machiavelli konnte 1514 oder 1515 keinem italienischen Dialekt eine allgemeine Gültigkeit, einen begründeten Primat zuerkennen. Was eine Sprache taugt, hängt von den Menschen ab, die sie formen, und von ihrem Schicksal. So entschied er den Streit, ob die Volkssprache florentinisch, toskanisch oder italienisch zu nennen sei, auf geschichtliche Weise: Sie ist florentinisch und doch über ganz Italien verbreitet, denn die Dichter haben sie gültig geprägt. Sie wird von Menschen gemacht und verändert, in Aussprache und Akzent verschoben; sie ist keine autonome oder statische Größe, sondern ein Attribut des geschichtlich handelnden oder leidenden Menschen. Sprache ist, was der Mensch daraus macht.

Die florentinische Staatskrise vereitelte jedes Zurückgreifen auf die mittelalterliche Geschichtstheologie, ja beinahe die Besinnung auf das Erbe der Vergangenheit; Machiavelli verzichtete „auf die Leitung des erkennenden Geistes durch den Glauben an einen inneren oder transzendenten Sinn des Geschehens"; „auch ein System der Bewältigung der Natur durch die Vernunft hat der große Florentiner nicht schaffen wollen und nicht geschaffen"[97]). Selbst Leonardos Glaube an die unendliche Ordnung der Natur war gefährdet. Für Machiavellis Freund Francesco Guicciardini (1483–1540) galt zwar 1509 Florenz als altrömische Gründung, doch in den letzten Lebensjahren sah er die zeitgenössische Geschichte Italiens ohne die Idee einer überstaatlichen Gemeinschaft als Tummelplatz menschlicher Machtgier und Ohnmacht[98]).

---

[97]) Tutte le opere, hg. Francesco FLORA – Carlo CORDIÉ, 2 Bände, Florenz 1949–50: Il principe c. 3 Bd. 1, S. 7 f. (disformità); c. 25 S. 78 f. (variazioni); c. 6 S. 18 (Moses; dazu Federico CHABOD, Machiavelli and the Renaissance, London 1958, S. 69); c. 24 S. 77 (Vergangenheit und Gegenwart); Discorsi sopra la prima Deca di Tito Livio II, 5 S. 246 f. (Sekten und Sprachen); La vita di Castruccio Castracani da Lucca S. 647 (Söhne Jupiters); Istorie fiorentine I, 1 Bd. 2, S. 9 (germanische Fruchtbarkeit); I, 5 S. 15 f. (römisch-barbarische Sprachmischung); Discorso o dialogo intorno alla nostra lingua S. 805–818 (Florentinisch; dazu KLEIN, Latein 67 ff.). Dazu Friedrich MEINECKE, Die Idee der Staatsräson in der neueren Geschichte (Werke, Bd. 1), München 1957, S. 36 ff.; Karl SCHMID, Machiavelli, in: STADELMANN, Geschichtsdenker 111–129, hier S. 114 (erstes Zitat); SRBIK, Geist Bd. 1, S. 51 (zweites Zitat); KOHN, Idee 183 ff. Zur Staatskrise Rudolf von ALBERTINI, Das florentinische Staatsbewußtsein im Übergang von der Republik zum Prinzipat, Bern 1955, S. 299 ff.

[98]) Storie fiorentine dal 1378 al 1509 c. 1, hg. Roberto PALMAROCCHI, F. Guicciardini, Opere (Scrittori d'Italia), Bd. 6, Bari 1931, S. 1 (Florenz); Storia d'Italia I, 1, hg. Costantino PANIGADA, Opere Bd. 1, Bari 1929, S. 1 (Italien). Dazu FRITZEMEYER, Christenheit 35 ff.

Darunter litt auch die Sprache; aber konnte sie, das herrliche Italienisch Dantes und Petrarcas, je wieder verdunkelt werden? Blieb denn von Vallas Sprach-Religion so gar nichts? Ließ sich doch unter Leo X. die Kirchensprache selbst vom Rausch des geformten Wortes ergreifen. Leos Sekretär, der venezianische Patrizier Pietro Bembo (1470–1547), schrieb wohl auch eine Geschichte Venedigs, doch sein Ruhm als des größten Humanisten seines Lebenskreises ruht auf der nach 1500 begonnenen Ehrenrettung der Sprache vor dem Makel des Vergänglichen. Die Natur (nicht Gott) gab dem Menschen Stimme und Sprechvermögen. Hätte sie uns auch alle in einer Sprache reden lassen, sie hätte uns viel Mühe erspart; Reisende bräuchten in fremden Ländern nicht immer neue Idiome zu erlernen (wie Bembo in Messina das Griechische). In jeder Provinz divergieren die Dialekte, von Tag zu Tag ändern sie sich. Doch eben dieses zerbrechliche Gut ist das Schönste, was den Menschen vom Tier trennt; weil es das menschlichste ist, ist es das individuellste, dem geschichtlichen Wandel ausgesetzt. So wurde Roms Sprache überlagert und verdorben durch die Barbaren: Franzosen, Burgunder, Deutsche, Wandalen, Alanen, Ungarn, Mauren, Türken; mehr noch, an der Kurie kann ein einziger französischer Papst die Reinheit der Umgangssprache verwässern. Aber so empfindlich dieses Gefäß des Geistes ist, so beweglich ist es. In allen Zeiten wandert der Geist von Volk zu Volk: von den Ägyptern zu den Phöniziern, Assyrern, Chaldäern, Griechen und Lateinern. Eine Sprache nimmt die nächste in ihre Hut, die griechische das Latein, und jetzt die lateinische das Toskanisch, das sich nun befreit; an die Stelle einer bloß angelernten Schulsprache tritt erneut eine natürliche und moderne Muttersprache, die von den Dichtern des 14. Jahrhunderts zur Ausdrucksstärke einer Literatursprache und zur Permanenz einer Schriftsprache erhoben wurde. So gipfelt denn die Sprachgeschichte trotz aller Brüche und Wanderungen gerade jetzt in Italien; von nun an wird der lebendige Besitz ein befruchtendes Erbe sein. Was uns die Natur versagte, das schaffen die Dichter: über allem Wandel dauernde Werke für alle Empfänglichen. Die Katastrophenzeit des Mittelalters ist überwunden; die neue Völkerwanderung wird der neuen Sprache nichts anhaben[99]).

Sind es wirklich die Dichter, die ihr Geltung verschaffen? Der Freund Bembos und Ariostos, der lombardische Graf Baldassare Castiglione (1478–1529), erlebte die Geschicke seines Vaterlandes zu bewußt mit, um es gegen 1518 zu glauben. Mehr als das einsame literarische Talent formt die internationale höfische Gesellschaft, mehr als die überdauernde Schrift trägt das bewegliche Ge-

---

[99]) Prose della volgar lingua, 2. Aufl., Venedig 1538, f. 2r–3r (Sprachverschiedenheit), 8r–v (Veränderungen), 16v (Kurie), 25v (Wanderung des Geistes), 5r (Latein und Toskanisch; dazu Klein, Latein 72 ff.). Zur Kirchensprache Mohrmann, Latein 15.

spräch die Zeit und ihren Ausdruck. Durch Handel und Verkehr der Nationen wandern die Wörter von einer zur andern; man nimmt Fremdwörter auf und darf es. Dadurch wandeln sich die Sprachen; inmitten aller *mutazioni della lingua* erweist sich nur die Macht der *consuetudine* als konstant, wie sie das Urteil geistvoller Menschen aus der Erfahrung, ohne Regel und Kunst, festlegt. Tradition zählt nichts, Schriftlichkeit wenig. Wie es in allen menschlichen Dingen und auch in anderen Sprachen geschieht, hat sich das Lateinische seit den Salierliedern und vollends infolge der Barbareneinfälle gewandelt, zerstreut und zerteilt wie ein Gebirgsfluß, der in die Ebene kommt. Deshalb hat jede vornehme Stadt Italiens ihren eigenen Dialekt; der florentinische ist maßgebend, weil er der schönste ist. Vieles Alte ist seither verdorben oder verloren: Vom Oskischen weiß niemand mehr, das Provenzalische ist aus der Mode. Ganz gegenwärtig muß der Hofmann gebildet sein im Kreise seiner Kultur, nicht nur in seiner Muttersprache, da nun einmal nur Sprechen und Denken, nicht die sprachliche Form den Menschen gemeinsam ist. Er resigniert nicht vor der Mühe des Lernens; er brüstet sich auch nicht wie die Lombarden mit spanischen, französischen und Gott weiß welchen fremdsprachlichen Brocken. Er beherrscht wohl auch Latein und Griechisch, doch vor allem die modernen Sprachen, neben Italienisch Spanisch und Französisch, weil diese Völker oft nach Italien kommen und mit den Italienern mehr übereinstimmen als andere Nationen, auch in ihrer höfischen Lebensart. Der nachmalige päpstliche Gesandte bei Karl V. empfahl besonders das Spanische. Aus den beiden romanischen Schwestersprachen darf, wenn es die Gewohnheit gestattet, das Italienische borgen. Sein aktueller Rang steht, so bereichert, keiner alten Sprache wie Hebräisch, Griechisch und Lateinisch nach. Die neu erwachsende romanische, höfische Ökumene hat keine theologische oder historische Tiefe. Das Modernste ist das Beste, die Sprache dient dem Augenblick, und ihm muß der Hofmann klug vertrauen, nicht alten Zeiten nachweinen; denn früher war es auch nicht besser als heute. Nur adlige Abkunft wird vom Höfling verlangt; zwar stammen wir alle vom gleichen Vater ab, doch Art und Herkommen zieren die Elite. So wird die Sprache vom literarischen zum sozialen Phänomen, damit auch zum geschichtlichen, jedoch von der Vergangenheit entbundenen Instrument der Herrenschicht[100]).

[100]) Il libro del Cortegiano, hg. Vittorio CIAN, 4. Aufl., Florenz 1947: Lettera dedicatoria 2 S. 6 ff. (Verkehr, consuetudine); I, 35 S. 87 (geistvolle Menschen); I, 32 S. 76–79 (Veränderungen des Latein); I, 30 S. 73 (italienische Dialekte); I, 31 S. 75 f. (Florentinisch); I, 36 S. 88 f. (Oskisch usw.); I, 38 S. 97 (Denken und Form); I, 28 S. 69 f. (Lombarden); I, 44 S. 109; II, 37 S. 193 f. (Sprachbildung des Hofmanns); I, 34 S. 82 f. (Borgen aus dem Romanischen); II, 1 S. 136 ff. (gegen das Lob der alten Zeit); I, 14 S. 38 ff.; I, 15 S. 42 (Abstammung). Dazu Erich Loos, Baldassare Castigliones „Libro del Cortegiano", Studien zur Tugendauffassung des Cinquecento (Analecta Romanica 2), Frankfurt/Main 1955, S. 135 ff., 183 ff.; KLEIN, Latein 71 f.

Die zeitfremden ritterlichen Ideale dieser Herren waren indes mindestens ebenso fiktiv wie die kirchliche Tradition und die lateinische Klassik; der Mantuaner Teofilo Folengo (1496–1544) zerriß mit schmerzlichem Lachen auch sie. Das lateinische Epos des Benediktiners ahmte den Landsmann Vergil noch nach und glaubte ihm seit 1517, daß die Vaterstadt von der Seherin *Manto* zur Zeit des Trojanischen Krieges gegründet worden sei; doch das sehnsüchtige Unbehagen vergällte dem Dichter das Zutrauen zum Alten. Er durchsetzte die klassischen Hexameter mit lateinisch flektierten Wörtern aus modernen Sprachen, aus dem Französischen, Spanischen, Deutschen und Italienischen. Diese makkaronische Poesie zog die Muse vom hohen Kothurn; die Mischung der Epochen, Stile und Sprachen entblößte den wirklichen Alltag mit seiner tragischen Komik, in seiner babylonischen Wirrheit. Diese herrscht mitten unter uns; Nimrods Helm paßt nicht bloß, wie bei Boiardo und Ariost, den fernen und antiken Heiden. Unsere verderbte Kirche hat Babel nicht gebannt; wenn in Paris Barone aus Frankreich, Italien, Deutschland und Spanien ein Trinkgelage feiern, hört man im christlichen Europa der Ritter ein solches Stimmengewirr,

ut tercentiloquas turris babelica linguas
non magis audierit, cum coelo andare parabat.

Antikes und Biblisches vermengen sich, die 300 Sprachen Strabos erklangen in Babel. Nie und nirgends gibt es eine ritterlich-höfische Ökumene mit harmonischer Ordnung; erst recht ist die Sprache nie zugleich allgemein und rein[100a]).

Und warum sollte sie dann nicht gleich das Werkzeug des Individuums sein, das nicht auf Adel und Höfe achtet und nichts schätzt als sich selber? Der Dichter Sperone Speroni (1500–1588) ließ 1542 einen Gesprächspartner so reden, ohne seine Meinung ganz zu teilen. Wozu lernen wir Fremdsprachen? Wir vertun viel Zeit unseres Lebens, um die antiken Idiome zu erlernen; um eben diese Zeit waren die Alten uns voraus. Die Sprache jedes Landes, Arabisch und Indisch, Römisch und Athenisch, ist von gleichem Wert; alle sind von Menschen urteilsfähig geformt, *dallo artificio delle persone a beneplacito loro*, nicht gepflanzt und gesät, nicht von der Natur hervorgebracht, nicht aus sich selbst gewachsen wie die Bäume und die Pflanzen. Aristoteles hatte recht; die Sprachen sind allein aus menschlichem Willen geboren und darum Zeugnisse unseres Geistes; sie bezeichnen darum auch nur die *concetti dell'intelletto*. Gewiß, eine einzige Sprache, die alle Menschen natürlich benutzt hätten, wäre vorteilhafter gewesen; doch wir können diesen Konstruktionsfehler der Schöpfung nicht bessern. In allen vier Weltteilen ist alles von der Natur Geschaffene gleich, aber

---

[100a]) Baldus, hg. Alessandro Luzio, Merlin Cocai (Teofilo Folengo), Le Maccheronee (Scrittori d'Italia), 2 Bände, Bari 1911: XIII, 314 ff. Bd. 1, S. 267 f. (Manto); XXII, 256 ff. Bd. 2, S. 66 (Nimrods Helm); I, 522 f. Bd. 1, S. 61 (Babelturm).

weil die Menschen jeder einen eigenen Willen haben, schreiben und sprechen sie verschieden, *la quale diversità e confusione delle voglie mortali degnamente è nominata torre di Babel*. Der Wirrwarr rührt also von der Willensfreiheit her und liegt gar nicht in der Natur der Sprache. Aber wer machte den Menschen zum Wesen, welches will? Es wird nicht ausgesprochen, aber der eigentliche Babeltürmer ist Gott selber[101]).

Allein bleibt das gewaltige Renaissance-Individuum, losgelöst selbst von der Umwelt. Michelangelo Buonarroti (1475–1564) hat es immer wieder dargestellt und selbst verkörpert; er erfuhr an sich selber, wie die Sprache dem Einsamen versiegt. Wir sehen ihn 1509 bei der Ausmalung der Sixtinischen Kapelle wohl mehrere Szenen mit Adam und Eva, auch mit Noah entwerfen, aber keine, die die Sprache als göttliches Geschenk oder Mittlerin zwischen Menschen zeigt, etwa wie Adam die Tiere benennt oder wie der Turm von Babel entsteht. Freundschaft schien ihm um 1534 den Bann zwischen Menschen zu brechen; die Worte des Sprechenden sind im Hauch des Freundes, in seinem Wesen beschlossen. Doch später hieß es, die an Vittoria Colonna gerichteten Worte könnten in den Wind gestreut sein; Herz und Zunge paßten oft nicht zusammen[102]). Macht und Ohnmacht des Menschen, Idee und Natur stoßen unvermittelt aneinander; die Sprache versagt vor der einfachsten Aufgabe der Mitteilung. Symbolkraft wohnt ihr erst recht nicht inne.

Um dennoch dem dichterischen Wort erhöhte Verbindlichkeit und Handgreiflichkeit zu sichern, verfiel der Jurist Andrea Alciati (1492–1550) 1531 auf eine Symbolsprache, indem er seine moralischen Epigramme emblematisch illustrierte. Das lateinische Wort erläuterte das Bild und umgekehrt; was das Ohr nicht hörte, sah das Auge, ähnlich wie einst in Armen- und Bilderbibeln. Nur hielt sich diese neue Bildersprache von biblischen und patriotischen, von historischen Assoziationen möglichst fern, um unmittelbar zu überzeugen. Alciati nannte Babylon, jedoch nicht als Wendepunkt in der Geschichte von Ausdruck und Symbol, sondern nur als Bild für Trunkenheit und Götzendienst; die Gegenwart stand weit erhaben über der Verwirrung. Wenn Alciati Mailand rühmen wollte, zitierte er kein semitisches oder japhetitisches Altertum, sondern erwähnte, daß der Stadtname aus der *vetus Gallica lingua* komme. Alter ziert an sich, auch wenn man seine Murmellaute nicht versteht; die einzig wahre Sprache ist doch erst jetzt gefunden, seitdem die bildende Kunst der Wortsprache zu Hilfe kommt[103]).

---

[101]) Dialogo delle lingue, in: Opere, Bd. 1, Venedig 1740, S. 192 ff. Dazu GARIN, Humanismus 193 ff.; KLEIN, Latein 78 ff.

[102]) Charles DE TOLNAY, Michelangelo, Bd. 2, Princeton 1945, Abb. 32 ff. (Noah). Sonette, hg. Edwin REDSLOB, Berlin-Frankfurt/Main 1948, S. 90 (Freunde), 140 (Wind), 218 (Herz und Zunge). Dazu Hermann Wolfgang BEYER, Die Religion Michelangelos (Arbeiten zur Kirchengeschichte 5), Bonn 1926, S. 106 ff.; ALLEN, Noah 169 ff.

[103]) Emblemata, hg. Claude MIGNAULT, 3. Aufl., Antwerpen 1581: Nr. 6 S. 45

Kleinere Geister empfanden die Einzigartigkeit ihrer Kunstwerke als Maßstab ihres Eigenwertes, mit dem sie paradoxerweise vor der Gesellschaft prahlten, als wäre das Individuum teilbar und mitteilbar. Der Florentiner Goldschmied und Bildhauer Benvenuto Cellini (1500–1571) beschrieb 1558 sein amoralisches Herrenleben mit beinahe kosmischem Genuß. Florenz wurde unter Julius Caesar gegründet von einem Florin von Cellino; auch in Ravenna, das viel älter als Florenz und die älteste Stadt Italiens ist, sitzen von alters her „unsere Cellinis". Die Geschichte dient nur der Beweihräucherung des maßlosen Einzelnen, der auch die Sprache mehr zum Selbstlob als zur Mitteilung braucht. Hebräisch, Griechisch und Latein nimmt man bloß in den Mund, um den Teufel zu beschwören und zu bezwingen; Cellini rühmt sich fast, daß er in Frankreich nur mühsam Französisch lernte[104]).

Bescheidener und objektiver war der florentinische Egoismus von Michelangelos Schüler Giorgio Vasari (1511–1574), der seit 1543 als Geschichtsschreiber der Renaissancekunst alle Helligkeit auf seiner Heimatstadt sammelte. Sie ist das Zentrum der Künste Italiens; ihre Sprache ist schön, und der vergötterte Michelangelo, der an Dichtungen in der Volkssprache großes Gefallen gefunden habe, sei sogar in Bologna seiner toskanischen Mundart wegen wohlgelitten gewesen. Vasari, selbst Baumeister, rief beim Anblick von Brunelleschis Florentiner Domkuppel triumphierend aus, man könne zuversichtlich sagen, daß die Alten ihre Bauten niemals so hoch aufführten noch sich der Gefahr aussetzten, mit dem Himmel wetteifern zu wollen, wie es diese Kuppel zu tun scheine. Der Himmel scheine sogar eifersüchtig, denn täglich fielen seine Blitze auf das Bauwerk nieder[105]). Der Turm von Babel war vergessen; dem gigantischen Ehrgeiz der Gegenwart war nichts zu vergleichen, und Gottes Blitze waren harmlos.

Waren das überhaupt Gottes Blitze? Eine ähnliche Formulierung wie die Vasaris mag den vielgewandten, skrupellosen Pamphletisten Pietro Aretino (1492–1556) in Venedig zu einer maliziösen Auslegung des Turmbaumythus veranlaßt haben. Als er 1538 in der mosaischen Genesis die Schönheit des menschlichen Körpers entdeckte, fand er es ganz begreiflich, daß man in Babel einen Turm bauen wollte, denn sein Motiv war *la fama* und die geheimste Sehn-

---

(Babylon); Nr. 2 S. 27 ff. (Mailand). Erst der Kommentar der abschließenden Ausgabe des Tirolers Johann Thuilius, Padua 1621, S. 41 ff., 18 ff., spricht bei Babylon von Sprachenverwirrung und Turmbau, nennt die altgallische Sprache aber „unsere deutsche Sprache" – Konfession und Nation, an die Alciati noch nicht dachte.

[104]) Vita, hg. Ettore Camesasca (Biblioteca universale Rizzoli 771–775), Mailand 1954: I, 2 S. 15 f. (Herkunft); I, 64 S. 126 (Hebräisch); II, 9 S. 260; II, 13 S. 267; II, 19 S. 276; II, 27 S. 287 (Französisch).

[105]) Le vite de' più eccellenti pittori, scultori ed architettori, hg. Gaetano Milanesi, 9 Bände, Florenz 1878–85, hier Bd. 7, S. 136, 294 (Florenz), 274 (Dichtungen in der Volkssprache), 147 (Toskanisch); Bd. 2, S. 365 (Domkuppel).

sucht aller Renaissance-Menschen, die Überwindung geschichtlicher Vergänglichkeit, *l'ambitione . . . stimando più lo eterno de la memoria che il breve del vivere.* In Babel setzte man das Leben für den Nachruhm ein. Und wie wurde das noble Werk zunichte? Durch Zufall, *fortuna* oder mangelnde Einsicht in die Naturgesetze: Man baute den Turm so hoch, daß die Luft, die dergleichen noch nie gespürt hatte, sich zusammenballte. Das ausbrechende Gewitter erschreckte und entzweite die Menschen. Aretino ging noch weit über Boccaccio und Erasmus hinaus: Die Verschiedenheit der Sprachen ist keine Folge der menschlichen Beschränktheit, sondern das Nachspiel eines einfachen Naturphänomens. Hätten die Babylonier so viel von Blitzen verstanden wie die Florentiner, wer weiß, was geschehen wäre! Hier wurde die Verherrlichung der Natur zum Atheismus[106]). Ist dann nicht alles Erzeugnis der Natur, die Sprache selbst so gut wie das Gewitter?

Das war in der Tat die Meinung des gefeierten Naturwissenschaftlers und Philosophen Girolamo Cardano (1501–1576), der damit 1550 den Kreis der Naturverehrer seit Leonardo schloß. Die Menschen unterscheiden sich voneinander am meisten in ihren Sprachen; der eine versteht den anderen weniger als der Löwe die Schwalbe, obwohl alle Menschen die gleichen Sprechwerkzeuge haben. Woher kommt das? *Id contigit ex locorum natura*, nicht wie bei Bembo infolge der Überlegenheit des Menschen über die Natur; die Italiener können nicht guttural sprechen wie die Hebräer. Ferner verändert sorglose Aussprache die Idiome; die *plebs* und ihre Gewohnheit setzt sich gewöhnlich durch, während die gebildeten Zirkel ihre Sprachen länger rein erhalten. Aber Adel ist in der Natur nicht vorgesehen; Castiglione übertrieb. Hinter der Natur und der Notwendigkeit steht die Weltseele; was sie tut, ist von höchstem Nutzen, *ut omnes animi affectus possint explicari.* Wie bei Nikolaus von Kues wurde die Sprachenvielfalt als Explikation der Menschennatur begrüßt; Cardano sagte, der griechische Homer, der lateinische Vergil, der italienische Petrarca seien unübersetzbar. Jede Sprache hat ihre individuelle Substanz, am meisten die klassische; in diesem neuen Kanon der Sprachen ist der hebräische Moses nicht vertreten. Was war über die Ursprache, über die babylonische Sprachenverwirrung und dergleichen noch zu sagen, wenn man vor der Erkenntnis stand, daß die Sprachen wie das Meer beständig wogen, daß nichts Sprachliches dauert, daß jede Veränderung vom *affectus animi* und vom Nationalcharakter bedingt ist, daß die Sprachen die Wahrheit nicht ganz wiedergeben, ja es auch gar nicht sollen!

Da ist nichts mehr zu erklären, da muß man beobachten; nicht die teleologische und theologische Frage nach dem Wozu und Woher, sondern die

---

[106]) Il Genesi, Venedig 1545, f. 39r–41r. Dazu Giorgio PETROCCHI, Pietro Aretino tra Rinascimento e Controriforma, Mailand 1948, S. 294 f.

exakte Frage nach dem Wie der Sprache drängt. Es gab schon vor Cardano einzelne Ansätze zu phonetischer Sprachbeobachtung; der Pavese faßte sie ins System. Er kannte sechs einfache *genera* von Sprachen, nach dem Artikulationsort: Mit dem Munde zischend, mit der Zunge dental, labial, palatal, mit der Gurgel guttural, aus der Brust sprechend. Damit waren die Isidor bekannten Artikulationsweisen verdoppelt. Sie wurden nicht mehr wie bei Isidor den drei Hauptsprachen und Weltrassen einzeln zugeteilt; Cardano fand sie in Italien beisammen: Die Florentiner sprechen guttural, die Venezianer palatal, die Neapolitaner dental, die Genuesen labial. Hier wurde die Dialektphonetik vorbereitet. Cardano ging noch weiter und unterschied vier *modi*, die, wenn ich recht verstehe, die Artikulationsstärke bezeichnen sollen: *acuta*, *reflexa superius*, *inferius*, *libera*. Die sechs *genera* und die vier *modi* können nun in alle möglichen Verbindungen miteinander treten, was (nach einer mir nicht verständlichen Rechnung) 56 gemischte Sprachtypen ergibt; hinzu kommen die 6 einfachen *genera* (warum, wird mir aus dem Text ebenfalls nicht klar). Das macht zusammen 62 mögliche Sprachtypen. Diese kardanische Formel setzt eine neue Symbolzahl, entseelt aber zugleich die mathematisch-naturwissenschaftliche Sprachbetrachtung in einem Grade, den Leonardo nicht gebilligt hätte; man würde sich nicht wundern, wenn Cardano Sprechmaschinen entworfen hätte. „Sprache" ist bei ihm nur der phonetische Teil des Sprechaktes; daß sie durch ihren Klang auch etwas bezeichnet, ausdrückt oder mitteilt, ist nicht berücksichtigt[107]).

Was man dieser theoretisch errechneten, nicht experimentell durchgeprobten Phonetik vorwerfen kann, wurde in einer rasch berühmt gewordenen Kontroverse bereits 1557 von Cardanos Landsmann und Berufskollegen Julius Caesar Scaliger (1484–1558) vorgebracht. Der Arzt lebte viel intensiver in der Welt der Sprache als in der Welt der Natur; sein Weltbild und seine Sprachauffassung hoben sich schon in seinem Hauptwerk 1540 merklich von der naturwissenschaftlichen Ansicht ab. Gegen Platon behält Aristoteles recht; die Sprache drückt nicht naturgetreu die Dinge aus, sondern ist von einem Erfinder willkürlich gesetzt. Sie ist kein Naturphänomen. Wäre sie es, so müßte sie von Zeit und Raum unabhängig und in aller Welt einheitlich sein, da ein Objekt überall und jederzeit dieselbe Natur hat. In unseren Sprachen aber werden sogar physikalische Beobachtungen sehr unterschiedlich wiedergegeben,

---

[107]) De subtilitate libri XXI, Lyon 1554, S. 467 ff. (Natur), 430 f. (62 Sprachen). De rerum varietate libri XVII, Basel 1557, S. 665 f. (wie das Meer). Dazu Angelo BELLINI, Gerolamo Cardano e il suo tempo (Studi di storia della medicina 8), Mailand 1947, S. 169 ff.; VERBURG, Taal 190 f. Zur Phonetik der Zeit Robert Anderson HALL, Jr., Linguistic Theory in the Italian Renaissance, in: Language 12 (1936) 96–107, hier S. 106; DERS., Synchronic Aspects of Renaissance Linguistics, in: Italica 16 (1939) 1–11, hier S. 11; aber beidemale ist C. vergessen.

vielleicht mit phonetisch gleichen Wörtern, doch mit entgegengesetzter Bedeutung: *Caldum* ist für die Deutschen das genaue Gegenteil von „Warm". Klang und Sinn entsprechen einander ebensowenig wie Sache und Wort. Darum gibt es keine besonders natürliche Sprache; auch die Hebräer können sich nicht auf ihr Altertum berufen, als wäre damals in ihrer Sprache alles nach Naturrecht eingerichtet worden. Vielmehr wurden die sprachlichen Verbesserungen meist erst später erfunden; wenn menschliche Erfahrung die Sprache formt, ist die Sprachgeschichte eine Geschichte des Fortschritts. Er mag seinen Höhepunkt im klassischen Latein erreicht haben, dessen Grammatik normativ ist. Aber auch im lateinischen Wort können sich Sachen und Begriffe nie ganz verkörpern, und auf den Klangleib ist erst recht kein Verlaß; derselbe lateinische Laut klingt in der Toskana, in Frankreich und in Deutschland ganz verschieden. Mit diesen Thesen – bei Vives werden wir sie wiedertreffen – überwand der lateinische Humanismus sich selbst und führte hinüber zur vergleichenden Sprachwissenschaft; sogar was die klassische Norm sein soll, muß nun erst experimentell festgestellt oder auswählend festgesetzt werden. Aber niemals kann eine statistische Phonetik dieses vielschichtige Phänomen „Sprache" gültig definieren, weil sie den Menschen vergißt.

Das besagte 1557 auch Scaligers Kritik an Cardano; um dessen isolierende Analyse und die Verallgemeinerung spezieller Faktoren abzuwehren, griff Scaliger nun allerdings zu universalen synthetischen Urteilen, die nicht die seinen waren, nämlich zu den mittelalterlichen Traditionen. *Nihil inconsideratius tua perscrutatione, nihil crassius tua subtilitate, qua duo et sexaginta esse linguarum genera profiteris.* Cardano habe die sprachlichen Elemente wie in der Retorte chemisch isoliert und gemischt und nur an die Unterschiede der Aussprache, nicht an die viel wichtigeren der Bedeutung gedacht. Sonst hätte er *antiquae opinionis numerum* erhöhen müssen (als wäre die herkömmliche Sprachenzahl 62 gewesen). Als Kind hat Scaliger von den Juden gehört, in ihrer Sprache seien alle sprachlichen Mittel der Natur vereinigt gewesen, die phonetischen wie die semantischen; jedenfalls gibt es auf Erden jetzt die zahllosen Varianten der *μέροπες*, die schon Homer kannte und die zurückgehen auf *mirifica illa turris*. Und in Babel änderte sich die Sprache gar nicht phonetisch, sondern semantisch: Es blieb lautlich ein und dieselbe Sprache, doch die Bedeutungen wandelten sich bei den einzelnen Gruppen unterschiedlich. Scaliger griff die alte These Alkuins auf, um zu unterstreichen, daß es nicht auf den phonetischen Klang, sondern auf die Bedeutung einer Sprache ankomme. Doch sogar wenn man sich die kardanische Phonetik zu eigen machte, wozu hülfe sie? Finden sich denn nicht alle 62 Sprachtypen in der einen hebräischen Sprache, je nachdem, welches Individuum sie redet? Und selbst bei der Sprache des Einzelnen, was sollen die Unterscheidungen? Ohne Zunge kann überhaupt niemand sprechen, und wenn er noch so voll aus der Brust tönt. Die Artikulation ist komplexer, als Cardano glaubt, beim Einzelnen wie beim Idiom; die Sprache ist ein Ganzes, dessen Teile nicht voneinander getrennt werden dürfen. Und um diese – sehr moderne – These zu begründen, stützte sich Scaliger auf die alte Sprachtheologie, allerdings nicht, um die göttliche Lenkung der Sprachgeschichte, sondern nur um die umfassende Geschlossenheit und die immanente Eigenständigkeit der Sprache zu zeigen[108]).

Die Wächter der alten Traditionen, die katholischen Geistlichen Italiens, waren freilich von Gottes jederzeitlicher Vorsehung selbst nicht recht überzeugt; auch sie grenzten einzelne Sinnbezirke ab und unterschieden sich von ihren säkularisierten Landsleuten mehr phonetisch als semantisch. Sie glaubten allerdings, was Scaliger sich von den Juden hatte erzählen lassen, und suchten dem Hebräischen eine Ausnahmestellung zu sichern. Der Dominikaner Santi Pagnini (ca. 1470–1541), ein Schüler Savonarolas, übersetzte zum ersten Mal seit Hieronymus die Bibel aus dem hebräischen Original ins Lateinische und widmete dem Hebräischen eine eigene Grammatik. So hielt er denn seit 1520 dieses Hebräisch für die von Gott selbst geschaffene einfachste, älteste und vollkommenste Sprache; sie sei wahrhaftig auch heute die *lingua sancta*. Nicht einmal (wie bei Butzbach) die anderen zwei Bibelsprachen traten ihr zur Seite[109]). Der von Reuchlin angeregte, mit Elias Levita befreundete apulische Franziskaner Pietro Galatino (ca. 1460–1532) feierte 1518 das Hebräische außerdem noch als die Endsprache; wie die Stammeltern im Paradies vor der babylonischen Verwirrung, so würden nach der Auferstehung im Jenseits alle Hebräisch sprechen[110]). Die absolute Sprache wurde in den Himmel gehoben; der reine, ungetrübte Ursprung war das Ideal dieses hebräischen Humanismus, der sich von der Geschichte der Völker und späteren Sprachen nicht verwirren ließ.

Wer der Gegenwart näher stand, konnte ihren Verlockungen schwer widerstehen. Luthers gefährlichster Gegner, der Dominikaner-Kardinal Thomas de Vio (Cajetanus, 1469–1534), war zwar ein profunder Thomist, aber zugleich stand er humanistischen Einflüssen offen. Seine Bibelexegese wollte lieber

---

[108]) De causis linguae latinae libri tredecim, Neudruck Heidelberg 1597: III, 67 S. 142–146 (Platon und Aristoteles); I, 46 S. 105 f. (Hebräer); I, 10 S. 22 ff. (Aussprache). Exotericarum exercitationum liber XV de subtilitate ad Hieronymum Cardanum, Paris 1557: Nr. 258 f. f. 332v–333v (gegen Cardano). Dazu Benfey, Sprachwissenschaft 211 f.; Kayser, Klangmalerei 151; Arens, Sprachwissenschaft 50 ff.; Verburg, Taal 162 ff.

[109]) Hebraicarum institutionum libri IIII, Neudruck Paris 1549, S. 1–3. Dazu Timoteo M. Centi OP, L'attività letteraria di Santi Pagnini (1470–1536) nel campo delle scienze bibliche, in: Archivum Fratrum Praedicatorum 15 (1945) 5–51, hier S. 20 ff.; Rosenthal (o. S. 214 Anm. 82) S. 90 f.

[110]) De arcanis catholicae veritatis, Basel 1550, S. 708 f.

buchstabengetreu als traditionell sein, und sein exegetisches Prinzip, daß man von der *vox significans* auf die *res significata* schließen müsse, war zwar thomistisch, klang aber humanistisch und empörte die Konservativen. An der hebräischen Ursprache hielt er 1530/31 fest; obgleich er sie nicht gut beherrschte, suchte er nach einem etymologischen Argument für ihre Ursprünglichkeit und meinte es zu finden im Namen „Babylon“, der hebräisch und doch bei allen Völkern, sogar im hamitischen Babylon selbst, verbreitet sei. Dann hätte die babylonische Verwirrung gar nicht alles Urzeitliche verwischt?

War sie etwa gar nicht total und universal? Man hatte schon früher gern die Juden, neuerdings auch die Europäer von ihr ausnehmen wollen; Cajetan mochte kein Volk bevorzugen, schloß sich aber der Meinung des Annius an. Daß Nimrod den Turmbau angestiftet habe, stehe weder in der Bibel noch bei dem „Chaldäer Berossus“; gemäß Annius' Rechnung sei Nimrod erst nach der Verwirrung in Babylon erschienen. Dann konnte der Babelturm auch nicht die Zwingburg des ersten Universalreiches sein. Cajetan folgerte daraus, in Babel hätten sich nicht alle Menschen, sondern nur einige östliche Stämme niedergelassen wegen der Naturschönheit des Ortes; die Entdeckung der landschaftlichen Schönheit durch die Renaissance lehrte den alten Text neu lesen. Der Turm sei errichtet worden, um der *communis fama* der neuen Stadt und ihrem Zusammenhalt zu dienen, und *per se* habe dieses Ziel Gott nicht zuwider sein können. Die Ausflüchte Tostats waren unnötig; aus der *superbia* war den Zeitgenossen Cajetans die *virtù* geworden, und Nachruhm schien auch dem Kardinal nicht sündhaft. Gott griff nur ein, weil die Menschenansammlung der Ausbreitung und *propagatio* der Menschheit im Wege stand; allgemeine Mission und Kolonisation gehen, freilich nur graduell, über Naturgefühl und Ruhmsucht der Individuen. Cajetan wollte sogar arithmetisch nachweisen, daß in Babel nicht alle Menschen anwesend waren – ein neues Zugeständnis an die naturwissenschaftliche Zeitströmung. Da nach Deut. 32, 8 immer zwölf Familien zusammenblieben (eine ungewöhnliche und recht gewagte Auslegung des Verses), *cumque LXXII linguae supputentur a Mose*, befanden sich 864 Familienhäupter beim Turm. Sind dann in Babel wirklich alle Sprachen der Welt entstanden, oder bilden die 72 nur einen kleinen Ausschnitt?

Cajetan umging eine klare Antwort. Aber er forderte Bibelübersetzungen in die Landessprachen und fand kein Unglück dabei, daß man in Italien die gleichen Vokabeln in so vielen Dialekten spreche. So kann er die Sprachenteilung nicht als gräßliches Unheil empfunden haben, wenigstens nicht als nachwirkendes. Darum entzog er sich auch der Interpretation der Völkertafel. Kännte man die Namen wieder, so könnte man die Erfüllung der Prophezeiung von Gen. 9, 27 leicht nachprüfen; aber so weit wie Annius, dem er diese Behauptung wohl entnahm, wollte er nicht gehen: *haec hodie valde ignota sunt*. Und damit ist die mühsame Arbeit der Lokalpatrioten und frommen Historiker entwertet: Wie es früher wirklich war, wissen wir nicht; wir sind davon nicht abhängig[111]).

Wer die ferne Urzeit noch unmittelbar mit der Gegenwart vergleichen wollte, begab sich auf gefährliche Pfade; der bei Brescia geborene Benediktinerabt und spätere Bischof Isidor Clarius (1495–1555) wagte es, als er die an Filastrius von Brescia erinnernde Vermutung wiedergab, vielleicht habe in der Urzeit gar nicht eine einzige Sprache, sondern nur eine Meinung geherrscht, ähnlich wie heute in Italien, das im ganzen wohl dieselbe Sprache spreche, obgleich jede Stadt ihre Eigentümlichkeiten aufweise[112]). Worin unterschied sich aber dann die Ursprache vom modernen Italienisch? Jedenfalls nicht durch die babylonische Verwirrung. Clarius, der, Anregungen Cajetans aufgreifend, die Vulgata nach dem hebräischen Text verbessern wollte, kam dafür später auf den Index. Aber konnte die Kirche noch am lateinischen Wortlaut festhalten, wenn die Humanisten die kanonische Geltung sogar des klassischen Latein bezweifelten?

Für strenggläubige Gemüter blieb der Ausweg, am Hergebrachten festzuhalten, das Alte zu verherrlichen und die spätere Geschichte als Verfall zu beklagen. Das tat 1535 der augustinische Präfekt der Vaticana, Agostino Steuco (Steuchus, 1497–1548), ein heftiger Gegner des Erasmus, ein guter Kenner des Hebräischen, Armenischen und Griechischen. Er blickte zu Adam auf, der die Fülle alles Wissens besaß; erst Christus hat sie wieder erweckt. Dazwischen und danach zerstreute die Sünde die verschiedenen Religionen und die mannigfachen Sprachen; die wahre und wesentliche Sprache des Menschengeschlechts kann nun kein irdisches Idiom, auch das Hebräische nicht sein. Es bleibt nur die Flucht in das allen gemeinsame Uraltertum, zu Noah, von dem alle Welt herstammte, was immer auch die Ägypter von ihrem höheren Alter schwätzten. Allerdings waren dem allgemeinen Verfall auch die Namen der Völkertafel nicht entgangen; was Steuchus davon entzifferte, waren orientalische Völker[113]).

Aber hatte Annius denn nicht soeben die Brücke geschlagen, um die Gegenwart am urzeitlichen Segen teilhaben zu lassen? Es waren nur wenige Lokalpatrioten, die sich ihm ganz anvertrauten. Der sonst nicht hervorgetretene Geistliche Girolamo Maria da Venezia schrieb um 1539, nach der Meldung des berühmten Berossus habe Japhet, der Ravenna stiftete, *medesimamente* auch die

[111]) Commentarium in Genesim, in: Opera omnia, Bd. 1, Lyon 1639, S. 54–58. Dazu Thomas Aquinas COLLINS OP, Cardinal Cajetan's Fundamental Biblical Principles, in: The Catholic Biblical Quarterly 17 (1955) 363–378, hier S. 366 ff.

[112]) In Genesim, hg. PEARSON (o. Anm. 44) S. 171 f. Dazu DIESTEL, Geschichte 277.

[113]) In Genesim, in: Opera, Bd. 1, Paris 1577, f. 121r–123v. Dazu Theobald FREUDENBERGER, Augustinus Steuchus aus Gubbio, Augustinerchorherr und päpstlicher Bibliothekar (1497–1548) und sein literarisches Lebenswerk (Reformationsgeschichtliche Studien und Texte 64/5), Münster 1935, S. 36 ff., 180 ff.; GARIN, Humanismus 156 f.

edle Stadt Gubbio gegründet. Das hatte sein Vorgänger Guerriero Silvestri noch nicht so genau gewußt[114]). Auch der Florentiner Kanoniker Pier Francesco Giambullari (1495–1555) schlachtete 1549 den Berossus nach Kräften zur Ehre von Florenz aus. Noah-Janus sei nach Italien gekommen, während Nimrod seinen Babelturm baute, und habe später, nach Armenien zurückgekehrt, *Comer* zum König Italiens, Tuisco als Herrscher der Deutschen eingesetzt. Italiens Altertum war also noachisch; als der ägyptische Cham einzudringen versuchte, vertrieb ihn Noah von diesem gesegneten Boden. Aber Giambullari zielte nicht nach dem Berg Fiesole, sondern nach der florentinischen Sprache, deren Grammatik er schrieb. Noah brachte nach Italien eine Sprache, dem Hebräisch-Chaldäischen und Etruskischen ähnlich; sprachlich wie völkisch hängen Toskaner, Etrusker und Hebräer zusammen und gehen auf die Aramäer und deren Idiom zurück. Das Florentinische ist also eine Schwestersprache des von Gottvater gegebenen, von Gottsohn gesprochenen Hebräisch. Gewiß ist sie nicht rein; neben dem Griechischen wirkte auch das Lateinische später auf sie ein. Aber wenn solche Mischungen schon vorbabylonisch waren, konnte das heutige Italienisch keine junge Sprache sein, und zornig gestikulierte Giambullari: *Non accetterò io già mai che la lingua che si parla oggi, sia la Latina corrotta o male pronunziata*[115]). Selbst die Frommen dachten nicht mehr an den Turm von Babel; selbst die Norm der lateinischen Kirchensprache wurde bestritten. Auch gute Katholiken glaubten an den Segen der Vielfalt und der Vermischung.

Dagegen protestierte um 1538 der Vertraute Pauls III. und spätere Kardinal Bartolomeo Guidiccioni (1469–1549). Er forderte die Einberufung eines Reformkonzils, weil in der Kirche allzu große Vielfalt eingerissen sei. Diese *varietas* und *diversitas* sei ebenso verderblich für die Guten wie heilsam und segensreich für die Bösen; das zeige sich deutlich an der babylonischen *divisio* der Sprachen und an der Teilung des Roten Meeres. Wie zur Zeit Gregors VII. sollte die Vielfalt aus der lateinischen Kirche verbannt und den Abtrünnigen vorbehalten werden. Mögen die Lutheraner ihre volkssprachlichen Gottesdienste halten, die katholische Kirche muß wieder eins werden[116]). Als das Reformkonzil nach Trient einberufen war, wurde die Unantastbarkeit der lateinischen Vulgata zwar bestätigt; aber als romanische Prälaten 1546 auch noch das Verbot jeder volkssprachlichen Bibelübersetzung verlangten, widersprach der Kardinal von

---

[114]) Cronica della città d'Ugubbio, RISS NE Bd. 21, 4 S. 97.

[115]) Origine della lingua fiorentina, in: Origine, cagioni e differenze della lingua, Bd. 6, Florenz 1549, S. 637–696, besonders S. 655–674. Dazu Giuseppe TOFFANIN, Il Cinquecento (Storia letteraria d'Italia), 4. Aufl., Mailand 1954, S. 116; Piero FIORELLI, Pierfrancesco Giambullari e la riforma dell'alfabeto, in: Studi di filologia italiana 14 (1956) 177–210, hier S. 199 f.

[116]) De ecclesia et emendatione ministrorum eorumque abusuum per generale concilium facienda, hg. Vinzenz SCHWEITZER, Concilium Tridentinum, Bd. 12, Freiburg i. Br. 1930, S. 253.

Trient, Cristoforo Madruzzi (1512–1578), mit erregten Worten. Jede Sprache solle Gott loben; vor Christus gebe es kein Jüdisch, Griechisch, Lateinisch oder Barbarisch. Auch die Volkssprachen seien eine Gabe des Heiligen Geistes und Christi, der bei uns bleiben will bis ans Ende der Welt. Er selbst (aus einem Tiroler Geschlecht gebürtig) habe das Vaterunser von der Mutter auf deutsch gelernt. Nicht von Übersetzungen in die Volkssprachen kämen die Häresien; denn die Häresiarchen seien allemal die sogenannten Gebildeten, Luther, Zwingli und alle die anderen, die Hebräisch, Griechisch und Lateinisch verstünden; die Frommen seien die einfachen Leute, die nur ihre Muttersprache redeten. Ohne die Gelehrten hätte Deutschland heute nicht so viele Ketzereien. Madruzzis Argumente, die die Konzilsväter mit höchstem Erstaunen vernahmen, drangen nicht ganz durch; doch das Verbot der Bibelübersetzungen unterblieb[117]). Madruzzi hatte aufs geschickteste die Reformation mit dem Humanismus verbunden, gegen die Latinität die Katholizität der Kirche ausgespielt und über das Ideal der vorbabylonischen Einheit das weit wirksamere der pfingstlichen Vielfalt gestellt. Auch diese bedeutendste Auslassung des damaligen katholischen Italien zu unserem Thema war indes revolutionär, gegen die Kontinuität des Hergebrachten gerichtet.

Zu drastisch wurde Italien im frühen 16. Jahrhundert von der geschehenden Geschichte verändert, als daß es der vergangenen hätte dienen wollen. Geschichte erschien oft als zerstörerischer Einbruch in eine schöne Welt; man mochte sich ihr nicht ergeben. Doch nicht mehr der autonome Mensch überwindet sie, eher überpersönliche Mächte wie die Natur, die Gesellschaft, ja die Sprache. Diese war umstritten zwischen Gelehrten und Dichtern, zwischen Adel und Volk und so zerrissen wie das Land; nach ihrer höheren Einheit sehnten sich viele. Sie aber mußte erfahren, erlitten werden. Oder versagte sie sich dem Diesseits überhaupt? Würde die erneuerte Kirche schließlich doch wieder alles an sich ziehen?

*

Frankreich wurde unter seinen Königen eine Vormacht Europas. Seiner Kraft bewußt, seiner Sprache sicher, bedurfte es kaum einer historischen Rechtfertigung im alten Stil der Trojanersage. Wohl aber wurde das Land, von der

---

[117]) De vertendis libris sacris in linguam vulgarem, hg. SCHWEITZER (o. Anm. 116) S. 528 ff.; vgl. Acta post sessionem tertiam, Congregatio generalis 17. 3. 1546, hg. Stephan EHSES, Concilium Tridentinum, Bd. 5, Freiburg i. Br. 1911, S. 30 f.; Ercole SEVEROLI, De concilio Tridentino commentarius, gh. Sebastian MERKLE, Concilium Tridentinum, Bd. 1, Freiburg i. Br. 1901, S. 37. Dazu Hubert JEDIN, Geschichte des Konzils von Trient, Bd. 1, Freiburg i. Br. 1949, S. 450 ff.; Herman SCHMIDT SJ, Liturgie et langue vulgaire, Le problème de la langue liturgique chez les premiers Reformateurs et au Concile de Trente (Analecta Gregoriana 53), Rom 1950, S. 81 ff.

italienischen Renaissance und der deutschen Reformation angeregt, zu einer Bestimmung seines geschichtlichen Standorts gezwungen, zur Antwort auf die Frage, welche Vergangenheit es erneuern wollte. Es konnte nicht mehr nur die eigene, es mußte die allgemeine Zukunft sein, die sich daran entschied. Ludwigs XII. Sekretär Nicole Gilles (gest. 1503) spürte wohl das Problem, wich ihm aber 1492 aus. Im Anschluß an die „Grandes Chroniques" konstruierte er den trojanisch-französischen Stammbaum, stellte jedoch an seine Spitze den Gott Jupiter. Daß es mit partikularem Egoismus nicht genug sei, empfand Gilles selbst; er beachtete auch die geistliche Ahnenreihe, Noah und seine Söhne, besonders Sem-Melchisedech, die hebräische Ursprache und sogar den Babelturm, doch ohne die Verbindung zu Jupiter herzustellen[118]).

Aber diese Unschlüssigkeit und solche mittelalterlichen Fabeln waren den Pariser Humanisten nicht mehr zuzumuten. Ihr Führer, der Trinitarier-General Robert Gaguin (ca. 1440–1501), schrieb 1495 die erste wissenschaftliche Geschichte Frankreichs mit kritischer Distanz; sie bestätigte die Empirie Commines'. Gaguin zweifelte, ob „wie die meisten anderen Nationen" auch die Franzosen von den Trojanern stammten; Gregor von Tours wisse nichts davon. Die „Grandes Chroniques" mochten trotzdem recht haben, daß die Trojaner unter Führung Francios die Alanen schlugen; ihr neuer Name sei dann aber weder ihrer Wildheit noch ihrer Freiheit, sondern ihrem Führer zu verdanken. Kritischer prüfte der Lehrer des Erasmus die biblischen Genealogien. Die wilden Normannen mochten Goten sein, und Goten, Hunnen und Wandalen ihrerseits mochten aus Skythien kommen, aber daß die Goten Kinder des Japhetiten Magog seien, hielt Gaguin für *audacissime*; dieser Ansicht könne er keinesfalls zustimmen, über das Uraltertum könne man nur Fabeln erzählen. Der Turmbau von Babel mochte sich als Zierat an Chorgestühlen gut ausnehmen – in der Kathedrale von Amiens erscheint er 1508/19 in Holz geschnitzt, umringt von fleißigen Handwerkern –; mit der Weltgeschichte der Völker und Gaguins Antipathie gegen Engländer und Deutsche hatte er nichts zu tun[119]).

Noch weniger ging er die französische Monarchie an. Um ihre Geschichte zu schreiben, war der veronesische Humanist Paulus Aemilius (gest. 1529) um 1499 von Ludwig XII. nach Paris gerufen worden. Er begann sie 1516 mit dem Satz, die *Franci* behaupteten *(contendunt)*, unter Führung eines Francio aus Troja gekommen zu sein. Ernsthafter als Gaguin zweifelte der Italiener daran; er fand die Franzosen nicht bei Vergil. Sie waren vielmehr germanische Fran-

118) Les annales et chroniques de France, Paris 1551, f. 5r–6r. Dazu FUETER, Historiographie 140.

119) Compendium de origine et gestis Francorum, Paris 1511, f. 2r–3v (Trojaner), 73r (Normannen), 45r (Skythen). Dazu KLIPPEL, Trojanersage 46 f.; Augustin RENAUDET, Préréforme et Humanisme à Paris pendant les premières guerres d'Italie (1494–1517), 2. Aufl., Paris 1953, S. 258 f. Zu Amiens EHRENSTEIN, Bild 127 Abb. 8.

ken, die erst im 5. Jahrhundert n. Chr. in Gallien eindrangen; *Faramundus* war der erste französische König. Humanistische Kritik und italienischer Patriotismus zugleich hinderten Aemilius, Frankreich eine ehrwürdige Urgeschichte zuzubilligen[120]).

Doch neben den kritischen trat auch in Frankreich der patriotische Humanismus. Durfte sich das neue Frankreich der alten Traditionen nicht bedienen, um Europa neu zu einen, nicht imperial hochmütig, sondern souverän konziliant? Der hennegauische Vorläufer der Pleiade und spätere königliche Hofhistoriograph Jean Lemaire de Belges (ca. 1473–ca. 1525) nahm 1511 seine Muttersprache gegen den Vorrang des Italienischen in Schutz, ohne eine Hegemonie des Französischen zu dekretieren; im Musentempel wollte er Französisch, Toskanisch und Lateinisch gleichberechtigt sehen. Auch ihrer Abstammung nach sollten die Franzosen die Nachbarn nicht überragen, aber erreichen; dies wilde, kühne Volk ist *troyenne nation*. Lemaire stellte zwischen 1500 und 1512 die lückenlose Reihe von Jupiter über die Trojaner bis zu den Galliern und Belgiern, zu den Valois und sogar zu den Habsburgern auf, ohne die Skrupel von Gaguin und Aemilius, weil er einem politischen Ziel diente. Jupiter wurde, wie seit Nemnius üblich, biblisch eingestuft, und zwar als Sohn Chams, der mit Saturn identisch sei. Aber war das der rechte Schutzpatron?

Bei einer Romreise fand Lemaire das Buch des Annius, das er sich rühmte, als erster ausgenutzt zu haben; hier stand alles, was er sich erträumte, vor allem die neue Brücke von der antiken zur biblischen Mythologie. Die Europäer und Franzosen waren nicht bloß hamitische Trojaner, sondern gute Kinder Noahs. Noah-Janus, der *empereur et souverain patriarche de tous les humains*, gründete in Europa vier große Königreiche und übergab sie den Kindern des Japhet, der auch *Dis* geheißen habe (wie der Gallierahn bei Caesar). Damit war schon eine gallische Suprematie über Europa gesichert, über das Spanien des Tubal und das Deutschland des *Tuiscon*, erst recht über das Italien des *Gomerus Gallus*; Frankreich selbst fiel an den weisesten der Menschen, *Samothes*. Die europäische Staatenwelt würde im Geiste Noahs zusammenarbeiten können, denn der Turmbau von Babel und die Sprachenverwirrung geschahen weitab im babylonischen Reiche Nimrods, der als einer der zahlreichen von Noah eingesetzten Könige noch danach in Frieden weiter regierte. Annius zeigte, daß das europäische Gleichgewicht der Monarchien unter französischer Beratung am besten gedeihen würde[121]).

---

[120]) De rebus gestis Francorum, Paris 1539, f. 2r. Dazu FUETER, Historiographie 139 f.

[121]) La concorde des deux langages, hg. Jean FRAPPIER (Textes littéraires français), Paris 1947: Le temple de Venus v. 268 f. S. 18 (Französisch, Toskanisch, Latein); v. 583 ff. S. 31 f. (trojanische Herkunft). Les illustrations de Gaule et singularitez de Troye, hg. Jean STECHER, Oeuvres de Jean Lemaire de Belges, Bd. 1, Louvain

Doch wozu Annius, wenn man Caesar hatte, wozu Japhet, wenn Dis bezeugt war, wozu Trojaner, wenn Gallien gedieh? Der Humanist Guillaume Budé (Budaeus, 1467–1540) hielt seinen Zeitgenossen 1514 den Spiegel der alten Gallier vor, ohne ihre Urgeschichte mit Annius' Hilfe auszudehnen; auch Moses und Herodot konnten von diesem ihnen fernen Volk nichts melden. Das alte Frankreich stand schon immer Italien und den Lateinern ebenbürtig zur Seite, denn die Gallier waren beredt, studierten eifrig Griechisch und schrieben sogar ihre Verträge griechisch nieder. Dem Gräzisten schien dieses Beispiel nachahmenswert. Es würde den Franzosen leicht fallen, denn wie das Griechische Vorbild und Lehrerin des Lateinischen sei, so sei auch das Französische größtenteils aus dem Griechischen hervorgegangen. Wie bei Celtis sollte die französische Bildung von der römisch-lateinischen emanzipiert werden. Allerdings glaubte Budé 1527, das Französische sei noch nicht genug veredelt, um zur Sprache der Philosophie und Dichtung zu werden[122]). Aber so bereitwillig König Franz I. auf Budés Rat 1530 das nachmalige „Collège de France" zur Pflege der drei alten Sprachen ins Leben rief, hier versagte sich der Herrscher, der selbst kein Latein verstand und mehr an Recht und Ordnung als an die Gelehrsamkeit zu denken hatte. Er ordnete 1539 an, daß alle Gerichtsurteile französisch abzufassen seien, und sicherte der Mundart von Paris den Platz neben dem Lateinischen. Manche wehrten sich bereits dagegen, daß jeder sich für gelehrt halte, der die drei alten Sprachen beherrsche; andere fanden in der französischen Grammatik und Schrift sogar hebräische Spuren[123]). Was fehlte denn dem Französischen noch zur klassischen Reife?

Der Aristoteliker Charles de Bovelles (Bovillus, ca. 1472–1553), Kanoniker in Noyon, gab 1533 eine merkwürdige Auskunft, in der Frömmigkeit, Humanismus und Patriotismus zusammenklangen. Adam benannte im Paradies zwar *permittente Deo*, jedoch völlig nach seinem Belieben die Dinge, in der besten und idealsten aller Sprachen, in der auch Gott zu den Menschen redete. Diese

---

1882, S. 14 (Herkunft der Franzosen; dazu KLIPPEL, Trojanersage 49 ff.), 25–28 (Noah, Nimrod usw.). Dazu Philipp August BECKER, Jean Lemaire, der erste humanistische Dichter Frankreichs, Straßburg 1893, S. 134 ff.; Marianne WITTON, Das Nationalisierungs-Programm der französischen Renaissance auf dem Gebiet der Sprache, Dichtkunst, Religion und Sitte, Diss. phil. Breslau 1940, S. 68 ff.

[122]) De asse et partibus eius, Venedig 1522, f. 153 ff. (gallische Urgeschichte), 161, 231, 25v (Beredsamkeit, Griechisch). Dazu Jean PLATTARD, Guillaume Budé (1468–1540) et les origines de l'humanisme français, Paris 1923, S. 28 ff., 35 f.; Josef BOHATEC, Budé und Calvin, Studien zur Gedankenwelt des französischen Frühhumanismus, Graz 1950, S. 16 ff.

[123]) Walther von WARTBURG, Der Aufstieg der Literatursprachen, in: Zeitschrift für deutsche Geisteswissenschaft 3 (1940) 250–262, hier S. 251 ff.; KOHN, Idee 187 ff.; BRUNOT, Langue Bd. 2, S. 27 ff. (Franz I.), 1 ff., 67, 77 (gegen die drei Sprachen); B. GOKKES, Fransch en Hebreeuwsch bij enkele XVIe eeuwsche Fransche Grammatici, in: Neophilologus 23 (1937) 1–11, hier S. 3 ff. (hebräische Spuren).

gleichförmige und überall verständliche, eigentlich klassische Sprache bestünde bis heute auf der ganzen Erde, hätte sie nicht der Geist Gottes beim babylonischen Turm in die zahllosen Weltsprachen zerschnitten. Gott schenkte diese Natursprache an Pfingsten den Aposteln wieder; die Völker aber haben seither, ihren Schicksalen entsprechend, wandelbare Idiome, und die Willkür ihrer Stifter erfaßt das Wesen der Dinge nicht mehr. Keine heutige Sprache besitzt einen historischen Primat und klassische Überlegenheit. Dennoch gebührt den Franzosen ein Vorrang, weil nämlich nach dem „babylonischen Berossus" *Comerus Gallus* die gallische Nation gründete. Sie verbreitete sich weit, bis zu den spanischen Keltiberern und bis nach Westfalen, *id est meridionalis* (!) *Wallia seu Gallia*. Von der gallischen Sprache läßt sich (trotz dieser prächtigen Etymologie) wenig aussagen; sie war wohl schon von römischen Elementen beherrscht, als die Stämme der germanischen Völkerwanderung, darunter die trojanischen Franken, Gallien überwältigten. Aus dieser Beimischung nichtlateinischer Wörter entstand das Französische. Trithemius, mit dem Bovelles in Deutschland darüber diskutierte, wollte zwar die Verwandtschaft des Germanischen mit dem Lateinischen erweisen; es konnte ihm aber nicht gelingen. Auch gallische und germanische Sprachen sind grundverschieden. Trotz dieser Abgrenzung mochte Bovelles sich, anders als Budé, nicht auf die Sprache der Urzeit stützen, um Frankreich zu rühmen; der babylonische Turm sicherte zwar die ethnische, aber gerade nicht die linguistische Konstanz[124]).

Von diesem frommen Geschichtsbild aus wand sich eine anonyme Kompilation 1536 noch einmal durch den mittelalterlichen Wust der 72 Völker, Jünger, Sonnenstunden; der Autor brachte aus dem Meer der scheinbaren Fakten die hebräische Ursprache, *langue vulgaire et maternelle*, zutage, aber auch den turmbauenden Riesen Nimrod und die Sprachverwirrung, und so beschloß er resigniert das Zahlenspiel: *Il y a maintenant plus de LXXII langages, car il est plus de diverses nations par la terre qu'il n'estoit alors*. Der Bestimmungsgrund der Sprache ist also die Nation. Ihre Identität ist besser als die sprachliche durch die Zeiten hindurch zu erkennen: *Les Gaules qui maintenant sont françois*, sind Nachkommen Gomers[125]).

Die französische Sprache konnte sich demnach nicht auf eine hebräische, griechische oder lateinische Ahnenreihe berufen, wie die Humanisten gerne

[124]) De differentia vulgarium linguarum et Gallici sermonis varietate, Paris 1533, S. 46 f. (Adam, Babel, Pfingsten), 45 f. (kein historischer Primat), 9 (Comerus, Westfalen), 11 (Gallisch und Römisch), 3 (Völkerwanderung), 8 (Franken), 44 f. (Germanisch und Latein), 12 f. (Gallisch und Germanisch). Dazu Kukenheim, Contributions 176; Kayser, Klangmalerei 157.

[125]) La mer des hystoires, Paris 1536, f. 26v–30r. Zu dieser Art von Literatur Denys Hay, Intellectual Tendencies, in: The New Cambridge Modern History, hg. Geoffrey Rudolph Elton, Bd. 2, Cambridge 1958, S. 384.

wollten. Die Historiker sahen zu deutlich, daß die französische Frühgeschichte mehreren Einflüssen, dem keltischen, dem römischen, dem fränkischen, ausgesetzt war, Einflüssen, die sich nicht gegeneinander aufrechnen ließen. Die große Chance des Französischen war nicht seine altertümliche Reinheit, sondern seine moderne Kraft der Vermittlung; es war keine historisch einheitliche, klassische Sprache, aber es konnte durch die Bemühung seiner Dichter im völkerverbindenden Rang denjenigen Idiomen gleichkommen, denen es an Alter nachstand. Lemaires Schüler, der Hofdichter Clément Marot (1496–1544), erhob seine Muttersprache durch seine Psalmenübersetzung unmittelbar neben das Hebräische und verglich dabei 1538 Franz I. mit dem gottgesandten König David. Nachdem durch französischen Fleiß der hebräische Urtext der Psalmen hergestellt sei, übertrage ihn Marot *en ton noble langage*, in die königliche Sprache, und jetzt könnten die Franzosen aufhören, Hebräisch zu lernen; doch die Hebräer müßten nun Französisch studieren. Mochte Marot zur gleichen Zeit Franz I. und Karl V. als *nobles princes Troyens* besingen, dem Protestanten ging das zeitlose biblische Pathos näher als das historische, trojanische[126]). Die tolerante, zugleich fromme Schwester des Königs, Margarete von Navarra (1492–1549), die den Dichter vor katholischer Verfolgung schützte, ließ nach 1545 französische Hofleute sich Geschichten erzählen, während es draußen regnete, als hätte Gott eine neue Sintflut kommen lassen; aber einen neuen Babelturm errichtete sie in den (nur zufällig 72) Novellen nicht, obgleich sie in ganz Westeuropa spielten. Treten einmal eine ausländische Gräfin, ein deutscher Graf in Frankreich auf, so sprechen sie die Landessprache fließend[127]). Die Gesellschaft ist französisch.

Den babylonischen Turm bauen die anderen, die das Französische mißachten; so dozierte 1549 Joachim Du Bellay (1522–1560) in seinem Manifest des französischen Sprachglaubens, und was Speroni nur einem Gesprächspartner in den Mund gelegt hatte, vertrat Du Bellay als heilige Überzeugung. Die Natur schenkte den Menschen leider keine volle sprachliche Übereinstimmung, und diese Verwirrung wird mit Recht als Turm von Babel bezeichnet. Da aber der Mensch alle Sprachen selbst geschaffen hat, sind sie alle gleichwertig, und kein Franzose darf sein *vulgaire* als barbarisch verachten, auch wenn es den Reichtum der klassischen Sprachen noch nicht erreicht; man muß es nur

---

[126]) Les oeuvres, hg. Georges GUIFFREY – Jean PLATTARD, Bd. 5, Paris 1931: Pseaumes de David, Widmung v. 11 ff. S. 195 f. (David); v. 161 ff. S. 199; Distichon S. 201 (Hebräisch und Französisch); Cantique de la Chrestienté v. 50 S. 107 (Trojaner). Dazu P. LEBLANC, La poésie religieuse de Clément Marot, Paris 1955, S. 376 ff.

[127]) Heptaméron, hg. Michel FRANÇOIS, Paris 1943: Prologue S. 1 (Sintflut); V, 49 S. 318 ff. (Gräfin); II, 17 S. 134 ff. (Graf). Dazu Hans SCKOMMODAU, Die religiösen Dichtungen Margaretes von Navarra (Arbeitsgemeinschaft für Forschung des Landes Nordrhein-Westfalen, Geisteswissenschaften 36), Köln-Opladen 1955, S. 23 ff.

pflegen und verbessern. Wer bloß in alten Sprachen schreibt, will eine verfallene Ruine restaurieren; die Druiden (gemeint sind die Theologen), die lediglich gelehrte Sprachen zulassen, gleichen den Riesen, die als Feinde des Himmels die Macht der Götter und der Gottesgaben beschränken wollten. Die Verteidiger der heiligen Sprachen sind homerische Giganten, beinahe Erbauer des babylonischen Turmes. Sie werden sich nicht durchsetzen können; künftig wird man in jeder *langue maternelle* reden, besonders das Französische wird zum Rang einer Weltsprache erhoben, wenn die berühmte Nation der *Gallogrecz* sich erneuert. Du Bellay war gegen die Schwächen dieser seiner Nation nicht blind; als er 1558 einen Lasterkatalog der europäischen Völker gab, fehlte neben dem spanischen Stolz und der deutschen Trunkenheit die französische Indiskretion nicht. Spricht der Franzose zu gern? Nichts dauert, Menschen so wenig wie Epochen; es siegt die alles verändernde Zeit[128]). Was bleibt dann von der französischen Sprache?

Schon traten neben die Gläubigen die Skeptiker, alle überragend der entlaufene Franziskaner, Pfarrer und Arzt François Rabelais (ca. 1494–1553), dessen unvergleichliches Buch zwischen 1532 und 1562 erschien. Beinahe im spätmittelalterlichen Predigtstil reißt es den Leser aus jeder sicheren Gesamtordnung, vertauscht im tollen Wirbel seiner Sprache das Größte mit dem Kleinsten, die Heilsgeschichte mit dem Egoismus, die universale Utopie mit der provinziellen Wirklichkeit und läßt nichts übrig als die Vielfalt der natürlichen Erscheinungen und die Ironie des Betrachters. Rabelais wünschte jedem, er möchte seine Herkunft „von der Arche Noah bis heute“ kennen, und instruierte den Leser, daß Chinon (wo Rabelais geboren wurde) die älteste Stadt auf Erden sei, denn sie hieß auch *Caynon*, und bekanntlich war Kain der erste Städtebauer. So vorsintflutlich sind auch Rabelais' Helden, mit deren Ahnentafel das Werk nach berühmten Mustern beginnt. Die Vorfahren der Riesen Gargantua und Pantagruel waren so gewaltig, daß sie in die Arche Noah nicht hineinpaßten, aber dank ihrer Körpergröße die Sintflut auch draußen überstanden. Kurz nach der Sintflut tauchen in ihrer Linie der Gigant *Nembroth* und dessen Enkel Goliath auf; 25 Generationen später begegnet uns *Gemmagog*, der die Schnabelschuhe erfand. Anstatt die Goten von Magog abstammen zu lassen, macht Rabelais sie zu Vorläufern der *magots*, der Affen. Die Franzosen selbst sind

[128]) La Deffence et Illustration de la Langue Francoyse, hg. Henri Chamard, Paris 1904: I, 1 S. 45 ff.; I, 10 S. 130 ff. (Natur und Sprache); I, 2 S. 54 ff. (Französisch nicht barbarisch); I, 3 S. 66 ff. (Französisch und klassische Sprachen); I, 11 S. 152 f. (Ruine); I, 10 S. 137 (Druiden), 140 (Riesen); II, 12 S. 319 ff. (Weltsprache); Conclusion S. 340 (Gallogrecz). Les Regrets 68, hg. Henri Chamard, Joachim du Bellay, Oeuvres poétiques (Société des textes français modernes), Bd. 2, 4. Aufl., Paris 1939, S. 104 f. (Lasterkatalog). Dazu Verdun L. Saulnier, Du Bellay, L'homme et l'oeuvre (Connaissance des lettres 32), Paris 1951, S. 135 ff.

natürlich nicht nur Gallier, sondern auch Phryger und Trojaner, was ein Fabeldichter nachgewiesen hat; ihr König *Pharamond* hauste in Paris. Man darf vermuten, daß Rabelais den Annius nicht kannte; er hätte ihn gewiß nicht ungeschoren gelassen. Bloß der Turm von Babel kommt nicht vor, nur der Kampf der Giganten gegen Jupiter: So unbarmherzig Rabelais die Randzonen des religiösen Geschichtsdenkens durchkämmte, die biblische Erzählung selbst blieb verschont. Hier wirkte Folengos Vorbild nicht.

Doch auch ohne Babel herrscht unter den Sprachen das Tohuwabohu. Hier gibt Rabelais sogar ziemlich ernst seine Überzeugung preis: Herodots Erzählung von Psammetich ist unglaubwürdig, denn sämtliche Sprachen sind willkürlich *(à plaisir)* erfunden; es gibt kein *language naturel.* Alle Idiome sind mehr nach den Gewohnheiten der Völker als nach der Einrichtung Einzelner geformt und letztlich ziemlich überflüssig; denn zur Verständigung genügt die Gestensprache. Um so weniger ist Hebräisch die absolute Sprache. Es gibt zwar 78 Krankheiten, aber keine feste Sprachenzahl; den Sektor der Sprachen bestimmt allein makkaronische Verwirrung und Vermischung. Pantagruels Name ist zusammengesetzt aus Griechisch und „Agarenisch"; wir hören von etruskischen, jonischen, ägyptischen, arabischen, slavischen und gotischen, das heißt barbarischen Sprach- und Schriftproben, und sogar eine utopische „Laternensprache" gibt es. Pantagruel wird von seinem Vater ermahnt, Griechisch zu lernen, ohne das man sich keinen Gelehrten nennen dürfe, sowie Lateinisch, Hebräisch, Chaldäisch, Arabisch. In der Abtei Thélème findet man Bücher auf griechisch, lateinisch, hebräisch, französisch, toskanisch und spanisch, säuberlich nach Idiomen geordnet; die dortigen Mönche sprechen fünf bis sechs Sprachen. Und doch ist der gelehrte Prunk ganz unnütz; „lateinisch vor den *clercs* sprechen" bedeutet wie bei Commines „Eulen nach Athen tragen". In Wahrheit versteht man den nächsten Nachbarn nicht: Ein Mann mit limousinischem Dialekt wird, sogar wenn er sich bemüht, Pariserisch zu reden, für einen Ketzer oder Teufel gehalten; das Provenzalische wird als *Languegoth* verunglimpft, und wenn eine Rechtssache kompliziert und unverständlich ist, klingt es nach Altdeutsch *(haut allemand)*.

Welche Sprache versteht man denn überhaupt noch? Ein ganzes spaßiges Kapitel führt einen Reisenden vor, der sich dem Pantagruel auf jede Weise verständlich zu machen versucht, in insgesamt 13 Sprachen, darunter neben drei Phantasiesprachen Deutsch, Italienisch, Schottisch, Baskisch, Niederländisch, Spanisch, Dänisch, Hebräisch, Griechisch, Lateinisch. Niemand in der Runde versteht ihn. Auf die Frage, ob er denn nicht Französisch rede, freut sich der Reisende: jetzt könne er endlich seine *langue naturelle et maternelle* sprechen – es ist Pantagruels Freund Panurge. Hier stehen wir wieder an der Grenze von Rabelais' Spott. Selbst im Fabelland spricht man Französisch, und wer lateinisch dichten lernt, übersetzt seine Opera doch sogleich ins Französische. Wir fühlen, wie ernst es dem Spötter mit seiner Muttersprache war; wie wäre er sonst einer ihrer größten Sprachschöpfer geworden? Auch seine Skepsis glauben wir ihm nun nicht mehr ganz; durch sie hindurch blickt der Glaube an eine bessere, freiere und geordnetere Welt, die vielleicht den Babelturm als Mahnmal nicht scheut, auch wenn sie Französisch sprechen sollte. Nur jede Bindung an die alten frömmelnden Traditionen wird sie ablehnen, damit ihr die Zukunft gehöre[129]).

Aber wenn die Zukunft schon begonnen hat, zeigt sich auch die Vergangenheit in neuem Licht. Der geistreiche und kühne Pariser Benediktiner-Professor Joachim Perion (1499–1559/61) widmete sein Buch über die gallische Sprache 1554 dem König Heinrich II., der eben Metz, Toul und Verdun gewonnen hatte, und pries lateinisch seine Muttersprache, die unter der Gewalt des Königs stehe, *linguam nunc quasi postliminio pristinam dignitatem suam recuperantem*. Der Aufbruch wird zur Heimkehr. Nur mochte der Franzose nicht (analog dem „Oberrheinischen Revolutionär“) Französisch zur Ursprache der Menschheit proklamieren; es trug zu sichtbar die Spuren seiner Geschichte an sich. Aber traf das nicht auf alle Sprachen zu? Sind synchronische Einflüsse dabei nicht wichtiger als diachronische Verwandtschaften? Man kann im Französischen keine hebräischen Spuren finden; wie sollte Hebräisch dann die Ursprache sein? *Adduci non possum, ut illum ipsum fuisse credam*, wenn auch „die meisten und Gelehrtesten“ anderer Meinung sind. Aber unter wilden Tieren lernt ein Knabe kein Hebräisch, sondern stets die Sprache seiner Umwelt; ein deutscher Junge, der in Frankreich aufwächst, lernt Französisch und sonst gar nichts. Das Experiment des Psammetich war sinnlos. Man konnte erwidern, daß die babylonische Verwirrung die eine hebräische Natursprache zerstört habe, und Perion selbst war wie Bovelles davon überzeugt, daß beim Turm der Arroganz alle Sprachen gleichzeitig neu entstanden; aber zu ihnen gehörte auch das He-

[129]) Oeuvres complètes, hg. Marcel GUILBAUD (Collection nationale des grands auteurs), 5 Bände, Paris 1957: II (Gargantua), 1 Bd. 2, S. 21 (Arche Noah; dazu KLIPPEL, Trojanersage 70); V, 34 Bd. 5, S. 160 f. (Chinon, Kain); I (Pantagruel), 1 Bd. 1, S. 90 f. (Nembroth); II, 54 Bd. 2, S. 226 (magots); II, 10 S. 57 (Gallier); IV, Prologue Bd. 4, S. 26 (Trojaner); I, 23 Bd. 1, S. 211 (Pharamond); III, 12 Bd. 3, S. 79; IV, 38 Bd. 4, S. 187 (Giganten); II, 10 Bd. 2, S. 55; III, 19 Bd. 3, S. 114 f. (à plaisir); IV, 7 Bd. 4, S. 68 (Krankheiten); I, 2 Bd. 1, S. 97 (Pantagruels Name); II, 1 Bd. 2, S. 23; III, 3 Bd. 3, S. 44 (Etruskisch); II, 8 Bd. 2, S. 49 (Jonisch); II, 9 S. 53 (Ägyptisch); IV, 25 Bd. 4, S. 139 (Arabisch, Slavisch); I, 10 Bd. 1, S. 140; III, 4 Bd. 3, S. 49 (Gotisch); III, 47 S. 253 (Laternensprache); I, 8 Bd. 1, S. 126 (Griechisch usw.); II, 53 Bd. 2, S. 225 (Thélème); II, 57 S. 238 (Mönche); III, 32 Bd. 3, S. 190 (clercs); I, 6 Bd. 1, S. 111 ff. (Limousinisch); IV, 41 Bd. 4, S. 201 (Languegoth); I, 10 Bd. 1, S. 138 (Altdeutsch); I, 9 S. 130–136 (Panurge); IV, 5 Bd. 4, S. 62 (Fabelland); II, 24 Bd. 2, S. 117 (Latein und Französisch). Dazu AUERBACH, Mimesis 250 ff. (Wirklichkeit); Lucien FEBVRE, Le problème de l'incroyance au XVIe siècle, La religion de Rabelais (L'évolution de l'humanité 53), Paris 1947, S. 491 ff. (Glaube).

bräische. Es war eine Babelsprache wie alle, und die Palästinenser hatten vor den Kolonisten, die nach Frankreich, Spanien oder Deutschland zogen, nichts voraus.

Eine Babelsprache benutzten auch die ältesten Gallier, die man nicht mit den Galatern verwechseln darf; sie kamen schon unter dem Noachiden *Samothes*, der mit *Dis* identisch war, *in hanc Galliam nostram*. Annius und Caesar erwiesen mit vereinten Kräften die Unabhängigkeit der Franzosen. Wie diese Sprache der alten Gallier aber aussah, weiß niemand; sie hing weder vom Hebräischen noch von einer anderen Sprache ab und wurde wohl zur Grundlage des Französischen. Dieses erhielt seine heutige Form freilich erst später, denn die Sprachen wandeln sich dank der *temporum ratio hominumque studia*. Der stärkste historische Einfluß kam, wie bereits Budé nachgewiesen hatte, vom Griechischen, und die sprachliche Verwandtschaft wurde durch die Geschichte bestätigt: Die gallischen Druiden sprachen Griechisch, ebenso die aus Troja einwandernden Franken. Dennoch war Griechisch nicht die Mutter des Französischen; in Babel entstanden nur die Grundzüge der griechischen und der lateinischen Sprache; sie selbst wurden erst lange danach als Kunstsprachen geformt, sind also dem Französischen an Alter nicht überlegen. Es kann sich den drei Sprachen, *quae ubique celebratae sunt*, getrost zur Seite stellen. Man hatte es bisher nicht zu den 72 Babelsprachen gerechnet; also war diese Berechnung fragwürdig. Josephus hatte noch nichts von ihr gewußt, man fand sie erst bei Arnobius (Hieronymus und Augustin werden mit dem Mantel der Liebe zugedeckt). *Arnobii haud scio an verior sit quam Josephi sententia*. Tun wir Perion nicht leichthin, wie es üblich ist, als phantasievollen Nationalisten ab! Wenn er der hebräischen Ursprache und den 72 Sprachen zu Leibe ging, tat er es zwar dem Französischen zuliebe, aber eben weil er am Französischen entdeckt hatte, daß Sprachen von Umwelt und Geschichte, nicht von Vorsehung und Heilsgeschehen geprägt werden und spät ihre Hochform gewinnen. Wer wollte die Motive von den Konsequenzen trennen und Perions patriotischer Begeisterung den wissenschaftlichen Rang bestreiten? Man muß daneben nur andere Autoren der Zeit stellen, um Perions Niveau zu erkennen[130]).

Bei dem Pariser Orientalisten und Theologen Guillaume Postel (1510–1581) finden wir einen französischen Imperialismus, der Perion fremd war; an zwei Büchern Postels läßt sich ablesen, daß sich hier ein allgemeiner Bewußtseinswandel vollzog. Der gelehrte Editor des syrischen Neuen Testaments, der angeblich 15 Sprachen beherrschte, war im Hebräischen und in der Kabbala so

[130]) Dialogorum de linguae Gallicae origine eiusque cum Graeca cognatione libri quatuor, Paris 1554, unpaginierte Widmung (an Heinrich II.); f. 3v–9r (Ursprache, Babel), 22v, 29r–v (Samothes), 4r, 11v (Gallier), 32r (Troja), 18r–19r (Hauptsprachen), 14v (Sprachenzahl). Dazu Tourneur, Esquisse 191 f.; Kukenheim, Contributions 177.

bewandert, daß er Hebräisch für den Schlüssel zur Wissenschaft, für den verlorenen Weg zur Wahrheit hielt. Nur wenn alle Menschen Hebräisch lernten, könne die Einheit der Welt wieder gefunden werden; denn alle anderen, aus menschlichen Konventionen zusammengestückelten Idiome seien nur verderbte Ableger dieser heiligen, Adam von Gott geoffenbarten Sprache. Freilich begann der Orientalist in der Benennung dieser Ursprache 1538 schon zu schwanken: *Primam fuisse Chaldaeam seu Hebraeam... constat et authoribus prophanis et sacris*. Daß das Ostsyrische vom Hebräischen abwich, wußte Postel; sein *seu* suchte die Kluft zwischen Erfahrung und Spekulation zu verdecken. Der gleiche Zwiespalt kehrt in der Interpretation der Völkertafel wieder, die rabbinischen Mustern zu folgen scheint: Spanier und Italiener sind Kinder Tubals, die Deutschen sind Nachkommen des Aschkenaz, die Türken stammen von Togarma, die Moskowiter von Mosoch. Die ganze moderne Welt schien in nuce vertreten zu sein. Nur bei dem bislang unbestrittenen und soeben im „Mer des hystoires" erneut aufgetauchten Ahnherrn der Franzosen, bei Gomer, schlug dem Forscher das kritische Gewissen: *Quod nomen interiisse ... puto.* Oder brachten ihn die linguistischen Assoziationen Budés auf eine verlockendere Fährte? Er rückte die Sprache der alten Gallier bedenklich nahe an die griechische.

Doch seit Annius und Lemaire de Belges waren biblische und antike Mythologie miteinander versöhnt; die verschiedenen Namen meinten dasselbe. Jüdische, christliche und antike Überlieferung beschrieben alle den gleichen Gipfel der Geschichte, das Goldene Zeitalter der Eintracht unter den Kindern Noahs. Vor den babylonischen Turm wollte Postel 1552 auch das Christentum datieren, das die allgemeine Weltreligion werden sollte; er teilte das Vaterunser in fünf Weltsprachen mit. Die Gegenwart sollte nach diesem Muster verwandelt, die Erde neu getauft werden. Nach den Söhnen *Noachi Janive* möge Asien künftig *Samia*, Afrika *Chamia* und Europa *Japetia* heißen. Freilich könne man Asiens Namen auch beibehalten, denn Japhet-Japetus habe eine Gemahlin *Asia* heimgeführt. Der *novus orbis quae est Athlantis a Platone memorata* sei völlig treffend benannt worden, da Japetus auch den Namen Atlas getragen habe. (Wir kennen die Gleichung von Johann Magnus her. Villani war noch nicht so kühn und der antiken Mythologie näher gewesen; Atlas ist der Sohn des Japetos.) Wurden die anderen Erdteile, auch der neuentdeckte, in die Hand Japhets, Europas und des *Christianismus* gegeben, so erst recht Afrika, da Cham *in republica mundi nullus factus est*, mit ihm seine Religion, der *Ismaelismus*. Gemäß Gen. 9, 27 hat sich auch Sem-Melchisedech mit seinem *Judaismus* zu beugen. Der christliche Japhet also hat von Noah das *solidum monarchiae mundi ius* geerbt. Man könnte sich keine umfassendere Theologie des europäischen Kolonial-Imperialismus ausdenken als Postel.

Er rechtfertigte aber nicht nur die französischen Expeditionen nach Kanada und Florida, sondern auch Frankreichs europäische Hegemonie. Denn wer ist heute Japhets Erbe? Natürlich der Erstgeborene, und das ist *Gomerus Gallus*, der auch Prometheus heißt. Der Sohn des Japetus hat die menschliche Natur zu formen und mit Weisheit zu erfüllen; der Sohn des Japhet ist der Vater des Aschkenaz, mithin der Deutschen. Wer also Gallien in seiner *prisca magnitudo* beschreiben wollte, müßte die Welt beschreiben; *Gallia revera est universi revelatio*, die universale Offenbarung der Macht und des Geistes, des Glaubens und der Vernunft. *Itaque nullum nomen prius est Gallico.* Annius hätte sich nicht träumen lassen, daß er so französisch ausgelegt werden könnte. Den Rest gab Postel in Annius' Sinne: Der babylonische Turmbau des hamitischen Tyrannen Nimrod fiel erst nach der Goldenen Zeit vor und ging die Japhetiten nichts an. Trotz aller Vorliebe für kabbalistische Zahlenspiele ließ Postel auch die 72 Völker und Sprachen beiseite, denn er vollzog den Schritt vom Gleichgewicht zur Hegemonie und verknotete Eschatologie und Imperialismus, Mission und Kolonialismus, freilich auf eine Weise, die ihn der Inquisition, den Protestanten und der französischen Krone selbst verdächtig machte[131]).

Es fehlte noch ein Glied in der phantastischen Kette: das Uraltertum der gallischen Sprache. Der Schwärmer Jean Picard aus der Bourgogne beeilte sich, die Lücke 1556 zu schließen, indem er Annius, Perion und Postel zusammenfügte. *Samothes Gallorum pater*, identisch mit dem von den Griechen *Dis* genannten Keltenahn, war ein Sohn Japhets; er zog ohne Umwege vom Orient nach Gallien. Seine Muttersprache, die er von Babel mitbrachte, muß dieselbe gewesen sein, die Caesar noch in Gallien vorfand, also das „Griechische". Bald nach Samothes breitete sich der Einfluß des gallischen Volkes über ganz Europa aus; gallische Kolonien sind im Deutschland des *Tuyscon* ebenso wie in Britannien und Spanien nachzuweisen, und Portugal trägt seinen Namen von gallischen Besuchern. In Italien gründeten sie gleichfalls Niederlassungen; Alciati selbst gibt ja die gallische Herkunft Mailands zu, und auch die ersten Bewohner Italiens, die *Aborigines*, waren gallische Einwanderer. Wenn in Frankreich Macht und Kultur lange vor der klassischen Antike blühten und das Abendland befruchteten, wird (nach Annius' Vermutung) auch Griechenland Sprache und Schrift von den Galliern empfangen haben; Griechisch ist ein gallischer Dia-

[131]) De originibus seu de Hebraicae linguae et gentis antiquitate deque variarum linguarum affinitate liber, Paris 1538, f. 4r (Ursprache), 11v–12r (Völkertafel). De universitate liber, Reims 1552, f. 7v (Benennung der Erdteile), 10v (Cham und Japhet), 12v (drei Religionen), 35r, 37v (Frankreichs Vormacht), 41v (Deutsche). Dazu Pierre Mesnard, L'essor de la philosophie politique au XVIe siècle, Paris 1936, S. 445 ff.; William James Bouwsma, Concordia mundi: The Career and Thought of Guillaume Postel (1510–1581) (Harvard Historical Monographs 33), Cambridge-Mass. 1957, S. 7 f., 105 f., 136, 183, 216 ff., 252 ff., 278 f.

lekt. Allerdings verkam das Altgallische schon vor Caesars Kriegen und danach durch Einfälle von Fremdvölkern; aber Homer erweckte es in Hellas zu neuem Leben, und die griechisch-römische Klassik hob an. Ihr frühester Musensitz, die Mutter der abendländischen Kultur ist das gallische Frankreich; ihm gebührt auch heute das erste Wort[132]). Picard setzte bedenkenlos Volk mit Sprache gleich und schrieb alle geschichtlichen Wandlungen erst dem späten Verfall zu. Nationalstolz und Gelehrsamkeit wirkten gemeinsam bei der Begründung einer gallischen Urweisheit und Urreligion mit, die der französischen Gegenwart verheißungsvolle Winke gab.

Dieser neue Bund zwischen antiquarischer Gelehrsamkeit und aktueller Politik diente einem selbstgefälligen, unheiligen Geschichtsdenken, das die Gerichte Gottes mißachtete. Mit scharfen Worten sagte sich von Budé und Postel der Picarde Jean Calvin (1509–1564) aus Noyon los. Dem strengen Begründer des Kalvinismus lag an irdischer Gelehrsamkeit nichts; wenn er die Kenntnis der alten Sprachen forderte und pflegte, dann um der Bibel willen. Calvin war auch kein Chauvinist; zwar heiratete er, des Deutschen unkundig, ein Mädchen u. a. deshalb nicht, weil es die französische *lingua nostra* nicht verstand; aber „Sprache" war ihm überhaupt nur ein Werkzeug, ein Mittel der Verständigung und vor allem der Verkündigung. Darum, und nicht aus Sprachstolz, predigte und schrieb der Reformator auch französisch und half so die französische Literatursprache mit durchsetzen. Wer sich auf die Seite Gottes stellte, mußte durch alle diese irdischen Verkörperungen hindurch auf die geistliche Lehre schauen. Calvins „Unterweisung in christlicher Religion" wies 1536 zwar den Anspruch der Ägypter auf vormosaisches Alter energisch zurück; die Bibel bleibt das älteste Geschichtsbuch. Doch nur ihre nichthistorischen Aussagen betreffen jeden Menschen. Deut. 32, 8 zeigt, daß einmal in der Geschichte das Volk Israel auserwählt, ohne sein Verdienst prädestiniert wurde; seitdem Christus alles in allen ist, kann dieser spezielle Anspruch nicht mehr gelten. Nach dem Vorrang der jüdischen oder einer anderen Sprache fragte Calvin nicht; alle auf Sprachen und Völker bezüglichen Bibelstellen sind ausgelassen oder betont spiritualisiert, ohne gelehrtes Beiwerk oder konkrete Aktualität. An Pfingsten empfingen die Apostel nichts als den Geist.

In einer französischen Predigt gab Calvin 1549 einen knappen Abriß der Sprachtheologie, der wiederum ganz auf Gott und nicht auf die irdischen Idiome achtete: Der Fluch des babylonischen Turmes und der *divers langages au monde* habe die Entfremdung der Menschen von Gott bestraft; das Pfingst-

---

[132]) De prisca Celtopaedia libri quinque, Paris 1556, S. 36 ff. (Samothes), 99 (Tuyscon), 105 f. (Gallier in Deutschland), 228 f. (in Britannien, Spanien, Portugal), 236 ff. (in Italien), 223 f. (Aborigines), 112 ff., 137 ff. (Gallisch und Griechisch), 163 (Verfall). Dazu TOURNEUR, Esquisse 192 f.

wunder habe die Trennung überwunden, und dereinst würden alle Hebräisch sprechen, das heißt, einhellig Gott loben. „Sprache" bezeichnet das Gespräch mit Gott. Allerdings gab Calvin 1552 zu, daß an Pfingsten ein wirkliches Sprachenwunder geschah; die Apostel predigten den Griechen griechisch, den Römern lateinisch und überwanden so die jüdische Beschränktheit und Bosheit. Nun konnte das eine Evangelium in aller Welt durchgesetzt werden; „Sprache" bedeutet auch die Rede von Gott. Darum beherrschten die Apostel alle Idiome und redeten in ihnen allen doch nur die eine Sprache Kanaans. Da die wahre Sprache nur dieses Thema Gott kennt, ist sie allenthalben dieselbe. Auch heute soll die Sprache Kanaans überall erklingen, jedoch nicht als *externum idioma* eines Volkes oder der abendländischen Christenheit, sondern als Harmonie der christlichen Herzen. Keine, auch keine biblische Sprache hat an sich religiösen Wert; Calvin erklärte 1553 die Anbringung der drei Sprachen am Kreuz Christi (im Gegensatz zu Erasmus) als Zeichen und *praeludium* für die Ausbreitung der christlichen Botschaft über alle Welt. Gebet und Predigt, Prädestination und Mission, dazwischen fanden die Fakten der natürlichen Vielfalt und der geschichtlichen Mannigfaltigkeit keinen rechten Platz[133]).

Als Calvin nach harten Kämpfen in Genf die Gottesgemeinde auf Erden konstituiert hatte, wandte er sich 1554 der Genesis und damit der Geschichte zu. Er nahm sie hart beim Wort und mochte nicht wie Origenes (und Zwingli) Allegorien und Symbole, sondern nur die *genuina rerum tractatio* dabei bedenken. Sie ergab als Kernthema indes keine Universalhistorie, sondern zeigte den unbeirrbaren Gang der Gottesgemeinde durch die Geschichte hindurch, von der Schöpfung durch Sünde und Gericht zum Ende. Aber nicht unbeirrt schritten die Erwählten ihrem Ziele zu. Gott verlieh ihnen Einsicht, Herrschaft und Gesellschaft; solange sie diese Gaben nicht durch Sünde einbüßten, blieben sie auf dem rechten Weg. Adam gab den Tieren nicht willkürlich, sondern nach seiner Kenntnis ihre Namen und ergriff so das *imperium* über die Natur. Mit dem Sündenfall (nicht erst in Babel) ging es verloren; deshalb sind wie so vieles Gute

---

[133]) Epistola Nr. 206, CR Bd. 39, Sp. 12 (Heirat); Nr. 2674, CR Bd. 44, Sp. 553 (keine Deutschkenntnis; dazu Wilhelm NIESEL, Verstand Calvin Deutsch? in: ZKG 49 [1930] 343–346). Institutio christianae religionis, hg. Peter BARTH – Wilhelm NIESEL, Joannis Calvini opera selecta, Bd. 3–5, München 1928–36: I, 8, 4 Bd. 3 S. 74 (Ägypter); II, 11, 11 S. 433 f.; III, 21, 5 Bd. 4, S. 374 (Deut. 32, 8); IV, 15, 8 Bd. 5, S. 291; IV, 19, 8 S. 443 (Pfingsten). Sermons de la Pentecoste 1, CR Bd. 76, Sp. 627 f. (Abriß von 1549); Commentarius in Acta Apostolorum II, 2 ff., CR Bd. 76, Sp. 26 ff. (Pfingstwunder); Commentarius in epistolam Pauli ad Romanos VIII, 15, CR Bd. 77, Sp. 149 (externum idioma; vgl. FRITZEMEYER, Christenheit 61 ff.); Commentarius in evangelium Joannis XIX, 20, CR Bd. 75, Sp. 415 (praeludium). Dazu BRUNOT, Langue Bd. 2, S. 14 f.; Karl VOSSLER, Frankreichs Kultur und Sprache, Geschichte der französischen Schriftsprache von den Anfängen bis zur Gegenwart, 2. Aufl. (Sammlung romanischer Elementar- und Handbücher 4, 1), Heidelberg 1929, S. 206 ff., 232 ff. (C. und Französisch).

auch die treffenden urzeitlichen Namen nicht mehr im Gebrauch; man suche sie nicht im modernen Hebräisch. Seither gehört uns auf der Welt nichts mehr, unsere Sprache kann nicht mehr Besitz ergreifen, nichts „begreifen"; nur Christus kann uns helfen.

Es blieb nach Adams Sünde noch die Einheit der Sprache, denn die Menschen sind von Natur gesellig, *nati ad socialem vitam*. Auch daß diese Gottesgabe verloren ging, war Sündenstrafe. Man lasse sich doch nicht irreführen durch die gelehrte Sucht, alles ganz genau zu wissen; sie verfehlt das Wesentliche. Josephus und andere meinten, der Turmbau sei aus Angst vor einer neuen Sintflut begonnen worden; das ist ein reines Hirngespinst, *cerebri somnium*. Man glaube doch nicht, daß Nimrod und seine Architekten an allem schuld gewesen seien; Nimrod war zwar der erste ruchlose Tyrann der Weltgeschichte, und sein Turm war ein furchtbares Denkmal dieser Tyrannei. Aber alle, alle bauten mit, denn Noah hatte die Erde noch nicht geteilt, die Menschen hatten sich wohl zerstreut, doch noch nicht getrennt konstituiert; sie lebten zusammen – nur darum wurde Nimrod Alleinherrscher. Man traue doch den *nugae* des Berossus nicht, als wäre der Turmbau nur in einer abseitigen Duodez-Monarchie, noch dazu bloß ein Jahrhundert nach der Sintflut, hastig und von wenigen ausgeführt worden. Nein, alle Menschen ließen sich bedachtsam ergreifen von der *effraena superbia*; sie verfielen der *perpetua mundi dementia*, die sich von Gott abwendet. Noah mußte diesen sozialen Wahnsinn machtlos mitansehen; aber Gott bändigte ihn gewaltig durch die *violenta disiectio*. Die gottlosen Menschen wurden einander fremd, weil es ohne Gott keine Sprache mehr gibt, nur noch Wirrwarr und Unverstand.

Eine genaue Sprachenzahl läßt sich bei den *tot numerosae gentes* nicht mehr entdecken; alle Spuren früherer Ordnung sind verwischt. Man betrachte doch nur die Völkertafel. Sie ist beileibe keine *fabula*, vielmehr *fragmentum aliquod historiae mundi*, aber ein trauriges Fragment. Wer die Namen und Genealogien genau untersuchen will, mag das tun; es gibt Nützlicheres. Moses wollte nur die berühmteren Völkerhäupter, nicht alle Noachiden aufzählen (der Gedanke Hugos von St. Victor und Tostats, jedoch verändert:) und so gab schon die authentische Liste kein geordnetes Bild. Wen Moses mit den einzelnen Namen gemeint hat, das ist nun aber vollends ungewiß. *Certe frivolae curiositatis esse videtur, certos ac distinctos in singulis nominibus populos quaerere*. Das war das Todesurteil über Annius und Postel; man darf im Wirrwarr nicht nach Definitionen suchen. Nur das räumte Calvin ein, daß Japhet, der am weitesten von der asiatischen Heimat weggewandert sei, vielleicht unser Europa besetzte. Doch das besagt noch längst nicht, daß der Weg von Babel ins Paradies über Genf führt.

Gott offenbart sich nicht in Stammbäumen und Muttersprachen; Calvin sieht es am Verhalten seiner Zeitgenossen, die von der babylonischen Erfahrung noch immer nicht belehrt und bekehrt sind. Als Mahnmal menschlichen Hochmuts steht die Sprachverwirrung immer noch zwischen uns; Gemeinschaft, Herrschaft und Einsicht sind noch immer gottfremd und partiell. Gottes wunderbare Güte hat die gespaltenen Völker wieder versöhnt, durch das eine Evangelium und das Pfingstwunder; doch die neue Gemeinschaft wird geistlich sein. Sie lernt aus der Geschichte, besonders aus dem Alten Bund, wie sich im Weltgeschehen die Herrlichkeiten und die Gerichte Gottes offenbaren und verhüllen, nicht nur für die Miterlebenden, sondern für alle Zeiten. So wirkt das Alte Testament als Sprache Gottes, als sein inspiriertes und ewiges Wort, als Warnung und Vorbild für uns gegenwärtige Christen. Sprache und Geschichte bekunden Gottes Herrschermacht, die tun kann, was sie will, die nicht auf die harmonische Ordnung des Irdischen verpflichtet ist und vom Menschen mehr die Tat als die Betrachtung fordert. Mehr die christliche Existenz als die Aktualisierung der Tradition war Calvins Anliegen; sein Glaube suchte offene Fronten[134]). Wie handfest im Kalvinismus alsbald die alttestamentliche Tradition aktualisiert würde, war noch nicht abzusehen.

Im Frankreich des frühen 16. Jahrhunderts erwuchs ein neues Welt- und Geschichtsverständnis, das gefördert und bisweilen bestimmt war von einem neuen Sprachgefühl. Der enge, autonome Patriotismus fiel der humanistischen und reformatorischen Kritik zum Opfer; man sah sich in weitere Kreise, vor größere Aufgaben gestellt. Nicht eine spezielle Vergangenheit sollte ins Leben zurückgerufen, sondern die vielschichtige Gegenwart synthetisch geordnet werden. Dabei wurde die geschichtliche Mannigfaltigkeit als Faktum und Problem erkannt; sie war weder zu verleugnen noch zu verwenden, nur auf höherer Ebene zu versöhnen. Wenn es galt, in der Vielfalt Europas die Einheit zu wahren oder vielmehr erst zu finden, dann mußte das französische Denken nicht dem Buchstaben, wohl aber dem Geist der mittelalterlichen Traditionen begegnen.

*

Auf der iberischen Halbinsel bahnte sich diese Begegnung im frühen 16. Jahrhundert gleichfalls an. Nicht so sehr in Portugal, dessen Kräfte sich im Ausbau eines gewaltigen Überseereiches bereits erschöpften. Hier blickte man mit nervöser Gereiztheit auf alle Nachbarn und alle fremden Sprachen, als könnten sie den portugiesischen Glanz verdunkeln; die selbstverständliche, gar nicht auf

[134]) Commentarius in Genesin VI, 14, CR Bd. 51, Sp. 123 (gegen Allegorie); II, 19 Sp. 48 (Adam); XI, 1 ff. Sp. 162–168 (Babel); IX, 19 Sp. 150 (Völkerzahl); X, 1 ff. Sp. 157–161 (Völkertafel). Dazu Schöffler, Abendland 22 ff.; Kraus, Geschichte 12 ff. (Exegese); Bohatec (o. Anm. 122) S. 280 ff.; Heinrich Berger, Calvins Geschichtsauffassung (Studien zur Dogmengeschichte und systematischen Theologie 6), Zürich 1955, S. 92 ff. (Geschichtsdenken).

traditionelle Ruhmestitel begründete Sicherheit kam ins Wanken. Der erste große Dramatiker Portugals, Gil Vicente (ca. 1465– ca. 1536), war darüber freilich so erhaben wie sein Vorbild Plautus. Er schrieb seine Stücke halb portugiesisch, halb spanisch, er ließ volkstümliche Gestalten Mundart reden; er brachte 1526 in der Person eines Bauern den portugiesischen Dünkel leibhaftig auf die Bühne, um ihn zu verspotten. Da will das Bäuerlein doch den Musengott Apollo nicht als Gott anerkennen, weil er Spanisch spricht! Denn Gott kann kein Kastilier sein, *Deos he Portugues*; und in Portugal sind nicht nur der Heilige Geist und die Gottesmutter, sondern auch alle besseren Heiligen geboren[135]). Vicentes Spott traf ins Schwarze, nicht nur bei den Ungebildeten; angesehene Zeitgenossen schätzten Portugiesisch wenn nicht als Sprache Gottes, dann zumindest als auserwähltes Idiom.

Der königliche Schreiber und Dichter Jorge Ferreira de Vasconcelos (ca. 1515 bis ca. 1563) pries das gewichtige Portugiesisch als die Sprache der christlichen Mission; darin sei es den anderen Zungen überlegen, dem verhaßten Kastilisch aber auch den Idiomen von *os Hebreus de incredulidades*, *os Gregos de fábulas*, *e os Latinos de deidades*[136]). Aber ließ sich alles Humanistische, ja alles Nichtportugiesische so leicht den Heiden zuschieben? War Portugiesisch nicht selbst eine Tochter des Lateinischen? Der Historiker João de Barros (1496–1579) machte gerade daraus 1540 einen neuen Ruhmestitel für sein Volk und seine Sprache. Die Portugiesen seien echte Lateiner, ihre Sprache stehe dem erhabenen Latein am nächsten. Dieser Angriff auf die romanischen Schwestersprachen wurde durch ein Sprichwort unterstützt, das Barros zitierte: „Die Spanier weinen, die Italiener heulen, die Franzosen singen." Von solchen weinerlichen, weibischen Sprachen sticht das Portugiesische ab, das die männliche Klarheit Catos und der Lateiner besitzt. Dieser Geist befähigt die Portugiesen zu ihrer Reichsgründung, und wieder bietet sich (vielleicht von Valla, vielleicht von dem gleich zu nennenden Nebrija angeregt) der Vergleich mit dem römischen Imperium an; ja, Sprache und imperiale Sendung stützen einander. Wie die lateinische Sprache sich mit der Macht Roms ausdehnte, so wird das Portugiesische, das jetzt die See beherrscht, in Afrika und Asien die Zeit überdauern[137]).

Die koloniale Wirklichkeit gab beiden Propheten, dem christlichen wie dem humanistischen, unrecht. In der portugiesischen Kolonisation spielten Kirche

---

[135]) Obras completas, hg. Marques BRAGA, 6 Bände, Lissabon 1943–44: Templo de Apolo Bd. 4, S. 186 f.; ähnlich Auto da Festa Bd. 6, S. 149 ff.

[136]) Eufrosína, Prolog, zitiert nach Agostinho DE CAMPOS, Antologia Portuguesa, Paladinos da linguagem, Bd. 1, 2. Aufl., Paris-Lissabon 1926, S. 21 f. Dazu Albin Eduard BEAU, Nation und Sprache im portugiesischen Humanismus, in: Volkstum und Kultur der Romanen 10 (1937) 65–82, hier S. 68 f., 74.

[137]) Diálogo em louvor da nossa linguagem, zitiert nach DE CAMPOS S. 10–18. Dazu BEAU (o. Anm. 136) S. 73.

und Mission eine weit geringere Rolle als in der spanischen, „kastilischen", die auch die Sprache des Mutterlandes rigoros durchsetzte; in Portugiesisch-Brasilien hingegen blieben indianische Dialekte, besonders das Tupí, Verkehrssprachen, und selbst das Portugiesisch der europäischen Siedler mischte sich mit indianischen Ausdrücken[138]). Die wirkliche Weltgeltung der portugiesischen Sprache begann erst, als Camões Anspruch und Tradition genial verband; er konnte freilich dem portugiesischen Weltimperium nur noch ein literarisches Erinnerungsmal setzen.

Auch in Spanien liegt der geistige Höhepunkt erst einige Zeit nach dem politischen; doch war man hier an geschichtlichen Traditionen reicher und vermochte die Sternenstunde des Imperiums sogleich dem Gang der Weltbegebenheiten einzuordnen. Der Professor in Salamanca, Antonio de Nebrija (Lebrija, 1444–1532), erster humanistischer Historiker Spaniens, mit dem Hebräischen voll vertraut, widmete seine kastilische Grammatik 1492, im Schicksalsjahr der Entdeckungen, seiner Königin Isabella I., die Kolumbus förderte. Jedes Zeitalter habe seine herrschende Sprache, schrieb Nebrija wie einst Isidor: Das Hebräische, von Abraham aus dem Chaldäischen gebildet, war es bis zu Moses und Salomon, das Griechische vom Trojanischen Krieg bis auf Alexander den Großen, das Lateinische von Livius Andronicus bis zu Augustus. Die drei Sprachen verdankten ihren Ruhm weder ihrer Urtümlichkeit (Hebräisch war nicht die Ursprache) noch ihrer biblischen Weihe, sondern ihren Autoren und mehr noch ihren Herrschern. Was Valla an der Sprach- und Machtgeschichte Roms entdeckt hatte, traf für alle klassischen Perioden zu: Geist und Sprache eines Volkes blühen, wenn seine politische Macht auf dem Gipfel steht.

Die geistliche Geschichte ist dabei ausgelassen; die humanistische und die spanische Scheu vor den mittelalterlichen Wirrnissen wirkt in Nebrija nach. Das Mittelalter und die lateinische Kirchensprache passen nicht in sein Bild; vielmehr steigt aus dem mittelalterlichen Verfall des Lateinischen unmittelbar das Spanische auf, fast als hätte die „Translatio imperii" nach Rom sogleich Toledo beehrt. Mit Alfons dem Weisen erlangte das Kastilische seine Manneskraft, und heute ist es *compañera del imperio*. Es blüht zusammen mit dem spanischen Weltreich; es ist die Sprache unserer Zeit. Was ferner aus ihr wird, das liegt an uns; wir müssen sie durch *arte*, durch Grammatik, auf der Höhe ihrer Zeit halten. Man pflegt an dieser Theorie Nebrijas den Nationalstolz hervorzuheben; mir scheint bedeutsamer, daß sie die Gegenwart Spaniens nicht absolutsetzt, sondern (wie die Lehre des Italieners Bembo) in einen geschichtlichen

---

[138]) Gerhard Jacob, Aus der ibero-amerikanischen Kulturwelt, in: AKG 37 (1955) 370–396, hier S. 383 (Mission); Georg Friederici, Der Charakter der Entdeckung und Eroberung Amerikas durch die Europäer, Einleitung zur Geschichte der Besiedlung Amerikas durch die Völker der Alten Welt (Allgemeine Staatengeschichte, hg. Hermann Oncken II, 2), Bd. 2, Stuttgart 1936, S. 131 ff. (Sprachen).

Rahmen einbezieht. Wohl stellt sich das neugeeinte Reich mit seinem Idiom selbstbewußt neben die größten Mächte und die klassischen Sprachen der Weltgeschichte; doch es begreift sich als eine von ihnen, nicht als die erste, nicht als die größte. Und es verläßt sich nicht auf Gottes Auserwählung, sondern auf die eigene Kraft und läßt das Fremde neidlos bestehen[139]).

Die gleiche Gesinnung bekundete der Wortführer der spanischen Humanisten, Juan Luis Vives (1492–1540), der seit 1512 in Brügge und Löwen lehrte. Von seiner pädagogischen, anthropologischen Sicht aus begriff er 1519 das Problem von Einheit und Vielfalt der Sprachen geschichtskundiger und lebensnäher als sein Freund Erasmus. Sprache ist eine lebendige, geschichtliche Erscheinung, zuerst und vor allem Umgangs- und Volkssprache, nicht zunächst Literatur. Darum läßt sich aus den Idiomen nicht leicht eine allgemeine Norm abstrahieren; auch die logische Wissenschaft muß sich dem lebendigen Sprachgebrauch fügen und darf sich (schon Gerson hatte davor gewarnt) keine scholastische Kunstsprache zimmern, die der wiedererstandene Cicero selbst nicht verstünde. Gewiß sind die Wörter *ad placitum* erfunden, doch Gewohnheit und *consensus* der Sprechenden machen sie verbindlich und verständlich; danach hat sich auch die gelehrte Sprachbetrachtung zu richten. Sie muß die Menschen befragen, die eine Sprache wirklich sprechen; so wenig wie Parther und Inder willkürlich die lateinischen Worte festgesetzt haben, so wenig kann der generelle lateinische Maßstab den Besonderheiten jeder Sprache gerecht werden, und diese Eigenheiten wandeln sich von Epoche zu Epoche. Der Humanist Vives entdeckte wie später Scaliger die Muttersprache und die Sprachvergleichung; nun mußte er auch die Sprachengeschichte neu gruppieren. Vives tat es mit dem spanischen Respekt vor Tradition, jedoch geistvoll und selbstsicher.

Hebräisch ist eine der ältesten Sprachen, *de primis*, vor allem wegen seiner einfachen Struktur; weil es der Kindersprache ähnelt, war es wohl die Kindheitssprache der Menschheit. Ein Gedanke Bedas wurde neu gefaßt: Sprachen sind wie Menschen; jede hält in ihrem Bau ein Lebensalter fest, ist versteinerte Lebensgeschichte. Hebräisch ist zeitlich eine frühe, aber eben darum nicht die vollkommenste Sprache. Das Ergebnis der Sprachvergleichung wurde auf die einfachste Art historisch interpretiert: Je primitiver eine Sprache gebaut ist, desto älter muß sie sein. Bis ins 20. Jahrhundert sollte diese Methode nachwirken; so unzulässig sie ist, so revolutionär war ihr Prinzip, daß Sprachen Dokumente menschlicher Geschichte sind. Gott hat sie nicht geschaffen. Zwar schenkt die Natur dem Menschen das Sprechvermögen, das ihn vom Tier un-

---

[139]) Gramática castellana, Prólogo, hg. Pascual GALINDO ROMEO – Luis ORTIZ MUÑOZ, Bd. 1, Madrid 1946, S. 5 ff. Dazu Harri MEIER, Spanische Sprachbetrachtung und Geschichtsschreibung am Ende des 15. Jahrhunderts, in: Romanische Forschungen 49 (1935) 1–20, hier S. 15 ff.; WEISGERBER, Muttersprache 76 ff.; BAHNER, Beitrag 25 ff.

terscheidet und ihm Gesellschaft ermöglicht; aber es verwirklicht sich nur in der einzelnen *patria lingua.* Da die Sprache das Schatzhaus des Wissens und das Werkzeug menschlicher Geselligkeit ist, wäre es zwar pädagogisch nützlich, wenn die ganze Menschheit eine einzige Sprache benutzte, um Kenntnis und Umgang zu verbreitern. Vives nahm an, daß den Menschen der Urzeit dieses Glück gewährt war; Babel hat die Aufsplitterung der Idiome verschuldet. *Peccati enim poena est tot esse linguas.* Seither sind die Sprachen nicht mehr so umfassend und zutreffend wie jene vollkommenste aller Sprachen, deren Worte die Natur der Dinge erklären; in einer Sprache dieser Art hat wohl Adam die Tiere benannt. Aber dieses Ideal ist verloren; Hebräisch ist ja unvollkommen, demnach auch nicht die Sprache Adams. Die wirkliche Sprachgeschichte begann in Babel als Folge eines *scelus nefandissimum*; das spüren wir täglich, denn nun sind uns die Mitmenschen fremder als unsere Haustiere. Aber was die Menschen voneinander trennt, ist gerade das Menschliche; alle Sprachen sind einander darin gleich, daß sie geschichtliche, wandelbare Schöpfungen des Menschen sind.

Dann kann es zwischen ihnen keine Rangstufen geben. Aus praktischen Gründen ist eine Universalsprache über ihnen wünschenswert, und dafür erschien dem Humanisten unter den bekannten Sprachen das Lateinische am geeignetsten; er meinte sogar, in ihm wiederhole sich das Pfingstwunder. Doch war damit der Babelfluch nur teilweise aufgehoben: Vives forderte, daß man sich nicht mit dem Latein, auch nicht mit den „drei Sprachen“ begnüge, sondern daneben Arabisch lerne; hätten die Araber dieselbe Sprache wie wir, so gäbe es Frieden, auch zwischen den Religionen. Die europäisch-christlichen Sprachen sind einander zum Glück nahe verwandt; aus dem Griechischen floß das Lateinische, aus diesem das Italienische, Spanische, Französische. Doch kann auch die Sprachengenealogie keine hierarchische Ordnung zwischen den Idiomen stiften, denn jede Sprache führt ihr Eigenleben, hat ihre Geschichte. Die lateinische Sprache verfiel mit der Stadt Rom (der Gedanke Vallas); keine bleibt, wie sie war, jede ist wie ein Wald, in dem Altes vergeht und Neues entsteht. Jede Sprache enthält ihren *ordo naturalis*, den man nicht verkehren darf; organisches Leben ist individuell und entzieht sich dem verallgemeinernden Vergleich. Das gilt freilich nur für größere Sprachräume, für den Lebenskreis eines Volkes, nicht für Dialekte. Jede moderne Sprache ist in Mundarten unterteilt; unter ihnen ragt aber stets eine als *praecipua* heraus: im Griechischen das Attische, im Spanischen das Kastilische, in Italien das Toskanische oder Bolognesische, in Frankreich die Mundart von Paris. Es ist die geschichtliche Lebensgemeinschaft, die sich ihre Sprache auswählt, nicht der einzelne Mensch. Binnen hundert Jahren kann sich ein solcher Brauch von Grund auf wandeln, *quum linguae arbitrium sit penes populum, dominum sermonis sui.*

Damit schließt sich der Kreis: Die Sprache ist Eigentum des sozialen Menschen und darum eine geschichtliche Größe, wandelbar, aber nicht dem autonomen Individuum ausgesetzt. Fast ist es, als sollte die Ansicht von Vives die Theorie des Nebrija ins Allgemeingültige erheben; Vives berücksichtigte das Spanische mit, gestand ihm aber nicht die Eignung zur Universalsprache und Universalmonarchie zu. Er stellte wie ein parteiloser Schiedsrichter die Gleichheit der Muttersprachen und Nationen fest; er hörte in ihnen allen das gleiche menschliche Leben pulsieren. In ihm liegt ihre einzige Einheit[140]).

Was der Humanist Juan de Valdés (ca. 1500–1541) am spanischen Hof in Neapel 1535 über die kastilische Sprache schrieb, geht zwar von Bembo und Castiglione aus, klingt aber wie eine Rückübersetzung von Vives' allgemeiner Anschauung ins speziell Kastilische. Zwar ist bisher alles Gute in Religion und Wissenschaft auf hebräisch, griechisch und lateinisch niedergeschrieben worden, doch sind das Schulsprachen, die wir durch *arte y libros* erlernen. Das Kastilische aber ist eine *lengua natural* und lebt aus dem lebendigen *uso* des Volkes. Gegen die Grammatiker Nebrija und Bembo verfocht Valdés wie Vives die sprachgestaltende Macht des geselligen Gesprächs. Auch Valdés duldete, da das organische Leben den Maßstab setzte, zwischen den Volkssprachen keinen Rangstreit. Das Kastilische könne sich neben dem Toskanischen sehen lassen; man bemühe sich ja in Italien selbst (wir denken an Castiglione) bereits um das Spanische. Valdés erkannte wie Vives die geschichtliche Individualität seiner Muttersprache, nur betonte der Briefpartner des Erasmus dabei die Einflüsse der drei Hauptsprachen auf Kosten einheimischer Dialekte. Nicht das Baskische war die älteste Sprache Spaniens; die frühesten Vokabeln sind griechisch, denn den antiken Historikern zufolge kamen zuerst Griechen nach Spanien. Von Tubal kein Wort; Valdés setzte die hebräischen Elemente im Kastilischen später an. Dann verdrängte Latein das Griechische und wurde zum Hauptfundament des Kastilischen; doch nahm es auch weiterhin Fremdes, Gotisches und Arabisches, in sich auf. Stärker als bei Italienern und Franzosen üblich empfand Valdés die Kontinuität der Sprache in allem Wandel; sie ist ein Querschnitt durch die Geschichte ihres Volkes und sein kostbarer Erfahrungsschatz. Darum lebt jede Sprache aus ihrem eigenen Reichtum, der die Erfindungskraft eines einzelnen weit übertrifft, der aber auch schwer in ein fremdes

---

[140]) Opera omnia, hg. Gregorio MAYANS Y SISCAR, 8 Bände, Valencia 1782–90: In Pseudo-Dialecticos Bd. 3, S. 40 ff. (scholastische Kunstsprache), 47 (Parther und Inder); De veritate fidei christianae Bd. 8 (hebräische Kindersprache); De tradendis disciplinis III, 1 Bd. 6, S. 298–301 (Sprechvermögen, Aufsplitterung, vollkommenste Sprache, Universalsprache, Arabisch, europäische Verwandtschaften); Clypei Christi descriptio Bd. 7, S. 34 (scelus); De ratione dicendi I, 2 Bd. 2, S. 95 f. (Geschichte des Lateinischen); I, 3 S. 105 (ordo naturalis); III, 7 S. 224 (Dialekte); De causis corruptarum artium II, 1 Bd. 6, S. 78 (linguae arbitrium). Dazu VERBURG, Taal 149 ff.

Idiom zu übersetzen ist. Diese Würde historischer Individualität ist frei vom babylonischen Makel; nachdem Vives den Turm von Babel ausgegrenzt hatte, brauchte Valdés nicht mehr darauf zurückzukommen. Nicht durch ihre prähistorischen Versteinerungen, durch ihre lebendigen Gestaltungen formt uns die Sprache[141]).

Das gilt nicht nur vom Kastilischen. Der geistliche Komödiendichter Bartolomé de Torres Naharro (gest. ca. 1524), in Neapel und Rom tätig, hatte von Plautus und der italienischen makkaronischen Poesie gelernt, wie komisch es sich ausnimmt, wenn auf der Bühne die Idiome aufeinanderprallen; und so zeigte er vor 1517, wie im Hause eines römischen Kardinals dessen Diener *variis linguis* miteinander zanken, nicht in allen hundert von den Antiken besungenen Zungen, aber in den gebräuchlichen *(mas manuales)* Idiomen der römischen Gesindestuben: Lateinisch, Italienisch, Französisch, Schwyzerdütsch, Baskisch, Katalanisch, Portugiesisch. Die aristophanische Komik ist verschoben und vertieft, da die Streitenden nicht radebrechen oder einander mißverstehen, sondern, jeder in seiner Muttersprache, alle dasselbe Thema monologisch miteinander diskutieren: den Ruhm ihrer Heimat und ihrer Vaterstadt. Am weitesten treibt der (uns von Vicente her bekannte) Portugiese das Spiel: Judas stammt aus Córdoba, doch Gott war Portugiese. Der Dichter stellte sich in die Reihe seiner Figuren, gerade indem er sich sozial von ihnen distanzierte: Er schreibe den größten Teil der Komödie kastilisch, denn dies sei für jeden *cortesano* die schicklichste Sprache[142]). Das Chaos ist nur scheinbar; ein jeder ist auf seine Muttersprache stolz und findet in ihr einen Kosmos: der Dienstbote, der Höfling – und der Kaiser.

Als Kaiser Karl V. (1500–1558) 1536 nach Rom kam, hielt er zur Überraschung aller Beteiligten vor dem Papst eine spanische Ansprache, um seinen antifranzösischen Standpunkt darzulegen. Er wollte damit schwerlich das Spanische zur christlichen Universalsprache erheben, wohl nur im Streit mit Frankreich nicht gern Französisch reden und auch gegenüber dem italienischen Papsthof seine Souveränität unterstreichen. Doch daß er es auf diese Weise tat, ist höchst bemerkenswert: Auch unter Staatsmännern ist die Sprache nicht zuerst ein Verständigungsmittel, sondern ein Machtattribut, *compañera del imperio*. Wir kennen eine ähnliche Haltung von Kaiser Friedrich Barbarossa; ein

---

[141]) Diálogo de la lengua, hg. José Fernández MONTESINOS (Clásicos Castellanos 86), Madrid 1953, S. 145 (drei Sprachen), 8 (Latein und Kastilisch), 10 (Toskanisch und Kastilisch), 6 (italienische Bemühungen), 21 ff. (Baskisch, Griechisch, Gotisch, Arabisch), 39 f. (Hebräisch), 30 (Latein), 144 (Übersetzungen). Dazu Rita HAMILTON, Juan de Valdés and Some Renaissance Theories of Language, in: Bulletin of Hispanic Studies 30 (1953) 125–133; BAHNER, Beitrag 37 ff.

[142]) Comedia Tinellaria, hg. Joseph Eugene GILLET, Propalladia and Other Works of Bartolomé de Torres Naharro, Bd. 2, Bryn Mawr 1946: Introyto v. 20 ff. S. 189 f. (hundert Sprachen, Kastilisch); II, 51 ff. S. 211 ff. (Sprachenstreit).

Kaiser kommt nicht entgegen, selbst wenn er so sprachenkundig ist wie Friedrich II. und Karl IV. Der burgundisch erzogene Karl V. war wie sein kaiserlicher Großvater polyglott. Seine eigentliche Muttersprache war Französisch; in ihr verfaßte er einige frühe Staatsdokumente, seine Korrespondenz und seine Lebenserinnerungen, in ihr las er am Lebensende, mit besonderer Erlaubnis der Inquisition, die Bibel. Von dieser intimen war später die offizielle Sphäre streng geschieden: der Staatsrat und der Thronfolger sprachen Spanisch. Auf spanisch ließ sich Karl auch in Deutschland gern von Bürgermeistern begrüßen; das Deutsche, das ihm die Wahlkapitulation für alle Reichshandlungen wahlweise neben Latein vorgeschrieben hatte, wurde nur verwendet, wenn Karl von den Kurfürsten oder von den Soldaten etwas erreichen wollte. Die Bildungssprachen paßten nicht für das Gespräch; vor dem Papst sprach der Kaiser nicht lateinisch. Seinen Sohn Philipp ermahnte er aber 1543, er solle Sprachen lernen, um die Untertanen seiner vielen verschiedensprachigen Länder zu verstehen und von ihnen verstanden zu werden, *y para esto no ay cosa mas necessarya ny general que la lengua latyna*. Doch war es nicht wie bei Vives die Sprache eines neuen Pfingstwunders, sondern die Sprache der Regierungsakten; auch das Französische wurde dem Thronfolger besonders ans Herz gelegt[143]).

Der Kaiser wußte also, daß sich nicht jede Sprache für alles schickt; der Fürst wählt die passende (fast wie die Kleidung) nach dem Anlaß und nach seiner Würde; der spanische Ornat verlangt die spanische Sprache. Es ist deshalb verständlich, daß man dem Kaiser seit dem frühen 17. Jahrhundert einen weisen Ausspruch in den Mund legte, der (ähnlich dem Palästinensischen Talmud) einzelne Sprachen für bestimmte Anlässe vorschreibt. Die zahlreichen Varianten des Diktums werden uns bis ins 19. Jahrhundert begleiten; einer frühen Fassung zufolge hätte Karl V. gesagt, man solle zum Beten das Spanische benutzen, im Gespräch mit Fürsten das Italienische, bei Frauen das Französische, vor Soldaten das Deutsche. Unverkennbar knüpft die Anekdote an einzelne Sprachgewohnheiten des Kaisers an; ich bezweifle trotzdem, daß sie authentisch ist. Karl betete französisch und sprach mit Fürsten spanisch; noch war das Spanische nicht die Sprache der Mystiker, das Italienische nicht die Diplomaten-

[143]) Peter RASSOW, Die Kaiser-Idee Karls V., Dargestellt an der Politik der Jahre 1528–1540 (Historische Studien 217), Berlin 1932, S. 255 f.; Ramón MENÉNDEZ PIDAL, Idea imperial de Carlos V, Madrid 1945, S. 30 f.; Manuel GARCÍA BLANCO, La lengua española en la epoca de Carlos V, Santander 1958, S. 7 ff. (Spanisch vor dem Papst). Karl BRANDI, Kaiser Karl V., Werden und Schicksal einer Persönlichkeit und eines Weltreiches, 2 Bände, München 1937–41, hier Bd. 1, S. 105 f., 112, 226, 231, 324, 431, 480 f., 510, 547; Bd. 2, S. 337; HUGELMANN, Stämme 483, 503 (praktische Verwendung verschiedener Sprachen). Karl BRANDI, Berichte und Studien zur Geschichte Karls V., 12: Die Testamente und politischen Instruktionen Karls V., in: Nachrichten von der Gesellsch. d. Wiss. zu Göttingen, Philol.-Hist. Kl. II, NF I, 3, Berlin 1935, S. 60 (lengua latyna; vgl. BRANDIS Biographie Bd. 1, S. 418).

sprache. Der modernen Klassifikation und Spezialisierung hätte Karl V. schon deshalb nicht zugestimmt, weil er noch die lateinische Universalsprache vor Augen hatte[144]). Überhaupt kann der Satz schwerlich aus Spanien stammen, denn dort fühlte man sich bei allem Stolz auf die eigene Zeit und Sprache in einem großen geschichtlichen Zusammenhang; mehr als ein besonderer Verwendungszweck der Muttersprache interessierte ihre Herkunft, mehr als die Vortrefflichkeit der Nation ihr alter Adel.

Auch die kaiserlichen Historiker begriffen ihren geschichtlichen Standort im Vergleich mit den klassischen Epochen der Universalhistorie. Der mit Erasmus und Vives befreundete Sevillaner Pedro Mejia (Mexia, ca. 1490–1551) unterschied dabei spürbar zwischen Sprachgeschichte und Volksgeschichte; der spanischen Sprache räumte er keinen exzeptionellen Platz ein, als er 1540 in einer Anekdotensammlung unterhaltsame Ausschnitte aus Natur, Kultur und (zumeist antiker) Weltgeschichte darbot. Die Sprache ist dem Menschen allein eigen, aber sein Eifer konnte sie nicht erfinden; sie brach aus ihm hervor, denn Gott schenkte sie ihm als *lengaje natural*. Die Ursprache war nicht das Chaldäische, sondern das Hebräische, in dem Gott mit den Propheten, Christus mit den Menschen sprach und in dem sich alle verstanden, bis der schreckliche Hamit Nimrod übermütig wurde. Um sich von Gottes Macht zu befreien, baute er gegen eine neue Sintflut den Turm, nach Isidor 5174 Schritt hoch. Gott strafte die Sünde, die eine Sprache zerfiel in deren 72, man stritt und trennte sich. Nur Heber mißbilligte den Turmbau und behielt darum die Ursprache; sie leuchtet heute noch durch die verderbten Idiome hindurch. Zwei Kinder, die einsam in der Wüste aufwachsen, sprechen Hebräisch miteinander. Herodot und Psammetich wollten freilich dem Phrygischen die Palme reichen; aber konnten die Kinder dieses Wort *Bec* nicht auch auf der Weide von Kühen und Kälbern lernen? Und wie, wenn sie nach Kinderart sich eine Kindersprache ausgedacht hätten? Allerdings, dann könnte der Mensch ja doch selbst Sprache erfinden ... Mejia winkte hastig ab: Wer sehr neugierig sei, möge das Experiment wiederholen. Wenn König Mithridates 22 Sprachen lernte, war das eine erstaunliche Gedächtnisleistung, aber nichts anderes; der Mensch ist nicht Herr über seine Sprache. Und wenn er über sie hinausgreifen muß, hilft ihm der Heilige Geist: 72 Dolmetscher übersetzten die Bibel ins Griechische, unter dem Hauch des Heiligen Geistes wunderbar einhellig, auch wenn der heilige Hieronymus es nicht glauben mochte. So sorgte Gott dafür, daß sein Wort nach den Siegen Alexanders des Großen in der neuen *lengua general* weltweit

---

[144]) Diese Fassung bei Gaspar de Los Reies (u. S. 1388 Anm. 189) findet sich auch bei (Louis DE WAISMES), Les actions héroiques et plaisantes de l'Empereur Charles V., 2. Aufl., Brüssel 1690, S. 234 f., nur daß hier Deutsch als furchterregende Sprache zu Feinden bezeichnet wird. Prof. Harald WEINRICH-Kiel bereitet eine Studie vor, die die Geschichte des Diktums klären wird.

verbreitet blieb. Freilich, warum benutzen wir heute die Vulgata des skeptischen Hieronymus, der die wunderbare Septuaginta nicht zugrundelegte? Und warum lesen wir sie nicht auf spanisch, in der Sprache, die unter Karl V. sich so weit ausdehnte? Die heikle Frage der Bibelübersetzung war vor dem Trienter Konzil in Spanien akut; auch Mejia deutete zaghaft Skrupel an, brach aber schnell ab: Wir müssen der kirchlichen Entscheidung vertrauen. Spanisch ist keine heilige Sprache, in ihr spricht Gott nicht zu uns.

Aber das spanische Volk ist durch Gottes Wunder gesegnet und uralt; hier liegt sein Ruhm. Daß Äthiopier, Ägypter und Kanaanäer von Sem abstammen, daß Cham mit dem Magier *Zoroastes* identisch ist, daß die ältesten Kinder Japhets *Bomar* und *Mosub* heißen – solche Ungeheuerlichkeiten rührten Mejia gar nicht. Mochte in der Welt geschehen, was Gott wollte, jedenfalls wurde *nuestra España* zur Zeit des Babelturms von dem Japhetiten Tubal besiedelt, und dieser Rang ist singulär. Denn Mailand, dem seine Chronisten im 14. Jahrhundert denselben Ahnherrn hatten verschaffen wollen, war nur eine trojanische Gründung. Bloß dem spanischen Volk wurde dieser biblische Adel zugebilligt, nicht der spanischen Sprache und nicht dem spanischen Herrscher. Als Mejia 1548 Karls V. Hofchronist wurde, schrieb er, von den fabulösen Ahnenreihen wolle er absehen. Er nannte nur antike Sagen, muß aber doch auch von der noachischen Genealogie Maximilians I. gehört haben, denn ihren Schlußteil übernahm er: Die Vorfahren Karls V. seien die deutschen Kaiser, die in direkter Linie von dem ersten Frankenkönig *Faramundo* kämen; das sei die älteste und vornehmste Abkunft, deren sich heute irgend ein Fürst rühmen könne. Zudem wurde Karl V. in der Stadt Gent geboren, die der erste Kaiser, Caesar, grundlegte. Damit war der kaiserlichen Ehre genug getan; der Augenblick, so erhaben er war, besaß keinen Ewigkeitswert[145]).

Dieses Gefühl muß auch den Literaturprofessor Francisco Thamara (gest. 1550) in Cádiz bewegt haben, als er die Carionsche Chronik bearbeitete, zwar kritiklos, aber auch selbstlos. Denn beim spanischen Tubal hielt er sich gar nicht erst auf; er erkannte in Gomer *los de Norvega*, in Magog *los Turcos*, in den *Tuiscones* des Aschkenaz *los Flamencos y Alemanes*. Aber wie war damit die spanische Herrschaft in den Niederlanden zu rechtfertigen? Thamara wurde rasch und gründlich vergessen. Wenn schon Weltgeschichte, dann keine ketzerische, sondern fromme und spanische[146]).

---

[145]) Silva de varia lección, Neudruck Madrid 1673 (Ausgabe von 1933 nicht zugänglich): I, 35 S. 128 f. (Natursprache); I, 24 S. 78 ff. (hebräische Ursprache, Babel, Herodot); III, 7 S. 324 (Mithridates); IV, 4 S. 450–457 (Bibelübersetzung); I, 25 S. 82 f. (Völkertafel, Tubal); V, 1 S. 546 (Mailand). Historia de Carlos Quinto, hg. J. Deloffre, in: Revue Hispanique 44 (1918) 1–564, hier S. 5 ff. (Ahnentafel), 8 (Gent).

[146]) Suma y compendio de todas las chronicas del mundo, Antwerpen 1555, f. 12v-13r.

Die patriotische Kritiklosigkeit feierte auch in Spanien ihre Triumphe; ihr Herold war Mejias Nachfolger als Hofchronist, Florian de Ocampo (ca. 1495 bis ca. 1558), der im Auftrag Karls V. zwischen 1527 und 1544 an einer Weltgeschichte Spaniens schrieb. Vom Glanz des *Beroso Chaldeo* geblendet, verlegte Ocampo Spaniens Anfänge in vorsintflutliche Zeit. Danach teilte der *padre principal* Noah herrscherlich die Erde auf, als gäbe es Babel nicht; da alle Frauen immer Zwillinge gebaren, erfüllte sich die Welt rasch wieder mit Leben. Noah, den die Heiden Janus nennen, besuchte auch Spanien und hinterließ dort zwei Städte, *Noavia* und *Noela*. Doch wichtiger war sein tugendsamer Enkel Tubal, der auch *Jobel* oder *Jubal* heißt (und somit zum Erfinder der Musik nach Gen. 4, 21 geworden ist). *Este fué el primero hombre que en las Españas sabemos haber morado*; *del qual descendemos*. Er kam im Jahre 2163 v. Chr., 142 Jahre nach der Sintflut und lehrte die Spanier die Geheimnisse der Natur, des chaldäischen Kalenders und des Himmels, der Musik und auch der Geometrie, ein halber Magier und ein ganzer Philosoph, denn er beschrieb *la mayor parte de la Filosofía Moral ... en metros muy bien compuestos*. Leider sind diese wunderschönen Verse nicht mehr erhalten, ebenso wie die chaldäische Sprache Tubals, die bald korrumpiert wurde. Ihr Ursprung aus Chaldäa bezeugt immerhin den babylonischen Rang Tubals. Nachdem Tubal, *el Gobernador*, Tarragona gegründet hatte, zog er zu den iberischen Nachbarn und stiftete südlich von Lissabon die Stadt *Setúbal*: Die Portugiesen hatten schon immer den Spaniern unterstanden (auch wenn sie Karls V. Verbündete waren). Karls V. nordafrikanische Unternehmen setzten ebenfalls eine alte Vorgeschichte fort; der Ägypterkönig Osiris und sein Sohn Herkules waren nach Spanien gekommen. Die ganze Antike ordnete sich unter, kein Seitenblick streifte die europäischen Partner oder gar die überseeischen Untertanen[147]). Ocampo fand Nachahmer, den seit 1534 in Salamanca lebenden Jean Vassée (Vasaeus, ca. 1510–1561) aus Brügge, der 1552 schrieb, und den Domkanoniker Francisco Tarafa aus Barcelona, der 1553 sein Werk vollendete[148]). So sehr diese Chronisten auf das Uraltertum starrten, so politisch war ihre Tendenz: Die spanische Monarchie mußte die älteste, die spanische Gelehrsamkeit die durchdringendste auf Erden sein; dann war die Rechtmäßigkeit der Hegemonie über Europa und der Besitzergreifung in Übersee gesichert, und dafür war die Ahnentafel der Nation wichtiger als die Weltgeltung der Sprache.

---

[147]) Coronica general de España, Bd. 1, Neudruck Madrid 1791: Vorwort S. XI (Berossus); I, 1 S. 1–3 (Völkerteilung); I, 6 S. 63 (Noah = Janus); I, 4 S. 47–54 (Tubal); I, 11 S. 85 ff. (Osiris); I, 13 S, 92 ff. (Herkules). Dazu Sánchez-Alonso, Historia Bd. 2, S. 13 ff.

[148]) Vasaeus, Chronicon rerum memorabilium Hispaniae, hg. Schott, Hispania Bd. 1, S. 594; dazu Sánchez-Alonso, Historia Bd. 2, S. 19 ff. Tarafa, De origine ac rebus gestis regum Hispaniae, hg. Schott, Hispania Bd. 1, S. 518 f.; dazu Sánchez-Alonso, Historia Bd. 2, S. 22.

Doch selbst wenn Tubal der erste Monarch in Europa war – welches Recht hatte er auf Amerika? Mit welcher Begründung kamen die Konquistadoren über die Stämme der Neuen Welt und zwangen ihnen ihre Herrschaft, bald auch ihre Sprache auf? Der Eroberer von Mexiko, Hernando Cortez (1485 bis 1547), der dort angeblich 150 Dialekte vorfand, machte sich 1519 gewiß keine juristischen oder exegetischen Skrupel; doch hielt er es für nötig, den Aztekenherrscher Montezuma zu dem Geständnis an seine Untertanen zu veranlassen, die Azteken seien keine Ureinwohner Mexikos, sondern aus einem sehr fernen Lande eingewandert. Diese Ansicht war den Azteken schon früher u. a. durch die toltekischen Pyramiden nahegebracht worden; sie wurde nun in spanischem Sinn ergänzt: Der Anführer, von dessen Vasallen die Azteken abstammen, kehrte in seine Heimat zurück und kommt erst jetzt wieder; der große spanische Kaiser muß der echte alte Oberlehensherr der Azteken sein[149]). Cortez hatte damit ein Thema angeschlagen, das bis ins 19. Jahrhundert die Gemüter bewegte: Woher kamen die Amerikaner in ihren Kontinent? An die Lösung des Paracelsus dachte vorerst niemand, denn Noah galt als der eine Vater aller Menschen; wenn die Europäer Noachiden waren, woher sonst sollte die Bevölkerung Amerikas stammen?

Der Kaplan der Familie Cortez, Francisco López de Gómara (ca. 1511 bis ca. 1562), ging denn auch 1552 in seinem Karl V. gewidmeten Geschichtswerk von der Weltteilung Noahs aus, die der Erzvater durch zehnjährige Reisen im Mittelmeer vorbereitet habe; dabei sei, nach dem Zeugnis des *Beroso*, Europa an Japhet gefallen. Doch sollten die Indianer sich mit den Spaniern verbrüdern? Sie durften keine Kinder Tubals sein; aber von Adam und Eva stammten auch die Antipoden, denn man konnte schon immer von der einen zur anderen Hemisphäre gelangen. Gómara liebte die geschwätzige Chronikmanier nicht und konstruierte keine hypothetische Genealogie; aber er wies doch auf die zehn verlorenen Stämme Israels hin. Waren die Indianer also Semiten? Waren sie auf inzwischen überfluteten Landbrücken abgewandert? Hatte Gott sie wunderbar übers Meer getragen? Fragen für die nächsten Jahrhunderte. Gómara dachte vielleicht an die von Annius zitierte Stelle Gen. 9, 27; Japhet würde in den Zelten Sems wohnen, die Brüder mußten Knechte bleiben[150]). Aber er wagte diesen Kurzschluß noch nicht auszusprechen; denn einer der größten Spanier seiner Zeit hatte ihn fürs erste unterbunden, und er besaß das Vertrauen des Kaisers.

Das war der Dominikaner-Professor Francisco de Vitoria (1492/3–1546) in

[149]) Carta II de relación sobre el descubrimiento y conquista de la Nueva España, BAE Bd. 22, S. 25.

[150]) Historia general de las Indias, BAE Bd. 22, S. 161 (Berossus), 159 f. (Antipoden). Dazu Fueter, Historiographie 299 ff.; Sánchez-Alonso, Historia Bd. 2, S. 101 ff.

Salamanca. Der erste moderne Völkerrechtslehrer begründete 1539 die spanische Herrschaft in Übersee nicht mit Gottes Ratschluß, der Barbaren und Unmenschen in die Hand der Frommen gibt. Er ging aus von der Gemeinschaft aller Menschen. Schon daß dem Menschen Sprache gegeben ist, kennzeichnet ihn als Gemeinschaftswesen. Auch durch die noachische Völkerteilung wurde die Verwandtschaft, Gemeinschaft und Gleichheit aller Menschen nicht beeinträchtigt; es blieb die *hominum invicem communicatio*. Nach der Sintflut faßte die Menschheit gemeinsam die Beschlüsse des Naturrechts. Es gibt keinen Weltkaiser, denn die Erde wurde aufgeteilt, entweder durch Noah selbst (wie Berossus meinte) oder im gegenseitigen Einvernehmen der Völker. Diese Teilung ist unwiderruflich (hier klingen die Thesen der mittelalterlichen Kanonisten, etwa des Alanus Anglicus, nach). In einzelnen Ländern mag dann die Tyrannei aufgekommen sein, wie es von Nimrod heißt, er sei als erster auf Erden gewaltig gewesen; andernorts bestellte man sich in freier Wahl einen Fürsten. Doch diese Entstehung der Herrschaft betrifft nur die Einzelstaaten, nicht die Welt im ganzen. Diese ist als *totus orbis* eine natürliche Völkergemeinschaft, *res publica*, in der es keine Universalherrschaft eines Volkes über andere, freie Nationen geben darf. Allein das Recht zur Mission, nicht das Recht auf Herrschaft kann die spanische Kolonisation begründen, weder Japhet noch Tubal noch der Turm von Babel. Dieser ist keine Wendemarke und kein Hindernis des Völkerrechts; er zerstörte die naturrechtliche Staatenordnung nicht. Die klassische Epoche, an der die Gegenwart gemessen wird, ist die Zeit der Eintracht unter Noah[151]).

Babel betraf allein die Sprachen; doch auch dieses Ereignis bekam neue Akzente, soweit sich die spanischen Theologen überhaupt damit befaßten. Der bedeutendste spanische Kanzelredner der Zeit, der Franziskaner Alfonso de Castro (1495–1558) in Salamanca, hielt zwar 1534 entschieden an der Einheit der hebräischen Ursprache fest, obwohl er als stichhaltigen Beweis dafür nur die Jüdische Sibylle anführen konnte. Häretisch sei die Meinung des Filastrius, daß schon die ersten Menschen verschiedene Sprachen besessen, einander jedoch noch verstanden hätten; die Gemeinschaft der Menschheit blieb bis Babel erhalten. Seither freilich sind unsere Sprachen völlig getrennt, auch wenn der Spanier zur Not den Italiener noch verstehen kann. Diese Scheidung dient der Unterdrückung unseres Hochmutes und ist daher höchst sinnvoll[152]). Wieder

[151]) De Indis recenter inventis, hg. Walter SCHÄTZEL (Die Klassiker des Völkerrechts 2), Tübingen 1952: III, 2 S. 92 (Kommunikation); III, 4 S. 98 (gemeinsame Beschlüsse); II, 1 S. 52 ff. (Nimrod). Dazu Josef SODER, Die Idee der Völkergemeinschaft, Francisco de Vitoria und die philosophischen Grundlagen des Völkerrechts (Völkerrecht und Politik 4), Frankfurt/Main-Berlin 1955, S. 52 ff., 72, 88 ff.; REIBSTEIN, Völkerrecht Bd. 1, S. 279 ff.

[152]) Adversus omnes haereses, 2. Aufl., Lyon 1555, S. 672–675.

klingt die Meinung Vitorias an: Die Erde ist nach ihren Sprachen getrennt; es gibt keine Universalherrschaft einer Sprache mehr – und Gott tat recht, es so zu fügen.

Diese Tendenz kehrt in einer Pfingstpredigt wieder, die der Augustiner-Professor in Alcalá, Dionisio Vásquez (1479–1539), vor dem Erzbischof von Toledo hielt. Der vor Papst und Kaiser berühmte Prediger, der an der polyglotten „Biblia Complutensis" maßgeblich mitgewirkt hatte, verwarf eindeutiger als selbst Erasmus die einhellige mittelalterliche Auslegung des Pfingstwunders als eines Sprachenwunders. Denn das Mirakel liege nicht im polyglotten Reden – das könne auch Teufelswerk sein –, sondern im universalen Vernehmen einer Sprache. Die Apostel predigten hebräisch, aber jeder Franzose würde sie verstanden haben[153]). Wenn jedoch die Apostel nicht wunderbar alle Sprachen erlernten, dann war Babel durch Pfingsten nicht aufgehoben, höchstens für einen kurzen Augenblick; die Trennung der Idiome blieb bestehen, und das war gut so. Niemand seufzte unter den Folgen der Sprachverwirrung so wie Luther, Zwingli und Calvin; eher wurde der Babelturm zu einer selbstverständlichen Voraussetzung irdischen Zusammenlebens. Der Professor Alejo Venegas de Busto (ca. 1493–1554) in Toledo nahm 1537 den Genesistext nur noch im übertragenen Sinn in sein mystisches Hauptwerk auf: Der Teufel, der durch seine Machenschaften den Menschen versucht, wohnt in der *confusión babilónica*. Die wirkliche Sprachverwirrung geschah erst, als das Kastilische von seiner Mutter, dem erhabenen Latein der weltbeherrschenden Römer, losgerissen wurde: In der Völkerwanderung verlor das Kastilische seine Jungfräulichkeit, von der gotischen *babilónica barbarería* korrumpiert. Nur dieser Fall ist zu beklagen, nicht aber, daß keine Sprache der Welt in ihren Vokabeln und Redeweisen mit einer anderen übereinstimmt[154]). Hinter all diesen Aussagen der Theologen stand das Vertrauen zur lateinischen Kirchensprache der Vulgata. Sie war die geistliche Klammer um die geschiedenen Zungen.

Temperamentvoll verteidigte nach 1546 der dankbare Schüler Vitorias, der strenge Dominikaner Melchor Cano (1509–1560), diese lateinische Tradition gegen den Humanismus. Der Professor in Salamanca hielt die Kenntnis des Hebräischen und Griechischen für entbehrlich; von den lateinischen Kirchenvätern verstand außer Hieronymus keiner Hebräisch, und doch sagten sie die Wahrheit. Die griechischen Bibelcodices stimmten ja nicht einmal untereinander überein. Cano nannte das Hebräisch nicht „heilig" und erwähnte die Drei-Sprachen-Inschrift an Christi Kreuz nicht. Er mochte die Sprachenkenntnis

---

[153]) Sermones, hg. Félix González Olmedo SJ (Clásicos Castellanos 123), Madrid 1943, S. 99 f.

[154]) Agonía del tránsito de la muerte, Neuausgabe Santiago de Chile 1948: III, 11 S. 100 (Konfusion). Germán Bleiberg, Antología de elogios de la lengua española, Madrid 1951, S. 13 ff. (Barbarei).

nicht ganz verurteilen; für den Missionar und den Exegeten sei sie nützlich. Nur der Hebraist kann wissen, daß Nimrod, „der gewaltige Jäger vor dem Herrn“, seine monarchische Gewalt nicht von Gott selbst erhielt. Der Glaube kann die Vernunft nicht entbehren, aber stützen muß er sich auf die lateinische Bibel. Darum ist Bruder Annius zu verwerfen, dessen Berossus mehr als Moses zu wissen vorgibt, Noah mit einem Heidengott gleichsetzt und Nimrod zu einem Friedensfürsten macht. Man darf doch nicht glauben, daß Nimrod andere Noachiden, etwa Magog, in die Welt geschickt habe; das tat Gott allein, der die Sprachen in Babel teilte, wie es in der Vulgata steht. Kritische Vernunft und göttliche Offenbarung decken sich bei Cano völlig; gegen alle humanistische und patriotische Einschränkung bleibt Gott der alleinige Herr der Geschichte, die römische Kirche die alleinige Hüterin seines Vermächtnisses. Nur geistlich sollen die getrennten Reiche vereint bleiben; die Kirche wird sich am Babelturm nicht stoßen[155]).

Aber die Kirche muß nicht nur römisch, sie muß zugleich katholisch sein; die lateinische Bibel und Dogmatik muß ausgelegt und ausgebreitet werden durch landessprachliche Predigt und Mission. Dieser Gedanke prägt die Sprachauffassung des großen Konquistadors der Seelen, Ignatius von Loyola (1491 bis 1556). Der Gründer des Jesuitenordens nannte die drei alten Sprachen noch „heilig“; die Kirchensprache hatte unter ihnen wie bei Cano den unbedingten Vorrang. Lateinisch sollen alle Jesuiten, gleich welcher Herkunft und Nation, im Umgang miteinander reden. Die Begabteren mögen später Griechisch und Hebräisch dazulernen. Der Weg zur universalen Renaissance-Bildung, zu den *letras de Humanidad de diversas lenguas*, blieb den Jesuiten weiter offen als ihr wilder Widersacher Cano wollte, und bald beschritten sie ihn. Doch der humanistische Einschlag war bei Ignatius, ganz anders als bei seinem Gegner Vives, nur Mittel zum Zweck: Das Sprachenstudium diene *entre los otros buenos fines* der Verteidigung der von der Kirche approbierten lateinischen Vulgata. Mejias Skrupel würden zerstreut werden.

Lateinisch im Hörsaal, die Landessprache auf der Kanzel. Der jesuitische Missionar darf sich die Mühe, Fremdsprachen zu lernen, nicht verdrießen lassen; er muß vor allem Arabisch, Chaldäisch und Indianisch lernen. Hier zählt die Neue Welt voll mit. Seine eigene Muttersprache hat der Baske Ignatius mit keinem Wort erwähnt; der Eigenwert der Volkssprache betraf die geistliche Aufgabe nicht. Wer die ganze Welt für die eine Kirche erobern wollte, mußte von seinen Mithelfern unbedingte Disziplin fordern: *Sería gran con-*

---

[155]) De locis theologicis, hg. Hyazinth SERRY, Melchioris Cani opera, Padua 1762: II, 12 ff. S. 46 ff. (Verteidigung der Vulgata); II, 15 S. 60 ff. (Sprachenkenntnis); XI, 6 S. 292 f. (Annius). Dazu Ludwig PFANDL, Geschichte der spanischen Nationalliteratur in ihrer Blütezeit, Freiburg i. Br. 1929, S. 13 ff.; ALLEN, Noah 47 f.

fusión y desunión que, siendo de diversas naciones, cada cual hablase su propia lengua. Der Jesuit hat zur Muttersprache die der Kirche; so ist die babylonische Konfusion überwunden, das Pfingstwunder geschieht täglich in jedem Kolleg.

Nicht nur die Sprachenvielfalt, die Geschichte überhaupt wird abgetan. Die erste Sünde, die der Engel, und der Fall der Stammeltern Adam und Eva sind abrupt neben die Sünde des Betrachters gestellt; ihre äußeren, historischen Folgen sind gleichgültig. Es kommt immer auf die Absicht des Menschen an, nie auf die äußeren Umstände und Folgen; wenn du sprichst, liegt alles daran, in welcher Absicht du es tust. Dem Willen öffnet sich die Welt und die Gegenwart. „Die Vergangenheit ruht im Schoße der Barmherzigkeit, die Zukunft im Schoße der Vorsehung Gottes, du aber erfülle das Gebot der Stunde!“[156])

Kräftiger als irgendwo anders im frühen 16. Jahrhundert lebten in Spanien die mittelalterlichen Traditionen wieder auf; aber gründlicher als anderswo wurden sie verändert. Hatten sie früher die Unzulänglichkeit des Irdischen gepredigt, das nach einer geistlichen Versöhnung ruft, so erklärten sie nun die wohlgegliederte irdische Ordnung, die Gott so gewollt hat. Sprachen und Staaten sollen getrennt, die historischen Individualitäten ungestört bleiben. Von den Humanisten, die daran ihre Freude hatten, ging indes der Weg weiter zur religiösen Erneuerung, die das Irdische unangetastet ließ, jedoch die geistliche Einheit der lateinischen Kirche darüber zu errichten strebte. Diese aber bedurfte der alten Traditionen von Ursprung und Vielfalt nicht, weil die Kirche nicht von dieser Welt ist.

Beim Rundblick über Europa zeichnen sich die Grundlinien des Zeitalters recht klar ab. Auch die originellsten Köpfe reihen sich ein, weil sie fast alle nach Ordnung suchen; die allenthalben vorgetragenen absoluten Ansprüche können sich je länger, je weniger ihrer Einordnung widersetzen, denn Stufung des Getrennten ist die Parole der Zeit. Der Mensch gilt immer weniger als autonom, er findet sich in größere Gefüge der Gesellschaft, des Volkes, der Natur eingespannt. Seine Sprache gehört nicht ihm; sie hat soziale, historische, selbst biologische Individualität und steht dem internationalen Latein nicht nach; aber sie muß ihren Rang mit allen anderen Muttersprachen teilen. Die Nationen

[156]) Obras completas, hg. Cándido de Dalmases SJ – Ignacio Iparraguirre SJ (Biblioteca de Autores Cristianos 86), Madrid 1952: Constituciones de los Colegios Nr. 66 S. 590; Nr. 46 S. 587 (Latein); Nr. 56 S. 589 (Griechisch, Hebräisch; ähnlich Carta 68 S. 804); Constituciones IV, 6, 351 S. 452 (Humanidad; dazu Heinrich Boehmer, Ignatius von Loyola, Stuttgart 1941, S. 117 ff.; Toffanin, Humanismus 384 ff.); Reglas para los estudiantes de la Compañia Nr. 7 S. 623 (Verteidigung der Vulgata); Constituciones I, 1, 146 S. 405; IV, 12, 447 und 449 S. 470 f.; Cartas 9 S. 669; 51 S. 768; 67 S. 800 f. (Landessprachen, Mission); Carta 140 S. 938 (gran confusión; im Original italienisch, weil aus Rom geschrieben); Ejercicios espirituales I, 51 f. S. 170 (Adam und Eva); I, 40 S. 166 (Absicht beim Sprechen). Das letzte Zitat nach Hans Eibl, Gestalter des philosophischen Weltbildes, in: Randa, Handbuch 1458.

Europas empfinden sich als alte und konstante, doch seltener als auserwählte und einzigartige Individuen, häufiger als selbständige Teile eines größeren Systems. Der Sieg des Ordnungsgedankens bringt Teile der alten Traditionen wieder zu Ehren; das europäische Gleichgewicht orientiert sich bisweilen an der Eintracht der Kinder Noahs. Doch bleibt es beim Bezug auf eine Modellepoche, da die statische Ordnung des Getrennten den geschichtlichen Längsschnitt, die Entfaltung aus dem Ursprung, vorerst nicht einbegreift. Auch wer ins Uralte ausweicht, entzieht sich dem Strom der Kontinuität; die allgemein anerkannte hebräische Ursprache bestimmt die moderne Welt nicht mehr; die immer noch zitierten 72 Sprachen sind kein Modell der Sprachvergleichung. Denn ursprüngliche Einheit und entfaltete Vielheit greifen nicht ineinander, weil die religiöse Erneuerung Gott ins Geistliche hinaufgehoben, der irdischen Ordnung enthoben hat. Die Heilsgeschichte bietet Beispiel, nicht Erbschaft; die Bibelexegese rückt von aller Verkörperung des Heiligen ab. Zwar wirken die Kirchen in die Weite und in die Tiefe, Mission und Predigt gefährden die Vormacht einer Sakralsprache; doch wird die Muttersprache auch von den Reformatoren nicht geweiht, weil sie zu körperhaft ist. Im Wort der Schrift ruht die ewige Norm; die Einheit über der irdischen Vielfalt wird utopisch oder spirituell. Die Frommen widersprechen den alten Traditionen schärfer als die Weltkinder; sie weisen das religiöse Geschichtsdenken weit von sich. Ob sich indes die scheinbar siegreiche religiöse Freiheit nicht schließlich doch in die irdische Ordnung des Getrennten beugen mußte? Wenn die geistliche Idee in die gesonderten Institutionen strömte, mußte eine wahre Renaissance der mittelalterlichen Überlieferungen von der göttlichen Einheit in der irdischen Mannigfaltigkeit beginnen. Sie begann um 1550.

3. Konfession und Skepsis

Seit dem Trienter Konzil, dem Augsburger Religionsfrieden und dem Frieden von Câteau-Cambrésis taten sich, zunächst unter spanischer Führung, Religion und Politik, Konfession und Territorium zu einem Bund zusammen, in dem sich der Glaube den Institutionen anbequemte und den besonderen Interessen zugesellte. Das religiöse Denken füllte die nationale Ordnung mit neuem Pathos, besann sich auf die theologische Grundlage des Volkes, seiner Sprache und seiner Geschichte und entdeckte überall die Wunderwerke Gottes; nur griff es kaum mehr über die Staatsgrenze hinweg und beschied sich damit, in den getrennten Systemen jene Verquickung von Ursprung und Mannigfaltigkeit aufzudecken, die im Mittelalter Sache des ganzen Abendlandes gewesen war. Die allgemeine europäische Ordnung des Gleichgewichts wurde eher durch die Strukturähnlichkeit der beteiligten Nationalismen und Konfessionen als durch übergreifende Gedanken befestigt; hegemoniale Ansprüche eines auserwählten Volkes und einer heiligen Sprache störten sie immer wieder. Eine ideelle Zusammenfassung wurde auch durch die ständige Zunahme des Wissensgutes erschwert; Missionare erschlossen die indischen, chinesischen und amerikanischen Sprachen und berichteten von ungezählten Völkern, deren Herkunft zu einem schweren Problem wurde. Die gesamte Erdoberfläche, die ganze Weltgeschichte war neu zu sichten[1]).

Sprachwissenschaft und Völkerkunde blieben freilich zunächst gehemmt durch die Nationalisierung und Konfessionalisierung des Denkens; doch erhob sich bereits die Frage, ob nicht jede Systematik sinnlos sei. Obwohl sich auch jetzt noch kritischer Geist und patriotische Gesinnung paaren konnten, führte das spiritualistische Streben nach ungebundener Erkenntnis eher zum Abbau der alten, soeben erneuerten Systeme als zu ihrer Erweiterung; dem Ordnungsdenken trat die Skepsis gegenüber. Bestimmend blieb vorerst die Tendenz, geschlossene Wissens- und Glaubenssysteme zu errichten; doch mußten sie weite Bereiche ausschließen und behielten den Charakter des Unfertigen, nur vom Willen Abgegrenzten. Alles war Bekenntnis, auch die Skepsis; jeder Gedanke mußte neu durchgekämpft werden, auch wenn er alt war. Man hatte nur Standpunkte, keinen archimedischen Punkt, und befragte danach die Überlieferung. Doch wählte man auch aus ihr das Verwandte aus, nicht mehr die Modellepoche, in der sich das antike oder christliche Menschenbild einmalig, ökumenisch und klassisch verwirklichte, sondern einzelne Modellvölker und -sprachen mit manieristischem Pathos, am liebsten die exzentrischen und fast geschichtslosen Gegenspieler der Juden, Griechen und Römer; man schwärmte für die krause Barbarei von Skythen, Kimbern und Goten oder für die bizarre Raffinesse von Chaldäern, Ägyptern und Indern. Dort suchte man die Ursprünge von Macht und Geist, von Volk und Sprache, mußte ihre Entfaltung dann freilich durch die ganze Weltgeschichte begleiten. So traf man bei der Aneignung des Allerfremdesten wieder auf die alten, universalen Traditionen. Sie waren vielfach hilfreich; ob sie eine neue Ordnung des Partiellen noch würden mittragen können?

In Spanien, der führenden Macht in Europa und Übersee, erhob sich unter Philipp II. das Kastilische als Hof- und Literatursprache über alle Dialekte und sogar über das Latein. Als die Dichter das Goldene Zeitalter der spanischen Literatur begründeten, war der Zenit des Reiches, in dem die Sonne nicht

[1]) Ludwig Dehio, Gleichgewicht oder Hegemonie, Betrachtungen über ein Grundproblem der neueren Staatengeschichte, Krefeld 1948, S. 43 ff. (hegemoniale Ansprüche); Benfey, Sprachwissenschaft 220 ff.; Joseph Dahlmann SJ, Die Sprachkunde und die Missionen, Ein Beitrag zur Charakteristik der ältern katholischen Missionsthätigkeit 1500–1800 (Ergänzungsheft zu den ‚Stimmen aus Maria Laach' 50), Freiburg i. Br. 1891, S. 7 ff., 23 ff., 63 ff. (Missionare).

unterging, bereits überschritten; während die Inquisition die Gedankenfreiheit beschnitt und die Theologie Autorität und Abstufung lehrte, suchten die Historiker in abenteuerlichen Modernisierungen die fliehende Zeit an biblische Modelle zu ketten. Der Kaplan Philipps II., Benito Arias Montano (1527–1598), der zehn Sprachen beherrschte und die Antwerpener Polyglottenbibel herausgab, vergaß 1572 auf die Neutralität der Religion und machte die Spanier zum auserwählten Gottesvolk. Er blieb zwar bei der Gleichung des Aschkenaz mit den Deutschen (man hat ihn denn auch rabbinischer Neigungen wegen denunziert), schob aber alle übrigen Japhetiten nach Osteuropa zu Russen und Türken ab; nur Tubals Vaterschaft war *constans Hispanis fama*, die kastilische Sprache ging über alles. Und was Cortez und Gómara nur angedeutet hatten, sprach Arias Montano aus: Die spanischen Kolonien in Amerika gehörten Tubal nach göttlichem Recht; Vitorias Einspruch galt nicht mehr. Sprachenwirrung und Völkerteilung, unerläßliche Vorbedingung für die Kolonisierung der Erde, schienen dem Spanier ein Wunderwerk des *opifex mundi*; in seine Bibel legte der Schöpfer alle Schätze der Wissenschaften, auch der Ethnographie und Geographie; im Alten Testament waren die Völker und Länder der Neuen Welt zu finden. *Illud non est praetereundum, amplissimam illam orbis terrarum partem, quae quidem auro, argento, gemmis ... mirandum in modum abundat, quae nuper* (vor achtzig Jahren) *ab Hispanis* (Kolumbus war Genuese) *navigantibus primum inventa esse creditur novusque orbis appellatur, ex ea quae in sacris traditur libris terrarum orbis descriptione apertissime cognosci posse.* Der Hinweis auf die märchenhaften Schätze der Inkas und Azteken und ihr Dorado läßt es schon erraten: Amerika ist das Goldland Ophir der Völkertafel (Gen. 10, 29), aus dem schon Salomos Juden wie nun die spanischen Galeeren das Gold entnahmen. Der Name Peru, *Piru*, ist etymologisch mit *Ophir* verwandt, Ophir ist ein Sohn des Semiten Jektan; die Indianer sind also Semiten und schon darum Tubal untertan. Eine beigegebene Landkarte prägt dieses Herrschaftsverhältnis ein. Es ist uralt; was Salomo recht war, ist den Spaniern billig, und das Zeitalter der Entdeckungen hat nichts Neues gefunden. Die Erde war eigentlich schon immer spanisch[2]).

War der babylonische Turmbau denn gar kein Einschnitt? Und war Tubal etwa kein babylonischer Sünder? Der Bibliothekar Philipps II., der Baske Estevan de Garibay y Zamálloa (1533–1599), wußte Rat, als er zwischen 1556 und 1571 Geschichte schrieb. Die Sintflut brachte die große Wende; in ihr ertrank auch der Musiker Tubal von Gen. 4, 21, den Ocampo irrig für einen Spanier gehalten hatte. Danach wurden unter den 72 Generationen die 15 japhe-

---

[2]) Phaleg sive de gentium sedibus primis, in: Critica sacra, Bd. 8, London 1660, S. 548 ff. (Völkertafel), 541 (Babel), 528 (Bibel und Geographie), 529 ff. (Ophir), 553 (Landkarte).

titischen besonders gesegnet, auch die spanische Nation Tubals. Leider war *nuestro patriarcha* am Turmbau beteiligt, doch gewiß nur, weil ihn der böse hamitische Tyrann Nimrod zwang, an seiner Trutzburg mitzuwirken. Sie war 5174 Schritt hoch gediehen, als Gott den Wind schickte, der sie umblies. Die dabei eingetretene Sprachenverwirrung ist noch schlimmer als die Sintflut, denn wer nicht durch *arte* oder *uso* viele Sprachen lernt, ist keine zwanzig Tagereisen von seiner Heimat entfernt ein Stummer. Dennoch tat Philipp II. nicht recht, diesen Jammer gerade die Basken entgelten zu lassen. Denn Tubal kam zuerst ins Baskenland; dort, in der Nähe von Garibays Geburtsort Mondragón, heißt ein hoher Hügel im Volksmund noch „die Schmieden von Babylon". Hier zeigte sich Tubals babylonische Vergangenheit, die Ocampo, wiederum irrig, in seiner chaldäischen Sprache gesucht hatte. Denn da das Baskische mit keiner anderen Sprache verwandt ist, muß es eine der 72 Babelsprachen, also die älteste Sprache Spaniens sein. In der Tat ist Baskisch in ganz Spanien die Kindersprache, also urtümlich: Die Kinder rufen den Vater *tayta*, baskisch *ayta*, die Mutter *mama*, baskisch *ama*[3]). Die Argumentation war unwiderstehlich; hätte Garibay erst gewußt, daß Kinder auf der ganzen Erde ihre Eltern ähnlich rufen! Aber was gingen den königlichen Bibliothekar die übrigen Weltsprachen und die anderen spanischen Dialekte an?

Das Uralte war unwiderleglich; sogar der Lokalpatriot Martín de Viziana (1502–1582) aus Valencia gestand 1574 Garibay zu, daß nach dem Untergang der hebräischen Ursprache das Baskische eine der 72 Babelsprachen und die älteste Spaniens war. Viziana mußte den Ruhm seines heimischen Dialektes anders rechtfertigen, von Verfall und Fortschritt her. Die Römerherrschaft verdrängte das Baskische; doch wurde das im Kern lateinische Kastilisch später durch Beimischungen, besonders durch Arabismen, verdorben, die einer Christensprache unwürdig sind. Noch als die Christen 1238 Valencia eroberten, herrschte dort zunächst babylonische Verwirrung, bis sich aus den drei heiligen Sprachen, aus dem Hebräischen, Griechischen und Lateinischen, das Valencianische bildete, das dem reinen Latein viel näher steht als Kastilisch. Wo Valdés die historische Individualität der Sprachen gespürt hatte, fand Viziana nur Verfall und Verwirrung; was Valdés als immanente Einflüsse verstanden hatte, deutete Viziana als Gottes Wunder[4]). Nicht immer ist das Älteste das Beste; es

---

[3]) Compendio historial de las chronicas y universal historia de todos los reynos de España, Bd. 1, Antwerpen 1571: II, 3 S. 43 (Musiker Tubal); II, 13 f. S. 57 ff. (Babel); IV, 1 S. 81 ff. (Tubal im Baskenland); IV, 2 S. 86 (Mondragón); IV, 4 S. 89 ff. (baskische Sprache). Dazu Sánchez-Alonso, Historia Bd. 2, S. 23 ff.; Bahner, Beitrag 57 ff.

[4]) Libro de alabanzas de las lenguas Hebrea, Griega, Latina, Castellana y Valenciana, Neudruck Valencia 1877, S. 30 f. (Arabismen), 41 ff. (Verwirrung), 57 f. (Valencianisch und Latein); zitiert nach Bahner, Beitrag 51 ff. Dazu Kukenheim, Contributions 174 f.

gibt Fortschritte in der Sprachgeschichte. Überhaupt stand bei diesen Historikern ihr eigener Lebenskreis im Zentrum der Heilsgeschichte.

An den Fortschritt mußten erst recht die Dichter glauben, die das Kastilische sprachbewußt formten; nur ob aus ihrer Feder Gott selbst sprach, war die Frage. Eine fromme Posse aus den Jahren 1550/75 läßt die personifizierte göttliche Liebe reines Kastilisch reden; ihr gelingt es, die Sünder mit ihren unreinen Idiomen zu bekehren, den spanischen Bauern, den Mauren, den Basken, den Portugiesen, den Franzosen und sogar den Lutheraner, dessen Rede halb italienisch klingt. Am Ende vergißt das Menschengeschlecht *(linaje humano)* seine Zwietracht und vereint sich in der Liebe Christi – und in einem kastilischen Schlußchor[5]). So spräche Gott Spanisch? Sind denn nicht alle Sprachen nur menschlich, ist denn nicht jede ein Fragment? Der Dichter Fernando de Herrera (1534–1597) aus Sevilla hielt seine Muttersprache für das gewichtigste, geistreichste und großartigste unter den neueren Idiomen; er verglich sie wie Viziana dem Lateinischen und borgte aus ihm. Der Geistliche wußte 1580, was er da tat. Der Mensch hat große Macht, denn durch die Sprache kann er die Dinge benennen; Worte sind Zeichen, die wir den Dingen geben. Aber uns fehlt die adamische Kraft; wir finden nicht immer das rechte Wort und bilden statt dessen für eine Sache viele Wörter. Darum muß der Dichter oft aus einer fremden Sprache ein Wort *de mayor sinificación* ausleihen[6]). Die Sprachen zeichnen also nicht, wie Vives meinte, in sich geschlossene Weltbilder; für jedes Ding existiert ein optimales Wort, das nicht an eine Sprache gebunden ist. Die Wahrheit der Worte ist verstreut, wir müssen sie zusammenlesen; die Sprachen müssen ihre glücklichsten Wendungen austauschen, um der Welt immer besser Herr zu werden. Durch diese scheinbar babylonische Verwirrung erlangt der Dichter die Urmacht Adams wieder. Auf klassische Reinheit kann die andalusische Dichterschule nicht achten; sie strebt über die Muttersprache hinaus. Wird damit nicht die von Gott gesetzte Grenze dreist überschritten?

Der mystische Lyriker Luis Ponce de León (1528–1591), Theologieprofessor in Salamanca, saß vier Jahre lang im Kerker der Inquisition, weil er die hebräische Bibel und ihre rabbinische Auslegung der Vulgata vorgezogen und das Hohelied ins Spanische übersetzt hatte. Aber warum sollte nur das Lateinische die ganze Wahrheit enthalten? Auch Adam gab jedem Ding seinen Namen, *inspirado por Dios*; Namen können eine Sache treffend wiedergeben, und wenn Spanien vor allen Völkern auserwählt ist, darf man die Dinge auf spanisch beim Namen nennen. León tat es 1583 kühnlich mit den Namen des Erlösers

---

[5]) Farsa del sacramento, llamada de los lenguajes, hg. Léo Rouanet, Colección de autos, farsas y coloquios del siglo XVI, Bd. 3, Barcelona-Madrid 1901, S. 329–345.

[6]) Obras de Garcilasso de la Vega con anotaciones de Fernando de Herrera, Sevilla 1580, S. 292 (Spanisch), 83, 573 ff. (Wort und Zeichen), 121 (Fremdsprachen).

selbst. Zwar seien die Namen Christi überaus zahlreich – der Mystiker wollte sich nicht mehr auf die 72 Gottesnamen festlegen und kabbalistische Formeln vermeiden –, aber die wichtigsten seien zehn an der Zahl; spätere Ausgaben fügten noch vier hinzu. Diese Auswahl ist ein Notbehelf, doch die Namen selbst sind keine unmaßgeblichen Wunschbilder, sondern hohe, vielsagende Kennworte der Gottheit, treue Himmelsspiegel. Der Augustiner brauchte die gottnahe Würde seiner Muttersprache nicht erst von Tubal herzuleiten[7]). Und sein Schüler und Ordensbruder Pedro Malón de Chaide (ca. 1530–1589) enthüllte die hier keimende Theologie der Muttersprache 1588 vollends mit der Frage, in welcher Sprache Gott geredet habe, in welcher Moses und die Propheten dieses Gotteswort aufgeschrieben hätten? Die lapidare Antwort hieß: *en la lengua materna*, in der auch der Schuster, Schneider, Weber, Bauer, Hirte und alle Leute sich ausdrückten. Das Heiligste und Höchste wurde also der Volkssprache anvertraut. Die alte hebräische Muttersprache mag mehr Geheimnisse enthalten als andere Idiome; trotzdem übersetzte man die Bibel ins Griechische und Lateinische, in die neuen Muttersprachen. Cicero schrieb in der Sprache, die er mit der Muttermilch einsog, und Platon *en su castellano*. Nur die Kastilier sollten in fremden, halbverstandenen Zungen reden und schreiben? Das konnte Gottes Wille nicht sein[8]).

Gerade der Mystiker, der seine Innerlichkeit in der Muttersprache abzubilden sucht, muß sich freilich fragen, ob er mit seinem kastilischen Wort die Sphäre des Irdischen übersteigen kann. Einer der größten modernen Mystiker, der Karmelitermönch Juan de la Cruz (1542–1591), stieß 1583 bei seinem Erstlingswerk auf dieses Problem. Der Mensch steht in dunkler Nacht und findet den Weg zu Gott nicht leicht; sein Mitmensch kann ihn eher irreführen. Manche geistlichen Berater schaden der Seele durch ihr Gerede; sie gleichen den Erbauern von Babylon, die zusammen ihr Werk tun wollten, aber die rechte Sprache nicht verstanden. Der Mystiker erhebt sich anders zur Einung mit Gott: durch das geistliche Wort, das über allen irdischen Klang hinausreicht und sich nicht in äußeren Lauten kundtut. Dies ist das Wort, das an Pfingsten auf die Apostel herabstieg; die Zuhörer vernahmen nur ein Brausen, keine deutliche Sprache[9]). Der „Doctor Ecstático" schrieb dennoch kastilische Ge-

---

[7]) De los nombres de Cristo, hg. Federico de Onís (Clásicos Castellanos 28), Bd. 1, Madrid 1914, S. 33 (Adam), 25 (Namen Christi). Dazu Karl Vossler, Luis de León (Sitzungsberichte der Bayer. Akad. d. Wiss., Philos.-Hist. Kl., Jg. 1943, Nr. 1), München 1943, S. 39 ff.; Eugen Kohler, Fray Luis de León et la théorie du nom, in: Bulletin hispanique 50 (1948) 421–428, hier S. 424 ff.

[8]) La conversión de la Magdalena, hg. Félix García OSA (Clásicos Castellanos 104), Bd. 1, Madrid 1930, S. 69 ff.

[9]) Subida del monte Carmelo, Prólogo, BAE Bd. 27, S. 3 (Verwirrung); Cántico espiritual 14 S. 168 f. (Pfingsten). Dazu Irene Behn, Spanische Mystik, Darstellung und Deutung, Düsseldorf 1957, S. 549 ff.

dichte und wurde zum Kirchenlehrer; aber kam seine Ansicht nicht einer Flucht vor den weltlichen Aufgaben der Geistlichen, vor Predigt und Mission gleich? Sie waren doch nur sprachlich zu lösen.

Darum deutete einer der ältesten Gefährten Loyolas, der Jesuit Alfonso Salmerón (1515–1585) aus Toledo, das Pfingstwunder höchst realistisch und pädagogisch im Sinne der Sprachvorschriften Loyolas. Wie der Bau Babylons durch Unkenntnis der Sprachen unterbunden wurde, so wird das Gebäude des neuen Jerusalem durch Sprachenkenntnis errichtet; sie hilft zur Erbauung der Kirche, nicht zu der bei modernen Ketzern beliebten Krittelei an den drei Bibelversionen. Die apostolischen Führer der christlichen *militia* empfingen als Waffen ebenso viele Sprachen, wie sie Länder missionieren sollten. Das Pfingstwunder diente einer doppelten Funktion: Mission und Seelsorge. Der Mission nützte das Hörwunder, wie es auch Vinzenz Ferrier widerfuhr (und wie es Vásquez deutete): Ausländer verstanden die Predigt der Apostel, obwohl diese nicht konfus in verschiedenen Zungen durcheinander redeten, sondern die Landessprache benutzten. Mit jedem einzelnen aber führten die Apostel das seelsorgerliche Gespräch in dessen Muttersprache; dabei fand ein Sprachwunder statt. Die alte Streitfrage nach dem Hör- oder Sprachwunder war durch dialektische Synthese gelöst; die Nutzanwendung folgte sogleich. Heute sind Mission und Predigt nötiger denn je, doch die Sprachengnade ist verloren; nur die missionierende Kirche als Ganzes besitzt sie noch. In ihr spricht man heute Lateinisch, Griechisch, Italienisch, Französisch, Spanisch, Deutsch, Ungarisch, Polnisch, „Indisch" usw. (England und der protestantische Norden sind dem Jesuiten stumm.) Aber dem einzelnen Prediger *apud Indos Occidentales* hilft keine Sprachengnade mehr, er muß studieren. Der Nachteil wird allerdings reichlich aufgewogen, denn sicher ist Sprachenlernen verdienstvoller als Sprachenbegnadung; Gott rechnet den Fleiß höher an als das mystische Träumen[10]). Mit Spanisch und Lateinisch allein war keine Welt zu missionieren.

Diese Erfahrung machten die spanischen Ordensmissionare in Übersee täglich; sie standen vor Hunderten neuer Idiome und Stämme und sollten ihnen Christus predigen. Manche hielten die indianischen Barbaren kaum für Menschen, die der Taufe würdig seien; doch mit solchem Hochmut räumten die Oberen schnell und gründlich auf. Der dominikanische Freund der Indianer und mexikanische Bischof Bartolomé de Las Casas (1474–1566) knüpfte 1559 an Vitoria an: Daß die gesamte Erde nach der Sintflut besiedelt wurde, galt ihm als Gottesgebot, nicht als Sündenstrafe; Berossus berichtete, daß Noah selbst die Erde aufgeteilt habe. Die Vielfalt und Verschiedenheit der Geschöpfe ist vollendete Schönheit und keine Folge von Babel. Gewiß baute

[10]) Commentarii in Evangelicam Historiam et in Acta Apostolorum, Bd. 12, Köln 1604, S. 58, 63 ff. Dazu Adler, Pfingstfest 9.

der Hamit Nimrod den Babelturm, aber dort begann nur der Götzendienst, nicht die Sprachenvielfalt, und erst recht darf niemand die Unzahl der indianischen Dialekte mit dem hamitischen Heidentum verknüpfen. Man hat die Indianer Barbaren genannt, unter anderem, weil sie eine unverständliche Sprache redeten. Doch man schlage nach, was der Völkerapostel Paulus (1 Kor. 14, 11) sagt: Jeder Mensch jeder Nation gilt anderen Völkern als barbarisch. Infolgedessen können auch die Indianer die Spanier für Barbaren erklären, mit um so größerem Recht, als erst die spanischen Eroberer mit ihrer Unkenntnis der Landessprachen die jetzt herrschende Konfusion angerichtet haben. Wenn die Spanier das babylonische Odium abstreifen wollen, müssen sie sich nicht auf Tubal und Gen. 9, 27 berufen (Las Casas sprach gar nicht darüber), sondern schleunigst pfingstliche Universalität entfalten[11]).

Das war leichter gesagt als getan, denn wer kannte die Indianersprachen? Der Dominikaner Luis Beltrán (1526–1581) aus Valencia suchte sich zwischen 1562 und 1569 den Indios noch durch Dolmetscher begreiflich zu machen; der völlige Fehlschlag ließ ihn fast verzweifeln. Da fiel ihm die Sprachengnade des Landsmanns und Ordensbruders Ferrier ein; er betete zu Gott, predigte *sermone Hispanico* und wurde plötzlich wunderbar verstanden[12]). Doch das geschah nur den Heiligen; die Missionsleitung durfte nicht auf Wunder warten. Seit 1555 ordneten die mittelamerikanischen Provinzialsynoden immer wieder kategorisch an, daß die Geistlichen in der Landessprache predigen müßten[13]). Der peruanische Jesuitenprovinzial José de Acosta (1540–1600) riet 1576 den Missionaren gleichfalls dringlich davon ab, spanisch zu predigen oder die Indianer im Spanischen zu unterrichten; sie selbst müßten die Eingeborenensprachen lernen, nicht als barbarisch mißachten. Zwar weile die apostolische Sprachengnade nicht mehr in der Kirche, wohl aber die wichtigste Gnade des Heiligen Geistes, die Liebe; sie müsse den Indianern zugute kommen. Und da es einen ganzen Wald von Dialekten gebe, sollten sich die Missionare das Vorbild der alten Inkas zunutze machen und das Quechua besonders fördern. Acosta selbst verfaßte 1585 einen Katechismus in diesem Idiom und trug zur Entwirrung des Sprachenchaos erheblich bei.

Wenn die Indianer keine Tiere, sondern Menschen und ihre Sprachen kein barbarisches Gestammel waren, woher kamen sie dann? Acosta gab auch

---

[11]) Historia de las Indias c. 1, BAE Bd. 95, S. 18 (Besiedlung der Erde); Apologética Historia c. 107 Bd. 105, S. 374 (Berossus); c. 75 S. 250 f. (Nimrod); c. 264 Bd. 106, S. 435 f. (Barbaren). Dazu Plischke, Barbaren 60 ff; Ramón Menéndez Pidal, El P. Las Casas y Vitoria ... (Colección Austral 1286), Madrid 1958, S. 9 ff.

[12]) Bartholomäus von Avignon OP, Vita auctior sancti Ludovici Bertrandi c. 5, 77, AASS Oktober Bd. 5, S. 382.

[13]) Johann Specker SMB, Die Missionsmethode in Spanisch-Amerika im 16. Jahrhundert mit besonderer Berücksichtigung der Konzilien und Synoden (Neue Zeitschrift für Missionswissenschaft, Supplement 4), Schöneck-Beckenried 1953, S. 83 ff.

darauf vor 1590 eine liebevolle Antwort. Gott schuf den ersten Menschen in den Kontinenten der Alten Welt, das stand fest. Die Indianer kamen also aus Eurasien, wahrscheinlich nicht zur See, sondern über eine Landbrücke. Wegen der langen Wanderstrecke und Wanderzeit läßt sich ihre Herkunft nicht mehr aufklären; Nachkömmlinge der zehn jüdischen Stämme sind sie nicht. Auch Arias Montano irrte sich; Ophir liegt in Ostindien und hat mit Peru nichts zu tun. Vielleicht beziehen sich einige biblische Andeutungen über Tarsis auf die Neue Welt; ohne daß Acosta daraus eine Genealogie machen wollte, rückte er die Indianer aus dem semitischen in den japhetitischen Kreis: Sie sind unsere Brüder[14]).

Wer sich ernsthaft um sie bemühte, versuchte keine einsträngigen Herleitungen mehr. Der Dominikaner Gregorio García (ca. 1550–1627) hatte in zwölf Missionsjahren die Überfülle der amerikanischen Sprachen und Völker kennengelernt und übersetzte vor 1606 an Acostas Leitfaden seine tiefe Betroffenheit in ordnende Erkenntnis. Den letzten Schritt zu Paracelsus hin wagte er nicht: Außer und vor Adam lebte niemand. Aber einen einzigen Ahnen aus der mosaischen Völkertafel für die Amerikaner namhaft zu machen, verbot die gelehrte Redlichkeit; die Neue Welt ist eine Welt und kein Volk. Manches haben die Indios mit den Juden gemeinsam, aber nicht alle Stämme sind gleichen Ursprungs und zogen gleichzeitig ins Land. Manche kamen von den zehn verlorenen Stämmen Israels, manche von Ophir, aus dem Lande Jektans, von den Phöniziern, Karthagern, Griechen, Trojanern, Tataren, Chinesen. Amerika ist ein Schmelztiegel der polygenen Völkerwelt. Keine hundert Jahre waren seit dem arroganten Auftreten des Cortez vergangen, und wie hatte sich das spanische Amerikabild seitdem geweitet! Das überlegene Lächeln mancher modernen Gelehrten über Garcías amerikanische Trojaner kann den Historiker nur mit Ingrimm erfüllen; Spott über Fremdes und Vergangenes ist eine Torheit, die García überwunden hatte. Gott lenkt alles, aber die Amerikaner standen längst nicht alle in der Bibel[15]).

Was stand denn in der Bibel? Die Ehre Spaniens? Die linguistische, ethnische und geographische Weltordnung? Der größte Exeget unter den spanischen Jesuiten, der aus Valencia gebürtige Benito Pereyra (Pererius, ca. 1535

---

[14]) De procuranda Indorum salute I, 9, BAE Bd. 73, S. 414 f.; IV, 9 S. 518 ff. (Sprachenlernen); Historia natural y moral de las Indias I, 13 S. 22 f. (Ophir); I, 14 S. 23 ff. (Tarsis). Dazu Hofsten, Diskontinuitätsproblem 222 ff.; Laurenz Kilger OSB, Die Peru-Relation des José de Acosta 1576 und seine Missionstheorie, in: Neue Zeitschrift für Missionswissenschaft 1 (1945) 24–38, hier S. 36 ff.; Sánchez-Alonso, Historia Bd. 2, S. 106 ff.; Klempt, Säkularisierung 111 f.

[15]) Origen de los Indios de el nuevo mundo, 2. Aufl., Madrid 1729, S. 79 ff., 129 ff., 263 ff., 315. Dazu Stoll, Völkerkunde 31 ff.; Plischke, Barbaren 69; Grentrup, Muttersprache 356; Alva Curtis Wilgus, Histories and Historians of Hispanic America, New York 1942, S. 17; Sánchez-Alonso, Historia Bd. 2, S. 261 ff.; Allen, Noah 121 f.

bis 1610), begann zu zweifeln. Wie Tostat fragte er sich, ob Moses den ganzen Pentateuch geschrieben haben könne, und wiewohl er die göttliche Inspiration der Bibel unbeirrt festhielt, räumte er kritischer Analyse und historischer Differenzierung ein weites Feld ein. Die Ursprünge blieben 1591 unberührt: Adam erlernte die erste Sprache nicht allein, Gott gab sie ihm; es war das Hebräische, denn anders ist der Name Kains nicht sinnvoll zu erklären. Gegen Cajetans Autorität hielt Pereyra auch daran fast, daß alle Menschen zusammenblieben und sich in Babel versammelten. Die Zahl dieser Menschen war von Früheren seit Comestor viel zu niedrig angesetzt worden; noch zu Noahs Lebzeiten gab es auf Erden wieder 20 Millionen Menschen. (Das spanische Reich des 16. Jahrhunderts zählte etwa 17 Millionen Einwohner.) Und alle diese Menschen sündigten beim Turmbau, daran war trotz Tostats Einwänden nicht zu rütteln; der Bau wurde nicht gegen Weltenbrand oder Sintflut, sondern für Herrschsucht und Ruhmgier errichtet. Nur darum trennte Gott die Sprachen. Doch er bedachte dabei das Glück der Sünder: Nicht jeder einzelne erhielt eine neue Sprache, sondern jede Familie; die Keimzelle der Gesellschaft blieb intakt. Ferner wurden ökonomische Versorgung und politische Befriedung der Menschheit befördert: Nun sind die Guten von den Bösen abgesondert. Das hieß allerdings, daß die romanischen Katholiken gut, die germanischen Protestanten böse waren; aber aus der Völkertafel war diese Aufteilung nicht mehr zu ersehen. Josephus habe zwar für Gomer die Gallier in Anspruch genommen (der wahre Schuldige war Isidor), aber das seien nicht die Franzosen, sondern kleinasiatische Stämme. Gegen Annius schrieb Pereyra eine erzürnte Polemik; sollten nun auch die Säulen des spanischen Selbstbewußtseins, Tubal und die 72 Babelsprachen, fallen?

Wenn in Babel jede Familie eine eigene Sprache bekam, gab es vielleicht nicht mehrere Millionen, aber gewiß mehr als 72 Sprachen. Die Zahl stimmte auch exegetisch nicht: Man habe in Rom (wo Pereyra lebte) kürzlich griechische Bibelhandschriften gefunden, in denen das zehnte Genesiskapitel nicht 26, sondern 28 Semiten und nicht 7, sondern 8 Söhne Japhets enthalte; die Summe ergebe also nicht 72. Wir wissen es besser, daß gerade die Septuaginta Augustin bei der herkömmlichen Zählung angeleitet hatte; Pereyra rechnete bei den Semiten wohl den sonst von der LXX weggelassenen Ebal mit. Aber nun galten eben keine Konjekturen mehr. Auch die Bundesgenossenschaft des leichtfertigen Betrügers Annius, der bei den 72 ebenfalls gestutzt, doch mit den Noachiden nicht gespart hatte, wurde unwirsch abgelehnt. Pereyra rechnete und rechnete; aber ob nun Heber und Phaleg zusammen nur einen Stamm und eine Sprache bildeten, ob Noah und seine Söhne mitgezählt werden, ob man Väter und Söhne überhaupt zusammennimmt, ob man als Völkergründer nur die gelten läßt, die ohne Nachkommenschaft aufgezählt sind, ob man gerade diese als unfruchtbar ausläßt – das Ergebnis lautet 76, 74, 71, 70, 60, 50, nur nicht 72. Die Einsicht wurde dem Spanier sauer: *A tam antiqua huius opinionis via ... abstrahi me non facile patiar.* Wer hätte auch dem Ketzer Luther beistimmen mögen? Aber da stand nicht nur der Bibeltext, da war die Weltgeschichte: Wie viele Sprachen es auch in Babel gab, zahlreiche sind durch Krieg und Pest untergegangen, aus ihnen viele neue hervorgegangen; niemand kann sie zählen. Und niemand kann einzelnen Namen der Völkertafel moderne Sprachen und Staaten zuweisen. „Siehst du nun, auf welch leichtes und schwaches Fundament sich jene Meinung von 72 Sprachen stützt und gründet?" Sind Gottes Werke weit über aller menschlichen Vernunft allein Ergebnis seiner unberechenbaren Gnade, was rühmen wir uns noch der 72 Babelsprachen und des Spaniers Tubal?[16])

Eben noch schwärmte um 1590 eine volkstümliche Schrift davon, Kastilisch sei unter allen *vulgares* die beste, weil sie eine der 72 Babelsprachen sei; aus Chaldäa, vom babylonischen Turm habe Tubal sie nach Spanien gebracht[17]). Aber sind wir nicht allzumal Sünder? Es gab keine 72 Sprachen, es gab nicht einmal den Spanier Tubal. Seit 1600 sagte der aragonesische Benediktiner-Professor Pedro Vicente de Marzilla in Compostela, nicht bloß Gomer, sondern alle Kinder Japhets seien in Afrika und Asien zu lokalisieren, auch Aschkenaz, auch Tubal. Der Kirchenvater Hieronymus im Unrecht! In Babel entstanden *plurimae et diversissimae linguae*, und hätte Gott sie nicht geschickt, die Menschheit wäre an Krieg und Pest verdorben[18]). Wenn Gott alles und jedes lenkt, liegt auch das Schicksal des spanischen Weltreiches allein in seiner Hand und ist schon entschieden. Was vermag neben Gottes Gnade die menschliche Aktivität und Freiheit? Um diese Frage entbrannte der Streit zwischen dem Dominikaner Bañez und dem Jesuiten Molina, ein Streit, der zentral in die Krise der spanischen Weltmacht gegen Jahrhundertende gehört. Ist der Mensch der Herr seiner von Gott gegebenen Geschichte und Sprache?

Wenn einer den Streit schlichten und dem spanischen Denken die Synthese von Spiritualität und Aktivität bewahren konnte, dann war es der Jesuit Francisco Suarez (1548–1617), der größte spanische Scholastiker. Seine Antwort, die Erkenntnislehre und Sprachtheorie, Naturrechtslehre und Völkerrecht umfaßte und befruchtete, hieß: Gottes Wille ist an die rationale Natur der Dinge gebunden, nur ist dem Menschen diese Natur nicht immer zugänglich. Unsere Sprache ist nach Aristoteles bloß ein Zeichen unserer Vorstellungen; wir ver-

---

[16]) Commentaria et disputationes in Genesim, Bd. 1, Lyon 1607, S. 717; Bd. 2, S. 515 ff. (Ursprache), 473 ff. (Cajetan, Comestor), 496 f. (Tostat), 506 ff. (Babel), 401 f. (Gallier), 357 f. (Annius), 511, 525 ff. (Sprachenzahl). Dazu KRAUS, Geschichte 36 f.

[17]) Equivocos morales del Doctor Viana, hg. BLEIBERG, Antología 105.

[18]) Paraphrasis intertexta editioni Vulgatae in Pentateuchum Moysi, Salamanca 1610, S. 38–45.

stehen die Sprache der Engel nicht, weil ihre *conceptus* von den unsrigen abweichen. Die Autorität unserer Sprache beruht nicht auf Naturtreue, sondern auf göttlicher oder menschlicher Einsetzung. Adam benannte die Tiere richtig, weil er ihr Wesen kannte. Wir Heutigen sind durch eine Wand von der Natur der Dinge getrennt, die Sprache vermittelt uns nur abstrakte Kenntnis, selbst wenn der zu uns Sprechende die Welt völlig durchschaut; sogar wenn Gott spricht, paßt sich das sprachliche Zeichen dem menschlichen Fassungsvermögen an, für das es geschaffen ist. Darum ist Gott für uns unbenennbar; darum ist aber auch der Wahrheitsgehalt der Sprache mannigfach gestuft. Der Mensch kann, indem er neuen Dingen neue Worte beilegt, mitten in die Wahrheit treffen; dann begegnen sich Gnade und Freiheit. Christus erhielt seinen Namen gewiß von dem, der über ihn die größte Autorität und Kenntnis besaß, von Gott; dennoch gaben ihm seine irdischen Eltern diesen Namen. León hatte recht, daß in irdischen Worten das Ewige sich spiegeln kann. Es verkörpert sich bisweilen in unseren Sprachen, es überläßt sie nicht ihrer irdischen Unvollkommenheit und der menschlichen Willkür.

Auch an Pfingsten griff Gott in die Welt der Sprachen hinein; er befestigte die beim Turmbau zerrissene Eintracht neu. Diese mystische Einung der Kirche vollzog sich nicht nur geistlich, wie der Karmeliter Juan de la Cruz, nicht nur hörend, wie die Dominikaner meinten. Die Gnade des Hörwunders wurde dem Apostel Petrus zuteil, als seine Predigt die verschiedensprachigen Zuhörer packte (Act. 2, 14 ff.). Aber um die Gemeinschaft und Einheit der Gläubigen zu stärken und das Evangelium auszubreiten, wurde der Kirche zugleich die Kenntnis verschiedener Sprachen geschenkt. Die Pfingstgnade blieb der Urkirche eine Zeitlang erhalten; heute hat sie aufgehört, denn sie ist unnötig. Hier trennte sich Suarez vom Ordensbruder Salmerón und begab sich auf die Seite des Dominikaners Vitoria.

Denn die Nationen sind voneinander geschieden und pflegen miteinander keine Gemeinschaft, nur noch den Verkehr durch Briefe und einzelne Reisende, und für ihn genügt die *humana eruditio*. Diese Trennung der Staaten hielt Suarez, weit konsequenter als die mittelalterlichen Kanonisten und selbst als Vitoria, für natürlich und von Gott gewollt; sie ist nicht babylonisch und nimrodisch, solange nicht Tyrannis herrscht. Es ist unnötig, daß alle Menschen in einem Staate leben, ja es ist kaum möglich. Schon kurz nach der Schöpfung entstanden verschiedene *respublicae*, vielleicht zuerst durch Absonderung von der gemeinsamen Familie, so wie Kain und später Nimrod sich separierten. Aber diese Tyrannen sind keine Repräsentanten staatlicher Herrschaft; der wahre Rechtsgrund der Staaten ist vielmehr der Konsens ihrer Angehörigen. In diesem Zusammenhang wird die Sprache nicht erwähnt, aber ihre Rolle ist klar: Sie ist den souveränen Staaten zugeordnet als Bindeglied innerhalb der Territorien.

Zwischenstaatliche Funktionen hat sie nicht. Und diese natürliche Abgrenzung ist Gottes Wille, wie auch immer er veranlaßt wurde; der Mensch hat keinen Grund, daran etwas zu ändern.

Nun kennt Suarez oberhalb der souveränen Staaten und Reiche eine *unitas... quasi politica et moralis*, die auch die Fremden und Ausländer umfaßt; auch sie verkörpert sich, nämlich in der Kirche. Doch selbst diese bedarf der pfingstlichen Sprachengnade nicht mehr, nicht einmal zur Mission. Sie bewahrt Universalität und Spiritualität durch ihre Latinität, die sie über die wandelbaren Nationen und über die Staatlichkeit hinaushebt. Darum darf sie sich nicht der Volkssprachen bemächtigen, wie es die modernen Häretiker von ihr fordern; denn die Umgangssprachen werden korrumpiert, der Gottesdienst aber soll sich nicht wandeln. Deshalb halten sogar die Mohammedaner ihre Gottesdienste nicht in der Umgangssprache; der Würde Gottes angemessen ist allein die dauerhafte, schriftlich tradierte Lehrsprache *(doctrinalis lingua)*. Sie ist umstrahlt von der Autorität der Wahrheit; die Menschen begreifen sie darum nicht alle. Die Messe wird nicht nur mit lateinischen, sondern auch mit griechischen und hebräischen Teilen gefeiert, die oft die Priester selbst nicht verstehen. Eben so wird die Allgemeinheit der Religion und die Ehre Gottes gesichert. Die Kirche überwindet den Babelfluch nicht mehr durch die Sprachengnade, sondern durch den Rückgriff auf die tote Sprache[19]).

So vieles Suarez von anderen entlehnt hat – die Apologie der lateinischen Liturgie ist weithin von Bellarmin abhängig –, so geschlossen und imposant ist seine Zusammenfassung. Sie billigt jeder irdischen Besonderung, jedem Staatsanspruch und jeder Muttersprache, ein Eigenrecht zu und läßt den handelnden und sprechenden Menschen verantwortlich wirken und sich erproben. Sie läßt darüber die durchaus körperhafte, aber dennoch geistliche Institution der Kirche thronen, die sich nicht in die Händel der Staaten und Sprachen mengt und ein zeitloses Erbe hütet. Sie hält den Weg frei für Gottes Gnade, die durch alle geschichtlichen Ordnungen hindurch wirkt und Autorität stiftet. Und überall bindet Sprache die Systeme zusammen – nur Geschichte tut es nicht. Denn die klassische Balance ist zeitlos; Bewegung ist nur als Konstante

---

[19]) Opera omnia, hg. Michel André – Charles Berton, 28 Bände, Paris 1856–78: De divina substantia eiusque attributis II, 31, 4 ff. Bd. 1, S. 182 ff. (Sprache); De incarnatione, praefatio 5 Bd. 17, S. 3 (neue Dinge, neue Worte); De mysteriis vitae Christi eiusque secundo adventu XV, 2, 3 f. Bd. 19, S. 256 (Benennung Christi); De gratia, prolegomenum III, 5, 47 ff. Bd. 7, S. 165–169; De sanctissimo trinitatis mysterio XII, 6, 5 ff. Bd. 1, S. 815 ff. (Pfingsten, eruditio); De legibus III, 2, 5 Bd. 5, S. 181 (Kain, Nimrod); II, 19, 9 S. 169 (unitas); De missae sacrificio LXXXIII, 1, 20 ff. Bd. 21, S. 862–866; De oratione, devotione et horis canonicis III, 5, 3 Bd. 14, S. 230 (Volkssprachen und Latein). Dazu Heinrich Rommen, Die Staatslehre des Franz Suarez S.J., Mönchen-Gladbach 1926, S. 105 ff., 270 ff.; Fritzemeyer, Christenheit 74 ff.; Reibstein, Völkerrecht Bd. 1, S. 313 ff.

einbezogen. Und das ist die schwache Stelle der Synthese, daß die Geschichte nie Balance hält. Mit dem Regierungsantritt Philipps III. begann Spaniens Niedergang, und alle Gewichte verschoben sich.

Der Jesuit Juan de Mariana (1536–1624) betrachtete die Staatsmacht des Monarchen bereits mißtrauisch; in seiner dem König gewidmeten Geschichte Spaniens, die seit 1592 lateinisch, seit 1601 spanisch erschien, ist der kritische Unterton nicht zu überhören, auch wenn er sich zuerst gegen ausländische Könige richten mag. Nimrod erscheint plötzlich im grellen Rampenlicht, als *valiente caudillo*, der durch seinen frechen Turmbau Gottes Vergeltung herausforderte. Dem falschen Berossus und der souveränen Erdteilung Noahs glaubte Mariana gleichfalls nicht; Noah war nicht in Spanien, und Spanier hatten wohl auch nicht Rom gegründet. Auf die Staatsgrenzen mußte Spaniens Ruhm beschränkt bleiben; das von Tubal grundgelegte Spanien bestehe *no sin providencia y favor del cielo*. Nicht die Muttersprache durfte die Ehre des Reiches stützen; Mariana mochte das Baskische nicht als älteste Sprache Spaniens, das Kastilische ebensowenig als Babelsprache anerkennen; es entstand aus dem verderbten Latein durch Sprachenmischung. Deutlicher noch verwies Marianas Alterswerk, der Genesiskommentar von 1619, der spanischen Gegenwart ihren Hochmut und zeigte auf die göttliche Ordnung des Uralten, die hebräische Ursprache, die 72 Völker und Sprachen der Welt und die Familie der Japhetkinder, in der der spanische Tubal nur einer der Brüder ist, neben dem Franzosen Gomer, dem Deutschen Aschkenaz, dem Moskowiter Mosoch. Plastisch erhebt sich demgegenüber Nimrods Denkmal der Tyrannenmacht: Noch heute bauen die Tyrannen ähnliche Burgen. (Der Escorial stand gerade seit einem Menschenalter.) Spaniens Überseeherrschaft hätte Mariana gern gerettet; die *Indae* der Neuen Welt seien Semiten, die spanische Mission und Besitzergreifung erfülle Gen. 9, 27. Es ist kaum denkbar, daß Mariana all die Werke von Pereyra, García und Suarez nicht kannte, die soeben den Horizont so weit aufgerissen hatten. Die Flucht dieses besonnenen Gelehrten in die engen alten Traditionen hat etwas Erschütterndes; Mariana bangte vor der Zukunft. Er sprach es offen aus, daß Spanien durch sein Gewicht und seine Größe zur Erde gezogen werde. Die Balance war gestört[20]).

Die eben noch so schön gegliederte Gegenwart schien auch Marianas höchst sprachenkundigem Ordensbruder Martín Delrío (1551–1608) grau und glanzlos. Der Professor glaubte 1593 nicht mehr an die Macht der Sprache. Leiden-

---

[20]) Historiae de rebus Hispaniae libri XXX, hg. SCHOTT, Hispania Bd. 2, S. 207; Historia general de España I, 1, BAE Bd. 30, S. 1 (Tubal); I, 5 S. 6 (Sprache). Scholia in Vetus et Novum Testamentum, Madrid 1619, S. 19 ff. (Genesiskommentar). Dazu Georges CIROT, Mariana historien (Bibliothèque de la fondation Thiers 8), Bordeaux-Paris 1905, S. 122 ff., 280 ff.; PFANDL, Nationalliteratur 200 ff., 211; SÁNCHEZ-ALONSO, Historia Bd. 2, S. 169 ff.

schaftlich wetterte er gegen den Aberglauben der Magier und Platoniker, daß die Namen Strahlen *(radii)* der Dinge oder gar lebendige Wesen seien. Alle Wörter sind von Menschen erfunden, allein nach ihrer Willkür; selbst die naturgemäßen Namen, die Adam gab, stehen nicht unter dem Einfluß der Natur. Origenes und Ficino schrieben fälschlich, daß Namen in einer Sprache mehr als in einer anderen vermögen. Die göttliche Realpräsenz in der Sprache wurde kategorisch geleugnet; in seiner Genesisauslegung war Delrío 1612 viel schweigsamer, als sein christlicher Humanismus erwarten ließe. Mit auffälliger Schärfe verdammte der in Antwerpen geborene Spanier hingegen die Ansicht, Nimrod sei als König ein Vertreter Gottes gewesen oder habe wenigstens, um zur Macht zu kommen, Frömmigkeit geheuchelt. Nimrod war ein Tyrann; die absolute Monarchie ist nicht heilig[21]). Die Synthese von Suarez zerbricht. Die Welt ist schlecht, der Fromme flieht nach oben.

Bei Hofe war man so sensibel nicht und blieb beim alten. Der Hofchronist Philipps III., der Benediktiner Prudencio de Sandoval (1553–1622), war im Abschreiben nicht wählerisch und beutete nach 1600 die Chronik Mejias ohne Bedenken aus; nur ihre Ahnentafel war denn doch zu kümmerlich. Der oberste Ahn seines Königs mußte Adam sein, selbst Tubal war zu provinziell. Wie bei Maximilian I. ging die Linie über Cham (sorgfältig um Nimrod herum) zu Osiris, Herkules und den Trojanern, bei denen wir nicht nur *Franco*, sondern auch eine Dame *Roma* finden, *y ansí, Troya como Roma fueron fundadas por la sangre española.* So war schon Herkules ein Spanier, die spanische Universalmonarchie von alters her gesichert, auch wenn der spätere Bischof die Bibel dabei noch aus dem Spiele ließ[22]). Aber warum eigentlich? Der königliche Beamte Gregorio López Madera (1562– nach 1617) erklärte 1597 den Ursprung der Monarchie als göttlich und natürlich; Nimrod war keineswegs ihr Urheber, sondern nur ein tyrannischer Versager. Der erste Herrscher war Adam, denn er gab den Tieren Namen; der erste Weltkönig war Noah, denn er teilte die Erde. Und das spanische Königreich ist nach dem Zeugnis des heiligen Hieronymus von Tubal gestiftet, also die älteste heute noch bestehende Monarchie. Noah begönnerte sie, denn er besuchte Spanien. Spanier gründeten Troja und Rom, und darum herrscht Spanien heute über die ganze, auch die neue Welt. López Madera umgab 1601 die spanische Sprache ebenfalls mit königlichem Gepränge: Sie ist kein verderbtes Latein, sondern wurde von Tubal als eine der 72 Babelsprachen eingeführt; die lateinischen Einflüsse konnten ihre Majestät nicht verdunkeln. Mit diesen Lehren fand López Madera viel Anklang; einer seiner An-

[21]) Disquisitionum magicarum libri sex, Bd. 1, Louvain 1599: I, 4, 3 S. 53–58 (radii). Adagialia sacra Veteris et Novi Testamenti, 2. Aufl., Bd. 1, Lyon 1614, S. 17 f. (Nimrod).

[22]) Historia de la vida y hechos del emperador Carlos V, BAE Bd. 80, S. 5 f. Dazu Sánchez-Alonso, Historia Bd. 2, S. 176 ff., 196 f.

hänger zog 1608 die typologische Konsequenz aus dem babylonischen Rang des Spanischen: Beim Pfingstwunder hätten die Apostel spanisch gesprochen. Bereitwillig vergaß man, daß die Babelsprachen verwirrt und Früchte der Sünde waren, daß Sprache nur dem Menschen dient und seiner Geschichte unterworfen ist[23]). Auch bei Hofe ging die Furcht vor der Zukunft um; darum hob man das Werk der Stunde ins Überzeitliche.

Nun aber häuften sich die Einsprüche; wenn Historiker ihres Amtes vergaßen und die Sprache vergötzten, mußten ihnen Philologen und Dichter zeigen, daß Sprache geschichtlich und Geschichte vergänglich ist. Im Jahre 1606 rückte der Domherr Bernardo Aldrete (1565–1645) aus Córdoba in seinem Widmungsbrief an König Philipp III. warnend die Proportionen zurecht. Der Mensch erhielt von Gott die Sprache, um Gemeinschaft zu pflegen; Undankbare verstiegen sich zu Höherem und bauten den stolzen Turm, der nur die Verschiedenheit der Nationen, Völkerhaß und Kriege gebar. Um die Menschheit wieder zu vereinen, wurde Rom auserkoren, das der Welt eine auserwählte Sprache schenkte; sie wurde am Kreuze geehrt. Unter ihrer Führung überwältigen die Könige die Zwietracht; die Tochter dieses imperialen und katholischen Latein ist das Kastilische. Sein Stolz sollte diese Abkunft vom Lateinischen sein, seine Aufgabe die Überwindung babylonischer Zwietracht. Nun der offene Angriff auf López Madera: Es ist falsch und überheblich, das Spanische vom Babelturm und von Tubal herzuleiten; denn nichts Heutiges kommt aus Babel, die Sprachen verändern sich ständig. Welches Idiom man im vorrömischen Spanien sprach, weiß niemand; es mag Chaldäisch, Baskisch, Lateinisch, Deutsch oder Kastilisch gewesen sein, die Geschichte ist darüber hingerollt. Im Alter liegt kein Adel; das Lateinische selbst ist keine Babelsprache, sondern ein Ableger des Griechischen, und doch gebührt ihm die Krone und die Palme unter allen Sprachen[24]). Der Geist Nebrijas und der Humanisten ist wiedererstanden; aber kann Spanisch jetzt noch die Sprache des Zeitalters sein?

Betrübt gab der gelehrte Kaplan Philipps III., Sebastián de Covarrubias (1539 bis 1613), 1611 zu, daß es keine *lengua natural* gibt. Psammetichs Versuch war lächerlich, denn *Bec* kann ebensogut Französisch wie Phrygisch sein; jede Sprache ist nach dem *beneplácito* der Menschen gemacht. Nur das Hebräische wurde dem Stammvater von Gott eingegossen, aber schon in Babel in 72 Idiome zertrennt. Wir erkennen die hebräischen Reste noch allenthalben; doch

---

[23]) Excelencias de la monarchia y reyno de España, Córdoba 1597, f. 1r-v (Ursprung der Monarchie), 5r–6v (Adam, Noah, Nimrod), 17r–20v (Gründung Spaniens), 66v–67v (Ausbreitung Spaniens). Zur Sprachauffassung Bahner, Beitrag 66 ff.

[24]) Del origen y principio de la lengua castellana o romance que oi se usa en España, Rom 1606, im unpaginierten Vorwort (an Philipp III.); II, 15 S. 227–232 (Sprache im vorrömischen Spanien); III, 16 S. 367 (Stolz auf das Latein). Dazu Kukenheim, Contributions 175 f.; Bahner, Beitrag 78 ff.

bald verdarb auch diese heilige Sprache. Als Christus lebte, herrschte schon das Syrische. Nun gar die Babelsprachen! Ob jede von ihnen *infundida* oder *confundida* war, macht wenig Unterschied; ihr Fundus schwankt. Die Spanier mögen wohl einmal wie Tubal gesprochen haben, vielleicht baskisch (Covarrubias' Voreltern waren Basken); aber dann legten sich darüber Griechisch, Karthagisch, Lateinisch, Gotisch, Arabisch, und wer kann jetzt die Grundschicht noch freilegen? Wie bei Aldrete fehlt auch hier nicht der besorgte Blick in die Runde; Covarrubias meisterte zwar die drei klassischen Sprachen, wünschte sich aber doch, wie Mithridates 22 Sprachen zu beherrschen. Denn Sprachenkenntnis dient dem Frieden unter den Menschen und lehrt sie ihre weltweite Verwandtschaft kennen[25]). Den Adelsstolzen erschlagen die Ruinen; nur die Gemeinschaft aller übersteht die Katastrophen.

Kann diese Gemeinschaft wirksam über den Kreis der Muttersprache hinausgreifen? Spaniens größter Dichter Miguel de Cervantes Saavedra (1547 bis 1616) kannte die Welt zu gut, um kleinlichem Dünkel auf seine Muttersprache zu huldigen; er betrachtete die Sprache perspektivisch, vom einzelnen sprechenden Menschen her, und glaubte darum an ihre Universalität, jedoch nicht an ihre Naturkraft. Sprache hat viele Aspekte, weil die Menschen verschieden sind und Worte verschieden auffassen; jeder Mensch hat viele Namen – und alles hat Sprache. Sogar Hunde überschreiten die Grenzen ihrer Natur, freuen sich des göttlichen Geschenks der Rede, verstehen Lateinisch und Griechisch und monieren die Sprachschnitzer der Bretonen. Der sprachlich Beschränkte ist schon suspekt: Gauner haben ihre Sondersprache, verstehen aber kein Latein; Negerinnen können kaum Spanisch; Seeleute gebrauchen nur ihren barbarischen Schiffsjargon. Aber manche einfache Frau versucht sich im Lateinischen, und eine angebliche Zigeunerin redet hohe Dinge wie eine Verzückte, die Latein spricht, ohne es gelernt zu haben. Der Kluge weiß, wann er spanisch schweigen, wann er lateinisch reden soll. An den großen Zentren der Geschichte ist man vollends polyglott; in Rom strömt die *variedad de gentes y naciones* zusammen; die englische Königin spricht Spanisch, mancher Venezianer Türkisch, mancher Mohammedaner Italienisch; am Türkenhofe hört man Türkisch, Arabisch und Griechisch. Erst der Umgang mit verschiedenartigen Völkern und Sprachen macht klug und lehrt den Überblick über die Menschennatur; er befähigt auch den Dichter, als ruhender Schöpfer seine Gestalten zum Sprechen zu bringen und souverän spielend die Dinge zu benennen[26]).

---

[25]) Tesoro de la lengua castellana o española, hg. Martín de Riquer, Barcelona 1943, S. 19 f., 758 ff. Dazu Aubrey Fitz Gerald Bell, A Sixteenth-Century Inquisitor: Sebastián de Covarrubias, in: Bulletin of Spanish Studies 25 (1948) 230–238, hier S. 237; Bahner, Beitrag 133.

[26]) Novelas ejemplares, hg. Francisco Rodríguez Marín (Clásicos Castellanos 27 und 36), 2 Bände, Madrid 1914–17: Novela y coloquio que pasó entre Cipión y Ber-

Indes kann Fremdes nur die Erfahrung bereichern, nicht die Empfindung ausdrücken. Cervantes verachtet 1605 spanische Bücher, die aus dem Italienischen übersetzt sind; *que habla en otra lengua que la suya, no le guardaré respeto alguno.* Alle sprechen verschieden, doch jeder muß seine eigene Sprache reden. Wer es tut, wird überall gehört werden; ein Gauner, der neben der Zigeunersprache noch andere Idiome spricht, als wären es *naturales suyas*, wird gelobt. Cervantes glaubt von seinem eigenen Werk (mit vollem Recht), es werde bald in jede Nation und Sprache übertragen werden; demnächst werde man auch in China Spanisch lernen. So universal kann jedoch nur die lebende und individuelle Sprache überzeugen, nicht eine tote und angelernte, nur das Gegenwärtige, nicht das Verstaubte. Keine Frau irgendeiner Zeit, sie sei griechisch, lateinisch oder barbarisch, kann sich mit Dulcinea vergleichen; lateinische Bibelzitate verraten den Bildungsprotzen; Griechisch und Chaldäisch, die niemand versteht, sind monströs. Die Weltgeschichte gewährt wenig Trost, denn die Familien, Völker und Reiche kommen und gehen, steigen auf und verfallen; was hilft es dem Vornehmen, wenn er sich auf römische Ahnen beruft? Um die Wahrheitsliebe der Historiker ist es schlecht bestellt, und edlere Geister phantasieren: Don Quijote sieht ganze Völkerscharen der alten Geschichte anmarschieren, Äthiopier, Araber, Perser und Skythen, auch Truppen aus dem alten Gotenblut – in Wahrheit sind es Schafe. Nur die Bibel ragt hoch über alles Leben, die *Santa Escritura, que no puede faltar un átomo en la verdad.* Wenn sie von Riesen spricht, dann gibt es Riesen, so groß wie Türme; doch sind sie keine historischen Heroen wie Nimrod oder Tubal. Wie über der Geschichte steht die Bibel weit über der Muttersprache; Cervantes entnahm seine Zitate nicht aus den verbotenen Bibelübersetzungen, sondern aus Predigt und Liturgie. Der Glaube überwölbt alle natürlichen und geschichtlichen Individualitäten, die der Dichter hegt und pflegt; so bewegt er die Wirklichkeit darstellt, so fest steht ihre Grundlage[27]).

---

ganza Bd. 2, S. 210 ff. (Hunde reden), 248 ff., 254 (Lateinisch, Griechisch), 263 (Bretonen), 272; Riconete y Cortadillo Bd. 1, S. 202 (Gaunersprache), 226 (kein Latein); El celoso extremeño Bd. 2, S. 145 (Negerin: *no era muy ladina*); El licenciado Vidriera S. 54 (Seeleute); La ilustre fregona Bd. 1, S. 296 f. (einfache Frau); La gitanilla S. 44 (Verzückte); Cipión y Berganza Bd. 2, S. 250 (spanisch schweigen, lateinisch reden); El licenciado Vidriera S. 27 (in Rom). La Española inglese, BAE Bd. 1, S. 147 (englische Königin); El amante liberal S. 127 (Venezianer), 126 (Italienisch), 124 (Türkisch, Arabisch, Griechisch). Cipión y Berganza, hg. Rodríguez Marín Bd. 2, S. 278 (Umgang macht klug). Zu C.s perspektivischer Sprachbetrachtung Leo Spitzer, Linguistics and Literary History, Essays in Stylistics, Princeton 1948, S. 41 ff.

[27]) El ingenioso hidalgo Don Quijote de la Mancha, hg. Francisco Rodríguez Marín, 10 Bände, Madrid 1947–49: I, 6 Bd. 1, S. 197 f. (Übersetzungen); I, 30 Bd. 2, S. 411 (Gauner; dazu Harald Weinrich, Das Ingenium Don Quijotes, Ein Beitrag zur literarischen Charakterkunde [Forschungen zur romanischen Philologie 1], Münster 1956, S. 68); II, 3 Bd. 4, S. 83 (Übertragung in jede Sprache); II, Dedicatoria S. 20 f. (China); I, 25 Bd. 2, S. 276 (Dulcinea); Prólogo Bd. 1, S. 23 f. (Bibelzitate);

Mit Cervantes ist in diesem Punkte nahe verwandt der Dramatiker Félix Lope de Vega Carpio (1562–1635). Katholischer Glaube und königstreue Tradition umschließen ein auch sprachlich reich gegliedertes individuelles Leben, kein Wunder bei einem Dichter, der Lateinisch, Portugiesisch, Katalanisch, Italienisch, Französisch und etwas Deutsch verstand. Von dem gelehrten Griechisch hielt der Priester nichts, um so mehr von altertümlichen Mundarten; wenn er die graue Vorzeit schildern wollte, erfand er eine eigene archaisierende Kunstsprache, die *fabla antigua*. Nur das Lebendige fesselte ihn, so vergänglich es war; den historischen Knotenpunkt zwischen Dauer und Veränderung, Glaube und Leben, nämlich den Babelturm, beschreibt keines seiner biblischen Dramen[28]).

Zum frontalen Angriff auf die antiquarische Historie setzte dann Don Francisco Gómez de Quevedo y Villegas (1580–1645) an. Der Edelmann verwies 1608 den spanischen Adelshochmut in die Hölle: Ob einer auch von Caesar abstammt, nur seine Taten zählen. Nicht nur die lächerlichen Trojanersagen wies Quevedo ab, 1609 nahm er die Träume *(sueños)* von Berossus-Annius aufs Korn und damit Ocampo und die Hofhistoriographie; auch der Padre Mariana bekam sein Teil. Wenn spanische Ortsnamen Reste des biblischen Uraltertums sein sollten, habe er, Quevedo, Besseres zu bieten, nämlich das Dorf *Odom* bei Madrid, das klärlich auf Adam verweise. Im Ernst: Noah hat Spanien nie besucht, und Japhets Sohn Tubal war kein Spanier. Hieronymus irrte sich, er verwechselte die südkaukasischen Iberer mit den spanischen. Und das Kastilische? Quevedo zeigte auf Aldrete; er habe erwiesen, daß auf die Thesen von López Madera nichts zu geben sei. Spanisch ist keine Babelsprache. Freilich sind die Hebräer das älteste Weltvolk, und alle stammen von ihnen ab; freilich stehen Buchstaben und Grammatik des Kastilischen den hebräisch-syrischen *lenguas originales* näher als Griechisch und Lateinisch; aber die hebräischen Reste im Kastilischen sind Hinterlassenschaften nicht Adams oder Tubals, sondern der verfluchten spanischen Juden. Der Ausweg in die Urzeit ist versperrt. Nichtsdestoweniger ist die Gegenwart trostlos, lasterhaft und gaunerhaft, in Egoismen zerfallen. Quevedo gab 1627 ironisch Ratschläge, wie man aller Sprachen mächtig werde: Mit ein paar Floskeln kann man baskische, französische, italienische, deutsche, griechische und hebräische Kenntnisse leicht vortäuschen; man muß nur sorgfältig darauf achten, daß man sie lediglich vor Leuten gebraucht, die keine dieser Sprachen verstehen. Die Kraft der Sprache ist ver-

---

I, 16 S. 425 (Griechisch); I, 30 Bd. 2, S. 401 f. (Chaldäisch); II, 6 Bd. 4, S. 148 ff. (Aufstieg und Verfall); I, 13 Bd. 1, S. 367 (römische Ahnen); I, 9 S. 286; II, 3 Bd. 4, S. 85 ff. (Historiker); I, 18 Bd. 2, S. 39 ff. (Völkerscharen); II, 1 Bd. 4, S. 59 (Bibel). Zur Bibelsprache Helmut HATZFELD, El „Quijote“ como obra de arte del lenguaje, Madrid 1949, S. 179 ff.; zur Wirklichkeitsdarstellung AUERBACH, Mimesis 317 ff.

[28]) Karl VOSSLER, Lope de Vega und sein Zeitalter, 2. Aufl., München 1947, S. 17, 50, 109, 240, 301 f., 339, 342.

braucht; man kann mit ihr nur noch das Ungewöhnliche überraschend aufputzen; einfache Wahrheiten versteht niemand mehr. Die Verbindlichkeit der Überlieferung, der sprachlichen wie der geschichtlichen, zerbricht, und Quevedo steht traurig dabei, ein Skeptiker aus Konfession[29]).

Wird denn nicht erst dadurch der Weg zu neuer Sprachschöpfung frei? Lope de Vega und Quevedo trauten dem neuen Propheten nicht; doch er, Luis de Góngora y Argote (1561–1627), Schüler Herreras und Freund Aldretes, ließ es sich nicht verdrießen. Darf der Dichter nicht das gesamte Arsenal der Weltgeschichte und aller Sprachen plündern, um daraus etwas Unerhörtes zu bilden? Schon in einem seiner ersten Jugendgedichte zitierte Góngora 1580 den Babelturm auf eine Weise, die uns aufhorchen läßt. Der Dichter fleht Amor an, er möge ihn nach so langer Knechtschaft freilassen:

Una torre fabriqué
del viento en la raridad,
mayor que la de Nembroth,
y de la confusión igual.

Das ist uns neu, daß ein Dichter sein persönlichstes, intimstes Schicksal mit einem solchen Monument der Weltgeschichte vergleicht, ja es darüber erhebt. Das Luftschloß des Verliebten ist höher als der Babelturm, die Verwirrung seiner Gedanken kommt der babylonischen gleich; unter der Tyrannei der Liebe nannte er das Böse gut, das Ende Anfang und den Kerker Freiheit. Wer so dichtete, der konnte sich vom geschichtlichen Schicksal der Sprachenvielfalt nicht beschwert fühlen; er hatte Größeres durchlitten, und er würde Worte und Vergleiche finden, um es auszusagen, und sich vom Joch des einst Geschehenen befreien. Góngora erklärte denn auch selbstbewußt, daß nicht die große Vergangenheit, sondern seine geniale dichterische Neuschöpfung das Spanische an Würde und Vollkommenheit neben das Lateinische und Griechische stelle. Nicht mehr wie bei Nebrija die politische Geschichte, sondern das geniale Individuum schafft die Sprache des Zeitalters. Sie entnimmt, wie Herrera gefordert hatte, Bausteine aus allen Idiomen, aus dem Lateinischen zuerst, dann auch aus den romanischen Muttersprachen; Góngora dichtete 1600 ein viersprachiges Sonett mit spanischen, lateinischen, italienischen und portugiesischen Zeilen.

Góngoras Gegner empfanden 1613 oder 1614, daß hier die Schalen der Tradition gesprengt wurden; das grenzte ans Sakrileg. Góngoras Dichtkunst ver-

---

[29]) Obras completas, hg. Luis Astrana Marín, 2. Aufl., Bd. 1, Madrid 1941: El sueño del infierno S. 179 ff. (Adelshochmut); España defendida y los tiempos de ahora c. 2 S. 328 ff. (Urgeschichte Spaniens); c. 3 S. 336 (Hieronymus); c. 4 S. 338–343 (spanische Sprache, originales); c. 6 S. 358 f. (Hebräer); Libro de todas las cosas y otras muchas más S. 70 f. (aller Sprachen mächtig). Dazu Pedro Lira Urquieta, Sobre Quevedo y otros clásicos, Madrid 1958, S. 67 ff.

wirre die spanische Sprache, und da er der Pfingstgnade nicht teilhaftig geworden sei, so habe ihn wohl ein Schlag des Unglücks von Babel ereilt. Góngora, Hofkaplan unter Philipp III., replizierte, seine Bemühung habe das Spanische auf die Höhe und Vollendung des Lateinischen gehoben, seine Sprache sei den Ungebildeten verständlicher als den Gelehrten. Nachdem Góngora so geschickt seine Sprachkunst neben den klassisch-kirchlichen Gipfel der Sprachgeschichte gestellt hat, braucht er auf den Vergleich mit dem Pfingstwunder nicht weiter einzugehen. Was aber das Unglück von Babel angehe, so wolle er seinen Widersachern ein exegetisches Geheimnis verraten (es ist das Alkuins und des älteren Scaliger): Gott gab den Menschen keine verwirrten Sprachen, sondern nur verwirrte Begriffe in derselben Sprache: sie nahmen Steine für Wasser und Wasser für Steine. In diesem semantischen Wunder offenbart sich die sparsame Weisheit des Allerhöchsten. Ebenso, folgert Góngora, habe auch er seine Dichtung nicht verwirrt; nur die Bosheit der Gegner verwirre sich und verstehe die eindeutige Sprache nicht mehr. Erneut verblüfft uns die Wendung der Exegese ins Persönliche, denn sie besagt zumindest, daß Góngoras Dichtersprache nicht babylonisch ist; wenn er seine *lengua natural* mit fremden Vokabeln bereichert, überschreitet er die Bannmeile der spanischen Babelsprache und schafft neu, was nach Adam verdarb und in Pfingsten erstand[30]). Hier stehen wir an einer äußersten Grenze: Der geniale Dichter wird zum Weltschöpfer und verbessert die Heilsgeschichte der Sprachen; dadurch entzieht er sich der Last der Geschichte. Die Frage wird nur sein, welches Publikum die autonome Sprache noch versteht. Denn in die Breite können solche Gedanken schwer wirken. Während Theologen und Dichter ihren Standort bei den Unsterblichen nahmen und selber unsterblich wurden, klammerten sich die Historiker an das Geschick ihrer Stunde und ihres Staates, mit dem sie untergingen. Wert und Ehre der spanischen Sprache beruhen nicht auf denen, die sie als Tubals altes Idiom verehrten; doch das sehen erst wir. Im spanischen 17. Jahrhundert waren Tubal und seine Babelsprache noch Talismane einer Großmacht.

Das kleine Portugal mußte unterdes seine Weltmachtstellung an die Niederlande abtreten und sich 1580 selbst dem spanischen Nachbarn beugen. Gott lebte nicht mehr in Portugal, und eine alte Tradition, die den Portugiesen biblischen Rang verliehen hätte, gab es nicht. Der missionarische Eifer erlahmte; es blieb wie bei Barros das lateinische Pathos, das der größte Dichter des Landes 1572 beschwor. Luis de Camões (ca. 1524–1580) meinte zwar, bedeutsamer als alle Stammbäume und vergangenen Geschichten sei die Gegenwart, und ihr ent-

[30]) Obras completas, hg. Juan und Isabel MILLÉ Y GIMÉNEZ, 4. Aufl., Madrid 1956: Romance 1 S. 42 (Jugendgedicht); Soneto 266 S. 466 (viersprachiges Sonett); Epistolario 127 S. 1092 f. (Vorwürfe der Gegner); 2 S. 897 f. (G.s Antwort). Dazu BAHNER, Beitrag 103 ff.

nahm er seinen Stoff. Doch besang er die Entdeckung des indischen Seewegs und die Taten seiner Zeitgenossen im Stile Vergils, fast im römischen Kostüm. Stammvater der Lusitanier ist *Lisa* oder *Luso*, Freund oder Sohn des Gottes Bacchus; Lissabon, das neue Rom, ist von Ulixes gestiftet; die portugiesische Sprache gleicht (wie bei Barros) der lateinischen, ohne daß Trojaner und Römer die Ahnen der Portugiesen sein dürften. Die Bibel bleibt weitab; Noah bevölkerte die Welt zum zweiten Mal, doch kam er nicht nach Portugal. Der riesige Turm von Babel stand als archäologisches Relikt am fernen Persergolf in Trümmern und diente zum Gleichnis: Ein Sturm rast auf dem Meer mit gleichem Ungestüm wie damals, als der Turm von Babel fiel. Der Spanier Tubal durfte nicht akkreditiert werden, auch seine Sprache nicht; so war *confusa Babel* kein Ruhmesmal, sondern das Symbol für die Schwierigkeiten der Seefahrer mit den Eingeborenen Afrikas und Indiens. Negersprachen sind barbarisch und ungeschlacht, doch Negerlieder klingen zierlich und schön; man verstünde sie gerne. Meist trifft man aber unterwegs Dolmetscher, die Arabisch oder sogar Kastilisch kennen. Mit praktischem Geschick helfen die Portugiesen sich weiter, ohne Pfingstwunder; dieses erscheint nur einmal auf einem Gemälde, das der (nun teuflisch drapierte) Bacchus vorspiegelt; eine Realität der zwischensprachlichen Beziehungen ist es nicht. Der Dichter versichert, daß all der heidnische Flitter nur dem Schmucke diene, und wir glauben ihm; der biblische Schmuck war schon vergeben. Antikisch blieb die Größe Portugals, auch als sie schon vergangen war[31]).

Aus weiter Ferne betrachteten selbst die beamteten Hüter der Traditionen das biblische Gut. Der Lissaboner Dominikaner-Inquisitor Hieronymus Oleaster (gest. 1563) glaubte 1556 in seinem tüchtigen Genesiskommentar nicht mehr recht an die hebräische Ursprache, die er nicht gut handhabte; seine rabbinischen Ratgeber konnten ihn nicht umstimmen. *Facile crediderim fuisse Chaldaicam aut Hebraicam, quas unam et eandem a principio fuisse puto, nam valde vicinae sunt*. Die semitische Sprachfamilie war schon von Bibliander und Postel entdeckt worden, aber Oleaster gab nun den Glauben an eine führende Sprache dieses Zweiges auf: Die Ursprache war eine semitische, aber welche von den

[31]) Os Lusiados, hg. Hernani CIDADE, Luís de Camões, Obras completas, Bd. 4 und 5, Lissabon 1947: I, 3 Bd. 4, S. 2 f.; VI, 95 Bd. 5, S. 45 (Vergangenheit und Gegenwart); I, 39 Bd. 4, S. 22; III, 21 S. 120; VIII, 2 ff. Bd. 5, S. 89 ff. (Luso); III, 57 Bd. 4, S. 139; VIII, 5 Bd. 5, S. 91 (Lissabon, Ulixes); VI, 7 S. 3 (neues Rom); I, 33 Bd. 4, S. 19 (Portugiesisch und Lateinisch); VII, 75 Bd. 5, S. 82 (Noah); IV, 64 Bd. 4, S. 223; VI, 74 Bd. 5, S. 36; VII, 45 S. 68 (Turm von Babel); I, 62 Bd. 4, S. 33; V, 64 S. 277; V, 69 S. 279 (Negersprachen); V, 63 S. 276 (Negerlieder); I, 50 S. 27; V, 76 f. S. 283; VII, 25 Bd. 5, S. 60; VII, 29 S. 62; VII, 46 S. 68; VIII, 1 S. 89 (Dolmetscher); II, 11 Bd. 4, S. 57 (Pfingstwunder); X, 82 ff. Bd. 5, S. 226 ff. (heidnischer Flitter). Dazu August RÜEGG, Luis de Camões und Portugals Glanzzeit im Spiegel seines Nationalepos, Basel 1925, S. 150 ff., 168 ff.

heutigen, das ist ungewiß; keine Sprache ist von Adam an unversehrt und ungespalten auf uns gekommen. An die Stelle der von Gott gelenkten Harmonie, des *seu* bei Postel, treten die geschichtlichen Entscheidungen: *aut*. Auch bei den Völkern rechnete der Inquisitor mit starken Verschiebungen; die Deutschen *(Tuiscones)* könnten ebensogut Aschkenaz wie Togarma, Gomer wie Magog als Stammvater reklamieren. Der vertraute Berater König Johanns III. wußte, wie wenig die gegenwärtige Welt mit der von Babel noch gemein hatte; diese war nur in schwachen Umrissen erkennbar. Die alte Zahlensymbolik trat an den vertrauten Stellen, Gen. 46, 27 oder Deut. 32, 8, nicht mehr auf. Waren Sprachen und Völker Produkte menschlicher Taten, so mußte Gott selbst sich dem menschlichen Treiben anpassen, wenn er sie änderte; die recht seltsame, vielleicht an Tertullian anknüpfende Auslegung von Gen. 11, 7 nimmt an, Gott habe die Sprachen *assumpta humana forma* geteilt. Eine eigene Inkarnation, um die Sprachen zu verwirren! Ob wirklich ein aufwendiges Wunder nötig war und nicht die Entwicklung der Geschichte genügte?[32])

Man erlebte zu tiefgreifende geschichtliche Veränderungen mit, um an ihre Konstanz zu glauben. Der portugiesische Jesuit Manoel de Sa (1530–1596), in Rom an der Verbesserung der Vulgata-Edition tätig, fand gegen Lebensende gleichfalls keinen aktuellen Stoff mehr in der Genesis, nur die hebräische Ursprache, nicht die modernen Muttersprachen, nur die Galater, Skythen, Kappadokier und Phryger des Hieronymus, nicht die Türken oder die Franzosen der Zeit; von Tubal sprach er nur vage als dem Stammvater der Iberer[33]).

Unter den neuen spanischen Herren mußte man sich umstellen; der von Philipp III. dann zum Archichronographen Portugals erhobene Zisterzienser Bernardo de Brito (ca. 1569–1617) gab sich 1597 alle Mühe. Er behauptete, daß die Spanier Tubals schon vor der babylonischen Zerstreuung fromm und friedlich in ihrem Lande saßen und daß darum ihre ursprüngliche Sprache Hebräisch gewesen sein müsse; vielleicht habe die Sprachverwirrung überhaupt nur die Hamiten betroffen. So konziliant die Verbeugung vor der spanischen Ahnentafel war, sie zielte doch insgeheim gegen die kastilische Sprache, die dann also nicht von Babel kam. Und in der Tat schrieb Brito sein Geschichtswerk nicht, wie ihm geraten worden war, lateinisch oder spanisch, sondern portugiesisch; denn kaum eine Sprache eigne sich besser für die Geschichtsschreibung, und er wolle lieber für seine Landsleute als für seinen Ruhm im Ausland sorgen[34]).

Die Sprache blieb unter der spanischen Herrschaft die Verkörperung nationaler Integrität; wenn man die Sprachverwirrung schon im Lande hatte, konnte

---

[32]) Commentaria in Mosi Pentateuchum, Bd. 1, Lissabon 1556, S. 138–145. Dazu Diestel, Geschichte 277.

[33]) Notationes in totam scripturam sacram, Antwerpen 1598, S. 4.

[34]) Monarchia Lusitana, Bd. 1, Lissabon 1690, S. 8. Dazu Beau (o. S. 1135 Anm. 136) S. 70 f.

man selbst daraus noch Gewinn schlagen. Der hochadlige Dichter Francisco Rodrigues Lobo (ca. 1580–1622) verherrlichte 1618 schäferlich das Landleben, fand die Elemente seiner Stimmung in seiner Muttersprache wieder und schrieb sie von allen fremden Nationen her. Das Portugiesische habe von allen Sprachen das Beste übernommen: die Aussprache vom Lateinischen, den Ursprung vom Griechischen, die Vertraulichkeit vom Kastilischen, die Sanftmut vom Französischen, die Eleganz vom Italienischen. Schimmerte bei der griechischen Ursprungsthese noch die Erinnerung an Ulixes-Odysseus durch, so versicherte sich Rodrigues Lobo auch der biblischen Patina: Das alte Portugiesisch könne den Vergleich mit der heiligen hebräischen Sprache bestehen[35]). Einzigartiges konnte man nicht mehr exklusiv verehren; doch das aus allem gesammelte Beste besaßen (ähnlich wie einst die Iren) die Portugiesen auch unter fremden, wenngleich vertraulichen Herren. Der Trost der Tradition, den das Weltreich hätte entbehren können, war der Provinz vonnöten.

*

Italien vergaß unter spanischen Herren und aktiven Päpsten beinahe sein Nationalbewußtsein und dessen historische Tradition; von den Trojanern und vom alten Rom war selten mehr die Rede, das Studium der Antike trat zurück. Sogar die italienische Sprache, an den Höfen Europas hochangesehen, schien auf eine Geschichte zu verzichten, um desto lebensfrischer zu wirken. Das pulsierende Leben zog sich in kleine, ganz gegenwärtige Zirkel zusammen; das Alte, Dauernde und Allgemeine blieb der Kirche vorbehalten. Nur wem ihre Macht zu handgreiflich erschien, der floh in spiritualistische Regionen und überließ die Zeit ihrem Schicksal[35a]). Ins kirchliche Mittelfeld zwischen Leben und Geist kehrten die alten Traditionen im geistlichen Gewande zurück, soweit die Kirche selbst sie nicht verbannte.

Während der Beratungen des Konzils von Trient hörte man wiederholt, daß die drei am Kreuze Christi angebrachten Sprachen heilig seien; doch die offiziellen Dekrete sagten nichts davon. Das Heilige verkörpert sich nicht in einer noch so ehrwürdigen Sprache, sondern allein in der Kirche, die über Zeiten und Sprachen steht. Sogar die lateinische Kirchensprache wurde nicht kanonisiert, so streng man an ihr festhielt. Indes wurden die sprachlichen Sphären genau abgegrenzt; die dritte Tagungsperiode zog 1562–63 aufs neue den Trennungsstrich zwischen Liturgie- und Predigtsprache, zwischen Bildungs- und Umgangssprache, der seit der Reformation undeutlich geworden war. Das Kon-

---

[35]) Côrte na Aldeia, Diálogo I, hg. Afonso Lopes Vieira, Lissabon 1945, S. 25 f.

[35a]) Leopold von Ranke, Die römischen Päpste in den letzten vier Jahrhunderten, Bd. 1, 8. Aufl., Leipzig 1885, S. 315 ff.

zil bedrohte jeden mit dem Anathem, der die Messe nur in der Landessprache *(vulgaris lingua)* feiern wollte; zugleich schärfte es jedoch die seelsorgliche Unterweisung in der Muttersprache *(lingua vernacula)* erneut ein. Der katholischen Universalität sollte eine verstärkte Intensität zur Seite treten, die auch das kleine Leben von oben her erfaßte. Doch so weit die Kirche in das Profane hineingriff, sie hielt es sich fern[36]).

Dasselbe Bestreben nach reinlicher Scheidung zeigt sich auch auf der weltlichen Gegenseite, etwa bei einem der skeptischsten Florentiner Historiker, Benedetto Varchi (1503–1565). Er trennte gleichfalls die tote, gelehrte und geschriebene Sprache rigoros von der lebendigen und gesprochenen Muttersprache, allerdings um sein Toskanisch vor dem Lateinischen in Schutz zu nehmen. Es ist kein verderbtes Latein, sondern eine ihm gleichrangige, an Schönheit und Anmut sogar überlegene Neuschöpfung. Die Menschen sind Herren ihrer Sprache; jede Stadt, ja jeder Einzelne spricht nach Natur, Zufall oder Willkür ein besonderes Idiom. Unter diesen ragt das Toskanische hervor; seine Jugendfrische besiegt das alte Latein, das schon in der Spätantike starb. Auch Adams Idiom verging, längst ehe die 72 Babelsprachen entstanden. Der Historiker verschmähte den Halt im Hergebrachten und erhoffte das Heil von der Zukunft; sie würde freilich nur literarisch, also intim sein[37]).

Die universale Vergangenheit bot den Zeitgenossen nichts Konkretes mehr, nur plastische Gesten und melodramatische Szenen. Der Nachahmer Ariostos, Marco Guazzo (1496–1556) aus Padua, ließ in seiner Chronik 1553 den *imperadore* Nimrod vor den babylonischen Quiriten flammend über die *virtù* als Lebensziel predigen; auch der Schutzpatron der gerade florierenden Astrologie, *Jonico*, bekam seinen Auftritt. Der Bau mißglückte, doch er zerbarst schön gegliedert wie ein Feuerwerk: Den am Turm werkenden 72 *genti ch'erano nel mondo* verwandelte Gott das Hebräische in 72 Idiome. Wie um zu zeigen, daß alle konkrete Geschichte spanisch ist, übernahm Guazzo die Völkertafel des Alfons von Cartagena: Gomer sind die spanischen Galicier, Magog die Goten[38]). Der aus Morea stammende Halbitaliener Giovanni Tarcagnota (gest. 1566) fand zwar, daß „nach einigen" Japhet Janus gewesen sei, doch seine Kinder waren nur Galater, Skythen, Jonier, Thraker *e altri simili* unter türkischer Herrschaft. Italien selbst schien nur aus scheiternden Individuen zu bestehen; ihnen gleicht

---

[36]) Sessio XXII, 8, hg. Stephan Ehses, Concilium Tridentinum, Bd. 8, Freiburg i. Br. 1919, S. 961; Sessio XXIV, 7, ebenda Bd. 9, Freiburg i. Br. 1924, S. 982. Dazu Grentrup, Muttersprache 302 ff.; Josef Andreas Jungmann SJ, Das Konzil von Trient und die Erneuerung der Liturgie, in: Das Weltkonzil von Trient, Sein Werden und Wirken, hg. Georg Schreiber, Bd. 1, Freiburg i. Br. 1951, S. 325–336, hier S. 330 ff.; Schmidt (o. S. 1119 Anm. 117) S. 95 ff., 169 ff.

[37]) L'Ercolano, in: Opere, hg. Antonio Racheli, Bd. 2, Triest 1859, S. 74-82 (Toskanisch, Latein), 27-33 (Adam, Babel). Dazu Klein, Latein 81 ff.

[38]) Cronica, Venedig 1553, f. 31–51.

Tarcagnotas Nimrod. Nach der Sintflut strebten alle Menschen in die Berge, um vor neuen Wassern sicher zu wohnen; einzig Nimrod wagte sich tapfer in die Ebene hinab, mußte aber dort, um einer Flut zu widerstehen, einen hohen Turm errichten. Niemand begreift, warum Gott den mutigen Ingenieur härter bestrafte als die Kolonien der Feiglinge; genug, daß es geschah[39]). Der Einzelne vermag nichts, die Menge wenig, wenn nicht die geistliche Idee sie beseelt.

Das wurde der Trost des schwermütigen Torquato Tasso (1544–1595), der zwischen heidnischer Sinnenfreude und religiöser Ekstase hin und hergerissen wurde. Sein Epos vom ersten Kreuzzug führte 1575 aus der Märchenwelt Ariostos in historische Realitäten hinüber; doch die wahre Geschichtsmacht ist die Kreuzzugsidee. Der christliche Held ordnet auch die weltliche Wirrnis; Gottfried von Bouillon, Tankred und sein Knappe und andere Kreuzfahrer beherrschen die orientalischen Idiome. Zersplittert und uneins sind die Heiden, nicht nur in der Neuen Welt mit ihren vielen Sprachen und Kulturen, sondern auch beim ägyptischen Heer, in dem zahlreiche dissonante Idiome durcheinander schwirren. Das Symbol der stolzen Heiden ist denn auch der Babelturm, *l'alta mole d'error*. Die irdische Vielfalt wird nicht anerkannt, alle Irrung und Wirrung wird der Frömmigkeit weichen müssen; die Geschichte wird nicht mehr verändert, sondern aufgehoben[40]).

Danach sehnte sich auch der Kapuziner Lorenz von Brindisi (1559–1619). Sein Genesiskommentar, der die rabbinische Exegese heranzog, wollte um 1585 die Juden zur kirchlichen Einheit führen und pries das paradiesische Urbild, den hebräischen Einklang aller Menschen, die fromme Eintracht der Sitten und Riten, die Lorenz auch in Deutschland und im Donautal tatkräftig vertrat. Daß sie verlorenging, war die Schuld des gigantischen Königs Nimrod, der als Zentrum seines tyrannischen Weltreiches einen gewaltigen Ziegelturm baute. Den hohen Mut des Bauherrn ließ Lorenz nicht gelten; Tarcagnota hielt sich auch nicht an den Text, der buchstäblich auszulegen war. Was hätte denn ein Turm in einer Ebene genützt? Wer eine Sintflut erwartet, türmt auf den höchsten Berg noch eine hohe Warte. Nimrod fürchtete keine neue Sintflut, und vielleicht gehört dies mit zu seiner Gottlosigkeit. Denn nicht der Turm als Bauwerk war sündhaft, sondern seine Funktion war gottfeindlich. Darum

---

[39]) Delle istorie del mondo, Bd. 1, Venedig 1592, S. 7 f.

[40]) La Gerusalemme liberata, hg. Francesco FLORA, Torquato Tasso, Poesie (LI 21), Mailand-Neapel 1952: XVIII, 52 S. 445 (Gottfried); XIII, 39 S. 331 (Tankred); XVIII, 57 S. 447 (sein Knappe); II, 61 S. 48; XIV, 28 S. 350 (andere); XV, 28 S. 373 (Neue Welt); XIX, 58 S. 476 (Ägypter); II, 91 S. 57 (Babelturm). Dazu Fritz SCHALK, Torquato Tassos Religiosität, in: Concordia decennalis, Deutsch-italienische Forschungen, Festschrift der Universität Köln zum 10jährigen Bestehen des Deutsch-Italienischen Kulturinstituts Petrarcahaus, Köln 1941, S. 211–222, hier S. 213 f.

gab Gott den Menschen plötzlich neue Sprachen ein, und seither ist, wie Augustin schon sagte, der Mensch mit seinem Hund vertrauter als mit seinem Nächsten. Die soziale Gemeinschaft wurde also durch die weltliche Obrigkeit vernichtet; die geistliche Gemeinde wird sie mit Gottes Hilfe wiederbeleben können. Daß Lorenz selbst Hebräisch und Aramäisch gut verstand, bezeichnete er als Geschenk der Gottesmutter, die er als höchste Vertreterin der Menschheit besonders verehrte. Nicht einmal Fremdsprachen kann der Normalmensch aus eigener Kraft beherrschen. Die geschichtliche Überlieferung kann beiseite bleiben – Lorenz interpretierte die Völkertafel nicht –, wenn die Kirche jetzt die große Einigung vollbringt[41]). Aber vertrat die Kirche nicht selbst eine sehr konkrete und umstrittene Tradition? War ihre Heilige Schrift, ihre Liturgie nicht viel eher konservativ und exklusiv als universal?

Gegen diesen Einwand schrieb 1586 der Wortführer der katholischen Reform, der Jesuit Robert Bellarmin (1542–1621), in Rom eine glänzende Apologie der kirchlichen Sprachenpolitik seit dem Trienter Konzil. Es gibt keine heiligen Sprachen, es gibt nur die Heilige Schrift; die Sprachen, in denen sie geschrieben ist, genießen einen gewissen, keinen absoluten Vorrang. So ist das Hebräische älter als alle anderen Sprachen; das wird erwiesen durch *tum ipsius brevitas et simplicitas, tum auctoritas doctissimorum hominum*. Doch soll dieses Argument lediglich die alte Überlieferung der Bibel sichern, nicht eine Ursprache Gottes proklamieren. Die Autorität der griechischen Septuaginta suchte Bellarmin dadurch zu stützen, daß er im offenen Widerspruch zu Hieronymus die Aristeas-Legende von den 72 Übersetzern noch einmal aufgriff; doch blieben auch hier die exegetischen Querverweise weg. Der Hauptstreit ging um die dritte der klassischen Sprachen. Immer wieder fragten die Häretiker, warum die Katholiken an der lateinischen Bibel festhielten. Und hierauf antwortete Bellarmin nicht konventionell und traditionell, sondern mit einer originellen vergleichenden Sprachsoziologie, die sich, wie wir sahen, Suarez teilweise aneignete und die lange vorbildlich blieb.

Man liest die Heilige Schrift nicht in der Volkssprache. Die Juden vernehmen sie noch heutigentags auf hebräisch, und das ist nicht ihre Muttersprache. Christus selbst sprach, wie Erasmus bemerkte, reines, literarisches Hebräisch, nicht den syrischen Dialekt. Die Apostel besaßen seit Pfingsten zweifellos die Sprachengnade, doch ist hierbei (analog der Lehre Salmeróns) streng zu unterscheiden: Die Apostel predigten in allen Idiomen, aber sie schrieben nur in den

---

[41]) Explanatio in Genesim, in: Opera omnia, Bd. 3, Padua 1935, S. 548 ff., 562 ff. (in Deutschland nicht erhältlich); zitiert nach Theophilus AB ORBISO OFMCap, Undecim priora capita Geneseos a Sancto Laurentio Brundusino (O.F.M.Cap.) explanata, in: Antonianum 25 (1950) 443–474; 26 (1951) 61–82, hier S. 447, 77 ff. Dazu Salvatore GAROFALO, S. Lorenzo da Brindisi esegeta, in: S. Lorenzo da Brindisi (Miscellanea Laurentiana 1), Padua 1951, S. 211–229, hier S. 220, 226 f.

Bildungssprachen, und zwar gerade nicht in den Muttersprachen der Empfänger: Paulus schrieb den Römern griechisch, nicht lateinisch, Petrus den Juden griechisch, nicht semitisch. Die Folgerung ist einfach: Die Kirche braucht Sprachen, die außer Gebrauch sind. Denn die lebendigen *linguae maternae ac vulgares* wandeln sich rasch: In Spanien wurde das Latein verdrängt durch die Goten („andere nennen sie Geten") und die Mauren; auch Italienisch und Französisch sind korrumpiertes Latein. Das klassische Latein jedoch verändert sich nicht mehr; es ist heute die einzige dem ganzen Okzident gemeinsame Sprache, weil sie tot ist. Wenn die Kirche sie benutzt, muß sie die Bibel nicht in jedem Jahrhundert neu übersetzen und behält ihre Gemeinschaft; denn die heutigen Konzilsväter sind der Sprachengnade nicht mehr teilhaftig. Als hieratische Sprache verwendet, ist das Latein der Majestät des Gottesdienstes angemessen und verehrungswürdig; seiner Eigenart nach ist es keineswegs heiliger als irgendeine andere Sprache.

Jeder Bezug auf ein göttliches Wunder, auf eine providentielle Auserwählung einer Sprache ist sorgfältig vermieden; im Gegenteil: Das Lateinische wird nicht etwa als Weltsprache des Zeitengipfels gepriesen; als Christus lebte, waren die hieratischen Sprachen Hebräisch und Griechisch. Bellarmin argumentierte rein sprachgeschichtlich, und zwar sichtlich unter dem Eindruck der soeben durch Varchi abgeschlossenen italienischen Streitfrage um Latein und Volgare. Nur kehrte der spätere Kardinal Varchis Bevorzugung der lebenden Muttersprache um: Italienisch ist korrumpiertes Latein, die tote Sprache steht höher. Bellarmin erkannte sonst die Fortschritte und Lösungen der Geschichte an und berief sich nicht gerne auf Kontinuitäten seit dem Uraltertum; wenn er das Hebräische als älteste Sprache pries, dann hieß das zugleich, daß es zur Zeit, als Moses schrieb, bereits antiquiert war. Als deutsche Reichstheoretiker (im Gefolge Melanchthons) sich darauf versteiften, bereits Nimrod habe die Weltherrschaft von Gott erhalten, protestierte Bellarmin scharf. Auch die Kirche ist der Geschichte keineswegs wunderbar enthoben, sie muß sich ihrer Gestaltungen bedienen. Doch darf unter dem geschichtlichen Wandel und der menschlichen Willkür die göttliche, geistliche Sendung der Kirche nicht leiden; das kann nur erreicht werden, indem ein abgebrauchtes, von der Geschichte überholtes Idiom das der Gegenwart verweigerte Pfingstwunder ersetzt. Dieser scheinbare Traditionalismus bleibt jedoch stets ein Notbehelf; die Heilsgeschichte der Sprachen mitsamt ihren mittelalterlichen Traditionen kann nicht mehr herangezogen werden. Damit ist erneut anerkannt, daß die Sprachen immanente menschliche Bildungen sind, auf die sich der Auftrag der Kirche nicht unmittelbar bezieht[42]).

[42]) Opera omnia, 7 Bände, Neapel 1856–61: De verbo Dei II, 1 Bd. 1, S. 62 (Hebräisch); II, 6 S. 68 f. (Aristeas); II, 15 f. S. 86–95 (Volkssprache); De translatione

Der Oratorianer und spätere Kardinal-Bibliothekar Caesar Baronius (1538 bis 1607), ein einfacher Mann ohne kritischen Impetus, erreichte den Höhenflug Bellarmins nicht, als er 1588 gegen die These vom Verfall der Kirche ihre Unveränderlichkeit historisch beweisen wollte. Er brachte es nicht über sich, die lateinische Kirchensprache ganz immanent zu begründen (und schenkte seinem eigenen Latein vielleicht darum wenig Sorgfalt und Schliff); er meinte, diese hervorragendste aller Sprachen habe am Kreuz an der vornehmsten Stelle, nämlich Christi Haupt am nächsten, gestanden; ihre Majestät sei durch den Gebrauch in der römischen Kirche noch weiter erhöht worden. Theologische und historische Argumentation sind weniger deutlich als bei Bellarmin auseinanderzuhalten, wenn es mehr um die historische Kontinuität der Papstkirche als um ihre geistliche Sendung geht. Doch auch dabei sind die mittelalterlichen Überlieferungen nicht zu brauchen, weil sie das Geistliche zu körperlich aktualisierten. Bei Gelegenheit des Pfingstwunders nannte Baronius die Autoren, die über die Sprachenzahl handelten, Klemens von Alexandria, Augustin, Epiphanius und den weniger bekannten Pacian. Auf diesen stürzte sich Baronius: Seine Meinung von 120 Sprachen sei falsch, weil an Pfingsten nicht alle 120 Anwesenden je eine, sondern, wie Gregor von Nazianz bezeuge, jeder der 12 Apostel alle Sprachen erhalten habe. Nicht die ganze Urkirche, nur ihre Leiter wurden begnadet; diese Gnade aber war unbeschränkt. Nun hatte selbst im Mittelalter kaum jemand Pacians Rechnung angenommen; heikler war das Problem, ob die Koryphäen der alten Kirche sich mit der Angabe von 72 Sprachen irrten. Baronius bejahte diese Frage, freilich nur indirekt, indem er den Leser eilig abspeiste: *Caetera quae ad alia spectant, relinquimus interpretibus*. Auch die Formel von 72 Sprachen wurde wie die von drei heiligen Sprachen der geistlichen Universalität und der historischen Kontinuität der Kirche nicht mehr gerecht[43]).

Wer sich aber noch weiter auf historische Apologetik einließ, fand gerade die Handgreiflichkeit solcher Formeln überzeugend; zumindest hatten sie pädagogischen Wert. Der römische Jesuit Orazio Torsellini (1544–1599) ließ 1598 einen Abriß der Weltgeschichte erscheinen, der noch 1775 in London *in usum regiae scholae Etonensis* neu aufgelegt wurde. Hier liest man die von Torsellinis Ordensbruder Pereyra widerlegten alten Angaben über den Turmbau, der von Nimrod-Belus gegen eine neue Flut oder als *conveniendi monumentum* erbaut wurde, und über die Sprachenteilung: *Repente una, qua tum utebantur omnes, lingua in duas*

imperii Romani c. 7 Bd. 4, S. 65 (Nimrod; dazu Goez, Translatio 316). Dazu Edward A. Ryan SJ, The Historical Scholarship of Saint Bellarmine (Université de Louvain, Recueil de travaux ... d'histoire et de philologie II, 35), Louvain 1936, S. 69, 199 ff.; auch Fritzemeyer, Christenheit 71 ff.

[43]) Annales ecclesiastici, hg. Augustin Theiner, Bd. 1, Paris 1887: Anno 16, Nr. 9 S. 46; anno 34, Nr. 115 S. 140 (Latein); anno 34, Nr. 236 f. S. 175 f. (Sprachenzahl).

et septuaginta, quot erant familiae, divinitus dispertitur. Der humanistische Rationalismus sah große Begebenheiten und wunderbare Ordnungen; das mochte den Eton-Boys fürs erste genügen[44]). Wer höhere Ansprüche stellte, konnte schon im ausgehenden 16. Jahrhundert nicht an den Textvarianten der Septuaginta vorbeigehen; im Zeitalter der römischen Vulgata-Revision mußte der Bibeltext wichtiger sein als eine Tradition der Kirchenväter.

Der Generalpropst des Barnabiten-Ordens, Agosto Tornielli (1543–1622), versuchte 1610 die Überlieferung mitsamt dem Bibeltext zu bewahren. Die 72 Sprachen seien die *communior doctorum sententia*; um die in dem Komparativ lauernde Unsicherheit zu übertönen, rettete sich Tornielli in den Traditionalismus: Die Gelehrten hätten diese Meinung wohl aus einer uralten Tradition. Die Septuaginta zählte zwar in Genesis 10 zusammen 74 Namen (wie Pereyra rechnete Tornielli den Ebal der Vulgata mit); doch sei dies eine Verderbnis des Urtextes. Wie läßt sich aus dem Text die Formel noch rechtfertigen? Tornielli tat es mit bedenklichen Kunstgriffen. Augustin habe nur 12 Jektaniden aufgeführt, alle Bibelversionen hätten 13 (Ebal fehlt aber auch in den meisten LXX-Handschriften). Dafür zählte Augustin statt der 7 Japhetkinder 8 (den zusätzlichen Elisa hat jedoch die LXX auch). Beide Versehen Augustins höben sich gegenseitig auf, so daß man seiner *ratio* der 73 Söhne und 72 Sprachen zustimmen müsse. Dieser Tausch Elisa-Ebal korrigierte also Augustins Rechnung mit Hilfe der Vulgata, ließ aber die sonstigen Eigenheiten der LXX, auch den zweimal gezählten Kainan, stehen.

Tornielli empfand wohl, wie unzulässig eine solche Kontamination der Versionen war, und setzte neu an, zumal ein Katholik sich nicht auf die LXX, sondern auf die Vulgata stützen mußte. Wer nach der lateinischen Vulgata trotz ihrer 70, mit Nimrod 71 Namen zu den begehrten 72 kommen wolle, der müsse, anders als Augustin, Phaleg neben Heber gesondert zählen und außerdem aus der LXX den einen der beiden dort genannten Kainan herübernehmen. Also neue, noch willkürlichere Kontamination! Diese rabulistische Textkritik war eigentlich überflüssig, weil Tornielli selbst nicht glaubte, daß es in Babel 72 Völker gegeben habe und heute noch die 72 babylonischen Sprachen gebe; die amerikanischen Entdeckungen hätten gezeigt, wie schnell sich das Weltbild verändern könne. Trotzdem blieb der Generalpropst harthörig. Irgendwie, *mediate vel immediate*, stammten die heutigen Sprachen doch von Babel her, selbst die der amerikanischen Scharen, die vielleicht aus Ostasien über die Beringstraße in ihre neue Heimat eingewandert und vermutlich nicht Semiten, sondern Japhetiten seien. (Acostas Lehren in neuem Gewande.) Unter den sechs „modernen" Hauptsprachen Torniellis befanden sich allerdings zwar die drei alten, aber keine afrikanischen oder amerikanischen. Der aktuell verzierte Tra-

[44]) Epitome historiarum, Ausgabe Köln 1629, S. 7.

ditionalismus hielt sich wie der Gegenwart, so auch der ältesten Urzeit fern; die Juden sprächen heute nicht mehr das urtümliche Hebräisch, denn sie hätten wie alle anderen Völker gegen Noahs ausdrücklichen Befehl sich nicht in die ihnen angewiesenen Länder begeben, sondern an Nimrods Zentralbau beteiligt. Das war die Meinung des Annius, dem Tornielli auch die mehr als drei Noachiden abnahm. Noah hatte die Erde aufgeteilt; daß ihm die Menschen nicht gehorchten, war die Sünde beim Turmbau[45]). Die einzige Konstante in der Geschichte ist daher weder Sprache noch Volk, sondern die Achtung vor Autorität und Tradition. Das individuelle Denken und Leben kann nur in die Irre führen.

Das lehrt ein wildbewegtes Bild vom Babelturm, das der Venezianer Leandro Bassano (1557–1623) oder einer seiner Schüler um 1600 malte. Hier sind nicht, wie sonst bei Bassano, in satten Farben Städte und Prospekte dargestellt; das Bauwerk tritt in den Hintergrund, es ist, ohne Fenster, Tür und Schmuck, kaum erst drei Mannslängen hoch. Doch ringsum sind die Bauarbeiter fieberhaft an der Arbeit, sie rennen und tun alles zugleich, wild gestikulierend und von den massigen Lasten gedrückt, angetrieben durch den bombastisch heranschreitenden Nimrod. Nur Verblendete arbeiten so wütend; die Frommen nehmen dankbar hin, was Gottes Gnade ihnen gibt[46]).

So viel seßhafte Zufriedenheit findet man nicht überall; manche Italiener fügten sich der Nivellierung nicht und suchten die ganze Weite der Welt und den ganzen Verlauf der Geschichte nach einem Gesetz ab, das geistliche Gemeinschaft mit individuellem Leben verbände. Der Florentiner Kaufmann Filippo Sassetti (1540–1588) hatte sich zu Hause um eine reine, klare, der Schrift nahe Sprache bemüht, um die Vielfalt des Erlebten geformt wiederzugeben. Als er 1583 nach Portugiesisch-Indien fuhr, hörte er entsetzt die Makler und Kaufleute in einer Sprache bellen, die der Teufel selber nicht verstünde. Japaner und Javaner weichen in ihren Sprachen so weit voneinander ab wie die Schweizer von den Chaldäern; das gegenwärtige Leben scheint sich keinen Normen zu fügen, höchstens der historischen Entwicklung und der gelehrten Tradition. Japaner und Javaner haben die gleiche Bilderschrift; Bildung verbindet die Völker und weist auf ihr Altertum zurück. Auch in Indien findet man bei den Gelehrten ein unverdorbenes altes Idiom, *Sanscruta, che vuol dire bene articolata.* Diese Sprache ist nicht nur in der modernen indischen Umgangssprache (wohl im indoarischen Marathi) noch zu erkennen; sie hat auch viel von „unseren“ Namen und Zahlen. Sassetti hat als erster die indogermanische Sprachgemeinschaft entdeckt. Er ging noch weiter und glaubte den Brah-

---

[45]) Annales sacri et profani, Frankfurt/Main 1613, S. 123–130 (Sprachen), 142 (Amerika), 115 (Noachiden).

[46]) National Gallery Illustrations, Italian Schools, London 1950, S. 24 Nr. 60.

manen den Anspruch, bei ihnen habe die Wissenschaft begonnen; denn Herodot wußte auch davon. So wären denn im indischen Altertum die Ursprünge aller Sprachen zu suchen? In der Tat läßt sich eine europäische Sprache *facilmente* ins Sanskrit übertragen, umgekehrt nicht; die Europäer können wegen der *differente temperatura* der Sprachen das schnelle und lautreiche Sanskrit nicht einmal nachsprechen. Aber auch in Indien selbst grassiert die Allerweltskrankheit des Jahrhunderts, die Sassetti aus dem italienischen Streit um Latein und Volgare zur Genüge kennt: Dieses klangschöne Sanskrit ist nur die Schriftsprache der Gelehrten und Theologen; die gesprochenen Umgangsidiome haben sich weit davon entfernt. Sassetti hätte also eher Bellarmin als Varchi zugestimmt, doch noch entschiedener im Ursprung die Einheit des Ganzen gesucht; jedenfalls hielt er sich von allem patriotischen Eigensinn und der Verherrlichung seiner Muttersprache fern[47]).

Das kann man nicht behaupten von dem libanesischen Maroniten und späteren Patriarchen Georg Michael Amira (gest. 1641), obwohl auch er die Einheit der Sprachen im Ursprung und durch Gelehrsamkeit verankert sah. Nach elfjährigem Studium in Rom verkündete er 1596 keineswegs die Urgemeinschaft der semitischen und japhetitischen Idiome, sondern den Primat seiner Muttersprache: *Mihi dicendum esse videtur, linguam Chaldaicam sive Syriacam omnium linguarum esse antiquissimam ac primam.* Das Hebräische sei ein Ableger des Aramäischen und nicht die Sprache Adams. Und dieses paradiesische Idiom ist heilsgeschichtlich zentral: Christus und die Apostel hätten (und haben tatsächlich) Aramäisch gesprochen. Die Ursprache hätte also Babel und die Geschichte überdauert[48]). Der Syrer trug damit nur die These von Theodoret und Barhebraeus nach Europa; im katholischen Italien mußte sie höchst beunruhigend wirken. Es gäbe also doch eine heilige und zugleich irdische Sprache? Die Priorität der hebräischen Bibel, von Bellarmin bis Tornielli unbestritten, wäre also problematisch? Die führenden Katholiken hatten der hebräischen Bibel den „Sitz im Leben" entzogen, sie der Geschichte hieratisch entrückt; hätte sich im Paradies doch sprachliches Leben vollzogen, so gut wie es sich heute vollzieht?

Einen Schritt weiter, und man stand bei dem sienesischen Häretiker Fausto Socini (1539–1604), der humanistisch und rationalistisch das Alte Testament für ein Geschichtsbuch und keine Offenbarungsurkunde hielt. Christus kam

---

[47]) Lettere edite e inedite, hg. Ettore MARCUCCI, Florenz 1855: Nr. 26 S. 45 (reine, klare Sprache); Nr. 81 S. 251 (Makler); Nr. 108 S. 408 (Japaner, Javaner); Nr. 110 S. 415 f. (Sanskrit, Brahmanen); Nr. 88 S. 283 (europäische Sprachen, Schrift- und Umgangssprache). Dazu ARENS, Sprachwissenschaft 58 (mit nicht ganz korrekter Übersetzung); BONFANTE, Ideas 686 f.

[48]) Grammatica Syriaca sive Chaldaica, Rom 1596, unpaginiert. Dazu BENFEY, Sprachwissenschaft 219.

nicht als Gott auf die Erde, er war ein Mensch; ebensowenig war Adam übernatürlich begabt. Im Züricher Exil schrieb Socini 1578, Adam hätte den Dingen auch irgendwelche anderen Namen geben können, und jeder beliebige Dummkopf *(quilibet quantumvis stupidus)* könnte es ihm gleichtun. Denn diese urtümlichen Namen bezeichneten nicht die Natur der Geschöpfe, sondern bloß ihre sinnliche Erscheinung. Die Quelle der Weisheit ist die Erfahrung, Adam aber war ein Kind, unschuldig und ahnungslos. Gott ließ ihn die Dinge nicht benennen, um deren Natur zu offenbaren, sondern um dem Menschen ihre Unterscheidung und Beherrschung zu erleichtern. Erst diese Herrschaft über seine Umwelt macht den Menschen Gott ähnlich. Er wächst Gott um so weiter entgegen, je größer seine Erfahrung und Weisheit wird. Das bedeutet (ähnlich wie bei Vives), daß die Ursprache (welche auch immer) armselig war, daß Gott sie nicht segnete, daß die Sprachen erst durch Forschung und Geschichte allmählich ihre Fülle erreichen und daß die ganze Höhe der möglichen Weltbemächtigung durch Sprache noch nicht erklommen ist. Dieses beinahe schon aufklärerische Geschichtsbild öffnete die ganze Breite des historischen Panoramas und gab vor allem den Weg in die Zukunft frei[49]).

Ihn bahnten sich auch die anderen Häretiker der italienischen Spätrenaissance, nur daß sie weniger durch humanistische Kritik als durch ekstatischen Überschwang sündigten; alle Geheimnisse der Heilsgeschichte schossen ihnen zusammen und schienen zu fordern, daß die kleinliche Gegenwart zu revolutionieren sei. Der venezianische Schwärmer Giacomo Brocardo zog durch ganz Europa, erregte im reformierten Holland Anstoß, in der Schweiz Anteilnahme und starb nach 1594 in Nürnberg; überall predigte er leidenschaftlich seine Visionen. 1580 wurde ihm die Genesis zur Apokalypse; die Geschichte der Weltmächte hob sich selbst aus den Angeln. Denn Sem sind die Juden, Japhet die außereuropäischen Christen, also wohl auch die verfolgten Schwärmer, die nicht an den Papst glauben; denn der schwarze Cham ist das Papsttum selbst, und seine Kinder sind die europäischen Staaten, vor allem die verruchten und bigotten Spanier. Doch ist Italien auch darunter, durch Kusch verkörpert, Frankreich ist Misraim, Deutschland Kanaan. Der schlimmste von allen ist Nimrod, der deutsche Kaiser; der Babelturm der Hamiten bedeutet die *camera imperialis* und das Papsttum; beide werden bald durch die Sprachverwirrung von Gott vernichtet und in alle Welt verstreut werden. Daß unter dem in Madrid erzogenen Kaiser Rudolf II. die Jesuiten und die Gegenreformation weite Gebiete zurückgewannen, störte Brocardos Gewißheit nicht; denn alle

[49]) De statu primi hominis ante lapsum, ad defensionem Francisci Puccii responsio c. 4, hg. Andreas Wiszowaty – Frans Kuyper, Fausti Socini opera (Bibliotheca Fratrum Polonorum), Bd. 2, Amsterdam 1656, S. 294–297. Dazu Delio Cantimori, Italienische Haeretiker der Spätrenaissance, Basel 1949, S. 353 ff.; Kraus, Geschichte 37 ff.

weltliche Herrschaft war teuflisch und vergänglich. Noch seine Skepsis war ein Bekenntnis zu der Welt über den Konfessionen[50]).

Doch wie konnten die Geheimnisse Gottes durch historische Exegese entschleiert werden, wenn Gott nicht in der Geschichte wohnte? Die symbolische, synchronische Verkettung alles Lebendigen konnte den Schöpfer sichtbarer erkennen lassen. Der Domherr Pietro Bongo (gest. 1601) von Bergamo wurde m. W. nicht als Ketzer belangt, obwohl er seine schwärmerische Freude an der *Cabala, quae nil profecto aliud est nisi symbolica Theologia* nicht verbarg. Er brachte 1585 nicht nur die hebräische Ursprache, von der er einiges verstand, wieder zum Vorschein, sondern auch die ganze Zahlenkette der 72 Bauherren unter Nimrod in Babel, der 72 Sprachen, 72 Völker, 72 Sanhedrinmitglieder, 72 Bibelübersetzer, 72 Engel, 72 Gottesnamen, 72 Himmelsquartiere, 72 Körperglieder. Bongo verschwieg seine Vorlage (wohl Agrippa von Nettesheim), wollte aber in den Fußstapfen der weisen Vorfahren bleiben und teilte die armenische Sprachenliste des 12. Jahrhunderts in extenso mit. Allerdings ließ er dabei Griechen, Slaven und einen armenischen Namen weg und wußte außer Galiläern und Polen nichts zu ergänzen, so daß er sein Zahlensoll nicht erfüllte; auch gliederte er die 72 Sprachen einmal nach Augustin, einmal nach Arnobius. Doch auf die Kongruenz mit der Realität kam es Bongo nicht an; die kabbalistische Ordnung schwebte zeitlos über ihr und wurde von dem Domherrn beschaulich notiert[51]).

Ihm fehlte die verzehrende Leidenschaft, mit der Giordano Bruno (1548 bis 1600) aus Nola die geheime Weltordnung zu ergründen suchte. Er glaubte sie 1582 wie Lull predigen zu können, auch wenn sie sich der unzulänglichen Sprache und dem rechnenden Verstand entzog. Menschliche Begriffe geben nur die Schatten der göttlichen Ideen wieder; die Idee ist sozusagen der erste Mensch, der sich dann in die Mehrzahl und Vielfalt zerstreut. Doch bleibt auch in der Mannigfaltigkeit die schöne Ordnung noch spürbar, weil die Materie nicht ganz verloren, die endliche Welt in der unendlichen aufgehoben ist. Darum kann in den Namen der Sprache große Kraft liegen; die Hebräer wußten es, die Päpste wissen es noch, wenn sie bei der Thronbesteigung ihren Namen ändern[52]). Aber die Vielfalt verdunkelt die Macht des Zeichens. Jedes lebende Wesen erhebt, wie Bruno 1584 sagte, seine besondere Stimme; das ist natür-

---

[50]) Mystica et prophetica libri Genesis interpretatio, Leiden 1593, f. 193v–197v.

[51]) Mysticae numerorum significationis liber, Bd. 1, Bergamo 1585, im unpaginierten Vorwort (Kabbala), S. 23 (Ursprache), 118 ff. (Zahl 72). Ausgabe der Sprachenliste o. S. 939 ff. Über Bongo: Donato Calvi, Scena letteraria degli scrittori Bergamaschi, Bd. 1, Bergamo 1664, S. 436–439.

[52]) Opera latine conscripta, hg. Francesco Fiorentino u. a., 3 Bände, Neapel 1879–91: De umbris idearum II, 8 Bd. 2,1 S. 44 (Idee als erster Mensch); II, 20 S. 49 (Zerstreuung); I, 7 S. 23; I, 11 f. S. 27 (schöne Vielfalt); De rerum principiis elementis et causis Bd. 3, S. 560 (Kraft der Namen).

lich und notwendig. Doch das Leben behindert den Geist; die getrennten Sprachen stören die Freiheit. Für einen geistigen Menschen ist es ein Ruhmestitel, wenn man seiner Sprache die Herkunft aus Italien, Frankreich oder England nicht anmerkt; Königin Elisabeth I. unterhielt sich mit Bruno italienisch, und der weitverfolgte Dominikaner war dafür dankbar. Doch Sprachenkenntnis allein hilft wenig, sie bleibt äußerlich; nicht jeder, der Italienisch spricht, versteht den Nolaner; Gräzisten begreifen den Aristoteles nicht. Weisheit ist innerlich; mancher beherrscht kaum eine Sprache, vielleicht nur eine Bastardsprache, und ist doch der weiseste Mann. Und ein anderer ist das dümmste Rindvieh auf Erden und versteht doch alle Sprachen, „deren es, wie unsere Prediger sagen, 72 gibt", ja vielleicht noch eine halbe dazu. Wer die unendliche Weltseele enzyklopädisch in Fesseln schlagen möchte, ist ein Verräter am Geist; Bruno vergleicht 1584 diese Weltgelehrten mit den Giganten, die zum Himmel strebten, und mit der wilden Brut des *Belo* (nicht des Nimrod), die den Turm zu Babel baute. Sie treiben ihren Bau bis in den Himmel, wie Bruno 1585 klagt, wollen ihre Seele zu den göttlichen Geheimnissen erheben und kümmern sich nicht um die irdische Verwirrung, die sie hinterlassen. Aber sie werden wie die Babeltürmer selbst verwirrt und zerstreut werden; die Harmonie der Welten wird über alles Trennungsdenken siegen. Aus den Fängen Satans werden die prädestinierten Seelen befreit, tausend durch jeden der 72 Jünger, wie es Num. 31, 33 im Bild der 72000 Tiere verheißt. Die Unendlichkeit der Schöpfung verklammert alle Zeichen und Zeiten so, daß sich in einem Symbol, in einer Zahl und Gestalt das Ganze nicht völlig manifestiert[53]).

Auf die Spitze getrieben ist dieses Prinzip in einer atemberaubenden Gleichung von Einheit und Dreiheit, von Moses, Homer und Hesiod, die der Nolaner 1591 bei seinem Aufenthalt in Deutschland drucken ließ. Aus dem einen Vater Noah entfaltete sich nach der Sintflut die Trias seiner Söhne Sem, Cham und *Iapetus*. In dreifachem Anlauf versuchten die drei Brüder, den Himmel zu stürmen, Pelion, Ossa und Olymp aufeinander zu türmen; Jupiters dreifacher Blitz warf sie zurück und zähmte die titanischen Kinder der *Tellus*. Mit dieser verwegenen, an die Jüdische Sibylle erinnernden Gleichung zwischen den Söhnen Noahs und denen der Gaia gab sich Giordano noch nicht zufrieden; die Erde ist nicht nur Noah, sie ist auch der eine Schöpfer. Dreifach ist die Gewalt der *Tellus*; als sie Lebewesen gebar, da schuf der Eine dem dreifachen Volk drei Patriarchen, *Ennoc*, Leviathan und Adam als dritten. Ob sie über die Luft, das Wasser und die Erde getrennt herrschen sollen, ist nicht gesagt; jedenfalls ver-

[53]) Opere italiane, hg. Giovanni Gentile (Classici della filosofia moderna 2 und 6), 2 Bände, 2. Aufl., Bari 1925–27: De la causa, principio e uno c. 1 Bd. 1, S. 150 (jedes lebende Wesen); c. 4 S. 230 (Herkunft und Sprache); c. 3 S. 200 ff. (Sprachenkenntnis, 72 Sprachen); Spaccio de la bestia trionfante I, 3 Bd. 2, S. 60 (Belo); Cabala del cavallo pegaseo S. 247, 268 (Verwirrung der Weltgelehrten), 246 (72000 Tiere).

körpern sie das gleiche Gesetz wie die tellurischen Noachiden. Vor und neben Adam erstanden andere Ordnungen; hieß das nicht – wie die Zeitgenossen argwöhnten –, daß bloß die Juden Kinder Adams waren? Der kühne Gedanke des Paracelsus gewann im Mythenvergleich greifbare Gestalt; der Ursprung des Menschen selbst könnte dreispältig sein. Die genealogische Einheit des Menschengeschlechts, die historische Einmaligkeit seiner Patriarchen wurde gegen die Monade Gott abgewogen und zu leicht befunden. Der Vorrang der hebräischen wie jeder anderen Sprache und Nation wurde vernichtet, jede Fessel des Geistes gesprengt. Die italienische Umwelt, die den Nolaner nicht verstand, nahm ihm die Fesseln freilich bis zum Feuertod nicht ab[54]).

Der Sinnenwelt näher blieb Brunos gleich rebellischer Ordensbruder, der kalabrische Dominikaner Tommaso Campanella (1568–1639). Er griff nicht ins Unendliche, eher in die Geschichte, um Gottes Macht zu verkünden; schriftliche Offenbarung und lebendige Erfahrung sollten zusammenwirken. Im spanischen Gefängnis nahm er nach 1590 Amiras These störrisch auf, um dem hebräischen Text sein erdrückendes Gewicht zu nehmen: *lingua Hebraica dependens a Chaldaica, quae prima est*. Doch lag an der sprachlichen Priorität nicht allzuviel; wie bei Postel drückte sich im Verschiedenen das Gleiche aus: Der hebräische Gottesname *Jeova* ist mit dem antiken *Jove* verwandt. Der erste, der diesen Gottesnamen usurpierte, war der Assyrer Belus, ein Nachfahre Nimrods. So schließt sich der alte Kreis, und „Jupiter" ist nur eine nimrodische Vergötzung und Verwirrung des wahren Namens. Vor Belus floh Abraham und wahrte den Glauben an Jahwe. In allem Getrennten, ja Feindlichen wohnt die eine Wahrheit des Ursprungs.

Seit 1596 lehrte Campanella, daß auch die Dichtung aus dem Lob des Schöpfergottes entstanden sei; denn ihre Grundlagen, Gesang und Metrum, wurden dem Menschen bei der Schöpfung mitgegeben, und so finden wir überall, sogar in Amerika, Dichtung, ob sie nun von den Hebräern, den Chaldäern oder den Ägyptern ausging. Sie soll und kann naturalistisch die Dinge und die Geschichte abmalen und die Völker treffend schildern: den Franzosen stürmisch und unverschämt, den Spanier verschlagen und eitel, den Deutschen betrunken und treu, den Italiener schlagfertig. Die Dichtung gibt jedem Menschen seine eigene Sprache; schon Dante ließ ja Nimrod als Urheber der Sprachverwirrung unverständlich reden. So spiegelt der Dichter perspektivisch durch die Sprache das individuelle Leben. Die derzeitige Verschiedenheit und Verwirrung löst sich freilich auf, wenn künftig über den Völkern die christliche Einheit verwirklicht wird. Einen Vorgriff versuchte 1602 Campanellas utopi-

[54]) De monade numero et figura, hg. FIORENTINO (o. Anm. 52) Bd. 1, 2 S. 363. Zu Bruno: Leonardo OLSCHKI, Giordano Bruno, in: DVLG 2 (1924) 1–79, hier S. 75 ff.; GARIN, Humanismus 253 ff.; VERBURG, Taal 191 ff.

scher Entwurf vom Sonnenstaat; das Volk, das aus Indien stammen soll, spricht eine einsilbige, dem Italienischen nahe Sprache. (Ob Campanella von Sassetti wußte?) Hier verquicken sich die Differenzen. Im Sonnenstaat wird man zwar das Wissen pflegen, doch nicht die zeitraubenden Sprachkenntnisse; dafür hat man Dolmetscher. Zwischen Mensch und Natur soll sich keine sprachliche Zwischenwelt schieben, erst recht keine heilige Buchsprache; Geist und Leben sollen sich versöhnen, wie in der Urzeit, so in der Endzeit[55]).

Im zeitgenössischen Italien blieben sie trotz aller Versuche getrennt. Daß die geistigen Energien universal gerichtet waren, kam ganz Europa, doch nicht der Heimat zugute. Weder wollte sich die katholische Kirche auf die Stufe der besonderen Nation herablassen, noch konnte sich das italienische Leben zur geschlossenen Nation erheben. Schriftliche Tradition und lebende Sprache begegneten einander kaum; das Denken achtete wenig auf das Geschehen. Damit war Italiens leidvolle Rolle in der europäischen Staatenwelt verbunden.

*

Nicht glücklicher, aber gegenwartsnäher war die deutsche Position in unserem Themenkreis. In Deutschland verhärteten sich zwischen dem Augsburger Religionsfrieden und dem Dreißigjährigen Krieg die territorialen und die konfessionellen Fronten. Gewiß, man führte noch Religionsgespräche, aber nicht mehr, um zur alten Einheit zurückzufinden. Der erste deutsche Jesuit, Petrus Canisius (1521–1597), schrieb 1576 aus Innsbruck an den Würzburger Fürstbischof Julius, wie nützlich solche Religionsgespräche seien; sie enthüllten die Uneinigkeit der neuen Sekten. Diese ähneln den alten Giganten und den törichten Erbauern des babylonischen Turmes, deren Sprache geteilt, deren Vorhaben vereitelt wurde; mit aller Mühe erreichen sie nur, daß der gewünschte Fortgang sich in einen schmachvollen Ausgang verwandelt. Als der Hofprediger dies schrieb, arbeitete er an der historischen Widerlegung der „Magdeburger Zenturien", die das Gotteswort vergewaltigten; doch auf die Urgeschichte konnte der Jesuit sich dabei nicht einlassen[56]). Die Entscheidung fiel hier und

[55]) De sensu rerum et magia IV, 2, Frankfurt/Main 1620, S. 264; auch in der italienischen Fassung: Del senso delle cose e della magia IV, 2, hg. Antonio Bruers (Classici della filosofia moderna 24), Bari 1925, S. 225 (Hebräisch, Jove, Belus). Poetica, hg. Luigi Firpo (Reale Accademia d'Italia, Studi e documenti 13), Rom 1944: Italienische Fassung c. 2 S. 78 f. (Entstehung der Poesie); lateinische Fassung c. 5 S. 262 f. (Gesang und Metrum); ital. c. 20 S. 176 f. (Dichtung und Sprachen). La città del sole, hg. Romano Amerio, Opere di Giordano Bruno e di Tommaso Campanella (LI 33), Mailand-Neapel 1956, S. 1078 (aus Indien), 1075 f. (Sprache), 1081 (Sprachkenntnisse). Dazu Meinecke, Staatsräson 106 ff.; Fritzemeyer, Christenheit 78 ff.; Garin, Humanismus 271 ff.; Verburg, Taal 197.

[56]) Catechismi latini, hg. Friedrich Streicher SJ (Societatis Jesu selecti scriptores

jetzt, und Babel war bloß ein Gleichnis. Auf die vorbabylonische Einheit durften sich die Jesuiten um so weniger berufen, als ihrem bedeutendsten zeitgenössischen Hebraisten der Vorrang der hebräischen Sprache und Bibelversion fraglich geworden war; der Würzburger und Mainzer Jesuiten-Professor Nikolaus Serarius (1555–1609) meinte, nicht das Hebräische, sondern das Samaritanische sei die Ursprache[57]).

Die traditionslose Konsequenz der Jesuiten erregte freilich das Mißfallen konservativer deutscher Katholiken; der westfälische Geistliche Matthäus Tympius war 1615 wieder felsenfest davon überzeugt, daß Hebräisch die älteste und heiligste, Griechisch die reichste, Lateinisch die mächtigste Sprache sei, und faßte die drei Idiome als heilige zusammen, doch so, daß ihre Reihenfolge (wie bei Luther, umgekehrt wie bei Baronius) den Abstieg vom Ursprung bezeichnet: Die Hebräer tranken aus frischen Quellen, die Griechen aus Bächen, die Lateiner aus Sümpfen. Verlaß war nur auf das Uralte, Vorbabylonische; denn seit die Menschen mit Gott kämpfen wollten, bekämpfen sie einander mit Worten[58]). Wem nützen dann noch Religionsgespräche?

Lobpreis des hebräischen Uraltertums, das war auch die Parole des Wiener Arztes Wolfgang Lazius (1514–1565), der als Hofhistoriograph von Canisius' Gönner Ferdinand I. 1557 die Völkerwanderungen untersuchte, freilich so phantastisch verworren, daß ein moderner Gelehrter dieses Werk einen babylonischen Turmbau nannte, von dem heute kein Stein mehr auf dem anderen stehe. Lazius vergaß nämlich in seinem Höflingseifer die kritischen Grundsätze seines Lehrers Beatus Rhenanus; zwar verwarf er Stainreuters jüdischen Herzog Abraham als Stammvater Österreichs, doch er hielt sich an Annius und Aventin. Japhets Bruder Tuisco war der erste Herr Europas, das in der nächsten Generation weiter aufgeteilt wurde: Gomer erhielt die nördliche Mitte von der Weichsel zum Atlantik, *Dissametes* (ein Zwitter aus Dis und Samothes) Südfrankreich, Tubal diesmal Italien, Magog den slavischen Osten. Tuisco aber ist – wie bei dem Lutheraner Gasser – mit Aschkenaz personengleich; außerdem ist Aschkenaz auch Gomers Sohn, also der Erbe Mitteleuropas; die Askanier tragen noch seinen Namen. Jedenfalls wurde er der Vater der Teutonen und der keltischen Galater, also der Franzosen und Deutschen. Seine Sprache behielt eine hebräische und griechische Beimischung; das ist unser Deutsch, wie es Lazius etwa im Nibelungenlied fand. Wir Deutsche sind also doch, wie Stainreuter wollte, mit den Juden urverwandt und den Franzosen überlegen; denn die alten Gallier sprachen das Deutsch des Aschkenaz, Französisch ist ein deut-

II, 1, 1), Rom-München 1933, S. 80* f. Dazu James Brodrick SJ, Petrus Canisius 1521–1597, Deutsche Übersetzung, Bd. 2, Wien 1950, S. 457 ff.

[57]) Prolegomena biblica, Mainz 1612, S. 7 ff.

[58]) Mensa theolophilosophica seu conviviorum pulpamenta et condimenta suavissima, Münster 1615, S. 214 f.

scher Dialekt. Die Germanen sind überhaupt das Urvolk Europas, identisch mit Kelten, Galliern und Skythen; aus Skythien kamen vielleicht die Bayern, und in diesem Raum sind auch die Goten zu suchen. Eben noch hatte Lazius wie Beatus Rhenanus gewarnt, man dürfe die skandinavischen Goten nicht mit den Geten verwechseln; nun tat er es selbst. Für die 72 Sprachen blieb nur noch in einem Marginale Platz; die chaotische Konkordanz sollte allein dem Prestige der Wiener Hofburg dienen. Man nahm die biblischen Genealogien notfalls auch von Protestanten; sie waren nur Verbrämungen der dynastischen Glorie[59]).

Und darin gingen mit Lazius andere Hof- und Landeshistoriker einig, auch wenn sie nicht katholisch waren. Am Königsberger Hof der Brandenburger Herzöge komponierte der Bassist Johann Hasentöter außer einem Psalmenwerk 1569 eine Weltgeschichte, die sich an dem Dominikaner Annius orientierte. Gomer war Italiener, Tubal Spanier, Mosoch Russe, Magog Türke. Wenn Noah auch Janus und Nimrod auch Saturn hieß, durften die Deutschen gleichfalls Bibel und Antike vermählen; der deutsche Ältervater Aschkenaz *war nachmals Thuiscon gheißen*[60]). Der Jenenser Genealoge und Medizin-Professor Elias Reusner (1555–1612) versicherte 1592, Tuisco sei *Mosi proculdubio Ascenas* und der Ahnherr der Deutschen, der Karolinger und der Askanier. Schon bei Krantz und Aventin war das sächsische Herzogshaus nahe genug an die Bibel herangerückt, um nun nach Lazius' Vorgang in sie aufgenommen zu werden; gegen solchen Ruhm fielen der tschechische *Zechus* und der merowingische Antenor stark ab[61]). In seiner Schwabengeschichte glaubte 1593 auch der Tübinger Professor für Latein und Griechisch, Martin Crusius (1526 bis 1607), an *Ascenez... qui et Tuiscon dicitur, Tuisconum, hoc est Germanorum, primus rex*; er habe nach der babylonischen Verwirrung die *teutonica lingua* behalten[62]). Der Historiker der Dithmarscher, Johann Adolf Neokorus (ca. 1550 bis 1630) in Büsum, musterte 1598 die verschiedenen Meinungen vom Ursprung seines sächsischen Stammes: Kam er aus England, Dänemark, Makedonien, Gallien, Böhmen, Skythien, Sakien? *Am levesten unde werdigsten* schien

---

[59]) De aliquot gentium migrationibus, sedibus fixis, reliquiis, linguarumque initiis et immutationibus ac dialectis, Neudruck Basel 1572, S. 15–22 (Annius), 163 (Franzosen), 281 f. (Bayern), 692 ff. (Goten), 19 (Marginale). Dazu Raumer, Philologie 25 ff.; Gotthelf, Altertum 28 f.; Joachimsen, Geschichtsauffassung 150 ff. (hier „babylonischer Turmbau"); Allen, Noah 117 f.

[60]) Chronica, das ist Beschreibung der fürnembsten gedechtnuswirdigen Historien, Geschichten und Handlungen, Königsberg 1569, unpaginiert, ad annum mundi 1798 sqq. Dazu Peter Gerrit Thielen, Die Kultur am Hofe Herzog Albrechts von Preußen (1525–1568) (Göttinger Bausteine zur Geschichtswissenschaft 12), Göttingen 1953, S. 91, 96, 164.

[61]) Genealogia imperatorum, regum, principum ... sive opus genealogicum catholicum, Frankfurt/Main 1592, S. 177 (Karolinger), 426 (Askanier), 133 (Tschechen), 1 (Merowinger). Dazu Gotthelf, Altertum 36 f.; Klempt, Säkularisierung 41 f.

[62]) Annales suevici, Bd. 1, Frankfurt/Main 1595, S. 3. Dazu Strauss, Germany 78 f.

dem Prediger die Meinung, die Dithmarscher seien Noachiden, vielleicht Japhetiten, Kinder des *Assenes* oder des berossischen Tuisco. Neokorus, nicht so wendig wie seine Kollegen, hielt Tuisco und Aschkenaz auseinander, obwohl er wußte, daß *etliche* eine Person daraus machten[63]).

Wer nicht nur eine Dynastie oder eine Landschaft historisch betreuen wollte, wem der Glanz des alten deutschen Reiches lebhaft vor Augen stand, der fand erst recht bei Annius, was er suchte. Der aus der Schweiz gebürtige Frankfurter Polyhistor Melchior von Haiminsfeld, genannt Goldast (1578–1635) glaubte wohl an den Deutschen Aschkenaz und berief sich, soviel ich weiß, nicht auf den berossischen Tuisco; doch ging es ihm um politische, nicht um religiöse Historie, und so durfte er die biblische Umrahmung getrost beiseite lassen. Ohne das Tuisco-Bild des Annius und ohne Lazius ist indes nicht denkbar, was Goldast 1609 von der Macht der alten Germanen schrieb. Sie waren gewaltige Kämpfer, und danach heißen ihre Völker: Hermanen und Germanen sind „Kriegsmänner", Kelten sind „Helden", Gallier sind „Walle", Belgier sind „Bälger", Kimbern sind „Kämpfer", Sachsen sind *Scacher*, Thraker sind *Thratzer*, Skythen endlich sind „Schützen". Die deutsche Sprache beherrschte also einst ebenso wie die germanische Rasse ganz Europa, als wäre Babel nie gewesen[64]). Religion und Bildung schienen sich völlig in den Dienst der Machtgeschichte zu stellen.

Aber ließen sich diese drei Sektoren überhaupt auf die alte Weise der Universalhistorie vermengen? Der Frankfurter und Helmstedter Geschichtsprofessor Reiner Reineccius (1541–1595) sonderte 1579 und 1582 sorgsam Bildungsgeschichte, Kirchengeschichte und politische Geschichte, nicht statisch nach Sprachen (wie Augustin) oder Völkern (wie Alexander von Roes), sondern universalhistorisch. Am Ursprung waren Bildung und Religion eins in der Sprache Gottes, die die Menschen hegten; bis zur Sintflut blieb dieses Hebräisch allen Menschen gemeinsam. Nach der Sintflut erst trennten sich die Bereiche. Das Hebräische blieb die Sprache der wahren Religion und des jüdischen Volkes; aus den von Adam erfundenen hebräischen Buchstaben bildeten sich die übrigen Schriftarten. Die Translation der Bildungsgüter wurde vor allem in den Häusern Sem und Japhet nicht unterbrochen, insbesondere bei den Griechen Javans, der zugleich der Ahn der Römer und wohl der doppelköpfige Janus war. (Das wußte die römische Lokalsage seit 1155; die von Annius vollzogene Beförderung des Römergottes auf Noahs Stelle wurde abgewiesen.) Die getrennten Völker reichten in ihren Schulen das Bildungsgut weiter.

---

[63]) Chronik des Landes Dithmarschen, hg. Friedrich Christoph DAHLMANN, Bd. 1, Kiel 1827, S. 16 ff., 41 ff., 73 ff.

[64]) Reichssatzung deß Heiligen Römischen Reichs, Bd. 1, Hanau 1609, f. II v. Dazu RAUMER, Philologie 52 ff.

Ein Monument der Bildungstradition war nach der originellen Vermutung des Reineccius auch der Turm von Babel. Als sich etwa hundert Jahre nach der Sintflut (das Datum ist berossisch) die Stämme wegen Übervölkerung trennen mußten, wollten sie den späteren Geschlechtern die Wissenschaften in diesem Turm übermitteln, wie es nach dem Bericht des Josephus bereits in der vorsintflutlichen Kirche die frommen Patriarchen auf zwei Säulen getan hatten. Die gute Absicht wurde gestört durch Cham. (Auch Königshofen hatte sich die Turmbau-Sünde durch eine nachträgliche Verfälschung eines frommen Zwecks erklärt.) Cham nämlich wollte eine neue Religion, den Feuerkult und Götzendienst errichten und den Babelturm als Tempel dieser Religion, als seine Ruhmeshalle verwenden; denn Cham ist niemand anders als *Jupiter Hammon*. (Lemaire de Belges hatte Jupiter noch als Chams Sohn angesehen, doch die Etymologie lockte weiter.) So wurde der Turmbau ein Denkmal Chams, seiner „homerischen", heidnischen Giganten und der falschen Kirche. Chams Enkel Nimrod-Saturn war der erste Weltkönig; mit ihm begann die verwirrende Geschichte der Macht.

Die Sprachverwirrung wurde von Reineccius ausgespart; er mochte sie sichtlich nicht als Gotteswunder deuten, erzählte nur von ihren Folgen, den Völkerwanderungen, die besonders die Hamiten trafen; vielleicht besiedelten sie zuerst Amerika. Hingegen blieben die Japhetiten einträchtig beisammen; erst zur Zeit Caesars trennten sich die Nachfahren Gomers, die *Galli* und *Germani* voneinander; Lazius hatte unrecht. Auch andere separatistische Genealogien wie die fränkische und welfische Trojanerfabel wurden zurückgewiesen; im Mittelpunkt stand die Einheit der abendländischen Bildung und ihre Frömmigkeit. Janus war noch weise, erst Jupiter geriet auf Abwege, die dann zur Machtgeschichte führten. Tuisco wurde keines Blickes gewürdigt. Wir sollen aus der Geschichte geistige Lehren ziehen, keine machtpolitischen Ruhmestitel[65]).

In ähnlichem Sinn betrachteten die deutschen Kalvinisten die Geschichte. Melanchthons Schüler Viktorin Strigelius (1524–1569) sah schon 1566 in der Sprachentrennung keineswegs die von Gott gewollte Harmonie des irdisch Getrennten, sondern eine schreckliche Strafe und die Quelle aller unausrott-

---

[65]) Historiae tam sacrae quam profanae cognitio, 3. Aufl., Frankfurt/Oder-Leipzig 1685: Oratio de historia eiusque dignitate, generibus sive partibus S. 139 (Sprache Gottes); Methodus legendi cognoscendique historiam tam sacram quam profanam S. 73 f., 76 (Schriftarten, Schulen); Oratio S. 110 f. (Javan-Janus, Säulen), 111 ff. (Babelturm), 115 f. (Cham-Hammon); Methodus S. 41 (falsche Kirche); Oratio S. 120 (Nimrod-Saturn); Methodus S. 61 (Nimrod Weltkönig), 36 (Völkerwanderungen), 23 (Amerika); Oratio S. 131 f. (Gomer), 164 f. (Trojaner). Dazu Klempt, Säkularisierung 40 f., 70 f. Für Hinweise und Materialien danke ich Prof. Otto Herding-Münster, der eine größere Untersuchung über R. vorbereitet; vgl. Westfälische Zeitschrift 109 (1959) 217 f.

baren Zwietracht in Kirche und Staat. Als er 1567 zum Kalvinismus und nach Heidelberg überwechselte, knüpfte er in weltgeschichtlichen Vorlesungen zwar alle Völker an die Bibel an, doch Tuisco und selbst Aschkenaz erhielten keinen Ehrenplatz. Statt dessen verweilte Strigelius liebevoll beim Erzvater Adam, der die hebräische Ursprache in einer Art Akademie seinen Nachfahren überliefert habe. Herodots Mär von der Ursprache verfing nicht[66]). In Heidelberg, vom Kurfürsten geschützt, verfaßten der vom Judentum zum Kalvinismus übergetretene Italiener Immanuel Tremellius (1510–1580) und sein Schwiegersohn, der aus Frankreich verjagte François Du Jon (Junius, 1545–1602), seit 1575 eine lateinische Bibelübersetzung und -auslegung, die gleichfalls die hebräische Ursprache besonders respektvoll erwähnte. Die mosaische Völkertafel enthält zwar 72 Namen, doch daraus darf man nicht auf 72 Sprachen und Völker schließen; denn die hier genannten Familien hatten nicht alle besondere Sprachen, so etwa die Kanaanäer. Moses wollte nicht die Sippentafel der ganzen Welt für neugierige Gemüter überliefern, sondern Gottes Wundertaten berichten. Am Babelturm ist nichts Gutes, er war ein Belus-Tempel der Götzendiener; die Mutmaßungen des Josephus sind meist unbegründet. Auch die Kinder Japhets hat er uns zu nahe gerückt; sie sind Asiaten[67]). Wenn das Alte Testament uns Heutigen viel zu sagen hat, dann nicht als Kompendium unserer Frühgeschichte, sondern als Weckruf unserer Frömmigkeit.

Ebenso deutete um 1590 der sächsische Oberhofprediger Johann Salmuth (1552–1622) die Erzählung vom Babelturm. Die Strafe des babylonischen Übermuts sind die mancherlei Irrtümer in den Kirchen und die Ungerechtigkeiten im Gemeinen Leben. Von den konstituierten Konfessionen und Territorien konnte nichts Gutes kommen. Der Kryptokalvinist tröstete sich damit, daß an Pfingsten das Evangelium in vielen Sprachen gepredigt und *dadurch eine einige Kirche gesamlet* wurde. Die geistliche Gemeinde kann nicht durch Gewalt zerrissen werden; der Wille zur Macht wird kein neues Weltreich gründen, weder ein päpstliches noch ein türkisches. Die lutherische Landeskirche fühlte sich betroffen, unterdrückte das Buch und verhaftete Salmuth[68]). Doch nun sahen die Reformierten erst recht im Babelturm eine aktuelle Warnung vor *superbia* und *ambitio*, wie der Herborner Theologe Johann Piscator (1546–1625) seit

---

[66]) Primus liber Moysi, Leipzig 1566, S. 53 f. (Sprachentrennung); dazu Diestel, Geschichte 271. Scholae historicae, Neustadt/Weinstraße 1586, S. 254 f., zitiert nach Viljo Adolf Nordman, Victorinus Strigelius als Geschichtslehrer, Diss. phil. Helsinki, Åbo 1930, S. 100 ff. (Vorlesung).

[67]) Testamenti Veteris Biblia Sacra, Ausgabe Genf 1630, S. 5 (Hebräisch), 12–15 (Völkertafel usw.).

[68]) Biblia germanica cum glossis, Dresden 1593, S. 9. Im Exemplar der Göttinger Staats- und Universitätsbibliothek ist das Titelblatt herausgerissen, damit, wie ein zeitgenössischer Bibliothekar vermerkt, Skandal vermieden würde; das Buch enthalte viel Heterodoxes.

1601 schrieb[69]). Wenn sich ein Kalvinist in Deutschland mit der Völkertafel überhaupt abgab, dann tat er es wie der Heidelberger Professor Paul Tossanus (1572–1634) 1617, um die Amerikaner und nicht die Europäer in ihr zu finden. Tossanus hatte freilich nur die These des Arias Montano anzubieten, daß die Indianer vom semitischen Stamme Jektan sein könnten. Doch sollte damit nur die Allmacht Gottes, nicht die Vormacht der Europäer aufgedeckt werden[70]). Der Mensch ist ein Sünder und soll sich seiner Werke nicht rühmen.

Diesen Standpunkt, den Standpunkt Luthers, verteidigte gegen alle humanistischen Anpassungen auch der Wortführer der Gnesiolutheraner, Matthias Flacius Illyricus (1520–1575). Der Zugang zu Gott darf dem betenden Menschen nicht durch irdische Engpässe erschwert werden; darum zog Flacius 1560 in den „Magdeburger Zenturien" aus dem Pfingstwunder die Lehre, daß man Gott in jeder Sprache loben solle, nicht in der unverständlichen Liturgie der katholischen Kirche, auch nicht im ekstatischen Gestammel der Schwärmer, sondern in der täglichen Sprache des Volkes. Der Istrier in Jena konnte dabei keine einzelne Muttersprache hervorheben; aber nach seiner Vertreibung wollte er 1567 in Straßburg von modernen Idiomen überhaupt nicht mehr viel hören. Der ehemalige Wittenberger Professor für Hebräisch klammerte sich an die Bibel, und nur an die Bibel. Allein das geschriebene Wort Gottes überdauert die Zeiten. Schon vom menschlichen, literarischen Standpunkt aus haben die *literatae linguae* Hebräisch, Griechisch und Latein einen Vorzug vor den neuen Sprachen Deutsch, Slavisch, Italienisch; aber viel wichtiger als diese humanistische, bei Bellarmin wiederkehrende Begründung ist die theologische. Wenn Christus an seinem Kreuz den triumphalen Titel in den drei Sprachen anbringen ließ, ist es Sünde, sie zu verachten. Doch nicht der untersten, lateinischen gebührt der Vorrang, wie Baronius bald schreiben sollte, sondern der hebräischen *lingua originaria* der Bibel.

Sie ist die Mutter aller übrigen Idiome, wie die Alphabete und Etymologien im Griechischen und Lateinischen zeigen; auch die zwei modernen Hauptsprachen, Deutsch und „Illyrisch" – die beiden Flacius am nächsten stehenden Muttersprachen –, leben aus der hebräischen Wurzel. Darum zurück zur Quelle! Hebräisch ist dem Menschengeschlecht bei der Schöpfung von Gott gegeben, zum Lobe des Herrn und zur Verständigung unter den Menschen; Hebräisch ist die Sprache Gottes, der Stammeltern und Patriarchen und unseres Erlösers. Sie ist rein, heilig und genau treffend; das kleinste Jota dieser *sacrosancta lingua* ist uralt; ihre Wörter und Sätze sind voll wunderbarer Harmonie. Gott gab sie den Menschen in seiner Güte. In seinem Zorn legte er

[69]) Commentarii in omnes libros Veteris Testamenti, Ausgabe Herborn 1646, S. 60 f.

[70]) Biblia, das ist die gantze heilige Schrifft, Ausgabe Minden 1716, S. 12.

ihnen die übrigen Sprachen auf, als sie den stolzen Turm von Babel bauten; seither trüben Übersetzungen die reine Quelle, und die Völker, die sich nicht verstehen, hassen sich. Denn nach den Sprachen gliedern sich die Völker: *Gentes plerunque linguis discernuntur; et omnes diversae gentes diversas linguas aut genera sermonis habent.* So liegt denn in der Isolierung der Sprachen und der Völker ein göttliches Gesetz; man muß es respektieren – Flacius gab Otfrids Evangelienbuch heraus, weil ihn die alte deutsche Sprache reizte. Doch über allen späten Verkörperungen des Geistes dräut Gottes Unmut und die rohe Tyrannei des „Jägers", das heißt herrischen Kriegers Nimrod. Der Himmel öffnet sich nicht in der Heilsgeschichte, nur in der Schrift, nicht in der Tradition, nur in der Bibel. Das Schriftprinzip, zusammen mit der spiritualistischen Ablehnung der Geschichte als Verfall, führt bei Flacius zur Heiligsprechung der hebräischen Ursprache. Nicht nur ihr Inhalt, ihre äußere Gestalt ist göttlich, eine Lehre, die den Reformatoren und selbst Fagius noch ferngelegen hatte, der wir aber von nun an öfter begegnen werden[71]).

Doch je weiter die lutherischen Landeskirchen in Zusammenarbeit mit den Fürsten ausgebaut wurden, um so enger mußten die Theologen mit der sprachlichen Gegenwart und der völkischen Vergangenheit vertraut werden; bei Luther und mehr noch bei Melanchthon fanden sich Ansätze für deren theologische Deutung. Der schwäbische Reformator und Berater Herzog Christophs von Württemberg, Johann Brenz (1499–1570), bezog in seinen Stuttgarter Wochenpredigten die biblische Genesis praktisch auf seine Gegenwart, um ihr moralische, nicht spiritualistische Lehren zu entnehmen. Der Mitstreiter Luthers und Melanchthons hielt wohl nichts von Annius und Tuisco, gab den Synkretisten aber doch ganz gerne zu: *Nos Germani descendimus a Japhet seu Japeto per Ascenas, ut multi sentiunt.* Für die Deutschen sei es angenehm, ihren Stammbaum mehr als viertausend Jahre weit zurückverfolgen zu können; Christus sei zwar Semit gewesen, doch dank Gen. 9, 27 sei das Christentum jetzt japhetitisch. Die Teilung der Welt in 70 Provinzen sei nach Gen. 46, 27 erfolgt, also Gott wohlgefällig. Doch lobte Brenz ähnlich wie Luther mehr die ethnische als die sprachliche Gliederung. Die Einheit der Ursprache, nach der gewöhnlichen Meinung Hebräisch, wäre für uns Moderne ein großes Geschenk. Zwar war nicht der Bau eines Turmes, wohl aber die Absicht der Ruh-

---

[71]) Ecclesiastica Historia, Centuria I, liber II, Basel 1560, S. 292, 336, 494, 535 (Volkssprache); dazu Karl Heussi, Centuriae, in: Harnack-Ehrung, Leipzig 1921, S. 328–334, hier S. 330. Clavis scripturae sacrae, 2 Bände, Jena 1674, hier Bd. 1, Sp. 594 (literatae); Bd. 2, Sp. 731 f. (originaria), 651–667 (Lob des Hebräischen); Bd. 1, Sp. 65 (Babel), 589 (Sprache und Volk), 1270 (Nimrod). Dazu Günter Moldaenke, Schriftverständnis und Schriftdeutung im Zeitalter der Reformation, Bd. 1: Matthias Flacius Illyricus (Forschungen zur Kirchen- und Geistesgeschichte 9), Stuttgart 1936, S. 168 ff.; Kraus, Geschichte 31. Den Gegensatz zwischen reformatorischem und Schriftprinzip betont Hanns Rückert, Schrift, Tradition, Kirche, Lüneburg 1951, S. 22 f.

mesfeier Sünde. Die anfangs 72 Sprachen – mit vorsichtigem *dicuntur fuisse* angezeigt, doch trotz Luthers Protest wieder aufgenommen – haben sich seither noch weit mehr verzweigt. Diese furchtbare Strafe wurde an Pfingsten nur *aliquo modo* eingeschränkt, doch im irdischen Bereich verewigt; sie behindert Handel und Reisen und kann nur *magno labore et sumptu* ein wenig abgemildert werden. Noch wurde die Muttersprache nicht gefeiert, und doch haben sich Luthers Akzente, kaum merklich zunächst, verschoben: Gottes Ordnung wird sichtbar, greifbar, und in ihr der Segen über dem deutschen Volk[72]).

Der aus Franken gebürtige Leipziger Exeget Nikolaus Selnecker (1530–1592) war auf versöhnlichen und friedlichen Ton bedacht; er hatte auch die Streitigkeiten zwischen den Anhängern Melanchthons und denen des Flacius Illyricus schlichten helfen und blickte lieber nach dem Himmelssaal als in das irdische Jammertal. Er verehrte 1569 die drei heiligen Sprachen, besonders die erste, hoch und sah in der traurigen Sprachentrennung die Keimzelle der Religionsstreitigkeiten und der *antipathiae nationum*. Noch heute verkommt die reine Sprache, wenn die rechte Religion verwirrt wird; man sieht es an den zwei ehedem heiligen Sprachen: Der Türke hat das klassische Griechisch, der Papst das gute Latein verschandelt. Sprachgeschichte ist Religionsgeschichte. Auch für Selnecker bleibt eine geschichtliche Kette der Verheißungen, etwa in der Tradition von 72 Babelbauern, 72 Sprachen und 72 Bibelübersetzern, vor allem in der Genealogie Japhets, des *Europae pater*. Der Name „Europa“ selbst ist nicht nach der griechischen Sagengestalt, sondern nach dem hebräischen „Schar, Völkermischung“ gebildet. So ruht der reine Segen der hebräischen Ursprache auf den Japhetiten und besonders auf den *Tuiscones*, *Teutschen*, *Teutones* des Aschkenaz[73]).

Doch durfte der Nationalstolz nicht die Gebrechlichkeit des Menschen verdecken und seine tätige Reue einschläfern; besonders die von Melanchthon geförderten Pädagogen unter den Theologen sahen darauf. Der wackere Schulmann Georg Fabricius (1516–1571) aus Chemnitz, mit Melanchthon verbunden, hinterließ einen Genesiskommentar, der im zehnten Kapitel nur 59 Völkerväter zählte, also die Symbolzahl verwarf. Unter ihnen ragt Japhet hervor, der Vater der *Germani* und Italiener, überhaupt Europas. Aber in Babel sündigten auch unsere japhetitischen Vorfahren und verschuldeten mit, daß Gottes Wort sich nach der *disiunctio* nur langsam ausbreiten konnte. Unschuldig blieb nur Sem[74]). Seiner Sprache, der *sancta lingua Hebraea*, widmete Fabricius' Freund

---

[72]) Explicatio Geneseos, in: Opera, Bd. 1, Tübingen 1576, S. 117–123. Dazu DIESTEL, Geschichte 269 f.; Alfred BRECHT, Johannes Brenz, der Reformator Württembergs, Stuttgart 1949, S. 48, 59 f.

[73]) In Genesin commentarius, Leipzig 1569, S. 347–363.

[74]) Commentarius in Genesin, Leipzig 1584, S. 64–69.

Michael Neander (1525–1595) 1563 ein eigenes Buch; dem trefflichen Schulleiter von Ilfeld, einem Schüler Luthers und Melanchthons, standen Religion und Bildung gleichfalls höher als nationale Interessen. Seine Weltchronik betrachtete 1583 Noah, den *dominus tunc solus orbis terrae* und Vater aller Völker; sie sah in aller Völkerteilung nur Abfall und Sünde und ging stillschweigend über die 72 Sprachen und Völker, rasch über Annius hinweg. Daraus kann der Christ nichts lernen[75]). Andere Geschichtslehrbücher mochten den deutschen Aschkenaz nicht ganz missen, aber dann nannten sie ihn, wie 1597 ein süddeutsches Kompendium, allein Japhets Enkel. Ein Leipziger Handbuch führte 1599 als den Bruder des Aschkenaz doch wieder den ersten deutschen König *Tuiscon* ein, wußte aber mehr als von ihm vom Hebräischen zu berichten, das Adam aus dem himmlischen Paradies mitgebracht habe; in Babel verwirrte nach Nimrods Turmbau Gott selbst die 72 Sprachen[76]). An der Folgezeit konnte nicht viel Heiliges sein.

Und doch hatte Gott den Deutschen zu guter Letzt den Reformator geschickt und so die Verheißung an Aschkenaz erfüllt. Den *Deutschen Propheten* habe Gott *uns Japhiten und dem heyligen Deutschen Reich zur letzte gesandt und geschencket*, rief 1565 der erste Lutherbiograph, der Joachimsthaler Hauptpastor Johann Mathesius (1504–1565) *in meiner mutter sprach* aus[77]). Luthers Prophezeiung erfüllte sich an ihm selbst. So konnte der Goslarer Chronist Hans Geismar (1522– nach 1587) um 1585 das Lob seines Volkes darauf gründen, daß die Deutschen *Germani* hießen, nämlich Brüder, die treu zum Gotteswort hielten, und vor allem: *Aus Japfet stam und heiden blut kein grosser man auff erden kam dan docter Martinus Luther*[78]). Je mehr sich die deutsche Reformation im Kampf mit anderen Konfessionen festigte, desto sicherer mußte ihr nationales Selbstgefühl werden.

Der gegen Jesuiten und Kalvinisten gleich streitbare Württemberger Lukas Osiander (1534–1604) übernahm 1573 Selneckers genealogische Erklärungen in seinen Genesiskommentar, aber mit weniger Andacht vor dem Altertum und vor der Weltweite des Ursprungs. Wenn er die Sprachverwirrung erläutern wollte, nannte er als Babelsprachen Hebräisch, Griechisch und Latein, ohne sie zu schonen. Fester als Selnecker vertraute er darauf, daß die babyloni-

---

[75]) Chronicon sive synopsis historiarum, Sorau 1583, f. 1v–2r.

[76]) Johann Konrad MECKERN, Chronica oder Beschreibung der fürnembsten gedenckwürdigen Thaten und Geschichten, Konstanz 1597, S. 6 f.; zitiert nach GOTTHELF, Altertum 37 (süddeutsch). Georg NICOLAI, Sylloge historica oder Zeit- und Geschichtbuch, Leipzig 1599, S. 5 ff. (Leipzig).

[77]) Historien von ... Martini Luthers anfang, lehr, leben und sterben, hg. Ernst Walter ZEEDEN, Martin Luther und die Reformation im Urteil des deutschen Luthertums, 2 Bände, Freiburg i. Br. 1950–52, hier Bd. 2, S. 21; dazu ebenda Bd. 1, S. 41.

[78]) Die Goslarer Chronik, hg. Gerhard CORDES (Beiträge zur Geschichte der Stadt Goslar 14), Goslar 1954, S. 16.

schen Streitereien, die den Ruin der Kirchen und des Staates zur Folge haben, seit Pfingsten in der wahren Kirche überwunden sind. Am deutschen Thron des Aschkenaz rüttelte Osiander nicht; doch Selneckers Europa-Ideen ließ er fallen[79]). Sehe jeder, wo er bleibe. Das war dem zelotisch groben späteren Mansfelder Generalsuperintendenten Simon Musaeus (1529–1582) aus dem Herzen gesprochen. Er schrieb 1576, das Hebräische sei von Gott *den ersten Eltern angeschaffen*; verantwortlich für die Verschiedenheit der Sprachen sei indes bloß *des verbanten Mammelucken Hams Gottlose Rotte* unter dem Tyrannen Nimrod; sie wollte den wahren Gottesdienst unterdrücken und wurde das teuflische Vorbild des *antichristlichen Bapsts mit seinem abgöttischen Reich zu Rom*. Solchen Schurken verdankt es die *arme Jugend*, daß sie jetzt jahrelang mit Mühe Sprachen lernen muß; denn um künftigen Mißbrauch auszuschließen, sollte *jedem ein fremder Schnabel wachsen*, auch den Unschuldigen. Freilich erfreuen sie sich des Segens über ihr Volk; Japhet war schon immer begnadet, denn in seinem Haus trug man die Kaiserkronen der Meder, Perser, Griechen und Römer. Unter den Japhetiten stechen die Deutschen hervor, denn Aschkenaz ist ihr Vater, während die Franzosen keinen sicheren Ahn nachweisen können, Riphat und Togarma nur Wenden, Polen und Russen zeugten. Der Segen von Gen. 9, 27 kam erst durch Luther wieder ganz an Japhet; mit der Reformation betraute Gott *das Deudschland (als Japhets Geschlecht) für allen andern Nationen . . . als ein ander Jerusalem*. Es widersteht nun kräftig der lateinischen Knechtschaft des babylonischen Rom und beseitigt durch Bibelübersetzungen pfingstlich deren Folgen[80]).

War dann nicht auch die Sprache von Aschkenaz und Luther mitgesegnet? Durfte man sie weiterhin unter den babylonischen Idiomen anführen? Der ehemals lutherische Grammatiker Laurentius Albertus (ca. 1540– ca. 1583) aus Franken betonte 1573 wie Bibliander, daß nicht nur die alten und gelehrten Sprachen wie Hebräisch, Syrisch, Chaldäisch, Griechisch, Latein grammatischer Behandlung zugänglich seien, sondern auch die korrumpierten modernen Idiome wie Italienisch, Spanisch, Französisch, Englisch. Sie alle werden übertroffen von der deutschen *materna lingua*; denn sie ist uralt, in ihren Wurzeln einsilbig, autochthon und unvermischt und höchst präzis. Sie ist mit Hebräisch, Griechisch und Latein verwandt, ja man darf sie ihnen als *pene adoranda* zur Seite stellen. Man spürt, daß eine auf Ickelsamer aufbauende lutherische Sprachtheologie diese Gedanken formte; nur war Albertus inzwischen katholisch geworden und schwieg von Luther ebenso wie der Straßburger Notar Albert

[79]) Sacrorum bibliorum pars prima, o. O. 1609, S. 15 f. Ähnlich urteilt 1606 Lukas Osianders Sohn, der Tübinger Universitätskanzler Andreas OSIANDER (1562–1617), Biblia sacra, Frankfurt/Main 1618, f. 4v–5r.

[80]) Richtige und reine Auslegung des ersten Buchs Mosy, Magdeburg 1576, f. 160v–172r.

Oelinger, der 1574 von Albertus die Ansicht übernahm, das autochthone Deutsch sei den drei heiligen Sprachen gleichwertig[81]).

Der lutherische Pastor im Harz Johann Claj (Clajus, 1535–1592) brachte die religiöse Deutung der Muttersprache vollends zu Ehren, nachdem er der hebräischen Grammatik und der Prosodie der drei Sprachen eigene Bücher gewidmet hatte. Ihn hinderte 1578 nichts an der These, Gott habe *per electum suum organon Lutherum* das Deutsche neben die drei Sprachen gehoben. Wie der Heilige Geist aus Moses und den Propheten in hebräischer, aus den Aposteln in griechischer Zunge geredet habe, so aus Luther in deutscher. Da sie wie alle anderen alten Sprachen (außer der hebräischen Ursprache) beim babylonischen Turm entstanden sei, könne sie „heute" auf das ehrwürdige Alter von 3784 Jahren zurückblicken. Sogleich also wird die heilsgeschichtliche Auserwählung der Muttersprache in profanhistorische Kontinuität umgerechnet. Und beide Vorzüge besitzt wie die deutsche Sprache auch das deutsche Volk; hier brauchte Claj nur aufzunehmen, was vor ihm gesammelt worden war. Luther brachte endlich nach dem ererbten Kaisertum auch das wahre Priestertum zu den Deutschen zurück, das ihnen zusteht. Denn sie sind Nachfahren des Erstgeborenen von Noahs ältestem Sohn Japhet; ihr *ius regni et sacerdotii* beginnt mit Aschkenaz, dem Vater der *Tuiscones* und wohl auch der Askanier. Wahlweise stellte Claj daneben den taciteisch-berossischen Tuisco bereit, den Ahnherren der Germanen, der „treuen Brüder" oder „kriegerischen Heermänner"; selbst im Germanennamen treffen sich geistliche und weltliche Überlegenheit. Claj scheute indes die heidnische Komponente des Tuisco und leitete lieber mit Melanchthon die Namen *Deudsch* oder *Teutsch* beide von *De Askenas* ab. Er nahm die Elemente einer neuen lutherischen Sprach- und Geschichtstheologie, folgerichtig auswählend, aus den Schriften der Reformatoren, der Exegeten, der Historiker und der Grammatiker zusammen: Die Deutschen sind das auserwählte Volk; ihre gottgesegnete Sprache steht den drei heiligen gleich und überragt die englischen und romanischen Mischlingsidiome turmhoch[82]).

Doch verschob sich die bisherige Gewichtsverteilung, sobald als geistlicher Leitfaden durch die Weltgeschichte die deutsche Sprache entdeckt war. Zur Betonung der Sprache trug wohl das lutherische Schriftprinzip erheblich bei; von der Betonung des Volkes schreckte die Nähe des heidnischen Tuisco ab. Für Luther war eher Aschkenaz heilsgeschichtlich relevant als seine deutsche

---

[81]) Albertus: Die deutsche Grammatik, hg. Carl Müller-Fraureuth (Ältere deutsche Grammatiken in Neudrucken 3), Straßburg 1895, S. 12–16; dazu Hankamer, Sprache 67 f.; Daube, Muttersprache 60. Oelinger: Vnderricht der hochteutschen Spraach, Straßburg 1574, im unpaginierten Widmungsbrief.

[82]) Die deutsche Grammatik, hg. Friedrich Weidling (Ältere deutsche Grammatiken in Neudrucken 2), Straßburg 1894, S. 1–4; dazu Hankamer, Sprache 69 ff.; Daube, Muttersprache 62.

Muttersprache; seine Epigonen schätzten Luthers Sprache höher als den inzwischen mit Tuisco kontaminierten Aschkenaz. Man spürt diese Wendung bereits bei dem eigensinnigen und hochgelahrten Heidelberger Theologie-Professor Jakob Schopper (1545–1616). Seine deutsche Geschichte begann 1582 beim *heiligen Ertzvatter Noe*, von dem alle Völker kamen: die drei Noahkinder vertreten die Juden, Heiden und Christen. Doch die weltliche Herrschaft steht nicht mehr wie bei Musaeus allein Japhet zu, sondern zur Hälfte auch Sem. Japhet ist *der Teutschen Vorfahrer*, aber zugleich der erste Europäer. Erst Aschkenaz ist speziell der Ahn der Deutschen; sein Name erinnert auf Melanchthons Art etymologisch an Tuisco, und für ihn wird auf Annius verwiesen. Die Deutschen sind also *nicht ein new, sonder ein uhralt volck*, dreißig Jahre jünger als die Sprachverwirrung. Wenn indes der Enkel Japhets zugleich der taciteische Gott ist, hat er selbst den Abfall der Deutschen zur Vielgötterei verschuldet und gehört auf die Seite Nimrods. Die von Luther und Melanchthon abgelehnte, von Gasser vollzogene Verbindung der reformatorischen mit der humanistischen Genealogie war nicht mehr rückgängig zu machen; man mußte Aschkenaz, nachdem Tuiscos Schatten auf ihn gefallen war, der Finsternis überlassen[83]).

Um so heller erstrahlte die deutsche Hauptsprache. Der Marburger, später Wittenberger Kontroverstheologe Aegidius Hunnius (1550–1603), einer der Anführer lutherischer Hochorthodoxie, schob seit 1589 wie Musaeus allein den Hamiten die Schuld am überheblichen Turmbau zu, glaubte aber auch, daß in Babel die Hauptsprachen aller Völker entstanden. Ihre Zahl ist unbekannt; Sprachen sind veränderlich. Doch zu den ältesten, in Babel selbst geborenen Hauptsprachen gehört sogleich nach dem unversehrt gebliebenen Hebräisch Adams und nach Griechisch und Latein das Deutsche[84]). Ein Buchstabierbuch dieser vier Hauptsprachen brachte 1597 in Nürnberg der Orientalist Elias Hutter (1553– ca. 1605) heraus. Bei der Edition einer Polyglottenbibel, die gleichfalls der Sprachenverwirrung steuern sollte, versank Hutter allerdings in Schulden; 1602 resignierte er vor dem derzeitigen Chaos. Fast im Stil des Flacius Illyricus beklagte er, daß die Schatzkammer von der Welt Heil und Seligkeit, die hebräische Einheitssprache, verloren sei; ohne ihre Kenntnis verstünden sich Hund und Katze besser als die Menschen. Hutter, der einst dem sächsischen Kurfürsten Hebräisch-Unterricht gegeben hatte, wollte nun auf halb kabbalistische Weise im Hebräischen die wahren Worte für die Dinge und die Wurzeln ihrer Benennung in allen Sprachen freilegen; seine Beispiele

---

[83]) Newe Chorographia und Histori teutscher Nation, Frankfurt/Main 1582, S. 1–16. Dazu Gotthelf, Altertum 29 ff.

[84]) Praelectiones in XXI priora capita Geneseos, Marburg 1592, S. 218–223. Dazu Diestel, Geschichte 398.

sind wieder aus dem Griechischen, Lateinischen und Deutschen genommen[85]). Dabei blieb jedoch die Frage nach der Ursache solcher Verwandtschaften offen: Entwickelten sich diese Sprachen folgerichtig aus einander oder liegt in ihren Wurzeln eine zeitlose göttliche Harmonie, und wie ist die eine und die andere Alternative mit der Sünde der Menschen am Turm von Babel zu vereinen? Wie stimmt zu ihr überhaupt der Ehrenvorrang der deutschen Sprache?

Der ehemalige Wittenberger Kollege des Hunnius, Polykarp Leyser (1552 bis 1610), Oberhofprediger in Dresden, blieb die Antwort 1604 nicht schuldig. In Babel bauten unschuldige, aber verführte Menschen aus allen Stämmen, nicht nur Hamiten, unter Nimrods Anleitung; das Bauwerk selbst war nicht sündhaft, aber der Entwurf war vermessen. Alle mußten es büßen mit dem Verlust der hebräischen Ursprache. Doch sind auch die neuen Babelsprachen nicht von den Menschen mühsam entwickelt, sondern von Gott gegeben; sie sind aus dem Hebräischen abgezweigt wie die Bäche aus dem Fluß. Das verkehrte Gleichnis ist doppelt anschaulich; nicht von den zahlreichen Quellen, sondern von der einen Mündung her erschließt sich der Strom der Sprachengeschichte. Gott selbst hat aus der einen Ursprache wie ein Etymologe die neuen Idiome abgeleitet, Harmonie und Entwicklung zugleich geschaffen. Darum verdient keine Sprache einen natürlichen oder historischen Vorrang vor den anderen; auch das besondere Studium der drei Kreuzessprachen soll die Bibel rein erhalten, nicht einzelne Idiome erhöhen. Konsequent sprach Leyser ohne Skrupel von der Lehre, in Babel seien 72 Sprachen entstanden; sie alle sind gleichermaßen gesegnet. Leyser faßte nun eine neue Folgerung: Eben weil in Babel der Rang der Sprachen und Völker nicht entschieden worden sei, habe die Sprachentrennung zu dem unseligen Streit der Monarchien um die Hegemonie geführt, den man heute erlebe; jede Nation wolle die anderen beherrschen. Desgleichen sei die Verwirrung der Religionen daraus gefolgt, denn das Papsttum habe mit seiner lateinischen Kultsprache die übrigen Idiome unterdrücken und an Gottes Lob hindern wollen; der Papst, Nimrods Nachfolger, binde die Menschheit noch immer an die babylonische Verwirrung. Der 1607 von Rudolf II. Geadelte zieht nicht wie Brocardo die Parallele vom Papst zum Kaiser durch, so sehr er sonst die Idee des europäischen Gleichgewichts zu propagieren scheint: Hier sieht Leyser Obrigkeit, keine Anmaßung. Im übrigen kann aber nur die pfingstliche Gleichheit aller Sprachen und Völker vor Gott Babel überwinden und die in der Verwirrung selbst liegende göttliche Idee wirksam werden lassen; Aschkenaz und sein Deutsch tragen dazu noch nichts bei[86]).

---

[85]) Offentlich Außschreiben an die allgemeine Christliche Obrigkeit, Nürnberg 1602, f. B IV. Dazu Arens, Sprachwissenschaft 61 ff.

[86]) Adamus, Leipzig 1604, S. 411–430. Dazu Diestel, Geschichte 398.

Auf andere Art schränkte der Professor für Logik, Metaphysik, Hebräisch und Theologie in Marburg, Georg Cruciger (1575–1637), 1616 den Rang des Deutschen gleichfalls beträchtlich ein; er wandte nämlich den Gedanken Heinrichs von Crissey, daß die Bildungssprachen aus einander entstanden, konsequent auch auf das Deutsche an und leitete es aus dem Lateinischen, dieses aus dem Griechischen, dieses aus dem Hebräischen ab[87]). Damit war das Deutsche ganz in die goldene Kette der Bildungssprachen aufgenommen, aber als das letzte Glied. Schon das Lateinische, erst recht das Deutsche konnte nicht bereits in Babel entstanden sein, wenn nicht alle Idiome gleichzeitig und gleichmäßig aus dem Hebräischen entsprangen. Das Deutsche mag als Sprache Luthers in diesen letzten Zeiten neben die alten Bibelsprachen aufgerückt sein, historisch ist sein Rang nicht von langer Hand vorbereitet. Gott bedarf der umständlichen Fügungen der Geschichte nicht. So entfernte sich die Theologie wieder von Clajs Heiligsprechung der deutschen Sprachgeschichte; der hohe Respekt vor der deutschen Muttersprache blieb freilich erhalten. Sie war fortan eine der vier Haupt- und Bibelsprachen.

Sie war unter ihnen die einzige lebende Sprache; gerade wegen ihrer Jugend konnte sie am besten den Zugang zu den gelehrten, heiligen Idiomen ebnen. Ein gemeinsamer Sprachunterricht würde in Deutschland darüber hinaus die künftige Einheit der Sprache, der Regierung und der Religion fördern. Dies war der Grundgedanke des vielbeachteten Planes, den der holsteinische Pädagoge Wolfgang Ratke (Ratichius, 1571–1635) den zur Kaiserwahl in Frankfurt versammelten Fürsten 1612 vorlegte. Um alle esoterische Bildung abzuschneiden und dem Laienvolk die Schätze der Bibel zu erschließen, sollten möglichst alle Menschen in den *vier vornehmsten haubtsprachen* unterrichtet werden, aus denen die meisten anderen *herfliesen und Ihren ursprung haben.* Vor jeder Fremdsprache muß aber die Schuljugend die *angeborne Muttersprache* erlernen; der Lehrer soll vom gesprochenen, nicht vom geschriebenen Wort ausgehen. Dennoch darf in Deutschland nicht der ortsübliche Dialekt, sondern nur eine gemeinsame Hochsprache geschult werden, nämlich die Meißener Sprache Luthers. Danach möge als zweite Sprache Hebräisch unterrichtet werden, weil sie *eine Mutter aller sprachen* ist und die Bibel des Alten Testaments zugänglich macht; zum dritten das Griechische, in dem Gottes Neues Testament zu uns spricht; erst ganz zuletzt folgt die Elementarsprache des bisherigen Schulwesens, und dieses Lateinische mag man aus kurzweiligen Komödien studieren. Wichtiger sind dem Lutheraner die Bibelsprachen; denn zwar ist dem Heiligen Geist jede Sprache gleich bekannt, aber uns Menschen behindern die Übersetzungen, und doch müßten wir mit Gott ohne Dolmet-

[87]) De harmonia quatuor linguarum cardinalium, Hebraicae, Graecae, Latinae et Germanicae, Frankfurt/Main 1616, zitiert nach Arens, Sprachwissenschaft 63 ff.

scher reden können. Da Gott die Welt weise geordnet hat, muß er in sämtlichen Sprachen zu erkennen sein; sie harmonieren alle miteinander. Diese Universalharmonie indes bleibt verborgen; lediglich die deutsche Muttersprache hält das ganze System gegenwärtig zusammen. Ihre Würde führt, ohne daß sie genealogisch genau abgeleitet würde, zurück zu den Ursprüngen; ihre Einheit wird künftig allen politischen, sozialen, geistigen und religiösen Zwist überbrücken. Geschichtlicher Geist und vielfältiges Leben finden in ihr zusammen[88]).

Wenn dies den Gelehrten geschah, brauchten die Dichter mit dem Preis der Sprache, in der sie schrieben, nicht zu knausern; so sehr die Schwänke und derben Späße überwogen, im Ernst des Sprachlobs war kein Schwanken. In der von 1563 bis 1603 erschienenen umfangreichsten Schwanksammlung der Zeit wollte der hessische Beamte Hans Wilhelm Kirchhoff (ca. 1525– nach 1603) echte Historie bieten; sein „Wendunmuth“ war zugleich eine volkstümliche Enzyklopädie. Der Dichter bedauerte tief, daß die paradiesische Gnade, alle Geschöpfe zu erkennen und ihnen *nomina convenientia zu imponiren*, seit dem Sündenfall geschwächt sei. Erloschen war sie nicht; Kirchhoff konnte guten Muts zur Feder greifen. Sprache ist noch immer die *höchste zeitliche gab*, das edelste Werk am Menschen. Leider ging die älteste Sprache, Hebräisch, verloren, als Nimrod hoffärtig den Turm gegen eine neue Sintflut baute; seitdem verwirren und verändern sich die Sprachen fortgesetzt. Auch dies ist noch *ein sonderlich stück göttlichs wercks*; doch die Rede von 72 Sprachen muß man fallen lassen. Der Dichter, der auf das Volk hört, kann nicht wie die Theologen an Kontinuität und Harmonie des Bildungsgutes glauben. Man vergleiche doch nur: In Frankreich sprach man vor einigen Jahrhunderten noch Deutsch; heute erklingt dort ein romanischer Dialekt. Auch in Deutschland wechseln sich die Dialekte ab, so schnell wie die Jahre und die Stunden, und niemand schreibt heute noch wie die alten Deutschen mit griechischen Lettern. Wir hören aus der Klage den Stolz auf die Muttersprache und Bebels Gedanken heraus: Die Deutschen waren griechisch gebildet, die Gallier sprachen deutsch. Aber diese Vergangenheit ist verloren; vielleicht darf das Deutsche sich rühmen, adliger als etwa das Böhmische ins Leben getreten zu sein; dieses entstand nämlich nicht in Babel (wie die Tschechen meinten), sondern wurde von einer Gans, einer Ente und einer Taube schnatternd und piepsend ausgebrütet. Doch weniger der Gang der Geschichte als Gottes Gnade adelt eine Sprache. Gott offenbarte *unserm geliebten vatterlandt* die drei heiligen Sprachen und erweckte den, der das Deutsche auf ihren Rang erhob. Wer Luther hat, braucht keinen Asch-

---

[88]) Memorial, welches zu Franckfort auff dem Wahltag Ao. 1612 den 7. Maij dem teutschen Reich ubergeben, hg. Erika Ising, Wolfgang Ratkes Schriften zur deutschen Grammatik (Deutsche Akad. d. Wiss. zu Berlin, Veröffentlichungen der Sprachwiss. Kommission 3), Berlin 1959, Teil I, S. 101-110. Dazu ebenda S. 36 ff.

kenaz; Kirchhoff kannte die Chronik des Schweizers Stumpf, doch Tuisco-Aschkenaz entnahm er ihr nicht[89]).

Ihn ließ seit 1572 auch der größte deutsche Literat der Zeit, der oberrheinische Jurist Johann Fischart (1546–1590), beiseite, obwohl er ihn bei Lazius fand. Auf Ahnentafeln gab er nicht viel, selbst wenn er nach Rabelais' Vorbild die Abkunft seines Helden Gargantua von Saturn spaßhaft verherrlichen wollte. Andere hätten schlechtere Ahnen: den *Noachisch Priam*, den *Venetisch Antenor*, den Mainzer Trojaner *Magunt*, den Kölner Trojaner *Colon*, den trierischen *Treiwetta*, den englischen *Brut*, den französischen *Francio*, den polnischen *Cracke*, die slavischen *Lech* und *Zech*, die dänischen *Dan* und *Angul*. Kein einziger biblischer Patriarch ist dabei erwähnt, denn daß Priamus keiner war, wußte Fischart genau. Strenger als Rabelais sparte er die Bibel aus seinen genealogischen Späßen aus. Auch woher die Deutschen kamen, gab er nicht an, obgleich er wie die elsässischen Humanisten ihre Überlegenheit im Hinblick auf die Franzosen rühmte. Er nannte sie nur einmal *masegetisch*; doch ob der Leser sich die Reihe Massageten-Geten-Goten-Skythen-Magog wirklich selbst ergänzen sollte? Ein andermal heißt Orpheus *eyn Tracier von geburt unnd Teutscher Sprache*, und wieder bleibt man im Zweifel, ob die Linie zu Tiras und Japhet oder zu den Trojanern und Griechen verlängert werden darf; eher soll der wortgewaltige Sänger ins Feld der deutschen Muttersprache gezogen werden, die Fischart selbst so kühn gestaltete.

Fischart hielt dieses Deutsch für alt und rein; zu Ehren der *Uralten, für sich selbs bestendigen Teutischen sprach* dichtete er einen Lobeshymnus. Beinahe erschien ihm wie dem „Oberrheinischen Revolutionär" das Alemannische als Ursprache der Menschheit. Er lachte über den Versuch des Goropius Becanus, das Niederländische zur Ursprache zu erklären – wir kommen auf ihn noch zurück –, aber mehr aus beleidigter Liebe zum Alemannischen als aus kritischer Skepsis: Gargantua schreit bei seiner Geburt nicht *auff Herodotisch und Beccesalenisch Beck, Becke, Becken*, denn er will nichts zu essen, nur zu trinken haben. Goropius habe nachgewiesen, daß schon Adam und Eva niederländische Namen hatten (das ist noch halber Spott); so sollen wir es auch machen (und das ist Ernst): Geben wir uns keine lateinischen Namen, denn dann könnten es ebensogut türkische oder slavische sein; wählen wir deutsche! Denn *unser sprach ist auch ein sprach*. Darum betonte Fischart die deutschen Sprachkenntnisse Gargantuas an Stellen, wo Rabelais davon geschwiegen hatte. Die Deutschen waren früher schon hochgebildet; sie schrieben zur Zeit Karls des

---

[89]) Wendunmuth, hg. Hermann OESTERLEY (BLV 95–99), 5 Bände, Tübingen 1869: IV, 147 Bd. 3, S. 136 f. (Sprache); VI, 126 f. Bd. 4, S. 117 f. (Turmbau); IV, 153 ff. Bd. 3, S. 146–149 (Änderungen, Luther); VI, 47 Bd. 4, S. 38 (Deutsch mit griechischen Buchstaben); I, 246 Bd. 1, S. 299 f. (Böhmisch).

Großen noch mit griechischen Lettern. Doch kehrte Fischart das Deutsche nicht deshalb hervor, weil er sein Alter verehrte, sondern weil es er liebte. Es ist eine Insel im Gewoge des Lebens, das der Dichter mit barockem Überschwang beschreibt.

Der Turm von Babel ist ihm, wieder anders als Rabelais, willkommenes Symbol der weltlichen Verwirrung. Er weidet sich am Trubel der Völker, die *von Noe Kasten auß* im Kreis herumwandern, und der vielen Menschen, die ins Ausland ziehen; das ist eine *Babilonische trennung*. Wer viel redet und streitet, ist ein *Babeler . . . von der Babilonischen Bauleut eynigkeyt*. Der Turm kennzeichnet auch überdimensionale Größen: Vierschrötige Männer sind *Babilonische Thurnbawer*; ein Pferdestall ist so groß wie der Babelturm, *daran sich alle Nationen haben zu Narren verbubelt und gebauet, daran sie noch haben zukauen*. Dieser Turm ist nicht aus Kalk, sondern aus *Judenleim* gemauert von dem *großen Jäger und Thurnbaubeler Nimprot, des Chams Son*. Er führte Krieg gegen andere und nahm ihnen das Brot weg, daher sein Name. Der Turm steht bei Fischart als Zeichen der rastlosen Expansions- und Großmachtpolitik, vor allem wohl der katholisch-jesuitischen, ob sie nun von Spanien, Habsburg oder Rom ausgeht. Das positive Gegenbild ist die in sich ruhende Stadtrepublik mit einer, der deutschen Sprache. Solche Enklaven bürgerlicher Ordnung finden freundlich zueinander, wie 1588 Straßburg und das vom sagenhaften Helvetierkönig *Turich* gegründete Zürich.

Gleich wie der Schöpffer diser Welt
Sie drumb mit gbirgen hat bestelt,
Darmit ein underscheid zumachen
Zwischen den Völckern und den Sprachen,
Welche on diß einander schewen,
Daß sie nit vil einander trewen,

ebenso schuf Gott verbindende Flüsse wie den Rhein. Gebirg und Babelturm: das Hochragende trennt, und Gott ließ es schon bei der Weltschöpfung zu, denn er wünscht die Ordnung im Kleinen. Es gibt Flüsse, doch die gute Welt ist statisch; Heilsgeschichte braucht sie nicht, weder Aschkenaz noch Luther[90]).

Der Magdeburger Prediger, Schulmann und Dichter Georg Rollenhagen (1542–1609) lernte viel von Fischart, dieses aber nicht. Als er 1595 in durch-

[90]) Geschichtklitterung, hg. Albert ALSLEBEN (Neudrucke 65–71), Halle 1891: c. 1 S. 37 f. (Stammbaum Gargantuas); c. 26 S. 283 (masegetisch); c. 2 S. 53 f. (Orpheus, uraltes Deutsch); c. 9 S. 158 (Beck); c. 10 S. 161–166 (niederländische und deutsche Namen); c. 17 S. 218; c. 18 S. 226; c. 27 S. 304; c. 55 S. 440 (deutsche Kenntnisse Gargantuas); c. 11 S. 181 (Deutsch mit griechischen Lettern); c. 1 S. 31 (Trubel der Völker), 33 (babylonische Trennung); Prolog S. 16 (Babeler); c. 3 S. 60 (Vierschrötige); c. 15 S. 205 (Pferdestall); c. 36 S. 352 (Judenleim); c. 28 S. 305 (Nimrod). Das Glückhafte Schiff von Zürich, hg. Georg BAESECKE (Neudrucke 182), Halle 1901: v. 104 ff. S. 5 f. (Gründung Zürichs). Bündnus zwischen Straßburg,

sichtigen Tiermasken Luther gegen die Päpstlichen kämpfen ließ, verband sich reformatorische mit patriotischer Erregung; Rollenhagen glaubte, daß

. . . Aschanes mit seinen Sachsen
Aus dem Harzfelsen ist gewachsen.

Der askanische Sohn Gomers kam also nicht aus Babel, er war autochthon und doch von Gott begnadet. Aschkenaz und Luther enthoben die Deutschen aller weltweiten Verbindlichkeiten; sie haben ihre nationale Heilsgeschichte[91]).

Halb mit Absicht vergaß man, daß Aschkenaz und die deutsche Sprache chronologisch und logisch erst nach der babylonischen Katastrophe kamen und daß wir allzumal Sünder sind. Recht drastisch zeigt sich diese Einstellung an der gelehrten *Comoedia sacra*, die der junge evangelische Franke Jakob Rosefeldt (ca. 1575–nach 1602) 1599 in neulateinischen Versen schrieb. Wie bei Musaeus und Hunnius trägt der stolze, trinkfeste Cham die Schuld an allem Unglück; er fürchtet eine neue Sintflut. Er und Kanaans Kinder sind dann auch die Opfer der Sprachverwirrung; das Kauderwelsch der 14 Idiome macht den Reiz dieser Komödie aus. Aber die Hamiten und Kanaanäer reden ganz bekannte europäische Sprachen. Gott selbst spricht stilgerecht Hebräisch und Chaldäisch; das sind die einzigen nichtjaphetitischen Idiome. Cham parliert Griechisch (und soll so wohl die Türken vertreten), Nimrod Italienisch (er repräsentiert anscheinend wie bei Musaeus das päpstliche Rom). Daß Lateinisch, Spanisch, Französisch an Kinder von Misraim und Kusch vergeben werden, begreift sich leicht. Doch auch Englisch, Sächsisch, Niederdeutsch und Hochdeutsch, Böhmisch, Polnisch und Dänisch sind plötzlich hamitische Dialekte. Rosefeldt konnte nicht im Ernst annehmen, daß das Niederdeutsche von Misraims Sohn Laabim, das Hochdeutsche von Kanaans Kind Gergesäus zuerst in den Mund genommen wurde. Ob er wie Musaeus auf diese Weise erklären wollte, daß die schuldigen Hamiten auch den schuldlosen Japhetkindern das Elend der Sprachentrennung brachten? Oder glaubte er, die europäischen Sprachen, ja die deutschen Dialekte seien fernab von Babel längst im Gebrauch gewesen, bevor sie den Hamiten strafweise auferlegt wurden? Wie auch immer, Babel war ein lokales Ereignis und beschmutzte weder die Geschichte noch die Sprache der frommen Deutschen[92]).

Eindeutiger als Rosefeldt verkündete diese Lehre der Pfälzer Lutheraner

---

Zürich und Bern, hg. Adolf HAUFFEN, Johann Fischarts Werke, Eine Auswahl, Bd. 1 (BDNL I, 18), Stuttgart 1895, S. 203 (Gleich wie der Schöpffer). Dazu Adolf HAUFFEN, Johann Fischart, Ein Literaturbild aus der Zeit der Gegenreformation, Bd. 2, Berlin-Leipzig 1922, S. 235 ff.; HANKAMER, Sprache 82 ff.

[91]) Froschmäuseler I, 1, 2, 1 f., hg. Karl GOEDECKE (Deutsche Dichter des sechzehnten Jahrhunderts 8), Bd. 1, Leipzig 1876, S. 5; dazu GOTTHELF, Altertum 36 f.

[92]) Chamus, Comoedia sacra nova prior, in qua res gestae orbis diluviati usque ad confusionem linguarum in turri Babylonica pertexuntur, Jena 1599, S. 44 ff.;

Theobald Hock (1573– nach 1658) im deutschen Hofdienst in Böhmen 1601. Die Deutschen stammten vielleicht von dem biblischen Aschkenaz, wahrscheinlicher von dem Riesen *Tuitschon*, den sein Ahnherr Noah noch vor dem Turmbau nach Europa sandte. Bis zu Nimrods Bau regierte *ein Sprach allein*; in Babel gliederten sich *nach der Fürsten Zahl* die 72 Sprachen, die sich seither ständig ändern. All dies entnahm Hock aus Aventin; wie dieser ließ er den babylonischen oder autochthonen Ursprung der deutschen Sprache im Halbdunkel. Doch wußte er genauer als Aventin zu sagen, daß Tuitschon die deutsche Schrift erfunden habe, übrigens mit griechischen Buchstaben; denn Deutsch und Griechisch sind miteinander eng verwandt. Ferner waren unter Tuitschons Regiment und bis zur Zerstörung Trojas auch das Deutsche und das Wendische stets miteinander vermischt. Auch hier wurde Aventin zugleich präzisiert und kompliziert; Biblisches, Griechisches, Trojanisches ist zusammengezogen, um den Deutschen eine universale, überbabylonische Sprachengabe und -politik zuzuschreiben. Der Protestantismus förderte in Böhmen erneut die Vormacht der deutschen Sprache; daß sie eine Babelsprache war, wollte das empfindliche deutsche Sprachbewußtsein nicht mehr zugeben, am wenigsten im Ausland[93]).

Das ist wohl auch der Hintergrund eines nur scheinbar harmlosen Witzes, den der schlesische Diplomat Johann Lange (1503–1567) am polnischen Königshof in Krakau machte und der bald weite Kreise zog. In Deutschland war man auf die Spanier schlecht zu sprechen; das meinte wohl der spanische Gesandte, als er Lange recht freundlich hänselte: Die Deutschen sprächen nicht, sie blitzten; er glaube, daß Gott diese Sprache benutzt habe, als er die Stammeltern aus dem Paradies vertrieb. Das Deutsche als Gottes Sprache – dagegen hatte Lange nichts einzuwenden. Aber er gab schlagfertig und unfreundlich zurück: Er hingegen glaube, daß die Schlange Eva auf spanisch verführte[94]). Daß Gott alle modernen Sprachen vorher wußte, versteht sich; Adam und Eva brauchten kein Deutsch zu können, um zu begreifen, was Gottes Blitzen besagte. Langes Replik dagegen gab die modernen Sprachen in die Verfügung der ersten Menschen und heftete der Fremdsprache einen urbildlichen, übergeschichtlichen Makel an. Mit diesem Witz begann nach dem Geplänkel der

---

dazu Johannes Bolte, Jakob Rosefeldts Moschus, Eine Parallele zum Kaufmann von Venedig, in: Jahrbuch der deutschen Shakespeare-Gesellschaft 21 (1886) 185–210, hier S. 188, 201. – Über die Tragödie „Nimrod" des thüringischen Pastoren Johann Avianus (ca. 1550–1617) konnte ich nichts erfahren.

[93]) Schönes Blumenfeld, hg. Max Koch ((Neudrucke 157–159), Halle 1899: c. 86 S. 124; c. 88 f. S. 128 ff.; c. 91 S. 135; dazu Gotthelf, Altertum 37 f.

[94]) Melchior Adam, Vitae Germanorum jureconsultorum et politicorum, Heidelberg 1620, S. 81. Zur deutschen Abneigung gegen Spanien G. L. Pinette, Die Spanier und Spanien im Urteil des deutschen Volkes zur Zeit der Reformation, in: Archiv für Reformationsgeschichte 48 (1957) 182–191, hier S. 184 ff.

Romanen der bitter ernste Streit der europäischen Sprachen um die Hegemonie, der noch im 20. Jahrhundert nicht ausgekämpft ist.

Das deutsche Denken über Sprachen und Völker läßt sich für diese Epoche nicht inhaltlich, nur formal zusammenfassen. Im ganzen fügte man sich willig in die zerspaltenen Zustände und gab ihnen die konfessionelle Sanktion; man hielt sich wohl den Weg nach oben frei, doch mit der irdischen Begrenzung war man ganz zufrieden. Daß das deutsche Denken in kaum einer Periode weniger europäische Ausstrahlungskraft besaß als in dieser, ist die einfache Folge.

*

Die Protestanten Südosteuropas ließen sich allerdings von der Sprachtheologie der deutschen Reformation anregen, führten sie aber zu eigenen Zielen. Mit der Übersetzung der Bibel und der reformatorischen Bekenntnisschriften begann hier die Geschichte neuer Literatursprachen, die sich nicht an ihrem Altertum labten, sondern sich als pfingstliche Erneuerung verstanden. So behielt das reformatorische Denken in diesem Raum seine Sprengkraft. Der von Melanchthon geförderte Plauener Arzt Paul Dolscius (1526–1589) nahm 1559 die griechische Übersetzung der „Confessio Augustana" noch zum Anlaß, die humanistischen Sprachkenntnisse in der uns seit Erasmus und Mosellanus vertrauten Weise als Fortsetzung des Pfingstwunders zu preisen. Zwar erlernten die Apostel, die zuvor kaum ihre *lingua vernacula* beherrschten, damals alle Sprachen; doch wurden dadurch nicht alle Idiome gleich gesegnet. Dolscius sprach mit unverhohlener Verachtung vom *illiteratum vulgus*, das in mehr als kimmerischer Finsternis lebt. Dem Heiligen nahe sind nur die gelehrten Bibelsprachen; Hebräisch und Griechisch sind die Windeln, in denen das Christuskind eingewickelt lag[95]). Aber die humanistische Exklusivität widersprach hier allzukraß dem reformatorischen Ethos und dem patriotischen Pathos; slavische Protestanten konnten sie nicht teilen.

Der Slovene Primož Trubar (1508–1586), Schöpfer der slovenischen Schriftsprache, übersetzte 1562 die „Confessio Augustana" ins Kroatische und schrieb im deutschen Vorwort, die Sprachenvielfalt sei die Schuld der Kinder Adams und Gottes Strafe für den freventlichen Turmbau; nach 1 Kor. 14, 22 sei sie nicht den Gläubigen, sondern den Ungläubigen ein Zeichen. Die Vielzahl der Volkssprachen ist also ein Symptom des Unglaubens. Aber Gott versammelte *die glider seiner lieben Christenheit* aus allen Sprachen in die Einheit des wahren

---

[95]) *Ἐξομολόγησις τῆς ὀρθοδόξου πίστεως*, Confessio fidei, Basel 1559, S. 3 f. (Pfingsten), 8 (Windeln). Dazu Ernst Benz, Wittenberg und Byzanz, Zur Begegnung und Auseinandersetzung der Reformation und der östlich-orthodoxen Kirche, Marburg 1949, S. 96 ff.; Benz, Sprachtheologie 205 f.

Glaubens; durch den Heiligen Geist gab er den Aposteln an Pfingsten *allerley Sprachen*, damit sie allen Völkern predigen könnten. An Pfingsten wurden also die getrennten Zungen getauft; in ihnen verleiblicht sich der Geist Gottes. Die Pfingstgnade ist heute der Kirche nicht mehr beschieden, aber vor allem in Deutschland – wohin Trubar hatte fliehen müssen – blüht die Gabe der Übersetzungen, die nun endlich auch den *Crobaten unnd Winden*, den Süd- und Westslaven, zugute kommen soll[96]). Genau besehen, hob Trubars Theorie noch immer mehr die Gnade der Übersetzung als die Heiligkeit der Muttersprachen hervor; doch ist die Ansicht des Dolscius schon ins Volkssprachliche übertragen.

Das geschah weit entschiedener im deutschen Vorwort der slovenischen Bibelübersetzung, die Jurij Dalmatin (ca. 1547–1589) in Wittenberg 1584 herausbrachte. Die hebräische Ursprache, die Sprache Gottes, blieb nur dem auserwählten *Völcklin Gottes* erhalten; mit ihr ging den übrigen Völkern in Babel auch das *Predigambt* und der wahre Glaube verloren. Feindschaft, Kriege und Blutvergießen sind bis heute die Folge. Wenn Glaube, Predigt und Einzelsprache so verquickt werden, muß Pfingsten allerdings eine völlige Revolution bedeuten. Seither kann jedem Volk der Glaube *in seiner gewohnlichen Muttersprach* gepredigt werden, nicht mehr nur in unverständlichen „heiligen“ Zungen; der Rückzug der orthodoxen und katholischen Kirchen auf die griechische und lateinische Gelehrtensprache widerspricht dem Pfingstwunder. Erst Luther durchbrach diese Schranke, indem er deutsch predigte; doch jetzt öffnen sich dem Evangelium auch andere Idiome, die von den Griechen und Lateinern bisher hochmütig als barbarisch abgetan worden waren. Gerade in diese verachteten Sprachen kommt der Heilige Geist (wohl auch deshalb, weil sie lebende Sprachen sind). Damit gelangt auch die slavische, windische *Heubtsprach* wieder zu Ehren, die einst mächtig und weitverbreitet war. Hier wird bereits die profane Sprachgeschichte mit in die Sprachtheologie aufgenommen; die Reformation erweckt nur altes Eigenleben zu neuer Wirkung. Die konkrete Muttersprache ist als Instrument des Heiligen Geistes heiliggesprochen; aber sie hat zugleich eine ehrwürdige Geschichte. Hier wiederholt sich auf südslavisch die Methode des Claj. Auch bei Ungarn, Tschechen, Polen, Litauern und Letten brachten protestantische Bibelübersetzungen ähnliche Synthesen von Volk, Muttersprache und Religion zustande, die für die Ausbildung der modernen Literatursprachen und Nationalismen überall höchst bedeutsam wurden[97]). Welche Ansichten zu unserem Themenkreis daraus erwuchsen, hat bis-

[96]) Confessio oder Bekanntnuß des Glaubens . . ., auß dem Latein und Teutsch in die Crobatische Sprach verdolmetscht und mit Glagolischen Buchstaben getruckt, Urach 1562, f. A IIr–IIIr. Dazu Benz, Wittenberg (o. Anm. 95) S. 161 ff.; Benz, Sprachtheologie 207 f.; Weisgerber, Muttersprache 89 ff.

[97]) Bibel, das ist die gantze heilige Schrifft Windisch, Wittenberg 1584, f. a IIIr–Vv.

her die Slavisten kaum beschäftigt; ich muß es ihnen überlassen, diese Lücke zu schließen, und beschränke mich auf die katholische Gegenwirkung in Polen.

Während in Polens goldenem Zeitalter das Polnische als Schriftsprache der Dichtung durchdrang, widersetzte sich der bedeutendste Vertreter der polnischen Gegenreformation mit allen Kräften der von der Reformation angeregten Kanonisation der Muttersprachen. Kardinal Stanislaus Hosius (1504–1579) klagte 1553, noch vor vierzig Jahren sei die katholische Kirche einig gewesen; sie war die in Gen. 11, 1 genannte Erde mit einer Sprache. Trotz aller *linguarum ... diversitas* betete sie lateinisch, und die Polen, die mit den Böhmen die gleiche Sprache hatten, hüteten sich doch vor den hussitischen Häresien. Jetzt aber verwirren die Ketzer mit vielfältigen Meinungen die Einheit der Kirche und errichten anstelle Jerusalems Babel. In dieser Stadt sind Sprachen, Meinungen und alle Verhältnisse verworren; Luther, Zwingli und Calvin verstehen einander nicht und benehmen sich wie Cham in Gen. 9, 22, indem sie die Schwächen der gemeinsamen Kirche schamlos bloßlegen.

Der zersplitterten Reformation stellte Hosius wie Bellarmin die Einheit seiner Kirche gegenüber; sie wird auch nicht durch volkssprachliche Liturgie zerrissen. Gewiß versteht das Volk nicht alles, doch kommt es nicht auf das Verständnis, sondern auf den Glauben an. Auch im orthodoxen Rußland ist die kirchenslavische Liturgie dem Volk, ja den Priestern unverständlich; bei den katholischen Slaven konnte sich umgekehrt die von Kyrill und Method eingeführte slavische Kirchensprache nicht lange halten. Und dabei könnte sich doch schwerlich ein Idiom eher zur internationalen Sprache eignen als das slavische; denn kaum eine Sprache unter der Sonne ist weiter verbreitet. Böhmen, Mährer, Kaschuben, Russen, Dalmatiner, Bosnier, Kroaten, Bulgaren, Serben sprechen Slavisch. Dennoch ist selbst diese Sprache der irdischen Zersetzung unterworfen, also auch zur geistlichen Verwertung ungeeignet: Ein Pole versteht den Dalmatiner weniger gut als der Schwabe oder Schweizer den Holländer oder Burgunder. Die Unterschiede zwischen West- und Südslavisch werden von Hosius betont, auch um den polnischen Stolz auf die eigene Muttersprache zu demütigen: Trotz aller Eigenliebe müßten die Polen zugeben, daß unter den slavischen Sprachen die dalmatinische die eleganteste sei; darum habe Hieronymus die Bibel in dieses Idiom übersetzt. (Als hätten Hieronymus und seine Landsleute schon Südslavisch gesprochen!) Also nur keine polnischen Bibeln! Jede Bibelübersetzung, auch in die schönste und weitestverbreitete Volkssprache, schadet der Einheit der Kirche und hilft das Babel der Verwirrung aufbauen. Folgerichtig verfaßte Hosius selbst nur Predigten, keine Schriften in den beiden lebenden Sprachen, die er beherrschte,

---

Dazu Benz, Wittenberg (o. Anm. 95) S. 164 ff.; Benz, Sprachtheologie 208 f.; Schaeder, Moskau 145 f.; Kohn, Idee 829 ff.

Polnisch und Deutsch; er dachte und schrieb lateinisch, gelehrt, schwerfällig, besorgt[98]).

Sein beschwörender Aufruf zur Einheit mußte in der gespaltenen Adelsrepublik weithin vernommen werden; durchschlagender wirkte er freilich, wenn er in polnischer Sprache vorgebracht und nicht so sehr auf die universale Kirche als auf das gemeinsame polnische Vaterland bezogen wurde, wie es der Hofprediger Sigmunds III., der Jesuit Piotr Skarga (1536–1612), in seinen flammenden Reichstagspredigten 1597 tat. Dieses Vaterland ist die Mutter, die allen Polen ihre Namen gab, es ist Jerusalem, das viele edle Nationen in einem Staat vereint hat unter der Leitung des Königtums. Selbst der erste König Nimrod wird nicht verurteilt; Macht sammelt, sie zerstreut nicht. Unter dem Königtum ist die polnische Sprache als einzige der slavischen frei geblieben; jetzt aber werden diese Sprache und das alte polnische Volk untergehen und von dem fremden Volk der Türken überwältigt und tyrannisiert werden, wenn sich Polen nicht patriotisch um die katholische Konfession schart[99]). Das Nichtpolnische galt hier bereits als verwirrt und heillos, die polnische Sprache als heiliges Band der Eintracht. Mit solchen Predigten konnte Skarga zwar nicht den Verfall Polens, wohl aber den Siegeszug der Reformation hemmen und die polnische Prosa prägen. Wie diese und ähnliche Gedanken in der volkssprachlichen Literatur weiter wirkten, wäre wohl ein dankbarer Gegenstand für einen sprachenkundigeren Betrachter; mich hindert eben der Turm von Babel, ihn zu vollenden. Es hat jedenfalls den Anschein, daß sich in Ostmitteleuropa unter dem Eindruck der Reformation und ihrer Gegenwirkung das Schwergewicht der Ansprüche von der völkischen Genealogie, wie sie noch Długosz gepflegt hatte, zur sprachlichen Autonomie verlagerte und daß fortan mehr die Berufung auf eine lebendige Muttersprache als auf eine alte Ahnentafel die slavischen Völker inmitten aller politischen Wechselfälle und Niederbrüche aufrechterhielt.

Auch das lutherische Schweden, dessen Königshaus in diesem Zeitraum nach Polen auszugreifen begann, hatte sich in den Anfängen der Reformation nicht zur gotischen Tradition, sondern zur gegenwärtigen, vom Herrn gegebenen

---

[98]) Opera omnia, Bd. 1, Köln 1584: De haeresibus nostri temporis S. 424 (vor 40 Jahren, Polen und Böhmen); Confessio catholicae fidei christianae c. 25 S. 51 (Einheit der Kirche); c. 93 S. 408 (Jerusalem und Babel); c. 54 S. 177 (Luther, Zwingli, Calvin); c. 29 S. 68 (Cham); Dialogus trimembris III De sacro vernacule legendo S. 662–665 (Volkssprache). Dazu Joseph LORTZ, Kardinal Stanislaus Hosius, Beiträge zur Erkenntnis der Persönlichkeit und des Werkes, Gedenkschrift zum 350. Todestag (Abhandlungen der staatlichen Akademie Braunsberg), Braunsberg 1931, S. 95 ff., 115 ff., 185 f.

[99]) Les sermons politiques (Sermons de Diète, 1597), übers. A. BERGA, Paris 1916, S. 67 ff. (Jerusalem, König), 159 f. (Nimrod), 93 (Sprache und Einheit). Dazu KOHN, Idee 829 f.

Landessprache bekannt. Wie der Reformator Olaus Petri, so förderte auch sein Bruder Laurentius Petri (1499–1573) als evangelischer Erzbischof von Uppsala die schwedische Kirchensprache mehr als die antiquarische Gelehrsamkeit. Der Primas wandte sich 1559 kritisch gegen seinen katholischen Vorgänger Johann Magnus; er wollte nicht an Magogs Goten rühren und begann wie einst Olsson die Geschichte Schwedens erst in der Zeit Sarugs[100]). Sogar der Bruder des Katholiken, Olaus Magnus (1490–1557), der nach dem Tode Johanns im römischen Exil sein Nachfolger als Erzbischof wurde, verwies 1555 nur zaghaft auf dessen Chronik und die Besiedlung des Nordens durch die Noachiden. Auch er verzichtete auf mittelalterliche Universalität und schilderte Skandinavien lieber als geschlossene Ordnung. Der Norden war ihm auch sprachlich eine Welt für sich, reicher gegliedert als selbst die Romania; wie Beda auf den Britischen Inseln, so fand Olaus im hohen Norden fünf Sprachstämme vor[101]).

Die nächste Generation dachte anders. Der Schwiegersohn, Namensvetter und spätere Nachfolger des Laurentius Petri, Laurentius Petri Gothus (ca. 1529 bis 1579), hatte in Wittenberg Melanchthon gehört und von ihm wohl auch vernommen, daß der Semit Geter die Geten und Goten gezeugt habe. Denselben *Gethar* fand er in der Chronik des Johann Magnus als Sohn Magogs unter den Ahnen der Schweden. Flugs verquickten sich reformatorisches und patriotisches Pathos, und Petri Gothus schrieb 1559 dem zweiten Wasa, König Erich XIV., die Geten seien die Goten, ihr und der Schweden Stammvater sei *Gether*, der Sohn des biblischen Magog. Damit sich die neue Begeisterung für die reformierte Muttersprache in die alten Thesen füge, fuhr Petri Gothus fort, nächst dem hebräischen Volk, das die älteste aller Sprachen besitze, könne kein Volk auf Erden seine Urgeschichte so weit und so genau zurückverfolgen; zudem habe es auch seine Sprache nie gewandelt. Das heutige Schwedisch sei das ursprüngliche Gotisch, und dieses sei unmittelbar aus dem Hebräischen geflossen. Alle anderen germanischen Völker, Norweger, Dänen, Engländer, Deutsche, sprächen nur korrumpiertes Gotisch, ähnlich wie die Romanen verdorbenes Latein reden[102]). So rundete der nachmalige protestantische Primas von Schweden ab, was seine katholischen Vorgänger im Amt, Ragvaldsson und Johann Magnus, begonnen hatten; er gab dem uralten, biblischen Volk die unveränderte, heilige Sprache und rückte beide in die nächste Nähe des semiti-

---

[100]) Svenska chrönika, hg. FANT u. a. (o. S. 1013 Anm. 115) Bd. 2,2, Uppsala 1828, S. 5 ff.

[101]) Historia de gentibus septentrionalibus, Rom 1555: VIII, praefatio S. 242 (Noachiden); IV, 4 S. 135 f. (Sprachen des Nordens). Dazu AGRELL, Studier 63.

[102]) Strategema Gothici exercitus adversus Darium, Epistola, hg. Johan NORDSTRÖM, Laurentius Petri Gothus' Strategema Gothici exercitus, Ett återfunnet humanistepos, in: Samlaren NF 3 (1922) 221–276, hier S. 255 ff. Dazu AGRELL, Studier 64.

schen Gottesvolkes; wie Geter als Sohn des Semiten Aram (Gen. 10, 23) zugleich ein Sohn des Japhetiten Magog sein konnte, durfte man freilich nicht fragen. Schon unter dem zweiten Wasa setzte sich die phantasievolle Urgeschichte des katholischen Exulanten Johann Magnus in seiner Heimat durch und trieb bald Blüten, die ganz Europa verblüffen und später belustigen sollten. Doch auf die Kritik von draußen hörte der neue Nationalismus nicht, wenn er das sehr weitherzig ausgelegte Schriftprinzip in seine Dienste nahm und zu Ergebnissen kam, zu denen sich die handgreiflichste mittelalterliche Exegese nicht hätte hinreißen lassen.

In Dänemark finden wir unter Friedrich II. nach dessen Niederlage gegen Schweden keine so weitgreifenden und selbstsüchtigen Entwürfe mehr; daß aber die Bibel Urzeit, Gegenwart und Endzeit buchstäblich beschreibe, daran zweifelte unter den Lutheranern nicht einmal der durch scharfe Beobachtung berühmte größte Astronom der Zeit. Der vom König geförderte Tycho Brahe (1546–1601) ließ die Erde im Mittelpunkt des Alls, die Bibel im Mittelpunkt der Geschichte ruhen. Er meinte 1574, die Sternkunde sei bereits von Adam und dessen Sohn Seth grundgelegt worden; Adam und den Vätern waren wohl die wahren Sternnamen bekannt, die Gott selbst nach Ps. 146, 4 gab und die heute verloren sind. Nicht der forschende Mensch, allein der Schöpfer definiert die Dinge recht; die Weisheit ging (man darf vielleicht Brahe ergänzen: in Babel) verloren, zum Glück nicht ganz. Die Astronomie wurde über Noah und Abraham, aber auch über Cham und Kusch den Späteren übermittelt, selbst den Äthiopiern, deren schwarze Hautfarbe nicht auf die Sonnenbestrahlung, sondern auf die Bestrafung der Hamiten zurückgeht. Doch ruht die Würde der Wissenschaft auf ihrem esoterischen Ualtertum und der frommen Weitergabe der Tradition, nicht auf biologischer Vererbung.

Brahe las aus der Bibel nur die Vergangenheit seiner Wissenschaft, nicht die seines Volkes; doch die Zukunft der Völker fand er in ihr. Da Gog in Ez. 38, 2 als Anführer der Mosoch und Tubal genannt ist, müssen die endzeitlichen Gog und Magog wohl die Russen sein. Brahe kam zu diesem Ergebnis anders als der Byzantiner Leon Diaconus und die Russen des 15. Jahrhunderts. Magog wohnte im Osten Europas; Tubal sind nicht die spanischen, sondern die kaukasischen Iberer, und Mosoch bedeutet, wie seit Luther männiglich bekannt, die Moskowiter. Durch das Regiment Ivans IV. beunruhigt, fürchtete Brahe, die Russen würden eines Tages nach Europa einbrechen, dann freilich vernichtet werden. Die Eschatologie verwandelte sich in historische Zukunft.

Allerdings schrieb der Deutsche Georg Rollenhagen 1601 an Brahe, die Gog und Magog seien gewiß nicht, wie eine törichte Auslegung wolle, die Türken, denn die Bibel meine hier längst vergangene Ereignisse oder aber eine Allegorie. Brahe hat darauf nicht geantwortet; er konnte seine Mutmaßung schwerlich festhalten, weil in Rußland jetzt Boris Godunov an der Macht war, der sich die Schwiegertochter in Dänemark suchte und mit Europa gegen die Türken marschieren wollte. Brahe sah wohl ein, daß das lutherische Schriftprinzip nicht der aktuellen Konkretion dienen darf. An der Vergangenheit seines eigenen Volkes versuchte er sich nicht exegetisch; wäre sein Nationalstolz empfindlicher und religiöser gewesen, so hätte 1579 ein deutscher Briefpartner gewiß nicht ungestraft seine Späße damit treiben dürfen. Er lobte Brahes Landsleute schmunzelnd: Man kenne ja die Stärke der Kimbern und Teutonen, und wenn Goropius Becanus recht gesehen habe, so sei Brahes Sprache sogar älter als die hebräische, erst recht als die griechische und lateinische. *Itaque, si hic esses, Cimbrice a te disceremus*. Dem großen Dänen lag sicher mehr daran, daß man von ihm rechnen lernte; er war bereit, sich von Ausländern belehren zu lassen. In Skandinavien, von wo man ihn vertrieb, war er damit freilich eine Ausnahme[103]).

In den Ländern Ost- und Nordeuropas, die von der deutschen Reformation ergriffen wurden, verließ man allenthalben nicht nur die lateinische Sprache, sondern auch die abendländischen und selbst die deutschen Traditionen. Was von ihnen blieb, trat in den Dienst der Konfession und der Nation und wirkte nicht mehr verbindend, sondern ausschließend. Zugleich bekamen die Überlieferungen freilich eine Lebensnähe, die allem bloß gelehrten Interesse weit überlegen war. Wer an die Heiligkeit seines Volkes und seiner Muttersprache glaubte, sah das Gottesvolk und die auserwählte Sprache in seinem Alltag verkörpert. Ohne diesen von den Reformatoren nicht gewollten Beistand hätte der europäische Nationalismus nicht so leicht die Staatenwelt erobert.

*

Wir treffen vergleichbare Erscheinungen auch in den westlichen Nachbarländern Deutschlands, auf die die Reformation nicht in der lutherischen Form wirkte. In der Schweiz konnten alle Rekatholisierungen nicht verhindern, daß sich die reformatorische Hochachtung vor dem Alten Testament mit dem Selbstgefühl eines republikanischen, mehrsprachigen Staatswesens verband; sowohl die Kalvinisten wie die Zwinglianer, sowohl die französischen wie die deutschen Schweizer glaubten diesen Staat in Gottes besonderer Hut. In der

---

[103]) Opera omnia, hg. Johan Ludvig Emil Dreyer, 15 Bände, Kopenhagen 1913–29: De disciplinis mathematicis oratio Bd. 1, S. 147 f.; Astronomiae instauratae mechanica, praefatio Bd. 5, S. 5; Brief vom 14. 4. 1601 an Martin Braschius Bd. 8, S. 411 (Adam und die Astronomie); Astronomiae instauratae progymnasmata I, 2 Bd. 2, S. 257 (Psalm 146); II, 3 S. 314 (Kusch); III, 10 Bd. 3, S. 230 (Äthiopier); Conclusio S. 314–317 (Gog und Russen); Brief von Georg Rollenhagen vom 28. 4. 1601 Bd. 8, S. 417 f. (Gog und Türken); Brief von Hieronymus Wolfius vom 25. 3. 1579 Bd. 7, S. 51 (Goropius).

welschen Schweiz lehnte sich 1563 der Genfer Staatsmann François Bonivard (1493–1570) an Bibliander an: Das Hebräische ist die älteste aller Sprachen; von ihr getrennt entstanden alle anderen erst beim babylonischen Turm. Die Verschiedenheit der Idiome rief die Unterschiede der Nationalcharaktere hervor; dennoch ist Hoffnung auf Ausgleich und Fortschritt, denn die Sprachen wandeln sich beständig, weil die Nationen voneinander lernen und borgen[104]). Wenn auch die hebräische Einheit verloren ist, darf man sich vom gegenwärtigen Austausch der Sprachen und Völker für die Zukunft das Beste erwarten. Der Orientalist von Lausanne, Bonaventura Cornelius Bertram (1531–1594), ein vertriebener Franzose, gab der zeitgenössischen Geschichte weniger Spielraum und betonte 1574 wie Gesner die Kontinuität des alten Heiligen: Von der hebräischen Ursprache zweigten alle in Babel entstandenen Idiome ab; in ihnen allen glimmt noch ein Funke des ursprünglichen Feuers[105]). Wie auch immer, das Zeitalter war nicht von Gott verlassen.

Gesners Freund Pietro Martire Vermigli (1500–1562), vom Augustiner zum Zwinglianer geworden, huldigte der gleichen Meinung; er vertraute wie Gesner, anders als sein Widersacher Bibliander, mehr der ethnischen Kontinuität als der sprachlichen Aktivität. Er hielt in seinem postumen Genesiskommentar das Hebräische für die vollkommene Ursprache und bedauerte die Sprachenteilung, die noch heute ein *symbolum hominum arrogantiae* sei; mit ihren völkischen und politischen Folgen war er indes recht zufrieden. Die Völker verbreiteten sich über die Erde; Gomer gründete das französische, Aschkenaz das deutsche oder wenigstens das gotische Volk, und die Verschiedenheit der Sprachen war die beste Barriere gegen jede universale Tyrannei. Vergangenheit und Gegenwart berührten sich, denn auch im Alten Testament spricht Gott und gibt den Christen Zeichen; der Florentiner in Zürich freute sich wie Fischart an dem Schutzwall, den Gott um Kleinstaaten und Städte gezogen hat[106]).

Das Kleine, Abgerundete pries auch der Berner Theologe und Botaniker Benedikt Marti (Aretius, ca. 1522–1574). Er rühmte die sprachliche Eintracht als *beneficium ingens*, *vinculum concordiae* und fand alle Vielfalt verdächtig. Vielleicht besah er sich deshalb die Völkertafel so flüchtig, daß er ihre 70 Namen verkehrt gruppierte, 14 Semiten und 26 Japhetiten zählte. Die Babelsprachen hielt er überhaupt für *innumerabiles*. Daraus, daß Cham die größte Nachkom-

---

[104]) Advis et devis des lengues, Neudruck Genf 1865, S. 9; dazu KAYSER, Klangmalerei 153. Nicht erreichbar ist mir H. BRESSLER, François Bonivard, gentilhomme savoyard et bourgeois de Genève, Genf 1944.

[105]) Comparatio grammaticae Hebraicae et Aramaicae, Genf 1574, S. I f.

[106]) In Genesim commentarius, Neudruck Heidelberg 1606, f. 41v–44r. Dazu DIESTEL, Geschichte 275 f.; Joseph C. MACLELLAND, The Visible Words of God, An Exposition of the Sacramental Theology of Peter Martyr Vermigli A.D. 1500–1562, Edinburgh-London 1957, S. 86 ff.

menschar aufwies, schloß Marti, daß sich Gottes Segen nicht auf die *externa* auswirke und nicht an die große Zahl binde. Der bis Marburg Gereiste verschanzte sich doch in den Berner Alpen[107]). Freieren Geists war der kernige Thomas Platter (1499–1582), Pädagoge wie Marti. Noch im Alter erzählte er, wie er als Ziegenhirt auf Wanderschaft ging, mit seiner *landlichen sprach* überall Mitleid erregte, jedoch vielerlei Dialekte lernte und darum im heimischen Dorf nicht mehr verstanden wurde. Im Lateinischen, Griechischen und Hebräischen öffnete sich ihm eine neue Welt, weiter als die der Sippschaft mit ihren 72 Bäslein, die Welt der Reformation und der klassischen Sprachen, als deren Lehrer Platter dann in Basel starb. Das Lokale wie das Geistige, lebendig ergriffen, stellten kein historisches Problem[108]).

Der Baseler Medizin-Professor Heinrich Pantlin (Pantaleon, 1522–1595) liebte solche urwüchsigen Naturen und sammelte 1565 ihre Biographien. Seine Bildergalerie der großen Deutschen mußte allerdings mit illustren Persönlichkeiten der Urzeit beginnen. Adam hatte Deutschland leider nicht besucht, eröffnete aber als Vater der Menschheit den Reigen; es folgte Noah, der auch Janus hieß, zu dessen Lebzeiten der Babelturm gebaut und die Ursprache *(fortassis Hebraica)* geteilt wurde. Mit den gleichsprachigen Genossen zog der Japhetit Aschkenaz nach Deutschland und wurde, *literis parum immutatis*, zu Tuisco, dem *Germanorum conditor*, den Berossus ungenau als Noahs Sohn anführte. Sein Onkel Magog wurde der Vater der Skythen, Geten, Goten und Schweden; Nimrods Enkel *Treveta* durfte Trier gründen, aber der Trojaner Antenor war zugleich ein Skythe, und somit sind auch die Franken Kinder Magogs[109]). Die Geschichte, scheinbar so weit verzweigt, tendiert vom Paradies geradewegs auf die Gegenwart zu; man sieht die Hand Gottes über dem eigenen Volk. In den kleinen, täglichen Ordnungen geborgen, braucht man sich mit der Sichtung des verworrenen Allgemeinen nicht abzuquälen.

Über dieses Verhältnis zwischen dem Intimen und dem Universalen mußte in den Niederlanden erst entschieden werden, als 1568 nach langem unterirdischem Schwelen der Freiheitskampf gegen Spanien ausbrach. Das geistige Ringen um den eigenen Standort konnte im alten burgundischen Land nicht anders als unter Aufbietung der gesamten universalhistorischen Tradition ausgefochten werden. Wie ein Fanal des Kommenden wirkt die bis 1569 geführte, vielleicht später geschriebene Weltgeschichte des katholischen Theologen

---

107) In Pentateuchum commentarii breves ac dilucidi, Bern 1602, S. 140 ff.

108) Lebensbeschreibung, hg. Alfred HARTMANN (Sammlung Klosterberg, Schweizerische Reihe), Basel 1944, S. 36 (ländliche Sprache), 49 (im Dorf), 76 ff. (Latein usw.), 90 (Bäslein).

109) Prosopographia heroum atque illustrium virorum totius Germaniae, Bd. 1, Basel 1565, S. 12 (Adam), 14 (Noah), 17 (Babel), 18 f. (Tuisco), 19 (Magog), 25 f. (Treveta), 60 (Antenor).

Pieter Opmeer (1526–1594) aus Amsterdam. Die erste und einzige Sprache der Menschen war das Aramäisch-Syrische; *nunc Hebraicum vocant*. Schon das war ein Affront gegen alles Herkommen: Die Bibelsprache ist ein später Ableger der Ursprache! In den ersten Zeiten lebte die Menschheit im glücklichen Urzustand der Gleichheit, *populari statu, qui Democratia dicitur*, und kannte keinen Tyrannen. So sehr diese Sätze an spanische Thesen der Zeit erinnern, so genau wenden sie sich gegen die spanischen Herren, auf deren Seite Opmeer im Aufstand trotzdem trat. Das Glück der Urzeit ist dahin; Gottes Zorn trennte in Babel die Sprachen und Völker, aber gemäß Deut. 32, 8 in zwölf Teile. Schwerlich kannte Opmeer diese Deutung aus Bruno von Asti oder Andreas von St. Victor; denn er gab ihr höchste Aktualität durch die Behauptung, die Weltteile unterschieden sich *praecipue* nach ihren Sprachen. Und nun folgt die Liste dieser 12 Weltsprachen, unabhängig von Biblianders Aufstellung, obwohl Opmeer nicht nur die Zwölfzahl, sondern auch die Gliederung nach den drei Noachiden mit Bibliander teilt. Semitisch sind Syrisch, Chaldäisch, Persisch und Indisch; hamitisch sind Äthiopisch, Ägyptisch und Phönizisch; japhetitisch sind Skythisch, Griechisch, Sarmatisch, Keltisch und Germanisch. Man traut dem mit Arias Montano befreundeten Autodidakten kaum die Autorschaft dieser Liste zu, die das Hebräische stillschweigend dem Syrischen unterordnet, das Lateinische und alle romanischen Idiome anscheinend vom Griechischen ausgehen läßt, das Gotische nicht gesondert neben das Germanische stellt und vor allem das Keltische einführt – alles dies gegen Biblianders Schema. Schon daß das Germanische höher als das Romanische eingestuft wird, kommt einer Kampfansage gleich; noch erstaunlicher ist Opmeers Bemerkung, das Wort *Babelen* erinnere an die Sprachenverwirrung[110]. Wieder denkt man an ähnliche spanische Etymologien, etwa bei Garibay; so wäre also das Niederländische eine Babelsprache, eher als das Spanische?

Das ist in der Tat der Ausgangspunkt für die These, die 1569 der Antwerpener Arzt Johann Goropius Becanus (1518–1572) aufstellte und die, wie wir bei Fischart und Brahe schon sahen, sogleich ganz Europa beschäftigte. Becanus war in der katholischen Welt hochangesehen als ehemaliger Leibarzt von Karls V. Schwestern; einen Ruf Philipps II. nach Madrid hatte er ausgeschlagen, widmete nun jedoch dem spanischen König sein Buch als Ergänzung zur Antwerpener Polyglottenbibel. Wer aber eine Apologie Tubals im Stil des Arias Montano erwartet, findet das Gegenstück dazu. Becanus entwarf zunächst, ohne sich nach Annius zu richten, eine der damals beliebten, weit ausholenden Konkordanzen zwischen biblischen Patriarchen und antiken Heroen. Noah ist Deukalion und Saturn, Japhet ist Japetus und Janus; Gomer ist der taciteische *Tuiscon*, Aschkenaz ist Mannus, und von ihm stammen nach Melan-

[110]) Chronographia, Köln 1625, S. 24–26.

chthons Bemerkung die *Teuthones* ab; ihre Sprache ist Kimbrisch, denn Gomer war – wieder nach Melanchthon – ein Kimber. Gomer und Magog, Kimbern und Teutonen bezeugen den Segen über Japhet. So weit, so gut. Becanus blieb aber nicht bei der üblichen Genealogie stehen, er hatte es auf die Sprache abgesehen und fragte, welchen Anlaß die so mächtigen und vernünftigen Deutschen gehabt haben könnten, sich am babylonischen Turmbau zu beteiligen, noch nachdem ihnen Noah ihr europäisches Erbteil zugewiesen hatte. Er fand keinen Grund, also bauten die Deutschen in Babel nicht mit. Das muß sich an ihrer Sprache ablesen lassen. Denn in Babel ging die Ursprache verloren, als der Turm durch Gottes Wind umgestürzt wurde; wer nicht mitbeteiligt war, mußte die Ursprache noch besitzen. Nun bezeichnen die Niederländer noch heute die Rede eines Mannes, den sie nicht verstehen, mit dem Wort *Babelen*; sie waren also – und daran hatte Opmeer nicht gedacht – in Babel nicht dabei. Noch durchschlagender ist Psammetichs Versuchsergebnis. Das hier ermittelte erste Naturwort hieß *Bek*; es ist in *Becker* erhalten geblieben. Also ist das „Kimbrische“, nämlich das Niederländische, die Ursprache der Menschheit.

Bald danach präzisierte Becanus seine Ansicht in Arbeiten, denen er seine ärztliche Praxis opferte und die er im voraus dem Urteil der römischen Kirche unterwarf; denn nun ging er zum Frontalangriff auf die hebräische Ursprache über. Das Niederländische sei viel einfacher, einsilbiger und genauer als die komplizierte und dunkle Judensprache. Einfache Struktur als Altersindiz, das war die von Vives vorgeschlagene Methode. Goropius bemerkte *non sine luculenta voluptate*, daß die Hebräer viele Worte aus dem Niederländischen entlehnt hätten; er kehrte Reuchlins Methode um, der im Deutschen Spuren der hebräischen Ursprache fand. Das Niederländische mußte also die vollkommene Sprache Adams sein, in der Wortklang und Bedeutung aufs innigste harmonieren; nicht nur Hebräisch, Griechisch und Latein, sondern auch alle anderen Sprachen mußten von ihr abgeleitet sein, natürlich auch das Altgallische.

Das Wunder von Babel war dadurch überflüssig geworden, aber Becanus ließ es stehen als eine späte Episode, die die Entwicklung des Niederländischen nicht betraf. Nachdem dessen Vorrang festgestellt war, gab Becanus die Vielfalt der Sprachen und ihr ständiges Fluktuieren großzügig zu. *Quot vero linguae vel nunc sint vel olim fuerint, quamvis quidam definire tentarint, ego tamen nemini puto liquere et adeo non magnopere nostra interesse.* Die 72 des Klemens von Alexandria und die 300 des Plinius verfielen demselben Verdikt: Viele Sprachen seien erst lange nach Babel entstanden, und man habe bis heute noch nicht einmal Kenntnis von allen Dialekten *in orbe Atlantico et apud Hyperboreos*. Auch könne kein Idiom lange unverändert bleiben. Merkwürdig nur, daß allein das Niederländische sich nicht verändert hatte und daß es die Mutter der amerikanischen Sprachen war, die man noch gar nicht kannte. Becanus wußte sehr wohl, daß auch das Niederländische durch Fremd- und Lehnwörter sich änderte, und beteiligte sich an den Bestrebungen, die Muttersprache von solchen heterogenen Elementen zu reinigen. Aber er war überzeugt, damit nur eine „Reformation" durchzuführen und den ursprünglichen Willen Gottes wieder in Kraft zu setzen; das religiöse Pathos in seinen Schriften ist nicht zu überhören[111]).

Becanus wurde alsbald und bis zur Gegenwart vielfach verspottet und als Narr verschrien; aber so durchsichtig seine Tendenz, so hilflos seine Methodik war, so ernst müssen wir seine These nehmen. Sie bedeutet den Durchbruch des modernen Nationalismus im Sprachdenken und hat bis ins Zeitalter der Aufklärung den allgemeinen Ton angegeben, auch wo man ihr nicht folgte. Becanus zerschlug, wie kurz zuvor Perion, die Lehrsätze von der hebräischen Ursprache und von den 72 Sprachen; er brach damit einer modernen Sprachwissenschaft Bahn, um an die Stelle der „falschen" mittelalterlichen eine ebenso „irrige" moderne quasi-theologische Doktrin zu setzen. Diese Doktrin ist, wie wir sahen, fast gleichzeitig an den verschiedensten Stellen aufgetreten, kann also kein kurioser Einfall sein; sie wendet das Prinzip des soeben entstehenden konfessionellen Nationalstaates auf die Sprache an. Was der „Oberrheinische Revolutionär" noch tastend und voreilig behauptet hatte, wurde nun ein allgemeiner Glaubenssatz: Unsere Muttersprache ist die von Gott auserwählte Sprache und die Ursprache der lebendigen Natur; denn in ihr finden wir alle Herrlichkeiten des Daseins.

Becanus half mit seiner Lehre von der niederländischen Ursprache den Freiheitskampf gegen Spanien geistig begründen und fand in den nördlichen Provinzen, den Herden des Aufstandes, ein stärkeres Echo als in seiner Heimatstadt, die schließlich spanisch und katholisch blieb, aber auch ihre Weltgeltung verlor. Vom Stolz auf die Muttersprache ist nichts mehr zu spüren, wenn zu Ende des Jahrhunderts die Kaufleute des verfallenden Antwerpener Hafens ihren Handel durch Erlernung der europäischen Hauptsprachen Deutsch, Englisch, Französisch, Lateinisch, Spanisch, Italienisch wiederbeleben wollen: *Wer hat iemals allein mit einer sprachen fremder nationen freundtschaft erlangt? Wie vil seind reich werden (!) ohne diser sprachen wissenschafft? Wer kan wol regieren stette und lender, der kein andere sprach dan allein sein mutter sprach weisz?* Sie wurden regiert, und zwar auf spanisch[112]). Daß hier die universale Religion den Vor-

[111]) Origines Antwerpianae, Antwerpen 1569, im unpaginierten Vorwort (Polyglottenbibel), S. 370–378 (Noah, Japhet, Gomer), 459 f. (Tuiscon, Aschkenaz), 394 (kimbrische Sprache), 533–555 (Ursprache). Hermathena, in: Opera Joannis Goropii Becani hactenus in lucem non edita, Antwerpen 1580, S. 1 (Urteil der Kirche), 24–33 (Adams Sprache), 204, 218 (übrige Sprachen), 4 (Sprachenzahl). Dazu Kayser, Klangmalerei 163 ff.; Weisgerber, Muttersprache 94 ff.; Jones, Triumph 215 ff.

[112]) Colloquia et dictionariolum septem linguarum, Antwerpen 1616, neu hg. René Verdeyen, Bd. 2 (Vereeniging der Antwerpsche Bibliophilen 40), Antwerpen-'s Gravenhage 1925, f. 4b–6b.

tritt vor der Nationalität behalten würde, ahnt man, wenn man den Stich betrachtet, den der Meister der Antwerpener Kupferstecher Philipp Gall (1537 bis 1612) vor 1574 schuf. Während Nimrod unten mit zwei Sklaven ins Gericht geht, beginnt oben der viereckige Babelturm bereits einzufallen. Gott lacht der irdischen Anmaßung und der menschlichen Anordnungen; alle Rebellion ist sinnlos[113]).

Mit ähnlicher Moral legte zu Ende seines Lebens der gefeierte Kanzler der Universität Douai, Willem van Est (Estius, 1542–1613), die biblische Sprachtheologie aus, weil er von der menschlichen Freiheit viel weniger als die Schule Molinas hielt. Der gottlose Tyrann Nimrod und sein Turm verkörpern Stolz, Ruhmsucht und Ketzerei; sie erreichen ihr Ziel nie. Gott thront weit über aller nationalen Ordnung, er hat sogar die babylonische Sprachenteilung, wie Origenes lehrt, durch die Völkerengel vornehmen lassen und kein Volk mehr auserwählt, auch die Hebräer nicht, die die göttliche Ursprache behielten. Gott wandte seine Sorge nicht der Völkerwelt zu; er nahm die Zahl der 70 babylonischen Völker und Sprachen nicht zum Maß für die Aufteilung der Erde, sondern setzte nach Deut. 32, 8 ihre Grenzen nur so fest, daß für seine Kinder Israel, für das geistliche Gottesvolk, Raum blieb. Zu diesen Kindern spricht Gott immer in verständlicher Stimme, nicht mit unbekannten Zungen; ihnen zuliebe ließ er an Pfingsten das doppelte Wunder geschehen, das Estius wie Salmerón und Suarez deutete: Petrus vermochte mit einer hebräischen Ansprache alle Nationen zu rühren; die Apostel sprachen mit den Gläubigen in deren Muttersprachen und verstanden sie hörend. Nicht jeder Apostel bekam alle Idiome geschenkt, wie Baronius meinte, sondern der eine mehrere, der andere wenigere, dem Missionsauftrag gemäß. Dieses doppelte Wunder wird sich am Weltende wiederholen: Da wird Christus das Verdammungsurteil nur in einer Sprache fällen, und doch wird es jeder Verdammte in seiner Muttersprache hören; die Auserwählten aber werden allesamt Hebräisch sprechen und verstehen. So dienen alle Wunder der geistlichen Führung der Gläubigen, nicht der Ordnung der irdischen Welt; unter den Nationen Europas befindet sich kein auserwähltes Volk mit einer heiligen Sprache[114]). Das war eine indirekte Absage an Becanus.

Die erste direkte Polemik, die sich gegen Goropius mit gutmütigem Spott erhob, kam 1598 von dem erasmisch milden neustoischen Philologen Justus Lipsius (1547–1606), der zwischen den Konfessionen, aber jenseits der Skepsis stand und 1592 von Leiden nach dem katholischen Löwen gewandert war. Er

---

[113]) Ehrenstein, Graphik 58 Abb. 7.

[114]) Annotationes aureae in praecipua ac difficiliora sacrae scripturae loca, Neudruck Köln 1622, S. 16 ff. (Turmbau), 143 (Aufteilung der Erde), 374 (Gott spricht verständlich), 987 ff. (Pfingsten; dazu Adler, Pfingstfest 9 f.).

ging nicht vom Bibeltext aus, sondern von der grenzenlosen Bewegung der Universalhistorie, deren vier Perioden, die orientalische, griechische, römische und barbarische, er in einem großen Buch darstellen wollte. Diese Perioden sind der Geschichte der Sprachen entnommen. Tausendfältig wandeln sich die Idiome, keine heutige Sprache kann die erste sein; einfache Struktur darf nicht auf Alter des Satzbaues oder der Phonetik schließen lassen, Vives wird korrigiert. Selbst das Latein der Römer ging schließlich unter, und bei den Barbaren zeigen die Straßburger Eide von 842, wie sich ursprüngliche Einheit differenziert. Lipsius wußte als einer der ersten von der Verwandtschaft des Persischen mit dem Germanischen, aber er dachte dabei nicht an eine indogermanische Sprachverwandtschaft über die Zeiten hinweg. Die Sprachen werden vom Strom der Geschichte mitgerissen – wenigstens die gesprochenen Muttersprachen.

Denn nun wandte sich Lipsius erneut gegen Vives, mit den Argumenten Bellarmins. Einige Sprachen haben den geschichtlichen Wandel überdauert, und das kommt *a litteris e libris*. Nur Schrift und Bildung verleihen der flüchtigen Sprache Dauer und Pflege; der Editor des Tacitus wußte es. Hebräisch, Griechisch und Latein sind aber vor allem Bibelsprachen, und so fand Lipsius für die Dauer und Verbreitung dieser *vix tres* Universalsprachen eine weitere Begründung, die des Baronius, die vor allem für das Lateinische galt. *Cum religione veteri, vera et Romana, stare Romanam linguam et coli debere ego censeo.* Lipsius wußte, daß die Lehre des Becanus die sprachliche Autonomie einer nationalen Konfession verkündete; er setzte dagegen das Bündnis von Universalgeschichte, katholischer Religion und klassischer Bildung[115]). Hier schieden sich die Geister – und die Völker des alten Burgund.

Im nördlichen Gebiet der Utrechter Union, das sich 1581 unabhängig erklärte, galt zunächst die menschliche Freiheit, später die historische Gleichberechtigung, schließlich der nationale Vorrang für wichtiger als die Last einer universalen Tradition. Der neustoische Dichter Dirk Volkertszoon Coornhert (1522–1590), der den Aufstand mit vorbereiten half und den Oraniern als Staatssekretär diente, feierte 1586 die Sprache als Abzeichen der Menschenwürde. Sprache unterscheidet den Menschen vom Tier; sie ist ein herrliches Geschenk Gottes und macht den Menschen zum Herrn über die Tiere, wenn er sich ihr unterwirft und sie richtig gebraucht. Sie soll untersuchen, was wahr

---

[115]) Opera omnia, Bd. 2, Wesel 1675: Epistola III, 44 S. 986–1010 (Sprachwandlungen); V, 47 S. 481 (Latein). Zu L.s Geschichtsdenken Viljo Adolf Nordman, Justus Lipsius als Geschichtsforscher und Geschichtslehrer, Eine Untersuchung (Annales academiae scientiarum Fennicae B 28,2), Helsinki 1932, S. 54 f.; Klempt, Säkularisierung 76 f. Zur Entdeckung der persisch-deutschen Verwandtschaft Wilhelm Streitberg, Zur Geschichte der Sprachwissenschaft, in: Indogermanische Forschungen 35 (1915) 182–196, hier S. 182 ff.; Bonfante, Ideas 689 f.

und gut ist, sie kann Gedanken und Taten lenken und zum Leitstern des Lebens werden. Sie kann ihren Segen unbehindert von Babel entfalten, weil Coornhert dem Kalvinismus alles Deterministische, Prädestination und Erbsünde, bestreitet. Auf ein bestimmtes Idiom sind seine moralischen Lehren kaum anzuwenden, sie gelten für alle Sprachen gleichmäßig. Doch darin unterscheidet sich Coornhert schon von Lipsius, erst recht von Erasmus; er nimmt die Muttersprachen nicht aus. Noch glaubte er, das Niederländische sei dem Lateinischen unterlegen, und übersetzte darum vieles aus dem Latein; so kam seine Toleranz nicht nur den Religionen, sondern auch der eigenen Muttersprache zugute[116]).

Der Turm von Babel mußte nun beinahe als ein Meilenstein der neuen Freiheit wirken. Man könnte sich zu Galls Kupferstich keinen stärkeren Kontrast denken als jenen prachtvollen Stich, den in den 1590er Jahren der junge Zacharias Dolendo (gest. vor 1604) unter Anleitung seines Haarlemer Lehrers Jacob de Gheyn (1565–1629) wohl in Amsterdam ausführte. Der in Blitze eingehüllte mächtige Stufenturm zu Babel wird diesmal von der Erde aus betrachtet und erscheint dadurch gewaltiger als auf früheren Darstellungen, die den Standpunkt in der Höhe wählten. Er steht aber nur im Hintergrund; die ganze wellige Ebene vor ihm ist voll von Menschen: Die Völker ziehen hinaus, zu Fuß, zu Pferd, auf Wagen; Männer, Weiber, Kinder. Greise tragen Schrifttafeln mit sich, auf denen man arabische, hebräische und griechische Zeichen erkennt; eine zentrale Gruppe im Vordergrund diskutiert gerade über einer solchen Tafel. De Gheyns lateinische Unterschrift will zwar das Bild *mutato nomine* auf den Betrachter beziehen und ihn vor törichter Überspannung seiner Kräfte warnen; aber der Kupferstich selbst zeigt ein barockes Drama, über dem die Aufbruchstimmung freier Menschen und kein gedrücktes Schuldbewußtsein liegt[117]).

Französische Kalvinisten brachen auf, um in den Niederlanden frei zu wirken; sie brachten die Hochschätzung des Alten Testaments und kritische Gelehrsamkeit nach Leiden. Als hier François Du Jon die Odyssee seines Lebens beschloß, wurde ihm seit 1594 der Babelturm zum Sinnbild dessen, was hinter ihm lag. Die Rotte Chams, Nimrod voran, war unzufrieden mit ihren Ländern und brach über die Grenzen; Ruhmsucht und Haß gegen Gott machten dem Frieden und der Gemeinsamkeit der Menschen ein Ende. Daß dabei die schön geordnete Zahl von 72 Sprachen und Völkern entstand, erfanden die Kirchenväter *praeter omnem historiae fidem veritatemque*. Junius, ein guter Kenner des Arabischen, sah Gottes verborgene Lenkung der verworrenen Geschichte

[116]) Zedekunst dat is Wellevenskunste, hg. Bruno Becker (Leidsche Drukken en Herdrukken 3), Leiden 1942: I, 2 S. 15 f.; II, 2 S. 107 ff. Dazu Gerrit Siebe Overdiep, De letterkunde van de Renaissance (Geschiedenis van de letterkunde der Nederlanden 3), Antwerpen 1944, S. 43 ff., 351 ff.

[117]) Ehrenstein, Graphik, Tafel VII nach S. 58.

anders wirksam, in der hebräischen Ursprache, die ein Kind der Natur, nicht wie die Babelsprachen Produkt der Sünde ist; sie brachte alle Sprachen, auch Persisch und Gotisch, hervor und durchzieht sie wie ein roter Faden[118]).

Sein Kollege Joseph Justus Scaliger (1540–1609), Nachfolger von Lipsius in Leiden, hatte zwar bei Postel orientalische Sprachen gelernt, sah die Sprachenwelt aber von seinen altlateinischen Studien aus und glaubte wie sein Vater Julius Caesar Scaliger nicht recht an die göttliche Leitung von so komplizierten, in sich geschlossenen Gebilden. In seiner Grundlegung der wissenschaftlichen Chronologie errechnete er seit 1583 zwar das Datum der Sintflut und der Geburt Abrahams und erwähnte auch Nimrod, aber der Turmbau von Babel war keine Epoche der Zeitrechnung. Der Philologe findet nur getrennte Sprachen vor, deren gemeinsame Wurzel er nicht kennt; für Goropius Becanus hatte Scaliger nur Spott übrig. Vom Eigenwert der modernen Sprachen war indes auch er überzeugt; der große Sprachenkenner stellte 1599 auf Bitten von Paulus Merula eine Liste von europäischen Grundsprachen *(linguae matrices)* auf. In dieser Liste fehlt das Hebräische; statt dessen erscheinen elf Monaden, die miteinander ganz und gar nicht, weder im Wortschatz noch in der Grammatik, verwandt sein sollen. Zwar gründete Scaliger seine Einteilung auf das Wort für „Gott", das überall vier Buchstaben hat, aber die mystischen Folgerungen eines Ficino zog er daraus nicht; seine Sprach- und Geschichtsauffassung fußte auf der reinen Empirie des Vergleichs, der am Ende nur Unvergleichbares findet. Selbst gegen die Verwandtschaft des Persischen mit dem Deutschen protestierte Scaliger.

Nun aber zu seiner Sprachenliste. In Europa gebe es „heute" nicht mehr als elf Grundsprachen, vier weitverbreitete, nämlich Lateinisch, Griechisch, Germanisch, Slavisch, und sieben kleinere, Albanisch, Tatarisch, Ungarisch, (davon getrennt) Finnisch-Lappisch, Irisch, (gesondert) Altbritisch und Kantabrisch (Baskisch). Die vier Hauptsprachen hatte bereits Gelenius so angegeben; Scaliger subsumierte weder das Lateinische dem Griechischen noch das Germanische einer klassischen Sprache. Nur beim Slavischen sind Biblianders Ansätze vereinfacht, sogar das baltische Litauisch verlor seine Autonomie. Hingegen ist Biblianders Liste bei den Nebensprachen beträchtlich verbessert: Die Selbständigkeit des Albanischen ist erkannt; zwei keltische Idiome sind aufgenommen, wenn auch nicht zur Familie zusammengefaßt; zum Ungarischen tritt das Finnische, freilich noch nicht als finnisch-ugrische Gruppe kombiniert. Die Gliederung, die bereits die moderne Sprachenklassifikation ahnen läßt, bot

---

[118]) Libri Geneseos analysis, o. O. 1604, S. 61 ff. (Babel, Sprachenzahl). Grammatica linguae Hebraeae, Genf 1590, Elogium f. a 5 r, b 4 r (Hebräisch, Persisch, Gotisch). Dazu Alfred Davaine, François du Jon (Junius), pasteur et professeur en théologie 1545–1602, Etude historique (Thèse présentée à la Faculté de Théologie Protestante de Paris), Paris 1882, S. 102.

für die Zeitgenossen manche Überraschung: Die Spanier, Franzosen und Engländer sprechen keine reinen Grundsprachen; in Osteuropa hat das Deutsche nichts zu suchen; hebräische Reste kommen nirgends zum Vorschein. Hatte man bisher möglichst viele Sprachen miteinander verbunden, so fiel Scaliger ins andere Extrem, möglichst viele voneinander zu trennen. Wer konnte nun noch behaupten, Gott habe in Babel alle Sprachen der Erde aus dem Hebräischen neu geschaffen? Und wo blieb die niederländische Ursprache? Weder das Biblisch-Allgemeine noch das National-Besondere kam bei Scaliger zu Ehren, nur die gelehrte Abstraktion[119]).

Aus diesen Gründen waren die Holländer mit Scaligers Liste unzufrieden. Sein Leidener Kollege Paul van Merle (Merula, 1558–1607), der die Aufstellung erbeten hatte, wertete sie 1605 zwar aus, hielt sich aber nicht an ihre Konsequenzen. Denn das Alte Testament war das Handbuch der Welt- und Sprachgeschichte. Erst nach dem Scheitern des babylonischen Turmes wurde die Welt besiedelt; Japhet-Japetus erhielt dabei Europa und Nordasien. Sein Sohn Javan-Janus herrschte über Italien und Griechenland, auch wenn seine Brüder Asiaten waren. Diese welthistorischen Begebenheiten schlugen sich in den Sprachen nieder; auch für ihre Verschiedenheiten gibt es nur den biblischen Grund, der Name Babels wird damit für immer verbunden bleiben. Wie viele Sprachen da entstanden, wer kann das sagen? *Nemo hercle, nemo*. Aber Merula sagte es trotzdem: vermutlich weniger als 70. Denn Sprachen sind keine Monaden, sie gliedern sich überschaubar. Den obersten Rang nehmen die drei Sprachen an Christi Kreuz ein, zuvörderst die älteste aller Zungen, Hebräisch. Wer außer ihr, Griechisch und Latein auch noch Deutsch beherrscht, der kann sich rühmen, mehr als dreißig Sprachen zu verstehen, und doch sind es nur drei Grundsprachen. (Hat Merula Latein und Griechisch als Sprachen Javans zusammengefaßt oder jenes diesem unterstellt?) Scaligers Liste hatte auch das Slavische enthalten; Merula näherte sich den vier Hauptsprachen der deutschen Lutheraner. Wie in Europa, so ist auch in der Welt der Sprachenwirrwarr viel kleiner, als Scaliger meint: Das Abendland spricht Lateinisch, das Morgenland Arabisch; Gesners Optimismus behält recht. Wenn Merula sich vom Allgemeinen zum Besonderen wendet, kann er Scaliger wiederum nicht ganz beipflichten und sucht genauer zu unterscheiden. Die alten Gallier sprachen gewiß nicht Griechisch, aber Gallien zerfällt doch nach Caesar in drei Sprachzonen: das baskische Aquitanisch, das britisch-keltische Gallisch und das belgische

---

[119]) Opus de emendatione temporum, Ausgabe Leiden 1598, S. 348 ff. (Chronologie). Diatribe de Europaeorum linguis, in: Opuscula varia antehac non edita, Paris 1610, S. 119 (Sprachenliste). Dazu Jacob Bernays, Joseph Justus Scaliger, Berlin 1855, S. 298; Benfey, Sprachwissenschaft 228; Thomsen, Sprachwissenschaft 33 f.; Arens, Sprachwissenschaft 59 ff.; Bonfante, Ideas 687 f.; Fück, Arabische Studien 47 ff.; Klempt, Säkularisierung 85. Nicht ganz zutreffend Verburg, Taal 171 f.

Deutsch[120]). Das belgische Deutsch? Goropius Becanus erhebt sich gegen Scaliger.

Der Dordrechter Prediger Abraham van der Myle (Mylius, 1563–1637) vollzog die Rückkehr zu Goropius und die Synthese zwischen alttestamentlicher Universalhistorie und nationaler Ursprache im Jahre 1612. Gott erschuf die menschliche Sprache, die darum den Dingen gemäß war, wie Platon und Ficino lehren. Freilich ist sie dem Menschen nicht angeboren, denn kein Kind spricht von Natur aus Hebräisch oder Phrygisch; jede Sprache muß lernend erworben werden. Der heutige Zustand ist Strafe: Gott selbst verwirrte die Sprache in Babel, der stolzen Menschheit zu beständiger Warnung, und seitdem spiegelt kaum das tausendste Wort die Natur der Sache. Aus der einen hebräischen Ursprache wurden viele Idiome, viel mehr als 72, mehr auch als die 300 des Plinius. Aber die babylonische Scheidung schuf keine monadischen Sprachen, sondern Dialekte; denn alle Idiome der Welt weisen hebräische Gemeinsamkeiten auf. Nicht nur auf diesem Weg nähern sich die getrennten Zungen einander; auch der menschliche, historische Austausch, Völkerwanderungen und Handel gleichen sie einander wieder an.

Und vor allem wirkt die innere Konstanz der Sprachen beruhigend auf die geschichtlichen Wirrnisse; hier wußte Mylius Scaligers Monadenlehre mit der Ursprachentheorie des Goropius zu verkoppeln. Im Kern ändern sich die Sprachen kaum; das moderne Belgisch ist mit dem Altkeltischen und Altdeutschen identisch. Kyros, Alexander der Große und Cicero sprachen vor vielen Jahrhunderten in Persien, Griechenland und Italien die gleichen Worte mit derselben Bedeutung aus wie die heutigen Niederländer. Denn diese *lingua Belgica* ist die Grundlage des Persischen, Phrygischen, Skythischen, Keltischen, Kimbrischen, Flämischen, Deutschen, also beinahe eine „indogermanische“ Grundsprache. Sie hat sich unversehrt erhalten; ihre Einsilbigkeit stellt sie an Alter neben das Hebräische und vor das Griechische, erst recht vor das Lateinische, mit dessen Hilfe das katholische Rom heute sein neues Babel bauen möchte. Die drei Sprachen sind wohl heilig, aber weiter verbreitet als sie ist die belgische, die vierte unter den *linguae matrices*. Mylius drehte dem jüngeren Scaliger diesen Begriff beinahe im Munde um; denn diese Grundsprachen sind alle miteinander verwandt. In einem Nachtrag fügte Mylius, durch Scaliger irritiert oder durch Flacius Illyricus animiert, als Grundsprache noch Illyrisch hinzu; doch dies ist ein barbarisches und junges Idiom. Die drei gelehrten Sprachen versanken oder verrohten; die rechte Mitte hält allein das Belgische, das uralt und doch lebendig, Ursprache und Muttersprache in einem ist. Vom

---

[120]) Cosmographiae generalis libri tres, Leiden 1605: II, 1, 8 S. 271 f. (Scaligers Liste); I, 3, 14 S. 187–200 (Völker), 207–210 (Sprachen); II, 3, 15 S. 419–433 (gallische Sprachen).

Vater der Kimmerier und Kimbern, der Geten und Goten, von Gomer, und seinem Sohn Ascanius-Aschkenaz, dem phrygisch-trojanischen Teutonen, an begleitet die Genealogie folgsam den schnurgeraden Weg der gloriosen Sprache. Für den Prediger ist sie das köstlichste Gottesgeschenk; sein Patriotismus erhebt sie neben die Bibelsprachen und findet ihre heilige Auserwählung durch ihre geschichtliche Dauer bekräftigt. Mylius war der niederländische Claj[121]).

Im belgischen Ypern konnte man die religiöse Verehrung des Niederländischen nicht teilen; auch wenn man sich seinen welthistorischen Rang gern gefallen ließ, mußte es sich in größere Zusammenhänge fügen. Die spezielle Nationalsprache konnte nicht zugleich eine Grundsprache, die Erscheinung nicht die Idee selbst sein. Darum setzte sich 1614 der vornehme Berater der spanischen Statthalter Adrian van Schrieck (Scrieckius, 1560–1621) gründlich mit Goropius auseinander; was er zutage brachte, war freilich nur die abgemilderte These des Mylius. Die naturgemäße Ursprache ist nun einmal das Hebräische; doch steht, beinahe als zweite Ursprache, ein sehr altes ideales Idiom daneben. Es heißt nicht Kimbrisch, nicht Belgisch, es heißt Skythisch; gemeint ist aber fast dieselbe Sprache wie bei Goropius und Mylius. Denn Abkömmlinge dieses Skythischen sind Griechisch, Etruskisch, Keltisch und Deutsch; und wenn Scrieckius zeigen will, daß Teile dieser Grundsprache noch lebendig sind, greift er zum Beispiel Opmeers: *Babbelen* kommt von Babel, und *Senaar* (Sinear) bedeutet nichts anderes als „das der See nahe Land".

Den Vorteil des fernen, skythischen Namens nützte Scrieckius im folgenden Jahr aus. Skythen, Kimmerier usw. sind bekanntlich Nachfahren Japhets; somit ist jetzt in der *Scythica vel Celtica* die *lingua japetica* gefunden. Von japhetitischen Sprachgruppen hörten wir schon bei Bibliander und Opmeer; jetzt stehen wir zum ersten Mal vor der japhetitischen Sprache, die bis ins 20. Jahrhundert und bis in die Sowjetunion Furore machen sollte. Scrieckius hatte mit ihr keine indogermanischen Eroberungen vor, aber europäische. Japhet habe diese Sprache als hebräischen Dialekt gebildet; demgemäß sei sie nächst der hebräischen die treffendste aller Sprachen. Wo ist sie geblieben? Japhet gab sie weiter an seine Nachfahren, an die *Europaei omnes, qui sunt Keltae*. Europa hat

[121]) Lingua Belgica sive de linguae illius communitate tum cum plerisque aliis, tum praesertim cum Latina, Graeca, Persica . . ., Leiden 1612, S. 60 ff. (Schöpfung, Platon, Ficino), 82 (nicht angeboren), 13 f. (Verwirrung in Babel), 81 ff., 232 ff. (hebräische Ursprache), 195 (Sprachenzahl), 204 ff. (hebräische Gemeinsamkeiten), 68 ff. (Austausch), 92 ff., 146 f. (Altkeltisch, Altdeutsch), 6 (Kyros usw.), 18 f. (lingua Belgica), 87 (Einsilbigkeit), 86 ff., 142 ff. (älter als Griechisch), 197 f. (Rom und Babel), 196 f. (drei heilige Sprachen), 15 f. (matrices), 19 ff. (verwandte Grundsprachen), 199 (Illyrisch), 89, 118 f. (Kimmerier, Goten), 123 f. (Gomer, Ascanius). Dazu George J. Metcalf, Abraham Mylius on Historical Linguistics, in: Publications of the Modern Language Association of America 68 (1953) 535–554, hier S. 535 ff.; überschätzend Bonfante, Ideas 689, 692.

also keine elf Grundsprachen, sondern nur eine, die Sprache Japhets und der Kelten. Scrieckius lernte seine Keltomanie wohl bei französischen Autoren, aber er meinte sie recht dietsch; 1620 erwies er in einem dritten Buch, *linguam Hebraicam esse divinam, Teutonicam secundam*. Der alte Streit um die Sprache der Gallier und Germanen wurde durch den neuen Namen nicht geschlichtet, nur verschoben, weil es dem Niederländer an der Sprachgrenze weder auf das Keltische noch auf das Germanische, sondern auf seine Muttersprache ankam[122]).

Dagegen erhob nun allerdings 1616 der weitgereiste Philologe Johann Isaac Pontanus (1571–1639) in Harderwijk begründeten Einspruch. Er beschränkte sich nur auf die fränkische Geschichte, doch sein Urteil war vernichtend. Die Franken kommen nicht aus Troja, Skythen oder Kelten sind sie auch nicht; sie haben mit Asien gar nichts zu tun. Sie sind Germanen mit einer germanischen Sprache. Hier schwingt eine spürbare Antipathie gegen alles Welsche mit; Pontanus versuchte umgekehrt wie die Franzosen, das Keltische als germanischen Dialekt hinzustellen und überschritt damit die von ihm selbst gesteckte Grenze detaillierter Spezialforschung. Mit ihr sollte der Freund des Grotius die Zukunft für sich haben; die Gegenwart gehörte seinen Gegnern[123]).

Ihren Sieg entschied im gleichen Jahr 1616 der Deutsche Philipp Clüver (Cluverius, 1580–1622) aus Danzig, der in Leiden Scaligers Schüler, später erster Leidener Geographie-Professor und der Begründer der historischen Länderkunde wurde. Er sagte zu unserem Thema nichts Neues, er faßte nur wirkungsvoll zusammen. Hebräisch ist nicht die Ursprache, sondern entstand in Babel – ein Satz von Perion. Die Lehre von 72 Sprachen und Völkern sei falsch, weil man bisher zu Unrecht die drei Söhne Noahs mitgezählt habe (hier irrt Clüver); eigentlich seien es nur 69 Namen. Einst mag es so viele Sprachen gegeben haben; inzwischen ist alles verändert. Nur die Genealogie der Völker kann sicher durch die Jahrhunderte führen – ein Axiom von Gesner. Clüver bezeichnete die These vom Spanier Tubal als *satis ignoranter* ausgedacht und wandte sich auch gegen Annius scharf; aber er ersetzte alte Vermutungen durch neue, die nicht den Spaniern und Romanen, aber den Germanen schmeichelten. Der *Tuisco* des Tacitus ist *Zeus* und *Deus*, also der wahre, biblische Gott, den die alten Deutschen von jeher verehrten; *Mannus* ist Adam, der erste, von Gott geschaffene Mensch. Seine bei Tacitus erwähnten drei Kinder sind identisch mit Sem, Cham und Japhet. Die germanische Sage enthält also dasselbe wie die mosaische Genesis; das deutsche Uraltertum spiegelt die Weltge-

---

[122]) Originum rerumque Celticarum et Belgicarum libri XXIII, Ypern 1614, S. 3 ff. (Sprachen), im unpaginierten geographischen Index s. v. Babel (Senaar). Monitorum secundorum libri V, Ypern 1615, S. 13–23 (japetica). Dazu TOURNEUR, Esquisse 195; KAYSER, Klangmalerei 166 f.

[123]) Originum Francicarum libri VI, Harderwijk 1616, S. 117 ff. (keine Trojaner), 125 ff. (keine Skythen und Kelten), 578 ff. (Germanen). Dazu TOURNEUR, Esquisse 194.

schichte. Dennoch brauchte man einen genuin biblischen Helden; Clüver fand ihn bei Aventin und Luther. Von den Söhnen Gomers bezeichnet Togarma die Türken, Riphat die Russen und Slaven; Aschkenaz aber war der Haupterbe Japhets und Europas, der Vater der Kelten, Illyrier, Germanen, Gallier, Spanier und Britannier. Seine Sprache war das Keltische, und der mit zehn europäischen Sprachen vertraute Professor identifizierte es leichten Sinnes mit dem Germanischen. Die Crux, unter der die deutschen Lutheraner litten, war beseitigt, Tuisco war kein Heide, sondern Gott selbst; Tacitus und die Bibel ergänzten einander, durch die Hintertüre kam Annius zurück. Die von den Niederländern erkorene keltische Stammsprache Europas bekam ihren biblischen Patron, und dabei wurden unversehens die Deutschen mit ihrer Sprache zu Patriarchen des Kontinents[124]).

So krönte der Deutsche das holländische Bestreben, die Muttersprache und das Vaterland mit einem Heiligenschein zu umgeben, der die Weltgeschichte und die europäische Gegenwart überstrahlte. Während sich der belgische Süden in einen stillen Spiritualismus zurückzog, während einige Skeptiker sich an der raschen und robusten Kombination aller möglichen Sprachen und Namen stießen, fand man in Holland im Eigenen das Allgemeine, im Jetzigen das Dauernde. Wir mögen die Grundlagen dieses Glaubens brüchig finden; ohne ihn wäre die Hochblüte der niederländischen Kultur im 17. Jahrhundert vielleicht nicht zum bleibenden europäischen Besitz geworden.

*

Großbritannien erlebte unter der letzten Tudor-Königin und dem ersten Stuart die Entfaltung zur Großmacht. Die Abwehr Spaniens und die Einung mit Schottland, der Aufstieg der anglikanischen Staatskirche und die Kulmination der englischen Dichtung wirkten zusammen, um das englische Selbstbewußtsein nach außen zu stärken und nach innen zu begründen. Es ließ sich allerdings noch nicht von der zeitgenössischen Idee des auserwählten Vaterlandes und seiner heiligen Muttersprache gefangennehmen. Zwar wurde der Pakt zwischen Altem Testament und englischer Gegenwart von Kirche und Krone gefördert; doch er blieb genealogisch-historisch und offiziös. Die wirklichen Gläubigen, die Puritaner, traten noch kaum hervor. Der politischen Konkretion alter Überlieferungen widersprach die geistige Tradition von Reformation und Humanismus, von Tyndale und Elyot; gerade indem die elisabethanische

[124]) Germaniae antiquae libri tres, Leiden 1616, S. 43–49, 74 ff. Dazu Joseph Partsch, Philipp Clüver, der Begründer der historischen Länderkunde, Ein Beitrag zur Geschichte der geographischen Wissenschaft (Geographische Abhandlungen 5,2), Wien-Olmütz 1891, S. 25 ff.; Gotthelf, Altertum 39 ff.; Tourneur, Esquisse 195; Kayser, Klangmalerei 159.

Dichtung die englische Sprache formte, wirkte sie der Vergötterung der Muttersprache entgegen und blieb gegen die beflissenen Konfessionen der Historiker taub oder skeptisch.

Den Gelehrten freilich erschien England als ein Kosmos eigener Ordnung; in Eton begrüßten sie 1562 Königin Elisabeth I. mit einer Sammlung von 72 lateinischen Gedichten. Unter den englisch schreibenden Historikern verließ zuerst der Antiquar und Buchdrucker Richard Grafton (ca. 1513–1572) die von universalem Überblick und kritischer Verantwortung diktierte Distanz des Vergilio und widmete sich 1568 allein dem Ruhm der Insel. Ihre Souveränität schien ihm durch Pseudo-Berossus am besten gesichert. Noah-Janus vergab Europa an Franzosen, Spanier und Türken; aber die Engländer hatten die vornehmste Ahnenreihe, von Japhet und dem Griechen Javan über die antiken Götter Saturn und Jupiter zu den Trojanern Dardanus und *Brute*, dem ersten Engländer. Wie die „Historia Brittonum" verkettete Grafton die mosaische Völkertafel mit der Trojanersage, viel enger, als Vergilio zugelassen hatte[125]).

Doch was sollte der Umweg über die Griechen und die heidnischen Götter? Wenn Berossus recht hatte, dann kannte er auch den unmittelbar von Noah eingesetzten Herrn Britanniens. Der in London tätige Drucker Raphael Holinshed (ca. 1520–1580) entdeckte 1577 den Japhetiten *Samothes* für England. Er ist mit dem *Dis* Caesars identisch und für das keltische Gallien und Britannien zuständig. Die Engländer sind also Kelten. Später kommen der hamitische Riese Albion, Sohn des Neptun, und der Trojaner Brutus; aber hier zögerte Holinshed. Die Urgeschichte der Insel soll keltisch, nicht griechisch-trojanisch sein, auch sprachlich. Das Britische ist keltisch und kann kein Abkömmling des Griechischen sein; hätten die alten Gallier wirklich Griechisch gesprochen, dann müßte Caesar sie ohne Dolmetscher verstanden haben. Immerhin begnügte sich Holinsheds nationaler Ehrgeiz mit einer keltischen Rolle Englands und wurde nicht exklusiv. Daß seine englische Muttersprache einsilbig sei, empfand er nicht als Altersbeweis, sondern als ästhetischen Nachteil; er wollte ihr auch kein Monopol verschaffen. Mit Genugtuung sagte er, die Engländer könnten leicht Hebräisch, Griechisch, Lateinisch und jede andere Sprache erlernen und *naturallie* gebrauchen. Wie Gildas und Mandeville betrachtete Holinshed sein Vaterland als *present Israele*, doch diese Heimat der Gotteskinder sollte weder ethnisch noch sprachlich autonom sein. Freilich blieb dann der Widerstreit zwischen frommer und nationaler Bindung, zwischen biblischer und antikischer Begründung der Nationalehre ungelöst[126]).

---

[125]) A Chronicle at Large and Meere History of the Affayres of England, hg. Henry Ellis, Bd. 1, London 1809, S. 9 ff. Dazu Matter, Gründungssagen 645 ff.; Meissner, England 370 ff.

[126]) Chronicles of England, Scotland, and Ireland, hg. Henry Ellis, Bd. 1, London 1807: I, 3 S. 6 f.; I, 4 S. 9 (Herkunft); II, 1 ff. S. 437 ff. (Brutus); I, 6 S. 22 ff.

Vor diesem Dilemma stand der Londoner Schneider John Stow (ca. 1525 bis 1605) ziemlich ratlos. Er ließ 1580 den falschen Berossus fallen und war mit der keltischen Verbrüderung nicht einverstanden; er neigte eher zu Grafton und meinte, *this Isle of Brytaine* sei von Japhetiten, zuerst wohl von *Brute* besiedelt worden. Da man aber auch bei anderen Nationen nichts Bestimmtes über diese Frühzeit wisse, wolle er nichts darüber sagen. Er fürchtete den genauen Nachweis, daß Japhetiten und Trojaner verwandt seien. In seiner Londoner Stadtchronik ließ sich Stow 1598 dann doch über die Herkunft des *Brute* aus, gab ihm aber nun eine rein heidnische Aszendenz, Venus und Jupiter, um London als neues Troja feiern zu können. Die Neuauflage schwächte 1603 auch diese Beziehung wieder ab; Stow wußte zwischen Japhet und Venus nicht kritisch zu wählen, mochte sie aber auch nicht mehr wie Grafton miteinander vermählen[127]). Es bedurfte nun eines klugen, kritischen Kopfes, der Tradition und Autonomie sorgfältig abwägend miteinander verband; England besaß ihn.

Es war sein größter zeitgenössischer Historiker, der dem Hofe nahestehende Londoner William Camden (1551–1623). Er stellte 1586 seiner nach Flavio Biondo angelegten, patriotischen Landeskunde Englands Untersuchungen über die ältesten Bewohner des Landes voran. Die Bibel habe ihre Namen nicht unmittelbar überliefert; seit Galfred von Monmouth habe man sich an den Trojaner Brutus als Ahnherrn und Namenspatron Britanniens gewöhnt. John Whethamstede und seither andere Kritiker hielten Brutus freilich für nicht besser als Scota, Hiberus, Danus, Gothus, Saxo und Francio; der personifizierte Volksname erschien ihnen als Fiktion, nicht als Faktum. Camden schloß sich den Kritikern nicht offen an; aber behutsam lenkte er hinüber zur noachischen Erdverteilung, bei der Japhet gemäß Gen. 10, 5 die Inseln erhalten habe ... Berossus ist zwar ein Schwindler, Samothes wird ausgebootet; aber wir wissen auch ohne Annius, daß Japhets ältester Sohn Gomer die Kimmerier und Kimbern bedeutet – Melanchthon hatte es gesagt. Nun nennen sich die englischen Waliser *Cymre* oder *Cumeri*, und ihre kymrische Sprache steht der gallischen Gomers sehr nahe. Man darf also vermuten, daß die Briten zu den *Gomeri* gehörten. Camdens Hypothese ist auf die oberflächliche Ähnlichkeit der Namen Gomer-Kimmerier, Kimbern und Kymren gegründet, bedeutet aber trotzdem einen Fortschritt über Holinshed hinaus; die keltische, britisch-gallische Sprachgemeinschaft ist zum ersten Mal nicht mythologisch, sondern etymologisch dargelegt. Camden hielt diese Vermutung für zwingender als die trojanische, woll-

---

(Sprachen). Dazu MATTER, Gründungssagen 611 ff., 616 ff., 643 ff.; MEISSNER, England 371; KOHN, Idee 840.

127) The Annals of England, London 1605, S. 10 (Japhetiten). A Survey of London, hg. Charles Letherbridge KINGSFORD, 2 Bände, Oxford 1908, hier Bd. 1, S. 1 ff.; Bd. 2, S. 230 (Venus). Dazu MATTER, Gründungssagen 647 f.; MEISSNER, England 376 ff.

te aber auch diese legitimieren, vielleicht dem Hof zuliebe. Nach der Zerstörung Trojas seien Trojaner nach Gallien gekommen und hätten sich in die Gomeridenreihe eingeordnet. Damit fällt die Brutus-Sage samt allen heidnischen Mythologien; die nachfolgende Geschichte verläuft immanent. England freilich ist nun unmittelbar an Gen. 10, 5 angeschlossen; Camden betrachtete die heimische Insel als festes Bollwerk und Beherrscherin der Meere, und seine Muttersprache war zwar längst nicht mehr das reine Keltisch, sondern vielfach gemischt, aber eben deshalb um so reicher[128]).

Wenn aber schon die Einwohner biblischen Ursprungs waren, warum nicht auch ihre Sprache? Tyndale hatte das Englische mit dem Hebräischen verglichen; nun erklärte 1582 der als Lehrer des Hebräischen geschätzte Londoner Schuldirektor Richard Mulcaster (ca. 1530–1611), die englische Sprache sei ebenso alt und ansehnlich wie Deutsch, Latein und Griechisch. Mulcaster betonte zwar gleichzeitig, daß Sprache und Schrift vom Menschen erfunden worden seien, und glaubte sich deshalb zu eingreifenden, vor allem orthographischen Reformen berechtigt. Aber seine beiden, einander scheinbar widersprechenden Aussagen fügen sich zusammen, wenn Mulcaster das Englische für eine Babelsprache hielt[129]). Warum er diese Überzeugung nicht offen aussprach? Sie galt noch als papistisch.

Mit den papistischen Märchen ging 1595 der Theologe Andrew Willet (1562–1621) aus Ely, der sein Hauptwerk gegen Bellarmin schrieb, scharf ins Gericht; Calvin und Junius lieferten ihm die Argumente. Hebräisch war gewiß die Ursprache, aber man weiß nicht, ob es derselbe Dialekt wie das moderne Hebräisch war. An dem sündhaften Denkmal von Babel bauten alle Menschen mit; allen wurden die Sprachen geteilt, jedoch so, daß nicht *all societie* zugrunde ging. Gott sorgte für überschaubare Ordnung des Augenblicks, nicht für historische Kontinuitäten. Nicht die heutigen Sprachen, höchstens ihre Grundlagen entstanden in Babel. Auch die Völkerteilung geschah *in processe of time*; Gomer, Magog, Tubal, Mosoch, Tiras und Aschkenaz brachten asiatische Stämme der Alten Geschichte hervor, nicht die europäischen Völker. Die papistischen Angaben über die Zahl der Sprachen und Völker sind *meere gesse and coniecture*; sie treffen nicht einmal auf die Zeit der Sprachverwirrung selbst zu. Von den 75, 74 oder 70 Namen der Völkertafel decken höchstens 50 ein eigenes Volk mit einer besonderen Sprache[130]). Die Bibel kann keinen patriotischen

---

[128]) Britannia, englisch hg. Edmund GIBSON, London 1695, Sp. III–XXVI. Dazu MATTER, Gründungssagen 570 ff.; MEISSNER, England 306 f., 313 f., 382 f.; JONES, Triumph 243 f.

[129]) Elementarie, hg. Ernest Trafford CAMPAGNAC, Oxford 1925, S. 88 f. (Englisch), 112 ff. (Sprache und Schrift). Dazu JONES, Triumph 158 ff., 192 ff.

[130]) Hexapla in Genesin, Neudruck Cambridge 1605, S. 129 ff. (Sprachen), 117 ff. (Völker).

Enthusiasmus erzeugen, sie berichtet geistliche Geschichte; die Erde bleibt den Sterblichen überlassen. Willet ahnte wohl nicht, daß im „papistischen“ Rom und in Spanien die Exegeten zur gleichen Zeit zu ganz ähnlichen Schlüssen kamen; vielleicht wußte er nicht einmal, daß sein Spiritualismus das schöne Gebäude Camdens untergrub. Dies freilich besorgten gründlicher als Willet, der die Bibel verteidigte, die elisabethanischen Dichter, die ihr mißtrauten.

Dem Hof und Camden noch am nächsten stand Edmund Spenser (1552 bis 1599). Im Jahr der spanischen Armada, 1588, verdammte er als Regierungsbeamter in Irland den irischen Aberglauben an die ägyptischen Pharaonentochter *Scota* und die Verwandtschaft mit den Spaniern; das sei eine wilde und barbarische Nation. Die Iren seien vielmehr Skythen und vor allem Gallier, wie Camden anhand der irischen Sprache erwiesen habe. Damit wurden die Iren wider Willen neben die Briten gedrängt; zu Gomer fand Spenser den Weg allerdings nicht mehr. Um die insulare Verbrüderung glaubhaft zu machen, mußte er in Camdens Weise auf die Historizität des Engländers Brutus verzichten; denn auch die Briten waren Kelten. Sollten von der Vergangenheit wirklich nur gesicherte Fragmente bleiben? Spenser unterdrückte seine gelehrten Zweifel bald, als er statt prosaischer poetische Geschichte schrieb, die er 1589 der Königin Elisabeth weihte. Bei Hofe sah man die Trojaner gern; im Kleide der Artus-Sage pries Spenser seine Feenkönigin und begann die Geschichte Englands mit dem Trojaner *Brutus*, der die bösen Riesen unter *Goëmot* besiegte. Woher diese Riesen einwanderten, bleibt dunkel; sie verkörpern das urtümliche Chaos. In ihre Nähe gehört der große Nimrod, der als erster die Welt mit Feuer und Schwert bekriegte und dafür in die Hölle kam, wie nachmals Ninus. Spenser schob auch diese Figuren dichterisch ineinander und nannte Ninus den Erbauer des Babelturmes, ohne die Verwandtschaft zwischen Hamiten und Assyrern anzugeben; über dem außerenglischen Chaos herrscht keine genealogische Ordnung, nur die dichterische Freiheit.

Auf diesem Wege siegt der Trojamythus poetisch über die Bibel; von ihr bleiben gewaltige Bilder lebendig, aber keine fortzeugenden Begebenheiten. In einer Vision von vergangener Größe sah Spenser 1591 einen großen Turm zum Himmel ragen; er war auf Sünde gebaut und zerfiel. Dabei tauchte vor Spensers Auge das Werk des Ninus auf,

... that great towre, which is so much renownd
For tongues confusion in holie writ.

Ob dieser Ruhm gegründet ist, ging den Dichter nichts an; er schuf sich seine altertümelnde Sprache selbst und fand sie nicht konfus. Das Monument der Vorzeit paßte eher in die Fremde; die stolze Stadt Venedig gemahnte den Londoner 1599 an das erste Babel und an Rom, das tyrannische Babel des Westens, mit seinen *ayry towers*, die heute nur durch ihre Trümmer ihre alte Größe zeigen.

Ob dieses Rom das antike oder das kirchliche ist, es liegt außerhalb des vom Poeten geordneten Geschichtsfeldes und Gesichtskreises. Er war kein Puritaner und verurteilte die gewaltigen Entwürfe der fernen Mächte nicht, auch wenn sie scheiterten; vielleicht bewunderte er sie, doch sie betrafen ihn nicht[131]). Was könnte den noch verwirren, der sich seine Grenzen mit klassizistischer Gebärde selber zieht?

Zu dem Individuum, das alle Grenzen sprengt, obgleich es daran scheitern wird, fühlte sich indes Christopher Marlowe (1564–1593) hingezogen. Er selbst rüttelte am biblischen Menschenbild, wenn er die Autorität des Alten Testaments bezweifelte und sogar vermutete, es könne, worauf die amerikanischen Altertümer hindeuteten, Menschen vor Adam gegeben haben. (Ob er derlei beim Englandbesuch Giordano Brunos hörte?) Zu den Fesseln, die seine Gestalten zerreißen wollen, gehört auch die Muttersprache. Marlowe ließ 1587 den brutalen Machtmenschen Tamerlan (Timur) den Plan fassen, für seine tote Geliebte und für sich ein Epitaph zu setzen in so vielen verschiedenen Sprachen, als er Reiche erobert habe. Doch Tamerlan geht unter, ebenso wie der Denker Faustus, der in Marlowes Drama von 1588 versucht, durch Magie und Sprachenkenntnis, *enrich'd with tongues*, die Welt zu beherrschen[132]). Macht und Geist bleiben schließlich doch tragisch an die beengte Welt gekettet; nur das Märchen kann leichtfüßig entspringen. Eine Volksballade des ausgehenden 16. Jahrhunderts kennt einen verbannten Engländer, der noch nie Griechisch oder Hebräisch vernahm und doch *in any language* reden kann[133]). In den Schulen hätte er das nie gelernt; der maliziöse Freund Marlowes Thomas Nashe (1567 bis 1601) warnte 1592 die Jugend frech vor den Schulmeistern, die ihr den Gottesfluch auferlegen wollen, nämlich die Sprachenverwirrung, mit der in der Jugend der Welt die Bauleute des Babelturmes gestraft wurden. War der Gott des Alten Testaments gar auch einer von diesen puritanischen Gelehrten? Nashe spielte 1596 verwegen mit den Worten: Ein Pedant hat einen Band der Wider-

[131]) The Works, hg. Edwin GREENLAW u. a., 9 Bände, Baltimore 1932–49: A View of the Present State of Ireland Bd. 9, S. 82 ff., 104 (irische Herkunftssagen; dazu MATTER, Gründungssagen 607 f.); The Faerie Queen II, 10, 7 ff. Bd. 2, S. 127 ff. (Brutus; dazu MATTER, Gründungssagen 674 ff.); I, 5, 48 Bd. 1, S. 68 (Nimrod); II, 9, 21 Bd. 2, S. 115 (Ninus); Complaints, The Ruines of Time v. 505 ff. Bd. 8, S. 51 (Babelturm); Commendatory Sonnets 4 S. 266 (Venedig, Babel, Rom). Dazu Virgil Keeble WHITAKER, The Religious Basis of Spenser's Thought, Stanford 1950, S. 53 f.

[132]) The Works and Life, hg. Robert Hope CASE u. a., 7 Bände, London 1930–33: The Second Part of Tamburlaine the Great II, 4, 133 ff. Bd. 2, S. 217 f. (Tamerlan); The Tragical History of Doctor Faustus I, 1, 140 Bd. 5, S. 65 (Faustus; dazu Joseph T. MACCULLEN, Dr. Faustus and Renaissance Learning, in: The Modern Language Review 51 [1956] 6–16, hier S. 9 ff.). Zu M.s Präadamitenthese Paul Harold KOCHER, Christopher Marlowe, A Study of His Thought, Learning, and Character, Chapel Hill 1946, S. 33 ff., 104 ff.

[133]) The Earl of Westmoreland Str. 19, hg. Francis James CHILD, The English and Scottish Popular Ballads, Bd. 3, Neudruck New York 1956, S. 420.

legung, *tome of confutation*, geschrieben, aber es ist ein *Babilonian towre*, ein Bau der Konfusion[134]). So wäre Babel doch mitten unter uns, und alle Stilisierung vermöchte diese Welt nicht zu ordnen?

Die umfassendste Antwort gibt das Werk von William Shakespeare (1564 bis 1616). Es spiegelt, perspektivisch und geschichtlich gruppierend, eine vielgestaltige und grenzenlose Welt, die immer wieder von der *confusion* bedroht ist; es vermittelt eine tiefe Unruhe und „die großartige Ansicht immer neuer Gefährdungen der Ordnung, eines ständigen Auf und Ab, eines unablässigen, scheinbar fruchtlosen Bemühens um Stabilität in den menschlichen Dingen". Geheime Kräfte, von denen sich unsere Schulweisheit nichts träumen läßt, halten die Welt zusammen; der handelnde und der dichtende Mensch vermag es nicht. Gewiß, Worte sind Atem, und Atem ist Leben, aber Worte ohne Gedanken können nicht zum Himmel dringen; und das Leben selbst ist wie ein wandernder Schatten, ein kurzes Theaterstück, eine Erzählung, die ein Idiot vorträgt, voll Klang *(sound)* und Raserei, die nichts bedeutet. Der Dichter liebt Wortspiele und geheime Wortmagie; dennoch ist die Sprache nur eine Ausgeburt der Phantasie. Bisweilen ist ein Wort bloß Luft, *no matter from the heart*, von Taten grundverschieden, ein luftiges Nichts, das allein durch die Feder des Dichters gestaltet und benannt wird. Das Wort kann die Welt bewegen, aber nicht die Dinge bezeichnen[135]). Der Mensch ist mit seiner Sprache ganz allein; sie ist ihm ausgeliefert, sie kann ihm wenig aufschließen.

Sie kann ihn freilich einem anderen Menschen nahebringen; wie freut sich in Shakespeares Alterswerk der schiffbrüchige Neapolitaner, wenn ihm auf einer einsamen Insel ein anmutiges Mädchen in seiner Muttersprache antwortet! In fremden Zungen radebrechen, ist armselig und wirkt komisch; Waliser und Franzosen versuchen es. Doch der edle Ausländer spürt, daß die fremde Sprache seine Sache nur sonderbar und verdächtig macht; wer in England die Wahrheit redet, tut es auf englisch, nicht lateinisch. Sogar ein Page spottet über die Schullehrer und Dorfpfarrer, die mit kümmerlichem und falschem Latein prun-

---

[134]) The Works, hg. Ronald Brunlees MacKerrow, Bd. 3, London 1910: Summers Last Will and Testament S. 279 (Schulmeister); Have With You to Saffron-Walden S. 36 (Gelehrter).

[135]) The Arden Edition of the Works, hg. Robert Hope Case u. a., 37 Bände, London seit 1909; neu hg. Una Ellis-Fermor u. a., London seit 1951: Hamlet III, 4, 197 f. Bd. 22, S. 147 (Wort, Atem, Leben); III, 3, 97 f. S. 136 (Worte ohne Gedanken); Macbeth V, 5, 24 ff. Neuausg. Bd. 29, S. 160 (wandernder Schatten, Klang und Raserei); The First Part of King Henry the Fourth V, 1, 134 f. Bd. 15, S. 177 (Wort ist Luft); Troilus and Cressida V, 3, 108 ff. Bd. 24, S. 187 (Herz und Taten); A Midsummer Night's Dream V, 1, 15 ff. Bd. 12, S. 132 (luftiges Nichts). Dazu Auerbach, Mimesis 297 ff. (Perspektivität); Theodor Schieder, Shakespeare und Machiavelli, in: AKG 33 (1951) 131–173, hier S. 168 („die großartige Ansicht . . ."); Molly Maureen Mahood, Shakespeare's Wordplay, London 1957, S. 175 ff. (Sprachglaube).

ken wollen; sie machen sich nur lächerlich. Sie waren auf einem großen Sprachenfest und stahlen sich die Brocken. Heißt das nun, daß Shakespeare die Muttersprachen, gar seine Muttersprache verhimmelt? Alles andere. Sprachenkenntnis ist dem Begabten nützlich und sogar natürlich. Ein junger Gelehrter wird empfohlen als *cunning in Greek, Latin, and other languages*; und wer alle guten Gaben der Natur besitzt, der spricht drei oder vier Sprachen Wort für Wort, ohne Buch. Sprache ist also keine fixe, objektive Größe, keine Zwischenwelt. Sie ist, was jeder aus ihr macht; versuche jeder, daraus das Seine zu machen[136]).

Shakespeare übernahm manches von Holinshed, aber nicht sein Lob des Vaterlandes. Wohl spürt man die Ergriffenheit des Dichters, wenn er den Onkel Richards II. England als den Garten Eden, das zweite Paradies, *this little world*, beschwören läßt – doch nur, um seine Schmach und Schande greller zu beleuchten. Töricht ist jeder, der sich auf Fremdes und Längstvergangenes beruft, als wäre es sein eigen; so fehlen auch die Genealogien Holinsheds in Shakespeares Dramen völlig. Shylocks Freund Tubal ist kein Spanier, sondern ein Jude ... Nur eine störrische Jungfer, die nicht heiraten will, hält alle Söhne Adams für ihre Brüder, und Verwandtenehe sei sündhaft. Nicht minder verschroben sind die Adligen, die um jeden Preis mit dem König verwandt sein wollen, selbst wenn sie die Blutsbande von Japhet herleiten müssen. In den Streit um die biblische oder trojanische Vergangenheit Englands hat sich Shakespeare, so viel ich sehe, nirgends eingemischt. Wie hätte er dann in der Staatenwelt seiner Dramen eine höhere Ordnung als die des Augenblicks anerkennen können! Wenn er einmal 70 Senatoren nannte, dachte er nicht an eine allgemeine Symbolzahl, ebensowenig, wenn die Rede ist von 52 Reichen, die der Türke hat. Man hat vermutet, Shakespeare habe daneben 20 christliche Reiche gezählt; aber er hat sie nicht gezählt, und die Zahl 72 kommt in seinem ganzen Werk nicht vor[137]). Wenn Shakespeare je später, desto hintergründiger

[136]) The Tempest I, 2, 431 ff. Neuausg. (o. Anm. 135) Bd. 34, S. 37 (Neapolitaner); The Merry Wives of Windsor I, 1, 19 ff. Bd. 23, S. 5 ff.; III, 1, 1 ff. S. 110 ff.; III, 3, 183 ff. S. 139 ff. (Waliser und Franzosen); King Henry the Eighth III, 1, 41 ff. Neuausg. Bd. 35, S. 92 f. (edler Ausländer); Love's Labour's Lost V, 1, 37 f. Neuausg. Bd. 9, S. 122 (Sprachenfest); The Taming of the Shrew II, 1, 81 f. Bd. 7, S. 52 (cunning); Twelfth Night I, 3, 26 Bd. 21, S. 14 (drei oder vier Sprachen). Dazu Eduard ECKHARDT, Die Dialekt- und Ausländertypen des älteren Englischen Dramas, Bd. 2 (Materialien zur Kunde des älteren Englischen Dramas 32), Löwen-Leipzig-London 1911, S. 25 ff., 96 f. (Ausländer); Miriam JOSEPH CSC, Shakespeare's Use of the Arts of Language, New York 1947, S. 64 ff. (Sprachendünkel); Thomas Whitfield BALDWIN, William Shakspere's Small Latine and Lesse Greeke, Bd. 1, Urbana 1944, S. 725 (Sprachenkenntnisse).

[137]) King Richard the Second II, 1, 42 Neuausg. (o. Anm. 135) Bd. 11, S. 50 (zweites Paradies); Much Ado About Nothing II, 1, 59 f. Bd. 17, S. 32 (Jungfer); The Second Part of King Henry the Fourth II, 2, 112 f. Bd. 16, S. 66 (Blutsbande von Japhet her); Julius Caesar IV, 3, 176 Neuausg. Bd. 19, S. 106 (Senatoren); The First

seine Sprache zum Symbolträger machte, spiegelte sie doch keinen göttlichen Kosmos, sondern die Natur und Geschichte in aller Unrast der Jahrhundertwende. In dieser perspektivischen Betrachtungsweise treffen sich die beiden größten Dichter der Zeit, die, Cervantes im Abstieg, Shakespeare im Aufstieg des Staates, innehalten, aus dem Strom zeitgenössischen Lebens heraustreten und es, weise für immer, ganz in sich aufnehmen.

Es kam in neuen Fluß, als 1603 der schottische Sohn Maria Stuarts englischer König wurde. Die Schotten hatten schon zuvor mit dem katholischen Glauben auch ihre mittelalterlichen Mythen abgelegt; nur der aus der Heimat vertriebene Katholikenführer, Bischof John Leslie (1527–1596) von Ross, erbaute sich noch 1578 im römischen Exil an den Geschichten von Griechen und Pharaonen, von *Gathel* und *Scotia*, die er bei Boece las und die den Schotten so sichtlich den Vorrang vor den Engländern gaben[138]). Doch der Presbyterianer George Buchanan (1506–1582), der Maria Stuart Latein gelehrt und ihren Sohn erzogen hatte, trug 1582 das Seine dazu bei, die Atmosphäre zu entgiften; die Gesinnung seines Lehrers John Mair beseelte auch ihn. Er wollte *res gestas maiorum nostrorum a fabularum vanitate liberare* und fegte die schottischen wie die britischen Sagen hinaus; erst recht fielen alle Etymologien und die britische Sprache der Trojaner. Der Humanist, ein Feind aller Scholastik und Sophistik, seufzte nun freilich, für die Kenntnis der schottisch-britischen Ursprache, selbst wenn sie kindisches Geschwätz sei, wolle er gern seine mühsamen Lateinstudien von Kindesbeinen an eintauschen. Er gab nicht mehr vor, diese Ursprache zu kennen, und versuchte nicht, alle Sprachen Europas aus ihr abzuleiten; Fenius, der Kompositeur der gälischen Sprache, war tot wie Gaedel und Scota, und Buchanans nationalschottische Begeisterung machte das Vergangene nicht mehr lebendig. Der bessere Teil der Welt spricht heute, so schrieb er, als Gemeinsprachen Griechisch und Lateinisch; und Schottland wird englisch beherrscht werden[139]). Möge ihm wenigstens aller königliche Absolutismus erspart bleiben!

Jakob I., Buchanans königlicher Zögling, wollte es freilich nicht bei einer Personalunion bewenden lassen; und so begrüßte ihn ein Mitarbeiter Camdens,

---

Part of King Henry the Sixth IV, 7, 73 Bd. 1, S. 129 (türkische Reiche; dazu nicht überzeugend WEIGAND, Languages 247).

[138]) The Historie of Scotland, hg. Elphege G. CODY OSB (The Scottish Text Society 5), Bd. 1, Edinburgh 1888, S. 70 f.; unzugänglich ist mir die lateinische Urfassung De origine, moribus et rebus gestis Scotorum libri decem, Rom 1578. Dazu FUETER, Historiographie 172 f.

[139]) Rerum Scoticarum historia, Edinburgh 1583, f. 13r–14r (Trojaner), 1r–2v (Ursprache). Dazu MATTER, Gründungssagen 597 ff.; Thomas D. ROBB, Sixteenth-Century Humanism as Illustrated by the Life and Works of George Buchanan, in: George Buchanan, Glasgow Quatercentenary Studies, Glasgow 1907, S. 174–210, hier S. 198.

der walisische Antiquar George Owen Harry, 1604 als den Herrscher, der Schottland und England vereine. Als Befähigungsnachweis für Jakobs völkerverbindende Mission stellte der Genealoge seine Ahnentafel aus allen edlen Häusern der Welt zusammen. Von Sem-Melchisedech stammen über die Chaldäer des Arphaxad die Briten ab. Cham, Saturn und der ägyptische Zweig Misraim-Osiris-Jupiter sind Stammväter der Trojaner und des Aeneas – Nimrod wird wie bei Maximilian I. und Sandoval umgangen. Japhetiten schließlich sind die Griechen und die Altlateiner des Latinus. Als Aeneas die Tochter des Latinus heiratete, vereinten sich beide Linien, und dieser Verbindung entsproß endlich *Brutus, the first king of Brittaine*. So treffen sich auf den Britischen Inseln alle Noachiden, die Trojaner und auch die keltischen Brüder, die nun der neue König verbindet. Camdens Lehren wurden politisiert, die absolutistischen Neigungen des Herrschers geschmeichelt[140]). Man versteht, daß Jakob I. sich lieber bei König Artus als bei den germanischen Angelsachsen seine Vorfahren suchte; das hatte jedoch zur Folge, daß sich die Gegner des königlichen Absolutismus um die germanischen, parlamentarischen Traditionen scharten; soweit sie Puritaner waren, pochten sie auch auf das Alte Testament und seine „demokratische" Völkertafel.

Der vom König hochgeschätzte Freund Shakespeares, der Dichter Ben Jonson (1573–1637), tötete diese Gegner durch Ironie. Quasireligiöse Traditionen der Puritaner sind lächerliche Schrullen. In seinem „Alchimist" beschreibt Jonson 1610 einen Narren, der alchimistisch zaubern will mit einem Buch, das Moses, seine Schwester und Salomo geschrieben haben; ja er kennt einen Traktat, den Adam selbst verfaßte, und zwar *in High Dutch, . . . which proves it was the primitive tongue*. Nicht nur Goropius Becanus wird verspottet, auch die reformierte Frömmelei; ein Diakon aus Amsterdam will von heidnischen, griechischen Wörtern nichts hören: *All 's heathen, but the Hebrew*. Die lachenden Betrüger machen sich das zunutze; einer von ihnen betet, wenn nur ein hebräisches Wort erwähnt wird, in einem närrischen Anfall Dutzende von Genealogien her. Er schwätzt von Gog im Norden, von dem ismaelitischen König von Togarma, vom Tier Kittim. Schließlich beschwört er die Rabbiner von Salem und die Griechen von Athen, nach England zu kommen und das Volk die Sprache Hebers und Javans zu lehren. Ist das erst geschehen, dann wird ein Linguist die alte Verbindung der Vokale und Konsonanten erkennen und alle Laute der Sprache in wenigen Buchstaben festhalten können; eine alttestamentlich-klassische Universalsprache wird entdeckt werden. Und alles dies ist Trug

---

140) The Genealogy of the High and Mighty Monarch James, by the Grace of God, King of Great Brittayne, etc. with his lineall descent from Noah, by divers direct lynes to Brutus, first inhabiter of this ile of Brittayne . . ., London 1604, S. 39 f. (Vereinigung), 1 ff. (Abkunft). Dazu MATTER, Gründungssagen 653.

und Narretei! Die Welt der Sprachen ist in Wahrheit immanent; Hebräisch und Griechisch sind nicht besser als alle übrigen Idiome[141]).

Einen kalvinistischen Vorbehalt machte in diesem letzten Punkt der nach England geflohene Pariser Bibliothekar Isaac Casaubon (1559–1614), als er 1612 im Auftrag des englischen Königs an die Widerlegung des Baronius ging. Die Hochschätzung des Lateinischen ist eine katholische *frivola coniectura*; der Psalm sagt, Gott solle mit allen Sprachen gelobt werden. In allen Zungen redeten auch die Apostel an Pfingsten. Der Rang einer einzelnen Sprache bemißt sich nach ihrer Genauigkeit, ihrem Alter, der Würde ihrer Sprecher oder ihrer Verbreitung; keine irdische Sprache ist in allen diesen Sparten zugleich vollkommen. Man kann immerhin zugestehen, daß die drei alten Sprachen in je einem dieser Punkte hervorragen, die hebräische als die älteste, von Gott selbst geschaffene, die griechische als die im Ausdruck genaueste, die lateinische als die verbreitete Gelehrtensprache; so sind sie *quodam modo sanctificatae*. Der Hugenotte wollte nur die Bibelsprachen retten, gab aber sogleich zu, daß das irdische Maßstäbe sind. „Vor dem unsterblichen Gott gibt es kein Ansehen (*acceptio*, nach Röm. 2, 11) der Sprachen“[142]).

Aber vor den Engländern gab es auch kein Ansehen der Fremdsprachen. Das unterstrich 1611 der Orientalist und nachmalige Bischof Miles Smith (gest. 1624) im Vorwort der vom König autorisierten Bibelübersetzung. Er ehrte zwar noch die drei Sprachen, Hebräisch als die älteste, Griechisch als die reichste, Lateinisch als die feinste; aber diese drei Zungen sind nicht ausgenommen, wenn der Völkerapostel in 1 Kor. 14, 11 sagt, wer die Sprache nicht verstehe, betrachte den Sprechenden als Barbaren. Darum muß Gottes Wort dem Gottesvolk immer neu verständlich gemacht werden, auch wenn diesmal die Übersetzung nicht wie einst die der Septuaginta in 72 Tagen, sondern in 14mal längerer Zeit vor sich ging[143]). Die englische Gegenwart allein schien ohne Gottes Wunder reich genug, das Erbe der heiligen Vergangenheit zu hüten.

Ähnlich dachte der Londoner Astronomie-Professor Edward Brerewood (ca. 1563–1613) in einer nachgelassenen Schrift über die Verschiedenheit der Sprachen und Religionen. Er leitete sie ein mit einem triumphierenden Über-

---

141) The Alchemist, hg. Charles Harold Herford – Percy Simpson, Ben Jonson, Bd. 5, Oxford 1937: II, 1 S. 316 f. (Adams Sprache); II, 5 S. 334 (Diakon); II, 3 S. 329; IV, 5 S. 376 f. (Genealogien und Sprachen). Dazu Meissner, England 507; John Jacob Enck, Jonson and the Comic Truth, Madison 1957, S. 151 ff.

142) De rebus sacris et ecclesiasticis exercitationes XVI ad Cardinalis Baronii Prolegomena in Annales et primam eorum partem, Neudruck Genf 1655, S. 195–198. Dazu L.-J. Nazelle, Isaac Casaubon, Sa vie et son temps (1559–1614), Paris 1897, S. 162 f.

143) The Authorized Version of the English Bible 1611, hg. William Aldis Wright, Bd. 1, Cambridge 1909, S. 13 f. (drei Sprachen), 19 (Gottesvolk), 26 (72 Tage). Zur Geschichte der Übersetzung Charles C. Butterworth, The Literary Lineage of the King James Bible, 1340–1611, Philadelphia 1941, S. 206 ff.

blick über die weite Verbreitung der Reformation, als wäre nun die Konfusion beseitigt. Der Sammler musterte anhand von Scaligers Liste die europäischen *mother tongues* und fügte zu den elfen noch vier Sprachinseln hinzu, nämlich Arabisch in Südspanien, Illyrisch auf der dalmatinischen Insel Veglia, Jazygisch in Nordungarn und *Cauchian* (Friesisch). Das ergab 15 Muttersprachen, nach der herkömmlichen Rechnung die Zahl der japhetitischen Sprachen; aber Brerewood verlor kein Wort über diese Koinzidenz. Denn die Vorgeschichte dieser Grundsprachen interessierte ihn nicht, höchstens ihre Nachwirkung, die zum Beispiel aus dem *Dutch* das Englische, aus dem Latein die romanischen Sprachen erwachsen ließ. Brerewood behandelte Blüte und Verfall der Sprachen, erwähnte, daß die Völkerwanderung das Latein verdorben habe, bestimmte das Punische als hebräisch, weil die Punier Kanaanäer seien, definierte das Syrische als Mischung aus Hebräisch und Chaldäisch – und erwähnte nicht einmal den Namen Babel und die Frage nach der Ursprache. Die Amerikaner mögen, wie García meinte, von den Tataren stammen, aber Israeliten sind sie nicht; die Ansicht von Arias Montano ist *a vaine and capricious phantasie*, auch die Mongolen selbst haben nichts mit den zehn verlorenen Stämmen zu tun[144]). Das Alte Testament wird aus der Sprachen- und Völkerkunde hinausgedrängt; man kann sie so viel besser ordnen.

Das gleiche geschah auf dem Gebiet der politischen Genealogie; hier erleben wir eine Renaissance der Trojanersage. Der Dramatiker Thomas Heywood (ca. 1570–1641), der sich 1609 an einer gelehrten Weltgeschichte versuchte, hing hier und noch am Lebensende der trojanischen Herkunft der Briten an; auf die Trojanersage baute er seinen ganzen universalhistorischen Abriß auf und erwähnte die biblische Geschichte nur nebenbei in einer englischen Königsgenealogie, die mit Noah begann[145]). Im Umkreis des Hofes war die Entscheidung, ob die reformatorische biblisch-germanische oder die keltisch-trojanische Ahnenreihe vorzuziehen sei, niemandem zweifelhaft. Michael Drayton (1563–1631) begann 1612, an Camden angelehnt, sein Epos „Polyolbion“ mit Musen und keltischen Druiden und mit dem *god-like Brute* aus Troja, der Britannien gründete. Dagegen ließ er nur durch vorgeschobene englische Sänger die biblisch-germanische Urgeschichte vortragen: Gomers Sohn Tuisco habe *from unbuilt Babell* sein Volk nach Germanien gebracht, von wo die Angelsachsen

---

[144]) Enquiries Touching the Diversity of Languages and Religions through the Chiefe Parts of the World, Neudruck London 1635, S. 21 ff. (Sprachenliste; dazu Giuliano BONFANTE, Una descrizione linguistica d'Europa del 1614, in: Paideia 10 [1955] 224–227), 51 (Punisch), 62 ff. (Syrisch), 94–98 (Amerikaner; dazu HOFSTEN, Diskontinuitätsproblem 226; ALLEN, Noah 122 f.).

[145]) Troia Britannica: or, Great Britain's Troy, London 1609 ist in Deutschland nicht erreichbar; ich zitiere nach Frederick Samuel BOAS, Thomas Heywood, London 1950, S. 58 ff.

stammen. Drayton bezog eindeutig Position für die keltisch-trojanische und gegen die biblisch-germanische Ahnentafel Englands.

Aber er hatte seinen jungen Freund John Selden (1584–1654) um gelehrte Anmerkungen zu diesem Epos gebeten, und Selden warf sich schon hier wie später im Unterhaus zum Gegner des königlichen Absolutismus auf. Wer glaubt denn heute, in *this critique age*, noch an den Italiener Italus, den Spanier Hispalus, den Franzosen Francio, die Schottin Scota und den Briten Brutus? Keine antike Quelle nannte diesen Brutus, nur Nemnius kannte ihn. Zwischen der britischen und der griechischen Sprache bestehen einige Parallelen, aber sie besagen nichts über Englands Urgeschichte. Selden tarnte seine eigene Stellung recht sorgfältig: Auch die Kunde vom Deutschen Tuisco stützt sich nur auf den falschen Berossus; ist Tuisco identisch mit Gomer oder mit dessen Sohn Aschkenaz? Selden neigte der letzteren Meinung zu, und siehe da, im Wochentag *Tuesday* fand er Tuiscos Namen wieder. So bestätigte die englische Sprache selbst die biblisch-germanische Genealogie, und die Etymologie vertrieb wie bei Camden alle mythologischen Phantome. Trojaner und Kelten hatten das Nachsehen[146]). Auch wer sich nicht auf die Konstanz der Sprache verließ, konnte der heiligen Blutbahn vertrauen; der für Entdeckungsreisen interessierte Landgeistliche Samuel Purchas (ca. 1575-1626) aus Essex vermutete seit 1613, daß der biblische Gomer selbst nach England kam, ja ein Britannier war[146a]). Das glaubte freilich bloß die fromme Opposition.

Waren denn diesem kritischen Zeitalter überhaupt noch Traditionen heilig, auch nur die biblischen? Ein anderer Gegner des Königs, Sir Walter Raleigh (ca. 1552–1618), hatte eine Zeitlang die Bibel ganz verachtet; als er 1614 im Tower eine Weltchronik verfaßte, distanzierte er die biblischen Geschichten von aller Aktualität. Er schrieb, obwohl er den Genesiskommentar des Spaniers Pereyra fleißig benutzte, wütend gegen Jakobs I. neue Verbündete, seine alten spanischen Widersacher. Er mokierte sich darüber, daß Aschkenaz die Deutschen, Tubal die Spanier gezeugt haben soll; in Wahrheit sei Spanien doch von Afrikanern besiedelt worden. Der Böse gesellt sich zu den Bösen: Wenn Jakob I. als Nachfahre Jupiters bezeichnet wurde, erwiderte Raleigh, daß Jupiter mit Kain identisch sei. Der einzig vornehme hamitische Zweig, der ägyptische, ist freilich uralt und erhielt wohl von seinem ersten König Cham vorsintflutliche Informationen. Aber alle anderen Traditionen, die Trojanersage wie die Märchen des Annius, sind albern; im Grunde dienen sie nur den

---

[146]) Poly-Olbion, hg. John William HEBEL, Michael Drayton Tercentenary Edition, Bd. 4, Oxford 1933: I, 318 ff. S. 9 ff. (Brutus); IV, 369 ff. S. 78 f. (Tuisco); Seldens Anmerkungen S. 21 ff., 89 f. Dazu Roberta Florence BRINKLEY, Arthurian Legend in the Seventeenth Century (Johns Hopkins Monographs in Literary History 3), Baltimore 1932, S. 55 ff., 69 ff.; vgl. ALLEN, Noah 145 ff.

[146a]) His Pilgrimage, 3. Aufl., London 1617, S. 43-47.

Katholiken, die, wie Spanier und Italiener, in ihren Sprachen nach Resten des Hebräischen fahnden und, wie Arias Montano, allen Ernstes glauben, das Goldland Ophir sei Peru. Raleigh hatte in Amerika selbst das Goldland Dorado vergeblich gesucht; er mußte es wissen. Der vornehme Seeräuber sollte den Haß gegen Spanien bald mit seinem Kopf bezahlen; der Widerstand gegen den königlichen Anglokatholizismus starb nicht mit ihm, weil er in vielen Lagern heimisch war[147]).

Selbst wenn der König die Konfessionen zu versöhnen gedachte, durfte er sich nicht auf alte und heidnische Fabeln wie die Trojanersage stützen. Lachend verbot es ihm 1614 sein katholisch gebliebener Günstling und Landsmann, der schottische Satiriker John Barclay (1582–1621), als er die europäischen Völker und ihre Eigenheiten charakterisierte. Von schottischen und britischen Herkunftssagen ließ er nichts verlauten, wohl aber davon, daß die Franzosen die *communis fabulae vanitas* für sich allein behalten und Trojaner sein wollten[148]). Der König stand mit Frankreich auf schlechterem Fuß als der Dichter; durfte dann aber Jakob die eitle Fabel für sich beanspruchen? Der Ruhm des neuen Gottesvolkes war nicht in uralter Vergangenheit zu suchen; das predigte immer wieder der sprachgewaltige Dean von St. Paul's, John Donne (1573–1631). Die Geschichte bot ihm nur Metaphern für seine metaphysische Dichtung, für seine politische Predigt. Als Katholik hatte er nach 1597 für einen geschwätzigen Kauz das kühne, an Nashe erinnernde Bild gebraucht: Wäre er Dolmetscher der Maurer zu Babel gewesen, der Turm hätte standgehalten. Im Grund war der Bau freilich närrisch; die ihn planten, hätten bedenken müssen, daß die ganze Erde nicht genug Baustoff liefern konnte. Die Astronomie lehrt, daß der irdische Mensch den Himmel nicht erreichen kann. Dieses Babylon ist, wie der konvertierte Donne 1622 predigte, heute die römisch-katholische Kirche, die die Pulververschwörung anzettelte und damit das neue englische Israel bedrohte. Gott ist größer als all diese irdischen Machenschaften, größer auch als jedes Gottesvolk, wie der kranke Donne 1623, vielleicht auch später, ergreifend dichtete: Der Weg zu Gott steht überall offen, *whether where Japhet dwelt, or Cham, or Sem*. Der Ring schließt sich; wie der König, der anfangs als Nachfahre der drei Noachiden begrüßt worden war, wird jetzt jedermann ermahnt, über die noachidische und jede andere Genealogie hinweg seine Pflicht vor Gott zu tun[149]).

---

[147]) The History of the World, in: The Oxford Edition of the Works, Bd. 2, Oxford 1829, S. 328 ff., 352 ff. Dazu Ernest Albert STRATHMANN, Sir Walter Ralegh, A Study in Elizabethan Skepticism, New York 1951, S. 123, 197 ff.

[148]) Icon animorum, Ausgabe Frankfurt/Main 1668: c. 3 S. 25.

[149]) Satyres IV, 63 ff., hg. Herbert John Clifford GRIERSON, The Poems of John Donne, Bd. 1, Oxford-London 1912, S. 161 (Dolmetscher); Of the Progresse of the Soule, The Second Anniversary v. 417 ff. S. 263 (Baustoff). Sermon 124, hg. Henry

Das war aber nur die Forderung der Frommen; die Skeptiker zogen aus dem Streit eine andere Folgerung, die freilich gleichfalls eine Ächtung der Tradition bedeutete: Der Mensch könnte allein der Herr seiner Welt sein; warum wagt er es nicht? Das war der Standpunkt von Jakobs I. Lordkanzler, dem ebenso genialen wie verruchten Francis Bacon (1561–1626), den das Parlament stürzte. Er war davon überzeugt, daß Wissen Macht ist; darum forderte er neben der politischen und Kirchenhistorie die besondere Berücksichtigung der Bildungs- und Geistesgeschichte, und wie er selbst sie darstellte, erhärtete sie von neuem seine These. Adam erhielt im Paradies von Gott seine *scientia naturalis*; so konnte er den Dingen *ex natura* ihre Namen geben. Er übernahm damit Befehlsgewalt und Herrenrecht über die ganze Natur. Der Sündenfall entzog ihm diese Kraft; erst heute, im Herbst der Welt, kann der Mensch durch die technische Beherrschung der Natur etwas von der urtümlichen Macht zurückerobern. Nur steht uns dabei die Sprache im Wege. Unsere Worte sind schlecht, nach dem Geschmack der Menge gezimmert, und hindern sogar den Weisen an tieferer Einsicht; sie sind willkürlich gesetzte Bilder von Gedanken, die man auch auf andere Art, etwa durch Gesten, mitteilen kann. Worte sind keine Embleme, nicht die einzige Äußerung des Denkens; der Glaube an Worte ist oft der Erkenntnis eher schädlich. Wie das Denken, so müßten wir auch das Wissen von den Worten separieren und *matter*, nicht *words* studieren.

Doch jede saubere Analyse wird verhindert durch die Verschiedenheit der Sprachen. Gott verhängte die Sprachenverwirrung wegen des menschlichen Ehrgeizes, aber Bacon beklagte 1605 weniger diesen Ehrgeiz als die Folgen der Trennung; sie lähme *the open trade and intercourse of learning and knowledge*. Die Anhäufung des Wissens wird erschwert, und nicht minder schlimm ist die Behinderung des Handels; das Streben nach Nützlichkeit war Bacon oft wichtiger als das nach Wahrheit. Immerhin bleibt, wie sich Bacon 1622 tröstete, die Einheit von Volk und Sprache, die politisch höchst segensreich wirkt; wie die Sprachenverwirrung ein Zeichen der Trennung, so ist die Spracheinheit ein Zeichen der Verbundenheit. Aus den Sprachen läßt sich auf Sitten und Eigenheit der Völker schließen; auch hier kann Wissen zu Macht verhelfen. Dennoch sah Bacon 1623 als Aufgabe des souveränen Menschen die Beseitigung dieses Fluches an, der einer jeden Sprache ein besonderes Gepräge gab; Sprache muß allgemein verständlich sein, wenn der Mensch sich höher hinauf entwickeln soll. Bacon hatte das *antidotum* gegen Babel gefunden: die vergleichende Grammatik aller

---

ALFORD, The Works of John Donne, Bd. 5, London 1839, S. 206 (Rom und England; dazu Kaichi MATSUURA, A Study of Donne's Imagery, A Revelation of His Outlook on the World and His Vision of a Universal Christian Monarchy, Tokio 1953, S. 115 ff.). Hymne to God my God, in my sicknesse v. 20, hg. GRIERSON S. 368 (Japhet usw.; dazu Clay HUNT, Donne's Poetry, Essays in Literary Analysis, New Haven 1954, S. 104 f.).

Sprachen. Durch sie soll der menschliche Fleiß den früheren Segen wiederfinden und eine neue, vollkommene Sprache jenseits der bloß vereinbarten Worte schaffen. Das ist, wohlgemerkt, nicht die Ursprache, gegen die Jonson zu Felde gezogen war; das ist eine Sprache aus der Retorte. Das Zeitalter der künstlichen Universalsprachen und der technischen Weltbemächtigung kündigt sich in diesem ersten modernen Philosophen Englands an.

Daß seine gewachsene englische Muttersprache jemals diese Weltsprache werden würde, ließ sich Bacon nicht einfallen. In seiner utopischen Neuen Atlantis spricht man Althebräisch, Altgriechisch, gutes Latein und Spanisch, die Sprache des niedergehenden Weltreiches, mit dem Bacons König paktierte. So hat Bacon beinahe Nebrijas Theorie wieder aufgenommen. Seine Essays ließ er 1625 in die lateinische *universal language* übersetzen, weil die modernen Sprachen früher oder später doch zugrunde gehen würden. In den Essays selbst handelte Bacon über die Wandelbarkeit der Dinge; er führte sie zurück auf Sintfluten, Erdbeben, den Wechsel der Sekten und Religionen, der Kriege und Waffen – fast wie Machiavelli. Anschaulich schilderte Bacon die Streitigkeiten der Menschen, die aus ihren verschiedenen Reden und ihrem unverständlichen Wortgebrauch entstehen; er sagte: „Geschichte macht weise.“ Aber der Turm von Babel und seine Folgen und Lehren fielen dem beschlagenen Bibelleser bei alledem nicht ein. Die amerikanischen Völker seien wahrscheinlich recht jung; in der Bibel suchte Bacon sie nicht. Denn er wollte alles Wissen auf die Erfahrung stützen, und sie war eigentlich erst von der Zukunft zu erwarten, in der der Mensch aus der Geschichte lernt und sein Geschick selbst in die Hand nimmt. So lenkte Bacon nüchtern in die Bahnen der Traditionskritik zurück, wie sie der englische Humanismus gewiesen hatte, und es schien am Ende von Jakobs I. Regierung, als wäre von der Traditionsfestigkeit wenig mehr übriggeblieben[150]).

Dieser trügerische Schein entstand, weil Krone und Staatskirche alle Kräfte der Konfession und der Skepsis auf eine dynastisch-hierarchische Ordnung der Gegenwart verwiesen; im aktuellen Ringen um diese Institutionen vergaß man

150) The Works, hg. James SPEDDING u. a., 7 Bände, London 1887–92: De augmentis scientiarum I Bd. 1, S. 434; Advancement of Learning I Bd. 3, S. 264 f., 296 (Adams Macht); II S. 396 f. (Menge und Weiser), 399 f. (Gedankenbilder); I S. 284 (matter, words), 297 (Babel); Advertisement Touching an Holy War Bd. 7, S. 35 (Spracheinheit und Volk); De augmentis scientiarum VI, 1 Bd. 1, S. 651–656 (allgemeine Grammatik); New Atlantis Bd. 3, S. 130 (Hebräisch . . . Spanisch); Essays, Epistle Dedicatory Bd. 6, S. 373 (universal language); c. 58 S. 512–517 (Wandelbarkeit); c. 3 S. 383 (Streitigkeiten); c. 50 S. 498 (Geschichte); c. 58 S. 512 (Amerikaner). Dazu Otto FUNKE, Sprachphilosophische Probleme bei Bacon, in: Englische Studien 61 (1926/7) 24–56, hier S. 32 ff.; Ernst LEWALTER, Francis Bacon, Ein Leben zwischen Tat und Gedanke, Berlin 1939, S. 200 ff.; KLEMPT, Säkularisierung 72 f.; VERBURG, Taal 198 ff.; Moody E. PRIOR, Bacon's Man of Science, in: JHI 15 (1954) 348–370, hier S. 354, 365.

leicht die historisch gewachsenen Traditionen des Volkes und der Sprache und bedurfte ihrer kaum zur Selbstbestätigung oder zur Selbstprüfung. Als die Puritaner die Bühne betraten, wechselte die Szenerie, und das Spiel vom auserwählten Volk und seiner heiligen Sprache begann, verspätet, doch um so erregter.

*

In Frankreich zerrissen die Hugenottenkriege die Einheit der Nation und die Kraft des Königtums. Aber der Streit der Konfessionen ging nicht nur um die Wahrheit des Glaubens, sondern auch um seine Herrschaft in Frankreich. Das eingewurzelte Nationalgefühl wurde nicht gebrochen; in allem Hader blieb der Ruhm Frankreichs der ruhende Pol, nur glaubte jede Partei, ihm am besten zu dienen. Da sich die Gläubigen nicht unbehindert der französischen Gegenwart bemächtigen konnten, suchten sie in der Geschichte, der alttestamentlichen, der trojanischen oder der keltischen, nach Verbündeten; die Politiker, die Katholiken, teilweise auch die Hugenotten blickten in eifersüchtiger Liebe auf das Vaterland, das sie mit niemandem teilen wollten. Die humanistische Weite, die das Mannigfaltige gelten ließ und freundlich oder resigniert die ganze Welt betrachtete, fand sich fast nur noch bei den Skeptikern; erst am Ende der Epoche und der Religionskriege erhob sie sich wieder. Vorerst galt alle Verehrung dem auserwählten Vaterland und seiner heiligen Muttersprache; kein Fremder, kein Andersgläubiger sollte diese höchsten Güter besudeln.

Wir beginnen bei den Nachfahren der humanistischen Tradition, die mit der alten Methode, mit antiken Mythen und modernem Raisonnement, dem neuen Ziel einer exklusiven Verherrlichung des Landes und seiner Sprache dienten. Der Advokat Abel Mathieu aus Chartres wandte sich 1559 an die Hugenottenkönigin von Navarra, Jeanne d'Albret, und gegen die Thesen Bovelles', aus denen er zugleich die letzte Konsequenz zog. Der Mensch (nicht nur Adam) macht seine Sprache selbst; man verweise also nicht auf Gottes Taten, als ob man seine Absichten verstünde. Der Rückgriff auf die biblische Sprachtheologie ergibt nichts Positives; das Französische ist kein verderbter Abklatsch älterer Idiome, sondern eine Glanzleistung des französischen Volkes und völlig autochthon, keiner anderen Sprache verpflichtet[151]).

Der Philosoph Pierre de la Ramée (Ramus, 1515–1572) glaubte allerdings nicht, daß sich Sprechvermögen und Sprachgeschichte so rigoros eingrenzen ließen. Er wollte die Logik induktiv aus der Natur des Menschengeistes erkennen, nicht nach dem Muster des Heiden Aristoteles und der Scholastik; Denken läßt sich nicht vom Reden trennen. Die Vernunft muß sich nach der

[151]) Devis de la langue francoyse, Paris 1559, f. 12 v–13 v, 18 v (mir nicht erreichbar), zitiert nach KUKENHEIM, Contributions 177.

Sprache richten, und deren Norm ist der tägliche Brauch *(usage)*. Diese *consuetudo* ist indes ein geschichtliches Element, wie Vives schon gesehen hatte. Wir Heutigen dürfen etwa das Lateinische nicht (wie die Scholastiker) nach unserer Willkür behandeln, sondern nur nach dem Brauch Ciceros und seiner Zeitgenossen; in der Aussprache des Lateinischen würden sonst die Unterschiede zwischen den modernen Sprachen Französisch, Italienisch, Spanisch, Deutsch, Englisch überhandnehmen und die ursprüngliche Lautgestalt und Klangfarbe völlig verwischen. Die Geschichtlichkeit der Sprache fordert, daß man eine jede in ihrem Kulminationspunkt erfaßt. Wie vom Philosophen wird dieser Rückgriff auf den reinen und verpflichtenden Klang auch vom Theologen verlangt; er soll das hebräische Alte und das griechische Neue Testament in der Ursprache lesen, damit die Sprache des Heiligen Geistes wirklich in ihn eindringe. Sprache wird von Ramus wie von Vives als zeitlich vorübergehende, aber sachlich verpflichtende Ansprache ganz ernst genommen. Dies verleiht auch der Muttersprache ihre unvergleichliche Würde; Ramus schrieb 1555 das erste philosophische Buch in französischer Sprache. Ihr gegenüber entglitt ihm freilich der perspektivische Maßstab des Vives. Über Geschichtlichkeit reden ist leichter als sie auf das geliebte Eigen zu beziehen.

Ramus blieb noch konsequent, als er auf eine uralte Tradition des Geistes verzichtete; auch Erfahrung entwickelt sich geschichtlich. Darum hat sich die Theologie in philosophische oder physikalische Probleme nicht einzumischen; in der ersten Kundgabe Gottes, in der ältesten Sprache ist nicht schon alle Weisheit enthalten. Ramus hielt nicht viel von der „Philosophia prisca", der ursprünglichen Weisheit Adams und des hebräischen Gottesvolkes, die durch viele Kanäle, etwa durch die ägyptische Tradition, auch außerhalb der Bibel zu uns durchgesickert sei. Auch Moses war kein Philosoph, kein Physiker, kein Linguist. Zwar erhielten die altgallischen Druiden und Barden ihre leuchtende Weisheit vielleicht vom Vater Noah, aber nicht durch eine genealogische Translation. Für Ramus wie für Caesar war 1559 kein Noachide, sondern Dis der *primus gallicae gentis author*. Berossus schien neuerdings die Angaben Caesars zu bestätigen; doch Ramus schwieg von dem Noachiden Tuisco und dem Gallier Gomer, der seit Lemaire de Belges in Frankreich hoffähig war. Ramus, Günstling Heinrichs II., wollte nicht bloß die traditionslose Spontaneität Frankreichs unterstreichen, er wollte – und hier verdrängt der Affekt die Logik – die Unterstellung der Franzosen unter die Deutschen vermeiden. Tuisco war Germane.

An die Stelle der aufeinanderfolgenden Kulminationen tritt nun die immerwährende Antithese. Die Germanen waren schon immer weniger tapfer und gebildet als die Gallier, die bei den Griechen Galater hießen und in deren Land sich auch trojanische Flüchtlinge einfanden. Die Trojanersage hatte aber nur dienende Funktion, sie sollte die Franzosen nicht mehr zu Trojanern machen, eher umgekehrt. Ramus übernahm Picards tollkühne These nicht, daß das Griechische ein gallischer Dialekt sei; aber er behauptete, die Gallier seien schon lange Jahrhunderte literarisch gebildet gewesen, ehe Griechen und Germanen zu schreiben begannen; wahrscheinlich brachten sie überhaupt erst den Griechen ihre Schrift. Ramus erkannte nicht wie Budé und Perion eine Priorität fremder Einflüsse an, sondern ließ die gallische Kultur in die Wüste ausstrahlen; alle germanische, fränkische Einwirkung ist eine nachträgliche Verdunklung dieser „Philosophia prisca gallica". Auch die in der Schule der Druiden ausgebildete gallisch-französische Sprache war weder Griechisch noch Deutsch; sie war, wie Caesar meldet, Keltisch, ist also mit dem Altbritischen gleichzusetzen[152]. Der genealogische Zusammenhang zwischen Galliern und Briten, Galliern und Germanen, überhaupt die genaue historische Fixierung wird umgangen; statt dessen erhalten wir ein Idealbild der altgallischen Kultur und Sprache, dem die Gegenwart auf ihre Weise nacheifern soll. Rationalismus und Historismus überkreuzen sich dabei seltsam, weil der patriotische Aplomb das System durchbricht.

Dasselbe geschah im Denken des ehemaligen Karmeliters und späteren Kronanwaltes Jean Bodin (1530–1596). Er hielt 1559 in Toulouse eine lateinische Ansprache, die im Geiste Du Bellays das Französische pries. Nichts Besseres hätte den Sterblichen geschehen können, als daß ihnen die Natur nicht nur die gleichen Sprechorgane, sondern auch eine Sprache verliehen hätte; doch das ist nicht zu erhoffen. Hilfreich ist einstweilen die Einführung einer zweiten, internationalen Sprache; die Schüler müssen deshalb Latein, die europäische Gemeinsprache für geistigen Austausch, politische Beziehungen und Reisen, lernen. Doch dieses Fremdsprachen-Studium ist mühsam und zeitraubend. Obwohl die Griechen von den Ägyptern, die Lateiner von den Griechen die Schätze ihrer Weisheit empfingen, befreiten sie sich doch schnell von der Last der zweiten Sprache. Ebenso sollten jetzt die Franzosen beginnen, in ihrer Sprache Kunst und Wissenschaft zu lehren und das wichtigste Traditionsgut in sie zu übersetzen. Nachdem Franz I. den Humanismus belebte, ist Französisch reich genug geworden, um neben die klassischen Sprachen zu treten. Schon die alten Gallier beherrschten Griechisch wie ihre Muttersprache und lehrten ihre Nachbarn Griechisch und die *Celtopaedia*; auch heute könnte

---

152) Scholae in liberales artes, Basel 1578, Sp. 10 ff. (Sprache). Liber de moribus veterum Gallorum, Paris 1559, f. 36r–41r (gallische Urgeschichte); ähnlich Grammaire, Paris 1572, f. III v und S. 4. Dazu Harri MEIER, Die Entstehung der romanischen Sprachen und Nationen (Das Abendland 4), Frankfurt/Main 1941, S. 13 f.; VERBURG, Taal 172 ff.; R. HOOYKAAS, Humanisme, science et réforme, Pierre de la Ramée (1515–1572), in: Free University Quarterly 5 (1958) 167–294, hier S. 174 ff., 186 ff., 274 ff.

Frankreich die Lehrmeisterin Europas werden. Bodin ging in der Verherrlichung des gallischen Altertums nicht so weit wie Ramus; er schied schärfer zwischen Vergangenheit und Gegenwart, zwischen Tradition und Forderung, Ahnenstolz und Muttersprache. Sein Programm klang politischer und zielte wohl auf eine künftige französische Gemeinsprache Europas, die das Latein entbehrlich machen würde. Von diesem fortschrittsgläubigen Standpunkt aus müßte Bodin die Vergangenheit seines Vaterlandes unparteiischer als Ramus betrachten können. Sehen wir zu, wie es ihm geriet.

In dem ersten und bedeutendsten Lehrbuch der historischen Methode erklärte Bodin 1566 kategorisch, keine Sprache sei alt, außer der hebräischen und der chaldäischen, die *sola dialecto differunt*, und der ihnen nahestehenden arabischen. Streng genommen hätten selbst die Hebräer keinen Grund zum Stolz; Bodin machte der Unsicherheit Postels ein Ende und schloß, da Noahs Arche auf chaldäischem Gebiet gelandet und Abraham aus Chaldäa gekommen sei: *Constat enim Caldaeos omnium populorum antiquissimos fuisse*. Ob (wie zu vermuten) auch ihre Sprache, nicht bloß ihre Weisheit allen anderen Völkern voranging, blieb unerörtert; eine goldene Urzeit gab es ohnehin nicht, auch wenn Dichter und Chronisten von ihr schwärmen. Nichts ist golden an der Urzeit, denn *Camenses*, der Mitbegründer Roms, ist personengleich mit Cham, der die Blöße seines Vaters Noah verlachte; und Saturn war niemand anders als Nimrod, der Rebell und robuste Jäger, der Räuber und imperialistische Tyrann. Sein Sohn Jupiter-Belus warf ihn vom Thron; andere wollten ihm die Tyrannis entreißen und bauten gigantische Türme, um Gott zu bekriegen. Jupiters Blitz oder, nach Moses, die Sprachverwirrung hinderte sie, *unde turri nomen Babylon ab inscitia loquendi*. Für Bodin (wie einst für Orosius) bestand die „gute alte Zeit“ aus lauter Katastrophen; nur um das zu erweisen, griff er nach den Sagen Martins von Troppau und vermengte sie nach Art von Annius und Lemaire de Belges mit der antiken Mythologie, keineswegs um wie Albertino Mussato oder Postel die Wahrheit der Bibel zu erhärten. Denn was lag schon daran, ob der Blitz oder die Sprachverwirrung beim Turmbau dreinfuhr, ob ihn die homerischen Giganten oder die mosaischen Kinder Adams bauten? Der Mythenvergleich entdeckte nur den vergangenen Jammer, beileibe keine Heilsgeschichte. Ob Chaldäisch oder Phrygisch die erste aller Sprachen war, macht wenig aus; *beccus* ist überdies ein Wort der Ziegensprache, Herodots Folgerung also lächerlich. Vielleicht enthält sie, aller Illusion entkleidet, sogar ein Körnchen Wahrheit, denn die Anfänge aller Völker waren tierisch und wild; erst langsam reiften sie zur Gesittung heran, die heute gipfelt. Sollte das auch für ihre Sprachen zutreffen? Schon Perion hatte es gelehrt. Jedenfalls stellte Bodin weit entschlossener als Ramus gegen die Lehre von der göttlichen Uroffenbarung die These vom menschlichen Fortschritt, der auch kein eschatologisches Ziel vor Augen sieht; die theologischen Mauern um die Universalhistorie fallen. Das Alte ist nicht das Beste, auch wenn es semitisch ist.

Die Völker und Sprachen unterliegen allesamt dem ständigen Wechsel; auf sie wirken dauernd die menschlichen Geisteskräfte verändernd ein, außerdem naturgeschichtliche Faktoren, der Ablauf der Zeit, Unterschiede der Rassen, Wanderungen und Vermischungen der Nationen und vor allem klimatische Bedingungen. Sie lassen (Aristoteles verwies bereits darauf) etwa im rauhen Norden die Aspirata in der Sprache besonders hervortreten; nach ihnen kann man die Völker in drei Klimazonen gruppieren. Bei den Ursachen des irdischen Wandels beseitigte Bodin absichtlich *(causam) eam, quae est a Mose allata,* also Sprachverwirrung und Völkerteilung; denn sie sei wunderbar geschehen, *simul ac semel,* und das heißt, ohne fortdauernde Nachwirkung. Gottes Wunder werden nicht negiert, aber sie greifen von oben her nur kurzfristig in den kontinuierlichen Ablauf ein, sie sehen ihn nicht vor; Babel gehört nicht zum historischen Thema. Bodin trennte scharf zwischen der menschlichen, der natürlichen und der göttlichen Geschichte und wollte sich nur mit der menschlichen befassen.

Er tat es nur allzumenschlich, sobald er Frankreichs Frühgeschichte berührte; im Augenblick vergaß er seine Lehre vom Fortschritt und predigte beinahe eine gallische Uroffenbarung. Der große Bodin würdigte Skribenten wie Bebel und Lazius nicht etwa seines unsterblichen Gelächters, sondern einer gereizten Gegenthese: Die deutsche Sprache stamme wohl großenteils vom Keltischen her, wie die Germanen überhaupt von den Galliern. Die Franken sind zwar Germanen, aber Abkömmlinge gallischer Kolonisten; selbst der Frankenname, der „frei" bedeutet, ist keltisch. Ramus war übertrumpft; Bodin verschaffte dem Lehrsatz von den keltischen Germanen europäische Autorität. Kein Argument war ihm zu klein: Die Franzosen seien älter als die Deutschen, denn jene verdankten ihren Ursprung entweder den Trojanern oder den Griechen *aut utrisque*; die Trojaner sprachen wohl Griechisch. Budé und Perion hatten gezeigt, wie nahe das Französische dem Griechischen stand; von trojanischer Überlieferung zeugten die Stadtnamen Paris und Troyes. Nach Josephus wären die Gallier überdies Nachkommen des Japhetiten Gomer. Damit wurden die Deutschen des Aschkenaz zu Söhnen der Franzosen; der falsche Berossus, der das Verhältnis umkehrte und Tuisco zum Vater des Comerus Gallus machte, wurde nicht herangezogen, obwohl ihn Bodin genau kannte. Die deutschen Germanen waren nicht einmal Trojaner, nur späte Barbaren.

Aber die französischen Kelten waren ihrerseits keine Lehrlinge der Griechen oder Trojaner; ihre Sprache war nur halb griechisch. Bodin wiederholte Ramus' Lehre und umgab sie mit einem biblischen Mantel. Die von Babel nach Europa wandernden Noachiden sprachen bereits Französisch. Sie fragten einander: *Où allons-nous?* und empfingen daher ihren Namen *Ovallones*, später *Galli*. Die prägnante Etymologie Bovelles' drängte sich auf; „Westfalen" bedeutet *occidentalis Gallia*. Auch die Bayern sind bekanntlich Bojer, also Kelten. Rümpfen wir darüber nicht die Nase, spitzen wir lieber die Ohren! Gegen die deutsche These der Bebel, Irenicus, Althamer und Lazius, daß die Deutschen autochthon seien, wollte Bodin die französische Priorität demonstrieren, und dazu brauchte er gegen Tacitus und Berossus die Trojaner und Babel. Dem Geschichtstheoretiker Bodin war die Sprachverwirrung ein Symptom der rohen Vorzeit; der Patriot Bodin machte ähnlich wie Picard Französisch zur Babelsprache.

Doch vergessen wir auch den Politiker Bodin nicht! Er lehrte, daß die Bibel kein genealogisches Erstrecht zuläßt; aus ihr können keine Weltreichslehren und Translationen begründet werden, denn sie betrachtet alle Menschen als Brüder. Niemand sollte die Nachbarn verunglimpfen, sie auf griechische Manier als Barbaren oder auf deutsche Weise als Welsche schmähen. Japhet, der griechische Japetos, ist der Vater aller Europäer, der Griechen Javans, der Dänen Dans, der Skythen, die ihren Namen von den Kittim haben und Vorfahren der Türken wurden. (Nebenbei eine Begründung der französischen Freundschaft mit der Pforte und eine Abwehr aller deutschen Hegemonie-Ansprüche.) Darum sollten die Blutsverwandten gegeneinander duldsam sein und nicht ihren Ahnentafeln nachforschen, die durch Völkerwanderungen unkenntlich wurden. Nur ein uraltes Volk blieb unvermischt, das hebräische – und es wurde über die ganze Erde verstreut. Die Reinhaltung der Rasse untergräbt die Vitalität der Völker; wer leben will, berufe sich nicht auf seine Ahnen. *Omnes inter se confusi stirpem agnoscunt, ramos ignorant.* Die Weltgeschichte ist ein universaler Zusammenhang von Kulturleistungen der Menschheitsrepublik, weit über das christliche Abendland hinaus. Wahrhaftig, „Bodinscher Toleranzglaube, dem ein Schuß Mittelalter nicht widerspricht", dem sich der Fortschrittsglaube, das Vertrauen auf den autonomen Staat und sogar der exklusive Nationalismus scheinbar mühelos zugesellen. Selbst die göttliche, biblische Geschichte scheint sich einzufügen. Der Mensch Bodin in seinem Widerspruch steht zwar allein; trotzdem gehört er in die Reihe der Franzosen, die die irdische Vielfalt theoretisch und politisch ordnen wollen und denen, ohne eigentlich hegemoniale Zielsetzung, als Leitstern dieser allgemeinen, höheren Ordnung Frankreich vorschwebt, das Frankreich weniger ihrer Tage als ihrer Träume[153]).

---

153) Oeuvres philosophiques, hg. Pierre Mesnard (Corpus général des philosophes français, Auteurs modernes 5,3), Paris 1951: Oratio de instituenda in republica juventute S. 21 (Französisch, Fremdsprachen; dazu Brunot, Langue Bd. 2, S. 11), 10 (Gallisch, Griechisch, Celtopaedia); Methodus historica c. 7 S. 226 (Nimrod-Saturn); c. 6 S. 192 (Nimrod als Tyrann); c. 1 S. 114 (menschliche, natürliche, göttliche Geschichte); alles andere steht in c. 9 S. 241–254. Dazu Meinecke, Staatsräson

Daß dieses Frankreich von Gott begnadet und von der Vorsehung durch die Geschichte geleitet werde, war die Überzeugung eines Schülers von Ramus, des katholischen und humanistischen Advokaten Etienne Pasquier (1529–1615). Schon 1552 verteidigte er die Muttersprache der „freien" Franzosen und alten Gallier gegen das Latein; sein Lebenswerk erhob seit 1560 die Größe Frankreichs neben und über die lateinisch-italienische. Die Franzosen lebten nie barbarisch, Caesar wußte es schon. Trojaner freilich waren sie nicht; es brächte keine Ehre, wie die meisten modernen Völker wollen, sich von einem besiegten Stamme herzuleiten (ein Gedanke Meisterlins). Überdies kann die Trojanersage ein Märchen sein; vielleicht wurde das historische Troja nie erobert? (Das hörten wir zuerst von Whethamstede.) Und wenn schon trojanische Dichtung, dann lieber Ronsard als Vergil. Denn Frankreich ist reich; seine Geschichte und seine Sprache ergeben einen vollen Dreiklang aus Gallisch, Lateinisch, Fränkisch; diese Summe ist mehr als ihre Teile. Die alten Gallier waren Kelten und sprachen Keltisch; weithin über Europa reichten ihre Kolonien, sie lebten tapfer und ritterlich. Sie unterwarfen sich den lateinischen Römern, die die Welt beherrschten; diese unterlagen den wackeren Franken, die weder Gallier noch Trojaner, sondern Germanen waren und jene Sprache redeten, die man noch heute in Deutschland hört. Daß sie die Römer besiegten, gereichte nicht den Galliern zur Schande; die siegreichen *Français* glichen sich schließlich sogar den Galliern an. Die französische Sprache spiegelt noch diese erhabene Geschichte; im Kern gallisch, wurde sie durch Latein und Fränkisch bereichert und bedurfte der griechischen Hilfe nicht; sie ist vollkommen, lebhaft und flink wie die Gallier. Bei weitem überragt sie die anderen modernen Idiome, die pompöse Sprache des hochfahrenden Spaniers, den rauhen Dialekt des bäurischen Deutschen, die weibische und weiche Zunge des verzärtelten Italieners[154]). In der Sprache spricht die Geschichte und die Seele des Volkes; welche käme der französischen gleich?

In gleich hymnischen Tönen pries der Drucker Henri Estienne (1528–1598)

---

66 ff.; Jacques Barzun, The French Race: Theories of Its Origins and Their Social and Political Implications Prior to the Revolution, Diss. phil. Columbia University, New York 1932, S. 72 ff. (Urgeschichte); Raumer, Friede 82 („Toleranzglaube . . ."); Elisabeth Feist, Weltbild und Staatsidee bei Jean Bodin, Halle 1930, S. 82 f. (Staat und Religion); Klempt, Säkularisierung 42 ff., 50 ff., 64 ff. (Geschichtsbild).

[154]) Brief I, 2, hg. Dorothy Thickett, Choix de lettres sur la littérature, la langue et la traduction (Textes littéraires français), Genf 1956, S. 75 ff. (Französisch und Latein). Les recherches de la France, Ausgabe Paris 1643: I, 14 S. 37 f. (Trojanerfabel); VII, 11 S. 638 ff. (Ronsard und Vergil); I, 6 S. 16 f. (Franken); VII, 3 S. 600 (fränkische Sprache); VIII, 1 S. 675 f. (Sprachenvergleich). Dazu Barzun, Race 66 ff.; Robert Bütler, Nationales und universales Denken im Werke Etienne Pasquiers (Basler Beiträge zur Geschichtswissenschaft 30), Basel 1948, S. 25, 32 ff.; Mario Wandruszka, Der Geist der französischen Sprache (Rowohlts deutsche Enzyklopädie 85), Hamburg 1959, S. 23 f.

diese seine Muttersprache, die er nun freilich, anders als Pasquier, eher wie Budé dem Griechischen verglich. Zu klassischem Rang erhoben, sollte sie allem modernen Sprachenstreit enthoben sein. Estienne meinte 1565, mit der griechischen Königin der Sprachen sei Französisch viel enger verwandt als mit dem Lateinischen und dessen Töchtern Italienisch und Spanisch. Für König Heinrich III. wiederholte er 1579, Griechisch sei unter allen Idiomen das anmutigste, darum sei seine französische Tochter unter allen lebenden Sprachen die erste; vor allem dem Italienischen sei es überlegen. (Der Einfluß der Königinmutter Katharina von Medici mußte neutralisiert werden.) Zur Abwehr der romanischen Ansprüche, die Lemaire de Belges noch akzeptiert hatte, zitierte Estienne ein Sprichwort, das wir ähnlich von Barros her kennen: *Balant Itali, gemunt Hispani, ululant Germani, cantant Galli.* Nur zog der Franzose einen anderen Schluß als der Portugiese: Gefällig ist nicht das Blöken, Stöhnen und Heulen der Ausländer, sondern allein der französische Gesang[155]. (Ist das zugleich ein Kompliment für die Chansons von Clément Jannequin?) Estienne verherrlichte die Muttersprache ästhetisch-klassizistisch; doch es bedurfte noch des Dichters, der sie zum Singen brachte und in ihr auch den antikischen Rang seines Vaterlandes besang. Denn wenn Französisch die Tochter des Griechischen ist, so sind die Franzosen Söhne der Trojaner.

Ihr Sänger wollte der Hofdichter Karls IX., Pierre de Ronsard (1525–1585), sein. Schon 1550, beim französisch-englischen Friedensschluß, hatte er auf die Weise Marots den König Heinrich II. gefeiert als Trojaner und Nachfahren jenes *Francion*, der Gallien den neuen Namen *France* gab. Der Zank um das gallische oder germanische Altertum Frankreichs sollte durch den trojanischen Mythus auf höherer, älterer Ebene beigelegt werden. Seit 1555 arbeitete Ronsard an der französischen Aeneis; er verwertete nur die klassizistischen Teile vom Gebäude des Lemaire de Belges. Als die „Franciade" unvollendet 1572 erschien, las man, das französische Volk halte es für sicher, daß nach Trojas Zerstörung *Francion* zu den mäotischen Sümpfen und nach Ungarn zog; der Dichter nahm sich „nur" die Freiheit, ihn nach *Franconie* und *Gaule* weiterziehen zu lassen, wo er zu Ehren seines Onkels Paris die gleichnamige Stadt als ein neues Troja erbaute. „Fredegar" und Rigord erstanden wieder; die Muse besang

... la race
Des roys françois, yssus de Francion,
Enfant d'Hector, Troyen de nation.

Seine Gemahlin war eine germanische Königstochter; so lösten sich die Anti-

---

155) Traicté de la conformité du language François avec le Grec, o. O. u. J., im unpaginierten Vorwort (griechische Königin; dazu KUKENHEIM, Contributions 178 f., 200 f.). La précellence du langage françois, hg. Edmond HUGUET, Paris 1896, S. 34 (französische Tochter), 14 (Sprichwort); dazu WITTON (o. S. 1122 Anm. 121) S. 31 ff.

thesen von Ramus und Bodin in Wohlgefallen auf. Doch wie bei Bodin und Pasquier ist Frankreich das Land der aristotelischen Mitte, in dem sich das Gemäßigte in schöner Stufung sammelt[156]).

Aber gehörte zur Sammlung der klassischen Weisheit nicht die biblische, die sich als „Theologia prisca" auch durch die antiken Schriften zog? Im Umkreis von Ronsards Pleiade hören wir den Dichter und späteren Bischof Pontus de Tyard (1521–1605) nicht nur seine französische *langue naturelle* verteidigen, sondern 1578 überhaupt die Kraft der Sprache fast kabbalistisch rühmen. Die Namen der Dinge seien ihre Substanzen, vor allem in der *saincte et Adamique langue des Hebreux*, die, wiewohl barbarisch, von Gott autorisiert und das Idiom der Engel sei[157]). Daß dieses Hebräische und nicht das von Bodin vorgezogene Chaldäische wirklich zuerst ins Leben trat, hatte Tyards Gesinnungsgenosse Guy Lefèvre de la Boderie (Fabricius Boderianus, 1541–1598) schon 1573 gelehrt[158]).

Lebhaft stimmte ihm 1585 der Hebraist an der Sorbonne, der Benediktiner Gilbert Genebrard (1537–1597), zu. Der versponnene Gelehrte und nachmalige Erzbischof achtete freilich nicht auf Aktualitäten; täglich saß er vierzehn Stunden über Büchern und ließ sich, wenn er dabei einschlief, von seiner gut dressierten Katze wecken. Auf das jüdische Altertum war er so versessen, daß er vor lauter Rabbinern fast keine Kirchenväter mehr sah. Hebräisch war *omnium matrix*, *mundo coaeva*, die reinste und die letzte aller Sprachen. Nach ihr entstanden in Babel 70 Sprachen und Völker, wie die masoretische Bibel sie zählte: 26 von Sem, 30 von Cham, 14 von Japhet. Die Analogie mit den 72 Jüngern von Luk. 10, 1 fiel kaum ins Gewicht gegen Deut. 32, 8; Gott teilte die Welt nach jüdischem, nicht nach christlichem Maß. Die modernen Völker entsprangen in Babel, von Gomer die Franzosen, von Aschkenaz die Deutschen. Aber die Sprachen wurden in Babel von Gott völlig neu erschaffen; mit dem Hebräischen und untereinander hängen sie nicht zusammen. Täglich wandeln sie sich, unzählbar sind die Dialekte, wie man von Vespucci aus Amerika hört. Nur wenige sind noch als alte *linguarum matrices* zu erkennen.

---

[156]) Ode de la Paix v. 101 ff., hg. Paul Laumonier, Pierre de Ronsard, Oeuvres complètes (Société des textes français modernes), Bd. 3, Paris 1937, S. 9 ff. (Heinrich II.). La Franciade, hg. Prosper Blanchemin, Pierre de Ronsard, Oeuvres complètes, Bd. 3, Paris 1858, S. 10, 43, 49 ff. (Francion). Dazu Curtius, Frankreich 32 f.; Gustave Cohen, Ronsard, Sa vie et son oeuvre, 2. Aufl., Paris 1932, S. 232 ff.; Klippel, Trojanersage 61.

[157]) Le second Curieux, in: Deux discours de la nature du monde et de ses parties, 2. Aufl., Paris 1578, f. 84 ff. (Französisch), 96 f. (Hebräisch). Das Buch ist in Deutschland nicht nachweisbar; ich zitiere nach Daniel Pickering Walker, The Prisca Theologia in France, in: Journal of the Warburg and Courtauld Institutes 17 (1954) 204–259, hier S. 230 f. Dazu Silvio F. Baridon, Pontus de Tyard (1521–1605) (Saggi di letteratura moderna 1), Mailand 1953, S. 56 ff., 197 ff.

[158]) Dictionarium Syro-Chaldaicum, Antwerpen 1573, im unpaginierten Vorwort.

Genebrard ordnete sie nach Biblianders Liste, die jedoch – wie dann bei Scaliger – gestrafft wurde. Als Grundsprache des orientalischen Raumes blieb allein Hebräisch; Griechisch war eine Klasse für sich; Lateinisch vertrat alle romanischen, Deutsch alle mitteleuropäischen, Slavisch alle osteuropäischen Sprachen. Für Asien stand das „Tartarische"; für Afrika sonderte Genebrard das Abessinische aus dem semitischen Verband ab[159]). Am erstaunlichsten war wohl schon für die französischen Zeitgenossen, daß Genebrard die *Gallica* unter die Kinder des Lateinischen einreihte; es gab keine keltische Grundsprache Gomers. Was konnte aber dann die Bibel der französischen Gegenwart noch bedeuten, wenn diese jung, abgeleitet und verworren war?

Mehr als Politiker und Katholiken bedrängte diese Frage die Hugenotten. Die Anhänger Calvins fanden im Alten Testament die Geschichte der christlichen, geistlichen Gemeinde; sie suchten zugleich in der katholischen, politischen Gemeinschaft Frankreichs ihre Stelle. Wer beide Anrufe ernst nahm, konnte Frankreich nicht für das auserwählte Gottesvolk halten; er mußte Toleranz nach innen und außen verlangen. Der ehemalige Augustiner Augustin Marlorat (1506–1562) aus Lothringen tat es, auf Luthers und Calvins Genesisexegese gestützt. Die biblische Geschichte erzählt historische Realitäten; in der mosaischen Völkertafel ist die Urgeschichte der Menschheit verschlüsselt. Freilich wurden ihre Namen inzwischen weithin unkenntlich; sie festlegen zu wollen, wäre *frivola curiositas*. Nicht der Ahnennachweis Frankreichs, sondern die Brüderlichkeit der Menschen ist die wahre Lehre aus der Völkertafel. Noch nach ihrer Trennung blieben die Völker freundlich miteinander verbunden; unmenschlich handelt, wer den Handel und Wandel zwischen ihnen unterdrückt. Gott selbst gab an Pfingsten das Beispiel; seitdem wird in allen Sprachen das eine Evangelium gepredigt. Daß doch die Konfessionen das Gespräch miteinander nicht vergäßen! Der beschwörende Ruf verhallte; auf das Religionsgespräch von Poissy folgte 1562 der erste Hugenottenkrieg, und Marlorat wurde von den Katholiken gehängt[160]).

Unerschüttert blieb der mit Calvins Nachfolger Beza befreundete Pariser Hebraist Jean Mercier (gest. 1570), ein Südfranzose. Die berühmteste Kapazität der Zeit für Hebräisch verbat sich energisch alle modernen Korrekturen am alten Buchstaben, auch in der Frage der Ursprache: *Pro certo et persuaso et indubitato habeo primigeniam illam linguam Hebraicam fuisse*. Der Schwur zeugte gegen Bodin. Leidenschaftlich und scheinbar in Bodins Sinne verwahrte sich Mercier gegen alle vom falschen Berossus und von Postel beliebten Gleichsetzungen moderner Völker mit biblischen Namen; von der Gegenwart her

---

[159]) Chronographiae libri quatuor, Paris 1585, S. 28–35.

[160]) Genesis cum catholica expositione ecclesiastica, Augsburg 1562, S. 85–92. Dazu Diestel, Geschichte 276.

lassen sich die geheimnisvollen Wege Gottes nicht entschleiern. Wir könnten heute *velut in tabella* den Ursprung aller Völker und Nationen der Erde aus der Völkertafel lesen, wäre nicht Babel gewesen, wo Gott den Menschen plötzlich ganz neue Sprachen eingoß; anfangs mögen es nach Gottes Ordnung 70 oder 72 gewesen sein, obgleich sich Deut. 32, 8 schwerlich zur Begründung zitieren läßt. Die Menschen selbst verwirrten jedes System, indem sie nachträglich immer neue Sprachen dazu erfanden. Darum können wir heute aber auch nicht mehr wissen, ob die Amerikaner von den zehn verlorenen Stämmen Israels kamen, ob die Deutschen Kinder des Aschkenaz sind und ob, wie Josephus (in Wahrheit Isidor) wollte, Gomer der erste Gallier war; *unde quidam fanatici homines nostra tempestate putarunt, Gallis deberi imperium orbis*. Postel phantasierte; Frankreich ist mehr das Feld als die Zitadelle der Hugenotten. Das war vor der Bartholomäusnacht[161]).

Danach erschien den überlebenden Hugenotten, die ins Ausland oder in den Aufstand flohen, das königliche Frankreich als babylonische Tyrannis. Der geflüchtete Pariser Kupferstecher Etienne Delaune (1519–1583) bildete in seiner präzisen Kleinkunst den Babelturm als ägyptische Pyramide ab; vor ihrem Erbauer, dem Herrscher Nimrod, knien die Sklaven[162]). Und Frankreich war doch frei, so rief 1573 aus Genf der Jurist François Hotman (1524–1590), mit knapper Not dem Massaker entronnen. Brüderliche Gemeinschaft hatte einst die kriegerischen Gallier mit den „freien“ Franken gegen die unmenschliche römische Zwingherrschaft zusammengeführt. Völkerverbindend ist auch die französische Sprache; Hotman sah es wie Pasquier. Das Altgallische war keltisch und lebt im Niederbretonischen noch fort; es verband sich mit dem Griechischen, mit dem Germanisch-Fränkischen und sogar mit dem Lateinischen zum modernen Französisch[163]). War dies alles nun verloren? Der Dichter der Pleiade Théodore Agrippa d'Aubigné (1552–1630), ein Schüler Bezas, rief seit 1577 in bitterem Zorn den Fluch Gottes auf die Mörder der Bartholomäusnacht herab; die katholische Kirche ist zum Babel geworden. Ihr Turm sollte die hohen Himmel zerteilen, den Mond küssen und im Himmelsgewölbe dem Auge entschwinden; die Sprachen machten freilich an einem Tage alle weisen Reden zu törichtem Geschwätz. Gott läßt seiner nicht spotten, rief das dreißig Jahre später erst erscheinende Epos den katholischen Franzosen zu; der Dichter selber zog sich in die übernatürliche Welt zurück, die er symbolstark, theatralisch

---

[161]) In Genesim commentarius, Genf 1598, S. 211–231. Dazu DIESTEL, Geschichte 274 f.

[162]) EHRENSTEIN, Graphik 58 Abb. 6. – Nach Herta SCHUBART, Die Bibelillustration des Bernard Salomon, Diss. phil. Marburg 1932, S. 28 ist auch bei Bernard SALOMON (1508–1561), Quadrins historiques de la Bible, Lyon 1555 u. ö., der Babelturm abgebildet; das Werk ist an keiner deutschen Bibliothek mehr vorhanden.

[163]) Francogallia, 3. Aufl., o. O. 1576, S. 21 ff., 40 ff. Dazu BARZUN, Race 76 ff.

und grell beschrieb. Auch als Historiker fand Aubigné den Weg zur toleranten Weltweisheit nicht mehr, den sein Waffengefährte im Hugenottenkrieg, der spätere König Heinrich IV., suchte[164]).

In Heinrichs Dienste trat auch der Nachahmer der Pleiade und Rivale Ronsards, Guillaume Salluste Du Bartas (1544–1590). Er fand im Alten Testament weniger als Aubigné den Stoff zu wildem Groll; die Welt wurde doch schön erschaffen. Du Bartas sang 1579 ein humanistisches Loblied auf die Sprechfähigkeit, die allein unsere wilden Vorväter zivilisierte, Kultur und Wissenschaft, Gespräch und Gebet ermöglicht. Was wäre der Mensch ohne sie! Die Sprache macht ihn nicht nur zum Mitmenschen, sondern auch zum Herrn der Welt, denn er belegt die Tiere *comme maistre* mit wirkungsvollen Namen. Als die vollkommene Sprache Gottes und Adams, die mit wenig Worten alles trefflich benennt, pries Du Bartas 1584 das Hebräische, *matrice et reine des langages*. Seine friedliche Herrschaft verging, als der grausame Jäger Nimrod die ländliche Menschheit tyrannisch zusammenzwang und ihr den Bau des Babelturmes auftrug, dessen Fundament an die Hölle, dessen Spitze an den Himmel rühren sollte. Gott verwirrte den Menschen die Artikulation; hinfort sprechen sie durch die Zähne, durch die Nase oder durch die Kehle, sie heulen, zischen oder lallen – und verstehen einander nicht. Das *idiome sacré* zerspellt sich in hundert wirre Zungen, der Vater wird dem Sohn zum Barbaren, der Bruder verstummt vor dem Bruder. Krieg, Wandlung und Handel entstellen die Sprachen; wäre der Babelfluch nicht, so könnten die Finnen die Afrikaner besuchen, der Engländer verstünde den Amerikaner, der „Inder" den Spanier. Nun aber sind wir, vier Schritt vor unserem Haus, schon stumm. Nicht nur die englische und spanische Kolonialpolitik, auch die Spaltung Frankreichs hat ihre bösen Wurzeln in Babel. Und wir sind machtlos, denn keine Sprache ist uns angeboren; das angeblich urtümliche und phrygische *Bec* war Schafsgeblök (bei Bodin las man's ähnlich). Scaliger versteht wohl dreizehn Sprachen, aber wir anderen Sterblichen?

Dennoch enden nicht alle Wunder Gottes mit Babel; es bleiben die drei zeitlosen, weitverbreiteten Bildungssprachen, das göttliche Hebräisch, das allen Sprachen zugrunde liegt, das gelehrte Griechisch, das männliche Lateinisch. Und noch in unseren späten Volkssprachen spiegelt sich die Schönheit der Schöpfung. Du Bartas las sich neun Hauptsprachen aus, um ihre Würde zu feiern, nicht die genealogisch ersten, sondern die literarisch führenden. Nach den drei klassischen waren es sechs neuere, Italienisch, Arabisch, Deutsch, Spanisch, Englisch und Französisch. Das Französische stand an letzter, zugleich

---

[164]) Les Tragiques VI, 227 ff., hg. Armand Garnier – Jean Plattard (Société des textes français modernes), Bd. 4, Paris 1932, S. 23 f. Dazu Imbrie Buffum, Agrippa d'Aubigné's Les Tragiques, A Study of the Baroque Style in Poetry, New Haven 1951, S. 146 ff.

krönender Stelle im Kreis der Schwestern, denn Du Bartas wiederholte den Sprachenvergleich Estiennes: Während die Italiener blöken, die Spanier weinen, die Deutschen heulen, ist die Sprache Frankreichs reiner Gesang. Kein Wunder, daß sie von der babylonischen Häßlichkeit am wenigsten entstellt ist, denn Frankreich ist die Perle Europas, das Paradies der Welt. Dennoch war das Paradies schöner als Paris; die Jugendpracht der Welt ist verloren, das Schöne ist flüchtig geworden, eher im Gedicht als in der Geschichte anwesend. Gewiß besiedelten die Japhetiten Europa, und von Tubal stammen die Spanier, von Gomer gleichermaßen die Gallier wie die Germanen; aber wer dürfte den Lügen des vorgeblichen Berossus folgen, wer einen Fleck Erde als sein Erblehen bezeichnen? Die Völker drängen und schieben sich über die Erde, und flüchtige Namen von Gründern und Reichen überdauern die Zeit so wenig wie die scheinbar ewigen Berge und Meere. Nur die bleibenden Werte des Geistes verheißen Sicherheit und Glück[165]).

Muß dann nicht jede Politik der Versöhnung auf die vorbabylonische, uralte Weisheit bauen? Wird sie nicht auch den Zwist der Konfessionen überwinden? Von Antwerpen aus bemühte sich der von Du Bartas verehrte „Hugenottenpapst" und Berater Heinrichs IV., Philippe Du Plessis-Mornay (1549–1623) 1581 um konfessionellen Ausgleich und um Toleranz, indem er wie Calvin die Wunder des Alten Testaments als vernünftig und historisch erwies und in den Berichten der heidnischen Antike wiederfand. Vernunft und Offenbarung berühren sich viel enger, als die Lauen glauben; Bodins Beispiele bekräftigen nur die Wahrheit der Bibel. Cham-Zoroaster ist (wie bei Reineccius) identisch mit *Jupiter Hammon*, Nimrod mit Jupiter Belus; Homers Gigantomachie kopiert den Turmbau von Babel, wie Abydenos und Alexandros Polyhistor bezeugen. Die antike Mythologie baut auf den von der Bibel richtig erzählten menschlichen Verirrungen ein verworrenes Göttersystem; sie kann also nicht, wie sie will, die Souveränität des gottgleichen Menschen erweisen. Alle Geschichte steht unter Gott, auch die der Sprachen. Wollte man allein der *ratio* folgen, so müßte man schließen, da anfangs nur zwei Menschen auf Erden lebten, hätten sie nur eine Sprache benötigt; aus ihr hätten sich durch Differenzierung die zahllosen heutigen Idiome entfalten können. Aber dann müßte das ursprüngliche Muster der ersten Sprache noch durchschimmern. Das ist indes (anders als Du Bartas dachte) nicht der Fall; der kalvinistische Glaube an Gottes tran-

---

[165]) The Works, hg. Urban Tigner HOLMES, Jr. u. a., 3 Bände, Chapel Hill 1935–40: La création du monde ou première sepmaine VI, 573 ff. Bd. 2, S. 397 f. (Sprache); VI, 925 ff. S. 409 f. (Benennung der Tiere); La seconde sepmaine II, Babylone v. 31–690 Bd. 3, S. 120–143 (Babel, Sprachen); Les colonies v. 607 f. S. 166 (Sprachenvergleich); v. 710 S. 169 (Perle Europas); v. 95 ff. S. 148 ff. (Japhetiten). Dazu Richard Anthony SAYCE, The French Biblical Epic in the Seventeenth Century, Oxford 1955, S. 41 ff.

szendente Schöpfermacht blockiert die humanistische These von der immanenten Sprachentwicklung. Haben etwa die Völkerführer selbst neue Sprachen ausgedacht? Wem hätte das gedient? Nicht die Menschen formten die Sprachen nach ihrem Belieben; die Sprachverschiedenheit ist eine Strafe Gottes, eine Züchtigung der Menschheit. Niemand kann daran denken, sie zu überwinden[166]). Die Richtschnur alles Handelns kann nur der Gehorsam vor Gott sein, nicht das Vertrauen auf die fortschreitende Macht des Menschen, der Glaube, nicht die Geschichte, auch nicht die Geistesgeschichte.

Wenn aber die jetzt geschehende Geschichte keinen übergreifenden Sinn hat, wenn sie keine Heilsgeschichte mehr ist, warum berufen sich die Patrioten und die Frommen auf ein imaginäres Altertum, anstatt einzugestehen, daß der Mensch immer in einer durch und durch fragmentarischen Welt steht? Wer bürgt uns denn für eine Kontinuität, wenn es weder der Glaube noch die Geschichte tut? Aus dem Streit der Parteien entfernte sich die Skepsis. Der königliche Rat Antoine Fumée de Blandé (1511–ca. 1575), seit langem hugenottischer Sympathien verdächtigt, hielt 1574 wenig vom Uralten; er schrieb sein Geschichtswerk französisch und verteidigte die Muttersprache gegen die alten Sprachen. Im Dämmer der Vorzeit können wir nur Schemen erkennen; ob Syrisch oder Hebräisch älter war, ob Bodin oder Mercier recht hat, können wir schlechterdings nicht wissen. Die Gleichsetzung verschiedener Personen ist verdächtig; woher weiß denn der angebliche Berossus, daß Noah auch Janus hieß? Daß er mehr als drei Söhne hatte? Daß er dem Nimrod den Turmbau ausdrücklich verbot? Nimrod war doch verflucht, wieso machte ihn Noah zum König? Wer sagt uns, daß Nimrod den Babelturm baute? Wie kommt es, daß Gomer der Stammvater der Franzosen wurde? Welche Gründe sprechen dafür, daß er zuvor in Italien saß? Was haben denn die Moscher mit den Moskowitern, die Deutschen mit Aschkenaz gemein? Wie will man aus der Völkertafel 72 Völker und Sprachen errechnen, wenn jeder Exeget andere Zahlen angibt? Und wie, wenn Väter und Söhne die gleiche Sprache behalten hätten? Lauter Fragen ohne Antwort, ein Generalangriff auf die Gesamtheit der mittelalterlichen Motive, nicht mehr von kritischen Einzelbedenken philologischer Art, sondern vom grundsätzlichen, geschichtsphilosophischen Zweifel getragen. Fumée tastete keinen authentischen Satz der Bibel an, und doch leugnete er das religiöse Geschichtsdenken. Er war nicht vom humanistischen Fortschrittsglauben berauscht, eher vom geschichtlichen Chaos benommen[167]). Was kann der Mensch in ihm noch tun?

---

[166]) De veritate religionis christianae c. 26, Antwerpen 1583, S. 574 ff. Dazu Raoul Patry, Philippe Du Plessis-Mornay, Un huguenot homme d'état (1549–1623), Paris 1933, S. 293 ff.

[167]) Les histoires, Paris 1574, S. 62–86. Dazu Brunot, Langue Bd. 2, S. 73 f.

Er kann sich seiner prekären Lage schlicht bewußt werden. Das ist die Lehre des Weisen Michel de Montaigne (1533–1592) in den Jahren 1571–80. Der Mensch ist allein und ziemlich machtlos. Er hat Sprache, weil er sie braucht; wäre Sprechen nicht natürlich, so wäre es unnütz. Ein einsam aufwachsendes Kind würde sich triebhaft eine Art Sprache erfinden, um seine *conceptions* auszudrücken; Tiere tun es auch, und ihre Sprachen sind verschieden wie die unsrigen, weil jeder nur sich selbst ausdrückt. Welcher Art die erfundene Sprache eines Kindes wäre, dafür gibt es keinerlei Indiz; wir wissen es nicht, Psammetich und Jakob IV. mühten sich umsonst. Denn Sprache ist kein Objekt, kein Faktum, keine Substanz; sie ist ein Laut, der das Gemeinte immer nur schwankend und unvollständig wiedergibt. Sprache umkreist die Dinge ständig, ohne sie definitiv zu treffen. Die Welt, wie wir sie sehen, ist selber so schwankend wie der Mensch und seine Sprache, von Minute zu Minute anders, mit hundert Gesichtern. Wer wird in fünfzig Jahren noch Montaignes Sprache sprechen? Die Religionen, die jüdische, mohammedanische und christliche, halten durch strikte Bewahrung eines heiligen Textes dieses Schwanken hintan; Montaigne bejahte nicht weniger entschieden als Suarez und Bellarmin das Verbot von Bibelübersetzungen. Doch die Religion ist eine Insel im irdischen Wandel; draußen ist nur der Wechsel beständig, und wer sich selber kennt, hat alle Lehren der Geschichte begriffen. Ihm ist sein eigenes Säkulum nicht wichtiger als ein vergangenes; seine Freunde stehen ihm nicht näher als Macrobius. Abstammung bedeutet ihm nichts; die Namen der biblischen Völkertafel und der Trojanersage kommen bei Montaigne nicht vor.

Was ist denn dann noch sinnvoll und wertvoll? Das jeweils Lebendige. Montaigne war ehrlich darüber bekümmert, daß er mit der lateinischen Sprache aufwuchs, daß sie ihm beinahe natürlich war und vertrauter als Französisch und Perigordisch; davon wußte er in seiner Jugend nicht mehr als vom Arabischen. Wohl müssen dem Französischen noch Griechisch und Latein zu Hilfe kommen; doch darf das Studium der alten Sprachen nicht zum Selbstzweck werden und das halbe Leben verschlingen. (Ein Argument von Du Bellay.) Man sollte nicht fragen, ob einer Griechisch oder Latein gelernt hat – Montaigne konnte kaum Griechisch –, sondern ob er dadurch verständiger und nicht bloß eingebildeter geworden ist. Sprache soll dem Menschen dienen; aber nur zu oft verstellt er sich durch eitle Pedanterie den Weg in sein Inneres. Hochmut und beständiger Streit der Meinungen und Begründungen, die das Gebäude menschlichen Wissens erfüllen, erinnern Montaigne an die Sprachverwirrung, mit der Gott den Bau von Nimrods stolzer Pyramide störte. Montaigne tat alle gelehrte Unnatur von sich; er schrieb nur französisch, nicht lateinisch. Doch sah er auch diese Muttersprache nicht als heiligen Kanon, sondern als bildsames Mittel des sprechenden Menschen. In sein Französisch mischte er unbekümmert die Mundart der Gascogne; wenn das französische Wort den Sinn nicht trifft, tut es vielleicht das gascognische (nicht das lateinische wie bei Elyot und Herrera). Denn die einfache, ungezierte, unschematische Sprache kommt den Dingen am nächsten; sie kapselt sich noch nicht wie eine Bildungssprache zu einer Zwischenwelt ab.

Wenn nicht eine Sprache allein den Reichtum des Daseins ausschöpft, so muß man Fremdsprachen lernen, aber nicht zuerst die alten, toten, sondern die der nächsten Nachbarn. Man schicke die Kinder möglichst früh zu Völkern, „deren Sprache weit von der unsrigen abweicht", damit sie die fremde, wandelbare Wirklichkeit im täglichen Umgang kennenlernen; dazu dient auch das Studium von Schriften der Historiker und Reisenden. Montaigne selbst schrieb 1580-81 sein italienisches Reisetagebuch zur Übung in italienischer Sprache und ärgerte sich, daß er in Rom französisch angesprochen wurde; lieber als mit Landsleuten freundete er sich dort mit einem sprachenkundigen Orientalen an. Er hörte in der römischen Synagoge dem hebräischen Ritual zu und war erfreut, daß die Juden alle Hebräisch verstehen. Doch jede sprachliche Verstocktheit ergrimmte ihn: In der Schweiz kann man beschämend wenig Französisch, auch an der Kurie versteht man diese Sprache nicht; die deutschen Lutheraner schreiben ihre Bekenntnisschriften nicht lateinisch; im Vatikan verliest man stundenlang lateinische Bullen und muß sie dann doch auf italienisch wiederholen; Papst Gregor XIII. spricht einen abscheulichen Bologneser Dialekt. Der Mensch darf sich von seinem provinziellen Erbe nicht unterjochen lassen, er muß es benutzen lernen. Nur wer die Schöpfungen menschlicher Kultur beherrscht, bildet sich selbst. Wenn der Mensch sich in seinen eigenen Objektivationen, Sprachen und Völkern, verstrickt, darf er nicht erwarten, daß ihm Gott heraushilft[168]). Zum dritten Mal treffen wir, nach Cervantes und Shakespeare, auf den Gedanken, daß die Sprache dem Menschen allein zugehört; niemand nimmt sie ihm ab, sie ist, was er aus ihr macht. Wie ihr Ursprung, so ist ihre Vielfalt menschlich; wer die Fülle des Humanen perspektivisch verstehen will, braucht nicht in die Heilsgeschichte zu greifen, er muß in seiner Krise die lebenden Sprachen studieren, um ein ganzer Mensch zu sein.

Montaignes Landsmann, der geschwätzige Soldat Pierre de Brantôme (ca.

[168]) Les Essais, hg. Fortunat STROWSKI, 5 Bände, Bordeaux 1906–33: II, 12 Bd. 2, S. 166 ff. (Kind und Tier); II, 16 S. 389 (Laut und Gemeintes); III, 9 Bd. 3, S. 254 (Sprachwandlungen); I, 56 Bd. 1, S. 413 (Bibelübersetzungen); III, 13 Bd. 3, S. 382 f. (Macrobius); I, 26 Bd. 1, S. 224 ff. (Latein); III, 5 Bd. 3, S. 112 f. (Französisch); I, 25 Bd. 1, S. 175, 178 (gelehrte Sprachen); II, 12 Bd. 2, S. 298 (Sprachverwirrung von Babel); I, 26 Bd. 1, S. 222 (Gascognisch), 198 (Auslandsreisen). Journal de voyage en Italie, hg. Maurice RAT, Paris 1942, S. 168 ff. (italienisches Tagebuch), 94 (in Rom französisch), 115 (Orientale), 105 (Synagoge), 28 (Schweiz), 121 (Kurie), 42 (Lutheraner), 124 (Bullen), 98 (Papst). Dazu AUERBACH, Mimesis 271 ff.; Hugo FRIEDRICH, Montaigne, Bern 1949, S. 36 f., 62 f., 195 ff., 315, 445 ff.; VERBURG, Taal 197 f.

1540–1614), wandte diesen Gedanken ins Weltmännisch-Konventionelle. Er zitierte den zuerst von Ennius gefaßten Gedanken als Bonmot des Kaisers Karl V.: So viele Sprachen einer spreche, so vielmal sei er ein Mensch. Wer im fremden Land die Sprache nicht versteht, ist wie ein Stück Fleisch ohne Salz. Aber dem Höfling verdunkelte patriotischer Eifer die Einsicht Montaignes; er begann, seine Muttersprache herauszuputzen. Selbst Karl V., der doch fünf oder sechs Sprachen beherrschte, hielt das Französische für die majestätischste unter allen Sprachen und gebrauchte sie besonders gern. Zwar sprach er vor dem Papste in drohendem Spanisch, denn diese Zunge war nach seiner Meinung so edel und schön, daß sie von der ganzen Christenheit verstanden werden sollte; doch das tat er, weil ein König vor Ausländern in seiner „wahren Sprache" auftreten und den Fremden nicht entgegenkommen soll. Auch die französischen Könige Franz I. und Heinrich II. bedienten sich in allen Staatsaffären stets ihrer Muttersprache, obgleich sie auch andere beherrschten. Wer nur seine *langue de veau* gelernt hat, ist selbst ein Kalb; wer sich fremdem Sprachgebrauch anpaßt, ist kein König. Nur der Franzose kann zugleich natürlich und königlich sprechen[169]).

Großsprecherei lag dem König Heinrich IV. (1553–1610) völlig fern. Der Hugenottenführer, der katholisch wurde, wollte sein Land befrieden, vereinen und nach außen schützen; Fremde zu kränken, war nicht seine Sache. Er sagte 1601, sein Wille sei es, daß die spanische Sprache den Spaniern, die deutsche den Deutschen bleibe; aber alles, was von Natur aus Französisch spreche, müsse ihm gehören. Der König versuchte also die Sprachprovinzen Europas nicht hegemonial zu verklammern; das Getrennte sollte getrennt, aber in sich geschlossen sein – ein Gedanke, der uns zuerst bei Commines begegnete und das Gegebene realistisch anerkannte, ohne lange nach seinen Gründen zu fragen[170]). Heinrich mußte sich 1590 von seinem portugiesischen Prediger, dem Dominikaner Jozé Texeira (1543–1604), wohl oder übel eine Ahnentafel zimmern lassen, um das Gesicht zu wahren; doch sie begann bescheiden bei Antenor, dem trojanischen König der Skythen, und meldete keine heilsgeschichtlichen Ansprüche auf Europa an[171]). Während Frankreich sich erholte, ruhten die Parolen vom auserwählten Vaterland und seiner heiligen Sprache.

Heilig ist an jeder Sprache nur das göttliche Thema; so lehrte 1609 das viel-

---

[169]) Oeuvres complètes, hg. Prosper Mérimée – Louis Lacour, 13 Bände, Paris 1858–92: Les vies des grands capitaines du siècle dernier I, 1 Bd. 1, S. 101 f. (Ennius, Französisch); Rotomontades et gentilles rencontres espagnolles Bd. 9, S. 79–84 (Spanisch, Könige; dazu Alfred Morel-Fatio, L'espagnol langue universelle, in: Bulletin hispanique 15 [1913] 207–225, hier S. 216 ff.).

[170]) George Norman Clark, The Seventeenth Century, 2. Aufl., Oxford 1947, S. 365 f.

[171]) Exegesis genealogica sive explicatio arboris gentilitiae invictissimi ac potentissimi Galliarum regis Henrici, eius nominis quarti, Lyon 1592, S. 1 ff.

leicht vom König selbst angeregte Erbauungsbuch des Genfer Bischofs François de Sales (1567–1622). Durch fortwährendes geistliches Gespräch mit dem Heiland lauschen wir ihm sein göttliches Denken, Reden und Handeln ab, so wie wir die Sprache der Mutter durch beständiges Anhören und Nachahmen erlernten. Der Gottselige vernimmt mit dem Ohr der Liebe, wie alle Dinge ihren Schöpfer loben, und lernt aus ihrem stummen Mund die wortlose Sprache von Gottes unendlicher Liebe. Gott schuf die Zunge, damit sie ihn preisen kann. Und sie ist nur der Dolmetsch unseres Herzens; durch die Zunge atmet das Herz seine Gedanken aus und verrät im Wort seinen Zustand. Den Einklang zwischen Mensch und Welt stiftet die Sprache nur als Lobgebet zu Gott; die Frömmigkeit erhebt sich über die kreatürlichen Erscheinungsformen, die den Skeptiker verwirren. Es ist nicht die Erde mit ihren Sprachen und Völkern, es sind die Heiligen des Himmels, die sich wie die Sterne durch die Eigenart ihres Glanzes voneinander unterscheiden und (nach Psalm 44) vor den Augen des Ewigen in ihrer Vielfalt erstrahlen. Es ist, wie bei Montaigne, das Menschliche und nicht das Faktische, was zählt; doch gipfeln für den Heiligen Humanität und Individualität nicht in der Selbsterkenntnis, sondern im Bekenntnis zu Gott[172]).

Aber die Rückschlüsse auf die irdischen Gefüge waren bei weniger subtilen Geistern nicht fernzuhalten. Wenn Gott alles schuf, dann mußten diese Schöpfungen nicht nur das Lob des Herrn, sondern auch seine vorsehende Absicht verkünden; aus den Objektivgebilden selbst sprach ihre heilsgeschichtliche Bestimmung. Für den Grammatiker Etienne Guichard war 1606 dieser Schluß ganz zwingend. Gott schenkte dem Menschen die Sprache, nicht nur als Sprechvermögen, sondern als konstituiertes Idiom, in der Form des ganz einfachen und vollkommenen Hebräisch. Wie alle Menschen von dem einen Adam, so stammen alle Sprachen von dieser ersten ab. In Babel wurde sie zwar gespalten, nach den einen in 72, nach den anderen in 120 Sprachen; aber nicht darin, nicht in der Symbolzahl ist Gottes Macht zu suchen, sondern im unbeirrbaren Fortwirken des ersten Impulses. Hebräische Spuren sind in allen Sprachen enthalten, im Griechischen und Lateinischen, die unmittelbar aus dem Hebräischen erwuchsen, aber auch in den modernen Kultursprachen, nicht zuletzt im Französischen. Die beiden Volksnamen der Franzosen, ihre wichtigsten sprachlichen Symbole, sind hebräisch-chaldäisch: *Francus*, *ferox* ist *perek*, *Gallus* ist *ga'al*, und beide Worte bedeuten dasselbe: „frei, befreit“. Das hatte sogar Hotman

[172]) Introduction à la vie dévote, hg. Charles FLORISOONE (Les textes français), 2 Bände, Paris 1930: II, 1 Bd. 1, S. 69 f. (Sprache der Mutter); II, 13 S. 94 (Gottes Lob); I, 10 S. 36 (Erschaffung der Zunge); III, 21 Bd. 2, S. 53 (Atmen des Herzens); III, 26 S. 71 (Wort und Zustand der Seele); III, 1 Bd. 1, S. 125 (Vielfalt). Dazu Josef RUSSMANN OSFS, Franz von Sales, Ein Heiliger des christlichen Humanismus, Wien 1948, S. 89 ff.

nicht geahnt, daß sich der Streit um Gallier und Franken so spielend leicht in der hebräischen Ureinheit aufhöbe und daß, wenn anders Namen sinnvoll sind, die Freiheit Frankreichs vom Schöpfergott selbst befohlen ist[173]).

In Frankreichs biblischer Vergangenheit liegt seine grandiose Zukunft schon beschlossen; das war 1609 auch die Überzeugung des hugenottischen Advokaten Marc Lescarbot (ca. 1590– ca. 1630). Heinrich IV. hatte die französische Expansion in der neuen Welt privater Initiative überlassen; das war nicht recht. Lescarbot wollte eine Hugenottenkolonie in Florida gründen helfen und Frankreichs Ehrgeiz auf Kanada lenken. Dazu benutzte er die Methode Picards und Guichards. Noah-Janus sei der erste Gallier gewesen, denn er habe sich zu Schiff aus der Sintflut gerettet; *Gallim* heißt hebräisch „Wasser", daher der Name der Galeere. Von Skythien-Armenien aus kam Noah mit den Seinen über Italien nach Frankreich, wo Gomer, der *Comerus Gallus* des Berossus, erster König wurde. Dort blühten alsbald die Wissenschaften auf; der alte Seebär und *grand pilote* Noah aber baute eine neue Arche, fuhr hinaus und besiedelte den amerikanischen Kontinent, nicht mit verfluchten Hamiten, sondern mit frommen Prä-Hugenotten. Leider wirkte sich die babylonische Sprachenverwirrung trotzdem in der Neuen Welt aus, immerhin erst nachträglich durch den Einfluß der Zeit, des Handels und der Kriege. Dennoch lassen sich in den Indianersprachen noch einige ursprüngliche Worte aus dem Hebräischen wiederfinden, die Noah mitbrachte. Möge der König von Frankreich, dem das Buch gewidmet ist, den Wink der Vorsehung erkennen und Noahs Spuren folgen! Postels Konstruktionen waren verbessert, die Skrupel der Spanier Acosta und García abgetan; daß die Neue Welt eine *Nouvelle France* würde, war ihr vom Erzvater Noah vorbestimmt[174]).

Urzeit und Zukunft schlossen sich zum kosmischen Kreis, in dessen Mitte Frankreich lag. So sah der unkritische, aber sprachenbegabte Advokat Claude Duret (gest. 1611) aus Moulins die Sprachengeschichte dieses Universums. Gott lenkte sie sichtbar; er unterrichtete Adam im Hebräischen, und darum bezeichnet diese Sprache, wie auch die Kabbala weiß, genau das Wesen und die *histoire naturelle* der Dinge; darum wird Hebräisch die End- und Himmelssprache sein. Gottes Wunder schwebte über Babel: Genebrard und die Rabbiner zählten richtig die 70 Sprachen, Völker und Gottesnamen, die dann doch

---

[173]) L'harmonie étymologique des langues Hébraïque, Chaldaïque, Syriaque, Greque, Latine, Françoise, Italienne, Espagnole, Allemande, Flamende, Angloise etc., Paris 1606, S. I (Gottesgeschenk), IV, IX (hebräische Ursprache), V (Babel), VIII (spätere Sprachen), 820 f., 826 ff. (Francus), 149 f. (Gallus). Dazu Paul KUEHNER, Theories on the Origin and Formation of Language in the Eighteenth Century in France, Diss. phil. Pennsylvania University, Philadelphia 1944, S. 1 f.

[174]) Histoire de la Nouvelle-France, 3. Aufl., Paris 1618, S. 11 ff. (Gallier), 24 ff. (Besiedlung Amerikas; dazu HOFSTEN, Diskontinuitätsproblem 227; ALLEN, Noah 120), 734 ff. (amerikanische Sprachen).

nach der falschen Zählung der lateinischen Patristik zu 72 Sprachen, Völkern, Engeln, Gottesnamen, Tierkreiszeichen und Weltteilen wurden. Nur widerwillig gestand Duret zu, daß die Sprachen willkürlich gesetzt und ständig wandelbar sind; er glaubte nicht nur an die drei bevorzugten Idiome, sondern auch an die Siebener-Ordnung der alten und der neuen Sprachen. Er konnte Genebrards Liste der sieben modernen Grundsprachen übernehmen, fügte aber eine Tabelle der sieben Alten Sprachen bei; Hebräisch, Griechisch und Lateinisch figurieren auch hier, daneben Assyrisch, Ägyptisch, Chaldäisch, Arabisch. In 17 Weltsprachen teilte Duret das Vaterunser mit; alles Getrennte würde sich dereinst wieder versöhnen. Der Spott über die kindlichen Etymologien und die utopischen Entwürfe vergeht uns, wenn wir am Schluß von Durets Werk in feierlichen Versen plötzlich die Quintessenz der Epoche vor uns sehen, die französische Sehnsucht nach dauernder Ordnung, friedlicher Humanität und Einheit der Konfessionen.

. . . en septante deux parts
Langues et nations sont par le monde esparts,
Afin de procurer chascun en sa province
De leur peuple le bien et l'honneur de leur Prince
Et ramener en fin toute diversité
De langues et de gens au poinct de l'unité
Dessous un mesme Dieu et une langue mesme
Un Roy et une Loy, une Foy, un Baptesme[175]).

Dieser Traum von der göttlichen Einheit, die die irdische Vielfalt zusammenfaßt, wurde überall in Europa ähnlich geträumt; aber er wurde nun allenthalben utopisch und richtete sich nicht mehr auf eine irdische Verkörperung, sondern auf das Innere des Menschen, auf eine geistliche Kirche, auf eine ferne Zukunft oder auf das Jenseits. Auf Erden mußte sich der Gläubige wie der Skeptiker in vorläufige, getrennte und begrenzte Ordnungen der Staaten und Konfessionen, der Nationen und Muttersprachen einfügen. In einer gemeinsamen Sprache und Herkunft begegneten sie sich kaum mehr; die Modellepoche weltlicher Kultur, die griechisch-römische Antike, wurde mit ihren beiden Sprachen und ihren trojanischen Genealogien immer grundsätzlicher verworfen. Gemeinsam schien den streitenden Parteien noch die biblisch-christliche Grundlage zu sein; doch so streng man überall den Wortlaut der Bibel, vielfach auch den Buchstaben der alten Traditionen hütete, so gründlich verkehrte man den universalen Geist der sakralen Überlieferung. Denn weithin mußte er nun national-konfessionelle Heilsgeschichten stützen, die nur dem jeweils aus-

[175]) Thresor de l'histoire des langues de cest univers, Köln 1613, S. 39 ff. (Hebräisch), 268–272 (Sprachen- und Völkerteilung und -zahl). Dazu Kayser, Klangmalerei 153 f.; Kuehner, Theories 2 f.

erwählten Vaterland und seiner heiligen Muttersprache dienten. Sie begannen zumindest beim Turm von Babel, wenn nicht im Paradies, beachteten aber kaum mehr die allgemeinen, parteilosen Traditionen von der hebräischen Ursprache des einen ersten Menschen, von der Weltordnung der 72 Sprachen und der zerteilten Völker, vom universalen Pfingstwunder, das aus allen Stämmen das Gottesvolk konstituiert. An ihre Stelle traten, sie nachahmend, patriotische Thesen über Ursprung und Entfaltung, ausgehend vom eigenen Lebenskreis der Nation und Muttersprache; sie legten durch das Dickicht der Geschichte schnurgerade Schneisen. So partiell sie gedacht waren, die in ihnen aufgehobenen allgemeinen Überlieferungen schenkten ihnen etwas vom Nimbus des Heiligen. Zugleich aber gab ihnen die politische Aktualität eine bis dahin unerhörte Dringlichkeit und Lebensnähe.

Daß diese Heiligkeit des Lebendigen nur vordergründig war, betonten die Frommen und die Zweifler immer wieder. Sie konnte zwar den aufsteigenden Nationalismus aufs beste rechtfertigen, aber weder der biblischen Intention noch der europäischen Situation wurde der Zank um die Völkertafel und die Babelsprachen gerecht. Die größten Denker der Zeit bemerkten bereits, daß der Mensch, seine Sprache, seine Verbände und seine Geschichte perspektivisch betrachtet werden müssen. Alles Lebendige, der örtliche Dialekt, die junge Muttersprache, die tatkräftige Nation, die entschlossene Konfession, trägt seine Wahrheit in sich und schafft ehrwürdige Verkörperungen. Doch sub specie aeternitatis kann vergängliches, noch so intensives Leben keine Richtschnur sein; es kann die Heiligkeit des Allgemeinen nie völlig an sich ziehen. Das zeitlose und umfassende Gesetz kann nur ein geistiges sein, das über den Nationen und Konfessionen, über den Sprachen und Völkern steht. Von einem solchen Leitprinzip erwartete, der subjektiven Bekenntnisse müde, das europäische Denken seit etwa 1620 immer häufiger die zusammenfassende Ordnung der Welt. Zwei übergeschichtliche Ideen boten sich an, für die Frommen die göttliche Offenbarung, für die Zweifler die menschliche Vernunft.

4. Rationalismus und Orthodoxie

Im Zeitalter des europäischen Absolutismus und Barock setzte sich die Souveränität der Staaten und Konfessionen, der Nationen und Idiome so weit durch, daß sie kaum mehr grundsätzlich bezweifelt, nur noch selten pathetisch verteidigt wurde. Man fand sich damit ab, daß alle Völker und Sprachen sich in getrennten, einmaligen Abläufen entwickelt hatten; aus diesem allgemeinen Gesetz der Eigenständigkeit konnten nur noch die in ihrer freien Entfaltung gehinderten Gruppen die Heiligkeit des Vaterlandes und der Muttersprache deduzieren. Damit verlor der Turm von Babel, ohne daß man ihn hätte umstoßen müssen, sein aktuelles Interesse; die historische Tradition überhaupt trat zurück. Man suchte nicht mehr nach den Wurzeln besonderer Ereignisreihen, nach Modellepochen oder -völkern, sondern nach universalen Denkprinzipien, die die Welt zeitlos ordneten und erklärten. Je mehr sich der Kampf der Nationalitäten in ein statisches Gleichgewicht der Mächte unter französischer Hegemonie verwandelte, desto eifriger wandte sich das Denken von der besondernden historischen zu einer vergleichenden soziologischen Betrachtungsweise; man untersuchte lieber die Struktur als die Geschichte des menschlichen Zusammenlebens und Sprechens und fand mechanische Regeln, die die Erscheinungswelt zeitlos umgreifen sollten. Man entdeckte fast alchimistisch die Hieroglyphen der Welt, die allen Idiomen innewohnende Urkraft, die Macht Adams über die Sprache: Sie bannt und beschwört den Kosmos und ist doch zugleich machbar, wie eine mathematische Formel; künstliche Weltsprachen werden Babel überwinden und Pfingsten ersetzen. Macht ist die Wirklichkeit und die Idee der Zeit: Der konstruierende Mensch hält heroisch das Geheimnis des Alls in seiner Hand und steigert so seine Gegenwart ins Übergeschichtliche[1]).

Die Harmonie der Weltmaschine bedurfte, auch wenn sie auf biblischen Axiomen ruhte, der alten Traditionen kaum mehr. Doch insgeheim fürchtete das Zeitalter, die chaotische Erfahrung werde sich nicht in das Getriebe der gedanklichen Mechanik fügen; darum wurde den sichernden Überlieferungen ein bescheidenes Plätzchen im System zugewiesen, freilich mehr aus enzyklopädischem Ehrgeiz als aus gläubiger Überzeugung. Die Orthodoxen aber kamen mit den Rationalisten darin überein, daß auch sie die Konstanz der Heilsgeschichte, die fortzeugende Kraft der Traditionen und die erzieherische Macht geschichtlicher Wandlungen gerne negierten; sie zogen sich in das paradiesische Idyll der Urzeit, in eine äußerste Modellepoche zurück und betrachteten von dort aus den unwandelbaren, allweisen Schöpfer, dessen Wort und Heilige Schrift nie vergehen. Freilich hüteten die Orthodoxen aller Konfessionen auch noch Reste der Traditionen, aber meist nur solche, die die grundsätzliche Abhängigkeit des Menschen von Gott, die menschliche Geschöpflichkeit und Geschichtlichkeit beweisen sollten. Der große Streit des 17. Jahrhunderts begann, als die Rationalisten auch durch die Pforte des Paradieses eindrangen und die Geschichtlichkeit der Schöpfung selbst bezweifelten: Sind der Mensch, seine Sprache und seine Welt überhaupt von Gott geschaffen, also geschichtlich abhängig? Mit den mysteriösen Ursprüngen, mit der hebräischen Ursprache

[1]) Gustav René Hocke, Manierismus in der Literatur, Sprach-Alchimie und Esoterische Kombinationskunst, Beiträge zur Vergleichenden Europäischen Literaturgeschichte (Rowohlts deutsche Enzyklopädie 82/83), Hamburg 1959, S. 66 f., 114 f. u. ö. (Hieroglyphen der Welt); Carl Joachim Friedrich, Das Zeitalter des Barock, Kultur und Staaten Europas im 17. Jahrhundert, Stuttgart 1954, S. 56 ff., 104 ff. (Macht).

und der Monogenese des Menschengeschlechts wurde das letzte Reservat des religiösen Geschichtsdenkens in Frage gestellt. Ob sich allerdings die geschehende Geschichte durch Rationalismus und Orthodoxie so völlig würde entmündigen lassen, ob sie dem Verstand und dem Glauben des Menschen allein die Zukunft überlassen würde?

In Frankreich wurde im Grand Siècle unter Ludwig XIII. und Ludwig XIV. die Diskussion darüber auf dem höchsten Niveau geführt; Frankreich verdiente sich seine europäische Hegemonie durch eine „Fähigkeit zum Übernationalen"[2]), die fast allen Thesen die Lokalfärbung nahm, in der Reinheit der Gedanken aber eher zu wenig auf die Realitäten achtete. Selbst die Orthodoxen, die im Zeitalter Richelieus und Mazarins noch die Führung behielten, wurden zu Rationalisten; nur hielten sie Gott für den vernünftigen Baumeister der Welt. Der Jesuit Jacques Salian (1557–1640) aus Avignon dozierte 1620, Gott habe schon vor der Schöpfung gesprochen und die vollkommene Sprache erfunden, die er Adam mitteilte; aus einem Wald von hebräischen Vokabeln brauchte der erste Mensch nur auszuwählen, als er die Welt treffsicher benannte. Dank der göttlichen Inspiration ist unsere Sprache zugleich fähig, alle Seelenregungen getreulich auszudrücken: die Harmonie zwischen Innenleben und Außenwelt ist Gottes Geschenk. Der Menschenbildner Noah-Prometheus stand denn auch im Bunde mit Gott, als er den Plan zur Erdteilung entwarf; nur widersetzten sich seine Nachfahren und bauten, um dennoch zusammenzubleiben, den Babelturm. Ihre Ziele waren weder eindeutig noch vernünftig; darum zwang Gott sie durch die Sprachverwirrung, dem wohlerwogenen Plan Noahs zu folgen. Doch handelte Gott auch dabei vernunftgemäß; er gab jeder Familie, die zusammenbleiben sollte, eine besondere Sprache ein, und so entstanden nicht 500 000, sondern nur 72 Sprachen. Und die Menschen, die sich sonst mühsam und langsam ihre Sprache hätten erfinden müssen, beherrschten sie sogleich, als wäre sie mit der Muttermilch eingesogen. Die Bedenken des Ordensbruders Pereyra wurden entkräftet; da die Sprachen den Familien zugewiesen wurden und nicht umgekehrt, da außerdem Gott selbst sie planvoll schuf, könne man sich an die herkömmliche Zahl der 72 Sprachen halten[3]). Faßte man die Welt als universalen Mechanismus, als „Harmonie universelle", so bezeichnete die alte Symbolzahl die konstruktive Vernunft Gottes.

Darum glaubte auch der Mathematiker, Musiktheoretiker und Minime Marin

---

[2]) RAUMER, Friede 63 f.; vgl. FRITZEMEYER, Christenheit 98 ff.

[3]) Annales ecclesiastici Veteris Testamenti, Bd. 1, Köln 1620, S. 65 (Adams Namengebung), 53 (Seelenregungen auszudrücken), 142 (Noah-Prometheus), 164 ff. (Noahs Erdverteilung), 168–187 (Babel). Ähnlich in Annalium ecclesiasticorum Veteris Testamenti epitome, Köln 1639, S. 77 ff. In gleicher Richtung Philippe LABBÉ SJ (1607–1667), L'abrégé royal de l'alliance chronologique de l'histoire sacrée et profane, Paris 1664, S. 22.

Mersenne (1588–1648) an sie. Sein Genesiskommentar führte anhand der biblischen Urgeschichte 1623 den dann von Descartes aufgegriffenen Gottesbeweis und sah Gottes Gnade bestätigt in der Übergabe der ersten Sprache an Adam, in der Besiedlung der Erde durch 72 Völker. In der Völkertafel fand er nur östliche Nationen, Deutsche, Polen und Türken, doch nahm er entgegen der mosaischen Liste an, daß Japhet mehr auserwählte Nachkommen als Sem aufzuweisen habe. So führte Gottes Vorsehung die Völker weise in die moderne Weltgeschichte[4]). Später freilich wurde dem Freunde Descartes' seine Sicherheit problematisch; überschaute die Bibel wirklich das Ganze? Gab es vielleicht vor Adam schon Menschen? War Hebräisch tatsächlich die erste Sprache? Entstand sie nicht aus reiner Willkür des Menschen? Mußte man diese erste, dürftige Sprache nicht durch eine neue Universalsprache verbessern? Konnte nicht wenigstens das Französische vernunftgemäß geordnet werden? Hatte nicht Gott alle seine Weisheit in die Hand des schöpferisch fortschreitenden Menschen gelegt?

Etwas von solchen rationalistischen Zweifeln an der Tradition berührte wohl auch den Beichtvater Ludwigs XIII., den schottischen Jesuiten James Gordon (1553–1641). Er hatte 1614 noch fest an die hebräische Ursprache, Noahs Erdteilung, den Turmbau der Riesen, die 72 Völkerführer geglaubt; 1632 umging er in weitem Bogen alle diese Überlieferungen. Ob Hebräisch die älteste Sprache genannt werden dürfe, sei zweifelhaft; die Sprachenzahl *(solent numerari LXXII)* lasse sich schwer bestimmen; aus der Völkertafel dürfe man kaum historisch-ethnographische Schlüsse ziehen[5]). So blieb der Turmbau nichts weiter als eine beschauliche Allegorie; der Jesuit Nicolas Caussin (1583–1651) aus Troyes trieb 1624 seine Scherze damit. Der nachmalige Beichtvater des Königs, von der Kraft der adamischen Sprache durchaus überzeugt, scheute das Wortspiel nicht, wie die Riesen nach dem *déluge des eaux* den Turm von Babel gebaut hätten, so errichteten heute die geschwätzigen Damen bei Hofe im *déluge des langues* den *tour de babil*. Babel wurde zum Symbol der Unvernunft; den Denkern hatte es nichts zu sagen[6]). Nun lag die alte Auslegung Isidors nahe; der Bischof von Poitiers, Henri Louis Chasteigner de la Rochepozay (Castanaeus, 1577–1651) verwendete seit 1628 die Erzählung nur noch als Gleichnis für die Ketzer, die den Himmel stürmen wollen und einander nicht

[4]) Quaestiones celeberrimae in Genesim, Observationes et emendationes ad Francisci Georgii Veneti problemata Nr. 105 f., Paris 1623, S. 127–136 (Genesiskommentar). Dazu und zum folgenden Robert LENOBLE, Mersenne ou la naissance du mécanisme, Paris 1943, S. 505 ff., 514 ff., 517 ff.

[5]) Opus chronologicum, Bd. 1, Köln 1614, S. 3, 62 ff. (frühere Ansicht). In Genesin, in: Biblia sacra cum selectissimis litteralibus commentariis, Bd. 1, Venedig 1747, S. 166, 178 f. (spätere Ansicht).

[6]) La cour sainte ou l'institution chrestienne des grands, Bd. 1, Paris 1624, S. 271 (mir nur aus Zitaten bekannt). Dazu KAYSER, Klangmalerei 158.

verstehen[7]). In ähnlichem Sinn deutete um 1625 der Widersacher Caussins und vertraute Mitarbeiter Richelieus, der Kapuziner Père Joseph (1577–1638), in seiner „Turciade“ auch die Gestalt Nimrods, des Turmbauers; er traf sich in der untersten Hölle mit Luther, Calvin und Süleyman dem Prächtigen. Der fromme Missionseifer des Paters wollte von der trojanischen Verwandtschaft der christlichen Franzosen mit den gottlosen Türken nichts mehr wissen; die ganze Weltgeschichte konzentrierte sich für ihn auf den gegenwärtigen Kampf gegen die Ungläubigen. Das historische Ereignis der Sprachen- und Völkerteilung ließ ihn ungerührt[8]).

War das japhetitische Europa unter Frankreichs Führung nicht wahrlich zum Kreuzzug gegen die Türken ausersehen? Man meint den Nachklang solcher Gedanken zu hören, wenn 1629 der hugenottische Herzog Maximilien de Sully (1560–1641) seinem verstorbenen König Heinrich IV. den „Großen Plan“ in den Mund legte. Er sah in Europa, der *république chrétienne*, 15 Mächte vor, genau so viele, wie es, Japhet eingerechnet, Japhetiten gab. Diese neu zu bildenden Staaten sollten möglichst geschlossene Sprachgebiete umfassen; Heinrich IV. selbst hatte ähnliches gefordert, aber ohne biblischen Unterton. Sullys Plan richtete sich gegen die mohammedanischen Türken, die *apparemment* die Gog und Magog seien[9]). Urzeit und Endzeit wurden präsentisch.

Doch diese politisch-missionarische Deutung des Alten Testaments war nicht im Sinn der auf reine Präsenz bedachten kritischen Jesuiten; einer ihrer größten Gelehrten, der mit Caussin befreundete Denis Pétau (Petavius, 1583 bis 1652), wies 1627 nachdrücklich auf die Unsicherheiten der alttestamentlichen Chronologie hin und schlug lieber wie Rolevinck das der Gegenwart nähere, gesicherte Datum von Christi Geburt als Fixpunkt der Zeitrechnung vor. Er wich 1622 auch vor den konkreten Symbolzahlen des Alten Testamentes zurück; er verstehe nicht, wie man zur Zählung von 72 Babelsprachen gekommen sei. Jeder dafür vorgebrachte Grund sei *mihi non satis explorata certaque*; die Frage selbst sei unwichtig. *Itaque labat illa LXXII linguarum partitio.* Der Forscher dekretierte, daß eine ordentliche Teilung nicht stattgefunden habe. Den einzelnen Babelnationen ihr Domizil nachzuweisen, hielt er für unnütz; denn heute säßen die meisten Völker anderswo. Auch die Franzosen verfolgte Petavius 1633 nicht weit zurück; die Trojanersage sei ein Irrtum, die

---

7) Exercitationes in varios bibliorum libros, Autun 1640, S. 16 f.

8) Turciade II, 1–99, zitiert nach Louis DEDOUVRES, Le Père Joseph de Paris, Bd. 1, Paris-Angres 1932, S. 434. Dazu RAUMER, Friede 66 f.

9) Mémoires des sages et royales oeconomies d'estat de Henry le Grand, hg. Claude-Bernard PETITOT, Collection des mémoires relatifs à l'histoire de France, 2. Serie, Bd. 9, Paris 1821: c. 3 S. 37 f. (15 Mächte); c. 2 S. 29 (Türken). Dazu RAUMER, Friede 69 ff.; Carl Jacob BURCKHARDT, Vier historische Betrachtungen, Zürich 1953, S. 26 ff.

Franken seien Germanen. Unter den zahlreichen von Petavius gesammelten Ahnentafeln trägt keine eine biblische Spitze. Nur in der Frage der sprachlichen Ursprünge blieb der „Vater der Dogmengeschichte" unerbittlich. Gott selbst gab Adam seinen Namen nach der Erde, aus der er ihn formte, und Hebräisch war seine Sprache, bis in Babel Gott den Menschen das *commercium vocis* wegnahm. Der weise Adam benannte die Welt auf Gottes Anregung und Eingebung hin; noch heute sind die Worte *rerum vicarii*, plastische Bilder der Natur[10]). Im Wort ist Wahrheit.

Ist dann am Ende die Sprachenteilung gar kein grundsätzliches Unglück? Wenn Gott sie vernünftig vornahm, muß der denkende Mensch ihren Segen erkennen können. Der lothringische Jesuit Nicolas Abram (1586–1655) entdeckte ihn 1648, im Jahr des Westfälischen Friedens. Nimrod und die Hamiten wollten statt der ihnen von Gott auferlegten Knechtschaft die Weltmonarchie erringen, aber Gott half dem bedrängten Erzvater Noah durch die Sprachentrennung. Gegen das Kaisertum stellten sich Gott und Abram auf die Seite des Gleichgewichts; die Teilung war für die Bösen eine Strafe gegen Herrschsucht, für die Lauen ein Heilmittel gegen Eitelkeit, für die Guten aber die Errettung aus der Knechtschaft, ja eine Freudenquelle. Denn was ist, so fragte der Kenner des Hebräischen und Griechischen, für die Gelehrsamkeit und Literatur fruchtbarer und angenehmer als die Sprachenvielfalt? Der Vergleich zwischen Cicero, Demosthenes, Augustin, Tasso und Ronsard ist so beglükkend, *ut qui linguarum varietatem ex encyclopoedia sustulerit, is solem e mundo, vernam tempestatem ex anno sublaturus esse videatur*. Hier wurde die Macht der Muttersprache und des sie formenden Dichters zu einem neuartigen Gottesbeweis; Babel ist – freilich nur für den Gebildeten – keine Strafe, die irdische Vielfalt ist das willkommene Objekt einer enzyklopädischen Weltfrömmigkeit[11]).

Ist die Vernunft wirklich so einfach in den Sprachen zu erkennen? Skeptiker und Rationalisten bestritten es. Mit bitterem Spott wandte sich 1623/26 der Literat Charles Sorel (1602–1674) gegen den Unsinn einer gelehrten Erziehung. Die Pedanten vernachlässigen ihre Muttersprache und sprechen statt ihrer die lateinische *comme maternelle*; aber sie verstehen gewöhnliche Sterbliche ebensowenig, als redeten diese einen brasilianischen Dialekt. Der Gegner der Preziösen schrieb selbst in der grobkörnigen Sprache des Volkes und verachtete wie die internationale so die universalhistorische Gelehrsamkeit. Ein vornehmer

---

[10]) Animadversiones, hg. Wilhelm DINDORF, Epiphanii episcopi Constantiae opera, Bd. 5, Leipzig 1859, S. 10 f. (Babelsprachen und -völker). Rationarium temporum, Neudruck Bd. 1, Paris 1652, S. 285 (Trojanersage), 3 (Adams Name), 5 f. (commercium). De theologicis dogmatibus I, VIII, 6, 1 f., Bd. 1, Venedig 1721, S. 336 (Adam benannte, rerum vicarii). Zu P.s Zeitrechnung KLEMPT, Säkularisierung 85 f.

[11]) Pharus Veteris Testamenti, Paris 1648, S. 114 (Noah), 120 ff. (Sprachen).

Engländer mochte in gebrochenem Französisch verkünden, er stamme von den uralten Königen Schottlands ab, sein Englisch war doch ein *langage corrompu*. Selbst der Pedant in Sorels Roman meldet von dem tapferen Titelhelden Francion, dessen Franciade sei ebensoviel wert wie die Ronsards; möge der trojanische Francion, der Sohn Hektors, der gemeinsame Vater der Franzosen sein, der Francion dieses Jahrhunderts sei ihr Beschützer[12]). Hier und jetzt also muß sich der Mensch im Kreise seiner Heimat und seiner Sprache bewähren; die abstrakte Vernunft einer Vorsehung nimmt ihm nicht die Pflicht zur Erfahrung ab.

Von dieser Erfahrung ging auch Mersennes Freund, der provenzalische Philosoph Pierre Gassendi (1592–1655), aus. Der Mensch bildet sich aus Sinneseindrücken seine Welt selber; der erste Mensch war zugleich der erste Philosoph, denn er tat, was die Aufgabe des Weisen ist: Adam benannte die Dinge. Aber nur selten entsprechen die Namen der erfahrenen Wirklichkeit; die Menschen streiten sich oft über zweideutige Benennungen und besitzen (wie Bacon gesagt hatte) anstelle der Dinge nur nutzlose Wörter. Darum darf niemand, der spricht oder zuhört, die Wörter als Offenbarung nehmen, er muß hinter sie, auf die Dinge sehen, um Klarheit zu finden, und darf nicht wie die (schon von Ramus gerügten) Aristoteliker durch Sprachbarbarei die eigene Unklarheit verdecken. Wenn man sich mehr um die Worte kümmerte, wäre auch ihr Sinn klarer, und man käme endlich über die Philologie hinaus zur Philosophie. Der Kanonikus von Digne nahm dennoch die Sprache als *naturae donum* und war sicher, durch sie die *sensa mentis* exakt wiedergeben zu können, weil er an die Vernunft in der Natur glaubte. Im Menschen sah er sie nach dem Vorbild Epikurs spät erwachen: Anfänglich hätten die Menschen *ferarum ritu* gelebt und sich erst allmählich zusammengeschlossen und zivilisiert[13]). Hätte also der erste Weise Adam die Dinge so kindlich unvollkommen benannt, wie Socini lehrte? In Gassendis Denken lagen Epikureismus und Christentum, die er vereinen wollte, im Widerstreit: Gott hat die Welt geordnet, bleibt aber immateriell; seine Vernunft verkörpert sich nicht in den Sprachen des Menschen, die erst im mühseligen Fortschritt allmählich ihre Form gewinnen.

[12]) Histoire comique de Francion, hg. Emile Roy (Société des textes français modernes), 4 Bände, Paris 1924–31: Buch III Bd. 1, S. 173 f. (Latein); Buch IV Bd. 2, S. 31 (Brasilianisch); Buch II Bd. 1, S. 86, 92 (Engländer); Buch XI Bd. 4, S. 24 f. (Francion).

[13]) Opera omnia, hg. Henri-Louis Habert de Montmor, 6 Bände, Lyon 1658: Syntagma philosophicum, Liber prooemialis c. 3 Bd. 1, S. 6 (Adam); Institutio logica I, 14 S. 97 (Erfahrung und Streit); Philosophiae Epicuri syntagma I, 5 Bd. 3, S. 10 (Wörter und Dinge); Exercitationes paradoxicae adversus Aristoteleos I, 1, 13 f. Bd. 3, S. 110 f. (Aristoteliker); Disquisitio metaphysica II Bd. 3, S. 275 (donum, sensa); Syntagma philosophicum, Ethica II, 2 Bd. 2, S. 755; II, 5 S. 795 (anfängliche Wildheit). Dazu Bernard Rochot, La vraie philosophie de Gassendi, in: Tricentenaire de Pierre Gassendi 1655-1955, Digne 1957, S. 227-247, hier S. 231 f., 236 ff.

Unter Gassendis Einfluß schrieb 1638 der mit Mersenne befreundete Erzieher Ludwigs XIV., François de La Mothe le Vayer der Ältere (1588–1672), an Richelieu, die souveräne Jurisdiktion über die Sprache habe, wie alle Gelehrten wüßten, das Volk inne. Der Politiker setzte die Akzente freilich anders als der Philosoph Gassendi; er fand keinen Aufstieg in den menschlichen Dingen und blickte skeptisch auch auf die eigene Sprache, die Richelieu soeben durch die Gründung der Académie Française zu reglementieren gedachte. La Mothe schrieb dem Kardinal freimütig, wie wenig er von diesen Plänen hielt (und wurde trotzdem Mitglied der Académie): Die Launen des Volkes wechseln von Tag zu Tag; eine reine Sprache gibt es nicht. Die Preziösen wollen Fremdwörter vermeiden und sagen, die Verschiedenheit der Sprachen sei eine *malediction divine*. Aber wie Góngora spielte La Mothe gegen Babel Pfingsten aus: Die Sprachen sind eine Gabe des Heiligen Geistes; viele von ihnen zu beherrschen, ist seit Ennius ein Ruhmestitel. Denn keine Sprache ist tadellos, aber vieles ist unübersetzbar; nur der Sprachenkundige kann aus allem das Beste auswählen.

Auch das Französische hat keinen Vorrang zu beanspruchen. Es wird wohl enger als mit dem Lateinischen mit dem Griechischen verwandt sein, sei es, weil die alten Gallier griechisch sprachen, oder aus einem besseren Grund. Das Altgriechische selbst mag, wie La Mothe 1666 schrieb, so klar sein, daß seine Termini wie kein späteres Idiom die Natur der bezeichneten Dinge wiedergeben (kein Wort vom Hebräischen Adams!), doch diese Zeit ist vorüber. Nichts ist lächerlicher als der moderne Glaube, die eigene Muttersprache sei die beste. Die Türken behaupten, nur ihre Sprache sei in der Welt von Nutzen; Arabisch werde die Sprache des Paradieses, Persisch die der Hölle sein. Und ein Spanier hält (wohl in Ausweitung von Langes Witz) seine Sprache für so befehlsgewaltig, daß er sagt, Gott habe in ihr Adam vom Baum zu essen verboten; in der verführerischsten aller Sprachen, auf italienisch, habe die Schlange Eva überredet, und Adam habe sich dafür vor Gott in dem dafür besonders geeigneten Französisch entschuldigt. Spanier und Türken, welche Toren! Niederländer und Juden stehen ihnen kaum nach, wenn sie ihr Idiom für die Ursprache halten. Denn was folgt daraus, wenn Adams Sprache tatsächlich Hebräisch und nicht Syrisch oder Chaldäisch war? Die älteste Sprache ist (wieder der Gedanke von Vives und Socini) keineswegs die vollkommenste; jede moderne Sprache kann die Dinge des täglichen Lebens besser bezeichnen als eine alte. Vielleicht waren die Menschen anfangs für eine Universalsprache geboren, vielleicht konnte Christus sich wirklich allen Völkern verständlich machen, vielleicht werden alle, wie Plutarch berichtet, dereinst wieder eine Sprache sprechen; in unserer Gegenwart aber läßt sich die Sprachenverschiedenheit nicht durch Beschränktheit und Dogmatik, sondern allein durch Sprachenlernen überwinden.

Dann ist auch auf die Universalgeschichte kein Verlaß; keine Genealogie kann eine kluge Politik ersetzen. Wiederum an Richelieu schrieb La Mothe 1638 mitten im französisch-spanischen Krieg, der Spanier Sandoval habe die Ahnentafel von Kaiser Karl V. mit Adam begonnen. Welche Borniertheit! Niemand bezweifelt, daß alle Menschen Kinder Noahs sind (bald sollte auch das bezweifelt werden), doch diesen Urahn hat jeder Fellache mit dem Kaiser gemeinsam. Um den Rang der Mächtigen zu erhöhen, mischen die diensteifrigen Autoren unter die biblischen Namen die Träumereien des Annius und die antiken Sagen. So beanspruchen die Spanier einen *Francus* als Vorfahren ihres Kaisers, damit Habsburg dem französischen Königshaus überlegen erscheine; auch Brutus und die englischen Könige lassen sie als Usurpatoren spanischer Rechte auftreten. In der historischen Wirklichkeit freilich regierten die französischen Kapetinger bereits dreihundert Jahre lang, als die Habsburger aus dem Nichts auftauchten. Aber mögen die Spanier getrost mit solchen Fabeln Politik machen; mögen sie die Türken daran erinnern, daß es auch einen Trojaner *Turcot* gab und daß die Spanier mit den Türken enger verwandt sind als die Franzosen; vielleicht gelingt es den Spaniern damit, die französisch-türkische Allianz zu sprengen . . .

Doch richtete sich diese Kritik ebenso gegen die französischen wie gegen die spanischen Trojaner. Noch 1668 schrieb La Mothe wie einst Pasquier, daß der Trojanische Krieg vielleicht gar nicht stattfand; er ist ein Produkt von Homers poetischem Genie und ebenso irreal wie Vergils Aeneas in Italien und Ronsards Francion. Die wahre Geschichte bietet wenig erweisliche Kontinuität und sehr viele plötzliche Variationen, völkisch wie sprachlich; noch einmal erklang das skeptische Bekenntnis Montaignes, daß Natur und Geschichte zwar das Werk des unwandelbaren Gottes sind, daß aber im Menschen und zwischen den Menschen ständiger Wandel und stete Verschiedenheit herrschen; über die Länder und Zeiten hinweg lassen sich keine Maximen aufstellen. Diese Skepsis, die alle vorzeitigen Verallgemeinerungen und absoluten Ansprüche zerstörte, war eine wichtige, heute freilich vergessene Vorstufe für die Entstehung des Historismus[14]).

Auch der weltmännische Spötter Charles de Saint-Evremond (1610–1703) huldigte ihr. Wie töricht waren die Römer, daß sie von den Trojanern und so-

---

[14]) Oeuvres, nouvelle édition, 7 Bände, Dresden 1756–59: Considérations sur l'éloquence françoise de ce tems Bd. 2, 1 S. 197 f. (souveräne Jurisdiktion), 275–278 (gegen die Preziösen), 254–258 (Französisch und Griechisch); Problèmes sceptiques 15 Bd. 5, 2 S. 259–264 (Altgriechisch, Sprachenvergleiche); Discours de l'histoire Bd. 4, 1 S. 301–308 (Sandoval und die Türken); Du peu de certitude qu'il y a dans l'histoire Bd. 5, 2 S. 446–451 (Homer, Vergil, Ronsard), 472 (wenig Kontinuität); Discours ou homélies académiques 24 Bd. 3, 2 S. 375 ff. (Wandel und Verschiedenheit). Dazu Florence L. Wickelgren, La Mothe le Vayer, Sa vie et son oeuvre, Paris 1934, S. 105 ff., 151 ff., 237 f.

gar von der Göttin Venus abzustammen glaubten; sie wollten ihren Ruhm stützen und gebärdeten sich doch so eitel und schwach wie alle Menschen. Auch die Gegenwart meint 1643 die Geschichte lenken zu können, anstatt aus der Geschichte zu lernen, daß die menschliche Natur immer dieselbe bleibt: Die Académie Française brütet zwei Jahre über der Reform von sechs Wörtern. Wenn sie wollte, könnte sie die Sprache völlig erneuern, aber sie will den alten Brauch wahren und respektiert ein Wort um so mehr, je älter es ist – ausgenommen nur die Vokabeln, die von den barbarischen Goten eingeführt wurden. Statt solcher scheinhistorischen Willkür sollte man die Natur gewähren und die Sprachen wachsen lassen; der Mensch wird sich, in seiner Größe und Schwäche, mit der Verschiedenheit des Irdischen heute wie immer abfinden müssen, ohne sie abstellen zu können[15]).

Die erdenschwere, in sich gespaltene Sprache ist weltenweit von aller Vollendung entfernt; das lehren seit 1642 die von Sorel und Gassendi angeregten phantastischen Reiseromane des Soldaten Savinien Cyrano de Bergerac (1619 bis 1655), der auch La Mothe verehrte. Die Sprache und ihr Verständnis sind beengt; der Weltall-Bummler erkennt zwar an der Mundart italienischer Hirten, wo er gelandet ist, aber den Franzosen verstehen bereits in der *Nouvelle France*, in Kanada, nur wenige Menschen. Auf dem Mond gelandet, kann er sich zunächst nur mit Erdenbewohnern verständigen; sie unterhalten sich mit ihm griechisch (wie bei Lukian), französisch und spanisch. Die Mondbewohner selbst haben zwei weit vollkommenere „Sprachen“: die eine, für die Hochgestellten, ist eine wortlose Musik ohne artikulierte Laute; die andere, für das Volk, ist reine Körperbewegung. Musik und Gestik werden allmählich auch dem Eindringling von der Erde geläufig, so daß er mit den Mondleuten diskutieren kann. Auf der Sonne vollends sprechen nur ein paar uralte Eichen griechisch; sie kamen von der Erde zu einer Zeit, als Griechisch dort die Weltsprache war. Die Sonnenmenschen reden nicht so antiquiert; was sie ausdrücken, versteht jedermann ebenso schnell und gut wie die Worte seiner Amme, denn sie kennen die wahre Sprache. In dieser Sonnensprache gab wahrscheinlich der erste Mensch unserer Welt den Dingen wesensgemäße Namen; sie ist die Stimme der Natur, und auch die Tiere verstehen die *langue matrice*, die auf Erden verloren ging. Wie diese adamische Natursprache gebaut ist, weiß Cyrano nicht zu sagen; nur dies ist ihm gewiß: „Je weiter sich ein Idiom von der Wahrheit entfernt, desto weiter entfernt es sich von der leichten Verständlichkeit.“

[15]) La comédie des Académistes, hg. Gustave Leopold van ROOSBROECK, New York 1931: I, 1 S. 25 (zwei Jahre); V, 2 S. 69 f. (Alt und Neu); V, 3 S. 71 (Goten). Zum übrigen Paul HAZARD, Die Krise des europäischen Geistes 1680–1715 (Europa-Bibliothek), Hamburg 1939, S. 64 f., 153 ff.; Henry Thomas BARNWELL, Les idées morales et critiques de Saint-Evremond, Essai d'analyse explicative, Paris 1957, S. 34 ff.

Wir erkennen Gassendis Lehre wieder[16]). Kann dem Menschen je die Sonnenklarheit geschenkt werden, kann seine Vernunft sie ihm verleihen, wenn Empirie und Skepsis sie ihm versagen?

Eben die Empirie verstellt der menschlichen Vernunft die Wahrheit, dies erwiderte Gassendis großer Gegner René Descartes (1596–1650). Denken und Sein, Subjekt und Objekt, Sprache und Mathematik sind säuberlich voneinander zu trennen, dann wird sich die Klarheit einfinden. Mersenne trug an Descartes das Problem einer philosophischen Universalsprache heran; in einem Brief aus Amsterdam wehrte sich Descartes am 20. November 1629 gegen solche Experimente. Eine wirkliche Universalsprache könnte erst geplant werden, wenn die sachliche Neuordnung der Philosophie abgeschlossen ist. Bis dahin muß sie daran scheitern, daß vorerst nur das Nicht-Vernünftige allen Menschen gemeinsam und in ihrem Verkehr miteinander gut geregelt ist. Wie soll eine solche Sprache, die nicht reine Mathematik ist, lautlich gestaltet sein, ohne daß das eine Volk dieses, das andere jenes Wort nicht versteht? Was uns Franzosen leicht und angenehm klingt, kommt den Deutschen unerträglich roh vor; wie könnte eine sinnliche Sprache je allgemein werden? Es gelänge nur, wenn die Welt ein irdisches Paradies wäre. Jetzt aber brauchen wir, um zu Franzosen zu sprechen, keine neue Sprache zu erfinden; Gassendis Sorge um Worte ist viel zu vordergründig. Was können uns Wortbedeutungen schon an Wahrheiten vermitteln?

In dem nächsten Brief an Mersenne erklärte Descartes 1629 deutlicher seine Ansicht. Was *en toutes langues* wiederkehrt, sind die Naturlaute, die Reflexe wie Weinen oder Lachen. Wenn ich indes bewußt den Himmel oder die Erde betrachte, verpflichtet mich das keineswegs, sie so und nicht anders zu benennen; auch im Stand der ursprünglichen Unschuld könnte es keine angemessenen Definitionen geben. Denn, so fuhr Descartes 1630 in einem weiteren Brief an Mersenne fort, unsere Sprache ist *au commencement* auf ähnliche Weise wie zwischen Kindern erfunden worden; Kinder würden, wenn sie allein aufwüchsen, Worte ausdenken, die weder besser noch passender wären als die unsrigen. Wenn diese plumpe Sprache sich allmählich geglättet hat, dann *par l'usage*; dieser Brauch leistete mehr als die Einsicht eines gescheiten Kopfes. Doch darum betrifft der Pakt der Konvention, der die Sprache stiftet und verbessert, nur Worte, nicht Dinge. Die reine Vernunft *(ratiocinatio)* verknüpft hingegen die Dinge und nicht die sie bezeichnenden Wörter. Der Denker kann mit seiner Sprache machen, was er will; Descartes betonte, daß er die lateinischen Termi-

---

[16]) Les oeuvres libertines, hg. Frédéric LACHÈVRE (Le libertinage au XVIIe siècle 8), Bd. 1, Paris 1921: Les estats et empires de la lune S. 98 (italienische Hirten), 10 (Kanada), 33 ff. (Griechisch), 39 (Französisch), 44 ff. (Spanisch), 38 f. (Mondsprachen), 53 f. (ihre Erlernung); Les estats et empires du soleil S. 165 f. (Eichen), 129 f., 139 (Sonnensprache).

ni nicht in der *vulgaris significatio*, sondern nach seinem Sinn verwende. Die Sprache war ihm (wie Bacon) nur ein Werkzeug, und ein schlechtes dazu; denn das Denken vollzieht sich ohne Worte. Ein Deutscher und ein Franzose können von den gleichen Dingen das gleiche denken, auch wenn sie es in ganz verschiedenen Worten sagen[17]).

Damit verliert für den Philosophen wie der Ursprung so auch die Vielfalt der Sprachen die tiefere Bedeutung; selbst Sprachenkenntnis verschafft keine Einsicht. Ein *honeste homme* hat heute keine dringendere Verpflichtung, Griechisch oder Lateinisch zu lernen als Schwyzerdütsch oder Niederbretonisch. Descartes glaubte (wie Montaigne), genug Zeit mit dem Studium der alten Sprachen verbracht zu haben. Wer zu begierig sei, in der Vergangenheit zu leben, bleibe gewöhnlich in seiner Gegenwart sehr unwissend. Die Geschichte wurde nicht als Lehrmeisterin des Lebens anerkannt, sie gehörte zur gelehrten, sekundären Bildung; alles wirklich Bedeutsame geschieht erst jetzt. Das traf auch die Heilsgeschichte. Obwohl Descartes annahm, Gott habe den menschlichen Körper außen und innen ebenso geschaffen, wie der unsrige ist, stellte er die Urgeschichte der Sprachen und Völker nicht unter Gottes Einfluß und Vorsehung; der Urzustand sei halbe Wildheit gewesen, wo nicht ein weiser Gesetzgeber eingriff. Somit konnte die Sprache kein Gottesgeschenk, ihre Macht kein Gottesbeweis sein; Descartes widersprach seinen jesuitischen Lehrern. Gott schuf den Menschen als eine wunderbare Maschine; kein Tier und keine Maschine der Welt aber könnte Worte oder andere selbsterfundene Zeichen gebrauchen, wie wir es tun, um anderen unsere Gedanken mitzuteilen; keine Maschine würde die Worte sinnvoll zur verständlichen Rede ordnen können, wie es der stumpfsinnigste Mensch vermag. Nicht die Sprache ist das Wunder am Menschen – er teilt sie mit dem Papagei –, sondern die Vernunft, die diese Zeichen hervorbringt und souverän benutzt; sie kann – etwa bei Taubstummen – durchaus auch andere Zeichen als lautliche verwenden (Rabelais' und Bacons Gedanke).

Gerade ihre Vielfalt und Vertauschbarkeit erweist die Sprache als wertlos; sie ist ein Produkt der Umstände. Ein und derselbe Mensch mit demselben Geist wird unter Franzosen und Deutschen ganz anders gebildet als unter Chinesen und Kannibalen. Auch bei den Exoten, bei Persern und Chinesen leben verständige Leute wie bei uns; nur zeigte Descartes kein Verlangen, sich

---

[17]) Oeuvres, hg. Charles ADAM – Paul TANNERY, 13 Bände, Paris 1897–1913: Brief 15 Bd. 1, S. 76–82 (Universalsprache; dazu Louis COUTURAT – Léopold LEAU, Histoire de la langue universelle, 2. Aufl., Paris 1907, S. 11 ff.); Brief 16 S. 103 (en toutes langues); Brief 19 S. 125 f. (au commencement); Regulae ad directionem ingenii 3 Bd. 10, S. 369 (ratiocinatio, significatio); Meditationes de prima philosophia, Objectiones III, 4 Bd. 7, S. 178 f. (Denken ohne Worte, Deutscher und Franzose). Zu D.s Sprachtheorie CASSIRER, Philosophie 67 f.; VERBURG, Taal 228 ff.

über die Sprachgrenzen hinwegzusetzen, es war ihm zu mühsam und zu unergiebig. Er wollte sich lieber an die Nächstwohnenden wenden, ohne alle Redekunst und sprachliche Vermittlung; wer seine Gedanken nur richtig vorbringt, mag es auf niederbretonisch tun. „Und wenn ich Französisch, die Sprache meines Landes, lieber schreibe als Latein, die Sprache meiner Lehrer, so geschieht es, weil ich hoffe, daß diejenigen, die ihre ganz reine natürliche Vernunft brauchen, besser über meine Ansichten urteilen werden als die, welche nur den Büchern der Alten glauben." Rationalismus und Tradition konnten nicht klarer getrennt werden. Die zeitlose Vernunft erhebt sich zu Wahrheiten, die allen zufälligen Verkörperungen verschlossen bleiben; sie bedient sich, um sie mitzuteilen, der nächstliegenden, einfachsten Sprache, erkennt aber weder ihre sinnbannende Macht noch ihren Wert als Kunstwerk an[18]).

In diesem Punkt unterschied sich von Descartes der königliche Kammerherr Claude Favre de Vaugelas (1585–1650). Auf Richelieus Wunsch betraute ihn die Académie Française mit der Abfassung ihres Wörterbuches; das Französische sollte gereinigt und zu künstlerischer und wissenschaftlicher Darstellung befähigt werden. Der Gegner La Mothes setzte 1647 als Maßstab der Sprache gleichfalls wie Descartes nicht *raison*, sondern *usage*, aber keineswegs den Brauch des Volkes. Der Hof als die Auswahl der Besten soll den Sprachgebrauch bestimmen, ähnlich, wie Castiglione vorschrieb. Bereits der erste Grund der Sprache war *la seule fantaisie des premiers hommes qui ont fondé la langue*; nur waren diese ersten Sprachschöpfer nicht, wie Descartes und Gassendi dachten, kindliche Gemüter, sondern heroische Männer, von demselben Pathos beseelt, das jetzt den französischen Hof beflügelt und Französisch zur reinsten und vielfältigsten aller Sprachen gemacht hat[19]). So wird die Sprache Kunstwerk einer Hochkultur, geschliffener Degen für beherrschte Willensmenschen, und verliert in dieser Zucht alles Weiche, Natürliche, Zufällige.

Auf die Bühne brachte diese Sprache und diese Haltung Pierre Corneille (1606–1684). Voll Verachtung sah der Normanne 1643 herab auf die Provinzler von Poitiers; ihre barbarische *façon de parler* ist nicht hauptstädtisch gebildet. Erst recht bleibt das Ausland stumm; „verständlich reden" heißt *parler françois*.

[18]) La recherche de la vérité, hg. ADAM-TANNERY (o. Anm. 17) Bd. 10, S. 503 (honeste homme; dazu allgemein Carl Jacob BURCKHARDT, Der Honnête Homme, in: C.J.B., Gestalten und Mächte, Reden und Aufsätze, München 1941, S. 71–96, hier S. 80 ff.); Discours de la méthode c. 1 Bd. 6, S. 6 f. (Vergangenheit und Gegenwart); c. 5 S. 45 f. (Schöpfung des Körpers); c. 2 S. 12 (Wildheit, Gesetzgeber); c. 5 S. 56–59 (Maschine, Vernunft; dazu KUEHNER, Theories 14 f.); c. 2 S. 16 (Franzosen, Kannibalen); c. 3 S. 23 (Perser und Nächstwohnende); c. 1 S. 7 (auf niederbretonisch); c. 6 S. 77 („Und wenn ich . . ."); dazu Hugo FRIEDRICH, Descartes und der französische Geist (Wissenschaft und Zeitgeist 6), Leipzig 1937, S. 28 ff.

[19]) Remarques sur la langue françoise, hg. Alexis CHASSANG, Bd. 1, Paris 1880: Préface 5, 1 S. 23 (raison, usage); 5, 3 S. 24 (fantaisie); 15, 3 S. 48 f. (Französisch). Dazu BRUNOT, Langue Bd. 3, 1, S. 46 ff.

Für Corneilles tragische Figuren ist die Welt der höfische Kreis, gleichgültig, ob die Stücke in Syrien, Armenien, Alexandria, Konstantinopel, Rom, Sevilla oder Paris spielen. Vernunft und Wille beschneiden den natürlichen und geschichtlichen Wuchs; die Vielfalt der Sprachen stört nie die Verständigung, löst nie tragische Verwicklungen aus. Sogar Parther und Syrer haben 1646 eine *voix commune*, in der Kleopatra zu ihnen spricht[20]). Alle Geschichte wird monumental, alles bedeutende Fremde gegenwärtig.

Ein ähnliches Streben spricht aus der Geschichte Frankreichs, die der von Richelieu geförderte Normanne François Eudes de Mézeray (1610–1683) 1643 herausbrachte. Er hatte absichtlich nie eine Mönchschronik gelesen und glaubte wie Pasquier der Trojanersage nicht. Scheinbar nüchtern begann er mit dem Satz, über die Herkunft der Franzosen gebe es viele Hypothesen und keine Klarheit; er verwarf die noachische Anknüpfung und die Lehren des Annius. Die Blüte der französischen Kultur fand ohne Babylonischen Turm und Trojanischen Krieg statt. Mézeray gab den Franzosen ein größeres Altertum, das keltische. Kelten waren die Gallier wie die Germanen, keltisch war beider Sprache; Hotmans These von der gallisch-fränkischen Bruderschaft kam wieder. Gallier beherrschten Europa, als Rom noch unbedeutend war; erst als die Griechen den kriegerischen Sinn der Gallier verweichlichten, unterlagen sie den Römern, wurden aber befreit von ihren germanischen Brüdern, den Franken, die Deutsch sprachen, jedoch in Frankreich die romanische Sprache der Gallier annahmen. Umgekehrt redet Karl der Große, der bewunderte Heros, Deutsch und ist doch Franzose. Nicht die wechselnde Sprache, sondern die völkische, politische, heldische Gemeinschaft bindet zusammen; sie ist heute, wie sie immer war. Nur dem modernen Historiker erscheint Mézerays Kontamination von Galliern und Franken, von Gallisch, Lateinisch und Deutsch verwirrend; für den berühmtesten französischen Historiker der Zeit präfigurierte sie die zeitlose Ruhe seiner Gegenwart[21]). Noch war diese klassische Ruhe ein Wunschbild, dem die Unrast der Wirklichkeit unter Mazarin kraß widersprach; im Geistesleben setzte sie sich durch.

Sogar der Sohn des Skeptikers, der Abbé François de La Mothe le Vayer der Jüngere (1629–1664), stimmte zu, als er 1649 zum Mithridates-Roman seines königstreuen Vetters schrieb, die sprachgewaltigen Helden dieses Romans könnten sich überall verständlich machen, als wäre der Turm von Babel nie erbaut worden, *avec la même facilité que s'ils allaient prêcher l'Evangile*. Der Wille

---

[20]) Oeuvres, hg. Charles MARTY-LAVEAUX (Les grands écrivains de la France), 12 Bände, Paris 1862–68: Le menteur I, 1, 63 Bd. 4, S. 144 (Poitiers); La galérie du palais IV, 9, 1309 Bd. 2, S. 88 (parler françois); Rodogune V, 2, 1553 ff. Bd. 4, S. 494 f. (Kleopatra). Dazu Victor KLEMPERER, Pierre Corneille, München 1933, S. 110 ff.

[21]) Histoire de France, Bd. 1, Paris 1643, S. 1, 7. Dazu TOURNEUR, Esquisse 197; BARZUN, Race 114 ff.

des heroischen Menschen setzt sich über alle Sprachschranken und historischen Einschnitte hinweg und handelt, als ob Gott ihn in alle Welt gesandt hätte[22]). Wer die Welt wirklich gesehen hatte, wußte es anders, aber er lief dann gegen die alte Symbolzahl Sturm, nicht gegen die Einbildung der Polyglotten. Der Weltenbummler Jean de Thevenot (1633–1667) teilte 1658 in seinen erst 30 Jahre später erschienenen Reiseberichten mit, allein in Äthiopien gediehen so viele Dialekte, daß, wenn Gott nur 72 Sprachen geschaffen hätte, sie sich alle dort ein Stelldichein geben müßten. Aber natürlich hatte Thevenot in Abessinien das Französische nicht vorgefunden[23]). Frankreich war von der babylonischen Verwirrung nicht betroffen. Selbst die dramatischste biblische Geschichte verwandelte sich hier in gemessene Ordnung. Die von dem Landschaftsmaler Claude Lorrain (1600–1682) um 1660 angefertigte Zeichnung vom Babelturm überrascht uns durch ihre völlige Ruhe; nichts von dem Wirrwarr bei Brueghel, nichts von der Dynamik bei Dolendo. Im hohen Vordergrund der Landschaft ragen unübersichtlich-monumentale Gebäudekomplexe, auch antike Tempel; davor stehen und sitzen friedlich zwei vornehme Gesellschaften im Gespräch. Hier fürchtet niemand eine Katastrophe, keine Verwirrung droht. Nur weit im Hintergrund reckt kegelförmig der Babelturm die Spitze in die Wolken, hoch über die Gebirge hinauf. Menschen umgeben ihn nicht. Seine regelmäßige Gestalt kontrastiert mit den Gebäuden des Vordergrundes; seine riesige Rationalität fordert auch die Pflanzennatur heraus. Wir wohnen einem stummen Ringen der Gestaltungen bei, das den gedämpften Konversationston der beschaulichen Gruppen nicht stört; auch den Betrachter könnten die Trümmer des fernen Turmes nicht treffen, und noch steht er, wie ein seltsamer Zierstrauch von gigantischem Ausmaß[24]). Wer ließe sich auch durch biblische Historien aus der Ruhe bringen?

Dies geschah leichter als den lauen Katholiken den Kalvinisten; sie klammerten sich an den biblischen Buchstaben, um ihm ihre Lebensordnung abzuringen. Was sie fanden, war befremdlich. Der Kalvinist jüdischen Blutes Isaac de La Peyrère (1596–1676) stutzte um 1635 bei der Lektüre von Röm. 5, 12–14. Sünde und Tod kamen durch den einen Adam in die Welt und trafen alle Menschen, auch die nicht sündigen. Was kann das anderes bedeuten, als daß es vor Adam Menschen gab? Die amerikanischen Altertümer, auf die auch Marlowe hingewiesen hatte, ließen sich dann mit der biblischen Chronologie verrechnen, denn die Mexikaner stammen gewiß nicht von Adam; so hatte die Bibel doch

[22]) Rolland Le Vayer de Boutigny, Mithridate, Bd. 1, Paris 1649, im unpaginierten Widmungsbrief (mir nur aus Zitaten bekannt).

[23]) Des Herrn Thevenots Reisen in Europa, Asia und Africa, Deutsche Übersetzung, Frankfurt/Main 1693: II, 69 S. 334.

[24]) Walter Friedlaender, Claude Lorrain, Berlin 1921, S. 199 f. mit Abbildung; diese auch bei Ehrenstein, Bild 131 Abb. 16.

recht. Erst 1655 wagte La Peyrère die Folgerungen öffentlich, wenn auch anonym, vorzulegen: Adam ist nur der Ahnherr der Juden; die Kultur der Chaldäer, Ägypter und Chinesen ist älter als die jüdische. Die Sintflut war nicht allgemein, die Völkerteilung betraf nur das Heilige Land, auch die in Gen. 11, 1 erwähnte Einheit der Sprache und die Sprachenverwirrung waren bloß lokal gemeint. (Seit Cajetan und Abram lag die Vermutung nahe genug.) China und Amerika, Australien und Grönland wurden in der Bibel nicht genannt, also auch nicht geteilt und verwirrt; nicht einmal Ägypten wurde mitbetroffen. Die Tendenz des Autors war alles andere als gottlos; er wollte den Juden den universalen Primat entreißen, die Bibel sollte kein Handbuch der Weltgeschichte, sondern das Zeugnis der göttlichen Offenbarung sein, die sich nur einkleidet, nicht verkörpert in lokalen Erzählungen[25]). Diese höchst moderne Deutung wirbelte sofort viel Staub auf; die Präadamiten-Lehre brachte La Peyrère in den Kerker der Inquisition, er mußte widerrufen und rettete sich durch Konversion. Aber die zahlreichen „Refutations", die sogleich erschienen, beweisen, wie genau seine These den Nerv der Zeit traf. Unendliche Zeiten und Räume taten sich auf; war Ruhe ohne Geschlossenheit möglich? Insgeheim bauten alle Klassizismen auf die dramatische Einheit der Geschichte, die in Ort, Zeit und Handlung bei Adam entsprang und dem reinen Gedanken urbildlich Dauer verhieß.

Im gleichen Jahre legte der kalvinistische Professor Louis Cappel (Cappellus, 1585–1658) in Saumur die Axt an den nächsten Pfeiler dieses Systems, an die übergeschichtliche Ursprache. Der Begründer der modernen Bibelkritik hatte sich schon vorher den Zorn seiner Glaubensgenossen durch die These zugezogen, daß die heutige hebräische Schrift nicht alt sei, besonders nicht in ihren Vokalzeichen. Auch die Quadratschrift sei in Wahrheit chaldäisch; zuvor hätten die Hebräer samaritanisch geschrieben. Nun stürzte er 1655 auch die Lehre von der Ursprache um. Noah kann mit dem babylonischen Turmbau aus chronologischen Gründen nicht zusammengebracht werden; noch absurder ist die gewöhnliche Rechnung, nach der er die Erde erst nach der Sprachverwirrung aufgeteilt hätte. Wie hätte Noah alle Weltsprachen beherrschen sollen? Offenbar ist das ganze herkömmliche, statische Schema falsch; Sprachen und Völker und Länder lassen sich nicht einfach miteinander in Parallele setzen, sie haben ihre Eigenbewegung, von allem Anfang an. Das Hebräische ist wohl die älteste

---

[25]) Praeadamitae sive exercitatio super versibus duodecimo, decimotertio et decimoquarto capitis quinti epistolae D. Pauli ad Romanos, quibus inducuntur primi homines ante Adamum conditi, Amsterdam 1655, S. 27–30. Systema theologicum ex praeadamitarum hypothesi, o. O. 1655, S. 225 ff. Dazu HOFSTEN, Diskontinuitätsproblem 285 f.; ALLEN, Noah 86 ff., 133 ff.; Hans Joachim SCHOEPS, Philosemitismus im Barock, Religions- und geistesgeschichtliche Untersuchungen, Tübingen 1952, S. 3 ff.; KRAUS, Geschichte 35 ff.; KLEMPT, Säkularisierung 89 ff.

Sprache, aber sie band sich nie an einen bestimmten Stamm; sie war nicht die Muttersprache der Semiten, denn Abraham sprach noch Chaldäisch. Wem die hebräische Sprache anfänglich gehörte, steht bei Jesaja 19, 18 zu lesen: den hamitischen Kanaanäern. Von ihnen hat Abraham sie erlernt. Wenn diese Auffassung von der hebräischen Schrift- und Sprachgeschichte zutraf (und sie trifft im wesentlichen zu), dann blieb die Paradiesessprache nicht bei Heber und dem semitischen Gottesvolk; sie kam erst nach Babel zu ihm. Cappel verkleidete seine schockierende Entdeckung erbaulich: Die Wanderung der Ursprache zu den verfluchten Hamiten sei typologisch bedeutsam, denn sie zeige die Absicht Gottes, die Verheißung nicht immer bei den auserwählten Juden zu belassen. Um die bittere Pille schmackhafter zu machen, ernannte Cappel Griechen, Lateiner und Trojaner zu Kindern Japhets. So wäre jetzt die klassisch-abendländische Kultur der Träger der göttlichen Verheißung[26]). Aber für wie lange? Cappel bestätigte La Peyrères Tendenz: Die Bibel läßt sich nicht von historischen Gebilden mit Beschlag belegen.

Aber ließ sich die Bibel, losgelöst von ihrem Lokalkolorit, nicht direkt auf die Gegenwart beziehen? Ergibt sich nicht erst ihre ganze Universalität, wenn sie nicht mehr an den jüdischen Umkreis gekettet, sondern mit allen Traditionen der Menschheit verglichen wird? Wenigstens der Pfarrer von Caen, Samuel Bochart (1599–1667), verstand seinen Lehrer Cappel so. Der jesuitenfeindliche Kalvinist hatte in Predigten das Feld des Alten Testamentes abgeschritten; 1646 legte er seine Funde im Druck vor. An der hebräischen Ursprache hielt Bochart fest, aber er entzog sie vollends der menschlichen Verfügung; sie sei den Menschen von Gott eingegossen worden, damit sie Gott und einander verstünden. Das Wortspiel „Mann-Männin“ in Gen. 2, 23 erwies hinreichend, daß Adam Hebräisch sprach. Aber der Zusammenhang der dauernden Sprache mit dem historischen Volk wurde negiert; bei der kritisch-philologischen Interpretation der biblischen Völkertafel ergab sich, daß die hier genannten Namen nicht bis zur Gegenwart fortlebten; nicht einmal mit Melchisedech war Sem identisch, Aschkenaz war kein Deutscher, Mosoch kein Russe. Die Amerikaner stehen nicht bei Moses; seine Völkertafel wollte nicht alle Völker der Welt aufzählen, noch weniger alle Sprachen. *Satis illi fuit insigniorum meminisse, maxime in Judaeorum vicinia, in quorum gratiam scribebat.* Moses wußte vielleicht alles, aber er schrieb nur die sein Publikum angehenden Teile nieder. Von dieser psychologischen Argumentation her fielen die 70 oder 72 Sprachen und alle anderen Gleichungen mit Jüngern und Engeln; Hieronymus mußte sich fragen lassen, was die 72000 Engel mit der Sprachenzahl zu tun hätten. Man zählt heute mehrere hundert Sprachen; bereits im Altertum waren

[26]) Chronologia sacra, in: Brian WALTON u. a., Biblia sacra polyglotta, Bd. 1, London 1657, S. 4 ff. Dazu ALLEN, Noah 51 ff.; KRAUS, Geschichte 43 ff.

es nicht weniger. In der Bibel selbst aber sind kaum mehr als zwanzig Sprachen namentlich genannt. War sie schon für ihre eigene Zeit kein linguistischer Atlas, so kann sie es für uns noch weniger sein, denn die Sprachen wandeln sich; daß über die Zeiten hinweg das Persische mit dem Germanischen verwandt sei, glaubte Bochart nur widerstrebend.

Dennoch gibt es sprachliche Kontinuität, aber nur vom heiligen Hebräisch her. Allenthalben entdeckte Bochart hebräische Wurzeln, im Gallischen ebenso wie im Namen der Germanen; hier band sich das Heilige und Allgemeine unmittelbar an die spezielle Gegenwart. Das geschah noch auf eine zweite Weise, die sich der vergleichenden Mythologie im Stile von Annius und Duplessis-Mornay bediente. Hatte Cappel Griechen, Lateiner und Trojaner zu Japhetiten erklärt, so fand Bochart in den Kindern Javans die romanischen Völker selbst, im Widerspruch zu seiner kritischen Haltung: Die Dodanim gehörten nicht nach Rhodos, sondern an die Rhone und waren die Franzosen, die Spanier waren Tarsis-Tartessos, die Italiener die Kittim. Verwies die Gegenwart auf die antike Mythologie und die mosaische Völkertafel zugleich, so ließen sich die Noachiden mit den klassischen Göttern systematisch parallelsetzen. Noah ist Saturn, Cham ist Jupiter Hammon, der Herr der Inseln Japhet ist Neptun, Sem ist Pluto; hamitisch sind Put-Apollo und Kanaan-Merkur; japhetitisch ist Magog-Prometheus. (Postel hatte Gomer, Salian Noah selbst allzukühn mit Prometheus gleichgesetzt.) Der hamitische Nimrod aber, der den babylonischen Turm nicht gebaut hat, ist der „Sohn des Kusch", *Bar-Chus*, Bacchus. So löst sich die antike Götterwelt in hebräische Namen auf; durch alle Verkleidungen hindurch bleibt die erste, göttliche Gestaltung sichtbar. In den Namen der Völker und Heroen, also sprachlich, wurde sie tradiert; sie wurde nicht leibhaft in auserwählten Sprachen und Völkern, aber sie ist auch heute präsent. Die kalvinistische Tendenz, die Bibel zu aktualisieren, aber von vorschnellen und vorübergehenden Verkörperungen fernzuhalten, wurde der Ansatzpunkt für die kritische Gelehrsamkeit, die sich in jedem Einzelfall mit der *ratio* gegen die *authoritas* stellte und ihr Feld sorgsam isolierte. Auch diese Orthodoxie war rationalistisch, sie fand aber die Menschenvernunft nicht in einzelnen Werken Gottes verkörpert, sondern tastete sich mit vernünftigen Methoden über historische Fragmente näher an die Idee des Unbegreiflichen heran[27]).

In genialer Konsequenz, die den Optimismus der Jesuiten und Rationalisten

---

[27]) Bochart, Phaleg 56–65 (Ursprache, 72 Sprachen), 77 f. (Melchisedech), 196 ff., 355 f. (Aschkenaz usw.), 69 (Persisch), 183 ff. (Dodanim), 188 ff. (Tarsis), 178 ff. (Kittim), 1 ff., 11 ff. (Noachiden als antike Götter), 238 (authoritas). Dazu L.-D. Paumier, Eloge historique de Samuel Bochart, Rouen 1840, S. 13 ff. (unkritisch); ungerecht Diestel, Geschichte 465; Fück, Arabische Studien 84 f.; Kraus, Geschichte 78, wo B.s Verdienste um die biblische Geographie vergessen sind.

abtat, gelang das freilich nur einem, dem Jansenisten Blaise Pascal (1623–1662). Seit etwa 1654 erfaßte er den paradoxen Gegensatz zwischen Gott und irdischer Geschichte, und Pascals Sprache spiegelt ihn; sie müht sich um die Definition des Unbegrenzten. Durch historische Exegese an dem Geschichtsbuch der Bibel lehrt Pascal die Ungeschichtlichkeit Gottes und des Glaubens. Wo Gott in die Geschichte einbricht, schafft er Inseln völliger Ruhe; ringsumher an den Küsten menschlicher Erfahrung dehnt sich dieses unendliche Meer. Die Lehren von den Präadamiten, die die menschliche Existenz nur weiter hinaus eindeichen wollen, sind im wahrsten Wortsinn *extravagances*, Grenzüberschreitungen. Es bleibt dabei, die Juden waren das älteste Volk der Welt. Aber sie waren kein geschichtsmächtiger Staat, nur ein kleines Volk in einem Winkel, getrennt von allen anderen Völkern, hervorgegangen aus einem einzigen Menschen, eine einzige Familie, die einen einzigen Gott anbetete und sich durch Jahrtausende erhielt, gelenkt vom ältesten und vollkommensten Gesetz der Welt, das im ältesten Buch der Welt enthalten ist. Die Juden bildeten ein Reservat Gottes; sie hatten keine Genealogie, keine Geschichte; ihre Sprache und Schrift blieb von Moses bis zu den LXX unverändert, und ebenso lange bestand der Sanhedrin der 70 Ältesten. Seitdem gaben die Juden ihre Aufgabe an das neue Gottesvolk Christi ab; das uralte Begrenzte ist vergangen, nur in Gottes Heilsplan erfüllt es für immer den Sinn seiner Individualität.

Uns Modernen ist diese klassische Ruhe versperrt, so sehr wir uns nach ihr sehnen mögen; mit Japhet beginnt die Genealogie, der geschichtliche Ablauf, die Unruhe der Gestaltungen. Nun blicken wir besser nicht mehr zurück; dem Menschen gehört nicht die Vergangenheit, in der er Fehler machte, auch nicht die Zukunft, die er vielleicht nie erreicht, sondern nur seine Gegenwart. (Loyola sprach ähnlich.) Was ist unseren modernen Sprachen von der göttlichen Stetigkeit des Hebräischen geblieben? Sie sind stets neu und niemals dieselben; auch wenn wir scheinbar alte Worte gebrauchen, formen wir sie um, denn die Rede ist ein Gemälde unserer Gedanken. Darum kann es auch keine universale Sprache geben. In ihren Regeln ist die Sprache wohl universal, aber in ihren Ausdrücken stets partikulär; deshalb ist jede Sprache im Verhältnis zu einer anderen eine *Chiffre*, eine Geheimschrift, die entziffert werden muß. Unsere Sprachen, unsere Geschichte, unser Dasein selbst zeigen uns in einer Zwischenlage, aus der wir nicht entrinnen können: Wir möchten gerne einen Turm bauen, der sich ins Unendliche erhebt, aber unter uns spaltet sich die Erde bis zum Abgrund des Nichts. Wie zwischen dem Unendlichen und dem Nichts in der Vertikalen, so sind wir in der Horizontalen eingeschlossen zwischen der Einheit, die Tyrannis, und der Vielfalt, die Verwirrung sein kann. Die Vernunft wird die rechte Mitte nie ausloten, der Glaube besitzt sie nicht von alters her; allein die augustinische Unruhe des Herzens dauert[28]).

Das war eine harte Rede; wer konnte sie noch hören, als 1661 der Sonnenkönig Klarheit und Ruhe auszustrahlen begann? Brachte nicht seine Macht die gesamte Geschichte und Gegenwart in klassisches Gleichgewicht? So schien es dem Günstling Ludwigs XIV., Gautier de La Calprenède (1609/10–1663), in einem theatralischen, vielbändigen Roman. Er umkränzte den Monarchen 1661 mit allem Lorbeer der Historie und bemühte sich, Corneilles heldisches Pathos mit den Fiktionen Ronsards zu verbinden. Ludwig XIV. trat im Kostüm des ersten Franzosenkaisers *Faramond* auf, wie eine ewige Inkarnation der Größe; schon Faramonds Vorfahren waren erhaben. Seit *Samothes* sitzen die Gallier und ihre Könige im Land; auch *Francus,* ein Sohn Hektors von Troja, zog dorthin, das deutsche Frankenland blieb links liegen. Im monarchischen Frankreich gipfelte die geschichtliche Bewegung und kam zur Ruhe; der Trubel vor den Grenzen mochte weitergehen[29]). Freilich schrieb La Calprenède einen Roman, auch wenn er ihn Historie nannte; die historischen Realitäten waren ihm zu wirr, um ihnen nachzuspüren. Die wahren Dichter aber ergriffen nicht die Flucht in die Fiktion; sie versuchten, Wirklichkeit zu beschreiben, zu gestalten oder zu schaffen. Sie gaben nichts auf Ahnentafeln, sie achteten besser als der geschwätzige Dichterling auf ihre Sprache.

Ludwigs XIV. Feind, der vom Hofleben enttäuschte und den Jansenisten nahestehende Herzog François de La Rochefoucauld (1613–1680) glaubte 1665 weder dem höfischen Prunk noch dem heroischen Pathos. Was sich in jeder Sprache äußert, sind nicht Gedanken hoher Menschlichkeit, es ist der bare Eigennutz. Es bedeutet nur traurige Beschränkung und nicht heimatliches Glück, daß wie im Geist und Herzen, so auch in der Sprache der Ausdruck des Landes haften bleibt, in dem der Einzelne geboren ist. Der verderbte Mensch ist Spielball unpersönlicher Mächte; er hat wenig Anlaß zu rationalistischem Triumphgeschrei und zu verknüpfendem Denken und Dichten[30]).

---

[28]) Pensées, hg. Léon BRUNSCHVICG (Les grands écrivains de la France), 3 Bände, Paris 1904: Nr. 651 Bd. 3, S. 90 f. (Präadamiten); Nr. 618 ff. S. 57 ff. (Judenvolk); Nr. 632 S. 73 ff. (hebräische Schrift und Sprache); Nr. 711 S. 143 (Sanhedrin); Nr. 623 S. 66 (Japhet und die Genealogie); Nr. 172 Bd. 1, S. 88 ff. (Vergangenheit, Gegenwart, Zukunft); Nr. 22 S. 33 f. (alte Worte); Nr. 26 S. 36 (Gemälde); Nr. 912 Bd. 3, S. 337 (universal und partikulär); Nr. 45 Bd. 1, S. 52 (Chiffre); Nr. 72 S. 86 (Turmbau); Nr. 871 Bd. 3, S. 312 f. (Einheit und Vielfalt). Dazu J. LHERMET, Pascal et la Bible, Paris 1930, S. 410 ff. (Exegese); Hugo FRIEDRICH, Pascals Paradox, Das Sprachbild einer Denkform, in: Zeitschrift für romanische Philologie 56 (1936) 322–370 (Sprache); Erich AUERBACH, Vier Untersuchungen zur Geschichte der französischen Bildung, Bern 1951, S. 51 ff. (Geschichtsauffassung).

[29]) Faramond ou l'histoire de France, dediée au Roy, Bd. 2, Neudruck Paris 1664, S. 14ff.

[30]) Oeuvres, hg. Désiré Louis GILBERT – Jules GOURDAULT (Les grands écrivains de la France), 3 Bände, Paris 1868–83: Réflexions ou sentences et maximes morales

Unterscheidet er sich dann noch vom Tier? Rochefoucaulds Gesinnungsgenosse, Jean de La Fontaine (1621–1695), fand freilich freundlichere Töne, als er in seinen Fabeln 1668 die fühlenden Tiere im harten Daseinskampf liebevoll zeichnete. So stumm sie sind, der Dichter macht sie sprechen, gibt ihnen menschliche Sprache, ja göttliche Stimme. In dieser Märchenwelt sprachen einst (wie Aesop wußte) alle Tiere wirklich, und zwar so verschieden, wie ihr Geist ist. Aber noch ist nichts verloren; immer noch begreifen Menschen die Rede der Vögel; immer noch ist der von Descartes geringgeschätzte Papagei der Sprache kundig und versteht mehr als mancher Höfling, der nur das Idiom der Eitelkeit beherrscht. Wir haben es vergessen, aber alles in der Welt hat Sprache; die Muse, die die Zunge der Götter spricht, und die Tiere, die die Stimme der Natur vernehmen, könnten Dolmetscher für die Völker werden und die Kinder Japets (nicht die Europäer Japhets, sondern alle von Prometheus geschaffenen Menschen) aus ihren Fehden zur Eintracht führen. Aber verstehen die Staaten die Zunge der Götter und die Stimme der Natur? La Fontaine selbst fiel 1672, beim zweiten Devolutionskrieg Ludwigs XIV. gegen die Niederlande, von seinem Ideal ab, das er im ersten Devolutionskrieg gepredigt hatte. In einer Satire auf die Holländer fand er es nicht der Mühe wert, von Adam, Sem, Japhet und *Can* bis zum vorigen Winter alle Dichtkunst anzustrengen, um den Gegner zu schmähen. Schwerlich hätte er im Alten Testament den rechten Stoff für sein Pasquill gefunden[31]). Vermag also die Sprache, das Gespräch, wirklich den Zwist der Geschichte zu überbrücken?

La Fontaines Freund Jean Baptiste Molière (1622–1673) glaubte daran. Nur verbarg der Komödiant sein Ideal wie Rabelais hinter komischen Kulissen. Er ließ Sprachen vorwiegend als vielfältig verworrene ertönen, im Bereich der niederen Komik, wo Geschichte, Wechsel und Spaltung regieren. Molière verspottete die höfische, gezierte Sprache der Preziösen 1659 als unverständliches Latein, als nichtchristliche Sprache; er verhöhnte 1672 die Anhänger von Vaugelas und einer vornehmen Hofsprache und die Verehrer der Gräzisten. Er lachte über Sprachenkenner, die Anagramme auf französisch, lateinisch, griechisch, hebräisch, syrisch, chaldäisch, arabisch verfassen wollen, und über

Nr. 39 Bd. 1, S. 46 (Eigennutz); Nr. 342 S. 165 (Ausdruck des Landes). Dazu Gerhard HESS, La Rochefoucauld, Die Maximen, in: DVLG 13 (1935) 456–489, hier S. 459 ff., 475.

[31]) Oeuvres, hg. Henri RÉGNIER (Les grands écrivains de la France), 9 Bände, Paris 1883–92: Fables II, 1, 9 ff. Bd. 1, S. 130 (menschliche Sprache); IX, 1, 5 Bd. 2, S. 352 (göttliche Stimme); IV, 1, 18 ff. Bd. 1, S. 264 (Frühzeit der Tiersprache); XII, 11, 2 Bd. 3, S. 242 (Verschiedenheit der Tiersprachen); VI, 15, 15 ff. Bd. 2, S. 51 (Menschen verstehen Tiersprache); X, 11, 27 ff. Bd. 3, S. 65 ff. (Papagei); X, 15, 32 ff. S. 90 (Idiom der Eitelkeit); XI, Epilogue S. 167 f. (alles hat Sprache, Dolmetscher); II, 6, 9 Bd. 1, S. 145 (Japets Kinder); Virelai sur les Hollandais v. 112 ff. Bd. 8, S. 438 (Holländer). Dazu Karl VOSSLER, La Fontaine und sein Fabelwerk, Heidelberg 1919, S. 13 ff., 52 f.

aristotelische Doktoren, die nur auf dem einen Ohr ihre *langue maternelle* verstehen, jedoch bereit sind, italienisch, spanisch, deutsch, englisch, lateinisch, griechisch, hebräisch, syrisch, türkisch, arabisch zu schwätzen. Normalen Menschen sind sie unverständlich, ihre Sprachtheorie ist doppelt abstrus, und dennoch behaupten sie, das Wort sei dem Menschen gegeben, um seine Gedanken, die Bilder der Dinge, auszudrücken als Dolmetsch des Herzens. Aber (so hatte schon Sorel gefragt) was verstehen sie denn selber? Man nehme die Mediziner mit ihrem mehrsprachigen, makkaronischen Kauderwelsch; wenn sie sich verständlich machen wollen, müssen sie Französisch reden. Was nützt es, wenn man mit lateinischen und griechischen Brocken um sich wirft, dem guten Sprachgebrauch folgt, alles Unpassende als „Altdeutsch" abtut – und nicht verstanden wird? Eitle Anmaßung! Mancher möchte gern exotisch auftreten, vielleicht als angeblicher Armenier; wenn er aus der Rolle fällt, kann man flink behaupten, alle Armenier hätten einen Sprachfehler. Neapolitaner bemühen sich, Flämisch zu radebrechen; Franzosen phantasieren Türkisch zusammen und singen ein Liedchen in der Lingua Franca. Welch ein trügerischer, drolliger Wirrwarr! Er ist im Französischen nicht kleiner; Molière bringt die Dialekte, Picardisch, Provenzalisch, Schweizer Französisch, Gascognisch neben Spanisch und Italienisch auf die Bühne. Gleicht dieses Treiben nicht dem babylonischen Turm? Der Jesuitenzögling Molière machte sich 1664 den Witz Caussins zunutze und ließ eine Frömmlerin zu fröhlichem und natürlichem Geplauder bigott bemerken:

C'est véritablement la tour de Babylone,
Car chacun y babille, et tout du long de l'aune.

Aber die heitere Toleranz behält recht; jeder soll leben und reden dürfen, wie er will. Natürlich sprechen dann nicht alle gleich, doch babylonische Verwirrung tritt erst ein, wenn Geltungsdrang und Heuchelei sich großtun; ohne Verlogenheit können alle Menschen verträglich miteinander leben und einander verstehen. Molières eigene ungezwungene Sprache will Konvention und Etikette zerschlagen[32]).

[32]) Oeuvres, hg. Eugène DESPOIS – Paul MESNARD (Les grands écrivains de la France), 2. Aufl., 13 Bände, Paris 1900–07: Les précieuses ridicules 6 Bd. 2, S. 70 (Latein, nichtchristlich); Les femmes savantes II, 7, 522 ff. Bd. 9, S. 102 (gegen Vaugelas); III, 3, 942 ff. S. 141 f. (Gräzisten); Les fâcheux III, 2 nach v. 670 Bd. 3, S. 85 (Anagramm); Le mariage forcé 4 Bd. 4, S. 38 ff. (Aristoteliker); Le bourgeois gentilhomme II, 4 Bd. 8, S. 81 ff. (unverständlich, Sprachtheorie); Le médecin malgré lui II, 4 Bd. 6, S. 86 ff.; Le malade imaginaire, Intermède III Bd. 9, S. 439 ff. (Mediziner-Kauderwelsch); Monsieur de Pourceaugnac I, 8 Bd. 7, S. 271 (Französisch bei Medizinern); Le dépit amoureux II, 6, 687 ff. Bd. 1, S. 445 ff. (Sprachgebrauch, Altdeutsch); L'étourdi IV, 2, 1411 ff. Bd. 1, S. 200 (Armenier); Monsieur de Pourceaugnac II, 3 Bd. 7, S. 289 ff. (Flämisch); Le bourgeois gentilhomme IV, 3 ff. Bd. 8, S. 171 ff.; V, 1 S. 194 ff.; V, 4 S. 201 (Türkisch, Lingua Franca); Monsieur de Pourceaugnac II, 8 Bd. 7, S. 308 ff. (Picardisch, Provenzalisch); III, 3 S. 323 ff. (Schweizer Französisch); Le bourgeois gentilhomme, Ballet des nations Bd. 8, S. 212 ff. (Gascognisch, Spanisch, Italienisch); Tartuffe I, 1, 161 f. Bd. 4, S. 406 (babylonischer

So hätte die schöpferische Sprache des Menschen doch weltverwandelnde Kraft? Die jansenistischen Grammatiker von Port-Royal stimmten eifrig zu; wenn Gott weit über den Menschen stand, so mußten sie ihre Welt selber ordnen können. Pascals Unruhe steckte seinen Freund Antoine Arnauld (1612 bis 1694) nicht an; er baute auf Descartes. Der Gegner des Petavius bestritt 1662 auch der ersten Sprache ihre göttliche Naturnähe; Sprache gehört zum Menschen, zu seiner planenden Vernunft. Bisher haben die Völker den Dingen verschiedene Namen gegeben; darum können Araber und Franzosen in ihren Urteilen und Überlegungen nicht übereinstimmen. Doch ist das Übel leicht zu beheben, weil der Menschengeist überall der gleiche ist; man müßte lediglich eine gemeinsame Konvention der Wortbedeutungen treffen. Die Wörter könnten ihre bisherige Lautung behalten, müßten nur mit überall gleichen Ideen erfüllt werden. Bereits jetzt kann die Grammatik sich formal über die Einzelsprachen stellen und Klarheit und Schönheit über dem Wirrwarr verbreiten. Das genügt noch nicht? Nun wohl, *le meilleur moyen pour éviter la confusion des mots qui se rencontrent dans les langues ordinaires, est de faire une nouvelle langue*, eine Sprache des Willens. Die Vernunft des Menschen kann den gottverlassenen babylonischen Trubel ordnen; daß sie sich bisher noch nicht zu ihrer Kraft bekannte, ist der eigentliche Grund der Sprachverwirrung[33]).

Der Freund Arnaulds und Molières, Nicolas Boileau-Despréaux (1636–1711), fand dafür 1674, Gassendi ähnlich, bei Diodor und Horaz die Bestätigung. Bei den Alten kann man die Wahrheit auch über unsere Sprache lernen; sie wußten schon, daß gesunde Vernunft zu klarer und klassischer Sprache führt, die dann die Natur der Dinge deutlich abzubilden vermag. Denn erst aus rationaler Distanz sieht der Mensch Natur und Geschichte richtig.

Avant que la raison, s'explicant par la voix,
Eût instruit les humains, eût enseigné des lois,
Tous les hommes suivoient la grossière nature,
Dispersés dans les bois couroient à la pâture.

Hier weicht der spätere Historiograph des Sonnenkönigs von Molière ab; nicht die natürliche, sondern die höfisch zivilisierte Sprache fasziniert ihn[34]) und ebenso seinen größeren Freund Jean Racine (1639–1699). Racine, seit 1677

Turm). Dazu Daniel MORNET, Molière (Connaissance des lettres 11), Paris 1943, S. 89 ff.; AUERBACH, Mimesis 343 ff.

[33]) Logique de Port Royal, hg. Charles JOURDAIN, Paris 1846: I, 1 S. 50 (Araber und Franzosen); I, 12 S. 91 (neue Sprache). Dazu Guy HARNOIS, Les théories du langage en France de 1660 à 1821 (Etudes françaises 17), Paris (1928), S. 19 ff.; KUEHNER, Theories 13, 15 ff.; ARENS, Sprachwissenschaft 74 ff.

[34]) L'art poétique IV, 133 ff., hg. Pierre-Claude DAUNOU, Oeuvres complètes de Boileau-Despréaux, Bd. 1, Paris 1825, S. 200. Dazu Ernst CASSIRER, Die Philosophie der Aufklärung, Tübingen 1932, S. 381 ff.; René BRAY, Boileau, L'homme et l'oeuvre (Connaissance des lettres 9), Paris 1942, S. 65 ff.; AUERBACH, Mimesis 345 ff.

königlicher Historiograph, verehrt die fürstliche Allmacht und ihre Gemütsbewegungen; Natur, Alltag, Volk, Zeitlichkeit und Weltall sind mehr Zeugen und Echo als Partner der großen Seele. Die Sprache selbst ist „weniger der Ausdruck und Ausbruch als der Schleier und Filter der Seele". Als Racine 1673 den edlen Wilden Mithridates aufführte, schmückten seine Krone zwar *trente états*, aber keine 22 Sprachen. 1689 ließ Racines „Esther" nichts mehr von der vielsprachigen Welt des Bibelbuches sehen; der weise Mardochai braucht keine Sprachkenntnisse, sondern ein edles Herz, um allen Bösewichtern standzuhalten. In Racines Dramen verstehen sich Inder und Griechen, Griechen und Trojaner, Perser und Juden, Juden und Römer, denn sie vereint die edle Leidenschaft der Auserwählten; *une langue étrangère* ist keine Fremdsprache, sondern ein sonderbares Ansinnen. Diese großen Menschen sind keine demütigen Christen; die antike Drapierung steht ihnen besser, auch genealogisch. Der Grieche Agamemnon stammt von Jupiter ab, der König von Frankreich (Mézeray zum Trotz) von den Trojanern. Die biblische Urgeschichte sinkt in den niederen Rang der Komik. *Maître Adam*, die *confusion* des ursprünglichen Chaos, die Sintflut und die Babylonier kommen nur in Racines Komödie 1668 vor, wo endlos schwätzende Advokaten ihre Plädoyers ab ovo beginnen. Die Macht des antiken Fatums und der jansenistischen Prädestination äußert sich nicht in historischen Abläufen, sondern in humanen Tragödien[35]).

Hierin pflichtete Racine, dem Zögling und Historiker von Port-Royal, dessen Seelsorger bei, Arnaulds Neffe Isaac-Louis Lemaistre de Sacy (1613–1684). Er fand 1682 in seiner volkstümlichen Genesisauslegung wohl Galater, wahrscheinlich Deutsche und Italiener, aber keine Franzosen. Im Kapitel 10 bemerkte er keinen *sens spirituel* und nicht die Symbolzahl 72. Beim Turmbau Nimrods allerdings geschah das Gotteswunder; *tout d'un coup* vergaßen die Menschen Hebräisch und lernten neue Sprachen. Gottes Wege und das Gottesvolk verbergen sich in der Geschichte, beinahe vor ihr. Den Prediger selbst traf der Zorn des Königs wie den späten Racine; er kannte die Bastille[36]).

Merkwürdiges Zusammenspiel der kalvinistischen Unbedingtheit und der klassizistischen Dramatik, der katholischen Weltfrömmigkeit und der kritischen Gelehrsamkeit: Allen entschwand die alttestamentliche Geschichte aus dem Blick. Sehen wir nach, was der emsige Abbé Louis Moréri (1643–1680)

---

[35]) Oeuvres, hg. Paul MESNARD (Les grands écrivains de la France), 2. Aufl., 8 Bände, Paris 1923: Mithridate III, 1, 877 Bd. 3, S. 62 (30 Reiche); Esther I, 1, 44 S. 468 u. ö. (Mardochée); Phèdre II, 2, 558 S. 336 (langue étrangère); Iphigénie I, 1, 19 S. 151 (Jupiter); Andromaque, Seconde préface Bd. 2, S. 41 (Trojaner); Les plaideurs III, 3, 681 S. 209; III, 3, 788 ff. S. 218 f. (Adam, Babylonier). Dazu Karl VOSSLER, Jean Racine, 2. Aufl., Bühl 1948, S. 21 ff., 143 ff. (hier „Schleier und Filter"); AUERBACH, Mimesis 352 ff.

[36]) La Genèse, 4. Aufl., Paris 1692, S. 365–382.

1674 in seinem großen historischen Lexikon vom Babelturm zu sagen weiß! Man baute nach der Sintflut einen Turm gen Himmel, wahrscheinlich nicht gegen eine neue Überschwemmung, sondern aus Ruhmsucht und Stolz; vielleicht war an dem Bau auch keine Sünde. Gott aber verwirrte die Sprache, die vorher allen *semblable* gewesen war. Trotzdem setzte *Nimrod ou Belus*, der erste Assyrerkönig, das Werk fort und gründete die Stadt Babylon. Doch die Franzosen kamen nicht von dort; Gomer war der Vater eines syrischen Stammes, nicht der Chef der Gallier, wie einige *auteurs fabuleux* wollen. Die Gallier sind eingeborene Kelten, die mit ihnen vermischten Franken sind Germanen, keine Trojaner. Überall klaffen Lücken: Warum verwirrte Gott die Sprachen? Wie durfte Nimrod ungestraft weiterbauen? Betrifft die Völkerteilung Franzosen und Deutsche gar nicht? Man sage nicht, daß Moréri ohne Zusammenhang kompilierte; er hätte aus berühmten Autoren, etwa aus Bochart, den er zitierte, anderes zusammentragen können. In dieser Laxheit steckt Methode[37]). Fragen wir den größten Lexikographen und Sammler des Jahrhunderts! Charles Dufresne Du Cange (1610–1688) meinte in seiner letzten Edition angesichts der biblischen Völkertafel resigniert, Augustin habe recht, ihre Namen seien selbst für die Gelehrtesten nicht mehr zu entziffern und würden von den Historikern auf die verschiedenste Weise ausgelegt; Tornielli und Salian hätten das Nötige dazu gesagt. Eine weitere Kommentierung hielt der Unermüdliche, das Kleinste Beachtende für allzu mühsam und *fortasse* überflüssig, da fast alles nur auf Phantasie und Konjektur beruhe. Du Cange, vom Reichtum der klassischen Sprachen bis in die feinste Nuance angezogen, suchte sich über ihre Vielfalt nicht mehr in der Bibel Aufschluß[38]).

Und die hebräische Ursprache? Der katholische Lektor beim Dauphin, der Cartesianer Gérard de Cordemoy (1620–1684), der sich auch als Historiker versuchte, versicherte 1668, eigentlich stehe alles, was Descartes gesagt habe, schon in der Genesis. Und für diese neue „Philosophia prisca" war die Ursprache die, die man mit Händen und Füßen redet, die Gebärdensprache. Bei Descartes waren Rationalismus und alter Glaube getrennt worden, bei seinem Schüler stießen sie zusammen. Daß Gott nicht mit dem ersten Menschen sprach, daß der Mensch stumm geschaffen wurde, widersprach dem Buchstaben der Bibel. Sprache war nun menschliche Leistung, Ausdruck der Seele, Gestik und Mimik, nicht mehr Spiegel des Kosmos[39]).

---

[37]) Le grand dictionaire historique ou le mélange curieux de l'histoire sacrée et profane, hg. Jean Leclerc, 7. Aufl., 4 Bände, Amsterdam-Utrecht- 's Gravenhage 1694: s. v. Babylone Bd. 1, S. 327; Gomer Bd. 3, S. 57; Gaule S. 20 f.; François Bd. 2, S. 551.

[38]) Notae ad Chronicon paschale Nr. 34, MPG Bd. 92, Sp. 117 f. Zu seiner Sprachbetrachtung Mohrmann, Latein 16.

[39]) Discours physique de la parole, Paris 1668 (mir nicht zugänglich); ich zitiere nach der lateinischen Übersetzung Tractatus de loquela, Genf 1679, S. 1 ff.

Die Gesellschaft Jesu verfügte über genug streitbare und gelehrte Federn, die sich nun hätten sträuben müssen; aber sie rührten sich kaum. Der Jesuit Philippe Briet (1601–1668) wiederholte zwar 1662 noch einmal auf lateinisch die alten Lehren; im Weltjahr 1878 ereignete sich die Sprachverwirrung, 24 Jahre nach Errichtung des Turms von Babel, *momento temporis, obliterato in plerisque omnibus nativo idiomate, linguisque septuaginta duobus inter superbos illos... distributis*. Aber das war im französischen Sprachraum die letzte gläubige Erwähnung der 72 Sprachen, die letzte Zusammenfassung der hergebrachten Anschauungen von angeborener Ursprache und wunderbarer, plötzlicher Verwirrung, von biblischer Chronologie und universaler Heilsgeschichte[40]). Der auf Missionen weitgereiste Jesuit Pierre Besnier (1648–1705), der bei einer französischen Übersetzung des Neuen Testaments mitwirkte, schob 1674 die Notizen der Schulgelehrsamkeit beiseite. Hebräisch sei zwar die älteste, vornehmste und natürlichste, Latein die verbreitetste Sprache der Erde, aber mehr als 24 Idiome könne er nicht finden, die *l'application des curieux* verdienten. Und davon seien nur sieben Grundsprachen: Hebräisch für den semitischen Bereich, Griechisch, Romanisch (gemeint ist die lateinische Grundlage der romanischen Sprachen), Teutonisch (zugleich für die nordischen Sprachen), Slavisch, Skythisch (nämlich Türkisch und Tatarisch, wohl überhaupt die altaischen Sprachen) und Persisch, das einen Rang für sich einnimmt. Scaligers und Genebrards Listen sind zugrunde gelegt, aber vereinfacht. Denn dem Pater lag an der These, daß diese Grundsprachen alle miteinander verwandt seien, und da sie vernünftig gebaut seien, müßten sie auf der Basis der Vernunft auch wieder vereint werden können. Die babylonische Strafe könnte also, wie Francis Bacon und Arnauld gemeint hatten, vom Menschen selbst behoben werden[41]).

Davon war im gleichen Jahr 1674 auch Besniers Ordensbruder Dominique Bouhours (1628–1702) überzeugt; allerdings wollte der Widersacher Arnaulds nicht an eine konstruierte Universalsprache glauben. Er salvierte sein christliches Gewissen durch den Wunsch, Gott möge ihm die Sprachengnade verleihen oder wenigstens ein wenig vom Genie Postels, der sich rühmte, er könne ohne Dolmetscher bis ans Ende der Welt gehen. Dolmetscher hindern die Verständigung mehr, als sie sie fördern; für den Völkerfrieden und die Bequemlichkeit des Lebens wäre zu wünschen, daß alle Sprachen eins würden. Doch Bouhours hielt das Problem für gelöst, auf einfachere Weise, als Besnier glaubte. Die ersehnte *langue universelle* könnte das Französische werden, denn stets folgt (nach Nebrijas Ansicht) die Sprache dem Glück der Fürsten; so kam bei den Römern das Lateinische, unter Karl V. das Spanische zu Ehren. Unter

---

[40]) Annales mundi, Bd. 1, Paris 1662, S. 72.

[41]) La réunion des langues ou l'art de les apprendre toutes par une seule, Lüttich 1674, S. 13 ff. (Hebräisch, Latein), 25 f. (Sprachenzahl), 7 (verwandt und vereinbar).

Ludwig XIV. müßte das Französische herrschen. Bouhours wußte seine Lehre hübsch einzukleiden. Wenn Karl V. noch lebte, dürfte er seinen Ausspruch wiederholen, daß man Italienisch zu den Damen, Französisch zu Männern, Deutsch zu Pferden und Spanisch zu Gott sprechen solle. Wie hat sich das Diktum verändert! Italienisch ist von der Fürstensprache zur Frauensprache herabgesunken, Deutsch ist nicht soldatisch, sondern tierisch; Französisch aber ist von der galanten in die heroische Sphäre gehoben. Das Spanische darf für den Jesuiten die *langue naturelle de Dieu* sein (als gäbe es kein Hebräisch), wenn nur Französisch das Idiom der männlichen Vernunft ist. Auch eine neue Variante des von La Mothe le Vayer zitierten Sprachenvergleichs dient dem französischen Ruhm: Adam sprach im Paradies Französisch, Eva Italienisch, die Schlange aber Englisch. Doch da erhob der Pater pädagogisch den Finger: O hätten Eva und die Schlange verschiedene Idiome gesprochen! In Wahrheit verstanden sie sich nur zu gut. Daß Eva auch mit Adam konferieren mußte, beachtete der Zölibatär nicht weiter; jedenfalls gehörte das Französische nicht zu den weibisch-schwülen noch zu den bestialischen Idiomen, sondern war Männersache. Eine dritte Anekdote, die wir seit Barros kennen, illustrierte das: Nach einem spanischen Sprichwort sei Englisch ein Zischen, Spanisch ein wohltönender Gesang, Französisch ein Gespräch und Italienisch ein Seufzer. Bouhours fügte hinzu, daß die Chinesen und fast alle Asiaten singen (was Estienne noch dem Französischen vorbehalten hatte); die Deutschen röcheln, die Spanier deklamieren prahlerisch, die Italiener seufzen verspielt. Eine menschliche, männliche, sprechende Sprache ist nur das Französische, nicht weil es die Wahrheit am gegenständlichsten wiedergibt, sondern weil es fein, leicht und schön ist. Diesen ästhetischen Vorzug verdankt es weniger dem Schöpfergott als den Königen und Dichtern. In Frankreichs Hofkultur um den Sonnenkönig wird die Hochform des Menschen erreicht, seine Idee verwirklicht[42]).

Wenn das am grünen Holze geschah, wenn auch die Jesuiten die kirchliche Tradition fallen ließen, blieb nur noch einer, sie zu verteidigen, der Erzieher des Dauphin, Jacques Bénigne Bossuet (1627–1704). Der mächtige Bischof tadelte die Weltklugheit der Jesuiten und stand der jansenistischen Strenge nicht allzuferne; ob sein Traditionalismus sich auch der Heilsgeschichte der Sprachen und Völker annehmen würde? Der erste Eindruck ist enttäuschend; auch Bossuet gab 1670/80 die Sprache theologisch verloren und folgte Descartes. Wohl bewunderte er den übernatürlichen Verstand, der den komplizier-

---

[42]) Entretiens d'Ariste et d'Eugène, hg. René RADOUANT (Collection des chef-d'oeuvre méconnus), Paris 1920, S. 33–38 (Sprachenverschiedenheit), 62 f. (Karl V., Adam), 57 (Sprachenvergleich; dazu WANDRUSZKA, Geist 26 f.). Dazu BRUNOT, Langue Bd. 4, S. 5 ff.; CASSIRER, Aufklärung 400 ff.

ten Mechanismus menschlicher Sprache einrichtete; wohl sah er in der Fähigkeit, sich durch Zeichen zu verständigen, einen Vorzug jedes, auch des dümmsten Menschen vor allen Tieren. Doch nur die Sprechfähigkeit, mehr noch die Denkfähigkeit ist bewundernswert, nicht die geformte Sprache; diese entstammt der künstlichen Invention und Konvention, sie formuliert Gedanken, erfaßt aber keine natürlichen Ideen. Sie bleibt Mitteilung an den Mitmenschen, sie schafft Gemeinsamkeit, aber sie kann die Gemeinschaft der Menschen nicht retten, eben weil sie bloß menschlich ist.

Denn das einigende Band der Menschheit kann nur Gott selbst sein; die irdischen Leidenschaften, auch die natürliche Vermehrung der Menschen sprengen den anfänglichen Völkerbund. Die Besiedlung des Erdballs war nötig; die sich stolz dagegen wehrten, wurden (wie Salian lehrte) durch die babylonische Sprachenverwirrung gezüchtigt. Wer gleiche Herkunft und gleiche Sprache hatte, schloß sich zum neuen Bund der Nation zusammen. Die gemeinsame Ursprache ging unter. Bossuet nannte 1681 den Turmbau und die Sprachenteilung das erste Monument für Stolz und Schwäche des Menschen: Nie mehr würden die über die Welt verstreuten Noachiden unter einem Herrscher stehen; Bossuet bedauerte es fast, auch sein angebeteter Monarch würde die Klüfte nicht schließen können. Doch diente dasselbe Mittel, das den französischen Imperialismus verhinderte, zugleich der Sicherheit Frankreichs; die Welt ist politisch aufgespalten und von den Noachiden gültig aufgeteilt, so daß Japhet-Japetos den größten Teil des Okzidents erhielt. Der wilde Hamit Nimrod, der erste Eroberer, störte diese Ordnung, freilich erst nach dem Scheitern des Turmbaus; doch es mißlang ihm. Auch den Turm von Babel selbst fand Bossuet längst nicht so imposant wie die ägyptischen Pyramiden, die über die Zeit und die Barbaren siegten und den guten Geschmack der Ägypter ebenso wie ihre Liebe zum einfachen Alten noch immer bezeugen. Sympathie für monarchische Dauer, für religiöse Archaik und architektonische Monumentalität rückten dem Bischof die Pyramiden viel näher als den Bel-Tempel des hochmütigen Nebukadnezar, den er nur als Erneuerung des Babelturmes empfand. Die babylonischen Reiche und Bauten waren im Wüstensand versunken; wer konnte sie noch respektieren?

Daß die Sprachen sich wandeln, macht auch sie verächtlich. Die Juden selbst gaben in der Babylonischen Gefangenschaft ihre hebräische Umgangssprache auf und lernten Chaldäisch; später vergaßen sie auch dieses Idiom und wandten sich dem Griechischen zu; die Bibel mußte in die griechische Weltsprache übersetzt werden. Keine sprachliche Kontinuität kennzeichnet das vorchristliche Gottesvolk. Und das christliche? An Pfingsten kamen die Feuerzungen über die Apostel, von neuem lebte die geistliche Einheit auf. Der Prediger Bossuet stellte dem Babelturm des Stolzes und der Sprachentrennung das Gebäude der

Frühkirche und das Pfingstwunder gegenüber. Schon seit ihrer zarten Kindheit spricht die Kirche alle Sprachen; so zieht sie alle christlichen und heidnischen Völker verständnisvoll und liebevoll an sich. *Toutes les nations qui se formèrent et se séparèrent à Babel, doivent un jour redevenir un même peuple*, ein Volk in einer Kirche mit der Sprache Christi. Spürt man nicht, wie Bossuet von den Volks- und Muttersprachen abrückt? Die sprachliche Einheit der Welt ist durch Pfingsten nicht gesichert, sie bleibt eine Forderung an die Zukunft; aber die Sprache Christi, die alle vereinen wird, ist kein irdisches Idiom. Auch in Zukunft bleiben die Sprachen und Völker der Kirche getrennt; Absolutismus und Gallikanismus verlangen es so. Der größte katholische Theologe des 17. Jahrhunderts wurde zu einem Klassiker des französischen Literatur; zum Retter der Idee vom Gottesvolk aus allen Zungen wurde er nicht. Denn er fand Gott nicht mehr im historischen, kontingenten Detail. Es unterstand dem Staat[43]).

Wer es noch einmal versuchte, aus universalhistorischem Vergleich die Verkörperungen Gottes zu ermitteln und so den alten Glauben zu retten, dem zerrann bei der gelehrten Arbeit die symbolische Transzendenz der Fakten. Bossuets Mitarbeiter, der hochgelahrte Erzieher des Dauphin Pierre Daniel Huet (1630–1721), bemühte sich 1679 redlich, gegen den cartesianischen Rationalismus die Offenbarung zu stützen und aller Bibelkritik zum Trotz die mosaische Authentizität der Genesis zu beweisen. Aber dabei wurde dem Konvertiten wie seinem kalvinistischen Lehrer und Landsmann Bochart die Bibel aus einer Offenbarungsurkunde zu einem Kompendium der Mythologie. Huet zeigte, zum Teil durch halsbrecherische Etymologien, daß Moses mit zahlreichen antiken Göttern identisch sei, daß Noah Saturn und Janus, Cham Jupiter und Janus, Japhet Neptun und Japetos, Sem Pluto, Nimrod Belus oder Bacchus oder Zarathustra sei. Die gesamte heidnische Mythologie ist wie bei Duplessis-Mornay nur eine menschliche, verwirrte und planlose Nachahmung hebräischer Tradition. Die biblische Religion ist die wahre Grundlage der persischen, indischen, ja der amerikanischen Gottesvorstellungen; denn die Amerikaner sind wohl Phönizier oder Karthager, die zu Schiff in die Neue Welt fuhren. Gewiß gab es zu Anbeginn eine allen Menschen gemeinsame, semitische Ursprache.

---

[43]) Oeuvres complètes, hg. Louis-François DE BAUSSET u. a., 30 Bände, Paris 1857: De la connoissance de Dieu et de soi-même V, 3 Bd. 22, S. 219 ff.; V, 5 S. 228 ff. (Sprechfähigkeit); Logique I, 3 Bd. 25, S. 5 f. (Invention und Konvention; dazu KUEHNER, Theories 15); Politique tirée des propres paroles de l'écriture sainte I, 2 Bd. 25, S. 172 ff. (Menschheit und Nationen); Discours sur l'histoire universelle I, 2 Bd. 23, S. 9 f.; II, 1 S. 129 f. (Sprachverwirrung und Völkertrennung); III, 3 S. 347 (Babelturm und Pyramiden); III, 4 S. 358 (Nebukadnezar); I, 8 S. 44 f., 51 (Chaldäisch und Griechisch bei den Juden); II, 20 S. 220 (Pfingsten); Second sermon pour le jour de la Pentecoste Bd. 9, S. 224, 228 (Babelturm und Frühkirche); Elévations sur les mystères VIII, 7 Bd. 5, S. 139 f. (toutes les nations). Dazu LÖWITH, Heilsgeschehen 129 ff.; Kurt KLUXEN, Politik und Heilsgeschehen bei Bossuet, Ein Beitrag zur Geschichte des Konservativismus, in: HZ 179 (1955) 449–469, hier S. 449 ff.

Aber hier stockte Huet; wenigstens teilweise erkannte er selbst die Schwäche seiner apologetischen Methode. Denn was folgt daraus, daß hebräische Traditionen bei heidnischen Völkern wiederkehren? Eine hebräische Uroffenbarung des Menschengeschlechtes? Sind nicht auch die biblischen Berichte bloß Fragmente eines verlorenen Zusammenhangs? Die Einzigartigkeit der Bibel konnte mit immanenten, historischen Methoden nicht erwiesen werden; für diese war sie ein Buch wie andere Bücher, eine bruchstückhafte Quelle und nicht mehr. Bei der Sprachengeschichte, die bereits aus dem theologischen Zusammenhang losgelöst worden war, gab Huet sogleich der historischen Methode recht. Die Ursprache der Menschheit ist *funditus* verloren, in späteren Idiomen aufgegangen oder, wenn noch vorhanden, unkenntlich geworden. Die älteste Sprache war wohl semitisch, aber welches unter den uns bekannten semitischen Idiomen hätte Anspruch auf Priorität? Der Kalvinist Cappel hatte recht; Hebräisch und Kanaanäisch sind nach Jes. 19, 18 die gleiche Sprache; mit ihr teilen auch Chaldäisch und Arabisch den Vorzug der Einfachheit. Aber ist dieser Vorzug (dem Huets Mythenvergleich noch vertraute) wirklich ein Altersbeweis? Dann wäre das lateinische *mors* älter als das griechische *μόρος*, das französische *temps* älter als das lateinische *tempus*. Es ist leicht, alle Wörter aus einer Sprache abzuleiten; fragst du Goropius Becanus, so haben alle Wörter kimbrische Wurzeln, fragst du Bochart, so sind sie sämtlich hebräisch. Aber diese Methode, die auf eine einzige Quelle zurückschließt, läßt sich durch die Erzählung vom Babelturm in die Irre führen; versteht man die Genesis recht, so beweist sie gerade die Polygenese unserer Sprachen. Auch Hebräisch ist eine Babelsprache; was vor Babel war, wissen wir nicht.

Wir sehen aber, daß nach Babel die Sprachen miteinander verwandt sind. Wer ein semitisches Idiom beherrscht, kennt sie alle; Huet ahnte auch die indogermanische Sprachfamilie voraus: Persisch und Deutsch, Griechisch und Deutsch sind einander verschwägert. Woher kommt diese Verwandtschaft? Von Gottes Wunder? Von der zu allen Zeiten gleichen menschlichen Vernunft? Huet verwarf in seinen späten Jahren, als Bischof von Avranches, sowohl den Traditionalismus wie den Rationalismus und lehrte, die Sprachen seien der Geschichte unterworfen. Die Ähnlichkeit zwischen Deutsch und Persisch mag auf die gemeinsame skythische Herkunft beider Völker zurückgehen; Französisch ist eine Tochter des Lateinischen. Die wahren *langues universelles* sind nicht die inspirierten Bibelsprachen, sondern Griechisch, Lateinisch und Arabisch, weil die Sprache stets der politischen Macht folgt; und aus diesem Grunde gesellt sich (wie bei Bouhours) heute das Französische gewichtig zu den drei alten Sprachen. Heilsgeschichtliche Auserwählung ist bei alledem nicht wirksam. Der Versuch, die Offenbarung durch die Historie zu begründen, endete mit dem Eingeständnis, daß Geschichte und Glaube getrennte Wege gehen[44]).

Dann mußte man aber die Folgerungen zu Ende denken und durfte sich nicht an das protestantische Schriftprinzip anlehnen, nicht an den Buchstaben der Bibel und seine historische Auslegung klammern. Das war die Forderung, die 1678 der Oratorianer Richard Simon (1638–1712) erhob und am Bibeltext wahrmachte. Er konnte leicht zeigen, daß das Alte Testament sogar die jüdische Geschichte nur in lückenhaften Auszügen wiedergibt. (Simon lernte im Oratorianerkonvent La Peyrère, also auch seine Lehren kennen.) Die Bibel ist demnach kein universalhistorisches Handbuch, sondern eine Offenbarungsurkunde; diese Offenbarung läßt sich nicht allein aus dem buchstäblichen Sinn, sondern nur mit Hilfe der kirchlichen Lehrtradition deuten. So apologetisch Simon das meinte, so rücksichtslos schnitt er die Wurzeln der bisherigen Sprachtheologie, der katholischen wie der reformatorischen, ab. Er zog die Summe aus den Lehren seines Jahrhunderts. Der Mensch ließ sich seine Sprache nicht fertig von Gott schenken, sondern entwickelte sie allmählich; wie Platon, Lukrez und Diodor erkannte das auch Gregor von Nyssa. Der Urmensch war ein armer Wilder (wieder fällt der lange Schatten Socinis über das Jahrhundert); äußere Eindrücke belehrten ihn, Tradition und Schulung bauten weiter, die menschliche *raison* erprobte sich an der Sprache. Das Hebräische ist altertümlich, aber nicht die Ursprache. Denn es ist nicht die einfachste Sprache – wenn es danach ginge, wären Syrisch und Arabisch älter –; außerdem ist Gott kein Schulmeister, und endlich sind alle Idiome seit ihrer Entstehung dem geschichtlichen Wandel ausgesetzt. Das Hebräische ist vermutlich jung, erst in der Zeit Hebers entstanden und nicht besonders heilig, denn (Cappel hatte es gesagt) nach Jes. 19, 18 ist es dem Dialekt der hamitischen Kanaanäer, wahrscheinlich auch dem Phönizischen gleich. Für den Turmbau von Babel fand Simon eine neue Erklärung, die einzige ganz neue unter seinen Ansichten zu unserem Thema. Die Verwirrung beim Turm war nicht die Strafe Gottes, sondern trat ein, weil bei dem gewaltigen Bau ohne Vorbild zahlreiche neue Probleme auftauchten, für die die bisherige Erfahrung noch keine Namen besaß und die ein jeder nach Lust und Laune benannte. Wir müssen bis zu Erasmus zurückblättern, um eine ähnlich ingeniöse und revolutionäre Deutung zu finden. Weil die Sprache die menschliche Erfahrung spiegelt, wächst sie mit dem Fortschritt; plötzliche

---

[44]) Demonstratio evangelica, 4. Aufl., Leipzig 1694: IV, 10 S. 256 f. (biblische Patriarchen als antike Götter); IV, 5 S. 153 (Nimrod-Zarathustra); IV, 7 S. 172 f. (Amerikaner); IV, 13 S. 282–292 (Ursprache und Sprachverwandtschaften). Huetiana ou pensées diverses de M. Huet, Amsterdam 1723, S. 102 f. (Skythen), 358 ff. (Latein und Französisch), 246 f. (Weltsprachen), 236 (alte Sprachen und Französisch). Dazu A. Dupront, Pierre-Daniel Huet et l'exégèse comparatiste au XVIIe siècle, Paris 1930, S. 68 ff.; Hazard, Krise 72 f.

Erweiterungen des Blickfeldes rufen das hervor, was man im 20. Jahrhundert die „Doppelzüngigkeit jeder Revolution" nennen sollte. Der Turmbau war eine Entwicklungskrise der Weltbemächtigung; sie ist mittlerweile längst überwunden.

Aus der philologischen Textkritik erwuchs ein neuer historischer Sinn; die Geschichte wurde betrachtet als das Werk des freien Menschen, der die Dinge durch seine Vernunft beherrscht, der autonom neuert und bessert, nicht in seiner Nation gebunden, nicht von Tradition geprägt ist. Bossuet suchte vergeblich, die mächtige Stimme Simons zum Schweigen zu bringen; an die Stelle der alten Sprachtheologie trat nun nicht ein monarchischer Traditionalismus, nicht die Vorherrschaft der französischen Universalsprache, sondern ein universales, dem mittelalterlichen gleichrangiges Menschen- und Geschichtsbild mit offenen Horizonten[45]).

Mit der Aufhebung des Edikts von Nantes brach Ludwig XIV. 1685 das weitere Gespräch ab. Doch an den Ergebnissen konnte auch der Sonnenkönig nichts mehr ändern. Das französische Denken hatte den Zusammenhang zwischen Glauben und Geschichte zerrissen. Ausgehend von der zeitlosen Harmonie des Kosmos, war es zum Heroismus des gegenwärtigen Menschen gelangt; es hatte die immergleiche Ordnung Gottes zunehmend dem Willen und der Vernunft des fortschreitenden Menschen unterstellt. Zunächst schien die Weltfrömmigkeit der Jesuiten über die skeptische Analyse zu siegen; doch dann trennte das kalvinistische und jansenistische Bibelverständnis Gott vom Detail, das Symbol von den Fakten, die Offenbarung von der Historie. Die Vorsehung mildert das Schicksal nicht, der Ursprung hemmt den Fortschritt nicht, die Dauer umschließt den Wandel nicht. Auch für das französische Volk und seine Sprache, für alle Völker und Sprachen gibt die überlieferte Geschichte keine Zeichen und Winke; sie fällt der Gelehrsamkeit anheim, die sie seziert. Von der Geschöpflichkeit des Menschen und seiner Sprachen und Völker hört man immer weniger, von seiner Geschichtlichkeit immer mehr; der Wandel vom religiösen Geschichtsdenken zum Historismus ist vorbereitet, der hebräisch sprechende weise Urvater Adam entthront. Die Aufklärung kann beginnen.

*

Die Franzosen, im Besitze ihrer Gegenwart, eilten ihrer Zeit und ihren Nachbarn weit voraus. In den spanischen südlichen Niederlanden, die von

[45]) Histoire critique du Vieux Testament, Bd. 1, Paris 1680, S. 92–100. Dazu Raymond Deville PSS, Richard Simon, critique catholique du Pentateuque, in: Nouvelle revue théologique 73 (1951) 723–739, hier S. 731 ff.; Kraus, Geschichte 59 ff.; Kuehner, Theories 21; Hazard, Krise 220 ff.; Allen, Noah 62 ff.; Klempt, Säkularisierung 102 ff. Zur Doppelzüngigkeit Rosenstock-Huessy, Revolutionen 105 ff.

Frankreich, Holland und Spanien umkämpft wurden, blieb den Machtlosen wenig mehr als der Halt der universalen Tradition und die Ergebung in den Willen Gottes. Beide Tendenzen sind stark ausgeprägt bei dem Exegeten der Löwener Universität und nachmaligen Bischof von Ypern, Cornelis Jansen dem Jüngeren (1585–1638). In welcher Richtung seine Gnadenlehre, der Jansenismus, in Frankreich wirken würde, ist aus Jansens Pentateuchvorlesungen, die er nach 1619 hielt, noch nicht zu entnehmen. Er verteidigte hier die allmächtige Vorsehung Gottes zugleich mit den alten, körperhaften Traditionen und sah die Hand Gottes sichtbar über allem Volke. Goropius Becanus hatte zu Unrecht an der hebräischen Ursprache gezweifelt; auch in der Völkertafel bleibt die Gnade des Schöpfers kenntlich bis auf unseren Tag. Josephus schrieb dem Aschkenaz die Rheginer zu, Isidor außerdem die Sarmaten; dies aber sind die alten Deutschen. Jansen entzog sich also dem völkischen Stolz des Scrieckius nicht ganz. Er nahm auch Tycho Brahes endzeitliche Gleichung Mosoch-Moskowiter ruhig hin und fand den Anspruch Japhets auf die Neue Welt in der Erdteilung der Noachiden begründet. Trotz der Argumente einiger Neuerer (nämlich des Jesuiten Pereyra) blieb Jansen mit Salian dabei, daß der Babelsprachen *verisimiliter LXX aut plures iuxta numerum gentium* gewesen seien; man müsse nur (nach der Methode Torniellis) den Kainan der LXX und Phaleg als Völkerstifter zu den 70 Namen der lateinischen Vulgata hinzunehmen. Auch Estius hatte kurz zuvor der menschlichen Willensfreiheit wenig zugetraut; doch bei ihm war die Folge eine Scheu vor handgreiflichen Deutungen der Bibel gewesen, Gott führte die Welt nur geistlich. Wenn aber Gottes Gnade unwiderstehlich wirkt, muß sie auch in den historischen Gestaltungen, Sprachen, Zahlen und Völkern zum Vorschein kommen[46]). Jansens französische Schüler in Port-Royal zogen diese Konsequenz nicht; Jansens heimische Gegner, die Jesuiten, widersprachen ihr.

Am nächsten kommt der Exegese Jansens die Genesisauslegung seines einstigen Löwener Kollegen, des Jesuiten Cornelis van den Steen (a Lapide, 1567 bis 1637). Der flämische Bauernsohn, nun längst in Rom tätig, ließ 1630 die höfische Gewandtheit seiner französischen Confratres vermissen; hartnäckig hielt er fest, was ihm sicher schien. Das war freilich weniger als bei Jansen. Gesichert blieb immerhin die hebräische Paradiessprache, die Gott den Menschen schenkte; das Wortspiel „Mann-Männin" in Gen. 2, 23 bezeugte, daß die Urzeit nur Hebräisch sprach. Goropius Becanus irrte ebenso wie Filastrius von Brescia und Nikolaus von Kues; kein anderes Idiom trat dem Hebräischen vor Babel zur Seite, umgekehrt sind sie alle vom Hebräischen abhängig. Aber wie konnte es zur Sprachenteilung, zum Verlust der Einheit kommen? Noah lebte

---

[46]) Pentateuchus sive commentarius in quinque libros Moysis, Louvain 1660, S. 70–78.

noch, als der Turm von Babel gebaut wurde; wie Tostat bemerkte, half er vielleicht sogar zu gutem Zwecke mit. Doch die meisten Menschen planten Böses, und ihr Führer Nimrod, der erste tyrannische Monarch und erste Heidengott, mit Belus identisch, behielt die Oberhand; beim Turmbau ging die noachische Frömmigkeit unter.

Gott blieb noch im Zorn milde; er gab den getrennten Sprachen und Völkern Dauer. So gründete Aschkenaz die Deutschen, Tubal die Spanier, Elisa vielleicht die Italiener; die Chinesen sind Nachfahren der kanaanäischen Sinäer; Noachiden sind auch die Amerikaner, die nach Acosta und Tornielli zu Lande ihre neue Welt erreichten. Freilich ist die Zuweisung eines Namens der Völkertafel an ein bestimmtes Volk gewagt; *quae (gentes) ex quo, incertum est.* Antiquarisch-patriotische Finderfreude und spiritualistisch-fromme Entsagung widerstreiten einander auch in Lapides Sprachenliste. Es gab einige Grundsprachen, die in Babel entstanden; Genebrard hatte sie aufgezählt: die drei heiligen Sprachen, dazu Deutsch, Slavisch, Tatarisch und Abessinisch. In einem vorsichtigen Zugeständnis an Scrieckius fügte Lapide noch das keltische „Belgisch" hinzu. Aber als hätte er damit eine Blasphemie begangen, zerschlug er die Verbindung der Völkerzahl mit Deut. 32, 8; es gebe keine 70 Sprachen und Völker, wie die Juden und Lyranus (auch noch Estius und Jansen) meinten. Augustin hatte sich verrechnet, denn der Ordensbruder Pereyra wies nach, daß höchstens 55 Völker und Sprachen in Genesis 10 zu finden seien. Nur noch *mystice* und subsidiär deutete die Zahl 72 Jünger auf die 72 Völker, viel eher auf das auserwählte Israel; die dreisprachige Inschrift am Kreuz Christi wurde gar nicht interpretiert. Nur einzelne Oasen im historischen Betrieb verrieten noch Gottes Ordnung. Der Pater hätte insgeheim auch seine Heimat gern zu diesen Oasen gezählt; aber das gemeinsame Vaterland aller Christen, ja aller Menschen ist die geistliche, römische Kirche. Von Salians universaler Harmonie finden wir hier wenig[47]).

Lapides Schüler, der Jesuit Jacques Bonfrère (1573–1642) in Douai, sondierte 1625 weiter. Das Hebräische und Chaldäische seien anfangs voneinander ungeschieden gewesen und könnten wohl die ältesten Sprachen sein; aus der Bibel lasse sich das aber nicht erweisen. Philologische Akribie führte zur historischen Perspektive: Bonfrère bestritt, entschiedener als Tostat und Pereyra, die mosaische Einheit des Pentateuchs und nahm spätere Zusätze an. Auch das Alte Testament ist also ein historisch gewachsenes Buch, das zunächst philologisch

[47]) Commentarii in scripturam sacram, 10 Bände, Lyon-Paris 1854–60: Commentaria in Pentateuchum Bd. 1, S. 79, 144 f., 965 (Hebräisch), 141, 145 (Nimrod, Babelbau), 139–143 (Völkertafel), 128 (Amerikaner), 146 f. (Grundsprachen), 1063 f. (Deut. 32, 8), 143 (Sprachenzahl); Commentaria in Evangelia Bd. 8, S. 743 f. (Jünger und Völker), 1145 (Kreuzesinschrift). Dazu John F. McConnell MM, Communis omnium patria, in: The Catholic Biblical Quarterly 17 (1955) 217–232, hier S. 217.

untersucht und nicht sogleich symbolisch oder dogmatisch ausgedeutet werden muß. Die Zählung der Völkertafel ist nach Bonfrères Meinung ein vertracktes Unternehmen; man könne nur schließen, *longe pauciores fuisse linguas originarias . . . quam communiter censetur*; die Rechnung mit 72 Sprachen ruhe (nach Pereyra) auf einem ziemlich schwachen Fundament. Die meisten modernen Idiome seien wohl aus einer Sprachenmischung hervorgegangen; Grundsprachen können nicht alles erklären. Die Hand Gottes verschwindet in den Wolken[48]).

Nicht alle Jesuiten besaßen Bonfrères kritische Intelligenz; sein Ordensbruder Jakob Tirinus (1580–1636) aus Antwerpen war ein harmloses Gemüt. Er erbaute sich und seine Leser 1632 mit den alten freundlichen Geschichten im Stile des Annius. Noah habe wohl beim Turmbau mitgewirkt und sicher das Beste gewollt; vielleicht sollte der Turm, der 4000 Schritt hoch gediehen sei, nur als Wahrzeichen des Marktes dienen (so wie die Türme der niederländischen Tuchhallen). Dann störten freilich (wie bei Lapide) die Hamiten mit ihren heidnischen Ambitionen die Eintracht; Kusch-Saturn und Nimrod-Jupiter Belus rissen die Macht an sich. Tirinus las Lapides Kommentar so flüchtig, daß er dreist behauptete, Augustin, Origenes und andere hätten von 55 Sprachen geredet; er fand das nicht erstaunlich. Im Grunde durfte der Katholik mit der Weltordnung zufrieden sein, denn die Prophezeiung von Gen. 9, 27 hat sich glänzend erfüllt; die Nachkommen Japhets, *puta Gentiles Europaei et maxime Romani*, werden heute vor den Juden und bis zu den „Indern" geehrt. Zur spanischen Kolonisation kommt die jesuitische Mission, und Europa erhält seinen strahlenden Ruhm *per primatum Ecclesiae et sedem Pontificiam*[49]). Daß Spanien freilich sein europäisches wie sein überseeisches Prestige an Frankreich und Holland abgegeben hatte, daß Europa groß und der Papst weit war, bekamen die Landsleute des Tirinus bald zu spüren; seither verstummen die Lobpreisungen Gottes aus der Geschichte, die weltfrohen jesuitischen ebenso wie die strengen jansenistischen.

Die nördlichen Niederlande behaupteten im Zeitraum zwischen Grotius und Spinoza ihre Unabhängigkeit gegen Spanien, später gegen Frankreich; sie schwangen sich zur führenden See- und Handelsmacht Europas auf und erlebten die höchste Blüte ihrer Kunst und Literatur. Weil politisch die städtisch-föderative Verfassung der Vereinigten Provinzen dem Eigenleben Raum gewährte, wurde der Kalvinismus nicht zur Staatsreligion und mußte neben sich tolerante Strömungen dulden. Gegen die milden Arminianer konnten sich gleichwohl zunächst, seit der Dordrechter Synode von 1618/19, die strengen

[48]) Pentateuchus Moysis commentario illustratus, Antwerpen 1625, S. 171 ff. Dazu Allen, Noah 68; Kraus, Geschichte 40 f.

[49]) In sacram scripturam commentarius, Bd. 1, Antwerpen 1719, S. 7, 104 f.

Kalvinisten durchsetzen, denen die Gnadenwahl Gottes unwiderstehlich vorkam; da sich die Oranier mit ihnen verbündeten, schien die Gnade Gottes dem niederländischen Kirchenvolk besonders zu leuchten. Die in Dordrecht angeregte, 1637 vollendete Bibelübersetzung, die „Statenbijbel“, umgab die holländische Mundart mit heiliger Würde. Freilich konnte sich der buchstäbliche Ernst des Alten Testaments, der in den Gemeinden lebte, nicht recht befreunden mit dem profanierten Nationalbewußtsein, wie Goropius Becanus und Clüver es lehrten[50]).

Der streng kalvinistische Leidener Professor Andreas Rivet (1573–1651), der Onkel Bocharts, war 1633 ganz sicher, daß Hebräisch die erste aller Sprachen sein mußte. Denn Gott hat es immer so gehalten, daß er ein Teilstück seiner Schöpfung besonders herausragen ließ, als Maßstab der Gattung. Unter den Sprachen war dies das Idiom, in dem die Bücher des Alten Testamentes frei von aller Konfusion auf uns gekommen sind. Was Goropius Becanus in beschränkter Eitelkeit dagegen vorbrachte, ist *risu dignum, non refutatione*. Gott selbst schuf in Babel ganz plötzlich neue Sprachen und goß sie den Menschen fertig ein; so trennte er die Scharen, freilich nicht in eine menschlich gleichmäßige Ordnung. Wie Calvin zweifelte Rivet an den 72 Sprachen und Völkern. *Praestat enim dubitare de occultis quam litigare de incertis*. Gottes Auserwählung bleibt geheim, doch alles, was er schafft, ist wohlgeraten. Darum liegt über allen Volkssprachen eine heilige Weihe, besonders seit Gott an Pfingsten aus ihnen die eine Kirche sammeln ließ. Wer heute wie das Papsttum die Tyrannei einer Sprache verteidigt und die allen verständlichen Volkssprachen mißachtet, stellt sich Nimrod zur Seite. Doch dessen Gewaltsamkeit befleckte zwar die Anfänge des babylonischen, aber nicht jeglichen Staates; weltliche Herrschaft ist nicht an sich böse. Die Dynastie der Oranier und das niederländische Kolonialreich festigten sich[51]). Als Gegenbild der neu gewonnenen Eintracht war noch immer, wie im alten Burgund, der Vorwurf des Babelturms beliebt; mindestens neunzehn niederländische Maler des 17. Jahrhunderts versuchten sich an ihm[52]).

Doch den Orientalisten war es längst nicht mehr so sicher, daß vor dem Turmbau eitel Eintracht auf Erden herrschte. Der ausgezeichnete Leidener Orientalist Thomas van Erpe (Erpenius, 1584–1624), von Scaliger geschult,

---

[50]) Johan Huizinga, Holländische Kultur des siebzehnten Jahrhunderts, Ihre sozialen Grundlagen und nationale Eigenart (Schriften des Deutsch-Niederländischen Instituts Köln 1), Jena 1932, S. 13 ff., 24 ff. (Föderalismus, Kalvinismus); Kohn, Idee 641 (Bibelübersetzung).

[51]) Exercitationes in Genesim, in: Opera theologica, Bd. 1, Rotterdam 1651, S. 255–258 (Hebräisch), 263 ff. (Sprachentrennung), 264 (praestat enim), 253 (Staat). Dazu Kraus, Geschichte 74 f.

[52]) Andrae-Fritz, Turm 21 f.

beließ es 1621 wohl bei der hebräischen Ursprache, die erst beim Bau der *pyramis Babylonica* zertrennt worden sei; aber der Bearbeiter der syrischen Psalmen und des arabischen Neuen Testaments erkannte doch klar die Umrisse der semitischen Sprachfamilie im Hebräischen, Syrischen und Arabischen. Hier lagen, unabhängig vom Babelwunder, organische Verwandtschaften und historische Beziehungen vor, und das Arabische, die Sprache des hamitischen Kuschiten Saba, stand der reinen Ursprache noch ganz nahe. Wie kann Gott dann in Babel neue Sprachen geschaffen haben, den Hamiten zur Strafe? Die Geschichte forderte ihr Recht; denn auch das Hebräische hat sich gewandelt, und Erpe ließ 1624 die Abhandlung Cappels drucken, die vom späten Aufkommen der hebräischen Vokalpunkte sprach[53]).

Mußte man dann nicht auch die Bibel profanhistorisch als Literaturdenkmal interpretieren? Der mit Erpe befreundete, aber wegen seiner arminianischen Neigungen ins Ausland getriebene Jurist Hugo Grotius (1583–1645), auch er ein Schüler Scaligers, tat es auf seine große, selbständige Weise. Die Hebräer behaupteten, die älteste Sprache der Erde zu besitzen, die Syrer desgleichen. Hebräisch steht dem Phönizischen nahe, ist also durchaus nicht einzigartig. Wenn alle Sprachen miteinander verwandt sind, wo entsprang dann die eine, gemeinsame Quelle? Sie ist in den Folgesprachen aufgegangen. Grotius ließ ein Jahr vor seinem Tode den Gedanken des Nikolaus von Kues (vielleicht ohne ihn zu kennen) wieder aufleben: *primaevam linguam nullibi puram exstare, sed reliquias eius esse in linguis omnibus*. Aber, so würden die Frommen einwenden, die Bibel war doch hebräisch geschrieben? Und die Namen der Patriarchen waren doch hebräisch? *Nomina autem propria Adami, Evae et cetera*, erwiderte Grotius sachlich, *Hebraico sermone a Mose expressa Hebraeorum causa eodem significatu, qui in primaeva lingua fuerat*. Das etymologische Argument, auf dem seit Isidor von Sevilla die Lehre von der hebräischen Ursprache beruhte, brach zusammen: Moses war ein Übersetzer. Nachdem das Alte Testament von den Geschehnissen der Urzeit, über die es berichtete, abgeriegelt war, tat Grotius unwirsch alle Spekulationen über verborgene biblische Symbolismen, über die Zahl der Engel, Sprachen und Völker, als *multa incerta* ab, ähnlich wie Rivet. Wenn eine Exegese den Geist des biblischen Buchstabens traf, dann doch wohl die jüdische, die in der Sprache der Heiligen Schrift dachte; so ließ Grotius nur 70 Mitglieder des Sanhedrin und 70 Jünger Christi, also die jüdischen Zahlen, gelten.

Wenn unsere Kenntnisse nicht direkt in die Urzeit der Menschheit zurückreichen, kommt dem Turm von Babel eine neue Bedeutung zu; denn von ihm geht alle folgende, uns noch betreffende Geschichte aus. Grotius nahm 1625

[53]) Orationes tres de linguarum Ebraeae atque Arabicae dignitate, Leiden 1621, S. 99 (Turmbau), 6 f. (Sprachen). Dazu Fück, Arabische Studien 59 ff.

ähnlich wie Erpe den Turmbau als Grund für die Störung menschlicher Eintracht, aber er glaubte zugleich an die Souveränität, die ethische Kraft und die vernünftige Einheit des Menschengeschlechts und konnte den Bau darum nicht mehr verdammen. Sein Motiv, die Ehrsucht, sei doch ein edlerer Fehler gewesen als etwa die Wollust (die humanistische Hochschätzung der Ambition erinnert fast an Aretino). Erst recht war die Folge von Babel, die Besitzergreifung der ganzen Erde, nicht vom Übel; sie störte und zerstörte die menschliche Gemeinschaft nicht, die nach wie vor auf Naturrecht und Moral beruht. Ähnliches gilt wohl auch von der Sprachenverschiedenheit, die Grotius nicht eigens behandelte. Aber er lehrte, daß unsere Worte keine natürlichen Zeichen seien; abgesehen vom Schmerzenslaut und anderen Naturtönen bedeuten sie an sich und ohne das menschliche Zutun nichts. Zwar ist es (im Unterschied zur tierischen) der menschlichen Natur eigen, Gedanken mitzuteilen, doch stehen ihr dafür auch andere Zeichen als Worte zur Verfügung. Die Sprache ist kein Naturphänomen, sie beruht auf menschlicher Vereinbarung. Als soziale Erscheinung ist sie mannigfach gestuft und nicht uniform; manches an ihr steht im Belieben des Einzelnen, anderes ist gewohnheitsmäßig und durch allgemeine Übereinkunft festgelegt. Wer diese verbindliche Absprache nicht einhält, der lügt, nicht, weil er die Natur der Dinge, sondern weil er den Gesellschaftsvertrag verletzt (ein erasmischer Gedanke). Grotius war sich mit Suarez darin einig: Die Trennung der Völker und Sprachen ist keine Sündenstrafe, sondern eine natürliche und vernünftige Ordnung, die durch den liebevollen Consensus aller begründet und getragen wird[54]).

Gerade dann aber muß die Eintracht des Menschengeschlechts zugleich eine genealogische Einheit sein; von China bis Amerika soll die Brüderlichkeit reichen. Darum beharrte Grotius 1627 auf der menschlichen Urgemeinschaft und der Allgemeinheit der Sintflut, des Turmbaus und der Sprachen- und Völkerteilung; sie werde durch antike und amerikanische Quellen, durch den *consensus gentium*, bestätigt. Damit erhielt auch der Mythenvergleich eine neue Funktion; er hatte nicht mehr den hebräischen Vorrang, sondern die Gemeinsamkeit der menschlichen Tradition zu bezeugen. „Noah" ist die hebräische Version eines Namens, der in anderen Sprachen anders, z. B. „Deukalion", heißt; Japhet gehört zu Japetus, Javan zu Jon, Cham zu Jupiter Ammon. Die mosaische Genesis ist nicht der einzige Bericht von der gemeinsamen Urzeit. Man muß sie sich weltumspannend vorstellen; das zeigte Grotius 1642 an der Herkunft der

[54]) Annotata ad Vetus Testamentum, Bd. 1, Paris 1644, S. 20 (Ursprache; dazu Kayser, Klangmalerei 159), 173 (Spekulationen), 65 (70 Jünger); dazu Kraus, Geschichte 46 ff. De jure belli ac pacis, übers. Walter Schätzel (Die Klassiker des Völkerrechts 1), Tübingen 1950: II, 2, 2, 3 S. 147 (Babel); III, 1, 8 f. S. 424 f. (Sprache); dazu Meinecke, Staatsräson 246 ff.; Fritzemeyer, Christenheit 117 ff.; Reibstein, Völkerrecht Bd. 1, S. 333 ff.

Amerikaner. Acosta hatte zu einseitig an europäische Einwanderung gedacht. Die nordamerikanischen Indianer sind wohl Europäer, nämlich Germanen, die aus Norwegen über Island und Grönland kamen; bis nach Mittelamerika suchte Grotius germanische Wortspuren festzustellen. Mittelamerika aber wurde im übrigen von Afrika aus besiedelt, durch Äthiopier; die Südamerikaner schließlich stammen aus Asien, aus Java und China. So sammeln sich, ähnlich wie bei García, in Amerika die Völker der drei alten Kontinente, ohne daß die mosaische Völkertafel etwas davon wußte. Die Einheit der Menschennatur wird durch die Bibel gestützt, nicht begründet; das Mannigfaltige, Geschichtliche und Individuelle hat seinen humanen Eigenwert und wird durch keine Reductio ad unum mediatisiert. Dies war ein christlicher Gedanke, obgleich ihn die Träumer und die Orthodoxen der Zeit nicht liebten[55]).

Von der Reductio ad unum träumte der unglückliche Marrane Uriel Acosta (ca. 1590–1640), weil er zwischen allen Fronten stehen blieb. Der Portugiese, der wenig Hebräisch und Niederländisch verstand, fand in Amsterdam nach 1620 nicht mehr den Glauben an die Sendung seiner jüdischen Väter und an die mosaische Thora; sie sei von Menschen erfunden. Doch rang er sich auch zu seinen christlichen Gastgebern nicht durch, *quorum etiam ignoro sermonem*. Die hochmütige Absonderung des alten Judenvolkes, das alle anderen Nationen für Vieh halte, mißfiel ihm ebenso wie seine differenzierte Umgebung; an eine Zukunft der Seele vermochte er nicht mehr zu glauben. So sehnte er sich zurück in die Urzeit und ihre Naturreligion, die allen Menschen gemeinsam und angeboren sei und alle *divisio* durch Liebe überwinde. Acosta wollte nicht wie die Dogmatiker Türme im Winde errichten, sondern hier und jetzt als Mensch auf der Erde leben; nur bot ihm seine gespaltene Seele und die verständnislose Umwelt keine Geborgenheit, und so beschloß er seine Rolle auf diesem ganz eitlen Welttheater durch Selbstmord[56]).

Blieb die völkische Gemeinschaft nicht doch ein festerer Halt als das Naturrecht des Individuums? Deutete die Geschichte der Sprachen nicht auf diese natürliche Verbindung hin? Sie konnte nun allerdings nicht mehr auf ein zweifelhaftes hebräisches Uraltertum reduziert werden, aber hatten die Europäer nicht seit Scrieckius eine gemeinsame, japhetitische Sprache zu erforschen? Der klassische Philologe Claudius Salmasius (1588–1653), Nachfolger Scaligers

[55]) De veritate religionis christianae, Neudruck Leipzig 1709: I, 16 S. 47–57 (Urgemeinschaft, Mythenvergleich); dazu Joachim Schlüter, Die Theologie des Hugo Grotius, Göttingen 1919, S. 14 ff. De origine gentium Americanarum dissertatio, Paris 1642, S. 6 f. (Nordamerika), 7 ff. (Mittelamerika), 13 ff. (Südamerika); dazu Hofsten, Diskontinuitätsproblem 227; Allen, Noah 123 f.

[56]) Die Schriften, hg. Carl Gebhardt (Bibliotheca Spinozana 2), Amsterdam-Heidelberg-London 1922: Exemplar humanae vitae S. 110 (Thora, Sprache), 115, 117 f. (jüdische Absonderung, Naturreligion); Sobre a mortalidade da alma c. 25 S. 64 (Türme im Winde); Exemplar S. 123 (Welttheater).

in Leiden, nahm 1643 die Lehre des Scrieckius wieder auf. Fast alle Völker und Sprachen Europas und Asiens stammten von den Skythen. Der Kalvinist, ein grimmiger Widersacher des Jesuiten Petavius, mochte die Linie zu Magog, zu Japhet oder gar zum Hebräischen nicht weiterziehen; das hätte die Wege Gottes gar zu simpel ausgedeutet. Doch was wir schon oft beobachteten, geschah auch hier; gerade die religiöse Ehrfurcht räumt der immanenten Gelehrsamkeit willig das Feld, und diese spinnt den Menschen in neue, irdische Systeme ein[57]). Von Salmasius angeregt, schrieb der Leidener Professor für Beredsamkeit und Geschichte Marcus Zuerius Boxhorn (1602–1653) in seinem letzten Buch, das Hebräische habe keinen Einfluß auf die Bildung der europäischen Sprachen; wer ihn noch suche, vertrete eine Ansicht *a veritate aliena*, *frivola et inepta*. Bochart hat die Ursprünge des Gallischen vergebens im Orient vermutet; denn in Babel entstanden auf wunderbare Weise ganz neue Sprachen, die nichts mit dem Hebräischen gemein haben. Wieder wird kalvinistisch Gottes Wunder verehrt, wieder schafft es zugleich eine Epoche von traditionsloser, aber sozialer Immanenz. Das Persische, Türkische, Germanische und Britische, das Gallische und Walisische, im Grunde alle europäischen Sprachen, gehen nach Boxhorn auf die keltisch-skythische Grundsprache zurück[58]). So entfaltet sich aus den nationalen Lehren der Goropius Becanus, Mylius und Scrieckius eine linguistische Europa-Idee, die nun nicht mehr theologisch verbrämt ist.

Damit büßte sie freilich an Verbindlichkeit und Tiefe ein, was sie an Blickweite und Aktualität gewann; sie wurde eine gelehrte, keine erlebte Idee. Wahre Innigkeit und Innerlichkeit des empfindenden Menschen konnte der alttestamentlichen Umwelt noch längst nicht entraten. Rembrandt Harmensz van Rijn (1606–1669) hat den Turmbau von Babel nicht in einem Kolossalgemälde als welthistorische Begebenheit vorgeführt; nur eine flüchtige Skizze zeigt um 1649/50 einen rastenden Jäger, wahrscheinlich Nimrod, mit seinen Hunden, im einsamen Waldtal vor einer hohen, türmereichen Landschaft. Es ist, wie wenn seine Seele von allen titanischen Entwürfen ausruhte, vor dem eigenen Ehrgeiz in die freundliche Natur flüchtete und dort Frieden fände[59]). Heimkehr des schöpferischen Menschen in die Schöpfung Gottes; den Gedanken finden wir auch bei dem größten Dichter der Niederlande. Joost van den Vondel (1587–1679) verglich zwar 1654 die Freiheitsbewegung der niederländischen Provinzen mit dem Auszug der Kinder Israels aus Ägypten, doch

[57]) De lingua hellenistica commentarius, Leiden 1643, S. 366.

[58]) Originum Gallicarum liber, Amsterdam 1654, S. 90 ff. (Hebräisch, Babel), 10 ff., 103 ff. (gegen Bochart), 88 f. (Keltisch). Dazu Tourneur, Esquisse 198; Giuliano Bonfante, A Contribution to the History of Celtology, in: Celtica 3 (1956) 17–34, hier S. 24.

[59]) Otto Benesch, The Drawings of Rembrandt, Bd. 3, London 1955, Nr. 772/637.

fand der zum Katholizismus Konvertierte sonst in seiner Gegenwart nicht die Weltharmonie. Er träumte sich zurück in die Urzeit. Da stand der erste Mensch unter einer besonderen Gnade Gottes; nur so konnte er den hunderttausend Tieren ihrer Eigenart entsprechende Namen geben, ohne lange Überlegung, *op eene ry*. Der Dichter hätte an dieser Macht gern Anteil gehabt; doch sie ist für immer verspielt. Seitdem die Schlange, *begaeft met eene menschetonge en spraecke*, Eva verführte, ist die Sprache entweiht und kraftlos. Sie lästert Gott, wie es der böse Cham tat, der Noah nicht in die Arche folgen wollte; seitdem gibt die Menschensprache vor Gott und seiner wort- und namenlosen Majestät nur einen mißtönenden Klang *(krank geluit)*, sie malt auch die Bilder der Seele nur mit Leichenfarbe[60]).

Weniger scharf empfand diesen Schwund dichterischer Kraft der oranische Sekretär Constantin Huygens (1596–1687), der in zahlreichen Idiomen bewandert und im Kalvinismus fest verankert war. Er freute sich 1622 über Adams Namengebung, die mit wahren Worten alles an *tong en tael* band; er lobte 1645 Gott, der an Pfingsten über jede *tong en tael* von oben wachte, und er fand sich selbst noch in diesen starken Bund einbezogen; 1655 unterschrieb er ein Gedicht als *Your cousin in Adam*[61]). Aber damit stellte sich die alte Frage von neuem, wie die Sprache des Menschen zu Gott steht, wie der Ursprung sich zur Entfaltung verhält. Der Dichter mochte sich von dem Problem der historischen Realität Gottes in der Welt dispensieren; der Theologe mußte bekennen.

Der Utrechter Orientalist Johann Leusden (1624–1699) tat es seit 1652 mit einer Schärfe, die ihm den Beifall aller Orthodoxen eintrug. Daß der Editor des hebräischen Alten Testaments von der hebräischen Ursprache nicht lassen wollte, ist begreiflich; aber gegen die Lehren von Goropius Becanus und Grotius versteifte er sich auf einen Supranaturalismus, wie er nur in Rückzugspositionen so heftig auftritt. Gott selbst, nicht Adam schuf die hebräische Sprache und Schrift, einschließlich der Vokalzeichen; denn kein Mensch kann eine Sprache machen, er kann sie nur von sich geben. Diese Ursprache lebte 1700 Jahre lang völlig unverändert fort; sie spaltete sich nicht, so wenig wie das Urvolk. In Babel erst griff Gott selbst plötzlich und wunderbar ein; er verwandelte mit einem Schlag die Sprachen, er trieb die Völker jäh auseinander. Wie Rivet hielt auch Leusden die Sprachenzahl für ungewiß; die Juden nahmen ja die Rund-

---

[60]) De werken, hg. Johannes Franciscus Maria STERCK u. a., 10 Bände, Amsterdam 1927–37: Lucifer v. 89 f. Bd. 5, S. 621 (Adam); Adam in ballingschap v. 1054 f. Bd. 10, S. 147 (Schlange); Noah v. 1238 f. S. 442 f. (Menschensprache). Dazu Rudolf OTTO, Das Heilige, Über das Irrationale in der Idee des Göttlichen und sein Verhältnis zum Rationalen, 26. Aufl., München 1947, S. 199 ff.; ALLEN, Noah 151 f.

[61]) De gedichten, hg. Jacob Adolf WORP, 9 Bände, Groningen 1892–99: Kerkyraia mastix v. 21 f. Bd. 1, S. 244 (Adams Namengebung); Pinxteren v. 3 f. Bd. 4, S. 15 (Pfingsten); To My Lady Swann v. 90 Bd. 9, S. 7 (cousin).

zahl 70 symbolisch und brauchten sie für alle möglichen Beziehungen: 70 Stufen des Babelturmes, 70 Engel, 70 Sanhedrinmitglieder. Diese Parallelen sind also keine göttlichen Zeichen, sondern menschliche Vermutungen, die der Allmacht Gottes eine Zwangsjacke anlegen wollen. In Wahrheit gehört das Schwanken und der Wandel der Sprachen zum babylonischen Fluch; darum kann es keine Symbolzahl für sie geben. Heute zählt man mindestens 300 Weltsprachen; wie viele es früher waren, weiß niemand. Auch welche modernen Sprachen babylonisches Alter aufweisen, ist schwer zu sagen; man kann wohl vermuten, daß die Idiome der wichtigsten Noachiden sich gehalten haben: Griechisch, Deutsch (die Sprache des Aschkenaz), Ägyptisch, Äthiopisch, Kanaanäisch, Aramäisch, Chaldäisch. Leusden belehrte seine Widersacher väterlich, man solle lieber die *docta ignorantia* eingestehen als das Unbekannte *magistrali auctoritate* definieren. Wie leicht stolpert ein Tyrann der Wissenschaft über seine eigenen Prinzipien! Woher wußte er denn, daß die Sprachen immer nur plötzlich und wunderbar getrennt wurden und daß Professor Leusden ein Nachfahre des biblischen Aschkenaz ist? Er glaubte es zu wissen, weil er sich Gott nach seinem Bilde dachte, fanatisch und unwiderstehlich über menschliche Vermutungen richtend[62]).

Ein weit Größerer gab die gebührende Antwort, der Leidener Professor Johann Coccejus (1603–1669), einer der bedeutendsten kalvinistischen Bibelausleger überhaupt. Er mißachtete die neuen geographischen und kritischen Entdeckungen keineswegs; aber er zog aus ihnen noch einmal die Konsequenz Calvins. Die geistliche Kirchengeschichte läuft der Profanhistorie nicht parallel; die Bibel ist keine Weltchronik. Wer beide Bereiche miteinander vermengt, handelt wie der Menschenjäger Nimrod. Dieser nämlich unterschob seine Staatsidee der wahren Religionsgemeinschaft, die Noah gestiftet hatte und die hebräisch sprach. Nimrods Gemeinschaft war nicht atheistisch, sondern eher theokratisch; sie wurde geleitet durch selbstherrliche Gottesgelehrte, die Gott vergaßen und sich selbst das göttliche Richteramt über Andersdenkende und Häretiker anmaßten. Das, und nicht der Turmbau, war ihre Sünde; ihre Strafe waren die *disputationes et secessiones* der Theologen. Aus dem Theologengezänk erwuchs die Sprachenteilung und Völkerscheidung, auch die Vielzahl der Sekten. Zur fanatischen Dogmatik gehört der autonome Staat und die privilegierte Bildung; in Babel versuchte man, ein Volk zu bleiben und die von Noah überlieferte Tradition mit menschlichen Mitteln rein zu erhalten, anstatt den Bund mit dem Gott aller Völker einzugehen, der sich dann in der Kirche aus allen Zungen verwirklicht.

---

[62]) Philologus Hebraeus, Neudruck Utrecht 1686, S. 195 ff. (Hebräisch), 204 ff. (Sprachverwirrung), 215 ff. (Sprachenzahl). Ähnlich Philologus Hebraeo-mixtus, Neudruck Utrecht 1682, S. 10–13. Dazu DIESTEL, Geschichte 350.

Was in der Bibel geschildert wird, ist also keine politische und weltliche Geschichte. Es ist gleichwohl „Sozialgeschichte", nämlich die Geschichte der Bünde, die Gott mit den Menschen im Fortgang der Zeiten schließt. Bisweilen werden auch simple Fakten mitgeteilt, so etwa in der mosaischen Völkertafel; uns betreffen sie wenig. *Hae familiae tempore Mosis fuerunt notae*; *nunc sive a nobis noscantur sive non, parum refert*. Dennoch haben sie ihre geistliche Bedeutung für die überlebenden Reste der hier genannten Völker (also wohl Juden und Mohammedaner): Sie sollen daran erinnert werden, wie weit sie inzwischen von der wahren Religion und vom Bund mit Gott abgewichen sind. Alle geistliche Geschichte bezieht sich also auf unsere Gegenwart, auf unser aktuelles Seelenheil, auch wenn sie stufenweise und langsam verlief. Gott kann warten. Er hat auch in Babel die Ausführung seines Ratschlusses den natürlichen Umständen überlassen; die Familien änderten ihre Sprachen *paulatim*. Diese profanen Vorgänge des irdischen Verfalls gehen den Theologen wenig an, und eben darum sind sie im einzelnen schwer aufzuklären. Was wir wissen müssen, sagt uns Gott; aber ob die modernen Europäer Japhetiten sind, müssen wir nicht wissen. *Non sum in ea sententia omnia veteris aevi a nobis posse explicari*. Mosoch war so wenig ein Russe wie Tarsis ein Spanier und Kittim ein Italiener. Das zielte direkt gegen Bochart und seine Bewunderer. Zugleich wurde damit Grotius zurückgewiesen, der auf seine humanistische Weise die Bibel gleichfalls in irdische Abläufe einbezogen hatte. Die biblische Geschichte ist vielmehr reine Heilsgeschichte, weiterwirkende Offenbarung des lebendigen Gottes, die immer wieder, vom Paradies bis zum Endgericht, den Bund des Schöpfergottes mit den gottebenbildlichen Menschen herbeiführt. In dieser Geschichtstheologie verliert allerdings das historische Detail seinen Wert und seine individuelle Farbe; selbst die Erlösungstat Christi löst sich typologisch auf[63]).

Von neuem ergibt sich die uns vertraute dialektische Umkehrung: Wenn Gottes Wunder aus den historischen Fakten der Bibel fortgenommen, in geistliche Sphären entrückt wird, bleibt die Bibel ein literarisches Werk wie andere, und die hier berichteten Ereignisse müssen auf ihre innere Wahrscheinlichkeit hin geprüft werden. Im Lager von Coccejus' Gegnern bemühte sich 1659 der arminianische Philologe Isaac Vossius (1618–1689) noch einmal, die weiträumige profane Urgeschichte mit der biblischen Chronologie zu koordinieren. Er schwärmte vom chinesischen Altertum, wollte aber so wenig wie Grotius

[63]) Opera omnia, 3. Aufl., 10 Bände, Amsterdam 1701–06: Genesis Bd. 1, S. 83 ff. (Nimrod); Curae posteriores in Genesin S. 120 (Theologengezänk); De ecclesia et Babylone § 65 Bd. 9, S. 80; Apocalypsis S. Johannis XVII, 5 Bd. 6, S. 97 f.; Commentarius in Hoseam XI, 28 Bd. 4, S. 70 (Volk, Traditionen, Kirche); Curae posteriores Bd. 1, S. 118 ff. (Völkertafel, paulatim); Epistola 152 Bd. 8, S. 131 (Non sum . . .). Dazu Kraus, Geschichte 49 ff.; Grete Möller, Föderalismus und Geschichtsbetrachtung im XVII. und XVIII. Jahrhundert, in: ZKG 50 (1931) 393–440, hier S. 397 ff.

auf die biblische Einheit des Menschengeschlechts verzichten; so stützte er sich auf die Weltära der LXX, die ein höheres Weltalter als die hebräische Bibel ergab. Die Weltgeschichte lief also langsamer ab, als die Chronologen zumeist meinten. Turmbau, Sprachenverwirrung und Völkertrennung können unmöglich *vix uno post diluvium elapso saeculo* stattgefunden haben. Selbst wenn die Patriarchen schon als Zwölfjährige Väter wurden, ihre Frauen stets Zwillinge gebaren und die Menschen sich wie die Kürbisse vermehrten, läßt sich die große Zahl der in Babel versammelten Menschen (die Tradition sprach von 24000 Menschen, Pereyra errechnete fast das Tausendfache) nicht so erklären, *ut haec computandi ratio non sit prorsus ridicula*. Vossius hielt an der Universalität der babylonischen Ereignisse fest, mußte dann aber der biologischen Beschaffenheit des Menschen Rechnung tragen. Auf diesen scheinbar so naheliegenden Faktor konnte man erst kommen, wenn Gott seine Hand nicht im Spiele hatte und in Babel alles natürlich zuging. Sobald dies zugestanden wurde, erwies sich die Bibel als lückenhaft, wenn nicht sogar als fehlerhaft[64]). Denn woher kamen alle diese Völkerströme?

Die Holländer erwarben gerade in Übersee ihr Kolonialreich; in Asien, Afrika und Amerika lernten sie Dutzende von Völkern und Sprachen kennen. Die holländischen Kauffahrer kümmerten sich wenig um deren Herkunft; auch die seit 1652 ins Kapland einwandernden Buren hielten die Sprache der Eingeborenen für ein kaum menschliches Stottern und gaben ihnen den Namen „Hottentotten", der ihnen geblieben ist. Diese Stotterer stammten nach holländischer Ansicht von einer Mißgeburt, halb Tiger, halb Mensch, ab[65]). In der Heimat aber zerbrachen sich die Gelehrten die Köpfe, wie diese Menschenflut mit der biblischen Sintflut zusammenstimme. Der reformierte Leidener Ordinarius Georg Horn (1620–1670) nahm gegen Vossius noch einmal die hebräische, kurze Chronologie in Schutz; doch um so mehr beunruhigte ihn 1652 das Problem, ob vor der Sintflut bereits Menschen in Amerika wohnten, wo soeben die Niederländer Fuß gefaßt hatten. War etwa der Atlantik erst ein Ergebnis der Sintflut? Wie stand es dann mit der Allgemeinheit der darauf folgenden babylonischen Teilung? Horn gab sich zunächst zufrieden mit der Erklärung des Spaniers García, daß die ersten Amerikaner doch sehr viel später auftraten; wahrscheinlich seien sie phönizische Seefahrer gewesen, die auch *Chananaei* hießen und von den Juden bei deren Rückkehr aus Ägypten vertrieben wurden. Die ältesten amerikanischen Kolonien fielen also etwa in die Zeit des Moses; erst lange danach beteiligten sich auch Skythen und Chinesen an der

---

[64]) Dissertatio de vera aetate mundi, 's Gravenhage 1659, S. 257. Dazu HAZARD, Krise 50; ALLEN, Noah 57, 84; KLEMPT, Säkularisierung 97 f.

[65]) Karl THIES, Entwicklung der Beurteilung und Betrachtung der Naturvölker, Diss. phil. Leipzig 1899, S. 14; PLISCHKE, Barbaren 76 f.

Besiedlung Amerikas. Die Theorie des Grotius hatte auf die Bibel keine Rücksicht genommen; aber auch wer vom biblischen Ursprung ausging, mußte die exotischen Altertümer früh ansetzen.

Bald erschien das Buch von La Peyrère; Horn wies es ebenso entschieden wie sein Widersacher Vossius zurück. Aber die Berichte der Jesuiten-Missionare aus China machten den Professor seit 1661 von neuem stutzig. Nun führte kein Weg mehr an der Annahme vorbei, daß die Chinesen sich schon vor der Sintflut von der übrigen Menschheit trennten; die chinesische Chronologie war gar zu eindeutig. Horn meinte, die Chinesen seien wohl Nachfahren des bösen Kain gewesen – die Chinesenschwärmerei teilte er nicht. Schwerer traf ihn die Konsequenz, daß die Sintflut und die babylonische Verwirrung nicht allgemein waren und daß sich die Ausbreitung des Menschengeschlechts in langgestreckten Etappen vollzog. Noch einmal kehrte er zur noachischen Einheit zurück. Noah teilte die ganze Welt *tanquam monarcha* als *dominus orbis* in 72 Völker; aus Japhets Geschlecht kamen die Weißen, nämlich die Skythen, Kelten, Deutschen, Slaven und Hunnen, aus Chams Haus die schwarzen Ägypter, von Sem die Gelben. Zum ersten Mal vertreten alle drei Noachiden nicht eine Völkergruppe, nicht einen Sprachstamm, sondern eine Hautfarbe, eine Rasse. Die von Noah befohlene Teilung wurde nur langsam und allmählich vollzogen; die meisten Gruppen blieben vorerst um Babel sitzen und bauten den Turm. Allerdings waren einige unternehmungslustige Hamiten bereits abgewandert (wie Gen. 10, 11 und 14 berichten); die übrigen Völker wurden erst durch die Sprachverwirrung zum Aufbruch genötigt. Dann wären ausgerechnet die Hamitensprachen nicht verwirrt worden? In der Tat stehen sie dem Hebräischen besonders nahe; Erpe hatte es gezeigt. Horn entließ notgedrungen Asiaten und Afrikaner recht früh aus der biblischen Universalität; die Europäer suchte er möglichst lange festzuhalten. Japhet war der Herr über ganz Europa *una cum novo orbe sive America*; noch heute beherrschen Japhetiten die ganze Welt: Christen, Türken und Tataren. So erfüllte sich Gen. 9, 27. Unter den Japhetiten durfte der spanische Erbfeind mit seinem Kolonialreich nicht besonders gesegnet sein; er wurde nach Bochart in den niederen Rang der Javaniden, an Tarsis verwiesen, nicht an den Thraker Tubal; auch die romanisch-katholischen Schwesternationen landeten bei Javans Kindern, Frankreich bei Dodanim, Italien bei Elisa. Der Älteste aber, Gomer, und sein erster Sohn Aschkenaz gehörten den Deutschen. (Horn stammte aus Deutschland.) Warum? *Cum Germani natio sint ex praecipuis et numerosissimis totius orbis, nisi origines eorum Ascenazo tribuantur, non habebunt idoneum tam famosi populi authorem.* Die Deutschen müssen einen erlauchten Ahn besitzen, weil sie heute zahlreich sind; die Gegenwart muß ihre Wurzeln in der biblischen Enzyklopädie haben. Von der Urzeit zur Gegenwart soll sich der große Bogen spannen; denn erst heute, nach den

Entdeckungen und durch den überseeischen Handelsverkehr, kann die nach der Sintflut zerrissene Einheit aller Weltvölker wieder erstehen, eine neue Arche Noah für die gesamte Menschheit.

Als erster wirklicher Universalhistoriker wollte Horn den Zusammenhang aller Menschen darstellen; in seiner Gegenwart und von ihr ausgehend sollte sich der Kreis der Geschichte wieder global schließen. Dennoch entdecken wir schon hier die Schwäche aller Universalhistorien seitdem; sie sind europazentrisch, denn im Weltganzen schließt der Kreis sich nie. Bei Horn bleiben die vorsintflutlichen Chinesen draußen; er kann nur noch einen letzten, verzweifelten Versuch machen, sie einzubeziehen, mit Hilfe des Mythenvergleichs. Um wenigstens in der obersten Spitze die Einheit des Menschengeschlechts zu retten, stellte Horn als Namen Adams zusammen den griechischen Kronos, den römischen Saturn, den taciteischen Mannus und den chinesischen *Fohi* (Fu-hi). Wir wollen nicht grausam weiterfragen, wie aus dem Namen Adams ohne Sprachverwirrung „Fohi" werden konnte und wie überhaupt das Chinesische sich zur Ursprache verhält; Horns Entwurf war weniger linguistisch als völkerkundlich gemeint. Anzuerkennen ist sein Mut, das Unmögliche gewagt zu haben; die gesamte Universalhistorie, nicht nur die der Alten Welt, sollte in die Bibel gepreßt werden. Sie konnte diese Zerreißprobe schwerlich überstehen, doch für den Gläubigen mußte ihr Buchstabe trotzdem gültig bleiben. Nur wurde es fraglich, wie weit dieser buchstäbliche Bericht der Bibel noch Heilsgeschichte, ob er nicht schlechthin profane, partielle Vorgänge erzählte[66]).

Der Utrechter Theologieprofessor Frans Burman (1628–1679) war zwar mit Coccejus befreundet, aber er sah 1660 in der Bibel nicht nur die Bundesschlüsse Gottes mit den Menschen, sondern auch deren irdische Erlebnisse geschildert. Wenn sie sich nicht auf Gottes Absichten beziehen ließen, waren sie wohl auch nicht göttlich inspiriert. Burman fand in der Völkertafel die Deutschen nicht, wohl aber die Romanen, die er wie Bochart und Horn den Kindern Javans zuwies; doch konnte es nicht Gottes Wille sein, daß bloß katholische Völker mosaischer Ehren teilhaftig wurden. Darum glaubte Burman auch nicht, daß Noahs planende Anordnung die Völker geteilt habe; das sei vielmehr ein Werk des Zufalls gewesen. Dem Zufall sei auch die erste Besiedlung Amerikas durch Japhetiten, wahrscheinlich über die Beringstraße, zuzuschreiben. Die Sprachverwirrung sei ebenfalls kein Gotteswunder gewesen, sondern allmählich aus den Reibereien der Bauleute von Babel erwachsen. Die Symbolzahl der 70 oder 72 Sprachen und Völker wurde ausdrücklich abgelehnt. Burman stellte wie

---

[66]) De originibus Americanis libri quatuor, 's Gravenhage 1652, S. 21 (Sintflut), 43, 72 f. (Phönizier). Arca Noae sive historia imperiorum et regnorum a condito orbe ad nostra tempora, Leiden-Rotterdam 1666, S. 13 ff. (Chinesen), 28–37 (noachische Teilung), 112 ff. (Japhetiten), 118 f. (Aschkenaz), 14, 19 (Adams Namen). Dazu Allen, Noah 128 f.; Klempt, Säkularisierung 47 f., 77 f., 98, 113 ff.

Coccejus, aber auch wie Grotius die Ereignisse von Babel in den natürlichen Ablauf der Geschichte; weil dieser von Gottes Wundern und Bünden nicht ganz umfaßt wird, ist er in sich geschlossen und menschlich sinnvoll[67]).

Ähnlich äußerte sich 1661 der friesische Theologe und Sprachenkenner Christian Schotanus (1603–1671); auch er schob gegen alle Symbolismen den irdischen Zufall in den Vordergrund und reduzierte die großmächtige Universalhistorie ins Provinzielle. Am Babelturm hätten höchstens 54 Sippen mit insgesamt 2600 Personen gebaut; Babelsprachen könne er nur 14, davon die Hälfte japhetitisch, entdecken. Auch die Geschichte seiner friesischen Heimat wollte er 1658 nicht großspurig mit den drei indischen Brüdern Friso, Saxo und Bruno beginnen, sondern lieber mit dem einheimischen *Tuiscon*, der auch einen *Friso* zum Nachfahren hatte; immerhin mußte zeitliche Tiefe ersetzen, was an räumlicher Weite fehlte, und Tuiscon wurde ins Geschlecht des Japhetiten Magog eingewiesen[68]). Bei den Friesen wurde noch im alten Stil die Selbständigkeit durch biblisches Alter gestützt; viel mittelalterlicher tat das die friesische Bearbeitung einer verlorenen lateinischen Weltchronik, die ein Magister Alvinus um 1400 in Sneek zusammengestellt hatte. Die Bearbeitung, vielleicht im 17. Jahrhundert entstanden, versteifte sich auf die Freiheit der Friesen: Sem-Melchisedech, Herr über Asien und Vorfahre der Freien, schenkte den irischen Königen ihre Insel; von dort kamen zu Schiff die Dänen und Friesen. Sie sind noch immer so frei wie ihre Väter und so fromm wie Sem. Alle Abgötterei geht auf Chams Rechnung; er verschuldete die Teilung in *twa and sawintich tongen*. Fast erscheint das Westfriesische wie ein Rest der semitisch-irischen Ursprache[69]).

Solche Abschweifungen ins allzu Konkrete waren nach Coccejus nicht mehr gut möglich; aber wenn man seine Föderaltheologie nur handgreiflich nahm, konnte man auch aus ihr das Vertrauen zur biblischen Historie erneuern und unbeirrt durch alle profanen Wirrungen die Wege wenn nicht des auserwählten Volkes, dann doch der rechten Kirche nachzeichnen. Der Leidener Kirchenhistoriker Friedrich Spanheim (1632–1701), Coccejus' Schüler und Nachfolger, begann 1675 seinen theologischen Studienführer und 1683 seine Kirchengeschichte mit dem ersten Kirchenvater Adam; er, nicht erst Christus, stiftete den Bund der Menschen mit Gott. Das Kontinuum geistlicher Sozialgeschichte wurde zwar gestört durch Nimrods Turmbau, mit dem die tyrannische Herrschaft und der heidnische Götzendienst begannen, doch ermöglichte er zu-

[67]) Alle biblische Wercke, Berlin-Leipzig 1733, S. 65–72.

[68]) Bibliotheca historiae sacrae, Bd. 1, Franeker 1661, S. 2 ff., 50 ff., 71 ff., 84, 99 (Babel); dazu Diestel, Geschichte 461. De geschiedenissen kerckelyck ende wereldtlyck van Friesland, Franeker 1658, S. 2 (friesische Geschichte).

[69]) That Freske Rijm, in: Kronijken (o. S. 1002 Anm. 92): v. 340 ff. S. 12–19. Dazu Romein (o. S. 1002 Anm. 91) S. 143 ff.

gleich die Besiedlung der Weltkontinente. Eines griff ins andere, die Geschichte des Judentums stieg empor zu der des neuen Israel, die Profangeschichte war das Substrat der Bundesschlüsse Gottes[70]). Von neuem schien sich der Ring der Orthodoxie um alle biblischen Fakten zu schließen, sogar um die Geschichte der boshaften und verstockten Juden.

Der den barocken Ring sprengte, war ein Jude. Zwar stellte sich Baruch de Spinoza (1632–1677) wie sein Vorläufer Uriel Acosta zwischen alle Fronten, doch sein gewaltiger Geist kämpfte sich nach allen Seiten hin frei. Er gab dem Menschen, was des Menschen war; schon in einem seiner frühesten Werke widersetzte er sich (wie Bacon) aller Sprachmagie, allem Buchstabenglauben. Worte sind ein Teil der Einbildungskraft, vage und *ad libitum* nach der Fassungskraft der Menge gebildet, deshalb eine Quelle für viele Irrtümer. Sie können Dinge und Vorstellungen nur ungefähr abbilden; der rationalen Erkenntnis, gar der Erkenntnis Gottes dienen sie nicht. Nach ihrer sozialen Rolle fragte Spinoza nicht. Das Hebräische ist zwar die *lingua sancta*, aber nicht seiner äußeren Gestalt wegen und nicht in seiner heutigen Form; wir wissen ja nicht einmal, wie es im Altertum ausgesprochen wurde. Noch weniger kann ein Volk das Heilige repräsentieren. Spinoza bestritt den Juden jeden Primat; auch aus Deut. 32, 8 läßt sich keine göttliche Auserwählung, kein Vorrang der Hebräer vor anderen Völkern herleiten. Gott ist in der Geschichte nicht leibhaftig zugegen; die Geschichte ist ein Auf und Ab von Macht und Gier, ein menschliches Schauspiel, in dem keine Rolle bevorzugt ist. Auch die Bibel muß wie die Natur erklärt werden, mit kritischen und historischen Methoden. Man wird die Bibel nie recht verstehen, wenn man nicht zuvor die Geschichte der hebräischen Sprache studiert; man lese nicht umgekehrt aus der Bibel eine Art Heilsgeschichte des Hebräischen heraus. Die Geschichte des Hebräischen ist schwer zu erforschen, denn die Sprache ist dunkel und überdies fragmentarisch erhalten; ihre Vokalzeichen sind erst spät hinzugefügt, vieles ist heute schon obsolet und antiquiert. Aber eben die Geschichtlichkeit der Sprache steht fest, auch für das Hebräische. Es gibt, so sagt Spinoza nun, keine „heilige Sprache“, denn heilig sind nur die in der Bibel ausgesprochenen Dinge *(res... significatae)*, aber nicht die Worte *(verba, quibus res significantur)*, in welcher Sprache sie auch abgefaßt sein mögen. Etwa das Buch Daniel ist chaldäisch geschrieben und trotzdem nicht weniger heilig als die hebräischen Bibelbücher. Wer anders lehrt, verehrt Zeichen und Bilder, Papier und Tinte anstelle von Gottes Wort.

Auch in die Geschichte der Völker greift Gott nicht ein. Anfänglich brachte

---

[70]) Introductio ad historiam et antiquitates sacras, Leiden 1675, S. 37 f. (Adam), 48 (Babel). Ähnlich Ecclesiastical Annals, London 1840, S. 71. Dazu Harald Zimmermann, Über das Anfangsdatum der Kirchengeschichte, in: AKG 41 (1959) 1–34, hier S. 15 f.

die Natur allerdings nur einerlei Menschenart hervor; Spinoza lehnte den „Traum“ von La Peyrère ab. Aber die Natur schuf überhaupt keine Völker, sondern lediglich Individuen, die sich dann erst dank der Verschiedenheit der Sprache, der Gesetze und der Sitten zu Nationen zusammenschlossen; heute noch gibt das Individuum der Gemeinschaft ihre Gesetze. Ein Urvolk gibt es also nicht; und das älteste Volk, das wir kennen, sind (Horns Lehre gemäß) sicher die Chinesen, nicht die Juden. Der Pentateuch entstand erst viele Jahrhunderte nach Moses und achtete auch dann nur auf die hebräischen Traditionen; die in der Genesis gemeldete Sintflut beschränkte sich auf Palästina (La Peyrères These). Über den Turmbau handelte Spinoza nicht eigens; er maß ihm schwerlich eine allgemeine Bedeutung zu. Die Völkertafel zog ihn nicht an; er fand es lächerlich, daß die katholische Kirche ihren Stammbaum auf Adam zurückführte, und wird die Thesen der Schotanus und Spanheim kaum günstiger beurteilt haben. Die Geschichte der Welt, ihrer Sprachen und Völker ist ein diesseitiger Wirkungszusammenhang; sie ist die Voraussetzung für den Glauben, ohne Geschichte gäbe es ihn nicht. Denn da Gott mit der Natur identisch ist, muß alles Natürliche und Geschichtliche zugleich das Vollkommene sein; es ist kein trüber Zerrspiegel einer jenseitigen Kraft. Die Historie ist die wahre Offenbarung, die Faktizität das überzeugendste Symbol[71]).

Der pantheistische Individualismus Spinozas, der den Glauben ganz in das irdische Geschehen hineinzog, hatte eine große Zukunft für sich, aber die niederländische Gegenwart wider sich. Während die Vereinigten Niederlande sich politisch und kulturell zusammenschlossen, achteten ihre Denker, Grotius wie Coccejus, in der Geschichte auf die Idee des Bundes, des völkerrechtlichen wie des föderaltheologischen. Dieser Gedanke löste die Vorstellungen vom auserwählten Vaterland ab; er blieb die gemeinsame Grundlage für den geschichtsgläubigen Rationalismus wie für den wundergläubigen Traditionalismus. Glaube und Geschichte traten auch hier wie in Frankreich auseinander, blieben aber miteinander verbündet oder zumindest verbunden; der Geist abstrahierte sich weniger als in Frankreich von den Realitäten und fand in der Vielfalt der Völker und Sprachen die Aufforderung zu sozialer Verständigung. So be-

[71]) Opera, hg. Carl Gebhardt, 4 Bände, Heidelberg 1925: Tractatus de intellectus emendatione Bd. 2, S. 33 (ad libitum); Compendium grammatices linguae Hebraeae Bd. 1, S. 286 (lingua sancta), 291 (Aussprache; dazu J. M. Hillesum, De Spinozistische spraakkunst, in: Chronicon Spinozanum 1 [1921] 158–177, hier S. 162); Tractatus theologico-politicus c. 2 Bd. 3, S. 39; c. 3 S. 44 f. (kein Vorrang der Juden); c. 7 S. 98 (historische Exegese), 100 (Geschichte der hebräischen Sprache); c. 9 S. 138 (obsolet und antiquiert); c. 10 S. 145 (res, verba); c. 12 S. 159 (Papier und Tinte); c. 3 S. 47 (einerlei Menschenart); c. 17 S. 217 (Individuum und Nationen); c. 3 S. 57 (Chinesen); c. 3 S. 51 (Pentateuch); c. 2 S. 37 (Sintflut); Epistola 76 Bd. 4, S. 321 (Kirche und Adam); Tractatus theologico-politicus c. 14 Bd. 3, S. 179 (Geschichte und Glaube); c. 16 S. 198 (Natur). Dazu Meinecke, Staatsräson 255 ff.; Hazard, Krise 172 ff.; Allen, Noah 60 ff.; Kraus, Geschichte 55 ff.

reitete er weniger theoretisch als politisch das Staatenkonzert des 18. Jahrhunderts vor.

In der reformierten Schweiz erschütterten Konfessionskämpfe und soziale Unruhen die Zeitgenossen zu stark, als daß sie am behäbigen Vertrauen ihrer Väter hätten festhalten können; aber hier faßte der Rationalismus nicht Fuß, hier übernahm der Traditionalismus das Erbe der vaterländischen Zuversicht. Gott allein lenkt die Geschichte. Der Baseler Professor Johann Buxtorf der Jüngere (1599–1664), ein Geistesverwandter des Niederländers Leusden, hatte schon als Vierjähriger Hebräisch lesen gelernt; in wütenden Kontroversen nach allen Seiten beharrte er seit 1644 auf der Tradition, daß Hebräisch die Jugendsprache der Menschheit sei. Gott habe sie im Paradies den Stammeltern geschenkt; im modernen Hebräisch sei diese vollkommenste aller Sprachen erhalten. Gegen Cappel verteidigte Buxtorf die göttliche Inspiration des Pentateuch, seiner Sprache und seiner Schrift, bis zur masoretischen Punktation; das unbedingte Schriftprinzip des Flacius Illyricus lebte wieder auf. Einen Augenblick lang wunderte sich Buxtorf darüber, daß wir Menschen in allem, seelisch, geistig, körperlich, miteinander verwandt sind, aber in der gesprochenen Rede, die der Ratio am unmittelbarsten unterworfen sein müßte, weit voneinander abweichen. Doch er hatte die Erklärung zur Hand. Diese Abweichung kann nicht natürlich sein (Buxtorf setzte also Vernunft und Natur in eins und dachte nicht wie die Niederländer an soziale Zusammenschlüsse); sie muß demnach durch Gottes Wunder in Babel verursacht sein, der ganzen Menschheit oder auch nur den Hamiten zur Strafe. Wie Gott die Sprachen trennte, sollte man nicht fragen; *fide opus est*. Die Zahl der Sprachen wurde eingehend erwogen; nach den jüdischen 70 und den christlichen 72 entschied sich Buxtorf für die dritte Lösung: *ignoramus*. Der Mensch weiß von sich, von seinesgleichen und ihrer Geschichte nichts, Gott gab ihm alles. Vernunft und Natur gipfeln im Glauben; Fragen ist eigentlich schon Sünde[72]).

Nicht ganz so streng urteilte Buxtorfs jüngerer Züricher Kollege, der Kalvinist Johann Heinrich Heidegger (1633–1698); er stand zu sehr unter dem Eindruck der niederländischen Gelehrsamkeit, besonders der Föderaltheologie des Coccejus, als daß er die Heilsgeschichte der Sprachen und Völker mißachten mochte. Auch für ihn war allerdings die göttliche Eingebung der gesamten Bibel ein Grunddogma; gegen Goropius Becanus und Grotius behauptete er seit 1677 „wie die meisten Weisen", Gott selbst habe die hebräische Ursprache geschaffen und den hebräischen Text der masoretischen Bibel Wort für Wort

[72]) Dissertationes philologico-theologicae, Basel 1662, S. 1 ff. (Hebräisch), 51 ff. (Sprachverwirrung), 77 ff. (Sprachenzahl). Dazu Arnold SCHLEIFF, Sprachphilosophie und Inspirationstheorie im Denken des 17. Jahrhunderts, in: ZKG 57 (1938) 133–152, hier S. 136, 139.

inspiriert. Aus dem Bunde Gottes mit Adam ergab sich ein für allemal die Stellung des Menschen als Gemeinschaftswesen. Doch deshalb wirkte Gottes Vorsehung nun auch fortwährend in die Geschichte hinein. Heidegger betrachtete den Fall Babel recht milde. Die Semiten, das Gottesvolk, hätten am Turm Nimrods nicht mitgebaut; wie Coccejus meinte, sei die Sprachenwirrung *procedente tempore* erfolgt. Auch die geteilten Sprachen seien noch immer miteinander und mit der hebräischen Mutter verwandt; gegen Boxhorn und wie Gesner suchte Heidegger das Wunder des ersten Anfangs mit der natürlichen Fortentwicklung in Einklang zu bringen, ja in ihr wiederzufinden. Diese „Naturwunder" standen auf Abruf bereit: Amerika war nicht, wie Arias Montano meinte, von Salomos Flotte aufgesegelt, noch auch, wie Burman wollte, zufällig über die Beringstraße besiedelt worden; Gott hatte für den Übergang eigens eine Landbrücke geschaffen. Für die Einzelheiten der Völkertafel konnte Heidegger auf Bochart verweisen; sie mochten Gegenstand unfruchtbaren Gezänkes sein. Das Wesentliche stand fest: Nicht der freie Mensch, sondern Gott allein macht Geschichte[73]). Und hier berühren sich die Schweizer Reformierten mit den belgischen Jesuiten und Jansenisten; die Ergebung in den unerforschlichen Willen Gottes war ihr letztes Wort. Das 18. Jahrhundert wurde hier nicht mit vorbereitet, es brach herein.

*

Auch in Großbritannien wurde unter den Stuarts das elisabethanische Selbstvertrauen durch Bürgerkriege schwer erschüttert; das Ringen zwischen König und Parlament, Katholiken und Protestanten, Anglikanern und Puritanern ging im Grunde um die herrschaftliche oder genossenschaftliche Ordnung des Staats- und Kirchenvolkes. In den Dienst dieses Verfassungsproblems wurden von allen Parteien auch die Meinungen über Ursprung und Vielfalt der Sprachen und Völker gestellt; sie dienten wieder einmal der Bewältigung der Gegenwart und halfen, wie einst in den französischen Religionskriegen, jeder Fraktion ihre göttliche Auserwählung beweisen. Im Aufeinanderprallen der Extreme zerbrach die klassizistische Traditionskritik; verworfen wurden bloß diejenigen Überlieferungen, die man nicht brauchen konnte. Der Schützling König Karls I., Historiker und Kontroverstheologe Peter Heylin (1600–1662) betonte seit 1621 immer wieder, der Topos von der fixen Sprachenzahl sei *a vain conceit, a fancy*. Alle Geschichte, die der Sprachenverwirrung so gut wie die der Völkerteilung, verlief allmählich, nicht durch plötzliche Eingriffe Gottes

---

[73]) De historia sacra patriarcharum exercitationes selectae, Bd. 1, Utrecht 1683, S. 444 ff. (Hebräisch), 636 ff. (Babel), 658 ff. (Völker). Dazu Max GEIGER, Die Basler Kirche und Theologie im Zeitalter der Hochorthodoxie, Zollikon-Zürich 1952, S. 283 ff., 321 ff.

beschleunigt. Doch an den politischen Axiomen der Tradition hielt Heylin durchaus fest; Berossus galt ihm fast so viel wie ein Bibelzitat, die Erde wurde tatsächlich unter Noahs Söhne ausgeteilt. Damit ließ sich das göttliche Recht der Könige stützen; in ihnen, nicht in Sprachen und Völkern, verkörperte sich das Dauernde[74]).

Daraus machte Heylins Freund Sir Robert Filmer (1590–1653) eine Staatstheorie des königlichen Absolutismus, die uns an den Spanier López Madera erinnert; sie wurde freilich erst 1680 gedruckt, war aber auch unter den späteren Stuarts noch so aktuell wie unter den ersten. Die Menschen sind nicht gleich und frei; die Gewalt liegt nicht beim Volke, sondern beim Fürsten. Bereits der erste Mensch war König über seine Kinder, und die patriarchalische Herrschaft dauerte über die Sintflut hinaus. Denn nach der Lehre des Berossus teilte Noah die Erde unter seine Söhne, vielleicht nach dem Los, vielleicht auch nach zehnjährigen Inspektionsreisen durch das Mittelmeer. Auf dieser Teilung beruht alle Legitimität – das las man bei Suarez und Grotius ähnlich. Deshalb bemühen sich die meisten zivilisierten Völker, „ihre Abstammung von einem der Söhne oder Enkel Noahs herzuleiten, die nach der Verwirrung von Babel zerstreut wurden. In dieser Zerstreuung müssen wir sicherlich die Einsetzung königlicher Gewalt in allen Königreichen der Welt finden." Die mosaische Völkertafel gibt also eine Liste von Königen, nicht von Völkern. Nach allgemeiner Ansicht wurden bei der Sprachverwirrung 72 Nationen begründet, aber das waren keine demokratischen Gruppen, sondern Familien unter väterlichen Herrschern. Denn Gott trug bei der Verwirrung Sorge, daß die Verschiedenheit der Sprachen sich nach der Eigenart der Familien richtete und so die väterliche Gewalt bestehen blieb. Auch Nimrod war rechtmäßiger König über seine Familie; er tat nur Unrecht, als er fremde Patriarchatsrechte usurpierte. Dadurch wurde er der Urheber der Monarchie, durch Gewalt und nicht durch Volksbeschluß; aber auch diese Gewaltanwendung verletzte die von Gott gewollte patriarchalische Souveränität nicht grundsätzlich. Streng genommen, setzte Filmers Theorie voraus, daß die Könige stets leibliche Väter ihrer Völker sind und ihnen ihre Vatersprache tradieren; aber wir brauchen Filmer hier nicht zu kritisieren, John Locke sollte es für alle Zeiten tun[75]). Schon für Filmers Zeitgenossen war freilich offenkundig, daß das göttliche Recht der nationalen Könige schwer ohne die Kontinuität der Muttersprache zu erweisen ist.

Anglikanische Geistliche wollten deshalb diese Muttersprache zur Höhe klas-

---

[74]) Cosmographie in foure books, London 1682, S. 5 ff.

[75]) Patriarcha oder die natürliche Gewalt der Könige, übers. Hilmar Wilmanns, John Locke, Zwei Abhandlungen über Regierung nebst „Patriarcha" von Sir Robert Filmer, Halle 1906: I, 3 S. 6 (Adam); I, 5 S. 7 f. (Noah, Zerstreuung); I, 6 S. 8 f. (Nimrod). Dazu Paul Meissner, Die geistesgeschichtlichen Grundlagen des englischen Literaturbarocks, München 1934, S. 226 f.

sischer Geltung und dauernder Wirkung erheben. Der geistliche Lexikograph John Davies (ca. 1570–1644) klagte zwar 1632 darüber, daß sich seit dem Babelfluch die Sprachen ständig wandelten, aber er deklarierte doch das Walisisch-Britannische als eine in Babel entstandene Grundsprache, die dicht hinter dem Hebräischen rangiere[76]). Wie von der keltischen, ließ sich dieser Gedanke auch von der germanischen Erbschaft des Englischen her begründen; der Landgeistliche Charles Butler (ca. 1560–1647) tat es 1633. Der Ruhm einer Sprache beruhe auf ihrem Alter, auf ihrer reichen Eleganz und auf ihrer Verbreitung; demgemäß verehre man als die älteste Sprache das Hebräische, das von unserem großen Vater Adam und von allem Erdenvolk bis zur babylonischen Verwirrung gesprochen wurde; besonders reich sei das Griechische, weitverbreitet das Lateinische. Doch mit diesen Lehren von Casaubon und der King James-Bibel gab sich Butler nicht zufrieden; denn alle drei Vorzüge vereinten sich im Englischen, das also zur vierten und umfassendsten Hauptsprache wurde. Das Englische ist alt. Zwar trieb Goropius Becanus den Nachweis zu weit; das Teutonische war nicht die Paradiesessprache. Doch erhielt sich das Teutonische, von dem Englisch ein Dialekt ist, seit der Sprachverwirrung fast unverändert, denn es war das Idiom von *unconqered conqerours*; der Herrschende kann seine Sprache stets rein erhalten. Das Englische ist reich; denn dank der Blickweite seines Volkes hat es zur eigenen Fülle das Beste aus fremden Sprachen hinzugenommen. Und an Verbreitung kann es mit dieser herrscherlichen Sprache der Germanen keine Zunge der Christenheit aufnehmen[77]).

Aber so konkret verkörperte sich das Heilige nicht; so einfach war weder die Sendung der Staatskirche noch das göttliche Recht des Königs zu untermauern. Als der Pfarrerssohn Thomas Hobbes (1588–1679) 1640 den königlichen Absolutismus gegen das aufrührerische Parlament verteidigte, ging er nicht wie sein Widersacher Filmer von einer babylonischen Legitimation des Staates, des Volkes oder der Sprache aus. Wir Menschen legen den Lauten eine Bedeutung willkürlich bei, um irgendwelche Vorstellungen von den Dingen in unseren Geist zurückzurufen. Worte bezeichnen Begriffe, nicht Gegenstände, sie haben mit der Physik und Metaphysik nichts zu tun; sie erfüllen lediglich eine praktische Funktion, indem sie unser Wissen speichern und mitteilen. Auch die erste Erfindung von Sprache war das Werk von Menschen, die anderen ihre Kenntnisse, Meinungen, Auffassungen und Leidenschaften zeigen wollten. Um die Menschen aus der Unwissenheit zu befreien, war die Erfindung von Wörtern notwendig, aber Hobbes empfand darüber nicht mehr die unge-

---

[76]) Antiquae linguae Britannicae dictionarium duplex, London 1632, im unpaginierten Vorwort. Dazu Tourneur, Esquisse 120 ff.; Jones, Triumph 268 f.

[77]) English Grammar, hg. Albert Eichler (Neudrucke frühneuenglischer Grammatiken 4, 1), Halle 1910, S. (5) f.; dazu Jones, Triumph 218, 234 f.

trübte Freude Bacons; denn Wörter sind mehrdeutig und bringen Irrtümer mit sich – Spinoza sagte es wieder. Um diesem Übelstand zu begegnen, muß man sich an die allgemeine Übereinkunft halten, wie Grotius es lehrte. Jeder Rebell handelt unwissend und unweise, weil er die Dinge auf seine besondere Weise, nach seinen parteiischen Leidenschaften benennt. So geschieht es im rohen Naturzustand, in dem ein jeder sein eigener Herr ist; er unterscheidet sich von jedem anderen durch die Namen und Benennungen, die er den Dingen gibt. Diese Verschiedenheit und die Mannigfaltigkeit menschlicher Affekte führen zu Streit und Friedensbruch, zum Kriege aller gegen alle. In der Natur der Sprache liegt also keine Ordnungsenergie, sondern eine chaotische Beliebigkeit.

Sie kann nur überwunden werden, wenn die Menschen ihre Willkür einer geistlich-staatlichen Macht für immer übertragen. Dann entsteht die Ordnung, wie sie Jakob mit seinen 70 Seelen in Ägypten, Moses mit den 70 Sanhedrinmitgliedern und Christus mit den 70 Jüngern ausübte. Christus übertrug seine Ordnungsmacht der Kirche und dem Königtum. Der Staat bestimmt also – fast konfuzianisch – die Wortbedeutungen innerhalb seines Bereiches; darüber hinaus gibt es keine Verständigung, kein Völkerrecht, keine Universalsprache. Hobbes' Staatstheorie bediente sich der biblischen Staffagen, um die innerweltliche Ordnung zu stützen; mit theologischen Argumenten lehrt sie die Schöpfermacht des politischen Menschen, ohne viel auf die Geschichte zu achten[78]).

Noch krasser tritt die Spannung zwischen Methode und Beweisziel in dem 1651 veröffentlichten „Leviathan" hervor, denn er argumentiert exegetisch und geschichtlich. Hobbes wiederholte, daß die Sprache *agreement and constitution of men* sei und nach der Diskrepanz der Leidenschaften verschieden ausfalle. Allerdings rückte er sie nun näher an die Gedanken, an die Urteile und an die gegenständliche Wahrheit heran; eine verbindliche Sprache kann keine rein willkürliche Setzung sein. Sie bedarf der Sanktion durch die Menge und muß *commonly* gesprochen und verstanden werden; etwa die lateinische Liturgiesprache der römischen Kirche ist ein bloßes Gespenst, ohne Affinität zur Natur. Eine höhere Autorität als die bloß vertragliche muß der Sprache zugrunde liegen. *The first author of speech was God himself, that instructed Adam.* Das war also keine wilde, rebellische Sprache des Urzustandes, sondern ein tradiertes,

[78]) Elements of Law Natural and Politic, übers. Ferdinand Tönnies, Thomas Hobbes, Naturrecht und allgemeines Staatsrecht in den Anfangsgründen (Klassiker der Politik 13), Berlin 1926: I, 5, 2 S. 50 f. (Willkür); I, 5, 14 S. 54 f. (erste Erfindung); I, 5, 13 S. 54 (Unwissenheit, Irrtümer); II, 8, 13 S. 198 (Übereinkunft, Rebell); II, 10, 7 S. 209 (Naturzustand); I, 14, 3 S. 97 (mannigfaltige Affekte); II, 7, 5 S. 183 f. (Jakob, Moses, Christus). Zu H.s Sprachdenken Richard Hönigswald, Hobbes und die Staatsphilosophie (Geschichte der Philosophie in Einzeldarstellungen V, 21), München 1924, S. 117 ff.; Cassirer, Philosophie 74, 78 f.; Verburg, Taal 234 ff.; zur Staatslehre Meinecke, Staatsräson 249 ff.; Reibstein, Völkerrecht Bd. 1, S. 385 ff.

geformtes Bildungsidiom. Hobbes brauchte diesen Traditionalismus aber nur als historische Ausgangsposition für seinen Rationalismus. Er brach zugleich hervor: Der Unterricht Gottes habe nur das Notwendigste, die Namen einiger Tiere, betroffen; alles übrige habe sich Adam allmählich zurechtgelegt und durch eigene Erfindung, *experience and use* erweitert. Dieser erste Vertrag Gottes mit dem Menschen, der ihm Macht über die Welt gab, endete in Babel. Gott strafte die Menschen für ihre Rebellion, so daß sie ihre bisherige Sprache vergaßen; in alle Winde zerstreut, mußten sie sich neue Verständigungsmittel ersinnen, *as need, the mother of all inventions, taught them.* Hobbes trennte also, wie im Mittelalter Remigius von Auxerre und Dante, von der teilweise inspirierten Ursprache die von Menschen geschaffenen Babelsprachen. Durch diesen Schnitt wurde die Staatsmacht, die Rebellionen verhindert, zur Amtsnachfolgerin Gottes; sie inspiriert fortan die Sprache[79]).

Daß hierbei die biblische Argumentation beinahe zum Vorwand wurde, zeigt sich an lateinischen Schriften von Hobbes, die wieder die völlige Willkür der Benennungen unterstreichen. Wäre die Sprache nicht Kundgabe des Willens, sondern Ausdruck des Instinktes, so müßten die Worte bei allen Völkern gleich lauten, ebenso, wenn Wort und Ding einander ähnlich oder vergleichbar wären. Selbst Adam gab die wenigen Worte der ersten Ursprache nicht nach der Natur, sondern nach der Willkür. Die Natur ist eine, aber der Sprachen sind viele, anscheinend von allem Anfang an. Hobbes ging offenbar den gleichen Gedankenweg wie Dante, indem er nun die natürliche Sprachendifferenzierung nicht mehr erst in Babel beginnen ließ. Denn er sprach pluralisch von der *linguarum ad Babel oblivio*; sie erweise, daß der natürliche Ursprung der Rede nur im Willen des Menschen zu suchen sei. Wenn in Babel mehrere Sprachen vergessen wurden, waren sie schon zuvor gespalten. Hobbes ließ also die theologische Einkleidung seiner Staatstheorie selbst fallen und rechnete nun den Bau des Babelturmes beinahe bewundernd unter die großen Leistungen der Architektur – etwa weil er ein Werk der Staatsmacht war? Der „sterbliche Gott" setzte sich an die Stelle des ewigen[80]).

Gemäßigter findet sich eine ähnliche Tendenz bei dem königstreuen Merick Casaubon (1599–1671), dem in England lebenden, weniger berühmten Sohne Isaacs. Er meinte 1650, Gott selbst habe die hebräische Ursprache eingesetzt; sie sei die erste und zunächst einzige Weltsprache gewesen, schon weil die ersten

---

[79]) Leviathan, hg. Alexander Dunlop LINDSAY (Everyman's Library 691), London-New York 1953: II, 31 S. 196 (agreement); I, 11 S. 52 (Leidenschaften); IV, 47 S. 381 (Latein); I, 4 S. 12 ff. (Adam, Babel). Zu H.s Bibelexegese KRAUS, Geschichte 52 f.

[80]) Opera philosophica quae latine scripsit omnia, hg. William MOLESWORTH, 5 Bände, London 1839–45: De corpore c. 2,2 ff. Bd. 1, S. 12–15; De homine c. 10,1 ff. Bd. 2, S. 88–92 (Funktion und Entstehung der Sprache), 90 (oblivio); Principia et problemata aliquot geometrica c. 11 Bd. 5, S. 201 (Babelturm und Architektur).

Patriarchen ein überaus hohes Alter erreichten. (Als spräche ein Greis immer seinen Jugend-Dialekt!) In Babel wirkte Gott *occulto modo* ein Wunder; auch das klang orthodox, fast wie bei Leusden oder bei Buxtorf, den Casaubon eifrig zitierte. Aber dann wehrte sich Casaubon gegen eine plötzliche Eingießung neuer Sprachen; Gott bewirkte alles Geschehen, aber warum nicht mit Hilfe natürlicher Mittelursachen? Offenbarung und Vernunfterkenntnis mußten einander doch nicht ausschließen. Vielleicht hätten sich in Babel nicht sofort neue Sprachen entwickelt; vielleicht habe Gott nur die Gedanken und Meinungen verwirrt. Die Menschen sprachen noch hebräisch miteinander, aber sie verstanden einander nicht mehr; das Wunder war psychologisch und semantisch, nicht phonetisch. Aus dem augenblicklichen Durcheinander ergab sich dann wohl der Zwang zur Trennung der Völker, und daraus erwuchs die Teilung der Sprachen; erst lange nach der *confusio* folgte die *divisio*. Damit erklärte sich zwanglos, daß in allen Sprachen noch Reste des Hebräischen zu finden und daß dennoch manche Sprachen den Völkern und Himmelsstrichen wie auf den Leib zugeschnitten waren. *Dicimus hanc linguarum inter homines varietatem naturalem esse*, und diese natürliche Kongruenz der Sprache mit den Sprechenden mochte Casaubon nicht mehr auf Gottes Allmacht gründen. Deshalb erregte seine Theorie bis weit ins 18. Jahrhundert hinein Aufsehen, obwohl sie nicht ganz originell war. Schon Isidor hatte das Babelwunder allegorisch mit den Meinungsverschiedenheiten der Ketzer zusammengebracht; schon Alkuin und neuerdings der ältere Scaliger und Góngora hatten ein rein semantisches Babelwunder angenommen. Bei Casaubon erklangen die alten Sätze aber in neuer Bedeutung; sie lehrten nun, daß die Sprachen ohne Gottes spezielle Lenkung natürlich in ihren Lebenskreis hineinwuchsen; sie waren allein dem Gang der Naturgesetze und der planenden Sozialvernunft überantwortet[81]).

Von dem gleichen naturwissenschaftlich-rationalistischen Standpunkt aus betrachtete auch der skeptische Arzt Sir Thomas Browne (1605–1682) die Sprachen. Wer mehrere von ihnen versteht, verdankt dies seinem Fleiß und seiner natürlichen Anlage, nicht einer besonderen Auserwählung und nicht einem Wunder. Browne bemerkte 1636, er beherrsche zwar sechs Sprachen, rühme sich aber seiner Kenntnis ebensowenig wie unsere Vorväter, die sich vor der babylonischen Verwirrung überall verständigten. Welches ihre Sprache war? Alle bestimmten Idiome müssen langsam erlernt werden, sie sind nicht von der Natur gegeben. Allerdings behauptet die Fama, der Natur überlassene Kinder würden von selbst der hebräischen Ur- und Natursprache mächtig. Browne spottete 1646, einige Kinder sollten dies Experiment einmal erproben; sie könnten sich spielend das Hebräische aneignen und überdies der Wissenschaft

[81]) De quatuor linguis commentationes, Pars I: De lingua Hebraea et de lingua Saxonica, London 1650, S. 1–15. Dazu Meissner, Literaturbarock 187.

endlich Aufschlüsse über die Urform der Ursprache geben. Denn bis heute wisse niemand, ob man vor Babel modernes Hebräisch, Phönizisch oder Kanaanäisch gesprochen habe. Vielleicht entstanden in Babel gar keine neuen Sprachen, sondern nur Dialekte des Semitischen? Das würde erklären, warum Abraham, mit der Ursprache vertraut, die Dialekte der Chaldäer, Mesopotamier, Kanaanäer, Philister und Ägypter verstand. Dann war aber Gottes Wunder fast überflüssig. Mit gut gespielter Unschuld versicherte Browne, wenn uns die freundliche Feder Mosis nicht positiv über die Sprachenverwirrung und -teilung von Babel unterrichtet hätte, nähme unser Disputieren über ihren Anfang kein Ende. Unverschlüsselt: Weil Moses uns nichts Genaues erzählt, raten wir noch immer herum.

Denn Browne ließ sich durch die Bibel nicht am Disputieren hindern, und auch wenn er die biblischen Wahrheiten verteidigte, kappte er ihre traditionellen Triebe. Japhet mag alle Inseln besetzt haben, aber die Herkunftssagen der Briten und Schotten sind albern. Kanaan mag verflucht worden sein, aber Nimrod war mächtig, der Fluch traf also nicht alle Hamiten und Neger. Nimrod hatte wohl hunderttausend Menschen für den Turmbau zur Verfügung, aber er wollte keiner Sintflut entgehen, sonst hätte er nicht in der Ebene gebaut. Vernünftig muß der Turmbau von Babel schon gewesen sein, denn Narren hätten nicht erst verwirrt werden müssen. Nimrod baute einen Königspalast, ein Symbol der Staatsmacht. Konnte aber dann der Bau für alle Welt dienen? In nachgelassenen Schriften bezweifelte Browne, ob in Babel wirklich alle Menschen mitbauten. Durfte dann die Ursprache nur bei der einen Familie Hebers und nicht auch bei anderen bleiben? Kann das vieldeutige, armselige Hebräisch die Ursprache gewesen sein? Mußte die Aufgliederung der Sprachen (wie Simon sagte) nicht ganz natürlich aus neuen Kenntnissen und Erfahrungen der Menschen erwachsen? Hätte es nicht auch ohne wunderbare Verwirrung ein Babel gegeben, wie wir es in Amerika und China sehen? Browne stellte nur Fragen; die Antworten liefen darauf hinaus, daß die Natur im Bunde mit der menschlichen Planung genügt, um die Geschichte zu erklären. Sie braucht keinen weltbewegenden Gott; sie hat Götter genug[82]).

So weit durften die anglikanischen Würdenträger nicht gehen; aber an Absurdes zu glauben, lag ihnen fern, sie ließen der Natur breiteren Spielraum als

[82]) Religio medici, hg. Jean-Jacques DENONAIN, Cambridge 1953: II, 8 S. 104 (Sprachenkenntnis). Pseudodoxia, hg. Geoffrey KEYNES, The Works of Sir Thomas Browne, 6 Bände, London 1928-31: V, 23 Bd. 3, S. 152 f. (Ursprache, Hebräisch); VI, 10 S. 240 f. (Moses); VI, 6 S. 203 f. (Herkunftssagen); VI, 11 S. 245 (Kanaans Fluch); VI, 6 S. 200 (Nimrods Macht); VII, 6 S. 275 f. (Babelturm und Sintflut; ähnlich Religio medici I, 22, hg. DENONAIN S. 38); Certain Miscellaneous Tracts 8 Bd. 5, S. 83 ff. (in den nachgelassenen Schriften). Dazu ALLEN, Noah 33 f.; Basil WILLEY, The Seventeenth Century Background, Studies in the Thought of the Age in Relation to Poetry and Religion, London 1950, S. 41 ff., 57 ff.

dem Wunder. Der nachmalige Bischof von Chester, Brian Walton (1600–1661), betonte 1657 in den Prolegomena seiner neunsprachigen Polyglottenbibel, daß dem Menschen keine Sprache natürlich und angeboren sei; sie werde ihm von Gott geschenkt, und dies gelte besonders für die hebräische Ursprache. Aber Walton gab ohne Zögern zu, daß sie sich vielleicht schon vor der babylonischen Katastrophe in Dialekte gegliedert habe; hier wirkte die Natur. Durch Gottes unbegreifliches Wunder wurde sie in Babel so aufgespalten, daß alle Idiome seither einander nicht mehr verständlich sind. Trotzdem finden sich in fast allen Sprachen hebräische Reste, als wären sie kontinuierlich aus der Ursprache hervorgegangen. Und eine ausgewogene Symbolik fand Walton hier nicht; er gab chronologisch der LXX den Vorzug vor der hebräischen Bibel, aber die 72 Namen der LXX-Völkertafel sagten ihm nicht mehr als die 70 der hebräischen Version. 70 oder 72 Sprachen könne man nicht nachweisen; in der Bibel seien höchstens 30 Sprachen genannt, also nur einige Grundsprachen. Sie mögen zum Teil in Babel entstanden sein. Ihre Liste ist Genebrard entnommen; nur hat Walton die letzte der sieben Sprachen, das Abessinische, ersetzt durch das einsilbige Chinesisch, das nach seiner Vermutung eine Babelsprache ist. Alle späteren Idiome aber entstanden nicht durch Gottes teilweise Neuschöpfung, sondern durch Austausch und Mischung. Ohne das Eingreifen Gottes würden – diesen Eindruck gewinnt Waltons Leser – die modernen Sprachen kaum anders lauten, als sie heute klingen, höchstens ein wenig hebräischer[83]).

Abweisender gebärdete sich seit 1650 der staatskirchentreue Primas von Irland, Erzbischof James Ussher (1581–1656). Er glaubte noch einmal an die göttliche Inspiration der LXX und an die Wahrheit der Aristeas-Legende; er war auch überzeugt, in der biblischen Völkertafel seien alle Noachiden, nicht nur die Turmbauer, versammelt. Aber den 72 Übersetzern der LXX wagte er nicht 72 Völkerführer zur Seite zu stellen; er sprach salomonisch von *LXXV vel LXX vel etiam pauciores viri*. Aus dieser schwankenden Zahl waren zur Zeit des Turmbaus allerdings haargenau 388605 Männer und ebensoviele Frauen geworden. Ob sie alle beim Turmbau mitwirkten, wird nicht gesagt; der Leser muß es bezweifeln. Wieder schimmert die göttliche Weisheit der Weltlenkung nur durch einige Lücken im normalen Ablauf durch[84]). Die Vertreter der anglikanischen Staatskirche glaubten sich noch immer ihres göttlichen Rechtes und ihrer Macht sicher; so wurde ihnen die Unbegreiflichkeit Gottes weniger deutlich als die Gültigkeit seiner Naturgesetze. Zwischen Wunder und Gesetz fand

[83]) Biblia sacra polyglotta, Bd. 1, London 1657, Prolegomena S. 1–6. Dazu ALLEN, Noah 52 ff., 58.

[84]) Chronologia sacra, angebunden an Annales Veteris et Novi Testamenti a primo mundi origine deducti, Genf 1722, S. 27. Dazu DIESTEL, Geschichte 332, 466.

der Faktor keinen Platz, der den niederländischen Kalvinisten so bedeutsam schien: der Wille der Gemeinschaft, die geistliche und geschichtliche Macht der Gemeinde.

Denn hier war der Punkt, an dem sich die Parteien schieden. Dem Absolutismus von Krone und Kirche traten die Verfechter des politischen und geistlichen Föderalismus entgegen, Parlamentarier und Presbyterianer, die Vorkämpfer der puritanischen Revolution. Sie lebten weit intensiver als die Anglikaner mit dem Alten Testament, bis hin zu jüdischen Taufnamen, Sabbatgeboten, Speiseverboten und Beschneidungsriten; sie lasen auch ihre Forderungen aus der Genesis[85]). Der universal gebildete, noch zwischen den Parteien stehende Geistliche Joseph Mede (1586–1638) aus Cambridge begeisterte sich an der hebräischen *original tongue* und verbat sich die Zumutung, sie sei in Babel korrumpiert worden. Auch die Babelsprachen seien wunderbar von Gott geschaffen, nicht *by common consent* der Menschen. Das Wunder war phonetisch, nicht semantisch. Aber Gott schuf Sprachfamilien; so blieben die semitischen und die japhetitischen Idiome Glieder einer größeren Gemeinde. So sehr sich Mede sonst mit apokalyptischer Zeichendeutung und Rechenkunst abgab, die genaue Zahl dieser Sprachen mochte er nicht bestimmen. Vermutlich teilte Gott sie den Nationen zu; da Mede nur den Söhnen der Noachiden nationale Souveränität einräumte, wären es 7 japhetitische, 5 semitische und 4 hamitische Sprachen. Wenn Gott aber jede private Familie mit einem Idiom bedachte, läßt sich deren Zahl nicht angeben, weil Moses nicht alle Familien aufführte. Wie auch immer, Gott selbst stiftete in der Sprachenteilung geschlossene Gemeinden, in der Mehrzahl europäische[86]).

Der presbyterianische Londoner Pfarrer Arthur Jackson (ca. 1593–1666) tat sich dann 1643 schon viel darauf zugute, daß *the first language was continued by God amongst His Church*; in London sprach man tatsächlich hebräisch. Denn Semiten und Japhetiten folgten fromm dem Befehl Noahs, die Erde zu besiedeln; nur der Hamit Nimrod wollte mit seinem Turmbau ein zentralisiertes Weltreich gründen. Die Gemeinden der Gotteskinder werden von ihm nicht überwältigt werden[87]). Im Auftrag der Westminster Assembly kommentierte seit 1645 eine Gruppe von presbyterianischen Gelehrten um William Gouge (1578–1653) die Bibel; sie vertrat entschieden die Meinung, daß das Hebräische weit älter als alle anderen Sprachen der Welt sei. Aus ihm erwuchsen in Babel die vielen Idiome; ihre Zahl richtete sich nach der Menge der Familien, wahrscheinlich nach den 72 Nationen der Noachiden. Bestimmter als Mede glaubten die Ex-

[85]) MEISSNER, Literaturbarock 8 ff.; SCHÖFFLER, Abendland 36 ff.

[86]) The Confusion of Languages I, 49, in: The Works, 3. Aufl., London 1677, S. 275 f.

[87]) A Help for the Understanding of the Holy Scripture, Bd. 1, Cambridge 1643, S. 23 f.

egeten, daß auch in Babel öffentlich-rechtliche Gemeinden bestanden und daß Gott ihre Verfassung symbolisch ordnete[88]).

Nun konnte der fleißige Bibelkommentator und Weltchronist John Mayer (1583–1664) 1653 die alte Meinung von den 72 Babelsprachen für nicht erweisbar, aber doch *most probable* erklären. Denn offenbar hat Gott selbst, nicht der natürliche Verlauf die Eintracht der hebräischen Ursprache zerschlagen: *Diversity of languages is a thing monstrous in nature*; Casaubon täuschte sich. In seiner Kirche mildert Gott die babylonische Strafe; sie gebraucht zwar nicht überall dieselben Worte, meint sie aber überall gleich. So wären denn die Zeiten, wenn nicht der noachidischen Gemeinden, dann doch des mosaischen Sanhedrin wieder lebendig geworden[89]).

Gegen solche presbyterianischen Ambitionen verwahrte sich der führende Verfassungsrechtler des Langen Parlaments, John Selden. Er hatte, wie wir hörten, schon in jungen Jahren gegen den antikischen Absolutismus des Königs die parlamentarische Tradition und die biblisch-germanische Ahnentafel Englands verteidigt; er gab auch jetzt, 1640, gegen das göttliche Recht der Könige den Juden recht. Das ursprüngliche Naturrecht komme von Gott, sei es durch direkten Befehl Gottes oder durch menschliche Einsicht in die Natur, und verpflichte alle Noachiden, das heiße alle Menschen. (Also waren auch die Amerikaner und Chinesen Noachiden.) Doch Selden, ein geschulter Orientalist, widersetzte sich dem Versuch, daraus allzu aktuelle Forderungen herzuleiten; 1643 wies er mit vielen Zitaten aus der rabbinischen Literatur zweifelsfrei nach (was später Leusden sich absah), daß die Lehre von den 70 oder 72 Sprachen eine jüdische Erfindung sei, aus zahlensymbolischem Parallelismus, nicht aus den Tatsachen hervorgegangen. Denn mehr als die 22 Sprachen des Mithridates kann niemand beherrschen; die jüdische Tradition von den 70 Mitgliedern des Sanhedrin, deren jedes aller 70 Sprachen kundig war, ist ein Märchen. Darauf läßt sich die englische Gegenwart nicht gründen[90]). Wenn sie sich einer jüdischen Komponente rühmen darf, ist es weniger die hebräische Sprache als die genealogische Abkunft der Engländer von Aschkenaz.

Wie Selden vertrat sie 1642 der Puritaner John Hare. Die Angelsachsen seien die ehrwürdigste Nation Europas, denn sie trügen (mit einer kleinen Metathese) noch den Namen ihres biblischen Patriarchen Aschkenaz. Die Germanen,

---

[88]) Annotations upon All the Books of the Old and New Testament, Bd. 1, London 1657, unpaginiert, zu Gen. 11, 1–7.

[89]) A Commentary upon the Whole Old Testament, Bd. 1, London 1653, S. 153–157.

[90]) De iure naturali et gentium iuxta disciplinam Ebraeorum libri septem, London 1640: I, 9 S. 109 ff. (Mitteilung des Naturrechts); I, 10 S. 118 ff. (Noachiden). De synedriis et praefecturis juridicis veterum Ebraeorum, hg. David Wilkins, Seldenii opera omnia, Bd. 1, London 1726: II, 9 S. 1412–21 (jüdische Zahlensymbolik).

die von der Spitze von Nimrods Turm kämen, seien denen überlegen, die von den Trümmern Trojas stammten, den Franzosen und auch dem Trojaner Brutus. Die heidnische Antike, aber auch die keltisch-gallikanische Monarchie darf dem englischen Gottesvolk nicht zum Vorbild dienen[91]). Aber seine Geschichte ist nicht nur durch die Völkertafel mit Israel verbunden; England als puritanische Gemeinde ist das neue Israel selbst. Oliver Cromwell (1599–1658) zog über die volksfremden Episkopalisten her, die sich mit ihren Kenntnissen des Lateinischen und Griechischen brüsteten; wenn einer von ihnen sich zu einer Volkssprache wie *Welsh* herabließ, meinte man schon, es sei Hebräisch. Jetzt aber ist der Episkopalismus beseitigt, jetzt fährt England so gut wie noch nie in seiner christlichen Geschichte. Denn die Engländer, das beste Volk in der Christenheit, sind das auserwählte Gottesvolk, Gottes Erstgeborene und sein Entzücken unter den Nationen, nur vergleichbar mit Israel, das aus Ägypten gerettet wurde. Die puritanische Geschichtstheologie griff die von Gildas bis Donne gepredigten Traditionen vom semitischen England wieder auf; als leibliche Nachfahren der zehn verlorenen Stämme Israels fühlten sich die Engländer zur Weltherr schaft berufen[92]). Bis ins 20. Jahrhundert blieb dieser Gedanke lebendig; er setzte sich freilich mehr bei den Massen als bei den Gelehrten fest. Sie trennten zwischen Typologie und Historie genauer als der Lordprotektor.

Aber war denn nicht auch die puritanische Berufung auf das Hebräische eine Form der weltlichen Gelehrsamkeit? Der Begründer der Quäker, George Fox (1624–1691), glaubte es. Er verstand keine modernen Fremdsprachen, weder Niederländisch noch Deutsch noch Dänisch, und keine gelehrten Idiome. Um das Hebräische bemühte er sich; vor Gericht zitierte er 1664 einmal Matth. 5, 34 auf hebräisch. Aber wenn 1666 ein „Freund" mit ihm hebräisch diskutieren will, antwortet Fox walisisch und ermahnt den Partner, Gott zu fürchten. Seine Anhänger stellten 1661 zwar aus über 30 Sprachen ein Buch zusammen, um die bei den Quäkern übliche Anrede in der zweiten Person des Singulars zu rechtfertigen; doch Fox wandte sich gegen jede Humanisierung der Religion. In Durham traf er 1658 einen Mann, der ein Priesterkolleg begründen wollte, und bedeutete ihm, es sei nicht die rechte Ausbildung für Diener Gottes, wenn man

---

[91]) St. Edward's Ghost, London 1647, S. 10 (Aschkenaz), 4 (Babel und Troja). Das Buch ist in Deutschland nicht zugänglich; ich zitiere nach JONES, Triumph 221 ff., 228 ff.

[92]) The Writings and Speeches, hg. Wilbur Cortez ABBOTT, 4 Bände, Cambridge-Mass. 1937–47: Rede vor der Parlamentskommission vom 21. 4. 1657 Bd. 4, S. 495 f. (Fremdsprachen); Parlamentsrede vom 12. 9. 1654 Bd. 3, S. 461 (bestes Volk); Parlamentsrede vom 4. 7. 1653 Bd. 3, S. 57, 63; vom 17. 9. 1656 Bd. 4, S. 261 (Gottesvolk); Declaration vom 9. 5. 1654 Bd. 3, S. 290 (Erstgeborene); Parlamentsrede vom 4. 9. 1654 S. 434 f. (Israel). Dazu KOHN, Idee 242 ff.; Heinz SCHMIDT, Cromwell und das Alte Testament, Diss. phil. (Masch.-Schr.) Bonn 1954, S. 5 ff., 36 ff.; vgl. SCHÖFFLER, Abendland 73 ff.

sie Hebräisch, Griechisch und Lateinisch lehre; das alles seien nur Sorgen des natürlichen Menschen. Es gibt keine heiligen Sprachen, denn die vielen Sprachen begannen in Babel. Das Kreuz Jesu galt den Hebräern als Ärgernis, den Griechen, die *the natural Greek* sprachen, als Torheit; die Römer verfolgten seine Anhänger. Die dreisprachige Kreuzesinschrift war von dem heidnischen Verfolger Pilatus ausgedacht; die apokalyptische Hure Babylon hat Gewalt über die Sprachen. Der Christ aber soll Christus predigen, das Wort, das im Anfang war, *before Babel was*. Der vom inneren Licht getroffene, nicht auf das äußerliche Wort gegründete Glaube verschmäht jede Verfassung, jede historische Legitimation, selbst die pfingstliche; Gott enthebt ihn der Geschichtlichkeit[93]).

In der Geschichte siegte freilich 1660 über die puritanische Revolution die monarchische Restauration. Sie versuchte die Puritaner zu unterdrücken, ließ aber die Verfolgten erst zur ganzen Höhe ihres Denkens reifen. Sie widersagten nicht alle wie die Quäker der Geschichtlichkeit, aber sie vertrauten nun nicht mehr den Ahnentafeln, sondern der geheimen Führung Gottes. Der Presbyterianer Matthew Poole (1624–1679) nahm sich 1669 die Exegeten von Westminster zum Vorbild: Ohne allen Zweifel ist das Hebräische die Ursprache; mit ihr ging in der Welt die wahre Religion verloren. Gott gab den Familien oder wahrscheinlicher den Nationen neue Sprachen, aber nicht 70 oder 72, sondern (analog der Rechnung Medes) etwa 15 an der Zahl; und das waren wohl die in der Apostelgeschichte genannten 15 Sprachen, die an Pfingsten alle wieder zusammentrafen. Auf die geistlich-kirchliche, nicht auf die völkische Eintracht hin plante Gott bereits die Sprachenverwirrung; ohne Mittelinstanz führte er den Pilger in seine Heimat[94]).

Der Baptist John Bunyan (1628–1688) fand im Gefängnis der Stuarts zwischen 1660 und 1672 Zeit genug, diese Pilgerreise der frommen Seele ins Jenseits dichterisch zu beschreiben. Der Christ ist auf dem Wege von der Stadt der Zerstörung zum Berge Sion; sein Name war anfangs „Gnadenlos", er kam aus der Rasse Japhets, dem Gott in Gen. 9, 27 versprach, daß er in den Hütten Sems wohnen solle. Alle puritanischen Genealogien sind vergeistlicht; Sem

---

[93]) The Journal, hg. John L. NICKALLS, Cambridge 1952: c. 12 S. 290 (Kenntnisse F.s; vgl. dort S. 724); c. 19 S. 483 (vor Gericht; dazu Paul HELD, Der Quäker George Fox, Sein Leben, Wirken, Kämpfen, Leiden, Siegen, Basel 1949, S. 65, 531); c. 20 S. 505 (Hebräisch, Walisisch); c. 18 S. 416 (Buch aus 30 Sprachen); c. 14 S. 333 f.; c. 19 S. 458 (Sprachen und Babel; dazu Hans EBBINGHAUS, Das Verhältnis von Innerem Licht und Heiliger Schrift bei George Fox, dargestellt auf Grund seiner Autobiographie, Ein Beitrag zur Geistesgeschichte des Quäkertums, Diss. phil. Münster 1934, S. 7).

[94]) Synopsis criticorum aliorumque s. scripturae interpretum, Bd. 1, London 1669, S. 139–143; ähnlich Annotations upon the Holy Bible, Bd. 1, London 1688, unpaginiert, zu Gen. 10–11.

bedeutet nicht die verlorenen Stämme Israels, sondern den Himmel, dem der diesseitige Japhetit zustrebt. Unterwegs sieht er *Adam the first*, einen uralten Mann; er steht auf der Seite der Täuschung und Fleischeslust, er ist nicht der Ahn der Christen. Sie berufen sich auf geistliche Vorfahren, Apostel und Märtyrer; Christi eigene Ahnenreihe führt nicht zu Sem, sondern zum ewigen Gott Vater. Mit dem Irdischen ist dem Pilger alles Nationale fremd geworden. Auf dem Jahrmarkt der Eitelkeiten findet er eigene Straßen der Engländer, Franzosen, Italiener, Spanier und Deutschen; die römischen Waren sind besonders begehrt, doch *our English Nation* hat sich vom katholischen Glauben abgekehrt. Damit ist sie noch nicht christlich; die Pilger, die *naturally* die Sprache Kanaans sprechen, können sich den Weltmenschen des Jahrmarktes, auch den Engländern, nicht verständlich machen und erscheinen ihnen als *Barbarians*. Der Wanderer empfindet die Fährnisse des Weges hart, aber er weicht ihnen nicht aus, er weiß – anders als die Quäker –, daß die irdische Geschichte bis zur Neige hinzunehmen ist[95]).

Kann sie dem Frommen nicht doch vom fernen Ursprung her den dornenvollen Weg erleuchten? Der erblindete Puritaner John Milton (1608–1674), von Karl II. begnadigt, sah in seiner Gegenwart keine Heilsgeschichte mehr am Werke, so grandios sein biblisches Geschichtsbild die Weltalter umspannte. Seit dem Sündenfall sind nicht mehr die Fakten wichtig; man achte auf die Psychologie der zu rettenden Seele. Aber der Dichter kann ihr gewaltige Urbilder helfend nahebringen und die einsame trösten. Miltons Epos tat es seit 1667. Gott umhegte das verlorene Paradies; Adam kam sprechend zur Welt. Er versuchte zu sprechen und sprach; die Zunge gehorchte, und schnell benannte sie, was er sah. Adam, *our primitive great sire*, gab den Tieren als ihr Herrscher *rightly* die Namen, weil Gott ihm die Kenntnis ihrer Naturen einflößte. Er verstand auch die Sprache der Tiere, die freilich sogleich vom Verführer in der Schlange mißbraucht wurde. Auch Vondel sagte das; im Sündenfall verging die Macht der Sprache und der menschlichen Vernunft[96]).

---

[95]) The Pilgrim's Progress from This World to That which is to Come, hg. James Blanton WHAREY, 2. Aufl., Oxford 1960, S. 46 (Japhet), 69 (Adam), 260 (Vorfahren der Christen), 53 (Ahnenreihe Christi), 89 f. (Jahrmarkt der Eitelkeiten). Dazu August LANG, Puritanismus und Pietismus, Studien zu ihrer Entwicklung von M. Butzer bis zum Methodismus (Beiträge zur Geschichte und Lehre der Reformierten Kirche 6), Neukirchen 1941, S. 244 ff.

[96]) The Works, hg. Frank Allen PATTERSON u. a., 18 Bände, New York 1931–38: Paradise Lost VIII, 271 ff. Bd. 2, S. 245 (Adams Sprache); V, 350 S. 156 (great sire); VI, 73 ff. S. 180; VII, 493 S. 229; VIII, 343 ff. S. 247 f.; VIII, 439 S. 251 (Benennung der Tiere); VIII, 372 f. S. 248; IX, 553 ff. S. 280; IX, 745 ff. S. 286 f.; IX, 867 ff. S. 291 (Tiersprache). Dazu George Wesley WHITING, Milton and This Pendant World, Austin 1958, S. 169 ff. (Geschichtsbild); Edgar MERTNER, Die Bedeutung der kosmischen Konzeption in Miltons Dichtung, in: Anglia 69 (1950) 105–134, hier S. 124, 131 (Psychologie).

Der Turm von Babel stand schon mitten in der Dunkelheit triebhaften Daseins; er erreichte nicht einmal die düstere Größe der Dämonie. Wie die Pyramiden war der Babelturm weniger großartig als der Palast, den die Teufel dem Satan bauten; die Bauleute von Babel waren Narren, dem Himmel ein Gespött. Ihr Anstifter, der Jäger Nimrod, schwang sich wohl zum ersten, tyrannischen Eroberer auf, doch trieb ihn nur dumpfe Leidenschaft. Noch heute möchte mancher dieses eitle Unternehmen der Ruhmbegierde wiederholen; aber Gott hat es voller Verachtung schon gestraft durch Tilgung der *native language* und ein kreischendes Getön von unbekannten Worten. In Babel entstand nur sinnloses Gestammel, nicht die Mannigfaltigkeit der Muttersprachen. Das stolze Babylon blieb in Verwirrung liegen, bis der Feind Jerusalems, Nebukadnezar, das *wonder of all tongues* von neuem aufbaute. Aber unter den Sprachen regierte auch weiterhin das höllische Chaos. In den antiken Göttern nahm es krause Gestalt an; Cham, der Vater der verfluchten Rasse, ist Jupiter Ammon, Japhet ist Japetos, seine Söhne Prometheus und Epimetheus werden bei den Nachfahren Javans als Götter verehrt. Miltons Mythenvergleich entdeckt keine Uroffenbarung, er entblößt die Schande der antiken Sinnenfreude. Klarheit brachte erst Pfingsten wieder in die sprachliche Welt; der Heilige Geist gab den Aposteln Kenntnis aller Zungen, damit sie das Evangelium verbreiten konnten. Doch für immer bleibt dem irdischen Menschen das Paradies und die Sprache der Engel und Teufel verschlossen. Seine Sehnsucht wendet sich zum allein vernünftigen Gott, der vom Himmelsthron herab die Sprachen und die Geschichte für uns unbegreiflich lenkt[97]).

Miltons gelehrte Schriften fanden in der irdischen Welt der satanischen Leidenschaften etwas mehr von der göttlichen Vernunft als seine Dichtungen. Gegen Casaubon stellte Milton 1672 fest: *Sed linguae, cum prima illa quam Adamus in Edene, tum illae variae atque a prima fortassis ortae* (Heideggers Lehre), *quas conditores turris Babelicae subito acceperunt, divinitus proculdubio datae sunt.* Aus dem kreischenden Getön von Babel wurde Gottes Wunderwerk; die Idiome sind nicht gottverlassen. Der Mensch kann Sprachen lernen und damit versuchen, die Sünde der Stammeltern wettzumachen und zu Gott zu finden. Nur darf er nicht am Wortklang kleben; was nützt es dem Sprachenforscher, wenn er alle Sprachen, in die Babel die Welt zertrennt hat, beherrscht und von den Dingen, die sie bezeichnen, nichts versteht? Nicht gelehrte Einsicht noch politische Einheit kann das Ziel solcher Mühen sein, denn nur in Christus sind alle Nationen

[97]) Paradise Lost I, 693 f., hg. PATTERSON (o. Anm. 96) Bd. 2, S. 33 (Satans Palast); III, 466 ff. S. 94; XII, 24 ff. S. 379 ff. (Nimrod und Babel); XII, 342 f. S. 391 (verwirrtes Babylon); Paradise Regain'd III, 280 ff. S. 452 (Nebukadnezar); Paradise Lost II, 967 S. 72 (höllisches Sprachenchaos); IV, 276 f. S. 116; XII, 101 ff. S. 382 (Cham); I, 507 f. S. 26; IV, 716 f. S. 132 (Japhet); XII, 497 ff. S. 396 (Apostel); VI, 296 ff. S. 188; VII, 113 f. S. 215 (Engelsprache); V, 760 ff. S. 171 (Teufelssprache).

und Sprachen ein *househould*. Im Blick auf den Erlöser müssen wir nicht wie der erste König Nimrod ein neues Babel bauen, sondern das irdische Babel der europäischen Könige zerstören; zerstören müssen wir auch jenes englische *Commonwealth*, das dem Babelturm nur zu sehr gleicht. Auch für England ist es mehr Verpflichtung als Ruhm, daß es schon vor der Sintflut bewohnt war und daß von Japhets ältestem Sohn Gomer die Europäer und die Engländer stammen. Milton, der den Plan eines Artus-Epos aufgab, widersetzte sich der heidnisch-trojanischen Genealogie und gab wie alle Puritaner der biblisch-germanischen Urzeit Englands den Vorzug; aber zum „Vater der hebräischen Genesis des englischen Volkes" wurde Milton keineswegs. Auch allen Versuchungen des *forg'd Berosus* widerstand er, weil ihm die Synthesen zwischen Bibel und Antike, zwischen Glaube und Nation zuwider waren; sie verwirrten die Freiheit der christlichen Vernunft[98]).

Wer die Freiheit nicht wollte, fand allerdings gerade in solchen Synthesen Beruhigung; sie überdauerten alle Wandlungen der Staatsform und gaben der Restauration erst ihre Berechtigung. Der weitgereiste und sprachenkundige Literat James Howell (ca. 1594–1666) war eben noch ein Anhänger Cromwells gewesen; 1660 beugte er sich tief vor König Karl II. und pries seine Muttersprache weltlich. Das nervige Angelsächsisch gibt den drei romanischen Schwestern die männliche Kraft und ist ihnen überlegen (so, wie Barros das vom Portugiesischen, Bouhours vom Französischen behauptete). Auch hier stellte sich wie bei Bouhours der erweiterte Witz des Diplomaten Lange ein: Adam sei im Paradies italienisch verführt worden, habe sich französisch entschuldigen wollen und sei von Gott *in the high Teuton Toung* vertrieben worden. Ein verfeinerter Nachkömmling dieser starken Germanensprache ist das Englische, nächstverwandt mit einer der Grundsprachen Scaligers. Howell hatte den puritanischen Adam noch nicht ganz ausgezogen; er wollte auch den biblischen Rang des Englischen wahren. Die Sprachgemeinschaft, dieser himmlische Segen, sei beim Babelturm aufgehoben, an Pfingsten wiederhergestellt worden, doch noch immer nicht gesichert. Waren es in Babel vielleicht 70 Sprachen, so sind es heute 70mal 70. Aus diesem Getümmel ragt das Englische hervor, denn es ist kontinuierlich und alt, nicht ganz auf die einfache Weise von Charles Butler, aber durch genealogische, fast heilsgeschichtliche

[98]) Artis logicae plenior institutio I, 24, hg. PATTERSON (o. Anm. 96) Bd. 11, S. 218 ff. (gegen Casaubon; dazu Don Cameron ALLEN, Some Theories of the Growth and Origin of Language in Milton's Age, in: Philological Quarterly 28 [1949] 5–16, hier S. 5 f.); Of Education Bd. 4, S. 277 (Sprachenlernen); Animadversions upon the Remonstrants Defence Bd. 3, S. 122 (househould); Eikonoklastes c. 28 Bd. 5, S. 306 (Babel der Könige); The Readie and Easie Way to Establish a Free Commonwealth Bd. 6, S. 117 f. (Commonwealth); The History of Britain Bd. 10, S. 2 ff. (Gomer, Berossus); dazu falsch MICHELS, Patriotismus 6 („Vater der hebräischen Genesis").

Tradition: Über das Sächsische, Deutsche, Slavische, Persische, Chaldäische reicht es bis zum Hebräischen zurück[99]). Wie sich Scaligers deutsche Grundsprache mit der hebräischen Ursprache, Gottes Hochdeutsch mit dem Babelturm vertrug, war Howells Sorge nicht; auch von den tollsten Synkretismen würde etwas hängenbleiben, zur größeren Ehre Englands.

Die royalistischen Geistlichen bedurften solcher Ermutigungen nicht erst, sie trieben den politisch-religiösen Synkretismus weiter als die Puritaner. Der dem Hofe nahestehende spätere Bischof von Worcester Edward Stillingfleet (1635–1699) wandte ihn seit 1662 zwar nicht auf England an, als er wie Duplessis-Mornay die Wahrheit der christlichen Religion erweisen wollte; aber auch ihm war alle Wahrheit hebräisch-biblisch. Sämtliche Menschen, auch die Amerikaner, stammten von Adam und behielten Reste der Uroffenbarung, wenn auch seltsam verworren; denn der Turmbau von Babel und der Götzendienst raubten ihnen die Klarheit. Darum ist die simple Formel von 72 Babelsprachen *a groundless Fancy;* in Babel verwirrten sich nicht die Sprachen, sondern (nach Casaubon) die Gedanken. Die äußeren Ordnungen blieben erhalten; daß die Griechen von den Pelasgern, diese von Phaleg gezeugt wurden, ist aus der hebräisch-griechischen Sprachverwandtschaft noch zu ersehen. Nur den eindeutigen Glauben verloren die antiken Heiden. So gaben sie Adam Namen wie Saturn, Tuisto oder Mannus; Noah wurde ihnen zu Deukalion, Saturn, Janus, Prometheus oder Bacchus; sie belegten die drei Noachiden mit Götternamen wie Jupiter für Cham, Neptun für Japhet und Pluto für Sem[100]). Das waren Bocharts Gleichungen. Wenn sich auf diese Weise alle Traditionen als hebräisch entpuppten, warum nicht auch die englischen?

Der anglikanische Pfarrer Robert Sheringham (1602–1678) fand 1670 heraus, daß die Engländer Semiten sind, und zwar so: Die Vorfahren der Angelsachsen waren die getischen Goten und Kimbern, also Germanen. Doch es gibt keinen Japhetiten Tuisco, wie der falsche Berossus meint, denn „Tuisco“ ist kein hebräisches Wort; diese Fährte, der noch Selden folgte, ist irrig. Der apokalyptische Magog hat gleichfalls nichts mit den Germanen zu tun; nur in den Wirren der Völkerwanderung verband ihn der heilige Ambrosius mit den Goten. Auch die übrigen angeblichen Germanenväter, Gomer, Aschkenaz, Togarma, sind keine Abendländer, sondern Asiaten; hätten die Germanen zu ihnen verwandtschaftliche Beziehungen, so müßte in Kleinasien noch die deutsche Sprache verbreitet sein. Der Einwand, daß die Geten Skythen und demnach Kinder Magogs seien, wurde abgelehnt; es gibt zwar japhetitische, aber auch semitische Sky-

[99]) Lexicon tetraglotton, An English-French-Italian-Spanish Dictionary, London 1660, S. 1 (Englisch, Adam), 7 f. (Babel, Pfingsten). Dazu Jones, Triumph 262 f.

[100]) Origines sacrae, or a Rational Account of the Grounds of Christian Faith, 3. Aufl., London 1666, S. 576 (adamische Herkunft), 578-584 (Turmbau), 568 ff. (Griechen und Hebräer), 586–594 (antike Namen der biblischen Patriarchen).

then. Die rechte Spur ist von der westsächsischen Königsgenealogie gewiesen: Der Stammvater der Briten ist Sem; sein Sohn Beadwig ist personengleich mit dem Syrer Aram, denn beide Namen bedeuten „Held"; Wala ist der biblische Hul. Weit vollständiger, als Simeon von Durham im 12. Jahrhundert ahnte, sind germanische und mosaische Geschichte synchronisiert. Das uralte Volk und seine einfache Sprache überdauern die Zeiten; England darf gleich stolz auf seinen Ursprung und auf seinen Fortschritt sein[101]).

Einem gewissenhafteren Gelehrten, wie dem Londoner Vikar Daniel Langhorne (1649–1681), war freilich bei solchen Kapriolen unbehaglich zumute. Er kannte und exzerpierte 1673 die westsächsische Genealogie von Noah bis Wodan auch, aber aus Wilhelm von Malmesbury, also ohne Sem. War es mit der biblisch-germanischen Bruderschaft nicht auch ohne semitischen Einschlag genug? Gomer, der Vater der Kimmerier und Geten, brachte doch die Skythen und andere Germanenstämme hervor, von denen die Angeln und Sachsen kamen[102]). Das waren keine neuen, aber doch verläßlichere Thesen als die Sheringhams; aus der Übersteigerung puritanischer Bibelgläubigkeit mußte man wieder zu den begrenzten Realitäten zurückfinden. Längst hatten die Spötter und die Naturforscher danach gerufen; der alttestamentliche Eifer der Parteien schien ihnen eine starke Zumutung an die Toleranz und an die Kritik.

Seit 1663 schrieb sich der Satiriker Samuel Butler (1612–1680) seinen Groll über die Puritaner aller Richtungen von der Seele; und wie einst Jonson bei Jakob I., so fand Butler bei Karl II. Beifall. Der Titelheld seines komischen Epos, der presbyterianische Ritter Hudibras, spricht Griechisch *as naturally as pigs squeek*; Latein ist für ihn nicht schwerer als das Zwitschern für die Amsel; er spricht beinahe so gut wie ein Beschnittener Hebräisch, obwohl diese Sprache gewöhnlich nur in Wüsteneien blüht (dort nämlich, wo Kinder ohne menschlichen Umgang aufwachsen). Man glaubt, den Hohn eines Johann von Salisbury über die *Cornificiani* und ihre Schwärmerei von der Natursprache erneut zu hören. Aber Hudibras ist auch rhetorisch gebildet, nicht nur ein Naturwunder; seine kunstvolle Rede ergibt einen babylonischen Dialekt, ein Gemisch aus Englisch, Griechisch und Latein, als hätte er drei Zungen. Er spricht wie drei *labo'rers of Babel* oder wie der dreiköpfige Cerberus. Sein Knappe und Widersacher ist ein Kongregationalist, lehnt also nicht nur die anglikanischen Bischöfe, sondern auch die presbyterianischen Synoden ab; er hält ihr Gezänk für einen babylonischen Sport, zumal sie die Frommen als blutige Nimrode verfolgen. Er selbst besitzt hingegen (wie der Quäker Fox) das innere Licht und

---

[101]) De Anglorum gentis origine disceptatio, Cambridge 1670, S. 45 ff., 419 ff. (Angelsachsen usw.), 399 ff. (gegen Tuisco). Dazu JONES, Triumph 223, 253 f.

[102]) Elenchus antiquitatum Albionensium, London 1673, S. 326. Dazu HACKENBERG, Stammtafeln 86.

magische Kenntnisse ohne gelehrte Bildung; er versteht sogar Jakob Böhme und die Sprache der Vögel. Andere (vielleicht ist wieder Fox gemeint) übersetzen aus Sprachen, die sie gar nicht verstehen. Wenn Presbyterianer und Kongregationalisten miteinander über theologische Probleme diskutieren, ist die Hölle vollends los; dann geht es lauter zu als bei den Babelbauern mit all ihren *dialects of jabberers*. Da streitet man sich etwa darum, ob der Teufel Eva durch einen *High Dutch interpreter* verführte. (Ben Jonsons Witz traf nun Howell.) Die amerikanischen Indianer sind selbstverständlich *Britains* von Herkunft; das kann man ja sofort aus dem in England gebräuchlichen indianischen Vogelnamen *Penguin* erkennen. (Er ist vermutlich wirklich walisischen Ursprungs.) Leider ist die ehrenwerte Suche nach uralten Ahnen recht hoffnungslos, denn Pferde, Kühe und Schweine haben edlere Vorfahren; Gott hat sie nämlich vor dem Menschen geschaffen[103]). Wie bei Rabelais ist das positive Glaubensbekenntnis des scheinbar skeptischen Spötters leicht zu erkennen: die Beschränkung auf die Muttersprache, den natürlichen Lebenskreis und die Gegenwart. Sie sollte in eine bessere Zukunft führen.

Aber war eine beschränkte Zukunft besser? Gerade wer auf den Fortschritt hoffte, mußte von ihr die Überwindung des derzeitigen babylonischen Wirrwarrs erwarten. Eine unmittelbare Konsequenz der englischen Religionswirren im 17. Jahrhundert ist die Konstruktion künstlicher Universalsprachen. Der erste Entwurf nach Bacons Anregung wurde 1661 von dem Schotten George Dalgarno (ca. 1626–1687) vorgelegt, noch mit puritanischer Zielsetzung; die philosophisch-logische Weltsprache aus klassifizierenden Buchstaben sollte der missionarischen Ausbreitung des Evangeliums dienen[104]). Von Dalgarnos Werk vermutlich direkt angeregt, versuchte im gleichen Jahr 1661 der neunzehnjährige, noch nicht berühmte Physiker Isaac Newton (1643–1727) in Cambridge dasselbe. Die bestehenden Idiome sind ungenügend; weil sie verschieden und willkürlich sind, kann von ihnen eine allgemeine Sprache nicht so gut deduziert werden wie von der Natur der Dinge selbst, die für alle Nationen die gleiche ist *and by which all language was at the first composed*. Denn der eigentliche Zweck der Sprache ist, daß ein Mensch dem anderen den Zustand der Substanzen (nicht etwa seine Vorstellungen) mitteile. Newton zog seine mathematische Begriffssprache in merkwürdige Nähe einer natürlichen Ursprache, weil

---

[103]) Hudibras, hg. Alfred Rayney WALLER (Cambridge English Classics 5), Cambridge 1905: I, 1 S. 4 f. (Hudibras' Kenntnisse), 5 f. (babylonischer Dialekt); I, 3 S. 87 (babylonischer Sport); III, 2 S. 246 (blutige Nimrode); I, 1 S. 17 (Böhme, Vogelsprache), 20 (Übersetzen); III, 2 S. 243 (Diskussionen); I, 1 S. 8 (Eva); I, 2 S. 30 (Indianer), 33 f. (uralte Ahnen), 40 (Pferde usw.).

[104]) Ars signorum, vulgo character universalis et lingua philosophica, London 1661 (mir nicht zugänglich). Dazu COUTURAT-LEAU, Langue 15 ff.; Otto FUNKE, Zum Weltsprachenproblem in England im 17. Jahrhundert (Anglistische Forschungen 69), Heidelberg 1929, S. 6 ff.

er noch beinahe puritanisch an die universale göttliche Inspiration glaubte. Das bezeugen seine theologischen Manuskripte. In ihnen steht, daß auch bei der Aufteilung der Erde in den Tagen Phalegs die wahre Religion überall erhalten blieb; erst aus der gelehrten Übersetzung des nikäischen Glaubensbekenntnisses vom Griechischen ins Lateinische ergaben sich theologische Kontroversen. Die Einheit des natürlichen Glaubens differenziert sich nur bei seiner Verfremdung und ist von der Sprachverschiedenheit nicht primär bedroht. Denn die Sprechweise der Propheten ist keineswegs individuell oder nach dem Geist der jeweiligen Sprache verschieden; Jesaja, Daniel und Johannes schrieben in verschiedenen Idiomen ein und dieselbe mystische Sprache, und deren Bedeutungen waren genau so präzise festgelegt wie die *vulgar language of any nation whatsoever*. Wer sie verstehen will, muß und kann alle diese Autoren miteinander ebenso vergleichen, wie die Orientalisten zur Aufhellung des Hebräischen die mit ihm verwandten Idiome heranziehen. Hier wirkt also nicht wie bei normalen Sprachen die menschliche Willkür verfälschend; die göttliche Natur läßt sich ohne Rest durch die menschliche Vernunft dividieren, und die Geschichte verzerrt das reine Verhältnis nicht[105]).

Dann ist allerdings nicht einzusehen, warum eine künftige Universalsprache erst vom Menschen erfunden werden muß. Wenn es eine ursprüngliche Natursprache gab und noch gibt, ist sie die beste Grundlage der neuen Weltsprache. Diesen Gedanken faßte 1668, vier Jahre bevor Newton in die naturwissenschaftliche Royal Society aufgenommen wurde, deren Hauptbegründer John Wilkins (1614–1672), als Bischof von Chester Nachfolger Waltons. Auch er wollte, von Dalgarno angeregt, durch eine allgemeine Sprache die Einheit der einst dem ersten Menschen anerschaffenen Ursprache erneuern und dem Fluch von Babel begegnen. Er ließ zwar offen, ob das Hebräische wirklich die Ursprache sei, aber als Muster seiner neuen Universalsprache wählte er eben diese älteste. Der Anglikaner wollte so die lateinische Gelehrtensprache und katholische Kirchensprache verdrängen. Das Hebräische wurde seit der Babylonischen Gefangenschaft verdorben, wie überhaupt Handel, Fürstenhochzeiten, Kriege und Eroberungen die Sprachen verändern. Doch man hatte ja als reinen Maßstab die hebräische Bibelsprache. Erst beim Turmbau von Babel differenzierte sich die eine Sprache, und die seitherigen Grundsprachen sind nicht sehr zahlreich; es sind die elf Scaligers, vermehrt um die vier Brerewoods, also die fünfzehn Sprachen, an die Poole dachte. Die Gesamtzahl der Idiome ist inzwischen auf weit über 70 gestiegen; Wilkins selbst wußte das

[105]) Ralph W. V. Elliott, Isaac Newton's „Of an Universall Language", in: The Modern Language Review 52 (1957) 1–18, hier S. 7, 10 (Universalsprache). Theological Manuscripts, hg. Herbert McLachlan, Liverpool 1950: Irenicum S. 28 (Phaleg); Queries Regarding the Word „Homoousios" S. 44 f. (gelehrte Übersetzungen); The Language of the Prophets S. 119 f. (Propheten).

Gebet des Herrn bereits in 49 Sprachen mitzuteilen. Seinen Entwurf durchzieht die Hoffnung, die gesamte Menschheit werde bald in einer Sprache gemeinsam dieses Vaterunser beten[106]).

Wenn man aber die Zukunft nach dem Muster der Urzeit zu gestalten dachte, mußte man zuversichtlicher als Wilkins die Ursprache angeben können. Schon im Jahr darauf, 1669, wartete der spleenige Londoner Architekt John Webb (1611–1672) mit einer neuen Ursprachenlehre auf. Er wollte nicht diskutieren, *what in possibility cannot, but what in probability may be the First Speech*. Babel beschleunigte nur die natürliche Entfaltung der Sprachen, betraf aber lediglich Nimrod und die Hamiten, nicht die ganze Menschheit; das stand für einen frommen Engländer schnell fest. Dann ist auch die Völkertafel der Genesis unvollständig, ein Katalog der Babelsprachen und -völker also illusorisch; das hörte man in England seltener. Nun wandte Webb die Folgerungen nicht nach der Folgezeit, sondern nach der Vorzeit und rief, ohne ihn zu nennen, Grotius zu Hilfe: Das Hebräische ist schwerlich älter als Babel, auch wenn es die Sprache des Alten Testamentes und Christi ist. Die Namen und der Text der hebräischen Bibel sind bloß eine Übersetzung aus der Ursprache; und Christus wurde von den Juden nicht als ihr König anerkannt, sondern armselig in einem Stall geboren. Somit ist Hebräisch keine objektiv heilige Sprache. Gegen die jüdische Tradition spricht das positive Zeugnis der Geschichte. Es gibt eine viel ältere, kürzere und einfachere Sprache als Hebräisch, gesprochen von unternehmenden und hochzivilisierten *Heroes*, die sich lange vor der Sintflut von der übrigen Menschheit trennten und Babel nicht mehr mitbauten: die Chinesen. (Horn, der diese Lehre wohl inspirierte, wird nicht zitiert.) Die Einsilbigkeit der chinesischen Sprache ist Webbs Hauptargument; seit Vives galt eine Sprache für um so älter, je einfacher sie war (das hatte ja schon Walton bewogen, Chinesisch unter die Babelsprachen aufzunehmen). Somit sprachen Adam und die Menschen vor Babel alle Chinesisch; Noah, mit dem *Jaus* der Chinesen wie mit dem Janus des Berossus identisch, zog vor der Verwirrung mitsamt dieser Ursprache nach Indien und nach dem semitischen China. Der Turmbau von Babel selbst lieferte Webb eine zusätzliche Begründung im Stile von La Peyrère: Wenn die Turmbauer eine Zerstreuung fürchteten, so wußten sie von bereits vorgefallenen weltweiten Völkerwanderungen, also vom Exodus der Chinesen. Webbs Rechnung geht nicht auf: Warum mußte Noah das Chinesische erst in den Fernen Osten bringen, wenn er schon lange vor der Sintflut besiedelt war? Wenn die hebräische Bibel eine Übersetzung aus dem Chinesischen ist, warum berichtet sie dann nur von partiellen, hebräischen Be-

---

[106]) An Essay Towards a Real Character and a Philosophical Language, London 1668, S. 2–6. Dazu Couturat-Leau, Langue 19 ff.; Funke (o. Anm. 104) S. 19 ff.; Allen (o. Anm. 98) S. 6 f.; Jones, Triumph 311 f.

gebenheiten? Diese Unstimmigkeiten waren der Preis für die Einbeziehung der Bibel in ein außerbiblisches Geschichtsbild. So wenig wie Horn konnte Webb es wagen, die Bibel ganz beiseite zu lassen[107]).

Gangbar blieb dann nur der Weg, den der Chief Justice unter Karl II., Sir Matthew Hale (1609–1676), in einem postum erschienenen Buch einschlug. Wahrscheinlich gab es einmal eine *radical language*, von der alle Sprachen stammen, eine *primo prima*, die notwendig eine war, weil anfangs nur zwei Menschen lebten. Welches Idiom das war, läßt sich nur durch schwache *conjectural reasons* erschließen, aber keine These ist stichhaltig. Hätte Webbs Chinesen-Theorie recht, dann müßte die Arche Noah in China gelandet sein, und man hätte den Turm nicht in Babel gebaut; das ist schwer vorzustellen. Aber auch die Hebräer-Theorie ist unschicklich; dann wäre ja die Ursprache ausgerechnet bei dem verfluchten Kanaan und seiner Sippschaft verblieben. Immerhin spricht ein halbes Indiz für eine semitische Ursprache: Die in Babel entstandenen Sprachen, *secundo primae*, weisen noch hebräisch-phönizische Spuren auf. Die Zahl dieser Babelsprachen läßt sich nicht auf 70 oder 72 festlegen; vielleicht waren es nur 14 (nach Wilkins Liste, aber um das Albanische gekürzt), also bloß die Grundsprachen. Unsere modernen Idiome sind zumeist davon abgeleitet, *secundo secundae*: Französisch, Italienisch, Spanisch, Dänisch, auch Englisch. Jetzt formt jede Nation ihre besondere Sprache nach ihrer *disposition*. Aus diesem wuchernden Wachstum läßt sich schwer auf die erste Wurzel zurückschließen; Sprachen und Menschen sind von besonderen Umständen gelenkt. Toleranz ist die einzig mögliche Konsequenz; antiquarischer Eifer ist so blind wie religiöser[108]). Er vergewaltigt die Vielfalt der Vergangenheit und vor allem die Freiheit der Gegenwart.

Auf seine eigene Gegenwart blickte lebenslang auch der Wortführer der Restaurationsdichtung, John Dryden (1631-1700). In seinem ersten gedruckten Gedicht betrauerte er 1649 einen jungen Sprachenkenner; er sei größer als Alexander gewesen, der nur die Menschen, nicht auch ihre Sprachen eroberte; die Heimat des edlen Freundes war die ganze Erde, Europa war ihm zu eng. Er war ein Apostel, *inspir'd with gift of tongues, as they*. Der jugendliche Überschwang, der dem Freund die Weite Alexanders und die Gnade der Apostel zusprach, hatte sich verloren, als Dryden 1687 seinen Übertritt zum Katholi-

---

[107]) An Historical Essay Endeavouring a Probability that the Language of the Empire of China is the Primitive Language, London 1669, im unpaginierten Vorwort (what in possibility . . .), S. 15–24 (Babel, Völkertafel), 44 f. (Hebräisch), 45, 208 (Chinesisch), 60 (Noah).

[108]) The Primitive Origination of Mankind, Considered and Examined According to the Light of Nature, London 1677, S. 162–165. Dazu Michael FREUND, Die Idee der Toleranz im England der großen Revolution (DVLG, Buchreihe 12), Halle 1927, S. 71 ff.

zismus und die Konfessionspolitik Jakobs II. rechtfertigte. Da wies er schaudernd und ohne Samuel Butlers Überlegenheit auf die Spaltungen der Reformierten: *Babel was never half so much confus'd.* Auch hierin stach die Gegenwart alles Vergangene aus. Aber ist dem Menschen auf Erden überhaupt Universalität und zugleich Geborgenheit gegönnt? Dem Katholiken vielleicht, dem Dichter nicht. Dryden gab 1694 den Malern zu, was Leonardo da Vinci schon angedeutet hatte: Der Pinsel redet die Sprache aller Länder, die Dichter sind eng begrenzt auf die *language of their native place.* Sie hemmt den Höhenflug so oft; schwer empfand der Übersetzer 1697 die schmucklose Altertümlichkeit seiner Muttersprache, *our old Teuton monosyllables.* Er konnte sich an dieser urtümlichen Einsilbigkeit nicht nach der Methode Webbs erfreuen; er bemühte sich, sie durch elegante lateinische Wendungen aufzulockern. Aber er verschmähte es, dem englischen Altertum durch Vergils römische Trojanersage aufzuhelfen, war doch ihre historische Faktizität zweifelhaft. Dem Wandlungsreichen, der jeweiligen Gegenwart Hingegebenen versagte sich der Trost der Tradition[109]). Der Freie ist schutzlos.

Nachdem die Überlieferungen biblischer Färbung in den religiösen Wirren verwüstet worden waren, blieb auch für konservativere Köpfe als Dryden nur noch der englische Humanismus unangetastet; in der klassischen Sprache einer fernen Vergangenheit offenbart sich das Ewiggültige. Der Diplomat Sir William Temple (1628–1699), der den Stuarts treu gedient und wie Filmer die patriarchalische Monarchie verteidigt hatte, meinte kurz nach der Glorious Revolution, 1689, die drei am meisten geachteten modernen Sprachen seien Italienisch, Spanisch und Französisch, und alle drei seien nur unvollkommene, kurzlebige Dialekte des *noble Roman.* Auf seine eigene Muttersprache war Temple (im Gegensatz zu Boileau) nicht sehr stolz, so wenig wie auf seine Gegenwart. Wir sind Zwerge; zwar stehen wir auf den Schultern von Riesen, doch Kurzsichtigkeit und Schwindelgefühl hindern uns am freien Blick über unsere Welt. Nur auf die antiken Giganten ist Verlaß[110]).

Pseudo-antike Traditionen waren es auch, die die katholischen Iren den anglikanischen Unterdrückern unter Karl I. und den puritanischen Ironsides unter Cromwell entgegensetzten. Sie besannen sich noch einmal auf die Mythen des Leabhar Gabála Erenn, die ihre Eigenständigkeit garantierten; aber gegen die englischen Semiten mochten sie nicht mehr wie im Mittelalter ihren japheti-

---

[109]) The Poetical Works, hg. George Rapall NOYES (The Cambridge Edition of the Poets), 2. Aufl., Boston 1950: Upon the Death of the Lord Hastings v. 17 ff. S. 1 (Alexander, Apostel); The Hind and the Panther I, 1042 S. 231 (Babel); To Sir Godfrey Kneller v. 124 ff. S. 415 (Maler und Dichter); Dedication of the Aeneis S. 519 (einsilbiges Teutonisch), 494 (Trojanersage).

[110]) An Essay upon the Ancient and Modern Learning, in: The Works, Bd. 1, London 1731, S. 165 f. (Sprachen,) 159 (Zwerge).

tischen Adel ausspielen. Der größte irische Historiker, der Franziskaner Michael O'Clery (1575–1643), begann 1632 im Kloster Donegal die Geschichte seines Vaterlandes mit *Ceasair*, die vierzig Tage vor der Sintflut auf die Insel kam, und mit *Parthalon*. Aber Spenser hatte die ägyptisch-spanischen Sagen getadelt; auch in den puritanischen Bibeln würde man Parthalon vergebens suchen, und so breitete O'Clery die Abstammung dieser ersten Iren nicht weiter aus. Caesar und die Sintflut, das mußte genügen; seitdem war so viel geschehen[111]).

In den Kämpfen des englischen 17. Jahrhunderts wurde die Geschichte überall auf die Gegenwart bezogen und nicht als universaler Ablauf, sondern als paradigmatisches Argument einer Partei ausgewertet. In der Hitze des Gefechtes beriefen sich viele auf das auserwählte Vaterland und seine uralte Muttersprache; so holte England eine Phase nach, die im übrigen Europa eben zu Ende war, und hielt manche alten Traditionen am Leben, die wir anderswo absterben sahen: die hebräische Ursprache, den Babelturm, die Völkertafel, die 72 Sprachen. Besonders bei den Puritanern blieb das Alte Testament buchstabengetreu lebendig, und Gottes unberechenbare Allmacht bestimmte das Geschichtsbild; im Denken der Anglikaner trat freilich neben dem göttlichen Wunder immer stärker das natürliche und vernünftige Gesetz hervor. Auch vom christlichen Rationalismus eines Milton war der Weg zu Newton und Hobbes nicht weit, zumal da die vom Bürgerkrieg Erschöpften sich auf ihre Zukunft besannen. Wozu sie auf umstrittene Traditionen bauen? Nach der Revolution von 1688 erbte ein neues Geschlecht aus den Kriegen der Väter nicht mehr die Überlieferungen, sondern die Erfahrung; der Empirismus verdrängte das religiöse Geschichtsdenken.

*

Auch im lutheranischen Teil Europas begünstigte das reformatorische Gemeinde- und Schriftprinzip noch eine Nachblüte des Gedankens vom auserwählten Volk und seiner alten Sprache; die Festigung der fürstlichen Landeskirchen und der Dreißigjährige Krieg ermutigten dazu. Freilich standen solche Ideen nun in doppelter Defensive, nicht nur wie früher gegen fremde Kirchen, sondern auch gegen das neue Denken; um es seiner abstrakten Universalität halbwegs gleichzutun, durfte sich die Orthodoxie nicht mehr beim Babelturm aufhalten und Geschiedenes verherrlichen, sie mußte sich im Paradies selbst verschanzen und im Ursprung das Ganze verteidigen.

---

[111]) Annala Rioghachta Eireann, Annals of the Kingdom of Ireland by the Four Masters, hg. John O'Donovan, Bd. 1, Dublin 1851, S. 3 ff. Dazu Blacam (o. S. 467 Anm. 98) S. 69, 117 f.; Josef Weisweiler, Politik und Mythos in Irland, in: Die Welt als Geschichte 8 (1942) 323–331, hier S. 330.

Am rabiatesten besorgten das die Schweden in ihrer Großmachtzeit, die den Geist der Reformation und die Macht der schwedischen Krone in Mittel- und Osteuropa durchzusetzen schien. Dem Begründer von Schwedens europäischem Ansehen, Gustav II. Adolf, gefielen die Lehren des Johann Magnus vom schwedischen Magog nicht weniger gut als seinem Onkel Erich XIV.; sie unterbauten theoretisch seine Waffentaten und sicherten den Vorrang der gotischen Schweden vor den anderen Mächten. An dem Primat der hebräischen Ursprache, die von Gott selbst inspiriert und in allen Idiomen der Alten und Neuen Welt wiederzufinden ist, hielten zahlreiche Schriften unbeirrt fest[112]); aber Nationalbewußtsein und Orthodoxie verknüpften sich leicht auf die Art von Petri Gothus, der das schwedische Gotisch unmittelbar aus dem Hebräischen herleitete. Nach langer gelehrter Inkubationszeit traten diese Thesen um 1670 öffentlich hervor, als Karl XI. sein absolutistisches Regiment begann.

Der Vater der schwedischen Literatur, Georg Stiernhielm (1598–1672), kam allerdings nicht von der lutherischen Orthodoxie, sondern von der Renaissancedichtung her zur patriotischen Gelehrsamkeit; der Präsident des Stockholmer Antiquitäten-Kollegs verwahrte sich 1668 gegen die mittelalterlichen Versuche, Völkernamen aus Stifternamen zu erklären, und distanzierte sich von dem deutschen Gott *Tuisco* oder *Theut*, den britischen und fränkischen Trojanern *Brutus* und *Francio*, dem dänischen König *Dan*, ja sogar von dem gotischen *Gautr*-Odin und dem schwedischen *Suider*-Odin und König *Suen*. Johann Magnus tat des Guten zuviel, als er dem biblischen Magog fünf Söhne andichtete und von ihm die Schweden und Germanen herleitete; er sank damit auf das Niveau von Aventin und Annius hinab. In Wahrheit sind die Anfänge der Völker dunkel, ihre Schicksale zufällig. Der Altertumsfreund wählt besser nicht die ethnische, sondern die linguistische Kontinuität als Ariadnefaden; doch auch das ist schwer. Dem Urvater wurde zwar die Ursprache unmittelbar von Gott eingegeben; danach konnte sie aber nicht einmal bis zum Turmbau unverändert bleiben. „Wenn nichts unter der Sonne der Notwendigkeit der Veränderung entgeht, ist die Sprache des Menschen gewiß am wenigsten ausgenommen." Es wirkt die Zeit: Die Sprache von Otfrids Evangelienbuch, vor 760 Jahren festgehalten, hat mit dem modernen Fränkisch ebensowenig gemein wie das Türkische. Es wirkt der Raum: Bayern und Pommern verstehen einander kaum noch. Auch die hebräische *lingua sancta* entging diesem Schicksal nicht: Moses schrieb anders als Hiob, anders als Jesaja. Diese Gesetze der Natur müssen bereits vor der Sintflut gegolten haben; schon damals hätte die Sprache Adams nur unverändert fortdauern können, wenn alle Menschen an einem Ort, unter einem König gelebt hätten. Das ist aber kaum möglich ohne

---

[112]) NORDSTRÖM, Yverbornes ö 69–76 (Gustav Adolf); AGRELL, Studier 64–68, 83–92 (hebräische Ursprache).

ein Wunder, und selbst Wunder beschleunigen bloß, was die Natur allein langsam vollbracht hätte. Auch ohne die wunderbare babylonische Sprachenverwirrung hätten aus der einen Ursprache viele Idiome entstehen müssen, denn solche Verzweigungen können wir lange nach Babel, im hellen Licht der Geschichte noch beobachten. „Ich weiß gewiß, daß das Lateinische niemals in Babel erklungen ist, noch das Französische, noch das Italienische, noch das Spanische."

Bis hierher argumentiert Stiernhielm im Geiste der Renaissance, fast naturwissenschaftlich. Aber er bringt das Opfer des Intellekts – ähnlich wie Bodin –, sobald er sich dem heiligen Hag seines Vaterlandes nähert. Es gibt Stammsprachen, und sie verkörpern im geschichtlichen Wechsel die Dauer. Die europäische Stammsprache aber ist (wie Scrieckius bereits lehrte) die *Scythica*; sie ist (wieder mit dem Ausdruck des Niederländers) die japhetische Grundsprache; von ihr hängen Griechisch, Lateinisch, Armenisch und Persisch ab. Und das Skythische ist bekanntlich das Gotische, also das Schwedische; wie die Sprachen, so kamen auch die Völker Europas aus der skandinavischen Völkerwiege. Damit nicht genug; Stiernhielm ließ sich durch die Methode von Goropius Becanus und Scrieckius über die babylonische Schwelle zurücklocken, die ihm ja nicht unüberschreitbar schien. Das Skythische ist der Natur der Dinge höchst angemessen und identisch mit der aramäischen Sprache Noahs; denn nirgends sagt die Bibel, daß Noah und Japhet beim Turmbau von Babel beteiligt waren, im Gegenteil. Noah und Japhet saßen in Armenien, also nördlich von Babel, die Erbauer des Turmes kamen aber nach Gen. 11, 2 aus dem Osten. Wenn also die japhetische Sprache nicht in Babel verwirrt wurde, muß sie der noachischen nahestehen. Stiernhielm plante, seine Theorie lexikographisch zu erhärten, etwa durch ein Buch mit dem Titel *Magog Aramaeo-Gothicus*, ein Lexikon der Wurzeln, die dem Hebräischen und dem Gotisch-Skytischen gemeinsam sind; daraus würde sich der noachische Ursprung aller semitischen und japhetitischen Sprachen ergeben. Freilich gedachte Stiernhielm die amerikanischen und polynesischen Idiome beiseite zu lassen, denn er wollte noch nicht zu Adam, nur zu Noah zurückfinden.

Er faßte seine Meinung 1671, im Geleitwort zu Ulfilas' gotischer Bibel, noch einmal zusammen, milderte sie dabei allerdings ab. Trotz der Tyrannei vorgefaßter Meinungen und großer Autoritäten in der Gelehrtenrepublik, die der *infelix Goropius* zu spüren bekommen habe, wolle er *libere et sine respectu* reden. Die eine, dem Menschen von Gott gegebene Ursprache sei verschollen; auch von den Amerikanern und ihren Sprachen wolle er nicht reden, denn vielleicht seien sie unabhängig vom adamischen Stamm erwachsen. (La Peyrère machte Schule, Paracelsus fand den ersten Gläubigen.) Alle uns bekannten Sprachen, deren Anzahl durch nichts, auch durch noch so viele Zitate aus den

Kirchenvätern nicht errechnet werden könne, hätten sich erst nach der babylonischen Katastrophe natürlich gebildet und voneinander getrennt, nachdem in Babel selbst zunächst nur eine Meinungsverschiedenheit die Trennung der Völker veranlaßt habe. (Das war die These des jüngeren Casaubon; es folgte der Satz von Grotius:) Das Hebräische sei ebenso ein natürlich gewachsener Dialekt der verlorenen Ursprache wie die skythisch-gotische Sprache der Japhetiten, die Muttersprache Europas. Diese sei skandinavisch. Die Hyperboräer sind die eigentlichen Kulturbringer; aus dem Norden kommt das Licht. Hier war nun nicht mehr von der aramäisch-skythischen Grundsprache Noahs die Rede; es ging zuerst um Europa, und dafür genügte die Gleichstellung des Schwedischen mit dem Hebräischen. Daß Stiernhielm in weiteren Büchern auch hinter Babel zurückgreifen, also die noachische Grundsprache wieder hervorholen wollte, wissen wir aus einem geplanten Buchtitel: *Babel destructa*. Ob er dabei schärfer zwischen gleichbleibenden Wurzeln und sich wandelnden Idiomen unterschieden, also zu einer halb naturwissenschaftlichen Universalsprache gefunden hätte?[113])

Seine Landsleute drängten freilich in andere Richtung; schon daß der Nationalheilige Magog bei Stiernhielm zu kurz kam, befremdete sie. Er trug das Kainsmal des Gog, an das Tycho Brahe erinnert hatte; doch diesem Makel konnte abgeholfen werden. Der Theologieprofessor in Åbo und spätere Bischof Peter Bang (1633–1696) verwarf 1675 in seiner schwedischen Kirchengeschichte wie Stiernhielm die Lehre von 72 Sprachen, aber aus ganz anderem Grund, dem Grund des Annius: Er wollte einen in der Bibel nicht erwähnten zweiten Magog in die Völkertafel schmuggeln. Dieser Magog war ein Hamit, Teilhaber der bösen Gog und Magog und Vorfahre der verruchten Türken und Tataren. Der Japhetit Magog ist mit diesem Schurken nicht entfernt verwandt, denn er ist, wie man seit Johann Magnus weiß, ein lobenswerter alter Schwede, der sich beim Turmbau von Babel nur aus heiliger Einfalt *(ex simplicitate)* beteiligte und es noch bis zum Bischof *(praesul)* brachte. Dann wäre das Schwedische nur eine Babelspraache; aber um die Sprache ging es Bang nicht, er ließ auch die hebräische Ursprache unberührt. Anders als der Dichter Stiernhielm achtete der Theologe auf die Genealogie des Kirchenvolkes und war überzeugt, daß es schon vor Babel brave Schweden gegeben haben müsse.

[113]) Brief Nr. 171, hg. Johan Nordström u. a., Samlade skrifter av Georg Stiernhielm (Svenska förvattare 8), Bd. 3, 1, Stockholm 1937–48, S. 284 f. (Völker- und Stifternamen); Nr. 165 S. 273 f. (Magog); Nr. 90 S. 136–141 (Sprachen, Babel, Japhet). Evangelia ab Ulfila . . . translata, Stockholm 1671, Vorwort S. 2–36 (Goropius usw.). Auszüge aus dem nicht mehr vollendeten Werk „Runa Suethica" bei Birger Swartling, Georg Stiernhielm, Hans lif och verksamhet (Uppsala Universitets Årsskrift 1909), Uppsala 1909, S. XII ff. Dazu Nordström, Yverbornes ö 102 f., 122 ff.; Agrell, Studier 92 ff.; Carl Ivar Ståhle, Språkteori och ordval i Stiernhielms författarskap, in: Arkiv för nordisk filologi 66 (1951) 52–94, hier S. 54 ff., 65.

Denn von der Schönheit der schwedischen Landschaft hatte sicher schon vor der Sintflut alle Welt gehört; sie zog empfindsame Gemüter an. Und wenn die Sintflut die ganze Welt überschwemmte, dann auch Schweden; das war jedoch nur sinnvoll, wenn Schweden zuvor bewohnt gewesen war. (Heilige Einfalt! Dann war ja der ganze Globus schon besetzt, bevor die Flut kam, und Schwedens Vorrang war dahin.) Wenn China so früh besiedelt war, wie die Gelehrten sagten, dann muß Schweden noch eher besucht worden sein, denn es lag näher als China an der vorderasiatischen Urheimat der Menschheit. Vielleicht wurde vor der Sintflut Amerika nicht von China, sondern von Schweden und Grönland aus über eine damals noch feste Landbrücke erreicht. (Das war von Grotius entlehnt, dessen Wahlheimat Schweden geworden war.) Möglicherweise durfte man sogar (wie Giordano Bruno) von Noah auf Adam, von den drei Noachiden auf die drei Söhne Adams zurückschließen. Wahrhaftig, einer von Adams Söhnen wird Schweden zuerst betreten haben – *dulcissimae patriae ornamentum*! Kain, obzwar der Älteste, war Afrikaner und verrucht, der brave Seth war schon des Stabreims wegen für die Semiten reserviert; blieb also Abel, gläubig, unschuldig und tierliebend, wie bekanntlich alle Schweden sind. Um der Einfalt die Krone aufzusetzen, kam aber vermutlich schon der Erzpatriarch Adam, der Alleswisser *(dei bibliotheca)*, persönlich zu Besuch und residierte als Bischof, wie uralte Volksweisheit meldete, in *Kälckestad*. Leider sind *propter defectum monumentorum* die unschätzbaren Predigten Adams verloren. Sei dem, wie ihm wolle, unter allen nachsintflutlichen Völkern sind unstreitig die Schweden das älteste[114]). Das war kühner als Goropius, lächerlicher als Ocampo.

Trotzdem war es noch zu überbieten. Bangs närrischer Landsmann Anders Kempe (1622–1689), ein Arzt und Alchimist, den schließlich selbst die Hansestadt Hamburg aus seinem Exil vertrieb, entdeckte 1683, daß Schwedisch die älteste Sprache der Welt sei. Die Art seiner Beweisführung läßt sich nicht feststellen, da sein Buch (wenigstens in Deutschland, wo es gedruckt wurde) in keiner großen Bibliothek mehr aufzufinden ist und auch bei seinen Zeitgenossen keine Spuren hinterließ. Es genügt, wenn wir hören, daß nach Kempes Meinung Gott im Paradies Schwedisch sprach. Adam erwiderte ihm dänisch, und die Schlange sprach mit Eva französisch. Der Engländer Howell wäre befriedigt, der Franzose Bouhours entsetzt gewesen, wenn sie vernommen hätten, was aus dem Witz Langes geworden war. Kempes grimmiger Ernst verlegte die von Stiernhielm gelehrte frühe Differenzierung der Sprachen ins Paradies selbst und schonte weder den dänischen Gegner noch den französischen Verbündeten des

[114]) Priscorum Sveo-Gothorum Ecclesia seu historia ecclesiastica de priscis Sveo-Gothicae terrae colonis, Åbo 1675, S. 62–80 (72 Sprachen, Magog, Hebräisch), 9 ff. Amerika), 13–18 (Adams Söhne), 26–29 (Adam), 80 (Alter der Schweden).

Schonischen Krieges[115]). Aber niemand achtete auf Kempe; wie es zu gehen pflegt, das Gelächter Europas traf den Falschen, nämlich den hochgelahrten Rudbeck.

Der zu seiner Zeit berühmte, später berüchtigte Professor, Architekt, Botaniker, Mediziner und Musiker Olof Rudbeck (1630–1702) in Uppsala begann 1675 die Geschichte Schwedens nicht wie Bang und Kempe mit Adam, nicht einmal wie Stiernhielm mit Noah. Denn aus der Zeit vor Babel läßt sich wenig ermitteln; die Menschen trieben noch nirgends seßhaft Ackerbau, sie waren Nomaden, wie Gen. 11, 2 bezeugt, und streiften nur in Vorderasien umher. Die übrige Welt war unbewohnt, wüst und leer. Mangels anderer Zeugnisse müssen wir die Urgeschichte der Völker durch die Beobachtung ihrer Sprachen erschließen, und auch sie gibt nur über die nachbabylonische Zeit Aufschluß; wenn die hebräische Ursprache allen Wandel überstand, ist sie eben deshalb kein historisches Dokument. Die Eigenart aller übrigen Idiome legt den Schluß nahe, daß in Babel beim Turmbau plötzlich neue Grundsprachen entstanden; man wird also ein Wunder annehmen dürfen. Der Turmbau selbst gab dazu kaum einen Anlaß; er wurde nicht von Millionen gebaut, sondern höchstens von 115 720 Menschen, wahrscheinlicher aber von nur 44 288 Leuten, denn die alten Orientalen waren gewiß nicht so kinderreich wie heutzutage die Schweden. (Keine der Zahlen ist durch 72 teilbar; die Berechnungsweise bleibt, wie bei fast allen ähnlichen Versuchen, dunkel.) Man baute nur einen harmlosen Wohnturm, nicht größer als der Tempel Salomos; er wurde von Gott nicht aus Zorn, sondern um der größeren Ziele methodischer Erd-Kultivierung willen zerstört. Das sind Lehren, die wir bei den Humanisten des 16. Jahrhunderts überall ähnlich fanden.

Nun wandte Rudbeck sein Prinzip an und schloß vom Zustand der japhetitischen Grundsprachen auf die Wanderungen der japhetitischen Völker – Leibniz handhabte es nicht anders, und da lächelte niemand. Die drei europäischen Grundsprachen, Skythisch-Gotisch, Keltisch-Romanisch und Griechisch, sind freilich eigenwillig zusammengestellt. Sie blieben nach Babel nicht vereint, Kelten und Griechen wanderten ab, auch nach Amerika; aber Japhet und seine Germanen hielten zusammen, sie wurden vermutlich in Schweden seßhaft und besiedelten von dort, vom Land der Hyperboräer aus Europa. Stiernhielm hatte nicht weniger behauptet. Nun ließ sich Rudbeck jedoch vom Mythenvergleich der Zeitgenossen, von einer Gleichung Magnus' und Postels hinreißen: Japhet habe auch Atlas geheißen; so sei Schweden nicht nur die Heimat der

[115]) Die Sprachen des Paradieses, das ist Gegebene Anleitung der Natur, zu erkennen, was vor Sprachen im ersten Anfange der Welt im Paradiese . . . geredet worden, o. O. 1683. An der vergeblichen Suche nach diesem Buch beteiligten sich 29 ost- und westdeutsche Bibliotheken.

Trojaner, sondern wohl auch das Land, das den verwandten Griechen als Atlantis, als Insel der Seligen, vor der Seele stand. Rudbecks Kombinationen machten vor den Toren des Paradieses halt; dort durfte kein partikulärer Anspruch eindringen. Aber eben diese halb fromme, halb aufgeklärte Scheu vor den heiligen und dunklen Ursprüngen beraubte Rudbeck des mächtigsten Schutzes; im Windschatten der mosaischen Genesis und der Orthodoxie gediehen später noch seltsamere Blüten. Rudbecks Sohn und seine Schüler bauten seine Theorie weiter aus, aber in ganz Europa wurde sie schnell ein Hauptspaß der gelehrten Welt, obwohl sie nicht auf Bangscher Phantasie, sondern auf Sprachvergleichung beruhte und den Mythenvergleich nicht weiter als Huet urgierte. Rudbeck mußte es büßen, daß er in der Nachhut focht, am Ende eines langen Zuges, an dessen Spitze Niels Ragvaldsson, Annius von Viterbo und Goropius Becanus standen[116]). Die Idee vom auserwählten Vaterland und seiner alten Muttersprache mochte in Schweden dem hegemonialen Abenteuer Karls XII. präludieren; für Europa bot die schwedische Unverfrorenheit nur das abschließende Satyrspiel des national-biblischen Geschichtsdenkens. Die Zukunft konnte nicht in der Vergangenheit liegen.

Am Grenzsaum des schwedischen Ostsee-Imperiums wollten zwar die Letten den Schweden nacheifern, rechneten sich zu den ältesten Völkern der Welt und suchten bei den Gabaonitern von Jos. 9, 22 Unterschlupf; aber da hielt 1649 den barbarischen *Unteutschen* der deutsche Superintendent Paul Einhorn (gest. 1655) vor, daß niemand ihre Urgeschichte aufgezeichnet habe. Man mußte ihnen erst zur Kultur verhelfen; darum forderte Einhorn von den kurländischen Geistlichen, sie müßten die *unteutsche*, lettische Sprache erlernen, um die Letten zum wahren Glauben zu führen; und deutsche Pastoren waren es in der Tat, die im 17. Jahrhundert mit Wörterbüchern und Bibelübersetzungen den Grundstock zur lettischen Literatursprache legten[117]). Die praktische Missionsarbeit mußte sich von der Zukunft mehr erwarten als von einer antiquarischen Gelehrsamkeit, und hier traf sie sich mit dem rationalistischen Geschichtsbild vom Fortschritt der Menschheit.

Ähnlich parallel liefen Orthodoxie und Rationalismus in Dänemark, das sich der schwedischen Übermacht nur mühsam erwehren konnte; auf einen Wettbewerb mit dem schwedischen Antiquitäten-Stolz ließen sich hier weder die

---

[116]) Atlantica sive Manheim, vera Japheti posterorum sedes ac patria, Bd. 1, Uppsala 1675: c. 2 S. 16 f. (Sprachen und Urgeschichte der Völker); c. 3 S. 34–50 (Babel, Sprachenteilung), 69 f., 80 (Grundsprachen); c. 9 S. 362 ff. (Hyperboräer); c. 36 S. 788 ff. (Trojaner); c. 7 S. 144 ff. (Atlantis). Dazu Nordström, Yverbornes ö 91 ff., 136 ff.; Agrell, Studier 107 ff.

[117]) Historia Lettica, in: Scriptores rerum Livonicarum, Bd. 2, Riga-Leipzig 1848, S. 575. Dazu Grentrup, Muttersprache 429 ff.; Reinhard Wittram, Baltische Geschichte, Die Ostseelande Livland, Estland, Kurland 1180–1918, München 1954, S. 117 ff.

Freunde des biblischen noch die des germanischen Altertums ein. Religiöser Ursprung und weltlicher Fortgang blieben zumeist sauber getrennt, und wenn Adam zitiert wurde, dann nicht als Däne, sondern als Urbild menschlicher Macht. Der erste große Renaissancedichter Dänemarks, der abgesetzte Bischof und unpriesterliche Pastor Anders Arrebo (1587–1637), faßte nach dem Muster von Du Bartas die Weltschöpfung episch breit in saubere dänische Verse, wobei der Dichter viele Wörter neu erfand. Wie Adam die Tiere benannte, war ihm denn auch ein Zeugnis für die ursprüngliche, bald geschwächte Herrschaft des Menschen über die Welt; heute versteht sich die Verfügung des Menschen über die Sprache nicht mehr von selbst. Herrscherlich, aber zwecklos baute Nimrod seinen Königsstuhl gen Himmel; die Himmelsmacht wurde ihm nicht zuteil. Aber vielleicht kann der Dichter den Menschen wieder zu seiner ursprünglichen Kraft erheben und seine historischen Defekte heilen[118]).

Doch Gott verließ die Seinen nicht, auch als sie aus dem Paradies vertrieben waren. Der Kopenhagener Orientalist Thomas Bang (1600–1661) wollte nicht glauben, daß die hebräischen Schriftzeichen vom Himmel herabgekommen oder schon von Adam erdacht worden waren; erst Henoch war ihr Erfinder[119]). Fragmente übergreifender Sinnhaftigkeit fand 1675 auch der Kopenhagener Chemie- und Botanikprofessor Olaus Borch (Borrichius, 1626–1690) über die historische Welt verstreut. Die hebräische Sprache wurde vom allweisen Schöpfer in den Menschen hineingelegt *(insita)*; sie erhielt sich rein, weil Gottes Gnade und das hohe Alter der Patriarchen sie konservierten. Daß sie die älteste aller Sprachen ist, zeigt sich auch daran, daß das Griechische von ihr abstammt und daß rings um Babel lauter semitische Dialekte gesprochen werden. Dann wäre die Differenzierung der Sprachen ein natürlicher Prozeß gewesen; Borch hielt denn auch von der Symbolzahl der 72 Sprachen nicht viel und ließ offen, wie man sich die plötzliche Sprachenverwirrung zu denken habe, als Gedächtnisnarkose, als Gehörveränderung oder als Abwandlung der Vorstellungskraft; jedenfalls fand eine physiologische oder (nach Casaubon) psychologische Veränderung im Menschen statt, kein sichtbares Wunder. Vielleicht blieben nach Babel zunächst nur Bruchstücke von Sprache übrig, die von den Völkern später ergänzt wurden; so ergaben sich die Abweichungen vom Hebräischen in Aussprache, Deklination und Syntax. Den Rest besorgten die natürlichen Einflüsse, Klima, Lautmalerei, Gewohnheiten der Mütter und Ammen, Sorglosigkeiten der Menschen, Kriege, Handel und Verkehr. Borch brachte das hübsche, sicher nicht von ihm erfundene Wortspiel, das man bald öfter hören

---

[118]) Hexaëmeron rhythmico-danicum, Kopenhagen 1661, S. 226 (Adam), 268 f. (Nimrod). Dazu MITCHELL, Literature 63.

[119]) Exercitationes philologico-philosophicae ... de ortu et progressu literarum, Krakau 1691, S. 6 ff. (Adam), 22 ff., 95 (Henoch).

sollte, daß wir Nachgeborenen vom Gesetz der Verwirrung nur verworrene Kenntnis haben könnten[120]). Dennoch bestehen solche Naturgesetze, die mit der göttlichen Vorsehung zusammenstimmen. Besser als in Schweden war in Dänemark der Übergang zur Aufklärung vorbereitet, auch wenn vorerst die lutherische Orthodoxie und der deutsche Einfluß überwogen.

*

Wenn mir die deutsche Position im 17. Jahrhundert besonders vielschichtig und verworren vorkommt, liegt das wohl nicht nur an der Standort-Gebundenheit eines deutschen Betrachters, dem heimische Probleme und Bücher leichter zugänglich sind als ausländische. Im Zeitalter des Dreißigjährigen Krieges und der französischen Hegemonie verbanden sich die aktuellen Gegensätze der Konfessionen und Territorien mit den alten, noch immer ungelösten universalen Träumen zu einem Wust von Ideen, der etwas Monströses an sich hat, aber gerade so die geschichtliche Situation aufs klarste kennzeichnet. Wo man sich noch weiterhin auf Aschkenaz und die deutsche Hauptsprache berief, geschah es beunruhigt und überlaut, als fürchte man den Einspruch des Gewissens, mehr als den der Nachbarn; die begrenzten und komplizierten Verhältnisse wiesen nicht mehr unmittelbar auf Gottes liebevolle Vorsehung, sondern auf einen Ordnungs-Auftrag, dem niemand gewachsen schien.

Der lutheranische Mystiker Jakob Böhme (1575–1624) erblickte ihn nicht in patriotischer, sondern in religiöser Neubesinnung auf das Wesen der Sprache. Sprache und Religion sind innig miteinander verbunden, denn eigentlich ist Gott Dichter. Sache, Wort und Wesen sind bei ihm eins, und der Mensch müßte hierin Gottes Ebenbild sein können, wenn nur die Welt nicht so hoffnungslos verderbt wäre. In seinem Alterswerk lehrte der Görlitzer Schuster 1623, daß die Menschen anfangs *einerley Sprache* redeten, und zwar die ungeformte *Natur-Sprache* des Paracelsus, in der alle Idiome beschlossen lagen, die *sensualische Sprache* der Vögel in der Luft und der Tiere im Wald. In dieser Sprache gab Adam, wie ein Engel aus der Kraft Gottes schöpfend und die Idee des vollkommenen Menschen verkörpernd, den Kreaturen ihre Namen; in ihr klangen Benennung und Ding enharmonisch zusammen. Diese wahre und einzige Sprache ist (anders als bei Paracelsus und so wie bei Nikolaus von Kues) nicht das Hebräische; seit dem Turmbau ist sie verloren und unter die Idiome der Welt gemischt.

Denn in Babel, *bey den Kindern Nimrot*, wurden die Menschen zu törichten *Thier-Menschen*, die sich von Nimrod jagen und tyrannisieren ließen. Hier be-

[120]) Diatribe de causis diversitatis linguarum, 2. Aufl., Quedlinburg 1704, S. 6 ff. (Babel), 9–40 (spätere Verzweigungen), 7 (Wortspiel).

gann die *andere Monarchia* der Weltlichkeit unter den 72 Noachiden. Da ist die Sprache bloß noch äußerlich, *der rechte Verstand erloschen.* Der Babelturm, an dem nicht nur Hamiten, sondern alle bauten, ist *eine Figur des abgefallenen irdischen Menschen*, der keinen Begriff von Gott mehr hat und darum in dumpfe Dämmerung versinkt. Aus dieser Verweltlichung ergab sich von selbst die Verwirrung; aus der überfließenden Fülle der einen ungeformten Natursprache wurden die 72 *geformten* Sprachen *der menschlichen Selbheit und Eigenheit*, in denen die Menschen Gutes und Böses, Wahrheit und Lüge durcheinander reden. Sie sind noch immer dem göttlichen Ursprung verbunden als ein *dreyfach sensualisch Alphabet* von je 24 Buchstaben, das auf die 72 Gottesnamen hinweist. Aber jeder versteht nur seinen Buchstaben, nicht mehr das ganze Wort und den wahren Gott, der *mitten unter den Buchstaben* wohnt, nicht im Himmel, wo ihn die Turmbauer suchten.

Die vielen Sprachen geben jeweils die sensualische Qualität ihres Volkes und Landes wieder; sie sind vom Volk, von den herrschenden Gestirnen und der Luft geformt, also keine beliebigen Variationen, sondern besondere Aspekte der einen Welt. Aber jedes Volk baut sich sein eigenes Weltbild und versteht die anderen nicht; Sprache ist kein Werk des totalen Menschen mehr. So entspringen ihrer Vielfalt die zahlreichen Religionen, deren jede *sonderliche Meinungen von Gottes Wesen und Willen* bekennt und sich zu definieren sucht. *Alle Vernunft-Gelehrte aus der Schule dieser Welt sind die Baumeister dieses Thurnes*, die *hohen Schulen*, *Pfaffen*, *Päbste*, *Bischöfe*, *Doktoren*; *Item . . . Rabbinen und Meister aller Völcker.* Sie schaffen durch ihre Religionskriege (wie den eben beginnenden Dreißigjährigen) babylonische Verwirrung und sind in ihrer vermeintlichen Weisheit törichter als die Vögel, die Gott alle in einer Zunge loben. Jede sprachliche, völkische, begriffliche, religiöse Sonderung ist für Böhme Babel, eine Perversion der einfachen Natur.

In diesem Sinn legt Böhme auch die Völkertafel aus. Japhet mit seinen 7 Kindern bedeutet *das Reich der Natur*, aus dem die sieben freien Künste entstanden; Cham stellt die *äußere Form der Vernunft* dar mit den 30 Silberlingen des Judas, die die wahre Religion verraten; nur Sems 5 Kinder bezeichnen die noch in Resten erhaltenen fünf heiligen *Haupt-Sprachen.* Böhme kann sie nicht benennen, weil sie nicht mit irdisch-konkreten Idiomen verwechselt werden dürfen; er sieht sie zusammengefaßt in den fünf Vokalen und in dem aus ihnen gefügten Gottesnamen *Jehovah* (wobei v als u zu lesen ist). Diese fünf Sprachen ergänzen und vertiefen die irdischen 72 zu der Zahl 77 der göttlichen Offenbarung; doch steht eine erhabene Harmonie auch hinter den 72 Sprachen (die nicht aus den Noachiden-Familien, den 7 japhetitischen, 30 hamitischen und 5 semitischen, summiert sind, also keine völkische Symbolik vertreten). Der Paragraph 72 des einschlägigen Kapitels handelt selbstverständlich von den

72 Sprachen. Dahinter entdecken wir einen Optimismus, der den vollkommenen Menschen und den nachdenklichen Mystiker zum Ebenbild Gottes und zum Hüter seiner Ordnung bestellt. Böhme kann sich freuen; *der Thurn ist zerbrochen und umgefallen*, denn wir hören den heiligen Gott wieder in der sensualischen Sprache, die der Heilige Geist an Pfingsten den Aposteln eröffnet hat. Böhme verkennt so wenig wie Luther die verderbliche Macht des Bösen in der Welt, aber hinter den starken dualistischen Spannungen in der Schöpfung findet er jenseits aller geschichtlichen Abläufe, in der Urzeit und Endzeit, die innerste Einheit von Gott und Natur. Böhmes imposante Synthese schließt wie die des Kusaners die Geschichte aus; weder als die Heilsgeschichte der Orthodoxen noch als der Fortschritt der Rationalisten läutert sie das Irdische. Der erste deutsch schreibende Philosoph achtete nicht auf die Muttersprache, in der er dachte und schrieb, nicht auf das Vaterland, in dem er lebte[121]).

Wie dem schlesischen erging es dem schwäbischen Mystizismus der Lutheraner. Der in Tübingen geschulte, dann zu Tycho Brahe vertriebene Schwabe Johann Kepler (1571–1630) fand 1618 gleichfalls wie Böhme über den Erscheinungen der Historie den harmonischen Bauplan der Welt, und zwar in schönen Zahlenverhältnissen. Nur spielte dabei, soviel ich sehe, die der Heilsgeschichte verhaftete Zahl 72 keine Rolle; die Vollkommenheit des Schöpfers spiegelt sich vielmehr in den kosmischen Bewegungen der Planeten und in den Intervallen der Musik. Die menschliche Sprache hingegen ist der Willkür und der Geschichte anheimgegeben; darum ist jedes Idiom in Akzent und Aussprache verderbt und entartet. Bloß im Gesang kann der Musiker die Lautsprache zur Harmonie der mathematischen Begriffssprache erheben[122]). Ähnlich unsinnlich sind die Ideale des aus dem gleichen Tübinger Kreis hervorgegangenen Theologen Johann Valentin Andreä (1586–1654). Für den Rosenkreutzer war 1619 die irdische Welt der verworrenen und unklaren Geister, die sich der Erleuchtung und Kirchenreform widersetzen, geradezu symbolisiert durch den Turm von Babel. Erst in einer künftigen, nach Campanellas Vorbild gestalteten Idealstadt wird sich das christliche Hochziel verwirklichen; deren Forum ruht auf 72 Säulen, sie soll sich also auf den Missionsbefehl an die Jünger Christi stützen

---

[121]) Mysterium magnum, hg. Will-Erich PEUCKERT, Jacob Böhme, Sämtliche Schriften, Bd. 7, Stuttgart 1958: c. 19 S. 130 (Adam); c. 35 f. S. 318–358 (Babel). Dazu HANKAMER, Sprache 151 ff.; Wolfgang KAYSER, Böhmes Natursprachenlehre und ihre Grundlagen, in: Euphorion 31 (1930) 521–562, hier besonders S. 527; Ernst BENZ, Zur metaphysischen Begründung der Sprache bei Jacob Böhme, in: Dichtung und Volkstum (Euphorion) 37 (1936) 340–357, hier S. 348 ff.; BENZ, Sprachtheologie 210 ff. Zum Dualismus Heinrich BORNKAMM, Luther und Böhme (Arbeiten zur Kirchengeschichte 2), Bonn 1925, S. 297 f.

[122]) Harmonice mundi, hg. Max CASPAR, Johannes Kepler, Gesammelte Werke, Bd. 6, München 1940: III, 13, 6 S. 162 f. (Sprache). Dazu Max CASPAR, Johannes Kepler, Stuttgart 1948, S. 317 ff.; VERBURG, Taal 224 f.

und wohl alle Sprachen umschließen. Doch vorläufig muß die Reform im kleinen Kreis beginnen, und dafür sind die Pläne Ratkes vorbildlich. Denn die christliche Gemeinde, so heißt es 1619, muß sich von der unfähigen Herrschaft gelehrter Fremdsprachen befreien; sie soll die Gottesgaben nicht nur den Gebildeten eröffnen, sondern auch den Laien, die sich nicht jahrelang mit dem Erlernen des Lateinischen abquälen können. Man müßte eine Summe aller Wissenschaften in der Muttersprache abfassen und könnte es, denn in weltlichen Dingen steht das Deutsche keiner anderen Sprache nach[123]).

War bei Andreä die Muttersprache noch eine Interimslösung, so erhob Andreäs weltlicherer Lehrer, der polyglotte Tübinger Pandektenprofessor Christoph Besold (1577–1638), sie seit 1619 wieder wie Hunnius zum Rang einer Grundsprache. Hebräisch ist die von Gott gesandte und noch heute wunderbar regelmäßige Stammsprache der Semiten; nach ihr entstanden in Babel nur noch zwei Kernsprachen, das Lateinische, die Mutter der romanischen, und das Deutsche, die Mutter der germanischen Idiome. Zwar hob Besold die drei heiligen Zungen besonders hervor, aber das Griechische, das zu ihnen wie zu Scaligers Grundsprachen gehörte, wurde preisgegeben, damit das Deutsche an der Dreifaltigkeit Anteil habe. Besold vermutete sogar, man könne vielleicht in Indianer-Dialekten Reste des Kimbrischen oder des Altdeutschen finden, da Amerika, mit der Insel Atlantis identisch, nach der Sintflut von japhetitischen Skythen besiedelt worden sei; im Hintergrunde, nicht namentlich genannt, tauchen also Gomer und Aschkenaz als Väter der deutschen Sprache und der halben Welt auf[124]).

Der Greifswalder Konrektor Andreas Helvig (gest. 1643) empfand 1620 die Willkür von Besolds Verfahren, als er das erste mit deutschen Etymologien befaßte Werk der germanischen Philologie schrieb. Sein System ist strenger und umsichtiger. Die drei heiligen Sprachen, die an Christi Kreuz standen, sind zugleich die Wurzeln aller übrigen; unter den abgeleiteten ragt das Deutsche dadurch hervor, daß es nicht von einer, sondern von allen dreien, vornehmlich von der hebräischen Mutter, inspiriert ist. Zudem kommt der deutsche Volks-

---

[123]) Turris Babel sive iudiciorum de fraternitate rosaceae chaos, Straßburg 1619 (irdische Welt; außer im Titel kommt der Turmbau nicht vor). Reipublicae Christianopolitanae descriptio, Straßburg 1619 (72 Säulen; ich zitiere nach Paul JOACHIMSEN, Der deutsche Staatsgedanke von seinen Anfängen bis auf Leibniz und Friedrich den Großen, München 1921, S. 212). Christianae societatis imago, hg. George Henry TURNBULL, Johann Valentin Andreaes Societas Christiana, in: Zeitschrift für deutsche Philologie 73 (1954) 407–432, hier S. 420 f. (Fremd- und Muttersprachen). Dazu Hans LEUBE, Die Reformideen in der deutschen lutherischen Kirche zur Zeit der Orthodoxie, Leipzig 1924, S. 86 ff.

[124]) De natura populorum eiusque pro loci positu ac temporis decursu variatione, 2. Aufl., Tübingen 1632: c. 12 S. 62 ff. (Hebräisch); c. 14 S. 72 f. (Babel); c. 13 S. 71 f. (heilige Sprachen, Latein und Deutsch); dazu KAYSER, Klangmalerei 154, 158. De novo orbe coniectanea, Tübingen 1619, S. 20–25 (Amerika, Skythen).

name *Tuiscones* vom Namen des biblischen Gründers *Ascenaz*, wie Melanchthon lehrt. Nicht nur die Herkunft, auch die Fortdauer adelt das Deutsche; es ist unter allen lebenden Sprachen die älteste und vornehmste. Denn (ähnlich argumentierte Mylius) das heilige und allerälteste Hebräisch ist längst ausgestorben, das Griechische der türkischen Barbarei gewichen, das Lateinische nur noch als tote Schriftsprache im Gebrauch. Allein im Deutschen wirkt die Urzeit noch lebendig und umfassend in die Gegenwart; es steht weit über den verderbten romanischen Idiomen[125]). Die deutschen Dichter haben ein altes und hohes Erbe zu hüten.

Es zu erneuern, bemühte sich niemand intensiver als der Schlesier Martin Opitz (1597–1639). Obgleich er die deutsche Literatursprache nach dem Vorbild klassizistischer Dichtung des Auslands, vor allem Hollands, Frankreichs und Englands, formen wollte, trat er 1618 aller Ausländerei entgegen; das Deutsche soll von fremden Inhalten lernen, sie jedoch nach seinem Sprachgeist bilden, sich nicht mit Fremdwörtern beschmutzen. Bisher blieb es immer *indivulsus et incorruptus*. Freilich muß sich der deutsche Poet in griechischen und lateinischen Büchern umsehen, wie Opitz 1624 verlangte. Denn die dichterische Sprache ist Sache der formalen Bildung, nicht eines Naturtalents. So war es schon immer; nicht Adam ist (wie bei Vondel oder bei Böhme) der erste geniale Dichter. Erst die Väter der Weisheit, wie Zoroaster oder Homer, haben *die bäwrischen und fast viehischen Menschen* zur Dichtkunst angeleitet, ähnlich wie Horaz es beschrieb. Aber wir Deutschen brauchen keine antiken Vorgänger zu verehren, denn die alten Deutschen, *die Cimbrer oder Dänen*, konnten nach dem Zeugnis des Tacitus bereits dichten, und ihre Nachfahren sollten sich schämen, in ihre gereinigte Sprache lateinische, französische, spanische und italienische Wörter zu flicken.

So nahe Opitzens Sprachtheorie den Spaniern Herrera und Góngora darin steht, daß die Bemühung der Meister den Rang der Sprache bestimmt, so unromanisch ist die Forderung nach ihrer Reinheit. Opitz will durch seine Dichtkunst nicht Babel überwinden, nicht die Macht Adams reparieren, weil ihm die Sprache ein rhetorisches Werkzeug bleibt und kein reales Weltbild zu schaffen vermag. Dafür ist bezeichnend, daß Opitz zwar 1639 das Annolied herausgab, aber in seinen Anmerkungen den Turmbau selbst dort nicht erwähnte, wo das Lied von ihm spricht. Auch wenn der Text von Nimrod redet, verweisen Opitzens Fußnoten nicht auf die Genesis, sondern beharrlich auf Semiramis und Bel. Zu der Strophe des Annoliedes, die 70 Sprachen erwähnt, bemerkte Opitz, diese Meinung rühre wohl daher, daß man glaubte, das Wort Gottes sei

[125]) Origenes dictionum Germanicarum ex tribus illis nobilibus antiquitatis eruditae linguis, Latina, Graeca, Hebraea, derivatarum, Hannover 1620, S. 22 ff. (drei Sprachen und Deutsch), 280 (Tuiscones). Dazu Kayser, Klangmalerei 161.

durch die 72 *interpretes* (die LXX-Übersetzer oder die Jünger Christi?) in alle Welt verbreitet worden. Er kannte also die alte Tradition nicht und interessierte sich mehr für die deutsche Sprache, die nach den Angaben von Clüver und Pontanus einst den ganzen keltischen Raum beherrscht habe, heute jedoch mehr griechische als keltische Einflüsse zeige. Die Hinneigung zur klassischen Antike ist unverkennbar; von Clüvers germanischem Keltenvater Aschkenaz wollte Opitz nichts wissen. Daß Gott die Sprachen lenkte, hat er schwerlich geglaubt[126]).

Der Turmbau von Babel blieb nur als rhetorische Schablone stehen bei Opitzens Freund, dem Heidelberger Dichter Julius Wilhelm Zincgref (1591 bis 1635). Er wetterte seit 1626, daß die Deutschen sich ihrer Sprache schämten und Fremdsprachen vorzögen, sei ein *newes Babel*, eine Sprachenverwirrung und Verirrung. In dem gleichen mehr patriotischen als historischen Sinn stutzte Zincgref die Sprachen-Anekdote um Karl V. zurecht. Mit Frauen spreche man Französisch – da gab es keine Variante. Italienisch ist nun aber nicht mehr die Sprache vor Fürsten, sondern *im Raht*, und dafür avanciert das Deutsche von der Soldatensprache zum Idiom für das *Befehlen oder Gebieten*. (Vielleicht wirkte die andere Anekdote ein, nach der Gott den Strafbefehl über die Stammeltern deutsch gesprochen hätte.) Vom Spanischen und der Sprache des Gebets ist nicht mehr die Rede. Die deutsche Gegenwart gebietet über Religion und Geschichte[127]).

Von seiner bürgerlichen Gegenwart her sah der ältere Matthäus Merian (1593–1650) 1625 auch den Babelturm. Der Baseler in Frankfurt gab dem Holzschnitt die ruhige Breite seiner Städteansichten und huldigte dabei dem Bürgerfleiß. In sechs Stockwerken erhebt sich ein Rundturm mit geräumigen Rampen, auf denen Lastträger und Kamele nach oben keuchen. Rege Tätigkeit auf den Gerüsten, Steinmetzen, Ziegelöfen, Lastwagen, im Hintergrund eine behäbige Stadt. Nur die dreisprachige Unterschrift, von Johann Ludwig Gottfried lateinisch, deutsch und französisch abgefaßt, erinnert an die hier vorgefallene Verwirrung; der Betrachter ahnt nicht, daß dieses rührige Treiben den Zorn Gottes und den Neid der Geschichte herausfordern sollte[128]).

---

[126]) Aristarchus sive de contemptu linguae Teutonicae, hg. Georg WITKOWSKI, Martin Opitz, Teutsche Poemata (Neudrucke 189–192), Halle 1902, S. 153 f. (indivulsus). Buch von der deutschen Poeterei, hg. Wilhelm BRAUNE (Neudrucke 1), 6. Aufl., Tübingen 1954: c. 4 S. 16 (Griechisch, Latein); c. 2 S. 8 (Zoroaster); c. 4 S. 15 (alte Deutsche); c. 6 S. 24 (Fremdsprachen). Rhythmus de sancto Annone Coloniensi archiepiscopo, in: Martini Opitii Opera Geist- und Weltlicher Gedichte, 7. Aufl., Breslau 1689, S. 381 f. (Fußnoten), 360 ff. (Deutsch und Keltisch). Dazu HANKAMER, Sprache 90 ff.

[127]) Der Teutschen scharpfsinnige kluge Sprüch, Apophthegmata genannt, Bd. 2, Straßburg 1639, S. 297 f. (Babel), 10 (Karl V.). Dazu Friedrich GUNDOLF, Anfänge deutscher Geschichtschreibung von Tschudi bis Winckelmann, Amsterdam (1938), S. 84 ff.

[128]) Icones biblicae, praecipuas sacrae scripturae historias eleganter et graphice

Ähnlich unhistorisch, aber viel frömmer erhob „in einer Wüste von Sprachdekadenz und Sprachverwirrung" der menschenfreundliche rheinische Jesuit Friedrich von Spee (1591–1635) seine Stimme. Der Lyriker wollte deutsch dichten, damit Gott auch *in Teutscher sprach seine Poeten hette*, die wie andere in ihren heimischen Weisen sein Lob singen[129]). Näher als die babylonische Verwirrung steht uns, gerade in der ärgsten irdischen Bedrängnis, der pfingstliche Hymnus aller Zungen. Es ist, als sammelte sich um die deutsche Dichtersprache das beleidigte deutsche Selbstgefühl und fände mit ihrer Hilfe den Weg aus der Verwüstung zu einer Weltfrömmigkeit, ja Weltfreude, die der lutheranischen Mystik verschlossen blieb.

Die lutheranische Orthodoxie erhob Einspruch; das zeitgebundene Idiom durfte sich nicht eigenmächtig zu einem Rang erheben, der nur dem Ewigen gebührt. Gewiß war das Deutsche die Sprache Luthers und stand, wie Hunnius und Cruciger lehrten, in der Deszendenz der drei Hauptsprachen, aber doch als eine historische, nicht als eine heilige Potenz. Heiligkeit steht im Grunde nur dem Hebräischen zu, von dem der thüringische Pastor Christian Avianus 1620 verkündete, Gott selbst habe es ebenso wie Christus gesprochen und den beiden ersten Menschen eingeflößt; als in Babel 72 Sprachen entstanden, wurde es ihrer aller Mutter. Sogar Luther wußte die hebräische Präzision von Worten wie „Halleluja" und „Amen" nicht zu verdeutschen. Im Lauf der Geschichte wurde diese älteste, heiligste und beste Sprache verdunkelt vom Chaldäischen, Persischen, Griechischen, Lateinischen und in unseren Tagen vom Deutschen; denn immer blüht die Sprache des Volkes, das gerade die Weltherrschaft innehat (Nebrijas Lehre). Der seit Karl dem Großen unbestrittenen politischen Vormacht Deutschlands tritt seit Luther das gereinigte Evangelium zur Seite, und so erfüllt sich in der deutschen Sprache wohl ein Segen Gottes; doch das Hebräische bleibt unerreicht[130]).

Es blieb auch von allen geschichtlichen Schicksalen unversehrt; so lehrte seit

---

repraesentantes, Frankfurt/Main 1625, unpaginiert, zu Gen. 11; auch bei EHRENSTEIN, Graphik 58 Abb. 8.

[129]) Trutznachtigall, hg. Gustave Otto ARLT (Neudrucke 292–301), Halle 1936: Vorrede S. 5* f. Dazu Emmy ROSENFELD, Friedrich Spee von Langenfeld, Eine Stimme in der Wüste (Quellen und Forschungen zur Sprach- und Kulturgeschichte der germanischen Völker NF 2), Berlin 1958, S. 213 ff. (hier das Zitat).

[130]) Tractatus de Hebraea lingua, quod sit antiquissima, sanctissima, longeque utilissima, Leipzig 1620, S. 5 f. (Alter), 13 ff. (Heiligkeit), 23 (beste Sprache), 36 ff. (andere Sprachen). Ähnliche Elaborate: Heinrich NEOVINUS, Oratio de praestantia, jucunditate et necessitate summa linguae Hebraeae, Rostock 1617, unpaginiert (hier die Behauptung, alle Kinder sprächen hebräisch, weil sie ihren Vater *Abba*, ihre Mutter *Emmi* rufen); Gabriel DOVIUS, Dissertatio de linguae sanctae seu Hebraeae excellentia, qua Deus ipse, sancti Angeli, primi nostri parentes in paradiso et omnes sancti homines in Veteri Testamento non sine dulcissima piae mentis jocunditate usi sunt, Wittenberg 1617, S. 3 ff.

1610 der Orientalist der Universität Altdorf, Christoph Crinesius (1584–1629), ein guter Kenner des Syrischen. Von der heiligen, selbst in der Aussprache bis heute unverdorbenen hebräischen Ursprache zweigen die semitischen Idiome ab, Chaldäisch und Syrisch-Aramäisch, die keinen Anspruch auf die erste Stelle haben. Zu den *degeneres filii* des Hebräischen gehören auch hier die Babelsprachen wie das Griechische der Javaniden. Aus ihm erwuchs erst lange nach der babylonischen Verwirrung das Lateinische, das also eine Enkelin des Hebräischen ist. Seine romanischen Töchter sind unzweckmäßig gebaut, wie man an der höchst schwierigen Aussprache des Französischen sieht. Älter, also auch besser, ist das Deutsche, von dem das Gallische abstammt und das auch im Spanischen Spuren hinterließ; doch hören wir nichts von seinem Ursprung. Genug, daß die These des Goropius Becanus von der deutschen Paradiesessprache lächerlich ist[131]).

Die Sprachengeschichte verliefe demnach linear absteigend, mit der Verzweigung der Idiome dem Verfall sich nähernd, während das ursprüngliche Hebräisch ein langsam verklingendes Leitmotiv göttlicher Originalität intoniert. Auch der Straßburger Mediziner und Mathematiker Isaak Habrecht (gest. 1633) bezweifelte 1630 nicht, daß Hebräisch dem Menschen vor dem Fall *eingepflanzt und in seinen Verstand gegründet gewesen.* Aber er wollte doch wenigstens die beiden klassischen Sprachen Griechisch und Latein auch als Hauptsprachen gewertet wissen; *bei der Zerfallung des großen babylonischen Gebäws* seien sie als Teile des Fundamentes erhalten geblieben, als das *einige schöne Schloß der Spraach in unzählbare Stücklein und Bröcklein zermalmet worden.* Doch widersprach diese halb katholische und humanistische Erweichung dem Schriftprinzip wie dem Verfallsprinzip[132]).

Darum schob der klassische Dogmatiker der lutheranischen Orthodoxie, der Jenenser Professor Johann Gerhard (1582–1637), alle humanistische, historische und katholisch-traditionalistische Vermittlung beiseite und bestand darauf, daß die Heilige Schrift von Gottes eigener Hand oder auf direkten göttlichen Befehl niedergeschrieben wurde; zwischen sprachlichem Zeichen und bezeichnetem Sinn blieb keine Differenz. So war denn das Hebräische mitsamt seinen Vokalpunkten die Ursprache, an die weder das Syrische noch gar das Kimbrische heranreichten. Filastrius war ein Ketzer, denn Hebräisch zerfiel nicht natürlich und allmählich wie irdische Idiome; es wurde von Gott in Babel augenblicks zu neuen Sprachen verwandelt, so daß das Hebräische *matrix omnium aliarum linguarum* blieb. Auf allen neueren Idiomen lastete die Erbsünde von Babel, die Tostat hatte leugnen wollen. Nur die Semiten und

---

[131]) Discursus de confusione linguarum, Nürnberg 1629, S. 1 ff. (Hebräisch), 47 ff. (Syrisch), 75 ff. (übrige Sprachen), 83 ff. (Latein), 87 (Gallisch), 102 (Spanisch), 7 ff. (Goropius). Das Buch wurde noch 1699 neu aufgelegt.

[132]) Janua linguarum silinguis, Straßburg 1630, im unpaginierten Vorwort.

ihre Sprache sind davon befreit, denn sie bauten in Babel nicht mit. Wortführer des Turmbaus waren Nimrod und seine Hamiten; doch Gerhard schonte (anders als Musaeus) die Japhetiten nicht, wenngleich sie nur *vel illecti vel coacti a Nimrodo tyranno* mitwirkten. Sie durften nicht widerstehen, denn die Obrigkeit ist von Gott gesetzt. Allerdings behaupten Täufer und Schwärmer fälschlich, Nimrod sei der Begründer der monarchischen Obrigkeit gewesen. Er war ein Tyrann und Menschenjäger, sein Babelturm eine Zwingburg; doch (soweit hatte Suarez recht) der tyrannische Mißbrauch der von Gott verfügten Herrschaft konnte ihren Segen nicht brechen.

Er wird sich aber erst nach dem Ende dieser verderbten Welt wieder voll entfalten können; dann werden die Heiligen sämtlich Hebräisch sprechen, wie es vor der babylonischen Verwirrung geschah. Aber sollte die eine Sprache, die allein dem Alten Testament eignete, so universal bevorzugt sein? Dem Protestanten, der für diese Lehre nur jüdische und katholische Autoritäten zitieren konnte, schlug das evangelische Gewissen, und er schrieb: Andere meinten, im Himmel würden alle Sprachen gesprochen. Hier stießen zwei Geschichtsbilder zusammen. Was sollte nun gelten: die paradiesische oder die pfingstliche Norm, Verfall oder Fortschritt, die ursprüngliche Wahrheit oder ihre christliche Erfüllung? Gerhard entzog sich ärgerlich der Alternative: Anstatt solche Fragen *scrupulose* zu diskutieren, möge man ihre Beantwortung der künftigen seligen Erfahrung überlassen. Das Bild der Heilsgeschichte rundete sich nicht mehr, weil jüdischer Inspirationsglaube und reformatorische Erneuerung nicht ganz zusammenstimmten.

Die gleiche Disharmonie stellte sich ein, als Gerhard (auf lateinisch) gegen Bellarmins Kanonisierung der lateinischen Kirchensprache die volkssprachlichen Bibelübersetzungen und Gottesdienste verteidigte. Hier war „Sprache" nicht mehr das unveränderliche, von Gott diktierte Schriftwort, sondern lebendige Volks- und Muttersprache. Trotzdem sollte auch für die verderbten Babel-Idiome nun die hebräische Koinzidenz von Wort und Sinn gelten; trotzdem sollte auch das inspirierte Hebräisch nun eine Volkssprache sein. Moses habe das Alte Testament in der *lingua Hebraeis vulgari et vernacula* niedergeschrieben und damit alle späteren Bibelversionen autorisiert. Im Neuen Testament sei der Gottesdienst gerechtfertigt worden: Christus setzte das Abendmahl in seiner Volkssprache ein, Paulus lehrte in der *vernacula lingua Graeca*, und den Aposteln wurde die pfingstliche Sprachengnade zuteil, damit sie in aller Welt die Sakramente verwalten könnten[133]). Die sichtbare Ordnung Gottes mani-

---

[133]) Commentarius super Genesin, Jena 1637, S. 264–271 (Ursprache, Babel). Loci theologici, hg. Johann Friedrich Cotta, 20 Bände, Tübingen 1762–81: XXV, 1, 1, 21 Bd. 13, S. 237 f.; XXV, 1, 3, 48 S. 257 ff. (Nimrod und die Obrigkeit); XXXII, 5, 146 Bd. 20, S. 496 f. (Himmelssprache); I, 24, 493 Bd. 2, S. 385 f. (Bibel-

festiert sich also doch mitten in dieser verfallenen Welt, obwohl der sündige Mensch zu dieser Harmonie nahezu nichts beitragen kann.

Daß alle sinnvolle Ordnung nur von oben kam, betonte auch der weitberühmte Rostocker Theologe Johann Quistorp der Ältere (1584–1648). Den Erbauern des Babelturms traute er keinen vernünftigen Plan zu; hätten sie sich gegen eine kommende Sintflut sichern wollen, so hätte der eine Turm nicht für alle Menschen ausgereicht; man hätte ihn auch auf einem Berg errichtet. Er war also ein Werk hochmütiger Verblendung. Das Licht kam erst an Pfingsten in diese Wirrnis; aber dann schenkte Gott den Aposteln nicht nur geistliche Gnaden eines Hörwunders, sondern die sprachliche Befähigung, alle Welt zu bekehren[134]). Mit dem scholastischen Rationalismus hielt der Glaube an eine diesseitige Weltordnung seinen Einzug in die reformierte Orthodoxie. Die Greuel des Krieges würden vergehen...

Das tröstete auch die deutschen Kalvinisten, die sich früher so energisch von aller immanenten Weltbetrachtung distanziert hatten. Der Herborner Professor Johann-Heinrich Alsted (Alstedius, 1588–1638) hatte an der Dordrechter Synode teilgenommen, aber auch von Ramus gelernt. Als erster Verfasser einer „Enzyklopädie" fand er die Wunder Gottes allenthalben verkörpert und greifbar, zuerst in der hebräischen Ursprache. Mit all ihren heutigen Buchstaben und Vokalpunkten ist sie die Sprache Gottes gewesen, lehrte Alsted 1631. Wenn Gott eine irdische, artikulierte Sprache wie ein Mensch gebrauchte, muß er auch die gesamte Sprachenwelt harmonisch geordnet haben; gegen Luthers und Calvins Verdikt galt dann auch die alte Formel von 72 Sprachen wieder, wie sie *unanimi consensu veteres tradiderunt*: Der Consensus der Völker, die Autorität des Alters kamen zu neuem Ansehen. Alsteds eigene Rechnung brachte nur 71 Sprachen zusammen, 14 japhetitische, 31 hamitische und 26 semitische, wobei die drei Noachiden und wohl die Philister ausgelassen sind; von der biblischen Völkertafel her, aus der einfachen, strengen Schriftauslegung ergab sich die enzyklopädische Harmonie nicht.

Aber Alsted hatte schon 1624 Sprachenlisten zu sammeln begonnen, zunächst rein empirisch. Er stellte das Hebräische an die Spitze, vergaß das Griechische und Lateinische nicht und ermittelte 39 Sprachen; dazu kämen noch 19 asiatische und 14 westindische, die nicht einzeln aufgeführt wurden und wohl nur die Symbolzahl 72 auffüllen sollten. Seit 1628 ordnete Alsted die

---

übersetzungen). Confessio catholica, Bd. 2, 2, Jena 1636, S. 1237 f. (Gottesdienst). Dazu Bengt Hägglund, Die Heilige Schrift und ihre Deutung in der Theologie Johann Gerhards, Eine Untersuchung über das altlutherische Schriftverständnis, Diss. theol. Lund 1951, S. 64 ff., 86 f., 242 ff. (für G.s Sprachdenken nicht ganz zutreffend); Kraus, Geschichte 30 ff.

[134]) Annotationes in omnes libros biblicos, Frankfurt/Main-Rostock 1648, S. 29 (Babel). Zur Pfingstdeutung Adler, Pfingstfest 10.

Liste alphabetisch an; nun enthielt sie 72 namentlich genannte Idiome, und zwar keineswegs die biblischen, sondern die dem 17. Jahrhundert bekannten; sie begann mit der *Abyssinica* und endete mit der *Zocodarensis*, berücksichtigte die *Americana*, *Brasiliensis* und *Japanica* und neben den exotischen auch ausgestorbene Dialekte. Allerdings fehlt jetzt das Latein. Alsted erklärte zwar, man wisse die Sprachenzahl nicht genau, und bot noch drei andere Sprachenkataloge mit weit mehr als je 72 Namen an; aber die Tafel der 72 Sprachen war ihm doch mehr als eine Spielerei, denn er begründete die Zählung recht sorgfältig. 1624 schrieb er, man müsse 72 Sprachen annehmen *pro numero familiarum Noe*, also nach der Völkertafel. Seit 1628 stellte sich heraus, daß die Bibel nichts dergleichen sagte; Alsted korrigierte sich, es gebe 70 Hauptsprachen, *non tam pro numero familiarum Noe quam ex ipsa rei natura*. Nicht die Bibel, sondern die vermeintliche Naturordnung lieferte jetzt die Symbolzahl; trotzdem setzte Alsted hier die Zahl der masoretischen Völkertafel ein.

Zwischen der Bibel und der Weltharmonie war kein glatter Bund zu flechten; aber Alsted übersah die Widersprüche, nicht nur die numerischen. Er fand den ewigen Gegensatz zwischen weltlicher und geistlicher Macht bereits in ihren Begründern Nimrod-Belus und Sem-Melchisedech verkörpert und machte aus diesem Dualismus beinahe ein Gleichgewicht. Er entdeckte in der Bibel wenigstens einige moderne Völker; die Amerikaner waren für ihn wie für Tossanus Semiten vom Stamm Phaleg oder Jektan, die Deutschen kamen von Tuisco, der 42 Jahre nach der Sprachverwirrung auftrat, oder von Aschkenaz, dem Vater der Askanier. Wer auf der Seite Gottes und der rechten Konfession stand, hatte von Babel nichts zu befürchten, er durchschaute die Weltordnung und die Konfusion der Widersacher; Babel ist die *civitas diaboli et nominatim Roma*. Der Kampf zwischen Glauben und Unglauben ist schon entschieden; Alsted nannte seine letzte dogmatische Kampfschrift gegen Papisten, Sozinianer, Lutheraner, Juden und Türken selbstbewußt „die Zerstörung des babylonischen Turmes". Die Orthodoxie befreit die Menschheit schon hier und jetzt von der irdischen Sprachverwirrung und präfiguriert die nahe Endzeit, indem sie die paradiesische Eintracht der Vernunft wieder herstellt. So hilft sie den leidenden Menschen über die trostlose Gegenwart des Krieges hinweg; Alsted wich vor den Wirren des Dreißigjährigen Krieges nach Siebenbürgen aus und suchte im christlichen Rationalismus jene Ordnung, die er in der deutschen Umwelt nicht fand[135]).

---

[135]) Pentateuchus Mosaica et Pleias Apostolica, Herborn 1631, S. 34 ff. (Ursprache, Babel). Thesaurus chronologiae, 1. Aufl., Herborn 1624, S. 124; 4. Aufl., Herborn 1650, S. 253–266 (Sprachenlisten; die für unser Thema wichtigste ist ediert und erläutert o. S. 950 ff.), 174, 268 (Nimrod), 86, 94 (Sem-Melchisedech), 252 (Völkertafel), 268 (Tuisco). Pentateuchus S. 36 (Babel und Rom). Turris Babel destructa, hoc est refutatio argumentorum, quibus utuntur omnis generis gigantes ad stabiliendum

Waren denn die Deutschen am Dreißigjährigen Krieg und seiner Sprachen- und Völkerverwirrung schuld? Waren sie nicht bloß unschuldige Opfer fremder Machtgier wie die Kinder Japhets beim Babelturm? Dann brauchte man nicht grundsätzlich am Diesseits zu zweifeln oder lange nach dem Störenfried der Weltharmonie zu fahnden; dann war es die seit 1635 offen zutage tretende französische Einmischung, die die geheiligte Ordnung des auserwählten Vaterlandes und seiner heiligen Sprache durchbrach. Aschkenaz und Tuisco, mit dieser Losung trat man den Franzosen entgegen. Die kompilatorische Chronik des Johann Ludwig Gottfried, von Merian illustriert, kümmerte sich seit 1636 nicht um die 72 Sprachen; sie gab wohl zu, daß das Hebräische die erste sei, meinte aber, sie sei identisch mit der aramäisch-syrischen. Auch in fast allen modernen Sprachen unter dem Himmel fänden sich noch etliche hebräische Wörter, in gleicher oder nahe verwandter Bedeutung. Gottfried wagte noch nicht, unter den so gesegneten Sprachen die deutsche hervorzuheben; wohl aber *ist zu beweisen, daß wir Teutsche von Ascenas, dem Sohne Gomer . . . entsprungen seyn.* Der taciteisch-berossische Tuisco, von dem Aventin melde, sei ein Fabelwesen. Gottfried hielt sich noch eng an die orthodoxen Lehren und vermied unmittelbare Anwendungen auf seine Gegenwart; er blickte mehr auf die völkische Vergangenheit als auf die Gegenwart der Muttersprache[136]).

Gerade sie war das Thema des schlesischen Freiherrn und Kanzleirats Friedrich von Logau (1604–1655), der seit 1638 das Recht des Deutschen gegen alle Idiome und Lebensstile verfocht; er berief sich nicht auf die biblische Vergangenheit des Volkes, sondern auf die unvergleichliche Lebenskraft der Muttersprache. Wer viele Sprachen kann, ist bei Hofe wohlgelitten, steht aber auch schon der Lüge nahe, denn am besten fährt am Hof, wer nur das „Ja" des Esels im Munde führt. Wer polyglott ist, hat viele Wörter, viele Sinne, *und das Hertz an keinem Orte.* Nur das Lateinische schwebt frei über der Geschichte, ihm gehört kein Sitz und kein Land wie anderen Zungen; es besitzt die Bürgerschaft der Welt. Aber sein *Huren-Kind*, das Französische, verdient es nicht, daß es bei den Deutschen vielbegehrt und vielgerühmt ist. Weil es für fein und vornehm gilt, müssen wir unsere schlichten deutschen Vorfahren verdammen und lassen uns von den Romanen vorschreiben, wie wir reden sollen. Dabei ist unsere Sprache fein und rein, ausdrucksfähig und biegsam; sie sollte nicht nur dem Polen *(Lechus)* zum Schelten dienen, wir müssen sie pflegen, wie Opitz es

---

confusionem in negotio religionis, Herborn 1639, S. 3 f. (dogmatische Gegner). Dazu Heinrich Schlosser, Johann Heinrich Alsted, in: Nassauische Lebensbilder, hg. Fritz Adolf Schmidt (Veröffentlichungen der Historischen Kommission für Nassau 10), Bd. 2, Wiesbaden 1943, S. 28–39 (bibliographisch ungenau).

[136]) Historische Chronick oder Beschreibung der merckwürdigsten Geschichten, so sich vom Anfang der Welt bis auf das Jahr Christi 1619 zugetragen, 5. Aufl., Bd. 1, Frankfurt/Main 1743, S. 22; dazu Gotthelf, Altertum 43 f.

forderte. *Deutschen sind so alte Leute, lernen doch erst reden heute.* Die erlauchte Tradition, die lange Ahnenreihe hilft nichts, denn Moses verrät uns, daß der erste Ursprung des Menschen Erde war. Dennoch kann unsere Tat wieder den Einklang mit dem germanischen Altertum herstellen; das deutsche Wesen soll von neuem werden, *wie es vor Alters war.* Muß aber diese konservative Gesinnung die Norm der deutschen Sprache nicht gleichfalls im deutschen Altertum, also bei Tuisco suchen?[137])

Der spätere hessische Geheimrat Johann Michael Moscherosch (1601–1669) tat es 1640 in den Bahnen der Straßburger Humanisten. In seiner Bearbeitung von Quevedos „Träumen" erzählt der altdeutsche, schwäbische König Ariovist von dem *ersten anfänger und Ertzkönig der Teutschen, Tuitscho,* der (getreu Aventins Chronik) nicht aus Babel, sondern nur aus Armenien kam und der deutschen *wahren Haubt- und Heldensprache* ihre unvermischte Alterswürde gegenüber den welschen Latinismen verlieh. Sein Name lebt in dem Wochentag *Tuitschtag* (Dienstag), der seines Sohnes Mannus in „Montag" fort. Die altdeutschen Helden in Tuitschos Gefolge verstehen zwar auch Latein, Griechisch, Französisch, Spanisch und Italienisch, doch sie schätzen die feindseligen Fremdsprachen nicht; dem Deutschen Philander verübeln sie den Gebrauch ausländischer Vokabeln und seinen eigenen, griechisch-welschen Namen. (Der Deutsche benenne sich deutsch, lehrte schon Fischart.) Viele Sprachen lernen ist nicht unrecht (Moscherosch beherrschte ihrer sieben), damit man Fremden in ihrem Idiom gehörig antworten könne; doch darf man sie der angeborenen Muttersprache weder vorziehen noch beimengen. Philander nimmt sich die Lehre zu Herzen und verschmäht es, mit hebräischen, griechischen und lateinischen Wörtern zu prunken, die doch nur die Wahrheit bemänteln; er verabscheut die Prahlerei mit italienischen und spanischen Brokken. Freilich, die Apotheker lieben es, chinesische, indianische und türkische Namen zu verwenden; die Mediziner gebrauchen ein kabbalistisches Kauderwelsch; der Adel schämt sich, Deutsch zu reden. Doch dafür werden die Stände von Gott gestraft; die höllischen Gesellen Kain, Cham und Nimrod sind ja auch *Urheber und Stiffter* des Adels. Wer nicht Deutsch spricht, von dem möchte man glauben, er sei soeben erst von Babel gekommen und wolle noch einmal *eine Zerrüttung mit den Geberden* anfangen; wer neben der Muttersprache viele andere Idiome mit einfließen läßt, von dem sagt man, er habe in seiner Jugend bei einem Maurer gedient, der den Turm von Babel mitbauen half. Wer Deutsch spricht,

---

[137]) Sämmtliche Sinngedichte, hg. Gustav Eitner (BLV 113), Tübingen 1872: I, 8, 42 S. 171 (Esel); III, 1, 46 S. 453 (viele Wörter); II, Zugabe 40 S. 414 (Latein); III, 5, 43 S. 515 (Huren-Kind); II, 6, 94 S. 344 (Französisch vielgerühmt); I, 3, 57 S. 68 f. (Romanen); II, 8, 13 S. 365 (fein und rein); III, 5, 67 S. 521 (ausdrucksfähig); II, 8, 48 S. 370 (Lechus); II, 3, 7 S. 272 (alte Leute); I, 2, 100 S. 53 (Moses); II, 8, 83 S. 376 (vor Alters).

hält sich also frei von dem babylonischen Fluch und der teuflischen Verirrung.

Moscherosch wußte dennoch, daß auch seine Muttersprache eine geschichtliche Größe war. Die Kleider wie die Sprachen richten sich nach der Zeit; die Worte sind wie die Zeiten, sie gleichen den Münzen. Sie sind nicht immer willkürlich, haben manchmal *heimliche Krafft und Nachtruck*; doch unsere Zeit liebt zumeist das unverbindliche Geschwätz, die *Babbeleyen*. Um trotzdem sicheren Halt zu finden, suchte Moscherosch seiner Gegenwart zu widerstehen, dem Gesetz von der zeitbestimmten Sprache zu entkommen, seine Muttersprache der Vergänglichkeit und Verwirrung zu entreißen. In seiner konservativen Haltung paarten sich Patriotismus und reformatorischer Eifer, noch wenn er sich lieber den sprach- und konfessionsverwandten Schweden als den Franzosen anschloß; doch scheute auch er noch die Rechtfertigung des Deutschen durch die Bibel, vielleicht gerade aus Frömmigkeit[138]).

Aber wenn die deutsche Muttersprache so lebendige Kräfte entfaltete, mußte sie dem Schöpfergott näherstehen als andere, abgeleitete Idiome. Böhmes schlesischer Verehrer Abraham von Franckenberg (1593–1652) hielt 1644 die strenge Abstinenz des Meisters von allen Kurzschlüssen nicht mehr durch; er verfiel der kabbalistischen Verlockung, das Geheimnisvolle in kompakte Form und in konkrete Nähe zu bringen. Er fand *die alte ursprüngliche Natursprache* in onomatopoetischen Worten wieder, wobei er sich mit dem bloßen Wortklang zufrieden gab. So kam er zu der Konsequenz, *unsere deutsche Zunge* könne alles *gleichsam mit Adam natürlich und weit über andre Sprachen*, verständlich und gründlich ausdrücken. Aus Böhmes sensualischer Natursprache wurde unversehens die deutsche Muttersprache; sie entsprang im Quell der Schöpfung selbst[139]).

---

[138]) Satyrische Gesichte Philanders von Sittewald, Frankfurt/Main 1644 (bessere Ausgabe, Straßburg 1650, nicht erreichbar): II, 1 S. 692 (Tuitscho); II, 2 S. 812 (Dienstag, Montag); II, 1 S. 661 ff. (Fremdsprachen), 696 (Name Philanders); II, 2 S. 878 (Muttersprache); I, 2 S. 57 f. (hebräisch, griechisch, lateinisch), 64 (italienisch, spanisch); I, 4 S. 157, 159 f. (Apotheker, Mediziner); I, 6 S. 381 (Adel); II, 1 S. 719 f. (Babel-Zerrüttung); II, 5, in der zitierten Ausgabe noch nicht enthalten (Maurer); II, 1 S. 771, 775 f. (Zeit und Worte). Dazu GOTTHELF, Altertum 44 ff.; Erich TRITTIN, Johann Michael Moscherosch, Zu Leben und Werk und einer wieder aufgefundenen Schrift auf Gustav Adolf, in: Schicksalswege am Oberrhein, Beiträge zur Kultur- und Geistesgeschichte, zur Wirtschafts- und Staatenkunde, hg. Paul WENTZCKE, Heidelberg 1952, S. 136–164, hier S. 146 ff.; K. G. KNIGHT, Johann Michael Moscherosch, An Early Baroque Satirist's View of Life, in: The Modern Language Review 49 (1954) 29–45, hier S. 35 ff. Zur „Haupt- und Heldensprache" allgemein WEISGERBER, Muttersprache 98 ff.

[139]) Von der Deutschen Sprache Natur und Eigenschafft, Handschrift Breslau, Stadtbibliothek, Cod. 402, zitiert nach Hubert SCHRADE, Beiträge zu den deutschen Mystikern des siebzehnten Jahrhunderts, II. Abraham von Franckenberg, Diss. phil. (Masch.-Schr.) Heidelberg 1923, S. 144 ff. Dazu KAYSER, Klangmalerei 147 ff.

So weit ging der wendige Pastorensohn und Sprachreiniger Philipp von Zesen (1619–1689) nicht. Auch für ihn standen Wort und Ding im kabbalistischen, magischen Bezug zueinander; die etymologische Sprachalchimie entschleierte ihm die Geheimnisse der Welt. Aber er setzte nicht das Deutsche mit der Ur- und Natursprache gleich, sondern fand ihre Reste zuerst im Hebräischen, dann freilich auch im Deutschen. Diese deutsche *helden-sprache*, die ihre Worte nach der Natur setzt, ist den Kunstsprachen, Griechisch und Latein, Französisch und Italienisch, weit überlegen; leider wurde sie im Dreißigjährigen Krieg durch Fremdwörter so verstümmelt und verdorben, daß sie kaum mehr einer *sprachen-keiserin und haubt-sprache* gleichsieht. Aber die Reinigung, die Luther schon einmal vollzog, läßt sich wiederholen; Zesen selbst, von Opitz angeregt, machte sich mit Eifer an die Ausmerzung modischer Fremdwörter. Und bei dieser Restauration trat 1645 zur alten deutschen Sprache wieder der biblische Stifterheros. *Twiskonier, das ist, di-Askanier*, stammen *nahch des Berosen zeugnüs* von *Twiskon*, und er ist eine Person mit dem Japhetenkel Aschkenaz. Ja, vielleicht ist auch der Germanen-Name vom jüngsten Bruder des Aschkenaz, von *To-garma*, herzuleiten. So entziffert die alchimistische Etymologie die heilige, alttestamentliche Würde der Deutschen und ihrer Sprache[140]).

Der weitgereiste und sprachenkundige Nürnberger Patrizier Georg Philipp Harsdörffer (1607–1658), das Haupt der „Pegnitzschäfer", stand zwar mit Moscherosch auf freundschaftlicherem Fuß als mit Zesen, aber auch er meinte 1646 ähnlich wie Zesen, das Deutsche sei unvermischt und unverdorben, mit dem Hebräischen eng verwandt, nach ihm die älteste und natürlichste aller Sprachen und mehr wert als Griechisch und Latein. Sie soll die Natur abmalen und in der Klangmalerei von Harsdörffers Gedichten ihre ganze Naturkraft entfalten. Freilich kam dabei (wie in Franckenbergs Theorie) neben der Musikalität der Verse der gedankliche Gehalt zu kurz; denn Harsdörffer glaubte (wie Descartes) zu wissen, daß der menschliche Verstand nicht an eine bestimmte Sprache gebunden sei. Die Sprache formt also nicht das Weltbild des Menschen; mit ihr bemalt der Dichter die Welt wie ein Bild. So erlaubte sich Harsdörffer denn auch 1643, bei der Übersetzung eines Theaterstückes, das den Kampf zwischen Spanien und Frankreich um die europäische Hegemonie schilderte, den Titel „Europa" gemäß Postels Vorschlag in *Japet(i)a* umzuändern, nach Noahs Sohn Japhet, mehr des Klanges als des Sinnes wegen.

---

[140]) Hoch-Deutscher Helikon oder Grund-richtige Anleitung zur Hochdeutschen Dicht- und Reimkunst, 4. Aufl., Jena 1656, S. 42 (helden-sprache), 13 f., 194 (Vorrang vor anderen), 195 (Verderbnis der sprachen-keiserin), 198 ff. (gegen Fremdwörter). Adriatische Rosemund, hg. Max Hermann JELLINEK (Neudrucke 160–163), Halle 1899, S. 192 ff., 196 (Twiskonier). Dazu HANKAMER, Sprache 117 ff.; KAYSER, Klangmalerei 175 f.

Denn der biblisch-universale Anstrich konnte die nationale Tendenz nur notdürftig übertünchen[141]).

In besserem Gleichgewicht vereinten sich biblische Argumente und nationale Ziele bei Harsdörffers Freund Justus Georg Schottel (Schottelius, 1612 bis 1676), dem Prinzenerzieher der Welfen und bedeutendsten deutschen Sprachgelehrten der Epoche. Ohne die Erzählung von der babylonischen Sprachverwirrung anzutasten, propagierte er seit 1641 wie Clüver und Scriekkius den Japhetiten Aschkenaz als *Altvater der Teutschen* und Kelten, seine altdeutsche Sprache, die er von Babel mitbrachte, als keltisch-kimbrisch. Den falschen Berossus brauchte er nicht. Wie Clüver kritisierte Schottel die Lehre von 72 Sprachen, an deren Stelle er *nach Mosis eigenem Zeugnisse* 69 gelten ließ; er zerstörte die Symbolzahl, um seine naturnahe, *göttliche* Muttersprache in den Vordergrund zu schieben. Er leitete diese *uhralte Hauptsprache der Teutschen* nicht mehr wie Helvig aus einer der drei heiligen Sprachen ab; anders auch als Clüver und Becanus beließ Schottel 1663 dem Hebräischen sein *Ertzaltertuhm*. Aber da in Babel keine neue Sprache erschaffen, sondern nur die alte verwirrt wurde, haben auch die Babelsprachen noch Anteil an der göttlichen Gnade. Nicht nur die von Gott dem ersten Menschen geoffenbarte *allervollenkommeste Ertzsprache*, sondern auch die zweitälteste aller Sprachen, das durch seine Einsilbigkeit ausgewiesene Deutsch, trägt noch die Spuren der göttlichen *Mithülffe*.

Nicht in allen Sprachen weht der Atem Gottes gleichmäßig, wenn sie durch die Geschichte verdorben wurden. So ist das Englische *im Grunde* Deutsch gewesen, aber inzwischen zum Sammelsurium geworden: Als, *wie man sagt*, in einem Topf alle Sprachen gekocht wurden, war der Schaum davon das Englische. Also nur im Alten, Unvermischten, Deutschen berühren sich Schöpfung und Geschichte ohne Reibung. Schottels Lehren sind nicht so originell, wie manche seine Bewunderer meinen; wenn er auf die zwischen Babel und der Gegenwart eingetretenen Sprachepochen und -veränderungen achtete, so sind ihm darin seit Isidor und Dante viele vorangegangen. Auch der Gedanke vom göttlichen Atem in den Babelsprachen ist seit Alkuin vorbereitet, bei den Spaniern des 16. Jahrhunderts ausgebildet. Dennoch gebührt Schottel ein Ehrenplatz, weil er die Sprachanschauungen seiner Zeitgenossen klärend zusammenfaßte. Sie konzentrierten sich im Ausgang des Dreißigjährigen Krieges noch einmal wie im späten 16. Jahrhundert um das von einem biblischen Ahnherrn stammende eigene Volk und die der adamischen Ursprache nahestehende Muttersprache[142]).

---

[141]) De conformitate Hebraeae et Germanicae linguae, in: Specimen philologiae Germanicae, Nürnberg 1646, S. 127 ff. (Deutsch und Hebräisch). Ferdinand Josef SCHNEIDER, Japeta (1643), Ein Beitrag zur Geschichte des französischen Klassizismus in Deutschland, Stuttgart 1927, S. 8 f. (Theaterstück). Dazu KAYSER, Klangmalerei 174 ff.

[142]) Teutsche Sprachkunst, darinn die ... Uhralte Hauptsprache der Teutschen auß jhren Gründen erhoben..., Braunschweig 1641, S. 59–62; 2. Aufl., Braun-

Während das gelehrte Talent stolz sein umfriedetes Gärtchen bebaut, erfährt das poetische Genie den Jammer des unbehausten Menschen. Die größten deutschen Dichter des Jahrhunderts begannen den Sprachstolz und den Heimatfrieden der Literaten und Poeten zu stören, gerade als der Westfälische Friede dem Chaos ein Ende setzte. Der Kirchenlied-Dichter Paul Gerhardt (1607 bis 1676) stellte seit 1647 allem Leid und Wirrwarr die schlichte Freude des Christen entgegen, der auf Gott vertraut. Er darf es, denn Gott schafft alles, was der Christ redet und tut. Gott hört jedes Wort allsofort und richtet über die Sprache der Weltkinder; doch den Christen streut er sein Wort ins Ohr und gibt ihm Kraft, Fülle und Gedeihen. Nicht alle Sprache ist Gottes Geschenk, aber wer aus Gottes Wort lebt, bewältigt die Aufgabe des Menschenlebens und der Sprache; er verherrlicht kein spezielles Idiom, keinen isolierten Lebensraum, sondern den Schöpfer und Vater von allem[143]).

Die Sprache hat gleichwohl irdische Funktionen; ihrer gedachte vor 1640 der Königsberger Dichter Simon Dach (1605–1659), von Opitz beeinflußt. Sprache ist uns gegeben, damit wir Freundschaft und Gemeinschaft pflegen, Rat holen, Leid klagen, Freude verdoppeln, jedoch nur im Kreis der Gleichgesinnten, nicht des Volkes noch der Völker. Denn Sprache ist mehr Ausdruck der Seele als Darstellung der Welt; die Welt wird allein von dem *festen Wort* Gottes getragen, der Mensch umfaßt sie nicht. Dach besang 1652 einen in Kriegsläuften weitgereisten Soldaten; er sprach außer dem Deutschen Französisch, Latein, Tatarisch, Moskowitisch, Türkisch, Polnisch und Italienisch, und doch fand er sein Glück nicht bei den Völkern, sondern im lutherischen Glauben. Sprache und Volk sind vorläufige Mittel, oft auch Hemmnisse, um zu Gott und zur Ruhe zu kommen[144]).

Der leidgeprüfte Glogauer Predigerssohn Andreas Gryphius (1616–1664), der dreizehn Sprachen meisterte, sehnte sich ebenfalls nach Erlösung aus dem irdischen Gewühl von Idiomen und Nationen; er blickte auf das *wesentliche Wort*, durch das Gott *der Erden haus gebawet* hat und das in Christus Fleisch geworden ist. Auch das Pfingstwunder gemahnte ihn nicht an Konfessionen und

---

schweig 1651, S. 56–60 (Aschkenaz, Sprachenzahl). Ausführliche Arbeit von der Teutschen Haubt Sprache, Braunschweig 1663, S. 30 f. (Hebräisch), 33 f. (Babel), 61 f. (einsilbiges Deutsch), 58 (Mithülffe), 141 (Englisch). Dazu überschätzend HANKAMER, Sprache 123 ff.; kritisch KAYSER, Klangmalerei 167 ff.; ferner WEISGERBER, Muttersprache 101 ff.; George J. METCALF, Schottel and Historical Linguistics, in: The Germanic Review 28 (1953) 113–125, hier S. 119 ff.

[143]) Dichtungen und Schriften, hg. Eberhard von CRANACH-SICHART, München 1957: Nr. 66,4 S. 189 (Gott schafft alles); Nr. 31, 12 S. 98 (Gottes Wort in uns). Dazu HANKAMER, Sprache 106 ff.

[144]) Gedichte, hg. Walther ZIESEMER (Schriften der Königsberger Gelehrten Gesellschaft, Sonderreihe 4–7), 4 Bände, Halle 1936–38, hier Bd. 1, S. 66 f. (Zweck der Sprache); Bd. 3, S. 404 (festes Wort); Bd. 4, S. 105 (Soldat). Dazu HANKAMER, Sprache 102 ff.

Missionen; Menschenwort erreicht das göttliche nie, Geschichte ist Vergänglichkeit und Verfall, nicht Entfaltung und Fortschritt. Die Außenwelt kennt keine symbolische Ordnung, höchstens eine Systematik der Zerstörung; ein Großsprecher prahlt in Gryphius' Stück von 1663, er wolle seinen Gegner *in zwey undsiebentzigmal hundert tausend Stücke zersplittern* und in einem Meer von Blut ersticken. Die Vielfalt der Sprachen klingt nicht zu einem Chor zusammen, sie charakterisiert die Hohlheit selbstbewußter Weltmenschen. Bramarbasierende Haudegen streuen in ihre Rede italienische und französische Wendungen; aufgeblasene Schullehrer brüsten sich mit Kenntnissen im Griechischen und Lateinischen, die jedoch von unverbildeten Gemütern als Böhmisch, Polnisch oder Türkisch mißverstanden werden. Gar wenn Soldaten und Lehrer zusammentreffen, sind Gaudium und Verwirrung groß, zumal wenn dazwischen ein Rabbiner Hebräisch mauschelt. Sprachen zerspalten die Welt, anstatt sie zu verbinden; dieser geringschätzige Unterton trennt die Komik des Gryphius von der Lebensfülle Shakespeares. Der babylonische Stolz verdirbt die menschliche Seele und verhindert die menschliche Eintracht; Hinwendung zum ewigen Gott allein gibt Frieden[145]).

Auch für den katholisch gewordenen schlesischen Arzt Johann Scheffler (Angelus Silesius, 1624–1677) war 1656 die Eigensucht des inneren Menschen Babel, *des Teufels Polterhaus*. Von Böhme angeleitet, bedauerte er, daß wir Menschen nicht wie die Vögel und Kreaturen, ein jeder in seinem Ton, harmonisch zusammenrufen als die Stimme des ewigen Wortes. Zum ewigen Wort, zu Gott, führt uns nun nicht die spaltende Sprache, nur Schweigen, Taub- und Stummsein. Gott spricht von Ewigkeit her *bloß ein einzigs Wort*, wie schon Meister Eckehart sagte; wir mögen Gott alle Namen oder keinen zulegen, was hilft es uns? Kehren wir zurück zum ewigen Ursprung, erkennen wir, daß *des Weisen Ahnen* nicht Menschen, sondern die drei göttlichen Personen sind, dann versinkt in der mystischen Einung der Seele mit Gott alles Geschichtliche, Zeitliche im wesenlosen Scheine[146]).

Der größte deutsche Dichter der Zeit, Hans Jakob Christoph von Grimmels-

---

[145]) Sonn- und Feiertags-Sonette, hg. Heinrich WELTI (Neudrucke 37–38), Halle 1883: Nr. 6 S. 11 (wesentliches Wort); Nr. 36 f. S. 41 f.; Festtagssonett 15 f. S. 89 f. (Pfingsten). Horribilicribifax, hg. Wilhelm BRAUNE (Neudrucke 3), Halle 1883: V, 10 S. 77 (zersplittern); II, 1 S. 21 (italienisch); II, 9 S. 38 f. (französisch); I, 5 S. 17 f.; II, 7 S. 34; IV, 8 S. 67 (Schullehrer); III, 6 S. 45 ff. (Begegnung); III, 7 S. 51 ff. (Rabbiner). Dazu HANKAMER, Sprache 110 ff.; Helmut KAPPLER, Der barocke Geschichtsbegriff bei Andreas Gryphius (Frankfurter Quellen und Forschungen zur germanischen und romanischen Philologie 13), Frankfurt/Main 1936, S. 9 ff., 31 ff., 62.

[146]) Cherubinischer Wandersmann, hg. Hans Ludwig HELD, Angelus Silesius, Sämtliche poetische Werke, Bd. 3, München 1949: I, 226 S. 32 (Babel); I, 264 ff. S. 36 f. (Harmonie der Kreaturen); II, 8 S. 43; II, 19 S. 45; II, 63 S. 49 (Schweigen); IV, 129 S. 126 (einzigs Wort); V, 196 S. 162 (Namen Gottes); I, 119 S. 20 (Ursprung); VI, 232 S. 214 (Ahnen). Dazu WENTZLAFF-EGGEBERT, Mystik 213 ff.

hausen (1622–1676), trat ebenfalls zum Katholizismus über, doch ihn überwältigte die Sehnsucht nach dem Frieden nicht so völlig, daß er die bunte Welt darüber ganz vergessen hätte. Von ihr und ihrem Stolz dachte auch er 1669 gering, doch er liebte ihre Narretei, ohne ihr zu verfallen. Liebenswert ist der Narr, der sich als der kommende Jupiter gebärdet, der griechischen Sprache abschwören, nur noch Deutsch reden und den Deutschen die Weltherrschaft übertragen will; Engländer, Schweden und Dänen würden sie annehmen, weil sie deutschen Geblütes seien, Franzosen, Spanier und Portugiesen aber, weil sie einst von Deutschen regiert worden seien. Aber in der Wirklichkeit klingen Vorzeit und Endzeit nicht zum Ruhm des Deutschen zusammen; Schweden und Franzosen plündern Deutschland, anstatt ihm zu dienen, und Simplicissimus tut sich im Wirbel der Sprachen unendlich schwer. Er kann zwar das Deutsche so schön reden, als wenn die *Orthographia* selbst es ausspräche, aber er bleibt dennoch ein Tor; die Sprache hilft ihm nicht durchs Leben. Im Umgang mit Kroaten und auf Reisen nach Moskau und Paris lernt er Fremdsprachen nur höchst mühsam; er freut sich von Herzen, wenn er einem Franzosen begegnet, der nicht nur Italienisch wie seine Muttersprache, sondern auch Deutsch so gut wie Simplicissimus selber spricht. Staunend vernimmt er, wie Kroaten auf böhmisch erzählen, ihr Obrist könne Deutsch; bewundernd blickt er auf Mithridates, der 22 Sprachen beherrschte, auf Themistokles, der in einem Jahr Persisch lernte, und auf den siebensprachigen Kirchenvater Hieronymus.

Der Held und sein Dichter aber leiden an der Vielfalt, die heute auch die titanische Begabung nicht mehr bewältigt; weltfremde Einfalt und utopische Eintracht stimmen nur in der Erdmitte noch zusammen. Dort, wo auch die dem Schwert Josuas entronnenen Kanaanäer nach Amerika durchzogen, dort spricht man gut Deutsch, und die Bewohner versichern dem Besucher, *daß sie nicht mehr als eine Sprache könten, die aber alle Völcker auff dem gantzen Umbkreiß der Erden in ihrer Sprache verstünden, und sie hingegen dieselbe hinwiderumb: welches daher komme, dieweil ihr Geschlecht mit der Thorheit so bey dem Babylonischen Thurn vorgangen, nichts zu schaffen hätte.* Wieder entführt der Dichter den Leser in eine Traumwelt des Glückes und Friedens, in der die Geschichte aufgehoben ist, in der eine Ur- und Natursprache alle Menschen versöhnt. Im Grunde sind wir, trotz aller Unterschiede, doch Kinder des einen Adam; warum vertragen wir uns nicht? Wir sollten uns zusammentun wie weiland die 72 Dolmetscher der LXX und einen Frieden stiften. Wie die Zahlensymbolik, so verweist auch die schriftlich fixierte Sprache auf eine höhere Ordnung; in der Heiligen Schrift hat jeder Buchstabe seine Bedeutung. Aber in den niederen Regionen des formlosen Lebens gilt diese Systematik nicht, und der Dichter bescheidet sich mit dem Umkreis seiner Erfahrung. Grimmelshausens Wortspiele mit seinem eigenen Namen, mit Geheimschriften und Phantasiesprachen geben keine kabbalistische Weltdeutung, sie entpuppen sich als Scherz, der *mit guten teutschen Worten* verständlich ist. Wie auf den Weltgeist erhebt der Dichter auch auf die Weltgeschichte keinen Anspruch; er schmunzelt über einen weitgereisten Pilger, der mit eigenen Augen den babylonischen Turm gesehen haben will, ein Gebäude, das seit vielen Jahrhunderten nicht mehr steht.

Wenn sich das Leben zwischen den zwei festen Polen, dem geistlichen des Glaubens und dem irdischen der Erfahrung, unermeßlich dehnt, ist freilich die Versuchung groß, in der vaterländischen Frömmigkeit einen Standpunkt zwischen den Polen zu finden. So zollte Grimmelshausen 1673 den Traditionen seinen Tribut. Die Sprache erhebt den Menschen über das Tier, den Gebildeten über den Laien; die Sprache aber und die Sprachen kommen von Gott. Er hat zu Nimrods Zeit *durch Zertheilung der Sprachen* die Menschen voneinander geschieden, damit sie den Babelturm nicht ausbauten; er hat an Pfingsten den Aposteln *mancherhand* Zungen verliehen, damit sie die Menschen wieder vereinten und die Kirche aufbauten. So ist Sprachenkenntnis eine Gabe Gottes; Christus heiligte besonders die an seinem Kreuz angehefteten Bibelzungen. Auch die Politiker müßten Fremdsprachen lernen, damit die Staaten einander friedlich verstünden; leider behält, wer Sprachen erlernt, für wenig anderes Zeit, und weit reicht sein Horizont nicht. Gewiß gibt es wenige Grundsprachen, die Grimmelshausen nach Mylius' und Besolds Muster herzählt: Hebräisch, Slavisch, Lateinisch, Deutsch; doch wer kennt die Fülle der chinesischen und amerikanischen Idiome, und wer versteht alle Sprachen der Welt? Nur die Heiligen und die guten und bösen Engel, auf Erden niemand. Dann aber fördert die polyglotte Bildung den Menschen nicht genug; Mithridates mit all seiner Kenntnis war nicht so glücklich wie der heilige Einsiedler Antonius, der nur seine Muttersprache verstand.

Wenn die Ausmaße der göttlichen Schöpfung für den irdischen Menschen unerreichbar sind, wird er sich damit trösten, daß auch in seinem kleinen Lebenskreis der Atem Gottes spürbar bleibt. Da Antonius mit seiner einen Sprache heilig wurde, dürfen die Deutschen getrost bei ihrer Muttersprache bleiben. Grimmelshausen verherrlichte sie nicht wie Schottel als göttlich, aber er meinte, sie habe sich *seit unsers Großvatters des Aschenatz Zeiten* rein erhalten; die Deutschen seien die *Allerältiste Nation unter der Sonnen*, auch die Vorväter der Franzosen. Dieser Segen rührt von dem biblischen Ahnherrn her, von Aschkenaz, nicht von Tuisco; Grimmelshausen referierte zwar die seit Aventin verbreitete Ansicht, die deutsche Sprache sei alt, einsilbig und *vor Erbauung deß Babylonischen Thurns* eingeführt worden, aber er trat ihr nicht bei. Er begnügte sich mit dem Stolz auf eine Babelsprache, weil ihm die Unvollkommenheit alles Getrennten stets bewußt blieb. Darüber hinaus erhebt sich nur der träumende Geist, nicht die geformte Sprache des Dichters[147]).

Aber beseelt der Heilige Geist nicht gerade die Sprache des Dichters? Der schlesische Apokalyptiker Quirinus Kuhlmann (1651–1689) verstand seine Gedichte als Sprache und Offenbarung Gottes und glaubte deshalb 1672 unter dem Einfluß von Böhme und Harsdörffer, seine deutsche *Lands- und Muttersprache* sei nicht nur darum vonnöten, weil ein jeder in seiner *Vaterlandssprache* die tiefsten Gedanken faßt, sondern auch weil sie *allen Weltsprachen vorzusätzen* und *erstblühend* und *rechtgöttlich* sei, mehr als das Lateinische. Dennoch hielt Kuhlmann nicht wie Franckenberg das Deutsche für die Natursprache schlechthin; er empfand zu deutlich, daß jede Sprache die Welt nur von einem Blickpunkt aus erfaßt, und träumte von einer *allgemein durchgehenden Weltsprache*. Sie soll im Mittelpunkt der vielen *Sprachräder* kreisen und sie alle übergreifen, sogar die verlorenen Wurzelwörter alter Sprachen wiederbeleben, ein wirklicher Thesaurus der Weltweisheit und Weltgeschichte, ja der Welt selbst. Vorläufig wird er ersetzt durch die staunenswerte Gedächtnisleistung der Polyglotten, von denen mancher noch mehr als die 25 Sprachen des Mithridates kennt und deren größter Joseph Justus Scaliger ist. Und es bleibt die andere Annäherung an das Unendliche, die verzückte Sprache des Ekstatikers, die mit Worten, Formeln und Zahlen spielend den Unsagbaren umkreist, freilich der pneumatischen Ursprache nur durch stammelnde Ausrufe nahekommt. Aus jedem begeisterten Aufschwung fällt der Mensch in seine fragmentarische Existenz zurück[148]).

Doch war diese Erfahrung nicht bloß deshalb so bedrückend, weil sie am

[147]) Simplicissimus Teutsch, hg. Jan Hendrik Scholte (Neudrucke 302–309), 3. Aufl., Tübingen 1954: III, 4 S. 212 ff. (Narr); I, 11 S. 33 f. (deutsche Aussprache); II, 19 S. 148 (Kroatisch); V, 21 S. 452 (Russisch); IV, 3 ff. S. 297 ff.; IV, 8 S. 314 (Französisch); IV, 1 S. 293 (sprachenkundiger Franzose); II, 14 S. 136 (Gespräch der Kroaten); II, 8 S. 115 (Mithridates usw.); V, 14 S. 422 (Kanaanäer); V, 16 S. 429 (Sprache in der Erdmitte); I, 27 S. 77 (Adams Kinder); III, 5 S. 216 (72 Dolmetscher). Continuatio des abentheurlichen Simplicissimi, hg. Jan Hendrik Scholte (Neudrucke 310–314), Halle 1939: c. 9 S. 41 f.; c. 13 S. 59 f. (Geheimschriften); c. 14 S. 65 (babylonischer Turm). Teutscher Michel, hg. Jan Hendrik Scholte, Grimmelshausens Simpliciana in Auswahl (Neudrucke 315–321), Halle 1943: c. 1 S. 154–157 (Mensch, Babel, Pfingsten, Politiker); c. 2 S. 159 ff. (Grundsprachen, Mithridates, Antonius); c. 3 S. 165 f. (Aschkenaz); c. 12 S. 204 f. (einsilbig). Dazu Paul Gutzwiller, Der Narr bei Grimmelshausen (Basler Studien zur deutschen Sprache und Literatur 20), Bern 1959, S. 47 ff. (Narretei und heile Welt); Siegfried Streller, Grimmelshausens Simplicianische Schriften, Allegorie, Zahl und Wirklichkeitsdarstellung (Neue Beiträge zur Literaturwissenschaft 7), Berlin 1957, S. 77 ff. (Zahlensymbolik).

[148]) Lehrreicher Geschicht-Herold, oder: Freudige und traurige Begebenheiten Hoher und Nidriger Personen, Jena 1672, in den unpaginierten Vorgesprächen Nr. 6 (deutsche Sprache), Nr. 23 f. (Weltsprache); Haupttext S. 78–133 (Gedächtniskünstler und Sprachkenner). Dazu Ernst Benz, Zur Sprachalchimie der deutschen Barockmystik, in: Dichtung und Volkstum (Euphorion) 37 (1936) 482–498; Claus Victor Bock, Quirinus Kuhlmann als Dichter, Ein Beitrag zur Charakteristik des Ekstatikers (Basler Studien zur deutschen Sprache und Literatur 18), Bern 1957, S. 95 ff.

untauglichen Objekt gemacht wurde? Was war von einer Babelsprache wie der deutschen anderes als stotternde Verwirrung zu erwarten? Der am pfälzischen Hof angesehene kabbalistische Mediziner Franz Mercurius van Helmont (1614 bis 1699) blickte 1667 verächtlich auf die neueren Sprachen, die zerstückelt und verworren sind, und nahm auch ihre Grundsprachen, Griechisch, Lateinisch, Deutsch und Slavisch, nicht davon aus. Den Stein der Weisen und das Schatzhaus der Weisheit muß man nicht hier, sondern jenseits der babylonischen Sprachverwirrung suchen, und dabei braucht man sich keine imaginäre Natursprache auszusinnen. Wir besitzen sie noch, die hebräische Königin der Sprachen, die Gott selbst erschuf, benutzte und dem ersten Menschen schenkte. Sie befruchtete in Babel alle Idiome der Welt, blieb aber selbst unverändert und makellos; sie bildet die Natur so exakt ab, daß das Schriftbild der hebräischen Buchstaben genau der Mundstellung gleicht, mit der sie ausgesprochen werden. Auch die hebräische Schrift gibt dem Kundigen Aufschluß über den Bauplan der Welt, insbesondere des menschlichen Mikrokosmos. Dieser Glaube an die göttliche Reinheit des Hebräischen trieb den niederländischen Baron dazu, die Funktionen der Körperorgane bei der Hervorbringung von Sprache genauer zu untersuchen und seine Funde als Taubstummenlehrer praktisch zu verwerten. Die von Cardano schematisch entworfene Sprach-Physiologie trat nun ins Leben, und für diese Leistung wird Helmont heute noch gern gepriesen; nur seinen Ausgangspunkt verschweigt man oft, weil der moderne Positivismus nicht mehr glaubt, was sich für Helmont von selbst verstand: daß die Beobachtung der Natur nicht voraussetzungslos geschieht und bloß dem Gläubigen gelingt[149]).

Er teilte diesen Glauben an die Naturmacht des Hebräischen mit den deutschen Theologen seiner Zeit; auch sie vertauschten gerne das Uralte mit dem Bleibenden, den Ursprung mit der Ewigkeit und betrachteten alle Geschichte als Abfall. Der Helmstedter Professor Georg Calixt (1586–1656), charaktervoll und konziliant, hoffte die konfessionellen Differenzen der Gegenwart durch Rückgriff auf die Lehren der Urkirche versöhnen zu können; sein postum erschienener Genesiskommentar verteidigte denn auch die altkirchlichen Traditionen von der hebräischen Ursprache gegen die *nugae* des Becanus. Er verwahrte sich gegen Annius und jede Modernisierung der Völkertafel; sie sei zwar *fundamentum totius historiae*, aber infolge ihres hohen Alters unverständlich. Calixt suchte beim Turm von Babel nicht alle Sprachen, schon gar nicht 72,

[149]) Alphabeti vere naturalis hebraici brevissima delineatio, quae simul methodum suppeditat, juxta quam qui surdi nati sunt sic informari possunt, ut non alios saltem loquentes intelligant, sed et ipsi ad sermonis usum perveniant, Sulzbach 1667, im unpaginierten Vorwort. Dazu Corneille Broeckx, Le baron François-Mercure van Helmont, in: Annales de la Société de Médecine d'Anvers 31 (1870) 73–88, 129–137, hier S. 85 ff., 129 ff.

denn es habe nur 55 Familien gegeben; und nicht jede erhielt ein besonderes Idiom. Gott verwirrte in Babel nur die fünf (von Mylius genannten) Grundsprachen Hebräisch, Griechisch, Latein, Slavisch und Deutsch; aus ihnen gingen alle späteren Idiome hervor, auf sie können sie zurückgeführt werden. Wie in der Kirchengeschichte sah Calixt auch in der Profangeschichte die Urzeit als normgebend an. Freilich stand er dem niederländischen Humanismus und dem christlichen Rationalismus von Gerhard und Alsted nahe genug, um dem menschlichen Geist die Erkenntnis und Auswertung dieses Sachverhaltes zuzutrauen. Wenn das Deutsche als Babelsprache beinahe neben das urtümliche Hebräisch trat, konnte die Gegenwart wohl wieder zu den Ursprüngen zurückfinden und damit den heilsgeschichtlichen Kreis schließen[150]).

Eben dies bestritten Calixts hochorthodoxe Widersacher; sie witterten dahinter die katholische Weltfrömmigkeit. Gottes Norm ist keine fortwirkende Tradition, sondern ein einzigartiges Urbild, dem die verfallende Welt nie wieder nahekommen wird. Der in Greifswald streng orthodox erzogene Stralsunder Superintendent Philipp Heinrich Fridlib (1603–1663) sah seit 1649 die Welt ganz vom semitischen Gottesvolk und seiner geheiligten Sprache her. Er leugnete die Existenz des Tuisco und gab den Hamiten die Alleinschuld am Turmbau, ohne zu erwähnen, woher die Deutschen und ihre Sprache kamen[151]). Das Hebräische ist völlig unvergleichlich; das Haupt der Wittenberger Hochorthodoxie, der robuste Ostpreuße Abraham Calov (1612–1686), stellte 1672 alle rationalen Beweise für seine heilige Ursprünglichkeit zusammen. Das Hauptargument für die Richtigkeit der Tradition ist indes die Tradition selbst; von ihr darf niemand *sine gravibus argumentis* abgehen, um mit Grotius und Calixt auf humanistische und katholische Manier Vergängliches anzubeten. Vor der Uroffenbarung versinken alle Autoritäten und alle Beweismethoden[152]). Calovs Wittenberger Kollege, der Orientalist Andreas Sennert (1606–1689), schrieb 1653 ein Buch über die Harmonie der orientalischen Sprachen *cum matre Hebraea*; es hielt sich noch im Rahmen der philologischen Disziplin. Aber 1681 behauptete Sennert kategorisch wie Buxtorf und ohne Beweisgrund, *extra controversiam* habe Gott dem Stammvater das Hebräische eingegeben; noch Noah habe absolut unverändert diese Sprache Adams gesprochen[153]). Grotius ging von der gegenwärtigen Verwirrung aus und konnte daher die göttliche Klarheit des Anfangs nicht erraten.

[150]) Ad quorundam Veteris Testamenti librorum intelligentiam facientes lucubrationes, Helmstedt 1665, S. 106 ff. Dazu KRAUS, Geschichte 33 f.; Hermann SCHÜSSLER, Georg Calixt, Theologie und Kirchenpolitik, Eine Studie zur Ökumenizität des Luthertums, Diss. theol. (Masch.-Schr.) Kiel 1954, S. 33 ff.

[151]) Theologia exegetica, Bd. 1, Frankfurt/Main 1660, S. 70.

[152]) Biblia illustrata, Bd. 1, Frankfurt/Main 1672, S. 269 ff. Dazu DIESTEL, Geschichte 403 ff.

[153]) Schediasma de linguis orientalibus, Wittenberg 1681, S. 2–5.

Der Tübinger Professor Johann Adam Osiander (1622–1697) begab sich 1676 auf gefährliches Terrain, als er den Vorrang des Semitischen *procul dubio* durch Nachweis hebräischer Spuren im Griechischen sichern wollte; in allen späteren Sprachen fänden sich, freilich in veränderter Bedeutung, Reste dieser Ursprache. So wirkte das Heilige doch in die Geschichte? Eilig zog Osiander sich zurück: An die 72 Sprachen glaubten bloß die *pontificii*; in Wahrheit seien es nach Rivet 70, doch liege wenig daran. Dennoch vermutete Osiander die Stabilität des Kirchenvolkes in einer zerrütteten Welt, wenn nicht sprachlich, dann genealogisch: *Germani gloriari possunt sese quoque esse ex posteritate Japeti.* Aber nicht einmal den von Luther und vom Urahn Lukas Osiander genehmigten Aschkenaz wagte der Epigone zu zitieren[154]). So wenig wie die Stärke des Polemikers Osiander lag die des sächsischen Oberhofpredigers Johann Olearius (1611–1684) im Exegetischen; erbaulich verweilte er 1678 bei der hebräischen Ursprache, schaudernd blickte er auf die Folge von Babel, die erschreckliche Zerrüttung der Völker, ihrer Gemüter und des Wohlstandes der Kirchen, Regierungen und Hausstände. Dieses Chaos ist irreparabel; *ob aber 70, 72 oder mehr Sprachen in der Welt seyn, daran ist uns wenig gelegen*[155]). Aus den immer wiederholten Versicherungen, man glaube nicht an 72 Sprachen, spricht das schlechte Gewissen der Hochorthodoxie, die den Zusammenhang zwischen der Lehre von der hebräischen Ursprache und der von den 72 Sprachen wohl noch spürt, aber nicht mehr anerkennt.

Vernehmlich äußert sich dieser Skrupel bei dem streitbaren Lübecker Superintendenten August Pfeiffer (1640–1698). Wie er den überlieferten Bibeltext in jedem Buchstaben für heilig erachtete, so hielt er seit 1665 zäh an der hebräischen Ursprache fest und bekämpfte wütend sowohl Becanus wie Webb. Weder die leichteste noch die kürzeste Sprache sei die älteste; in modernen Idiomen finde sich überhaupt kaum mehr eine Spur von Ursprünglichem. Nur in den sieben nach Walton aufgezählten Grundsprachen (also auch im Deutschen) trifft man noch *etliche Fußstapffen der uhralten Ebräischen Sprache*; im übrigen ruht Gottes Segen nicht mehr auf der Sprachenwelt. Trotzdem gab Pfeiffer der Versuchung nach, den Fußstapfen der hochheiligen Sprache nachzugehen, indem er das Vaterunser in den Hauptsprachen wiedergab. Vorweg beteuerte er zwar, er glaube nicht an die Zahl der 70 Sprachen und Völker, fügte aber etwas kleinlaut hinzu, er wolle bei dieser Zahl bleiben und das Vaterunser hebräisch und in 70 anderen Sprachen mitteilen. Der Katalog beginnt mit der *Stamm-Mutter und Königin aller Sprachen* und schließt mit amerikanischen Dialekten, *von denen wir zur Ausfüllung der angegebenen Zahl noch drey Sorten herbey setzen wollen.* Wie beim Sprachenkatalog Alsteds wurde die Auswahl der Idiome noch einmal von der

[154]) Commentarius in Pentateuchum, Bd. 1, Tübingen 1676, S. 247–255.
[155]) Biblische Erklärung, Leipzig 1678, S. 109 ff.

Zahlensymbolik geleitet; die barocke Enzyklopädie bedurfte der Ordnungszahl, die die orthodoxe Dogmatik verwarf[156]).

Sie faszinierte auch die Universalhistoriker immer noch und erst recht. Ein vermutlich katholischer Kölner Anonymus schrieb 1654 über Babel: *Idioma unum in septuaginta duo divisum miram peperit perturbationem.* Erstaunlich freilich ist die schroffe Absage des Autors an die polyglotten Humanisten, die so gar nicht zu Abrams Weltfrömmigkeit paßt: *Ite nunc, docti, intumescite linguarum peritia, quae dividentes orbem perdiderunt*[157]). So gälte die enzyklopädische Ordnung nach Babel nicht mehr? Zeitnäher urteilte der gewandte Hamburger Polyhistor Peter Lambeck (Lambecius, 1628–1680) 1659, noch bevor er Katholik und Wiener Hofhistoriograph wurde. Auch sein erster Entwurf einer Geistesgeschichte der Menschheit kam über die Urzeit kaum hinaus und hielt das Hebräische mit allen Buchstaben für göttlich inspiriert; doch gewährte er der innerweltlichen Entfaltung des Heiligen viel größeren Raum. Das bestimmte wohl auch Lambecks Entscheidung über die babylonische Sprachenzahl. *Magna olim fuit et etiam nunc est controversia*, meinte er, um einige Grade zu wichtig; er stimmte weder den jüdischen 70 des Genebrard noch den christlichen 72 der Patristik zu, sondern der modernen Skepsis des Jesuiten Pereyra und des Kalvinisten Bochart, *numerum linguarum . . . non posse certo aliquo numero definiri.* War der Engpaß von Babel umgangen, so konnte Lambeck seine an Reineccius anklingende universale Translation der Bildungsgüter vorführen, die in großen Wellen vom Hebräischen her zu den modernen Nationen Europas gelangen[158]).

In den synchronoptischen Tabellen des Marburger Professors für Medizin und Beredsamkeit Konrad Theodor Lincker (gest. 1660) macht sich die Systemfreude barocker Gelehrsamkeit vollends stärker geltend als die Trauer um verlorene Harmonie. Wie in Gen. 10 siebzig Familien aufgezählt seien, wie man von siebzig Jüngern Christi wisse, so dürfe man auch glauben, daß in Babel 70 Sprachen entstanden. Unter ihnen ragen 9 *nobiliores et cardinales* hervor, die also nicht die Grundlage der übrigen, sondern bloß die berühmtesten sind: Hebräisch, Griechisch, Lateinisch, Deutsch (an der frühest möglichen Stelle), Chaldäisch, Syrisch, Slavisch, Tatarisch, Arabisch. Alle erlauchten Idiome entstanden also in Babel, auch wenn sie miteinander so eng verwandt sind wie Hebräisch, Syrisch, Chaldäisch und Arabisch oder wie Griechisch und Lateinisch;

---

[156]) Critica sacra, 6. Aufl., Dresden-Leipzig 1721, S. 28–36; auch Opera omnia quae extant philologica, Bd. 1, Utrecht 1704, S. 44 f. (Ursprache). Pansophia Mosaica, 2. Aufl., Leipzig 1688, S. 279–338 (Vaterunser). Dazu Diestel, Geschichte 322 ff., 502.

[157]) Flosculi historici delibati sive historia universalis, Köln 1654, S. 13 f. Für unser Thema unergiebig ist die Weltgeschichte des Weingartener Benediktiners Gabriel Bucelinus (1599–1681), Historiae universalis cum sacrae tum prophanae nucleus, Ulm 1652.

[158]) Prodromus historiae literariae, Leipzig-Frankfurt/Main 1710, S. 27 ff. Dazu Klempt, Säkularisierung 74.

das historische Nacheinander verwandelt sich in ein ausbalanciertes Nebeneinander. Lincker erkennt es auch in der von Noah vorgenommenen Völkerteilung, bei der sogleich als Japhetiten die Griechen, Lateiner und Spanier, die „Galater“ und Deutschen, die Russen und Thraker auftreten, als wäre der romanisch-germanisch-slavische Dreiklang schon in Babel angeschlagen worden[159]). Freilich fanden in diesem System nur die Völker der Alten Welt ihre Stelle; die amerikanischen Indianer, deren Sprachen auch bei Pfeiffer nur als Lückenbüßer dienten, waren der gelehrten Beachtung kaum wert. Jedenfalls bestritt 1661 der junge, soeben in Leipzig promovierte Augsburger Pastor und Polyhistor Theophil Gottlieb Spitzel (1639–1691) energisch, daß die Amerikaner irgendwie von den Juden herkämen und etwa die in Assyrien verlorenen zehn Stämme Israels wären[160]). Zu den geheiligten Hallen urtümlicher Ordnung waren nur Kulturvölker zugelassen, würdig jener Weisheit, die nach den ältesten Zeiten versank und erst von der gelahrten Gegenwart wieder ans Licht gehoben wurde. Altgläubige Orthodoxie und neugieriger Rationalismus fanden sich im Bund gegen das dunkle Mittelalter und die Konstanz der Heilsgeschichte.

Auch der lutheranische Straßburger Späthumanist Johann Heinrich Boeckler (Boecler, 1611–1672) gestand bei allem Eklektizismus längst nicht jedem Volke biblischen Rang zu. Er kannte die Ansichten von Arias Montano und Grotius über die Herkunft der Amerikaner, zuckte aber die Achseln: das sei eine schwierige Frage. Hätte sie ihn bedrängt, er hätte sie gelöst, in jenem gläubigen Vertrauen auf Moses, den ältesten und vornehmsten Historiker der Welt, das seine Weltgeschichte durchzieht. Hebräisch war sicher die Ursprache; der Jesuit Salian hatte recht mit der Lehre von 72 Sprachen, die Augustin errechnete und die an Pfingsten durch die Apostel geadelt *(nobilitatae)* wurden. Geistlicher Adel und humanistische Auslese setzen voraus, daß ringsherum Finsternis und Wirrwarr herrscht; Boeckler machte sich den Stoßseufzer zu eigen, den wir bei dem Dänen Borch schon hörten: Niemand könne *sine confusione* die *confusio linguarum* erforschen[161]). Das Wortspiel war geistreich, aber allzu selbstbewußt; denn diese Konfusion bestand zunächst einmal nur aus Hypothesen der gelehrten Welt. Wenn der Professor für Beredsamkeit und Geschichte sich durch die Spitzfindigkeiten seiner Kollegen nicht mehr durchfand, kam ihm das wie ein Gotteswunder vor...

Naivere Gemüter stießen sich an solchen Subtilitäten nicht. Der Stadtarzt

---

[159]) Theatrum historico-politicum, Marburg 1664, unpaginiert (S. 6 f.).

[160]) Elevatio relationis montezinianae de repertis in America tribubus israeliticis, Basel 1661, S. 41 ff. (Juden), 119 ff. (zehn Stämme). Dazu ALLEN, Noah 127 f.

[161]) Historia universalis a mundo condito usque ad Christi nativitatem, Straßburg 1680, S. 236 f. (Amerikaner), 194 (Moses), 230–249 (Babel), 249 (Stoßseufzer). Dazu knapp Ernst JIRGAL, Johann Heinrich Bökler, in: MIÖG 45 (1931) 322–384, hier S. 381 f.; SRBIK, Geist Bd. 1, S. 87.

von Steyr, Johann Christoph Bitterkraut, besorgte 1670 eine erweiterte Übersetzung des Werkes von Mylius, die dem Holländer nicht nur das peruanische Goldland Ophir des Arias Montano, sondern auch die 72 Sprachen unterschob[162]). Ein anonymes kabbalistisches Buch „Arbatel" brachte 1686 eine Liste mit der Überschrift: *Geheimnüß des Nahmens Gottes, welchen die folgenden 72 Völcker mit 4 Buchstaben schreiben und nennen.* Diese Gottesnamen, vor allem *Deus*, *Θεός*, *Godt* und *Boge*, hatte bereits der jüngere Scaliger seiner Sprachen-Klassifikation zugrunde gelegt, ohne auf ihre vier Buchstaben zu achten; jetzt vermutete man wie einst Ficino geheime Bedeutung dahinter. Noch sonderbarer als bei Alsted vermengten sich die 72 Gottesnamen, Sprachen und Völker zu einer Liste, die die *Calefornier*, *Paraquaier* und *Japoner* ebenso enthält wie die Gymnosophisten, die Magier, die Philosophen und die *Cabalisten*[163]). Zur Hexerei war da nur noch ein kleiner Schritt; wenn ich recht vermute, ist die Vorliebe der Volksmedizin, vor allem der südostdeutschen, für die Zahl 72 eine Frucht solcher Barock-Alchimie. Da werden von „Albertus Magnus" 72 Wacholderbeeren verordnet, damit das Pferd nicht steif werde[164]). 72 Wegerichwurzeln gelten als heilsam[165]). 72 Buchsbaumblätter schätzt man in Oberösterreich, im Ennstal; in Kremsmünster weiß man von 72 Gicht- und Fieberarten; in Admont kennt man 72 *Male*; in Mähren verwendet man dagegen 72 Stückchen einer Meerrettichwurzel. Bei Pirna beschwor man noch im 19. Jahrhundert die 77 Gichtarten mit den 72 Gottesnamen, und konsequenter zählte man in der Steiermark noch 1883 im ganzen 72 Gichtarten. Die babylonische Astralmedizin, die 70 oder 72 Plagen der jüdisch-hellenistischen Apokryphen und die Zahlenmystik der Kabbala gehen mit dem abendländischen Rationalismus einen Bund ein, der vor und nach dem 17. Jahrhundert schwer denkbar ist[166]).

Vielleicht am markantesten wird diese Denkweise verkörpert von dem vielgerühmten, vielgescholtenen Thüringer Jesuiten Athanasius Kircher (1601 bis 1680), der am Lebensende in Rom (in bezeichnender Verbindung) Mathematik

---

[162]) Merckwürdiger Diskurß von dem Ursprung der Thier und Außzug der Völcker, Salzburg 1670, S. 164 f., 172 ff., 192.

[163]) Arbatel, De magia veterum, Wesel-Duisburg-Frankfurt/Main 1686, zitiert nach Johann SCHEIBLE, Das Kloster, Bd. 3, Stuttgart-Leipzig 1846, S. 231–287, hier S. 283 ff. die Liste.

[164]) Albertus Magnus, Bewährte und approbierte sympathetische und natürliche egyptische Geheimnisse für Menschen und Vieh, 20. Aufl., Toledo (!) o. J., S. 16, zitiert nach Heinrich MARZELL, Die Zahl 72 in der sympathetischen Medizin, in: Zeitschrift des Vereins für Volkskunde 23 (1913) 69–71.

[165]) Heinrich MARZELL, Wegerich, in: Hanns BÄCHTOLD-STÄUBLI u. a., Handwörterbuch des deutschen Aberglaubens, Bd. 9, Berlin 1941, Sp. 221.

[166]) Oskar von HOVORKA – Adolf KRONFELD, Vergleichende Volksmedizin, 2 Bände, Stuttgart 1908, hier Bd. 1, S. 141 (Buchsbaum), 143 (72 Fieberarten); Bd. 2, S. 724, 787 (Admont), 334 (Mähren), 276 (Pirna). Alois PATIN, Alte Heilgebete und Zaubersprüche, in: Zeitschrift des Vereins für Volkskunde 22 (1912) 55–68, hier S. 56, 58 f., 61 (Steiermark).

und Hebräisch lehrte, aber auch koptische und chinesische Grammatiken lieferte. Er wollte noch einmal wie Hebräer, Chaldäer, Ägypter und wie Lull durch kabbalistische Magie symbolischer Zahlen und Buchstaben die Welt entschlüsseln; 1663 entwarf er das System einer Universalsprache, mit dem man alle Sprachen auf eine einzige reduzieren und jede Sprache in eine andere übersetzen könne. Das System dieser „Polygraphia" war freilich kompliziert und abstrus; es sollte das vollkommene Uraltertum ebenso wiedererwecken wie übertrumpfen. Denn bei Kircher wie bei vielen seiner Zeitgenossen vertrug sich der experimentierende Fortschrittsglaube aufs beste mit der Ehrfurcht vor den heiligen Ursprüngen; 1679 versammelte Kircher noch einmal die altvertrauten Traditionen von der Heilsgeschichte der Sprachen und Völker. Wie die protestantischen Orthodoxen glaubte auch der Jesuit, daß Gott dem ersten Menschen ein vollständiges hebräisches Lexikon inspiriert habe; die Allwissenheit Gottes schlug sich unmittelbar in der Weisheit des Urvaters nieder.

Babel bot ein spannendes Welttheater; 50000 Menschen versammelten sich und bauten den Turm, dessen Rampen und Stufen Kircher phantasievoll und verzwickt rekonstruierte. Nicht jedem Maurer flößte Gott eine eigene Sprache ein, nur jeder Großfamilie, und von den Babelsprachen erhielten sich nur fünf rein und unverändert bis auf unsere Zeiten: die hebräische Ursprache Sems, Anführerin der vorderasiatischen Idiome; das von Javan ausgehende Griechisch, das zugleich die Sprache der *Pelasgi*, also der Nachfahren Phalegs, wurde; das vom Griechischen abhängige Lateinisch, die Mutter der romanischen Sprachen; Deutsch, von Aschkenaz begründet und für die germanische Familie grundlegend; „Illyrisch", aus dem die osteuropäischen Sprachen, die slavisch-baltischen wie die Türksprachen entstanden und das mit dem Thraker Tiras anhob. Das war fast genau die Liste des Kalvinisten Mylius und des Lutheraners Calixt; nur glaubte Kircher, anders als die Protestanten, nicht, daß lediglich diese Sprachen in Babel erwuchsen.

Denn er verehrte 72 Sprachen. Obwohl die Zahl nicht in der Bibel stehe, sei sie doch bezeugt durch *tam multi antiqui recentiores doctores*; mehr als die Intelligenz des Ordensbruders Pereyra vermochte (wie bei Calov) die Macht des Consensus. Die Einwände wurden erwogen, doch zu leicht befunden: *Nihilominus LXXII linguarum numerus retinendus videtur*; Torniellis trügerische Argumente halfen das Vor-Urteil stützen. Noch auf der letzten Seite des kurz vor seinem Tode gedruckten Werkes kam Kircher auf die 72 Sprachen zurück, beschwörend, als hätte er geahnt, daß der Topos mit ihm unterging. Er selbst mußte schon traurig zugestehen, daß in der modernen Sprachenwelt diese Ordnung nicht mehr gilt; da würde eine Zählung nicht 72, sondern wohl 1700 Idiome zutage fördern, eine für Kirchers Zeit phantastisch hohe, jedoch von der modernen empirischen Linguistik annähernd bestätigte Zahl.

Aber wieder finden wir unmittelbar neben divinatorischer Hellsicht antiquierte Formeln, neben der Erfahrung von heute die Liebe zum Vorgestern. Der Jesuit war auch ein deutscher Patriot, und wenn sein Vaterland ehrwürdig sein sollte, dann mußte es alttestamentlich sein. Damit uns der Erfinder der Laterna magica nur ja nicht enttäusche, erscheint auf seiner Bühne, von den *probatissimi auctores* geleitet, als Heros eponymos der deutschen Sprache und Ahnherr der Deutschen der Erzheld *Tuisco Japhethi filius*, *Noe pronepos*, der also, wie man kombinieren muß, der Onkel des Aschkenaz gewesen wäre. Noch einmal tauchte der Schatten des Annius auf; noch einmal erstrahlte das alte Vaterland in biblischer Gloriole; noch einmal verkörperte sich in der Hieroglyphe eines Namens das Wunderwerk der Heilsgeschichte[167]). Aber längst blickten die gelehrten Zeitgenossen hinter die Kulissen und durchschauten die Tricks des Regisseurs.

Trotzdem fand er noch einige Helfer im protestantischen Lager, auch sie Patrioten, doch weniger gelehrte als dichtende, denen in poetischer Freiheit die Zeiten, Räume und Namen ineinanderflossen, zum größeren Ruhm der deutschen Nation, ihrer Sprache und ihres Glaubens. Im Nürnberger Kreis um die Pegnitzschäfer finden wir den Coburger Adligen Christoph Philipp von Waldenfels 1677 damit beschäftigt, den Mythenvergleich zugunsten der deutschen Glorie auszuschlachten. Die Bibel hat dabei den Vortritt vor der antiken Mythologie; Sem-Melchisedech steht turmhoch über Nimrods Vater Kusch, der als *Chuspater* auch Jupiter heißt. Japhet-Japetus hingegen ist brav und fromm und besiedelt die Welt, auch ganz Amerika und Ostasien, wo die Namen von Java und Japan noch an ihn erinnern. Unter seinen Enkeln ragt Aschkenaz hervor, der Ahnherr der Deutschen und Franzosen. Aus seinem Namen *T-ascon* entwickelte sich (gemäß Melanchthons Lehre) der deutsche Volksname *Tuiscones*, der also keiner besonderen Person zugehört; der taciteische Mannus ist der herkulische Sohn des Aschkenaz. Schärfer als Kircher rückte Waldenfels von den Gleichungen des Annius ab; sobald er sich dem deutschen Ursprung näherte, verließ er die synkretistische Methode[168]).

Darin stimmte im gleichen Jahre 1677 der Pegnitzschäfer und Pastorensohn Sigmund von Birken (1626–1681) in Nürnberg überein. Er folgte lieber seinem

---

[167]) Turris Babel sive Archontologia, qua primo priscorum post diluvium hominum vita, mores, ...turris fabrica civitatumque exstructio... describuntur, Amsterdam 1679, S. 148 (Hebräisch), 131, 193 ff. (5 Babelsprachen), 107 ff., 219 (72 Sprachen), 131, 212 (Tuisco). Dazu Benfey, Sprachwissenschaft 239 (Grammatiken); George Englert McCracken, Athanasius Kircher's Universal Polygraphy, in: Isis 39 (1948) 215–228, hier S. 218 ff. (Polygraphia); Andrae-Fritz, Turm 10 (Rekonstruktion des Babelturmes); vgl. Allen, Noah 182 ff.

[168]) Selectae antiquitatis libri XII, Nürnberg 1677, S. 91 ff. (Sem-Melchisedech), 74 (Kusch), 142, 150 ff. (Japhet), 35, 186 (Aschkenaz), 216, 235 f. (Tuiscones), 246 ff. (Mannus-Herkules).

Freund Schottel als seinem Bekannten Zesen, lieber der Genesis als Annius und glaubte so am sichersten die hohe Begnadung alles Deutschen darlegen zu können. Sinear ist die *Urquelle aller Völcker*; von dort kamen die Japhetiten, auch Aschkenaz, *ein Ertz-Vatter der Teutschen*, der Kelten und Gallier. Denn *Tuiscon* ist, wie bei Waldenfels, vom Namen des Aschkenaz hergeleitet; auch *Gallus* ist, wie bei Goldast und in Umkehrung von Bodins Argument, ein deutscher Name, denn *Walen* sind „Wanderer". So sind auch die gallischen Götternamen *Dis* und *Theutates* nur Umschreibungen für Aschkenaz; ihn meint auch die taciteische Sage von *Tuiscon*, die ihn mit dem einen, monotheistischen Gott gleichsetzt; ihr Mannus ist mit Adam identisch. Birken zog daraus den Schluß Clüvers: Die Deutschen haben allein unter allen heidnischen Völkern die Uroffenbarung des Monotheismus, die Kunde von der wahren Religion behalten. Die Methode des Mythenvergleichs, anderswo zur Verteidigung der mosaischen Genesis gegen antikischen Humanismus benutzt, diente hier zur Demütigung aller Nachbarvölker. Auch die Lehre von den babylonischen Grundsprachen und den 70 Weltsprachen mußte herhalten: Wenn in Babel nur sieben Grundsprachen entstanden, die sich hernach in je zehn Mundarten teilten, so ist das Deutsche bei allen Kindern Japhets geblieben. Bisher hatte man das Griechische, vielleicht auch das Lateinische als solche Grundsprache gelten lassen; Birken aber griff noch einmal die deutsch-griechische Sprachvergleichung des frühen 16. Jahrhunderts auf, mit dem Ergebnis, *daß auch Javan Teutsch geredet und daß aus der teutschen Sprache die griechische, aus dieser hernach die lateinische entsprungen sey*. Ja, vielleicht wäre Deutsch sogar vor die hebräische Ursprache zu stellen[169]). Wie Kircher die katholische, so führte Birken die lutheranische Sprachtheologie der Orthodoxen ad absurdum; mißachtete der eine alles Späte, so der andere alles Fremde. Beide riefen die Mächte der gegenwartsnahen und toleranten Menschlichkeit zum Widerspruch auf.

Birken hatte einst mit Schottel zusammen den Herzog Anton-Ulrich von Braunschweig-Wolfenbüttel (1633–1714) erzogen; der Zögling machte sich 1669, lange vor seiner Konversion schon, selbständig. Auch ihm lag der deutsche Ruhm am Herzen, aber mehr der antike als der biblische. Er unterschied den deutschen Ältervater *Tuisco*, der keine alttestamentliche Ahnentafel vorweist, klar von Aschkenaz, dem Herrscher eines asiatischen Reiches. Orient und Okzident begegnen sich in dem Roman, durch den Hercinde, eine deutsche Prinzessin aus dem assyrischen Blut des Trebeta, tanzt; ein *Cimber* gewinnt die

---

[169]) Königlich-Polnischer, Chur- und Fürstlich-Sächsischer Helden-Saal, 2. Aufl., Nürnberg o. J., S. 1 (Sinear), 6 f. (Aschkenaz, Tuisco, Gallus), 8 (Dis), 9 (Mannus-Adam), 24 f. (7 Grundsprachen), 14 (Javans Deutsch). Dazu Wilhelm HAUSENSTEIN, Der Nürnberger Poet Siegmund von Birken in seinen historischen Schriften, Ein Versuch, in: Mitteilungen des Vereins für Geschichte der Stadt Nürnberg 18 (1908) 197–235, hier S. 230 ff.

Syrerin zur Frau und hält in Trier Hof. Aber die Bibel mit Japhet und Gomer ist nicht beteiligt; die deutsche Sprache benötigt den göttlichen Segen und den babylonischen Ausgangspunkt nicht, wenn sich mythische Vergangenheit und geschichtliche Aufgabe zu fruchtbringender Gesellschaft vereinen sollen[170]).

Nur scheinbar bibelnäher dichtete der Breslauer Advokat Daniel Casper von Lohenstein (1635–1683), den Eichendorff einen toll gewordenen Enzyklopädisten genannt hat. Er gebrauchte wie alle anderen Quellen auch die Bibel, doch er legte sie nicht zugrunde. Tuisco ist ihm (nicht wie bei Clüver und Birken mit Gott, aber wie bei Stillingfleet) mit Adam personengleich, Aschkenaz ist sein Enkel; an anderer Stelle nennt Lohenstein Aschkenaz den Vater des Herzogs Tuisco. Die Verwandtschaft zwischen Tuisco und Aschkenaz bleibt, Birken zum Trotz, so ungeklärt wie zur Zeit Aventins. Jedenfalls ist Aschkenaz der Ahnherr der Deutschen, auch der Askanier und nebenbei der Trojaner. Schon weitet sich das Blickfeld über das Deutsche hinaus. Der Führer der Zweiten Schlesischen Schule raffte alles Angelesene polyhistorisch zusammen und ließ in jeder Episode des Romans die gesamte Weltgeschichte mitspielen; ein Patriot wäre anders verfahren. Nicht in einer deutschen Uroffenbarung konzentriert sich die wahre Weisheit, sondern in orientalischen, aber gleichwohl nichtbiblischen Ursprüngen: Aschkenaz konnte den Deutschen die originale Urweisheit vermitteln, weil sie ihn sein Vertrauter Zoroaster lehrte, derselbe Zoroaster, den vor Opitz jedermann für einen bösen Magier gehalten hatte.

Wenn sich Deutsche und Römer um den Vorrang ihrer Sprache streiten, stellt sich Lohenstein nicht auf die Seite der Landsleute, sondern seufzt, es sei zu wünschen, daß bald überall eine Sprache herrsche anstelle der verwirrenden und beschwerlichen *siebenzig oder zwey und siebenzig Sprachen, ohne ihre noch gegezeugte Töchter*, die seit Babel die Welt bevölkern. Die Formulierung, die alles zu wissen vorgibt und alles offenläßt, will nicht nur den Wirrwarr, sondern auch den Reichtum der Welt abschildern, der Vergangenheit und Gegenwart zusammenschließt; aber diese Vielfalt wird nicht, wie Birken von der Urzeit, Grimmelshausens Narr von der Endzeit erträumte, im Deutschen gipfeln. In dem erwähnten Streit berufen sich beide Völker auf die Ausdehnung ihrer Sprache, die bei den Deutschen bis Persien reicht; sie verweisen auch darauf, daß die griechische Schrift von Deutschen inauguriert sei. Doch Lohenstein zieht daraus den umgekehrten Schluß wie Birken; der Konflikt wird so geschlichtet, daß die Gegner sich auf das Griechische einigen, mit dem die römi-

---

[170]) Die durchleuchtige Syrerin Aramena, Bd. 2, Nürnberg 1669, S. 222 (Hercinde, Trebeta). Dazu GOTTHELF, Altertum 55 ff.; Clemens HESELHAUS, Anton Ulrichs Aramena, Studien zur dichterischen Struktur des deutschbarocken „Geschichtgedicht" (Bonner Beiträge zur Deutschen Philologie 9), Würzburg 1939, S. 23 ff.

sche und die deutsche Sprache verwandt seien. Daß die Völker und Sprachen getrennt sind, ist keine Sündenstrafe; auch der Turm von Babel war nach Lohensteins Ansicht (die wir zuvor bei dem Schweizer Aretius fanden) keine Trutzburg gegen Gott, sondern lediglich ein mittelhohes Observatorium der chaldäischen Astrologen, also eine Pflegestätte der Urweisheit. Ihre Keime schlummerten in allen Völkern, nicht bloß bei den Deutschen[171]).

Dann brauchten sie sich auch nicht auf einen begnadeten biblischen Ahnherrn zu berufen; auch das deutsche Altertum war nicht national geweiht, sondern universal befruchtet. Der hessische Kammerrat Wilhelm Christoph Kriegsmann (gest. 1678) leugnete die Schlüssigkeit von Melanchthons etymologischen Argumenten, die Aschkenaz mit den Deutschen verbanden. Diese lächerliche Methode machte die Geten zu Goten, die Saken zu Sachsen, die Daker zu Dänen, die Phryger zu Friesen. Der wahre Ahnherr der Deutschen ist vielmehr durch Mythenvergleich zu finden. Es ist der taciteische *Tuito*, personengleich mit dem *Dis* der Kelten, denn diese stammen, wie ihre Sprache und ihr Name „Helden" ausweist, aus gleicher Wurzel wie die Germanen. Auch *Teutates* ist derselbe Heros, und er bedeutet (wie schon die Chronik von Ebersheimmünster wußte) Merkur. Der ägyptische Merkur aber ist Thot, auf griechisch Hermes Trismegistos. Der biblische Ahnherr der Ägypter, Misraim, wiederum ist Hamit; vielleicht ist sein Bruder Kanaan identisch mit dem phönizischen Stifter der Deutschen. Die deutsche Genealogie führt also genau zu den allen Frommen verhaßten, in Gen. 9, 27 verfluchten Kanaanäern zurück, wohl damit sie der ägyptisch-hermetisch-druidischen Geheimweisheit den Weg bahne. Der zur Apologie des Christentums dienende Mythenvergleich ist nun umgekehrt eine Waffe des antikischen Humanismus geworden[172]).

Doch hat auch diese Methode wenig Befriedigendes; stets zwar ist die Geschichte universal, auch die Lokalhistorie, doch wirkt sich diese Allgemeinheit jeweils nur synchronisch, nicht diachronisch aus. Das war 1665 die Meinung des Helmstedter Professors Hermann Conring (1606–1681), als er die Urgeschichte seines Wohnsitzes beschrieb. Der Ostfriese glaubte aus den Hünengräbern erschließen zu können, daß die Helmstedter Gegend vor der Sintflut von Riesen bewohnt worden sei, denn Adam selbst sei (nach Jos. 14, 15 der

[171]) Großmüthiger Feld-Herr Arminius oder Herrmann, Leipzig 1731: II, 1, 5 S. 677 (Tuisco Großvater von Aschkenaz); I, 2, 35 S. 102 (Tuisco Sohn von Aschkenaz); III, 5, 17 S. 2006 (Zoroaster, Babelturm); III, 2, 203 S. 1705 (Sprachenstreit, Sprachenzahl). Dazu Gotthelf, Altertum 60 ff.; Max Wehrli, Das barocke Geschichtsbild in Lohensteins Arminius (Wege zur Dichtung 31), Frauenfeld-Leipzig 1938, S. 67 ff., 71 ff.

[172]) Coniectaneorum de Germanicae gentis origine ac conditore, Hermete Trismegisto, qui S. Moysi est Chanaan, Tacito Tuito Mercuriusque gentilibus liber unus, Tübingen 1684, S. 4 ff. (gegen Etymologien), 11 ff. (Tuito-Dis-Merkur), 18 ff. (Misraim, Kanaan), 64 (Phönizier). Dazu Tourneur, Esquisse 198.

Vulgata) ein Gigant gewesen; auch Gen. 6, 4 erwähne Riesen. Ihre Überreste sehe man noch überall aufragen, in Sizilien ebenso wie in Skandinavien und Mexiko. Sie verachteten Gott; die Hünensteine waren also weder Kultbauten noch Gräber, sondern nur Denkmäler, die die Kraft oder einen Sieg der Giganten im Gedächtnis halten sollten; es war die gleiche Torheit, die danach auch die Erbauer des Babelturmes antrieb. Der Schüler und Freund Calixts wehrte sich gegen die Präadamiten-These von La Peyrère; diese Riesen waren weder unbiblisch noch vorbiblisch. In der allgemeinen Sintflut gingen sie alle unter.

Danach blieb Europa wohl lange unbewohnt; es ist fraglich, ob die vom babylonischen Turm nach Asien abwandernden Scharen rasch bis Deutschland vordrangen. Trotz der kanadischen Phantasien Lescarbots wird man eine stufenweise und langwierige Wiederbesiedlung der Welt annehmen müssen. Zunächst wurden die nahegelegenen Räume erfaßt; darum hat die Amerikaner-These des Grotius wenig für sich: Wenn Germanen von Norwegen aus nach Amerika gezogen wären, müßte Skandinavien früher als Deutschland besetzt worden sein. Jedenfalls saßen in Deutschland sehr früh schon Germanen, und zwar Goten, die Helmstedt den Namen gaben; später kamen Chauken, Thüringer, Sachsen. So verlegte Conrings rationalistischer Patriotismus, der ihn zum Begründer der deutschen Rechtsgeschichte werden ließ, die Kontinuität und den Altersruhm seiner Heimat ins Geographische; Helmstedts Urgeschichte spielte zwischen Asien und Amerika, das Lokal war schon zur Zeit der Dinosaurier Schauplatz gewaltiger Begebenheiten. Die Menschen und Völker wechseln rasch; so wenig wie das deutsche Reich mit dem römischen Imperium, so wenig haben die Helmstedter Bürger mit den Enakskindern gemein. Was bleibt, ist der Boden und das Bodenständige; hier trifft der kritische Sinn auf das Konkrete, die pedantische Gelehrsamkeit auf das Bizarre, der Bibelglaube auf das Patriotische[173]).

Eine tiefer dringende Kritik der Traditionen durfte freilich nicht dabei stehenbleiben, einzelnes Faktische zu isolieren; sie mußte daraus vergleichend die Intentionen der Natur erkennen und von der deutschen Rechtsgeschichte zum Naturrecht der Völker fortschreiten. Der mehr von Grotius als von Conring beeindruckte Heidelberger Staatsrechtler Samuel von Pufendorf (1632–1694) sah die Welt der Sprachen und Völker nicht von patriotischer Warte, sondern von den Höhen des Naturrechts und der Staatsräson her. Mit überlegenem Lächeln betrachtete er 1667 den Ursprungsstreit der Deutschen und Franzosen;

[173]) De antiquissimo statu Helmestadii et viciniae coniecturae, Helmstedt 1665, S. 3 ff. (Hünengräber), 15 (Adam), 46 (Hünensteine und Turmbau), 29 (gegen La Peyrère), 54 ff. (Wanderungen nach der Sintflut), 57 ff. (Goten). Dazu Erik Wolf, Große Rechtsdenker der deutschen Geistesgeschichte, 3. Aufl., Tübingen 1951, S. 221 ff.; Goez, Translatio 356 ff.

denn im Urgrund sind die beiden Gegner miteinander verwandt, nämlich als Kelten: Zu diesem Volk gehörten einst die Germanen ebenso wie die Gallier, Spanier und Britannier. Längst haben sich die Sprachen gespalten, den staatlichen Notwendigkeiten entsprechend, und nun verteilen sich Recht und Unrecht gleichmäßig auf alle Partner und ihre Ansprüche. Die Deutschen sind im Recht, wenn sie sagen, daß die Franken keine gallischen Kolonisten waren; sie waren frei, redeten Deutsch und saßen auf deutschem Boden. Nur der Freie und der Eroberer kann seine Identität im geschichtlichen Wandel bewahren: Die den Römern unterworfenen Gallier verloren ihre altkeltische Sprache; die erobernden Franken behielten in Gallien ihr deutsches Idiom. Doch zur Zeit Karls des Großen hatten sich die politischen Gewichte längst verschoben, und nun neigte sich (das wissen wir von Murner und Mézeray) die Schale auf die Seite der Franzosen. Karl war seiner Herkunft nach Franke, seiner Nation nach eher Franzose; denn über die Nationszugehörigkeit entscheidet nicht die Abstammung, auch nicht der Geburtsort, sondern der Wohnsitz, der Rechtsboden. Die Sprache kann eine Nation nicht gliedern; Karl sprach Deutsch, weil er sich mit seinem Adel verständigen mußte, doch in der bäurischen Masse der Untertanen bildete sich eine romanisch-fränkische Mischsprache. Denn Sprache ist nicht der Besitz einer geschlossenen Gemeinschaft, sondern ein Mittel menschlicher Verständigung; sie darf sich nicht abkapseln, sie muß vermitteln.

Ins Grundsätzliche gewandt, lehrte Pufendorf 1672, nun schon in Schweden ansässig, dasselbe. Sprache ist kein nationales, sondern ein soziales Phänomen, eine Schöpfung nicht der Natur, sondern der Gesellschaft. Sie ist dem Menschen nicht angeboren und wird nur durch Angewöhnung erlernt; deshalb sind Taubgeborene zugleich stumm. Schwerlich hat zu Beginn ein einzelner Mensch sich die Sprache ausgedacht; darum erklärte Pufendorf „wie die meisten Christen" den Ursprung der *primaeva lingua* mit der göttlichen Eingießung. Doch dieses Wunder Gottes schuf nur die Sprachform, nicht den Sprachinhalt; ihn gestaltete bereits Adam mit ganz diesseitiger, willkürlicher *impositio*, und seine dürftige Sprache richtete sich auf die Benennung der mit ihm lebenden Wesen. In dieser sozialen Funktion kann Sprache ihre ganze Kraft entfalten: Daß *hava* „Leben" heißt, war eine rein menschliche Setzung; daß Adam sein Weib *Eva* nannte, „Mutter aller Lebenden", war genialer Ausdruck einer soziologischen Einsicht. Rang und Richtigkeit erhält die Sprache auch heute noch nicht von der Dingwelt und deren exakter Beschreibung, sondern von der Verantwortung vor den Mitmenschen. Gerade weil die Sprache der menschlichen Willkür überlassen ist, gehört es zu den Grundrechten und Hauptpflichten des Menschen, die logische und moralische Wahrheit zu sagen und niemanden zu hintergehen; so lehrte auch Grotius. Daß die Sprachen verschieden sind, ist ein Hemmnis der Aufrichtigkeit; es geht zurück auf das Wunder beim babylonischen Turm, auf eine Strafe Gottes. Weil die Sprache nicht natürlich, sondern willkürlich ist, haben sich danach die Idiome weiter differenziert. Doch wiederum ergibt sich aus dieser Willkür, die die Isolierung der Menschen voneinander bedrohlich vertieft, eine soziale Verpflichtung; die *cognitio variarum linguarum* erscheint bei Pufendorf als eine Pflicht des Menschen gegen sich selbst. Hier endlich ist der deutsche Denkzwang, der immer wieder zu den heiligen Ursprüngen strebte, geläutert, freilich auch schon verweltlicht. Die paradiesischen und babylonischen Anfänge der Sprache und der Sprachen sind nichts Verlorenes, nach dem sich die chaotische Gegenwart sehnen könnte, sondern die natürlichen Grundlagen dieser Gegenwart selbst; wer sie erkennt, wird sich nicht mehr von dem Wust der Traditionen bedrücken lassen, sondern seine soziale Welt vernünftig ordnen und den Horizont aufklären können[174]).

Im ganzen freilich bekannte sich das deutsche Denken des 17. Jahrhunderts nicht recht zu seiner Gegenwart; es beurteilte auch Sprachen und Völker konservativ, wenn nicht gar traditionalistisch. Der deutsche Barock-Patriotismus, vor allem gegen Frankreich gekehrt, träumte von vergangener, biblischer oder germanischer Größe; die Orthodoxie projizierte ihr Ideal vom Ewigen gern in die verlorene Urzeit der Heiligen Schrift zurück und empfand den historischen Fortgang leicht als Verfall. Über solche rückwärtsgewandten Emotionen erhoben sich der christliche Rationalismus und die humanistische Weltfrömmigkeit; sie entdeckten allenthalben zeitlose enzyklopädische Ordnungen und punktuelle Fortschritte, hielten sich allerdings zumeist in akademischer Distanz von den Zeitproblemen. Nur eine geniale Minderheit zog aus gelehrter Abstraktion oder dichterischer Intuition den Schluß, daß auch die vielschichtigste Situation Elemente der göttlichen und natürlichen Ordnung enthält und vom Menschen handelnd, denkend oder leidend gestaltet werden kann; Volk ist dann das Objekt, Sprache das Mittel der aufbauenden menschlichen Energie.

*

Von seinen deutschen Lehrern, Ratke, Andreä und Alsted, konnte der Tscheche Jan Amos Komenský (Comenius, 1592–1670) nur Teilaspekte dieser sozialpädagogischen Sprachbetrachtung lernen; er hat sie zusammengefügt zu einem pansophischen Kosmos der Bildung, der den besten europäischen Ent-

---

[174]) De statu imperii Germanici, hg. Fritz SALOMON (Quellen und Studien zur Verfassungsgeschichte des Deutschen Reiches in Mittelalter und Neuzeit III, 4), Weimar 1910: I, 3 f. S. 34 ff. (Ursprungsstreit); I, 6 S. 36 ff. (Gallisch und Fränkisch, Karl der Große). De jure naturae et gentium libri octo, Amsterdam 1698: IV, 1, 1–4 S. 307–313 (Sprache); II, 4, 13 S. 170 (Sprachenkenntnis). Dazu MEINECKE, Staatsräson 264 ff.; WOLF (o. Anm. 173) S. 306 ff., 312 ff.; KOHN, Idee 275 f.; REIBSTEIN, Völkerrecht Bd. 1, S. 488 ff.

würfen der Zeit an Rang gleichkommt, die meisten deutschen Gedanken weit überragt. Der letzte Bischof der Böhmischen Brüder wurde vom Krieg und von der Gegenreformation quer durch Europa gejagt, doch er verlor den Mut nicht; seit 1627 wollte er die babylonische Verwirrung der Sprachen weniger erklären als beseitigen, das hinfällige Menschengeschlecht durch zuchtvolle Führung bessern und ihm den Frieden sichern. Wir müssen das abscheuliche Babylon unserer Verwirrungen bekämpfen und uns zur Wahrheit und Klarheit durchringen, indem wir die Worte wieder mit den Dingen übereinbringen und auch andere den einfachen Ernst der Sprache lehren. Diesem hohen Ziel muß die Schule dienen, die eine uralte Tradition hinter sich hat: Sem führte sie nach der Sintflut, Nimrod in Babylon ein. (Allen Menschen also ist die Translation der Bildungsgüter möglich, auch den Hamiten.) Doch der klare Auftrag der Schule darf nicht durch allzuviele Traditionen verwirrt werden; sie muß zuerst die Muttersprache lehren, denn man soll nicht reiten lernen, bevor man gehen kann. Die Muttersprache mag dann allmählich auch zu den Fremdsprachen forthelfen, aber ein fremdsprachiger Lehrer würde nichts ausrichten, nur den Turm von Babel neu aufbauen.

Um der menschlichen Gemeinschaft willen soll jeder nach der *vernacula* andere Sprachen lernen, vor allem die der Nachbarn; ein Pole wird sich also um das Deutsche, Ungarische, Rumänische, Türkische bemühen. Comenius forderte weniger Gelehrsamkeit als Ratke. Wer Bücher lesen will, muß sich mit dem Lateinischen befassen, ein Philosoph oder Arzt zudem mit Griechisch und Arabisch, ein Theologe mit Griechisch und Hebräisch; dem Lateinunterricht diente Comenius 1640 mit einem viersprachigen Lexikon. Doch sollte das Sprachenstudium zuerst zur inneren Bildung, nicht zur Erweiterung der Sachkenntnisse dienen. Nicht die mangelnde Intelligenz und Erfahrung, sondern die Verstocktheit der Herzen macht die Menschen schwer erziehbar und entzieht ihnen den geistlichen Fortschritt: 1641 läßt Comenius den Patriarchen Abraham darüber klagen, daß die neuliche Sprachenverwirrung und Völkerteilung die Menschheit nicht geläutert habe; jetzt bete Babylon den Bel an. Alle Verwirrung führt zum Götzendienst, alle Klarheit kommt vom wahren Gott.

Eben darum fügte sich 1648 die Sprachtheologie des Comenius in seinen lichtvollen Bildungskosmos harmonisch ein. Sprache ist ein Geschenk des Schöpfers, wie Gen. 2, 19 lehrt; aber Adam kannte nur den Anfang, nicht die Vollendung. Wäre ihm ein vollständiges Sprachsystem geoffenbart worden, so hätte er die Dinge nicht nach seiner Willkür benennen können. Indem Comenius sich (gleich Socini und anders als die Orthodoxen) den ersten Menschen und seine Sprache unvollkommen denkt, betont er die Bildungsfähigkeit und Perfektibilität des Menschen. Gott gab nur die Anfangsgründe, den Rest muß der Mensch erst lernen, auch heute noch; unsere Sprechfähigkeit *(lingua)* ist

Gottes Werk, die geformte Sprache *(sermo)* muß unsere Tat sein. Dank ihrer primären Unfertigkeit sind die Sprachen verschieden und schwankend. Da der eine Adam am Anfang stand, wird man wohl auch nur eine Ursprungssprache annehmen müssen; aber wie aus dem einen Menschen viele wurden, so gingen aus der Ursprache die zahlreichen Idiome hervor. Ihre Vielfalt ist allerdings nicht nur natürliche Entfaltung, sondern zugleich die Strafe Gottes für die Verwegenheit der Menschen, die im zweiten Jahrhundert nach der Sintflut den gigantischen Turm zum Himmel bauen wollten. Doch hat Gott dabei die Sprachen nicht wunderbar und in einem Augenblick zugeteilt (dann müßten alle Sprachen gleich vollkommen sein, und das sind sie nicht); es erfolgte in Babel nur ein geistiger Schock, eine Verdunklung des Geistes, so wie das Pfingstwunder mit seiner Sprachengabe eine Erleuchtung des Geistes war. Von diesem Schock getroffen, vergaßen die Menschen ihre Sprache und vielleicht auch die Dinge selbst; Sprechen und Verstehen hörten völlig auf, die Menschen stoben auseinander in die Einsamkeit. Dort begannen sie, vom Zorn Gottes mit sich selbst allein gelassen, neue und jeweils verschiedene Sprachen auszusinnen. Wir kennen Teile dieser Deutung von Filastrius und Dante, von Grotius und Casaubon her; ihren Zusammenhang gab ihnen Comenius selbst, der göttliche Schöpfung und menschliche Leistung, natürliches Wachstum und menschliche Schuld, Verfall und Fortschritt, Glauben und Vernunft in ein schwebendes Gleichgewicht zueinander brachte.

Heute muß der Mensch auf seine Sprache selbst achten; ihrer Natur nach ist sie dem irdischen Wandel unterworfen: Platon nannte altgriechische Worte barbarisch; vor fünfhundert Jahren sprachen Spanier, Franzosen und Deutsche noch ganz anders als heute. Böhmen und Polen brachen im Jahre 644 n. Chr. unter Führung der Brüder *Czechus* und *Lechus* gemeinsam auf und gebrauchten dieselbe Sprache; jetzt, tausend Jahre danach, verstehen sie einander so wenig wie in Deutschland Schweizer, Niederländer und Pommern. Die Völker sind gewandert: Das moderne Italienisch ist die Frucht der gotischen Invasion; das heutige Englisch ist gemischt aus Altbritisch, Sächsisch und Französisch. Sprachen werden geboren und sterben wie die Menschen oder wenigstens wie die Völker: Ausgestorben sind das Altpreußische, das Altbritische, das Altschottische. Weil diese Wandlungen beständig sind, lassen sich die Idiome nicht (wie Alsted wollte) in eine Liste der 72 Sprachen pressen. Man weiß ja nicht, ob alle Sprachen sogleich in Babel entstanden; auch zählt die Völkertafel keineswegs nur Völker mit verschiedenen Sprachen auf, darf also nicht der Sprachenzählung zugrunde gelegt werden. Auch heute ist sie schwierig, weil die Dialekte ineinander übergehen, Chaldäisch und Syrisch, Deutsch und *Belgica*, Böhmisch und Polnisch; in Amerika findet man alle zwanzig Meilen einen neuen Dialekt.

Doch auch dieses Dickicht lichtet sich. Da alle Menschen (auch die Amerikaner) von einem Vater abstammen, bewahren alle ihre Sprachen noch hebräische Erinnerungen auf; nicht nur die asiatischen und afrikanischen, auch die vier (von dem Landsmann Gelenius entdeckten) europäischen Hauptsprachen Griechisch, Lateinisch, Germanisch und Slavisch sind mit hebräischen Bruchstücken durchsetzt, wie sich in einem Parallel-Lexikon leicht zeigen ließe. Man kann also paradox sagen, daß wir noch heute alle in allen Idiomen nur eines, nämlich das hebräische, sprechen, freilich verwirrt und verdunkelt. Auch das Hebräische ist allerdings keine Natursprache (sonst sprächen wir es alle ohne Beimischung), sondern ein historisch gewachsenes System, immerhin das allerälteste, *mundo ipsi coaeva*. Kaum jünger ist das Griechische, die erste unter den verwirrten Sprachen, und das Lateinische; ihre Würde wird erhöht durch die Literatur, die in ihnen überliefert ist: Hebräisch ist heilig, Griechisch weise, Lateinisch gelehrt, oder: Hebräisch ist prophetisch, Griechisch apostolisch, Lateinisch kirchlich. Diese drei aristokratischen Sprachen zeugten viele andere, das Hebräische die semitischen, das Lateinische die romanischen Idiome. All dies macht die drei Zungen zu allgemeinen Weltsprachen; besonders das Lateinische bietet sich dafür an, Vives hat recht. So mildern die Traditionen des Bildungskosmos beinahe von selbst die sprachliche Verwirrung; eine genealogische und enzyklopädische Hierarchie der Idiome ist erkennbar und allen subjektiven Meinungen entzogen.

Denn jeder möchte gern, daß seine eigene Muttersprache die Weltsprache sei; unsere Aufgabe aber ist es, die getrennten zu verstehen und so die in Babel begonnene, noch immer nicht beendete Verwirrung nach besten Kräften zu beheben. So werden wir die Wiederkunft Christi am besten vorbereiten. Durch die Menschenbildung will der Pädagoge auch die objektive Harmonie der Schöpfung wieder zum Klingen bringen; er läßt sich dabei von keinem Vorurteil beeinflussen. Comenius liebte seine tschechische Muttersprache, der er selbst literarischen Rang verlieh, während sie in seiner Heimat von Habsburgern und Jesuiten zugunsten der deutschen zurückgesetzt wurde; aber der Tscheche überwand sich und schrieb seine größten Werke lateinisch und deutsch, in den Sprachen der Gegner. Doch schienen ihm geschichtlich gewachsene Idiome grundsätzlich zu einseitig, um sie der kommenden Eintracht des Menschengeschlechtes zuzuordnen; so plante Comenius, von Descartes angeregt, zeitlebens eine neue Weltsprache, die die Sprachenwirrnis aufheben und die Völker verbinden würde; diese künstliche Sprache sollte zugleich in Urworten die Natur der Dinge ausdrücken. Seine Pläne scheiterten freilich daran, daß die Sprachen nicht nur Ausdruck, Kundgabe und Darstellung sind, sich nicht nur dienend dem Menschen, dem Wissen und den Dingen anbequemen, sondern ihr eigenes Leben führen. So unterschätzte Comenius die Schwerkraft der Historie, konnte aber gerade deshalb das Unvereinbare versöhnen:

Muttersprache und Welthilfssprache, Ursprache und gelehrte Sprache, Verfall und Fortschritt, Glauben und Hoffnung, Orthodoxie und Rationalismus[175]).

Sehr viel zeit- und ortsgebundener, wenn auch gleich hoffnungsvoll sind die Gedanken des von Jesuiten erzogenen kroatischen Dominikaners Juraj Križanić (1618–1683), obgleich er Rom wie Sibirien kannte. Er wollte nicht wie Comenius die geschichtlichen Mächte im Dienste des Menschen total überwinden, sondern im Dienste des Glaubens partiell zusammenfassen; der sprachliche und völkische Panslavismus sollte sich zur katholischen Idee gesellen und die Zukunft wenn nicht der Welt, dann Osteuropas bestimmen. Križanić hielt seit 1642 die Gemeinschaft der Slaven für ebenso natürlich wie gottgewollt. Nicht, daß sie genealogisch begründet würde: Weder Alexander der Große noch der Kaiser Augustus sind die Ahnherren der Russen, noch weniger gehören sie zu den blonden Helfern des endzeitlichen Gog; Moskau ist auch nicht das dritte Rom. Sein Auftrag ist weder urzeitlich noch endzeitlich, sondern zeitlos: die slavischen Nationen zu umfassen. Denn „unsere Nationen" gehören zusammen, Polen, Böhmen, Moskowiter, Bulgaren, Kroaten, Bosnier, Serben, Moldauer und Walachen. Sie müßten gemäß Deut. 17, 15 unter einem Fürsten ihrer Sprache und Nation stehen, und das wäre der russische Zar. Seine eigene Muttersprache erschien dem Kroaten (anders als den Protestanten Trubar und Dalmatin) dafür zu kraftlos, weil er den Rang der Sprachen nicht nach der pfingstlichen Begnadung, sondern nach der politischen Bedeutung bemaß: Seine *natio Illyrica* sei von Fremden unterworfen und habe ihre eigene Sprache verloren. Im größeren slavischen Vaterland wird sie aufgehen. Freilich hielt der Dominikaner auch die russische Sprache für unbeholfen und schwierig; er schmiedete eine russisch-polnisch-südslavische Mischsprache als die ideale Gemeinsprache der Zukunft. Für die übrigen europäischen Idiome, Lateinisch, Italienisch, Spanisch, Griechisch und Deutsch wollte er selbst dem Zaren als Dolmetscher dienen. Aber auf diesem Wege würde sich die katholische Idee nur sehr teilweise realisieren, nicht einmal ganz Europa in einer sprachlichen Ordnung umfassen, geschweige denn die ganze Welt. Andererseits aber

[175]) Veškeré Spisy, hg. Jan Kvačala u. a., bisher 8 Bände, Brünn seit 1910: Didactica magna, dedicatio 31 Bd. 4, S. 37 (gegen babylonische Verwirrung); c. 8, 3 S. 111 ff. (Tradition der Schule); c. 29,4 S. 407 (zuerst die Muttersprache); c. 17, 27 f. S. 223 (kein fremdsprachiger Lehrer); c. 22, 1 S. 321 (Studium von Fremdsprachen). Janua aurea reserata quatuor linguarum, Leiden 1640 (für den Lateinunterricht). Abrahamus patriarcha I, 1, hg. Kvačala Bd. 6, S. 136 (Klage Abrahams); Linguarum methodus novissima I, 6 ff. S. 217 ff. (Wesen und Ursprung der Sprache); III, 1–35 S. 229–249 (Sprachenvielfalt und -geschichte); V, 46 S. 267; VI, 1 ff. S. 268 ff. (unsere Aufgabe). Dazu Klaus Schaller, Die Pampaedia des Johann Amos Comenius, Eine Einführung in sein pädagogisches Hauptwerk (Pädagogische Forschungen 4), 2. Aufl., Heidelberg 1958, S. 6 ff.; Heinrich Geissler, Comenius und die Sprache (Pädagogische Forschungen 10), Heidelberg 1959, S. 71 ff., 132 ff., 149 ff.

stand die panslavistische Idee zu abstrakt über den slavischen Sprachen und Völkern. Indem Križanić sich zwischen der allgemeinen Kirche und den besonderen Nationen aufstellte, verfehlte er den geschichtlichen Auftrag beider; auch in einem erweiterten Nationalismus ließ sich das Heilige nicht mehr verkörpern, wie man es in der Epoche zuvor versucht hatte[176]).

*

Den italienischen Lehrmeistern des Kroaten war die Kluft zwischen der katholischen Kirchenidee und dem noch nicht einmal zu nationaler Geschlossenheit erhobenen Alltag längst vertraut. Auch in Italien bemühte man sich im 17. Jahrhundert um eine neue Universalsprache, aber es war keine gewachsene und keine künstliche Wortsprache, um die man rang; denn die Beschränktheit ihrer Verständigungsmittel war nur allzu gut bekannt. Man flüchtete in die Gefühlssprache der Musik; die italienische Oper begeisterte ganz Europa, auch wenn es die italienischen Libretti nicht verstand. Und man fand die Begriffssprache der Mathematik, die die Natur erschließt; die italienische Naturwissenschaft wurde international bahnbrechend.

Ihr größter Genius, der Mathematikprofessor Galileo Galilei (1564–1642), suchte und fand 1613 im Buch der Natur eine selbständige Wahrheit, die die Sprache der Sinne spricht. Sie ist universal gültig, aber nur für den verständlich, der ihre Sprache erlernt und ihre Schriftzüge versteht. Diese wahre Natursprache ist die *lingua matematica*, ihre Schrift sind Dreiecke, Kreise und andere geometrische Figuren; Nikolaus von Kues hatte sie schon vorausgeahnt. Wie Kepler stellte Galilei die Wahrheit weit über die Wortsprache, denn diese ist vieldeutig und menschlichen Auslegungen unterworfen, auch wenn es sich um das Wort Gottes und die Wahrheit der Offenbarung und der Tradition handelt. Schroffer als Kepler und Newton verzichtete Galilei auf die geheime Symmetrie zwischen Offenbarung und Schöpfung; Gott offenbart sich nicht im Wort, sondern nur in seinem Werk. Diese Lehre sagte der orthodoxen Verbalinspiration ebenso wie dem humanistischen Sprachglauben den Krieg an; die Wortsprache, in welcher Gestalt auch immer, verzerrt die Wahrheit, anstatt sie zu definieren. Wie zuvor der Spiritualismus der italienischen Häretiker, so bestreitet der nicht minder häretische Empirismus Galileis, daß die Kirche den archimedischen Punkt innehabe, von dem aus der Kosmos sich rundet. Daß die Welt nicht durch die Offenbarung bewegt wird, ist dabei wichtiger als daß die Erde sich um die Sonne bewegt[177]).

---

[176]) SCHAEDER, Moskau 129–166, besonders S. 138 f., 141 f.

[177]) Opere, hg. Ferdinando FLORA (LI 34,1), Mailand-Neapel 1953: Il saggiatore S. 121 (vollkommene Sprache der Natur); Brief an Benedetto Castelli vom 21. 12.1613

Aber dreht sich denn auch nur die Geschichte um die Bibel? Die italienischen Jesuiten, die von Amts wegen Galileis Feinde waren, behaupteten es nicht mehr mit der Selbstsicherheit Torsellinis. Der Paduaner Jesuit Stefano Menocchio (Menochius, 1576–1655) ging 1630 nur noch knapp auf die hebräische Ursprache ein und verschwieg die von Torsellini und Salian noch verkündeten 72 Sprachen. Die Völkertafel modernisierte er freilich auf die übliche Weise, so daß Tubal die Spanier, Aschkenaz die Deutschen, Mosoch die Moskowiter, Togarma die Türken und Elisa die Italiener vertrat. Das glaubte zur gleichen Zeit auch der Ordensbruder Cornelius a Lapide. Doch wie dieser stellte Menocchio vor seine Gleichungen eine Warnungstafel: *Certi nihil habemus*. Die Bibel des Alten Testaments durfte nicht mehr beim Wort genommen werden; ihr Verhältnis zur modernen Geschichte blieb lose, Agnostizismus durchlöcherte die Heilshistorie[178]).

Es waren italienische Jesuiten, die auf den Spuren von Matteo Ricci bei der China-Mission entdeckten, daß die biblische Chronologie mit den Geschichtsquellen exotischer Kulturvölker schwer zu vereinen ist. Der Jesuit Martino Martini (1614–1661) aus Trient gab 1658 dem Abendland zum ersten Mal Kenntnis von den chinesischen Historien. Er fand in ihnen zwar eine Sintflut verzeichnet, war sich aber nicht sicher, ob es die noachische oder eine speziell chinesische war. Vielleicht wurde Ostasien schon vor der Sintflut bewohnt. Die Überlieferung vom Kaiser *Fohi* schien zu bestätigen, daß die Chinesen in ihr Land vom Westen her einwanderten; aber wieder ließ Martini die Frage offen, ob diese Wanderung erst nach der babylonischen Katastrophe und Völkerzerstreuung anzusetzen sei. Die positive Folgerung, daß in der Tat die Chinesen vor dem Turmbau, vor der Sintflut schon abwanderten, wurde aus Martinis Bericht erst von den Protestanten Horn und Webb gezogen; aber auch der Jesuit konnte nicht mehr behaupten, daß Noah der Vater aller Menschen gewesen sei[179]).

So taten sich für die Italiener der Zeit ganze Welten abseits der Bibel auf. Ob sie mit der Offenbarung und Tradition kollidierten oder sie gar nicht berührten, jedenfalls schrumpfte das Revier des Glaubens. Gott schuf die Welt, seine Vorsehung erhielt sie; und doch war seine Heilige Schrift weder ein Physiknoch ein Geschichtsbuch. Devotion und Emotion vermochten diesen Widerspruch nur zu leugnen, nicht zu lösen; erst Vico sollte über ihn hinausgehen.

S. 988 ff. (unvollkommene Wortsprache). Dazu Ernst Cassirer, Wahrheitsbegriff und Wahrheitsproblem bei Galilei, in: Scientia 62 (1937) 121–130, 185–193, hier S. 127 f., 191 ff.; Verburg, Taal 225 ff.

[178]) Brevis explicatio sensus literalis totius s. scripturae, Bd. 1, Köln 1630, S. 15 ff.

[179]) Sinicae historiae decas prima, res a gentis origine ad Christum natum in extrema Asia sive magno Sinarum imperio gestas complexa, München 1663, S. 4 f., 10 ff.; dazu Klempt, Säkularisierung 108.

Aus diesem Widerspruch fand man auch in Spanien nicht heraus. Er versteifte sich hier, starrer als zuvor, zum Gegensatz zwischen den verträumten Patrioten und Gläubigen und den illusionslosen Dichtern und Theologen. Während Spanien seine Weltmacht, seine europäische Hegemonie, Portugal, Holland und Teile Westindiens verlor, hofften noch immer viele auf das Unwiederbringliche; doch verschob sich die Hoffnung ins Irreale, Ironische und Anekdotische und wagte kaum mehr bei „historischen" Fakten wie Tubal und der Babelsprache anzuknüpfen, außer auf dem verzweifelten Umweg über Fälschungen. Liebenswürdiger und eleganter sprach die utopische Erwartung des Unmöglichen aus den Anekdoten, die uns französische Autoren von ihren spanischen Gästen berichten, die also wohl mündlich, in geistreicher Gesellschaft von Rivalen, vorgebracht wurden.

Die harmloseste Abwandlung jenes Witzes, den sich am Krakauer Hof der deutsche Diplomat Lange mit dem spanischen Gesandten leistete, besagt, daß Gott Kastilisch gesprochen habe, als er Adam vom Baume zu essen verbot; die Schlange täuschte Eva auf italienisch, und Adam empfahl sich Gott auf französisch. Hier wurden bloß die romanischen Schwestersprachen verhöhnt, vielleicht nicht ohne politische Anzüglichkeiten; denn das Ringen Spaniens mit Frankreich hatte um Italien begonnen und ging noch um 1630, im Mantuanischen Erbfolgekrieg, darum. Giftiger klingt die Erweiterung durch „einen gelehrten spanischen Ritter", der zu diesen Gleichungen hinzufügte, daß die Schlange Englisch zischte. Die spanisch-englische Feindschaft, die vom Untergang der Armada bis in Cromwells Zeiten reichte, wurde hier zum ewigen Gegensatz zwischen Gott und Satan zugespitzt[180]). War der Teufel erst einmal im Spiel, so entfernte man lieber Gott daraus, als daß man den Nachbarn menschlich-brüderlich begegnete. Der Professor für Griechisch und Hebräisch an der Universität Salamanca, Gonzalo Correas (ca. 1571–1631), erwähnte 1625 das *dicho vulgar* in einer neuen Fassung: Die Schlange sprach Deutsch, Eva Italienisch, Adam aber Spanisch. Das soll (nach der Art des Portugiesen Barros) bedeuten, daß Spanisch eine männliche, Italienisch eine weibliche, Deutsch eine unmenschliche, schlecht klingende Sprache sei. (Daß damit auch die teuflische Sprache der Reformation getroffen wurde, bedurfte keines eigenen Hinweises.) Correas selbst empfand als gewissenhafter Gelehrter die Irrealität des Diktums; es konnte nur bildlich und gleichnishaft gelten. Denn in Wahrheit entstand die Sprachenverschiedenheit erst beim Babelturm, und López Madera hatte recht: Tubals spanisches Idiom war keine Paradiesessprache, aber eine der 72 Babelsprachen, kein korrumpiertes Latein. Das Lateinische selbst ist eine späte Mischsprache. So rückte das Spanische doch recht nahe

[180]) La Mothe le Vayer (o. Anm. 14) bringt die erste, Bouhours (o. Anm. 42) die zweite Fassung.

an die Ursprache heran, zumal Correas vermutete, das Vokabular der ersten Sprache müsse recht klein gewesen sein, sonst hätten sich mehr Urwörter in den Babelsprachen erhalten[181]).

Aber wenn nun schon, im Scherz, Spanisch als die paradiesische Sprache Gottes und Adams bezeichnet worden war, gerieten einfachen Seelen die chronologischen Proportionen durcheinander. Die Kastilier wiesen zwar hartnäckig die These der Basken Garibay und Covarrubias zurück, daß Baskisch eine Babelsprache und die spanische Grundsprache sei; aber warum könnte nicht auch das Baskische, eine höchst eigenständige und schöne Sprache, im Paradies erklungen sein? Um 1640 befaßte sich das Domkapitel vom Pamplona mit dieser Frage. Die baskischen Domherren zögerten, Baskisch als die Ursprache der Menschheit schlechthin zu feiern; aber daß Adam und Eva im Paradies bereits baskisch miteinander sprachen, hielten sie für sicher[182]). So tief hatte also die Anekdote schon Wurzel geschlagen, daß man an mehrere Paradiesessprachen zu glauben begann und die babylonische Schranke mit patriotischem Schwung übersprang.

Dagegen mußte nun freilich jeder bibelgläubige Exeget protestieren; das tat seit 1652 der Jesuit Antonio de Escobar y Mendoza (1589–1669). Die Ursprache war und blieb Hebräisch, und alle anderen Idiome entstanden erst bei der Tyrannenburg Nimrods, die der alternde Noah wohl noch mit eigenen Augen erblicken mußte. Etwas Neues dachte sich Escobar nicht aus; Pascal tat dem Biederen zu viel Ehre an, als er seinetwegen für „schlau ausdenken, vorgaukeln, überlisten“ das Verbum „escobarder“ erfand. Escobar dichtete zwar gern, aber wenn er die Spanier, Italiener, Franzosen, Deutschen, Russen, Türken und Mongolen in der Völkertafel fand, wiederholte er bloß alte Traditionen. Er verwechselte die Generationszahlen der Noachiden, gab Sem 30 und Cham 27 Söhne und scheint sich selbst gewundert zu haben, daß zum guten Schluß seiner Rechnung 72 Sprachen und Völker herauskamen – *evaserunt*, sagte er. Immerhin war damit den Patrioten eine Grenze gesetzt: bis zu Tubal und Noah zurück, nicht weiter[183]).

Doch blieb für Eifrige genug Raum, Spaniens Heiligenschein auch dann noch zu erneuern. Recht pfiffig fälschte der Benediktiner Gregorio de Argaiz

---

[181]) Arte de la lengua española castellana, hg. Emilio ALARCOS GARCÍA (Revista de filología española, Anejo 56), Madrid 1954: c. 96 S. 491 f. (Paradies, Spanisch und Latein); c. 2 S. 13 f. (Tubal), 27 (kleines Vokabular).

[182]) Amand HENNEQUIN, Essai sur l'analogie des langues, Besançon 1838, S. 57 f. Doch konnte Friedrich MAX MÜLLER, The Science of Language, Bd. 1, London 1891, S. 149, in den Akten des Domkapitels, auf die HENNEQUIN sich beruft, keine Niederschrift über die Diskussion finden. Daß sie indes zeitgemäß war, zeigt BAHNER, Beitrag 62 ff.

[183]) Vetus ac Novum Testamentum literalibus et moralibus commentariis illustratum, Bd. 1, Lyon 1667, S. 76–79.

(gest. 1683) eine angebliche Chronik des Haubert von San Benito zurecht und brachte sie 1667 auf den Markt. Als Vorlage und Vorbild nahm er sich den „überaus wahrhaftigen und höchst qualifizierten" Annius; doch er blieb bescheiden auf gebahnten Wegen. Sie führten ihn zurück bis zu Tubal, der zwölf Jahre nach dem Turmbau von Babel zur See nach Spanien fuhr, und bis zu Noah, der bald darauf *causa videndi* kurz zu Besuch kam[184]). Damit kehrte man auf das Niveau Ocampos zurück. Aber Ocampo hatte doch behauptet, Tubal habe Chaldäisch gesprochen? Wie ließ sich dann der Altersruhm der kastilischen Sprache noch retten? Argaiz' Gesinnungsgenosse José de Pellicer y Ossau (1602–1679), ein aragonesischer Ordensritter und berühmter Quellenfälscher, wandte sich 1672 heftig gegen die absurde Meinung, das Aramäisch-Syrisch-Chaldäische sei die Ursprache Spaniens. Der Semit Aram war nie in Spanien; Noah kann bei seinem Besuch keine chaldäischen Vokabeln hinterlassen haben, weil er das reinste Hebräisch sprach. Nein, Tubal-Tarsis (Onkel und Neffe sind eins) brachte als eine der 72 Babelsprachen das Kastilische mit, das dem Lateinischen weit überlegen ist. Doch hatte die Sprache der Vulgata nicht als Kreuzessprache einen Ehrenvorrang? Pellicers vaterländischer Eifer brachte ihn angesichts dieser heiklen Frage an den Rand der Ketzerei, aber er hielt stand: Die 72 Babelsprachen seien von Gott nicht weniger gesegnet als das Lateinische, denn Gottes Allmacht habe sie den Menschen eingegossen. Kein Mensch könnte eine Sprache erfinden oder auch nur verändern; auch die römischen Herren Spaniens vermochten das nicht. Somit ist das Spanische von seinem babylonischen Anfang bis in die Gegenwart, in allen historischen Bedingtheiten und Wandlungen, eine Schöpfung Gottes[185]). Die Ur- und Natursprachenlehre war hier, so kompromißlos wie im katholischen Raum möglich, auf die lebendige Muttersprache übertragen.

Dadurch wurden jedoch die hebräische Ursprache und insbesondere die lateinische Kirchensprache entwertet. Deshalb wurde Pellicer zwei Jahre später vom einem pseudonymen Luis José de Aguilar y Losada (Diego Barriento) scharf angegriffen. Daß das Spanische zu den 72 Babelsprachen gehöre, sei eine grundlose Konjektur; der Pseudonymus glaubte lieber an eine orientalische Sprache Tubals und hielt auch das Lateinische für eleganter und gebildeter als das Kastilische. Der Kritiker war freilich nicht gesonnen, mit dem Altersrang auch die unvergleichliche Würde seiner Muttersprache preiszugeben, und als gäbe es lediglich die Wahl zwischen der babylonischen Historie und der paradiesischen Anekdote, schwärmte Aguilar, wenn Adam heute wiederkäme und

184) Población ecclesiastica de España y noticia de sus primeras honras, Bd. 1, Madrid 1667, S. 258 f.

185) Población y lengua primitiva de España, Valencia 1672. Da das Buch in deutschen Bibliotheken nicht zu finden ist, zitiere ich nach Bleiberg, Antología 183 f. (Chaldäisch), 181, 199 ff. (Tubals Spanisch), 193 (Kreuzessprache), 196 (Eingießung).

aus allen Sprachen eine auszusuchen hätte, würde ihm nur die Entscheidung zwischen dem Kastilischen und dem Lateinischen schwerfallen[186]). Mit dieser Wendung in den Irrealis konnten sich die lateinische Katholizität und der kastilische Nationalstolz gleichermaßen zufrieden geben; wer darf noch streiten, wenn der allweise Urvater Adam unschlüssig bleibt? Katholizität und Hispanität gehören untrennbar zusammen, vor allem, solange noch ein spanisches Kolonialreich besteht.

Während Engländer, Franzosen und Holländer den Inselkranz der spanischen Antillen auseinanderrissen, beschwor der sevillanische Jurist Diego Andrés Rocha (1607–1688) 1681 im peruanischen Lima Gen. 10, 5: Die Inseln gehören Japhet, und japhetitische Ortsnamen sind in der Neuen Welt überall zu finden, besonders in der spanischen: Mages kommt von Magog, Habana von Javan, Yucatán von Jektan. So wäre denn Cuba von den Griechen, Peru (wo der Rio de Mages fließt) von den Skythen besiedelt worden und stünde ihnen zu? Das war die Meinung nicht; denn die japhetitischen Eroberer waren Tubals Spanier, die nach der Sintflut zunächst die Insel Atlantis und dann Amerika entdeckten. Nachdem Lescarbot für das kanadische Neu-Frankreich Noah selbst in Anspruch genommen hatte, durfte das peruanische Neu-Kastilien nicht zurückbleiben; es war entgegen Garcías Ansicht nicht von Ophir, Phönizien, Karthago oder Indien aus entdeckt worden. Cortez hatte das Richtige schon geahnt. Die spanische Abkunft der Peruaner ist noch an der Sprache abzulesen: Das indianische Quechua stimmt erstaunlich genau zum Baskischen, das offenbar die Sprache Tubals und der ersten Spanier war. Viel später kamen wohl Reste der zehn Stämme Israels nach Amerika: die mexikanischen Tolteken. Auch sie unterstanden gemäß Gen. 9, 27 der spanischen Herrschaft. Was Gott verbunden hatte, durfte die Geschichte nicht trennen[187]).

Aber war es so sicher, daß Gott gerade Spanien beschützte? War es denn nicht eine katholische, wenn auch zuvörderst italienische Erkenntnis, daß das geistliche Gottesvolk nicht mit irdischen Staaten, das Wort Gottes nicht mit gewachsenen Muttersprachen verwechselt werden durfte? Der in Rom tätige spanische Jesuiten-Kardinal Juan de Lugo (1583–1660) vergegenwärtigte sich 1646 diese Trennung des Geistlichen vom Weltlichen ebenso geistvoll wie

---

[186]) Censura a los distinciones entre Marco y Maximo, el Beroso de Caldea y Viterbo y a la Población y lengua primitiva de España, Toledo 1674, f. 82v (Babelsprache), 85v (Spanisch und Latein). Mitteilung und Abschrift von Prof. Harald Weinrich-Kiel.

[187]) Tratado único y singular del origen de los Indios del Perú, Méjico, Santa Fe y Chile, Neudruck (Colección de libros raros ó curiosos que tratan de América 3–4), 2 Bände, Madrid 1891, hier Bd. 1, S. 84 (japhetitische Ortsnamen), 47 ff. (spanische Peruaner), 76 ff. (Baskisch), 153 ff.; Bd. 2, S. 23 ff. (zehn Stämme); Bd. 1, S. 171 f. (Gen. 9, 27).

weltnah. Wahrheit und Sprache sind scharf voneinander zu trennen. (Das sagte Descartes auch.) Gott kann zwar durch die Lautsprache zu uns reden, aber meist teilt er sich und die Wahrheit unmittelbarer mit; auch die Engel sprechen nicht *ad placitum*, sondern *naturaliter*, das heißt aber ohne das Medium erfundener Worte. Die Natursprache ist keine Lautsprache. (Ähnlich dachte Galilei.) Das Menschenwort macht nicht die Wahrheit und die Dinge kenntlich, sondern nur den *conceptus internus* des Sprechenden, nicht nur als Ausdruck, sondern vor allem als Mitteilung. Der Sprecher bedarf des Hörers, wenn Sprache zustande kommen soll. *Loqui est ordinare meam mentem ad alium*. Der Hörer darf kein stummes, totes Objekt sein; wenn er nur *formaliter* zuhört, etwa im Beichtstuhl dem Priester, so verfehlt das Wort sein Ziel. Sprache ist also Gespräch, kein willkürliches Gerede, sie ist notwendige Kommunikation und hat weniger wissenschaftliche als soziale Aufgaben. Darum ist auch die Bedeutung der Worte nicht der Willkür des Einzelnen überlassen, sie wird *auctoritate publica* festgesetzt. Zuerst hat Adam als Haupt und Fürst des Menschenverbandes die Namen bestimmt. Noch stärker als Suarez grenzt Lugo die Funktion der Sprache auf den zwischenmenschlichen Bereich ein, ohne in den getrennten Sprachgemeinschaften Gottes ordnende Gliederung zu bewundern; ähnlich wie Grotius und Pufendorf leitet der Spanier aus der Natur der Sprache weniger eine statische Harmonie als eine ethische Verpflichtung her. Weil die Sprache immer das ist, was wir aus ihr machen, sind wir dem Nächsten für jedes Wort „verantwortlich"[188]).

Was wird dann aus der herkömmlichen Sprachengeschichte, wenn sie keine Heilsgeschichte ist? Der aus Portugal gebürtige, in Andalusien ansässige Arzt Gaspar de Los Reies wollte um die Jahrhundertmitte eigentlich nur Stoff zu anregenden Tischgesprächen sammeln; aber plötzlich stand er vor der Frage, wem die Sprache zusteht, die da so gesellig plaudert. Gott? Der Natur? Manchmal hat ein Embryo im Mutterleib schon Stimme; Säuglinge schreien; Taube können Laute von sich geben. Die Sprechfähigkeit muß also eine Naturanlage sein. Aber die Sprache ist wie ein Schwert, dessen Materie der Natur, dessen Form der Kunst angehört. Denn ein spanisches Kind, das in England aufwächst, spricht Englisch, weil jedes bestimmte Idiom erlernt werden muß. So sprechen Kinder, die in einer Wüste groß werden, gewiß nicht Hebräisch (Mejia irrte sich); auch Psammetichs Versuch ergab nichts, denn *Bekkos* ist Ziegensprache (Mejia hatte recht). Der Arzt salvierte sich vor der Inquisition, indem er hinzufügte, Gott selbst habe das Hebräische, die Mutter aller Sprachen, erfunden. Adam lernte also auf ganz ungewöhnliche Weise sprechen, nur der Anfang war

[188]) Disputationes scholasticae et morales, hg. Jean-Baptiste FOURNIALS, 8 Bände, Paris 1868–69: De virtute fidei divinae I, 10, 197–224 Bd. 1, S. 71–79 (Sprache); De sacramento eucharistiae XIX, 1, 15 Bd. 4, S. 185 f. (Adam).

inspiriert. Alle übrigen Idiome seien von Menschen erfunden. Vor Babel? Die Sprachenverschiedenheit rühre daher, daß Noah seine Nachfahren über die Erde verteilt habe; sie wäre also ein völlig natürlicher Vorgang. Noch einmal ein lahmer Rückzug: Nach der Bibel habe die Bosheit des Turmbaus den Anlaß zur Sprachentrennung gegeben. Daß auch die Babelsprachen von Gott eingegossen sein könnten, dieser Gedanke Pellicers kam Reies nicht. Er schätzte das Spanische hoch, doch da war er schon wieder im Plauderton, ohne die paradiesische Anekdote zu bemühen. Karl V. habe gesagt, wer mit Gott rede, wähle am besten das majestätische Spanisch, mit dem Fürsten spreche man das elegante Italienisch, mit Frauen das schmiegsame Französisch, mit Soldaten das robuste Deutsch. Reies hat, wie es scheint, an dem Diktum nichts polemisch variiert; mehr als die Gottnähe des Spanischen wird ihn fasziniert haben, daß sich der Sprechende ganz auf den Gesprächspartner einzustellen habe und daß noch die getrennten Idiome Medien menschlichen Umgangs sein könnten. Als geschöpfliche und geschichtliche Mächte wurden sie kaum mehr beachtet[189]). Doch was bedeuten sie dann noch für das Selbstverständnis des Menschen? Sind humanes Verhalten und humanistische Bildung ein letzter Wert?

Der Jesuit Baltasar Gracián (1601–1658) pries 1646 das Spanische neben dem Lateinischen als Universalsprache und Schlüssel zur Welt; er forderte vom Gebildeten außerdem Kenntnisse im Griechischen, Italienischen, Französischen, Englischen und Deutschen, damit er an den unsterblichen Gütern dieser Kulturen teilhaben könne. Wie Gracián 1647 schrieb, wird diese Blickweite dem klugen Weltmann seine Nationalfehler und allen provinziellen Beigeschmack abgewöhnen; man soll ihm nicht sein Vaterland und sein Klima anmerken, wie man dem Wasser die durchlaufenen Schichten ansieht. Der Dichter empfahl 1651 erneut das Sprachenstudium: Latein ist die ewige Schatzmeisterin der Weisheit, Spanisch ist (noch einmal wie bei Nebrija) so universal wie sein Imperium, Französisch ist gelehrt und Italienisch beredt; alle diese Sprachen erschließen dem Menschen in Büchern und auf Reisen die Kenntnisse der Welt. Wäre also Gracián stärker als sein Ordensbruder Lugo geneigt, die Sprache als objektives Faktum und als Werkzeug der Weltbemächtigung zu verehren?

Weit gefehlt. Gracián war seinem Orden nicht als Humanist, sondern als Pessimist verdächtig. Bildung kann den Einzelnen erheben, nicht entrücken, kann das Chaos glätten, nicht ordnen; Sprache gehört zu der schaurigen und enttäuschenden Welt, die in Verwirrung und Selbstsucht untergeht. Sprache ist zwar ein Ausdruck der Vernunft; wer nicht denkt, der spricht auch nicht. Aber an die Wahrheit reichen Sprechen und Denken nicht heran; denn eben die so-

[189]) Elysius iucundarum quaestionum campus, Brüssel 1661, S. 404–411.

ziale Rolle der Sprache mindert ihren Rang. Gemeinsame Sprache dient dem Bedürfnis und der Kurzweil; zwei Kinder auf einer Insel würden sie selbst erfinden (anscheinend nicht hebräisch); der einsame Wilde lernt im Umgang mit einem gebildeten Partner rasch sprechen. Doch diese Fertigkeit trennt mehr als sie verbindet. Sogar die beiden führenden romanischen Länder Europas, Spanien und Frankreich, sind durch ihre Sprache aufs entschiedenste voneinander getrennt, weniger klanglich als geistig; wer auf spanisch bejaht, verneint auf französisch. Den benachbarten Italienern erscheint die Sprachenwelt wieder anders: Neulich führte man in Rom ein Spiel vom Sündenfall auf, und da sprach der ewige Vater Deutsch, Adam Italienisch, Eva Französisch und der Teufel Spanisch, *echando votos y retos*. Verständlich, daß die Italiener ihre Sprache für männlich-menschlich, die ihrer spanischen Herren für teuflisch halten; begreiflich, daß sie sich ins Paradies zurücksehnen. Aber auch die Urzeit ist nicht normativ; die Deutschen reden vielleicht die älteste, jedenfalls die barbarischste Sprache der Welt. Kein Japhetit hat die modernen Nationen geformt; *hijo de Jafet* meint nur *hombre*, Japhetiten sind wir alle. Tubal wird nirgends erwähnt, noch weniger seine Sprache; erscheint uns doch eine zweihundert Jahre alte Sprache bereits wie Kauderwelsch *(algavaría)*. Fortschrittsglaube anstelle des religiösen Geschichtsdenkens? Aber nein, im Grunde geschieht ja immer dasselbe, die Zeit wechselt nur ihre Taschen aus. Der Mensch jedoch vergesse seine perspektivische Begrenzung nie und versuche nicht, zum Allgemeinen emporzudringen. Der Schöpfer schied die Völker säuberlich voneinander und differenzierte die Landschaften und Klimata Europas; das ist (im Sinne von Suarez) ein Fingerzeig: Die höchste Weisheit hat die Nationen durch Gebirge und Meere getrennt. Doch der Mensch in seinem Wahn hat Brücken erfunden; sie führen ihn nicht (wie Fischart meinte) zu Brüdern, sondern in sein Verderben, nach Babel.

Nun ist er entwurzelt und verdreht; er lebt in Rom auf ungarische Weise und ist überall gleich fehl am Platz. Er merkt es kaum. Steil baut er seine hochmütigen Bauten in den Wind, und die (von Góngora schon skizzierten) Luftschlösser *(torres de viento)* seiner Einbildung ragen noch höher. Aber sie werden verwirrt werden wie dieses ganze Babel der Meinungen. Es herrscht in Spanien wie anderswo: Der Hof ist eine einzige babylonische Konfusion; Madrid ist ein Babel an Wirrwarr; die große Stadt der Täuschungen hat Türme in Menge, mehr als Babylon, das sich mit seinen Türmen brüstet wie das barbarische Memphis mit seinen Pyramiden. Türme werden zu Symbolen der Täuschung, die ganze Welt ist ein konfuses Babel, ein Babel des Truges, *Babel del Engaño*. Dies also ist die Weltkenntnis, die der Mensch beim Studium der Sprachen und Völker erlangen kann, die Einsicht, daß ihm alle irdischen Gemeinschaften, sei es der Muttersprache und des Vaterlandes oder der weltmännischen Bildung und der Menschheit, keine Heimat bieten können und daß er auf Erden ein Fremdling und Pilgrim ist[190]).

In ganz verwandten Tönen beschrieb 1649 der Soldat Antonio Enríquez Gómez (ca. 1600– ca. 1660) den schweren Traum vom Babel dieser Welt. Der Sohn eines bekehrten portugiesischen Juden war von den Verdächtigungen der Inquisition aus Spanien vertrieben worden, ein Fremdling und Pilgrim. Der Dichter will, wie er sagt, den Turm bauen, ohne zum Nimrod zu werden, nicht um den Himmel zu erklettern; er will den Babelturm der Welt, das Schloß des Stolzes niederreißen und *desengaño* finden, aus den wirren Gaukelträumen erwachen. Seine Vision, an Quevedo erinnernd, ist düster und eindrucksvoll: Ein schimmernder Turm, bis zu den Sternen reichend, Olymp, Himmelsleiter, Kapitol, Pyramide in einem; er wird stehen, solange die Welt besteht, von Riesen gestützt und bewacht. Aus ihm dringt ein Meer von Stimmen verschiedenster Sprachen; in ihm trifft der Träumer Verliebte, Händler, Gelehrte, Dichter, Venusdienerinnen und Verteidiger ihrer Ehre, auch die spukende Seele Nimrods. Aber wie bei Gracián ist der Babelturm kein historisches Monument mehr, sondern ein Symbol der Vergänglichkeit[191]). Die spanischen Dichter verlassen das sinkende Schiff, ihre Heimat und ihre Geschichte; sie blicken kaum zurück, denn über ihnen stehen ewige Sterne.

Einer von ihnen, der größte, wagte noch einmal den Griff in die Geschichte, um zu zeigen, wie es immer war und ist: Spaniens Weltmacht vergeht, alle Weltmacht vergeht, Gott bleibt. Der Hofdichter und spätere Kaplan Philipps IV., Pedro Calderón de la Barca (1600–1681), verwandelte 1634 die Geschichte vom Babelturm in einen Traum, den König Balthasar (Belsazar) träumt; er ist dop-

---

[190]) El discreto c. 25, BAE Bd. 65, S. 569 (Spanisch und Latein). Oráculo manual y arte de prudencia Nr. 9, hg. Miguel ROMERA-NAVARRO (Revista de filología española, Anejo 62), Madrid 1954, S. 27 f. (Nationalfehler). El Criticón, hg. Miguel ROMERA-NAVARRO, 3 Bände, Philadelphia 1938–40: I, 4 Bd. 1, S. 164 f. (Sprachenstudium); I, 1 S. 108 ff. (Sprache und Denken, Erfindung und Erlernung); II, 3 Bd. 2, S. 99 f.; III, 1 Bd. 3, S. 23 (Spanien und Frankreich); III, 9 S. 297 (Spiel vom Sündenfall); III, 3 S. 99 (Deutsch); III, 5 S. 150 (hijo de Jafet); III, 10 S. 322 (Kauderwelsch); III, 10 S. 307 (Zeit wechselt die Taschen aus); III, 4 S. 117 (Landschaften Europas); III, 8 S. 245 (Klimata); I, 1 Bd. 1, S. 105 (Meere und Brücken); II, 3 Bd. 2, S. 103 (in Rom ungarisch); I, 2 Bd. 1, S. 116 (Bauten); I, 6 S. 187 (Luftschlösser); III, 1 Bd. 3, S. 18 (Babel der Meinungen); II, 11 Bd. 2, S. 338 (Hof); I, 5 Bd. 1, S. 181; I, 11 S. 332 (Madrid); I, 7 S. 235 (mehr Türme als Babylon); II, 4 Bd. 2, S. 123; III, 12 Bd. 3, S. 382 (Babeltürme und Pyramiden); I, 7 Bd. 1, S. 216; III, 3 Bd. 3, S. 110 (Welt als konfuses Babel); I, 8 Bd. 1, S. 261 (Trugbabel). Dazu Werner KRAUSS, Graciáns Lebenslehre, Frankfurt/Main 1947, S. 45 ff. (Völkercharakteristik; allgemein bedeutsam); Hellmut JANSEN, Die Grundbegriffe des Baltasar Gracián (Kölner Romanistische Arbeiten NF 9), Genf-Paris 1958, S. 164 ff. (Weltansicht).

[191]) La Torre de Babilonia, primera parte (mehr nicht erschienen), Rouen 1649, S. 7 ff. (Absicht des Dichters), 8 f. (Schilderung des Turmes), 35 (Nimrod). Dazu Narciso DÍAZ DE ESCOVAR, Poetas dramáticos del siglo XVII, in: Boletín de la Real Academia de la Historia 88 (1926) 838–844; PFANDL, Nationalliteratur 495 ff.

pelt unwirklich, als Traum und als Bühnenstück, und doch deutet er die Weltgeschichte. Balthasar, der Sohn des Nebukadnezar, träumt von der Herrschaft über Sinear, das Land, wo der Himmel mit der Erde den furchtbaren Kampf kämpfte, wo die Menschen mutig und unklug in den Himmel bauten, um die Sonne zu verdunkeln. Nimrod, hier Kanaans Sohn, hatte sich mit seiner Riesenschar in Chaldäa niedergelassen; mit einem noch gewaltigeren Werk, als es die Arche Noahs war, wollte er Gott trotzen und sich vor neuer Flut schützen. Durch sein Gesetz begründete der Gottesverächter die göttliche Verehrung der Könige. Alle Völker in der Runde kamen herbei, um ihm zu huldigen und zu helfen. Schon stößt der Gipfel des Turmes an die Ätherkuppel und stört das Wehen der Winde, da kommen vom Himmel Stummheit und *variedad de lenguas* über die Arbeiter; in einem Augenblick lernen sie die 72 Sprachen. In 72 Idiomen bricht sich das Echo des panischen Schreckens; Blitze verhüllen den Turm, die Menschen entfliehen. Balthasar aber, der Typus des Gottesfrevlers, lernt aus dem Traum der Geschichte nichts; als Nimrods Erbe will er aus den Ruinen Babylons den Bau noch einmal erstehen lassen. Auch er erlebt sein *Babel de letras*, als das Menetekel (Dan. 5, 25 ff.) an der Wand erscheint. So wird es allen ergehen, die nicht an Gott, an Christus und an die Eucharistie glauben. Glaube und Unglaube, der große Kampf der Weltgeschichte; aber die königliche Macht wird auf offener Bühne zur Illusion des Welttheaters, die Geschichte enthüllt ihre eigene Ohnmacht. Sie wiederholt sich immer, und doch lernt niemand aus ihr, denn sie ist Täuschung und Selbstbetrug.

Vielleicht durch das Buch von Enríquez Gómez angeregt, brachte Calderón 1675 in Sevilla den Turm von Babel selbst auf die Bretter, die die Welt bedeuten. Statt Wahrtraum und Trugbau erblicken wir nun unmittelbar das Werk des Menschen und das Wunder Gottes. Am Berge Ararat danken Noah und seine Kinder, der Sintflut entronnen, dem Schöpfer; nur Cham schwärmt mehr für die Natur als für das Gebet. Die Trunkenheit des Vaters macht ihn lachen; er bemerkt nicht, daß sie eine visionäre Ekstase ist, die dem Erzvater die Zukunft der Welt entrollt. Noah verflucht Cham und seine Nachkommen, sie sollen mißgestaltet und Knechte sein. Neiderfüllt will Cham wie einst Kain die frommen Brüder töten; doch da teilt Noah die Erde. Sem erhält den Orient, Japhet den Mittag und Cham den *Occidente*. Calderón vertauschte die traditionellen Bezirke; hatte sonst stets Japhet den Westen innegehabt, so rückte jetzt Cham gen Sonnenuntergang, ins Reich der mißgestalteten und knechtischen Peruaner und Mexikaner. Vom Osten, aus Sems Stamm, wird wie die Sonne der Messias kommen. Nach Noahs Teilung zerstreuen sich erst einmal alle, auch die hamitischen Barbaren.

Vier Generationen später besuchen die Kinder und Enkel in Armenien den uralten Stammvater Noah. Der hebräische Heber kommt mit Hirten, *Arcener* (also der Japhetit Aschkenaz) mit Ackerbauern; der Hamit Nimrod aber reitet mit Riesen auf Pferden und Kamelen einher, um die Welt militärisch zu unterjochen. Er mag nicht glauben, daß damals Gott die Menschen aus der Sintflut rettete; zimmerten sie nicht ihre Arche selbst, mit klugem Sinn und geschickten Händen? Er will jetzt einen Turm, eine Leiter zum Himmel bauen, um nachzusehen, ob der da droben wieder Böses gegen die Menschen im Schilde führt; die Arche aus Stein wird alle vor dem nassen Krieg schützen. Noah und die Seinen widersetzen sich dem Plan, doch Nimrod will sie zu seiner erhabenen, kaiserlichen Torheit *(locura augusta)* zwingen: Er verkündet auf Erden *la monarquía absoluta de los reyes*. Es kommt zur Schlacht mit den Frommen, sie werden von Nimrods Riesen geschlagen. Jammernd bleibt Noah zurück; der neue Weltkönig zieht im Triumph nach Sinear. Heber muß zum Frondienst gepreßt werden, doch rasch steigt der Bau empor. Plötzlich erscheint ein Engel und verkündet, daß die Sprachen sich in 72 Idiome spalten werden. Calderón verschmähte alle polyglotte Komik, sie paßte nicht in die Tragödie, die nun folgt: Die Bauleute sprechen weiter spanisch, doch nur der Theaterbesucher versteht sie noch; auf der Bühne zieht die Verwirrung ein. Ein Feuerregen fällt, der Turm stürzt ein und begräbt viele. Heber bleibt verschont und behält *la natural lengua*; Nimrod wirft sich verzweifelt vom Felsen ins Meer, ein warnendes Beispiel für alle, die übermütig Gottes Geheimnisse erkennen wollen. Die Wunder des Himmels muß der Mensch verehren, nicht ergründen, vor allem die Eucharistie und das Mysterium der Worte „Das ist mein Leib“. Hier hat die Sprache welterschütternde Kraft; unversehrt steht das Altarsakrament als der starke Turm des Glaubens[192]). An künstlerischer Größe kommt, wie mir scheint, keine Darstellung des Turmbaus dem Drama Calderóns gleich. Wir vergessen ganz, daß hier Historie dramatisiert wird; wir achten kaum auf die aktuellen Bezüge, Absolutismus, Naturschwärmerei, Rationalismus; wir starren auf das Schicksal des Übermenschen Nimrod, das auch das unsrige ist, auf das Labyrinth der Welt, auf den Traum des Lebens. Während die Gelehrten noch im Vergangenen das Verlorene, in der Geschichte Gott suchten, zertrennten die Dichter den gordischen Knoten.

Im Barock stellte sich der mittelalterliche Kosmos scheinbar wieder her, aber nur als eine Welt, wie sie sein soll, als eine Welt des Scheins. In der dramatischen Fiktion war das Geschehen noch Akt der Heilsgeschichte zwischen Gott und Satan; im theatralischen Pathos erlebte der Mensch die göttliche Macht seines Wortes; die planende Staatsräson entdeckte die Gewalt der aristokratischen

---

[192]) Obras completas, hg. Angel VALBUENA PRAT, Bd. 3, Madrid 1952: La Cena del Rey Baltasar S. 157–175 (Traum; ähnlich Mística y real Babilonia S. 1052 f. über Nimrod); La Torre de Babilonia S. 872–888 (Drama von 1675). Dazu AUERBACH, Mimesis 316 f.; Eugenio FRUTOS, La filosofía de Calderón en sus Autos Sacramentales, Saragossa 1952, S. 113 ff.

Elite und der gottgewollten Sozialgebilde; die enzyklopädische Deduktion fand die Harmonie der vernünftig geordneten Schöpfung. In dieser Traumwelt glaubten sich das heroische Genie und die starke Völkergemeinschaft befähigt, mit Leidenschaft, Einsicht und Macht, sprechend, denkend und handelnd, die Realitäten nach dem gedachten Allgemeinbild zu formen: Kinder haben sich Sprachen erfunden, um als Mitmenschen zusammen zu leben, Philosophen werden in einer mathematischen Universalsprache die ganze Welt zusammenfassen.

Doch dem hoffnungsvollen Bild widersprach die Erfahrung, weniger im führenden Frankreich, als in England, Deutschland, Italien und Spanien: Die Wirklichkeit blieb grausam und widerspruchsvoll, sie tötete den Geist und die Freiheit. Und zwischen Wirklichkeit und Idee, zwischen der Hoffnung auf die Zukunft und der Last der Vergangenheit vermittelte nicht mehr die Konstanz der Heilsgeschichte. Die ruhige Hand Gottes lenkte nicht mehr durch Wunder die Entfaltung aus dem Ursprung; der erste Beweger der Weltmaschine verschwand im Nebel der Prähistorie, und mit ihm verschwand die Geborgenheit im Wachstum. Die Ursprache ist verloren, die Ureinheit des Menschengeschlechts ist fraglich, die Ordnung der 72 Sprachen und Völker ist längst verwirrt; die alten Lehren von Babel und Pfingsten ruhen nicht mehr auf einer jenseitigen Stabilität, sie symbolisieren nun eher die Vergänglichkeit des Vorgegebenen. Die Natur ist trügerisch, die Sprache ungenau, die Zeit flüchtig. Darum weicht man der Geschichte gerne aus, denn ihre verschlungenen Abläufe, ihre angehäuften Traditionen sind nicht simultan überschaubar und lassen weder die Vorsehung Gottes noch die Vernunft des Menschen recht zum Tragen kommen.

Diese Geschichte aber geht weiter, unbekümmert um die Mißachtung, mit der sie betrachtet wird; so zwingt sie den Menschen zur Flucht aus der enttäuschenden Wirklichkeit in die sinnliche Verzauberung, aus der gebrechlichen Natur in die Kulissen des Welttheaters, aus der leeren Zeit in das verschwenderische Fest, aus der sprachlichen Nüchternheit in die Emotion der Gestik und Musik[193]). Wenn er erwacht, wird er bemerken, daß sein Denken, Dichten und Glauben die Wirklichkeit nicht bezwungen hat; dann wird er die Vergangenheit mit ihren Traditionen vollends hinter sich lassen,

---

[193]) Fritz STRICH, Die Übertragung des Barockbegriffs von der bildenden Kunst auf die Dichtung, in: Die Kunstformen des Barockzeitalters, Vierzehn Vorträge, hg. Rudolf STAMM (Sammlung Dalp 82), München 1956, S. 243–265, hier S. 253 ff. (Zeit und Vergänglichkeit); Erich TRUNZ, Weltbild und Dichtung im deutschen Barock, in: Aus der Welt des Barock, Stuttgart 1957, S. 1–35, hier S. 25 ff. (Verhältnis zur Geschichte); Richard ALEWYN – Karl SÄLZLE, Das große Welttheater, Die Epoche der höfischen Feste in Dokument und Deutung (Rowohlts deutsche Enzyklopädie 92), Hamburg 1959, S. 12 f., 34, 40, 48 f., 51, 54 ff., 64 (Theater, Fest, Emotion).

von der irdischen Zukunft erwarten, was ihm das Jenseits versagt, und nur noch der Erfahrung trauen, die ihm von der Außenwelt auferlegt wird. In neuen Sozialordnungen der Gesellschaft und Nation wird er die Erfahrung zu tragen, die Vielfalt zu meistern suchen, im Vertrauen auf seinen Realismus und seine Originalität. Wird er dann noch Zeit finden, über Ursprung und Vielgestalt der Sprachen und Völker nachzudenken?